翰墨缘

两地书

我与升正兄相交五十余载，结为莫逆，可谓情投意笃。从青海到北京，我俩的书信往来从未间断。现代通讯电话虽说并没有书信往来那么深，心灵相通透彻。其中的韵味是现代通讯难以替代的。杜甫诗有"家书抵万金"之说，作意在于书。如果不用手写，则心手不能相应，家书也就抵不了万金。我俩数十年来的书信，竟有三百封之多，这里面叙述了各个历史时期对社会、艺术、人生的感悟，是生命历程的见证，是从艺者的心路轨迹。

摘自赵正的砚静集

王元谨录

前言

当赵莉老师将近两百通手札一一铺开的刹那间，我心跳加剧血压飙升。幸运之门竟会在毫无预感的人生某个时刻突然向我打开，这亦是历史对甘肃简牍博物馆的眷顾。此时，于谁，也许都会压住汹涌波涛般的狂喜，表面上淡淡地说，您有什么想法，内心深处却忐忑不安唯恐与其失之交臂。而我，就说，这事我们来做，语气虽轻，掷地有声。但七上八下的心跳只有自己知道。

能为久闻大名素昧平生的两位先生服务一回，能让高山景行的他们在身后又能重逢于尺牍之上，砚墨与心田之中，这岂止是晚辈我三生有幸，实乃天助。早在青海工作期间，朱乃正先生便已家喻户晓，我错过了结识机会，二〇〇四年调任甘肃工作，便有友人推荐赵正先生，让我前去拜访，凡俗缠住了我的双腿。两位先生在世时，我无缘相识相交。当拜读上百通朱乃正致赵正先生的信札时，我就如一个听众，聆听他们将自己的人生故事娓娓道来，竟仿佛走进了他们中间，自己想当然地和他们成了至交。于是，我再三恳请手札的保藏人赵莉老师，将编辑出版朱乃正先生致赵正先生手札的机会留给甘肃简牍博物馆。情之所至，金石为开。

众所周知，我国目前已知最早的书信实物是湖北省云梦睡虎地战国晚期秦墓出土的两件木牍。纸张未发明前书信是写在木牍之上的，而用于书写信件的木牍规格是当时的『一尺』，秦汉时的一尺约今天的二十三点一厘米，因此『尺牍』就成了书信的代称。『尺牍如面谈』『见信如面』，都是相隔千山万水的亲朋至友收信时喜悦心情的表达。

魏晋之交，书写材料从竹木简牍转为纸张，楼兰遗址便发现有许多西晋残纸书信，其内容主要是远戍兵士对家人的思念以及边防生活的困窘。另一方面，在人文荟萃的南方地区，也流行以书信尺牍互道思念，并以此见知其笔札书艺之美。著名的陆机《平复帖》，即是纸本尺牍名作。

甘肃简牍博物馆藏有一件一九九〇年出土于敦煌悬泉置遗址的帛书，是『元』写给『子方』的书信，故取名《元致子方书》，帛书十行三百一十九字。综合已有研究成果，帛书写就的可能时代为西汉晚期，即公元前四十八年至公元前一年。帛书详细记载了元托好友子方代办买鞋、问候、刻印、买响鞭等四件事。抚读这些书信，我们既能真切地了解当时河西汉塞吏卒的精神生活和文化活动，也可以隐约感受到他们劳作戍防的艰辛与忠孝难两全的无奈。

简牍作为最早家书、公文书写的载体，早已退出了历史的舞台，但它的无限光芒，尤其是书简那种能够在戈壁大漠长风寒冰的无数个日夜温暖彼此的柔情，不但没有褪色，更是熠熠生辉，更是延绵不绝。朱乃正先生与赵正先生从一九七九年始通鸿雁，直到二〇〇六年赵正先生过世，期间的一百九十七通手札便是其精神血脉的延续。

赵正先生曾说：『我与乃正兄相交三十余载，结为道友，可谓情投意笃。从青海到北京，我俩的书信往来从未间断。现代通讯电话耳语，总没有书信往来那么颇具心灵相照透彻，其中的韵味是现代通讯难以替代的。』他说，杜甫诗有『家书抵万金』之说，分量在于『书』，如果不用手写，则心手不能相应，家书也就抵不了『万金』。

『我俩几十年来的书信，总共上百封之多，这里面叙述了各个历史时期对社会、艺术、人生的感悟，是生命历程的见证，是从艺者的心理轨迹。』赵正先生所言，正是此书内容所在。

朱乃正先生认为，数十年间，赵正始终未离西北高原之根土，借助博物馆与画院的工作环境，潜心致志于古文字之研习，并埋头遣兴于书法艺术之实践，尤偏嗜简书，通过深入系统的研究探索，逐渐加强了对上古书道的认识与理解，在长期勤思笔耕的过程中，生发出独有价值的汉简书法艺术理论，并新开古简与现代书艺结合相融之生面。

由此，编辑出版此集是历史给予甘肃简牍博物馆的任务，亦是我们的职责所在。在赵莉、张林夫妇的鼎力支持下，我们从一百九十七通手札中精选一百通呈现给大家，书名『砚边笔谈』选自第九十二通手札。遗憾的是赵正先生致朱乃正先生的手札无法同时呈现，但我们期待满满。

甘肃简牍博物馆馆长 朱建军

二〇〇年八月三日

序言

朱公乃正先生，某未见其人，已闻其名，中央美术学院之李白也！及见其人，胜于闻名矣。彼虽生于江南，然廿余年西北高原之历练，一身天山剑侠风尘气息，其油画『国魂——屈原颂』，即其自画像式之夫子自道。再看今日流行甜腻声色脂粉之油画，更觉其有李太白邈然风尘上之气概，观其作品得见其人也！第一届全国书法展，即以『壮气横九州』五字作品而名世。

近日某之好友赵正先生令嫒赵莉女士，发来数件朱公致赵公信札，令某为《砚边笔谈——朱乃正致赵正百通手札》作序，拜观其墨迹，见字如见人，想见其人其艺，直令某临纸而三叹之：朱公画家也，书家也，亦艺术教育家也。当其中央美院副院长任上，即亲自创办书法研究室并自任主任，王镛先生为副主任；后还拟办书法系而未成，培养出徐海先生等一批本科生，不仅有益于美院教育对书法之倡导，而且对形成京派新书风功不可没。得见寄来数件与赵正先生讨论汉简书风之新意，以及后诉卢沉先生之见解，亦得见其书法审美思想之睿见。自二十世纪八十年代以来，断代书法史特征形成和发展的研究，正赖如朱公等先贤及众多后进之努力而完成之。

朱、赵二友以书结一生之友谊，虽及暮年，亦唯以书为主题。珍藏好友一百札，今展之大众，文人相亲相敬之典范，亦将有教益于今世矣。

是为序。

《中国书法全集》主编 刘正成

二〇〇年七月三十日

信札目录

一九七八—一九七九 第一通—第八通 14
一九八〇—一九八九 第九通—第六十七通 45
一九九〇—一九九七 第六十八通—第八十九通 237
二〇〇一—二〇〇六 第九十通—第一百通 301

朱乃正常用印

食纸

信札释文

黎泉兄：

七月一日手書今日方收到，才得拜讀，遲誤多日，謝謝。我五月中下旬即到上海參觀法國油畫展覽，在那裏能看了不少好的風景，主要目的是能更細的看全部作品。隨後又在南京家中小作逗留，於六月中旬又北上到天津、瀋陽、北京，直到七月七日方歸西寧。此次外出，收穫不少，看了大小近十个展覽，其中最精彩的是日本東山魁夷畫展。還有故宮的書畫展覽。

在北京時，黃兄和許麟廬，知道建國已去敦煌，不知近日黃苗、郁風如兄知，請他來一趟，我再給他去信。

調動一事，至今尚未落實，我曾托常書鴻先生給蕭華同志去一函，據說常先生已轉交蕭政委手中，亦也不見動靜。此事雖屢難之久，能根據政策精神早晚要會實現，而需去，你還要抓緊時機好好畫點東西。從各地畫壇看來，空氣較前活躍，我們本

馮力與聶川同志要的字，等我有閑暇時書奉。又及

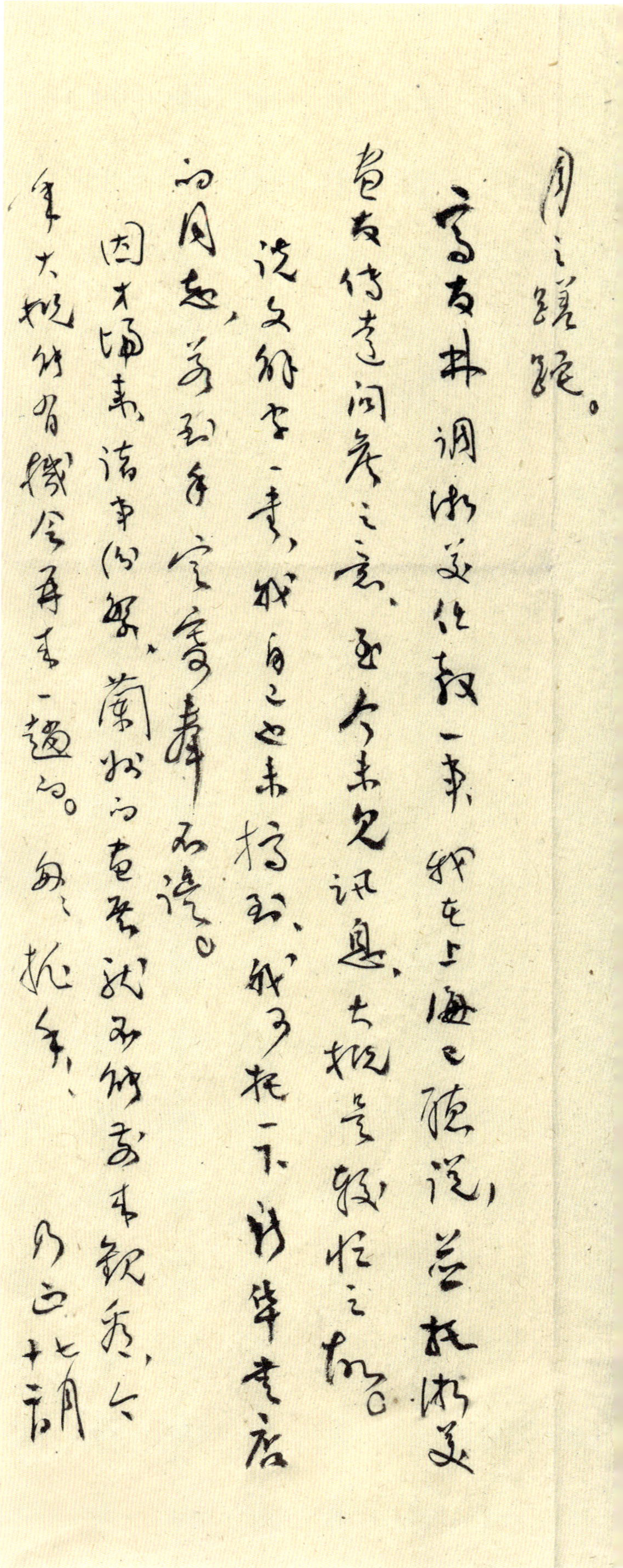

黎泉兄：

七月一日手书今日去文化局办事，才得拜读，迟误多日，致歉。我五月中下旬即到上海参观法国油画展览，在那里临摹了两幅小风景，主要目的是能更细更自由地看全部作品。随后又在南京家中小作逗留，于六月中旬又北上至天津、沈阳、北京，直至七月七日方归西宁。此次外出，收获不少，看了大小近十个展览，其中最精彩的就是日本东山魁夷画展。还有故宫的书画展览。

在北京时，曾见到许莉，知道建国已去敦煌，不知近日是否归兰州，如见到，请他来一函，我再给他去信。

调动一事，至今尚未遂愿，我曾托常书鸿先生给肖华同志去一函，据说常先生已转交肖政委手中，奈何也不见效果。此事虽磨难已久，但根据政策精神早晚要予实现，所需者倒是要抓紧时机好好画点东西。从各地画坛看来，气氛较前活跃，我辈才能有限，年龄已到渐衰阶段，若不抓紧，则只能空嗟岁月之蹉跎。

高友林调浙美任教一事，我在上海已听说，并托浙美画友传达问候之意，至今未见讯息，大概是较忙之故。

说文解字一书，我自己也未搞到，我可托一下新华书店的同志，若到手定寄奉不误。因才归来，诸事纷繁，兰州的画展就不能前来观看，今年大概能有机会再来一趟的。

匆匆

握手！

乃正

七月十二日

冯力与聚川同志要的字，等我有闲暇时书奉。

又及

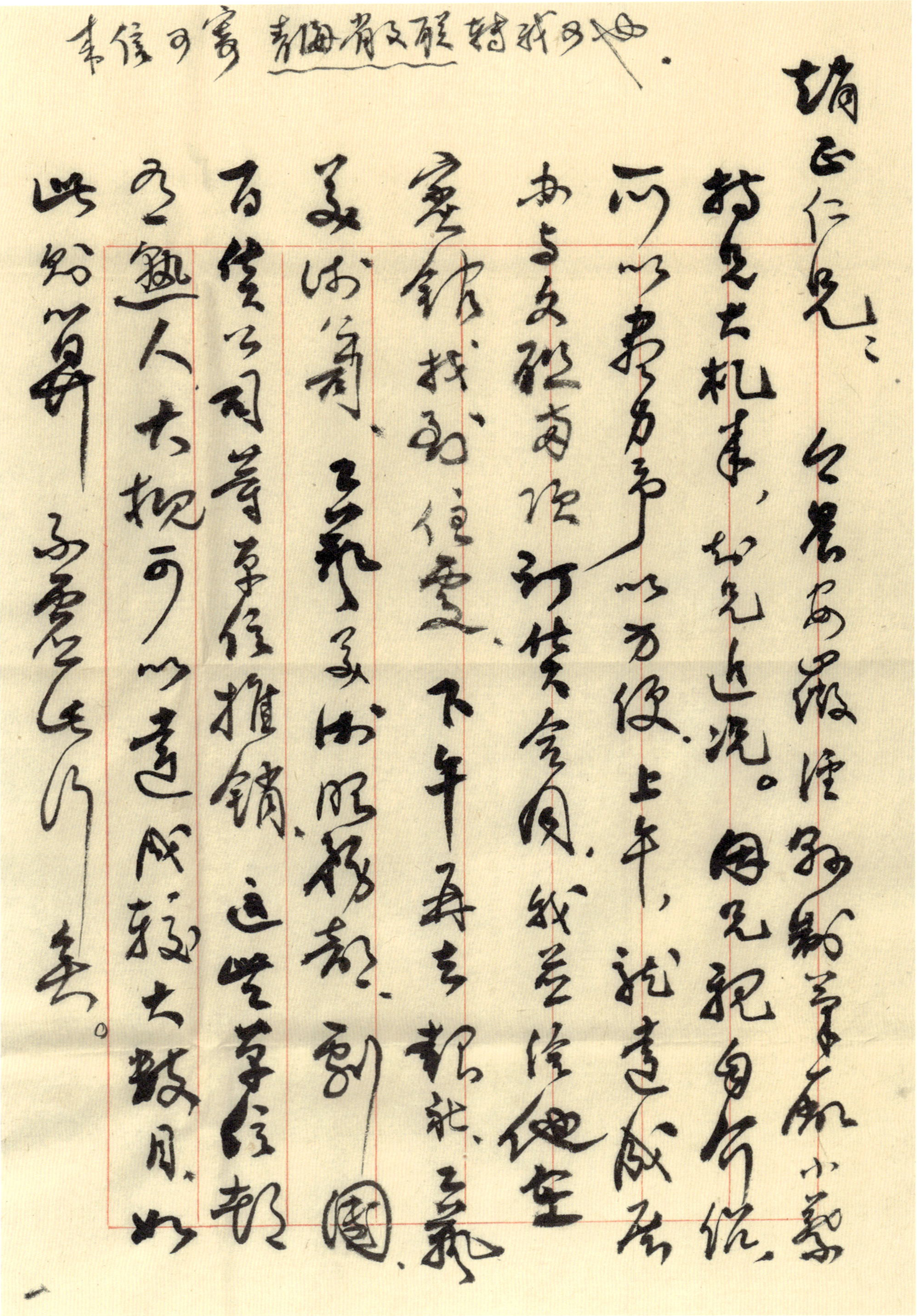

赵正仁兄：

今晨安徽泾县制笔厂小蔡持兄大札来，知兄近况。因兄亲自介绍，所以尽力予以方便，上午，就达成展办与文联两项订货合同，我并给他在宾馆找到住处，下午再去报社，工艺美术公司、工艺美术服务部、剧团、百货公司等单位推销，这些单位都有熟人大概可以达成较大数目，如此则算不虚此行矣。

（另附言：来信可寄青省文联转我可也。）

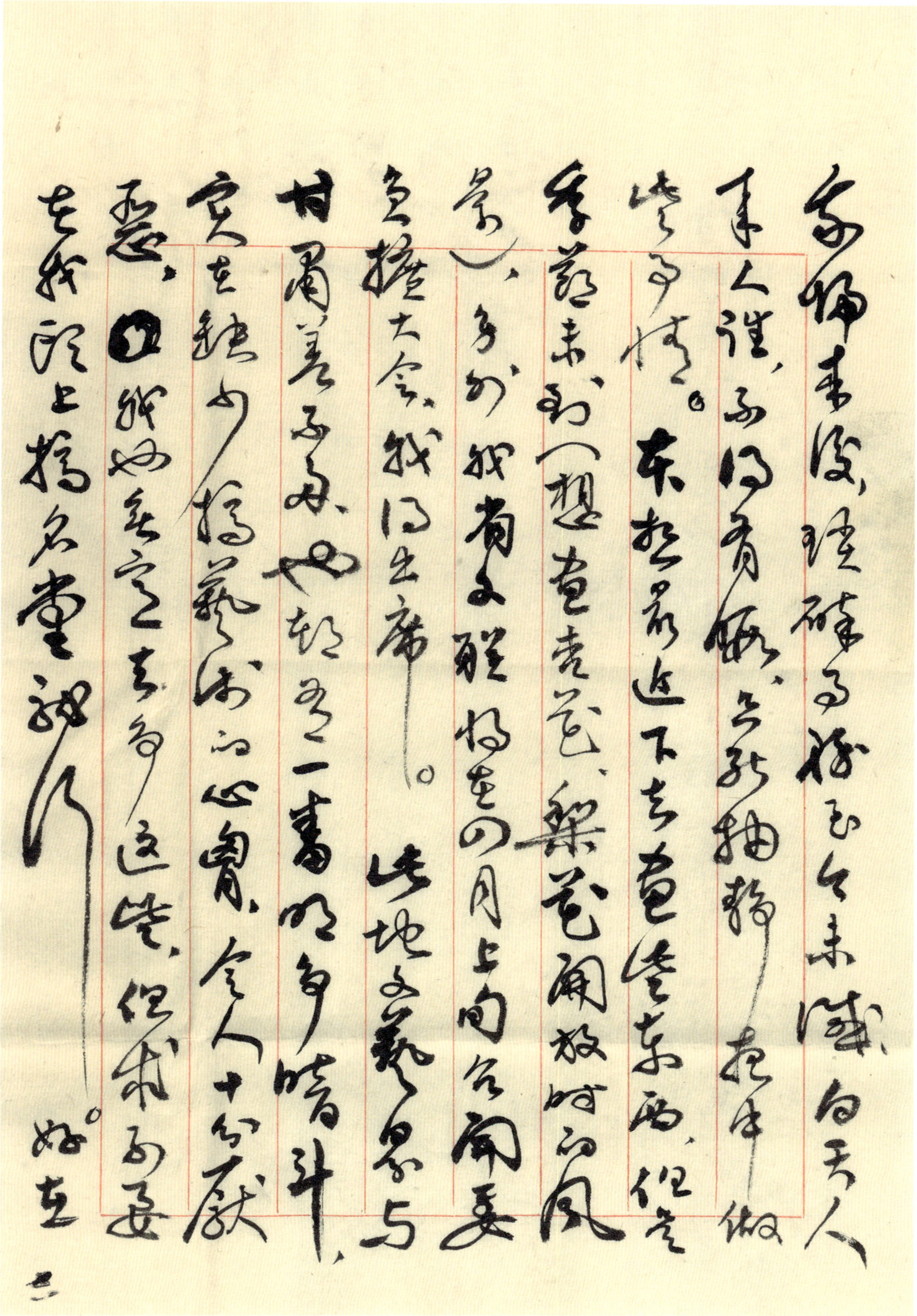

我归来后，琐碎事务至今未减，白天人来人往，不得有暇，只能抽静夜中做些事情。本想最近下去画些东西，但是季节未到（想画杏花、梨花开放时的风景），另外我省文联将在四月上旬召开委员扩大会，我得出席。此地文艺界与甘肃差不多，也都有一番明争暗斗，实在缺少搞艺术的心胸，令人十分厌恶，我也无意去争这些，但求不要在我头上搞名堂就行。好在

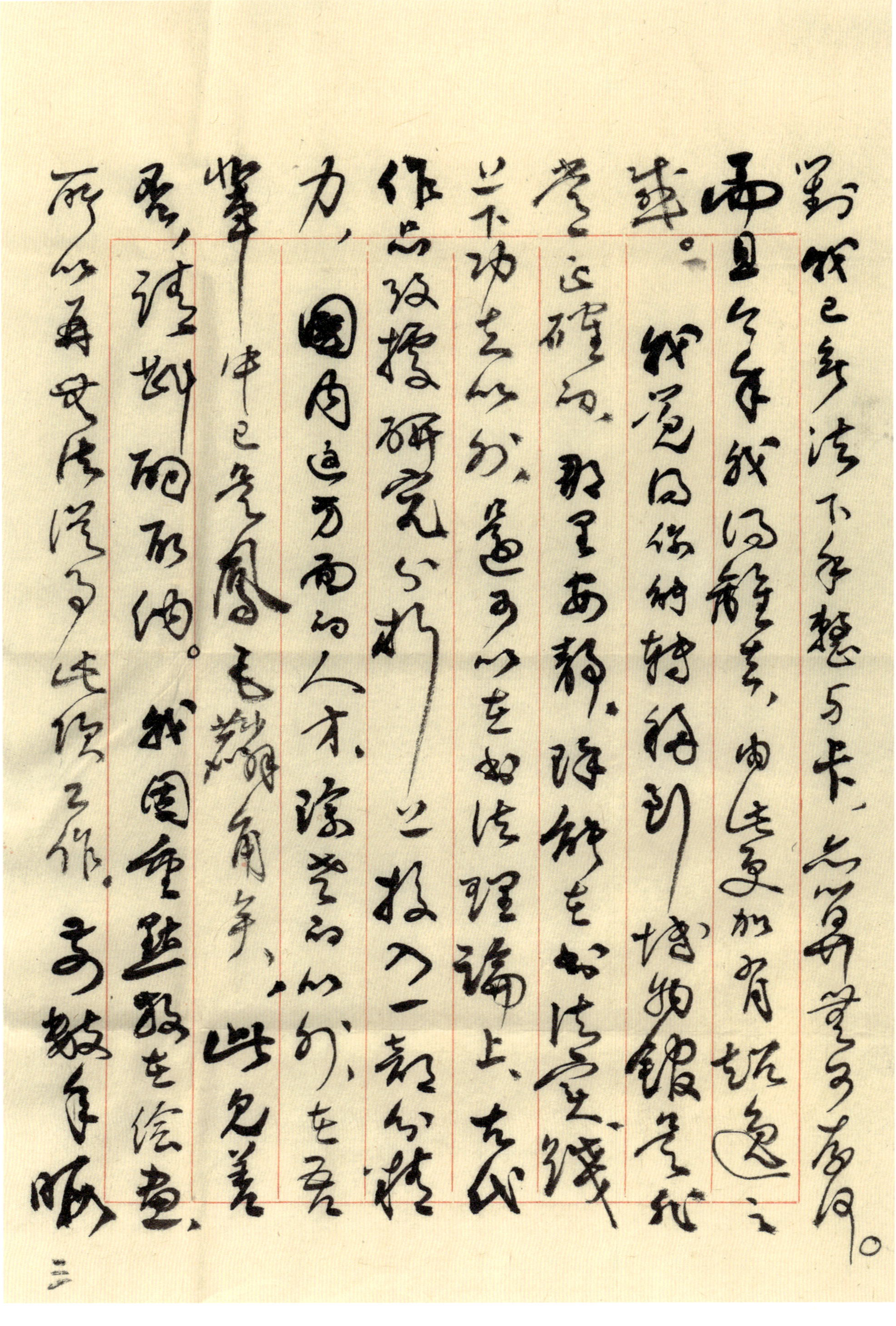

对我已无法下手整与卡，亦算无可奈何。而且今年我得离去，由此更加有超逸之感。我觉得你能转移到博物馆是非常正确的，那里安静。除能在书法实践上下功夫以外，还可以在书法理论上、古代作品考据研究分析上投入一部分精力，国内这方面的人才，除老的以外，在吾辈中已是凤毛麟角矣，此见差否，请斟酌取纳。我因重点放在绘画，所以再无法从事此项工作，前数年暇

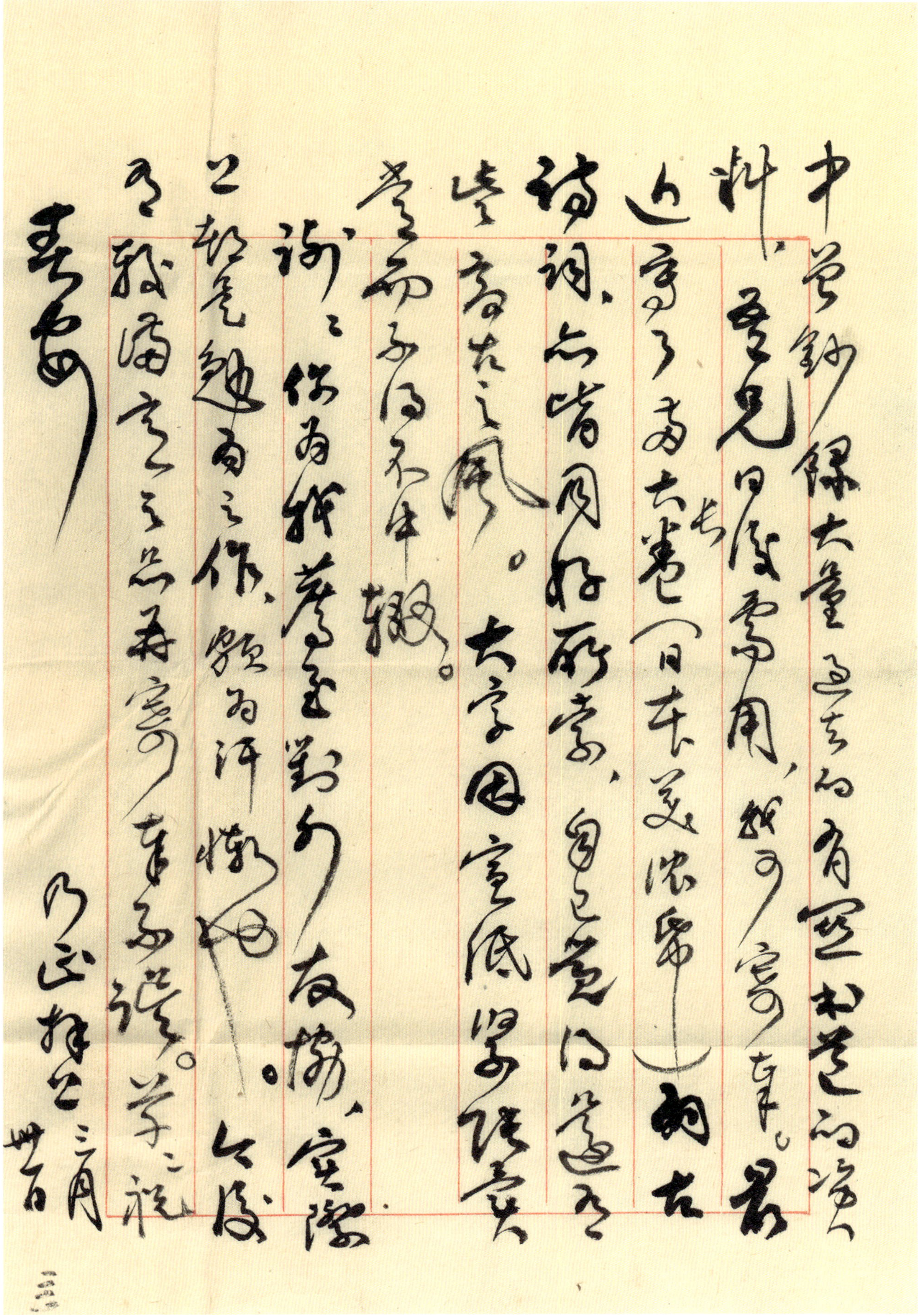

中曾抄录大量过去的有关书道的资料，吾兄日后需用，我可寄奉。最近写了两大长卷（日本美浓纸）的古诗词，亦皆同好所索，自己觉得还有些高古之风。大字因宣纸紧张异常而不得不中辍。

谢谢你为我荐至对外友协，实际上都是勉为之作，颇为汗惭也。今后有较满意之品再寄奉不误。草草　祝

春安

乃正拜上

三月卅一日

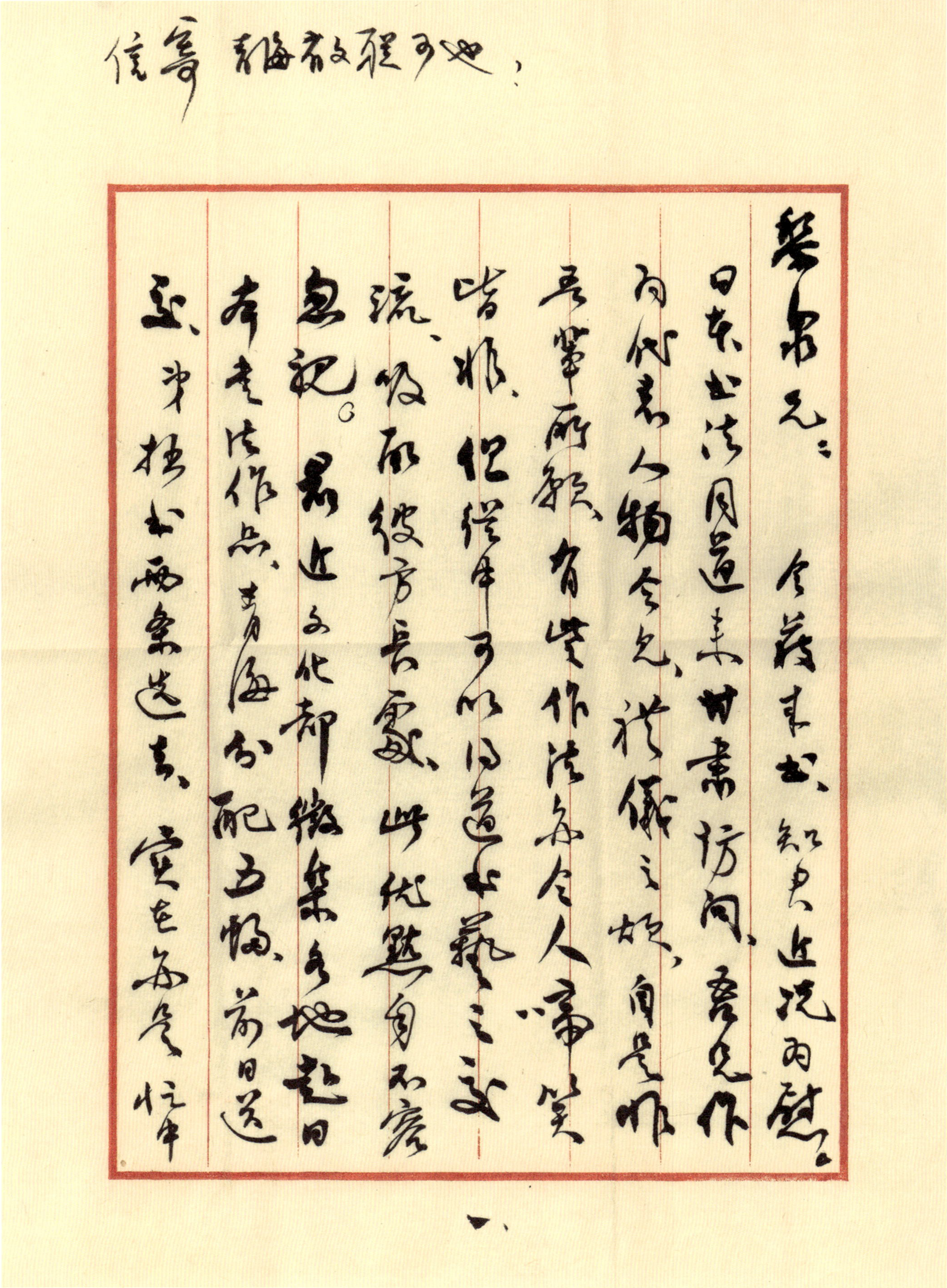

黎泉兄：

今获来书，知君近况为慰。日本书法同道来甘肃访问，吾兄作为代表人物会见，礼仪之烦，自是非吾辈所愿，有些作法亦令人啼笑皆非，但从中可以得道书艺之交流，吸取彼方长处，此优点自不容忽视。最近文化部征集各地赴日本书法作品，青海分配五幅，前日送交，弟拙书两条选去，实在亦是忙中

（另附言：信寄青海省文联可也。）

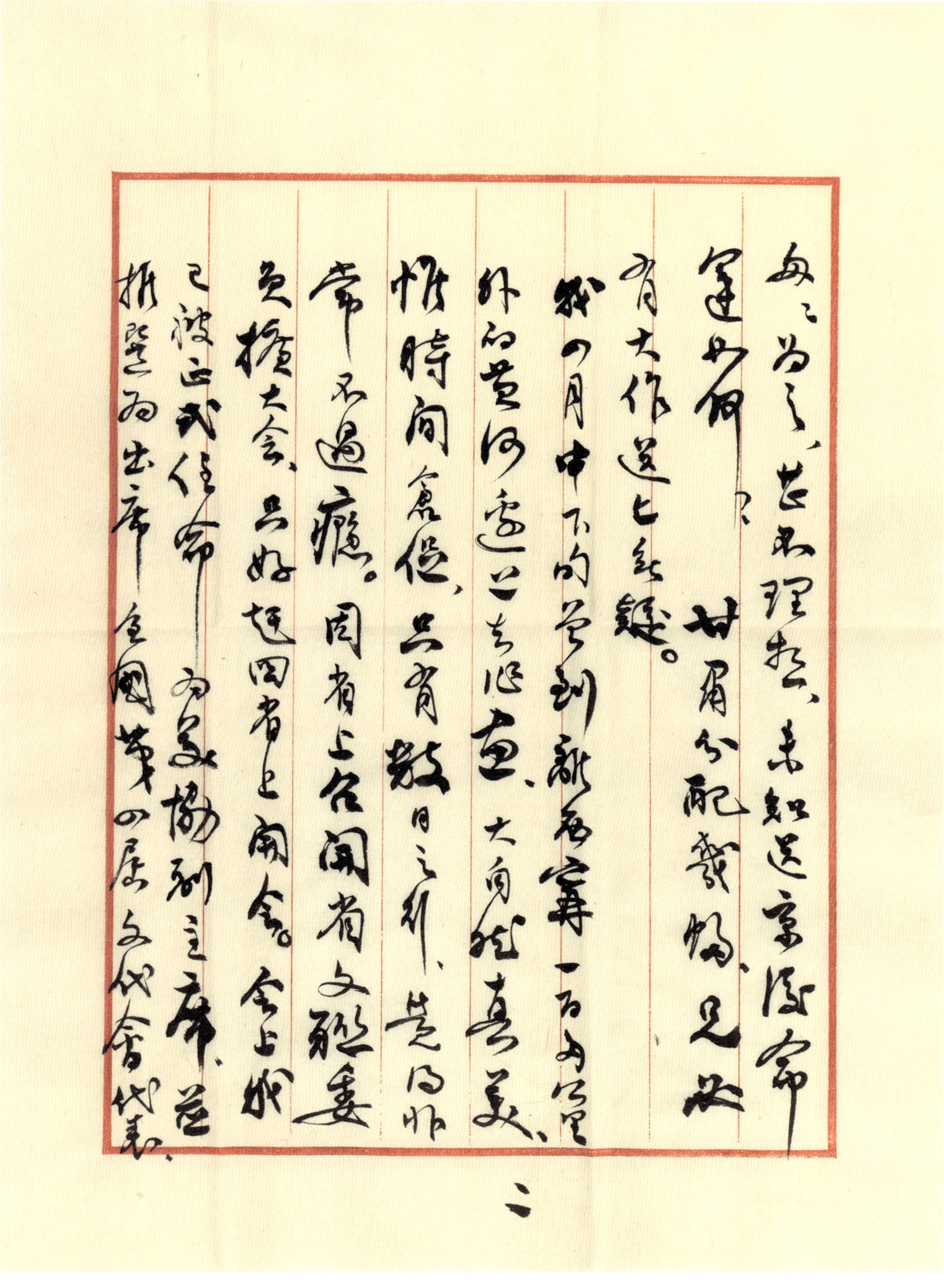

匆匆为之，甚不理想，未知送京后命运如何？甘肃分配几幅，兄必有大作送上无疑。

我四月中下旬曾到离西宁一百多公里外的黄河边上去作画，大自然真美，惟时间仓促，只有数日之行，觉得非常不过瘾。因省上召开省文联委员扩大会，只好赶回省上开会。会上我已被正式任命为美协副主席，并推选为出席全国第四届文代会代表，

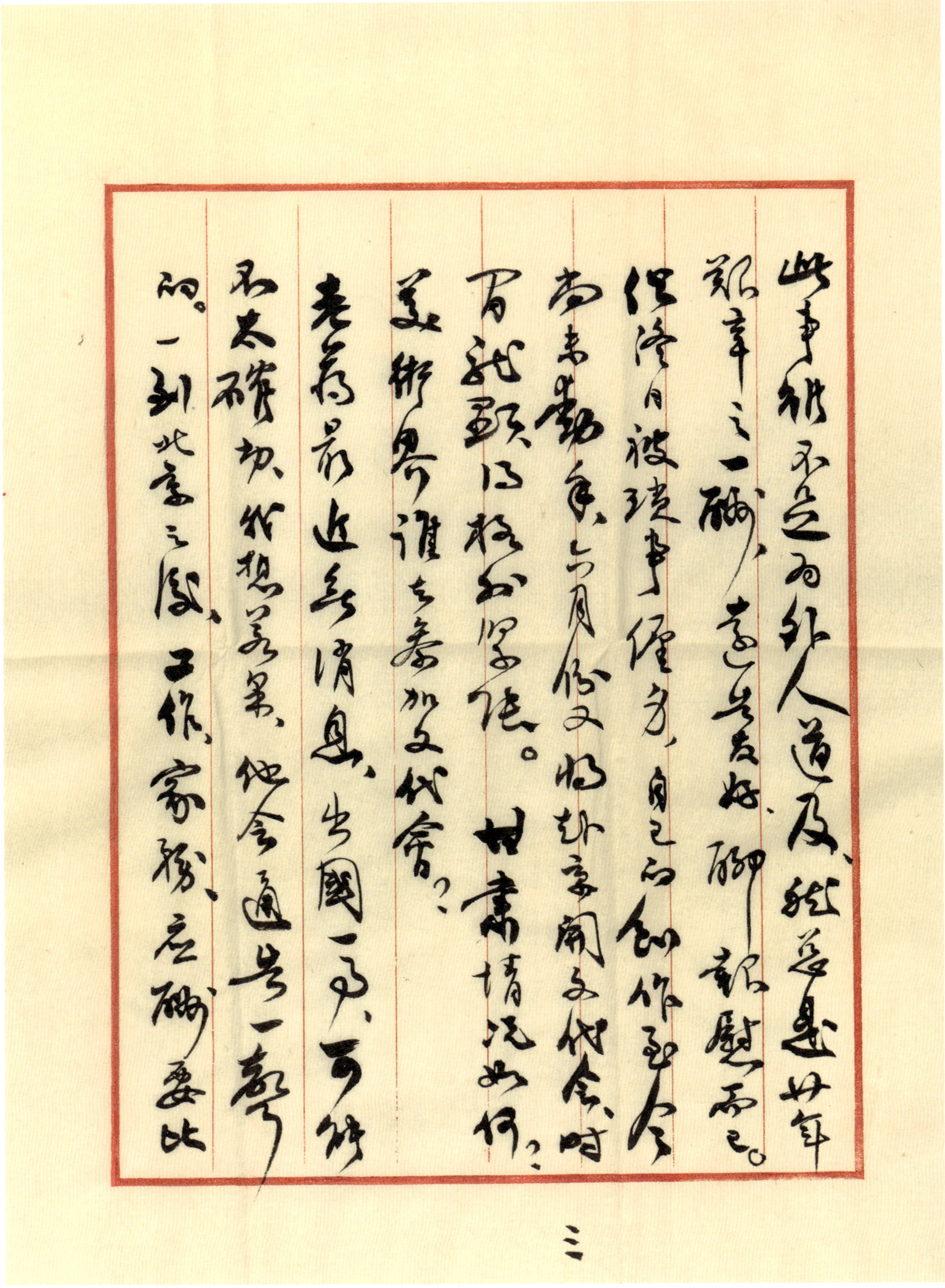
此事虽不足为外人道及，然总是廿年艰辛之一酬，远告友好，聊报慰而已。但终日被琐事缠身，自己的创作至今尚未动手，六月份又将赴京开文代会，时间就显得格外紧张。甘肃情况如何？美术界谁去参加文代会？
老蒋最近无消息，出国一事，可能不太确切，我想若果，他会通告一声的。一到北京之后，工作、家务、应酬要比
三

此事虽不足为外人道及，然总是廿年艰辛之一酬，远告友好，聊报慰而已。但终日被琐事缠身，自己的创作至今尚未动手，六月份又将赴京开文代会，时间就显得格外紧张。甘肃情况如何？美术界谁去参加文代会？

老蒋最近无消息，出国一事，可能不太确切，我想若果，他会通告一声的。一到北京之后，工作、家务、应酬要比

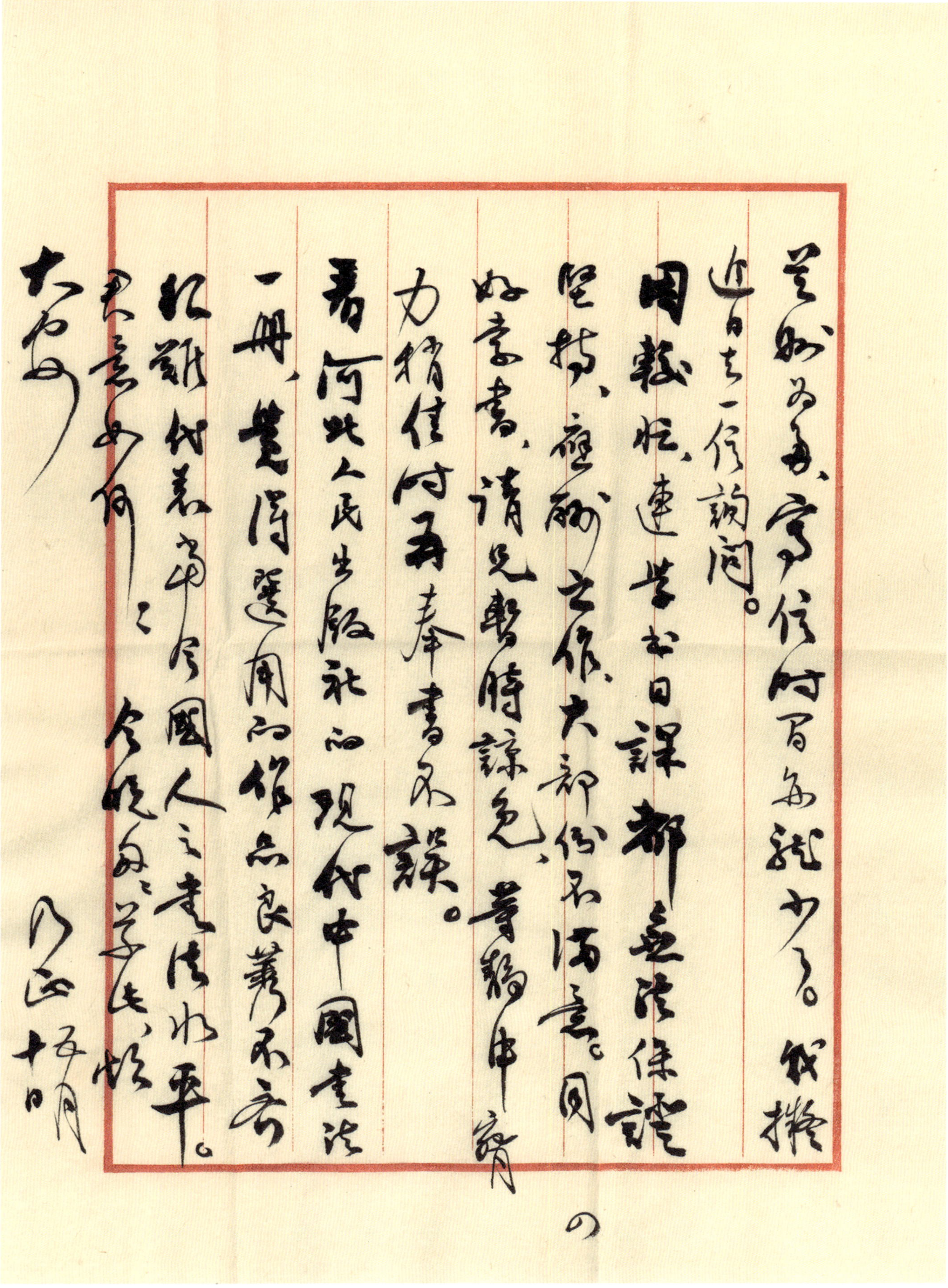

兰州为多，写信时间亦就少了。我拟近日去一信询问。

因较忙，连学书日课都无法保证坚持，应酬之作，大部分不满意。同好索书，请兄暂时谅免，等静中腕力稍佳时再奉书不误。

看河北人民出版社的现代中国书法一册，觉得选用的作品良莠不齐很难代表当今国人之书法水平。君意如何？今晚匆匆草此，颂

大安

乃正

五月十日

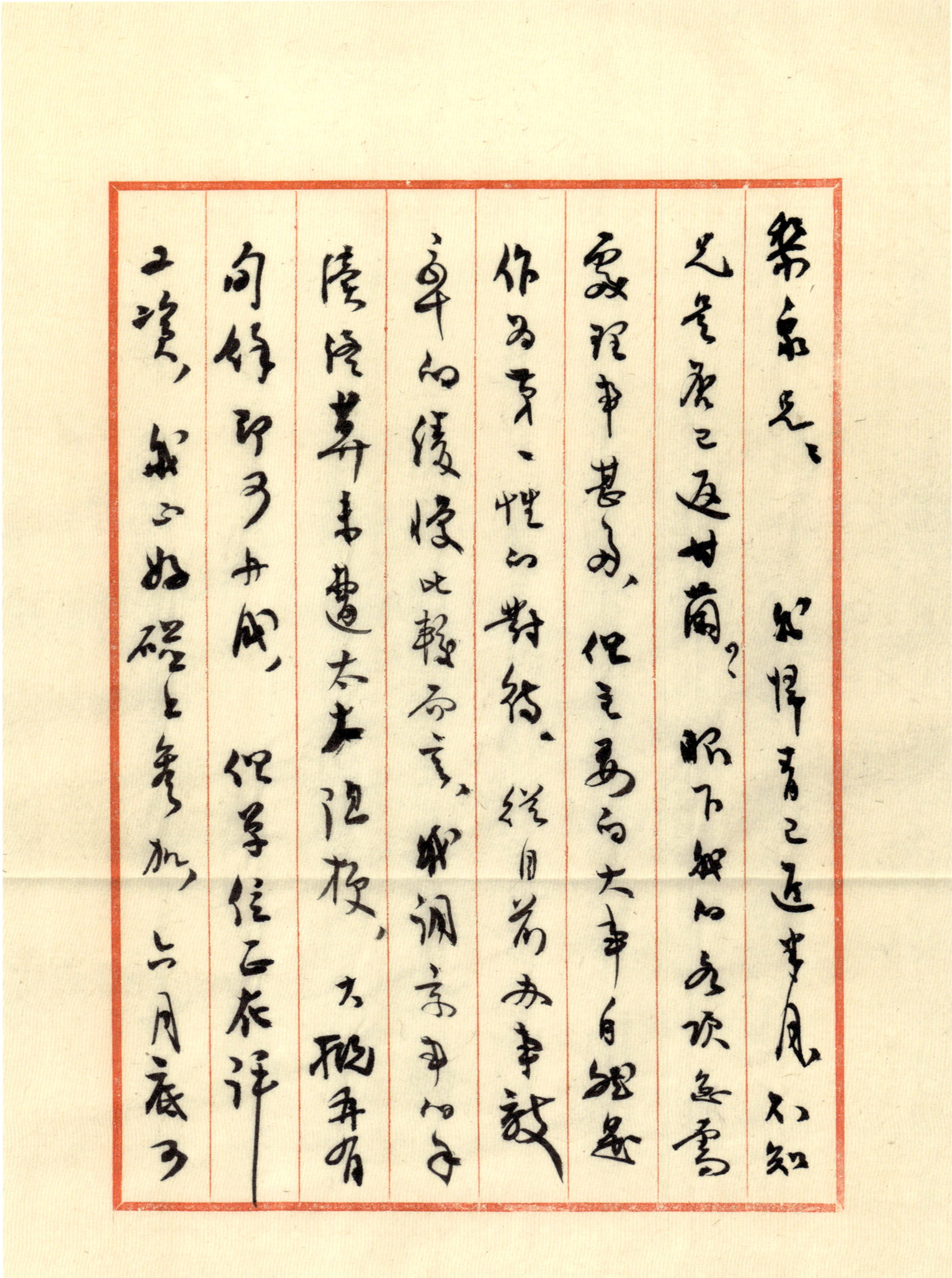

黎泉兄：

我归青已近半月，不知兄是否已返甘兰？眼下我的各项急需处理事甚多，但主要的大事自然是作为第一性的对待，从目前办事效率的缓慢比较而言，我调京事的手续终算未遭太大阻梗，大概再有旬余即可办成，但单位正在评工资，我正好碰上参加，六月底可

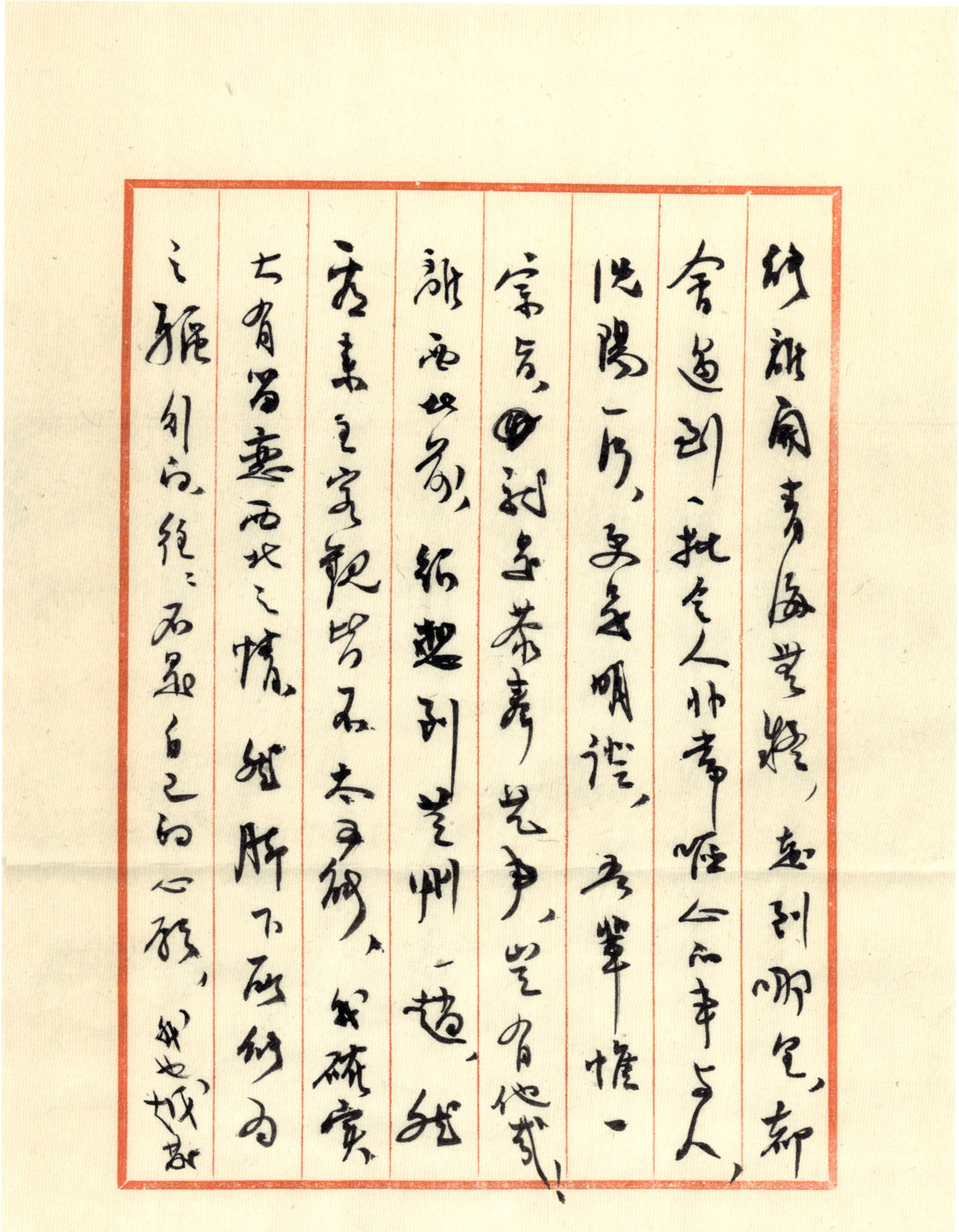

能离开青海无疑，走到哪里，都会遇到一批令人非常呕心的事与人，沈阳一行，更是明证，吾辈惟一宗旨，就是恭奉艺事，岂有他哉！离西北前，很想到兰州一趟，然看来主客观皆不太可能，我确实大有留恋西北之情，然脚下所能为之驱行的，往往不是自己的心愿，我也越发

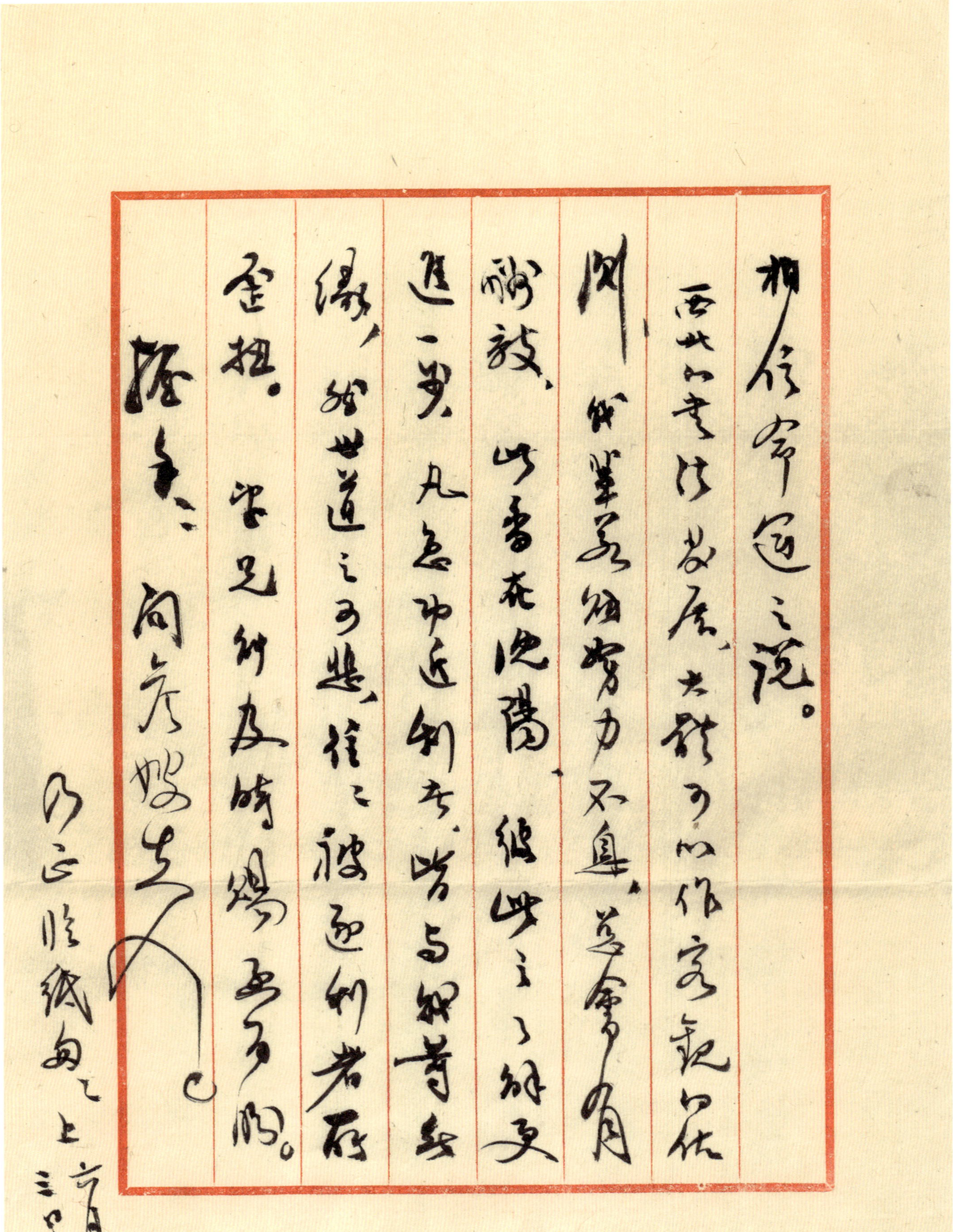

相信命运之说。

西北的书法发展，大体可以作客观的估测，我辈若能努力不息，总会有酬效，此番在沈阳，彼此之了解更进一步，凡急功近利者，皆与我等无缘，然世道之可悲，往往被逐利者所歪扭。望兄能及时赐函为盼。

握手，问候嫂夫人。

乃正临纸匆匆上

六月三日

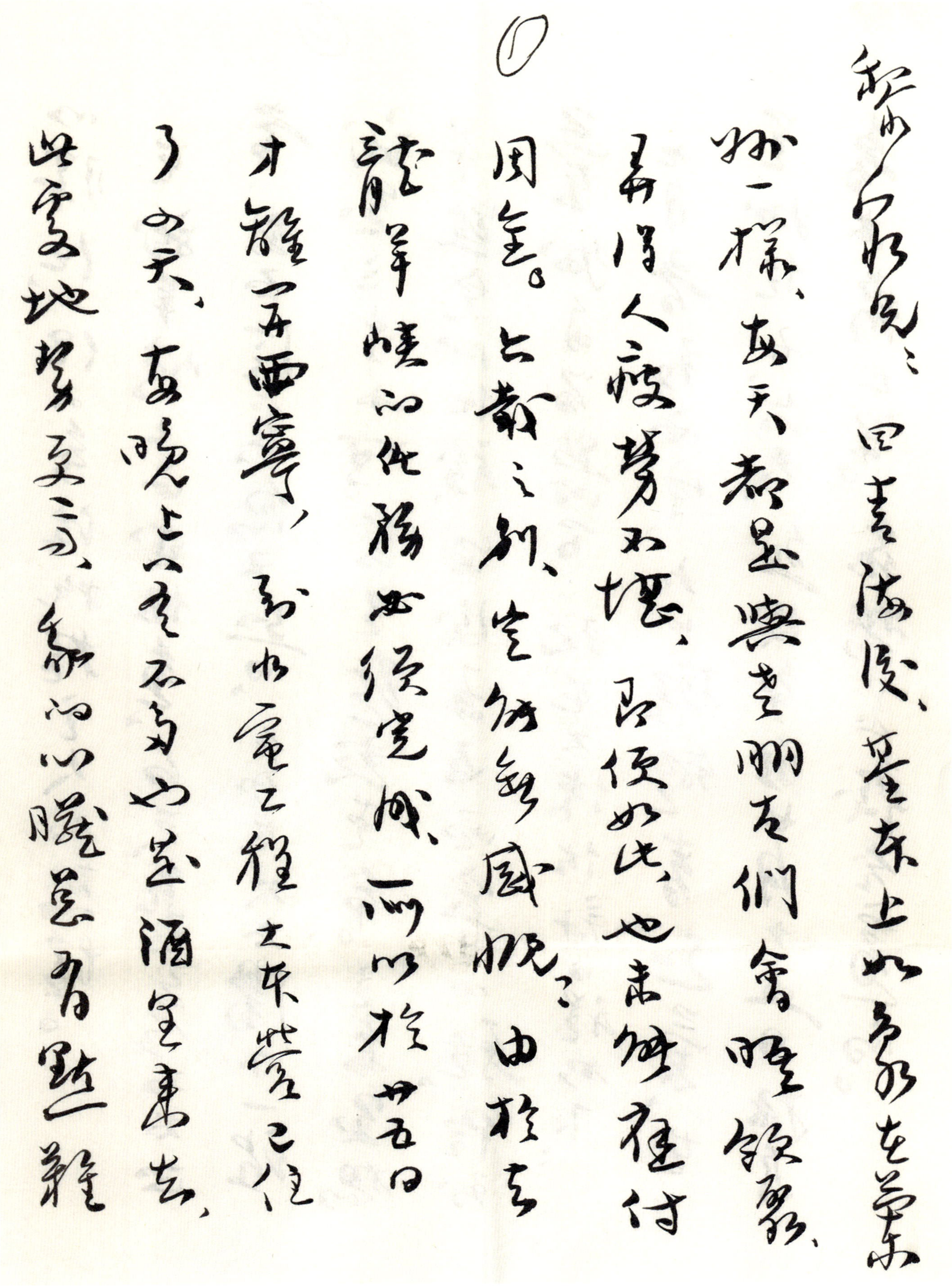

黎泉兄：

回青海后，基本上如象在兰州一样，每天都是与老朋友们会晤饮聚，弄得人疲劳不堪，即便如此，也未能应付周全。六载之别，岂能无感慨？由于去龙羊峡的任务必须完成，所以于二十五日才离开西宁，到水电工程大本营已住了四天，每晚上差不多也是酒里来去，此处地势更高，我的心脏总有点难

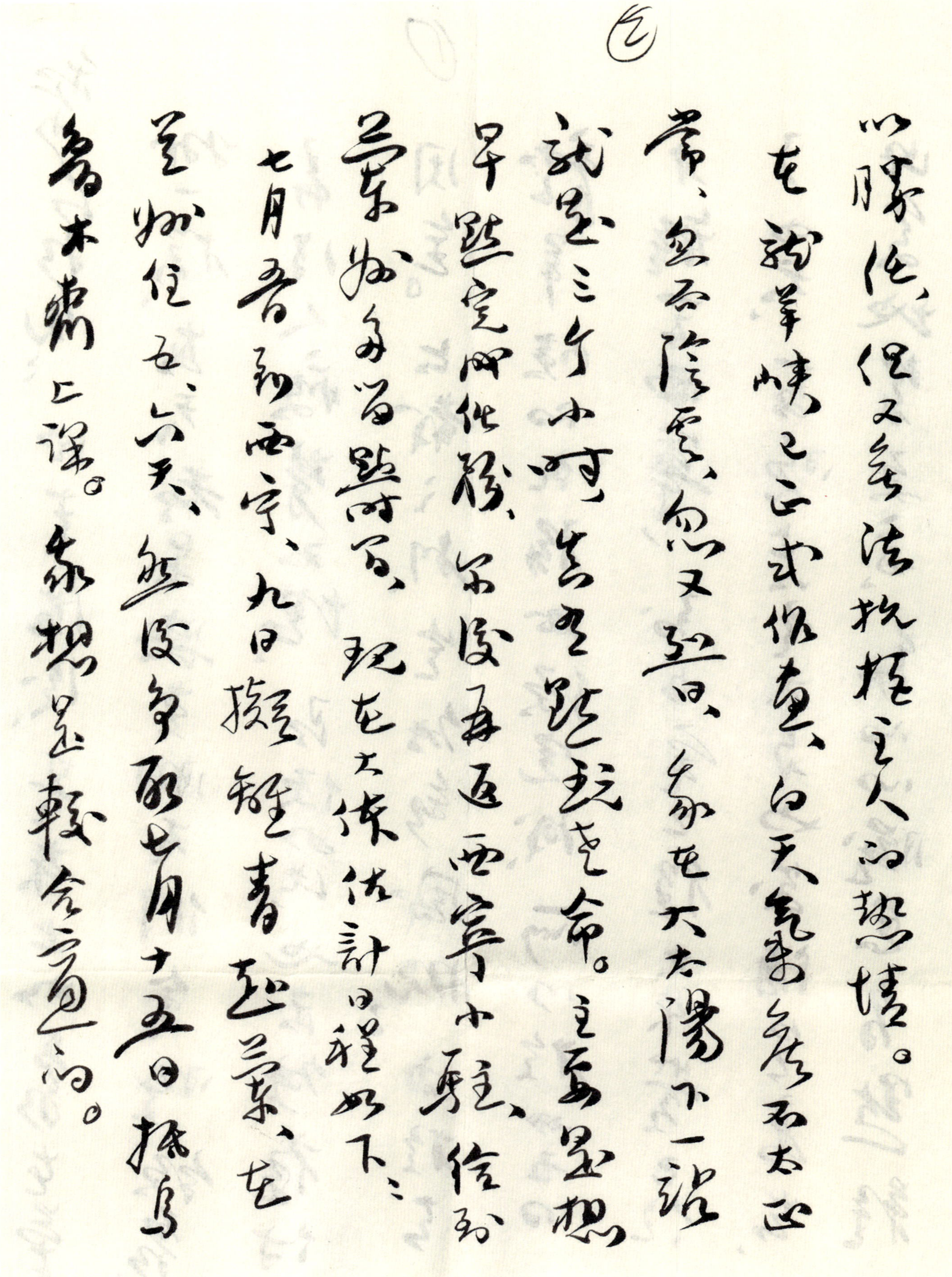

以胜任，但又无法抗拒主人的热情。

在龙羊峡已正式作画，白天气候不太正常，忽而阴云，忽又烈日，我在大太阳下一站就是三个小时，真有点玩老命。主要是想早点完成任务，尔后再返西宁小驻，给到兰州多留点时间，现在大体估计日程如下：七月五日到西宁，九日拟离青赴兰，在兰州住五、六天，然后争取七月十五日抵乌鲁木齐上课。我想是较合适的。

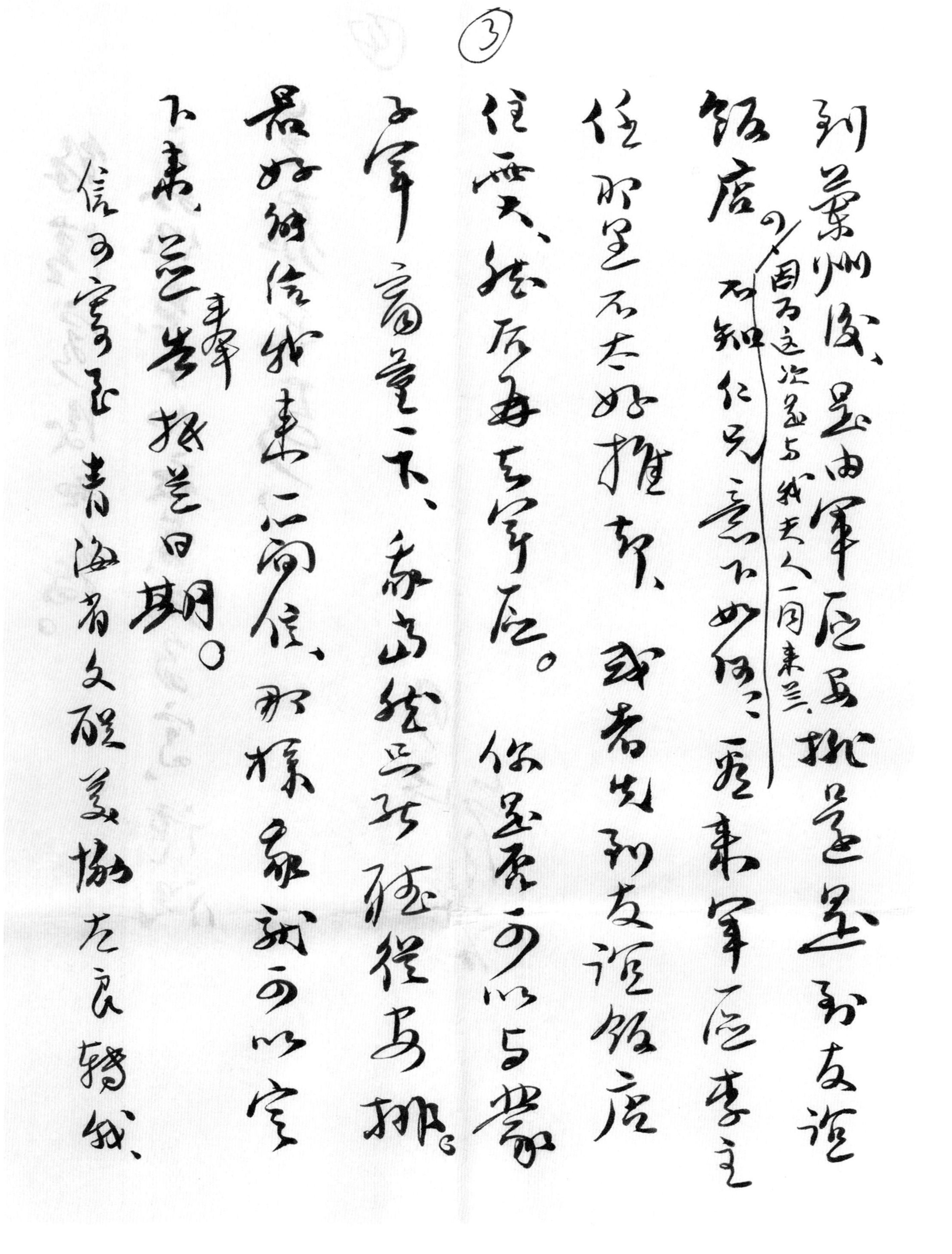

到兰州后，是由军区安排还是到友谊饭店？因为这次是与我夫人一同来兰，不知仁兄意下如何？看来军区李主任那里不太好推却，或者先到友谊饭店住两天，然后再去军区。你是否可以与蒙子军商量一下，我当然只能听从安排。最好能给我来一简信，那样我就可以定下来，并奉告抵兰日期。

信可寄至青海省文联美协左良转我，

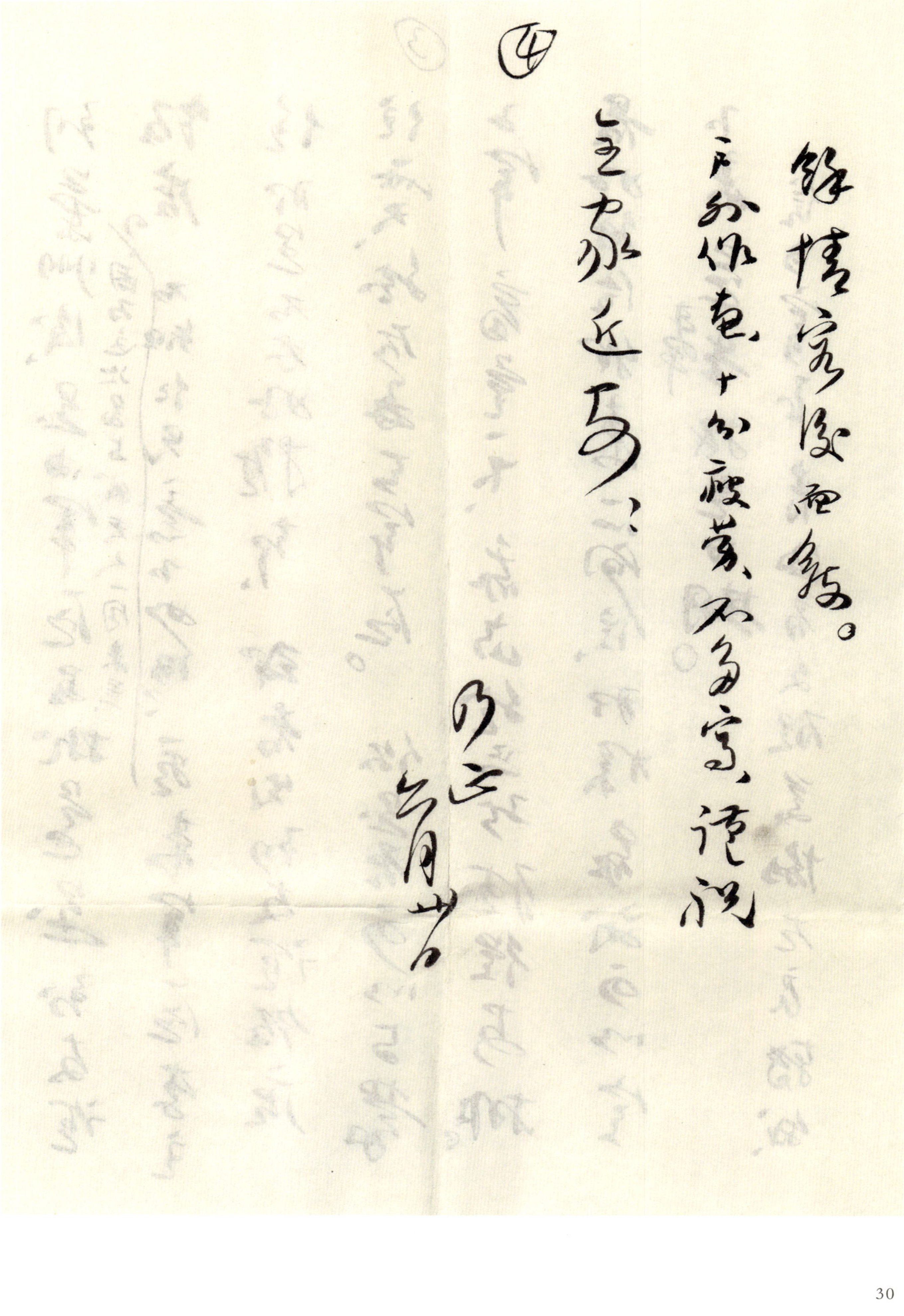

余情容后面叙。
户外作画，十分疲劳，不多写，谨祝
全家近安！

乃正
六月卅日

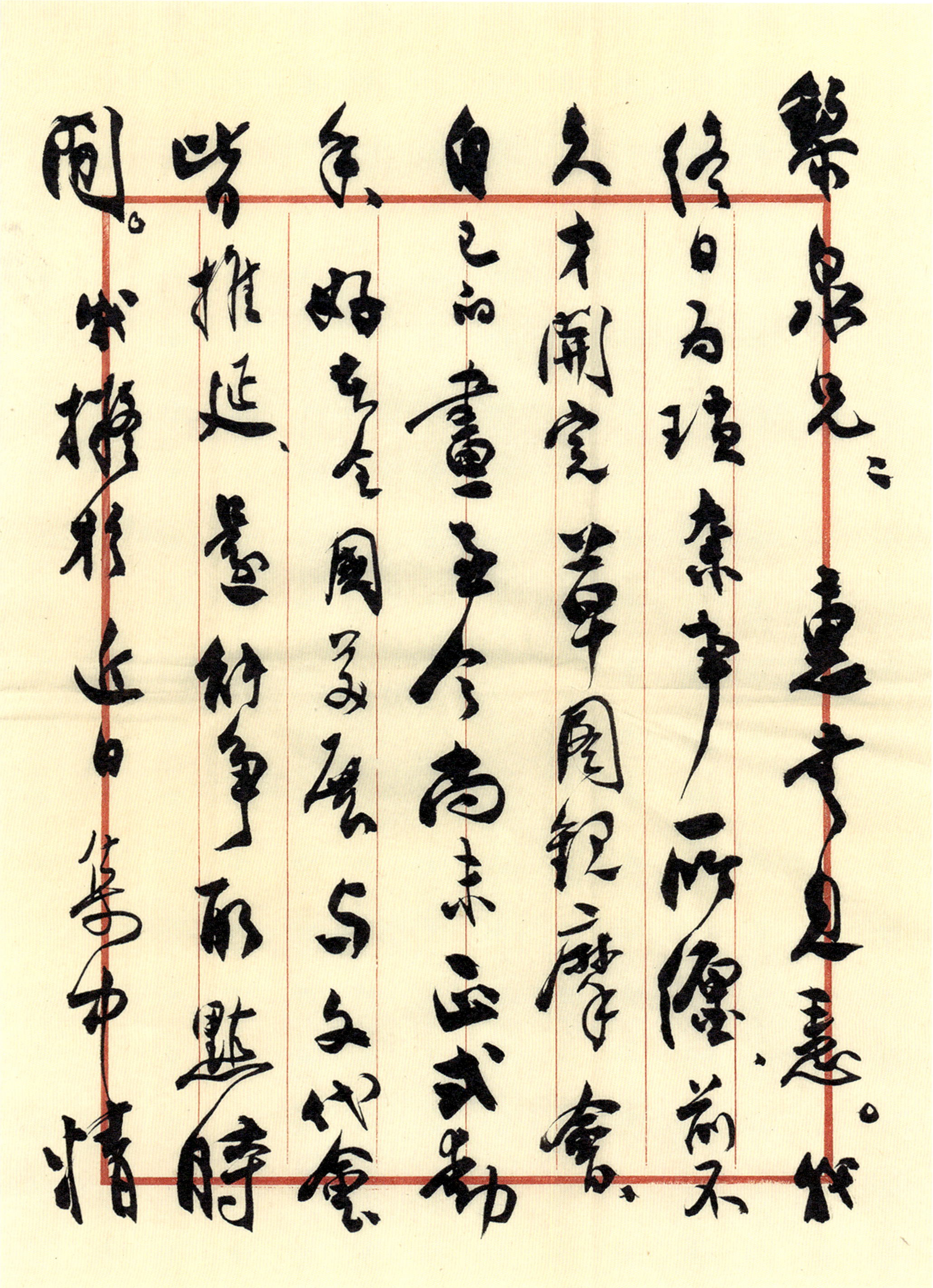

黎泉兄：
惠書見悉。我終日為瑣雜事所纏，前不久才開完草圖觀摩會，自己的畫至今尚未正式動手，好在全國美展與文代會皆推延，還能爭取點時間。我擬於近日集中精

黎泉兄：

惠书见悉。我终日为琐杂事所缠，前不久才开完草图观摩会，自己的画至今尚未正式动手，好在全国美展与文代会皆推延，还能争取点时间。我拟于近日集中精

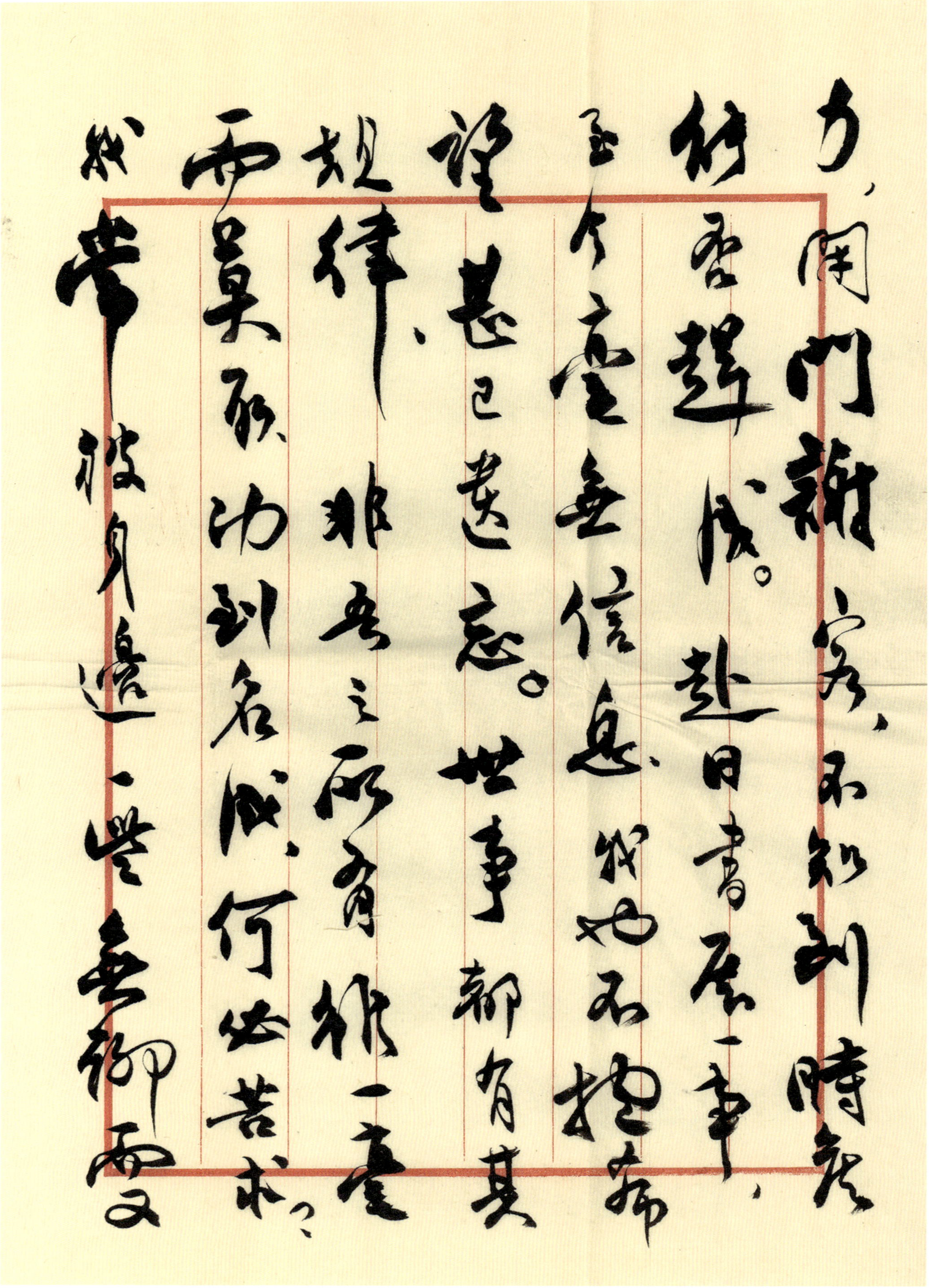

力，闭门谢客，不知到时候能否赶成。赴日书展一事，至今毫无信息，我也不抱希望甚已遗忘。世事都有其规律，非吾之所有虽一毫而莫取，功到名成，何必苦求？我常被身边一些无聊而又

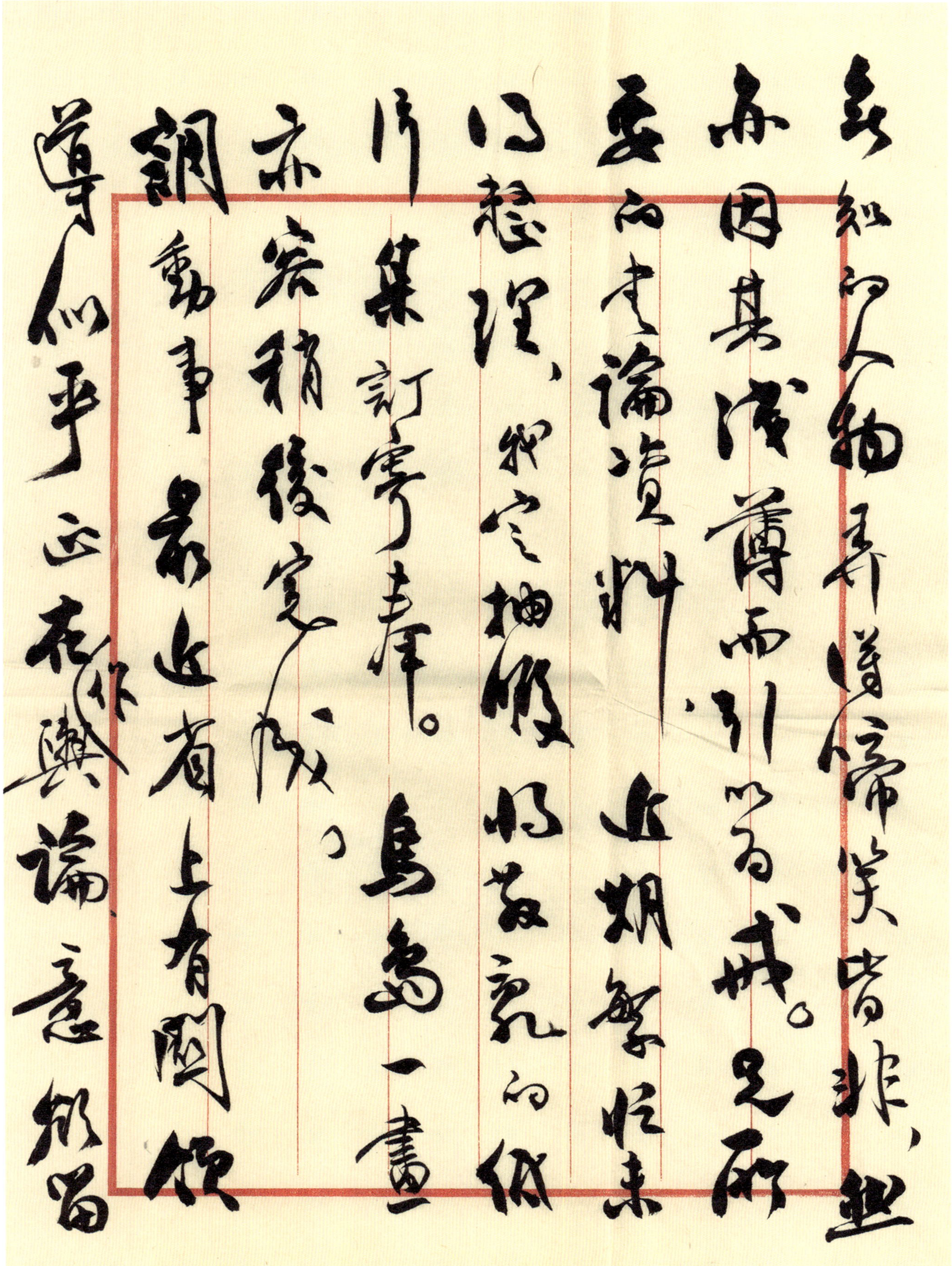

无知的人物弄得啼笑皆非，然亦因其浅薄而引以为戒。兄所要的书论资料，近期繁忙未得整理，我定抽暇将散乱的纸片集订寄奉。鸟岛一画亦容稍后完成。调动事最近省上有关领导似乎正在作舆论，意欲留

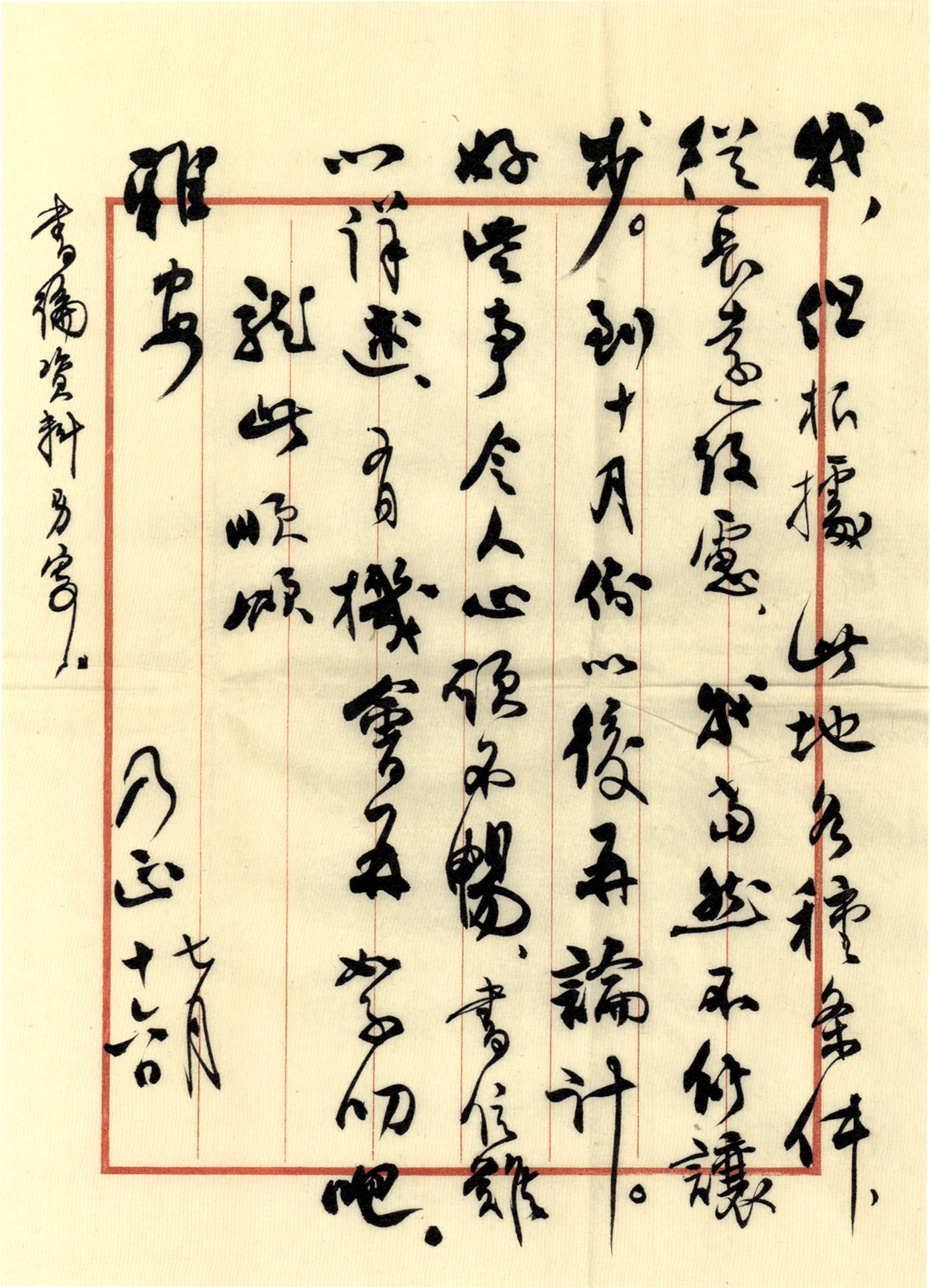

我，但根据此地各种条件，从长远考虑，我当然不能让步。到十月份以后再论计。好些事令人心头不畅，书信难以详述，有机会再絮叨吧。

就此顺颂

雅安

乃正

七月十六日

书论资料另寄。

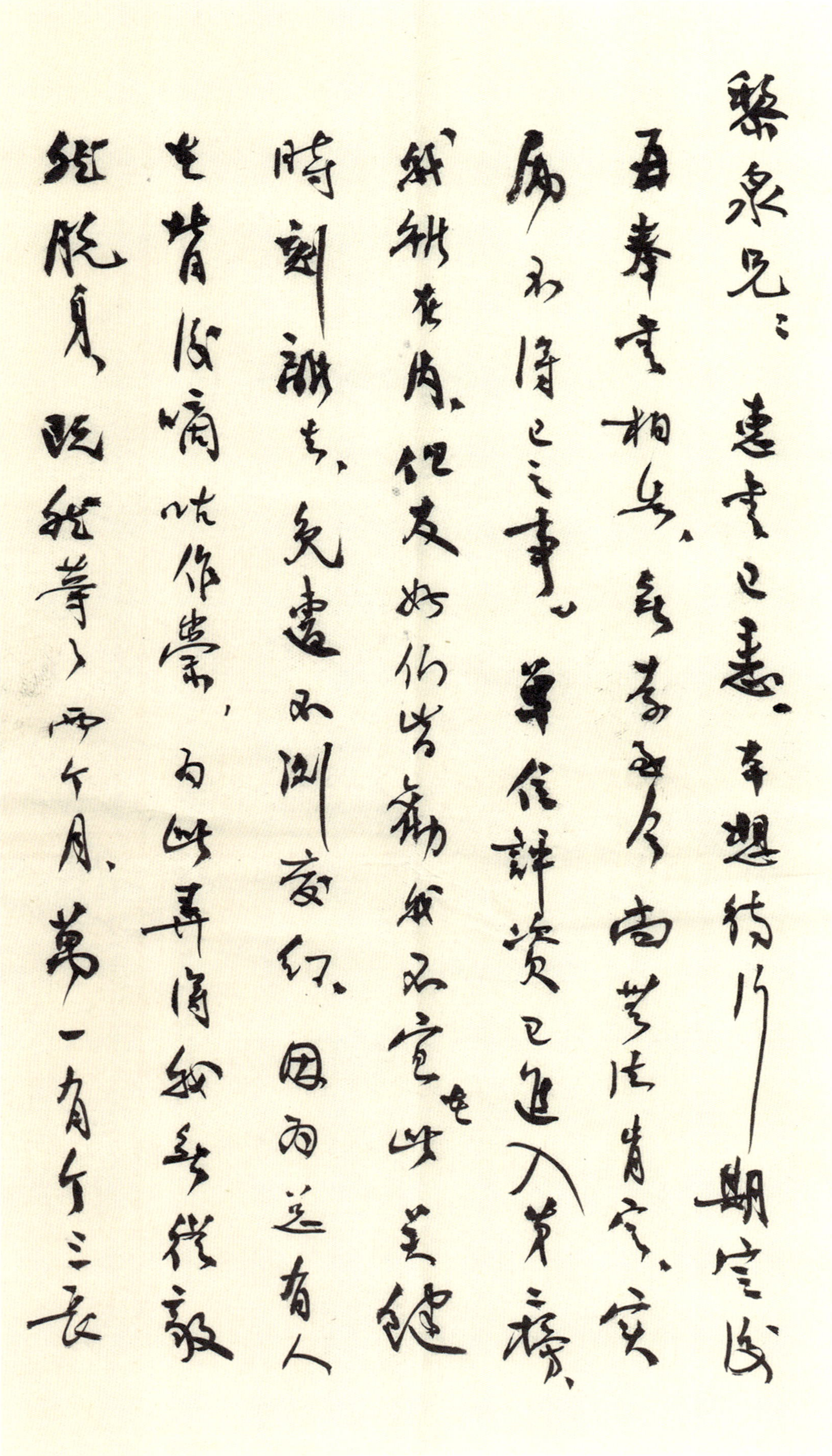

黎泉兄：

惠书已悉。本想待行期定后再奉书相告，无奈至今尚无法肯定，实属不得已之事。单位评资已进入第二榜，我虽在内，但友好们皆劝我不宜在此关键时刻离去，免遭不测变幻，因为总有人在背后嘀咕作祟，为此弄得我无从毅然脱身，既然等了两个月，万一有个三长

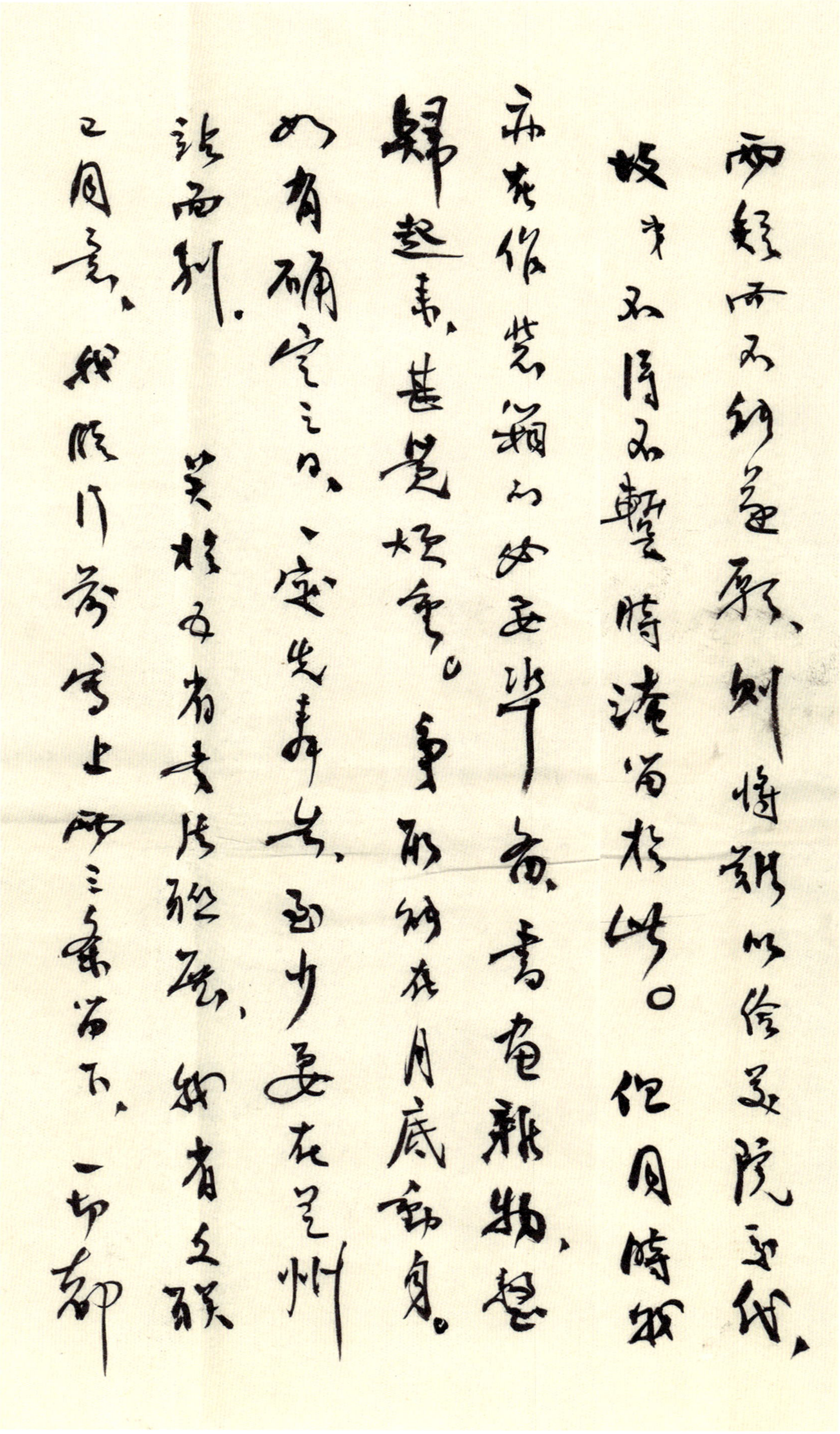
两短而不能遂愿，则将难以给美院交代，
故弟不得不暂时淹留于此。但同时我
亦在作装箱的必要准备，书画杂物，整
归起来，甚觉烦重。争取能在月底动身。
如有确定之日，一定先奉告，至少要在兰州
站面别。 关于五省书法联展，我省文联
已同意，我临行前写上两三条留下，一切都

两短而不能遂愿，则将难以给美院交代，故弟不得不暂时淹留于此。但同时我亦在作装箱的必要准备，书画杂物，整归起来，甚觉烦重。争取能在月底动身。如有确定之日，一定先奉告，至少要在兰州站面别。关于五省书法联展，我省文联已同意，我临行前写上两三条留下，一切都

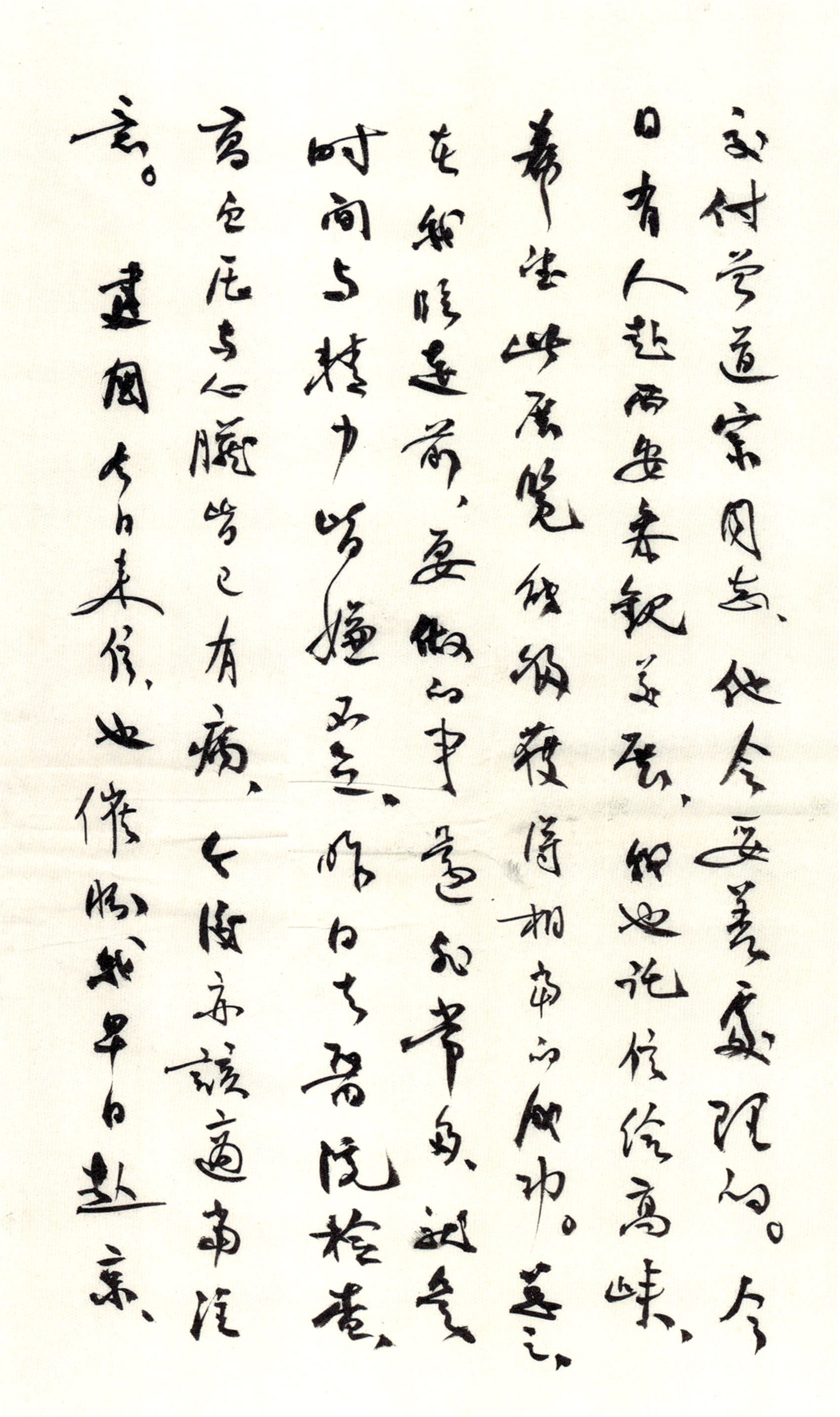

交付曾道宗同志，他会妥善处理的。今日有人赴西安参观美展，我也托信给高峡，希望此展览能够获得相当的成功。总之，在我临走前，要做的事还非常多，就是时间与精力皆嫌不足，昨日去医院检查，高血压与心脏皆已有病，今后亦该适当注意。建国今日来信，也催盼我早日赴京。

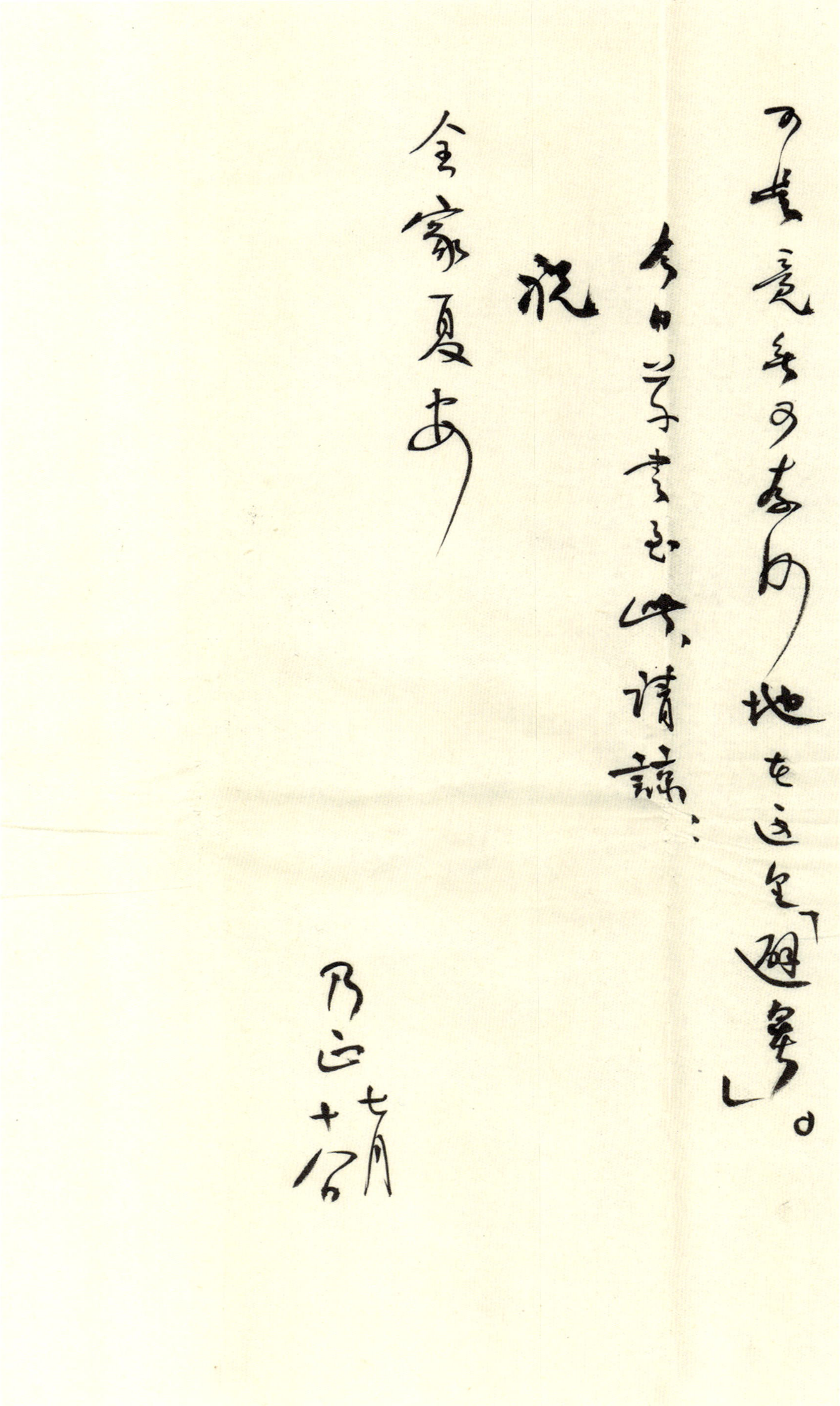

可是竟无可奈何地在这里「避暑」。
今日草书至此，请谅！
祝
全家夏安

乃正
七月十八日

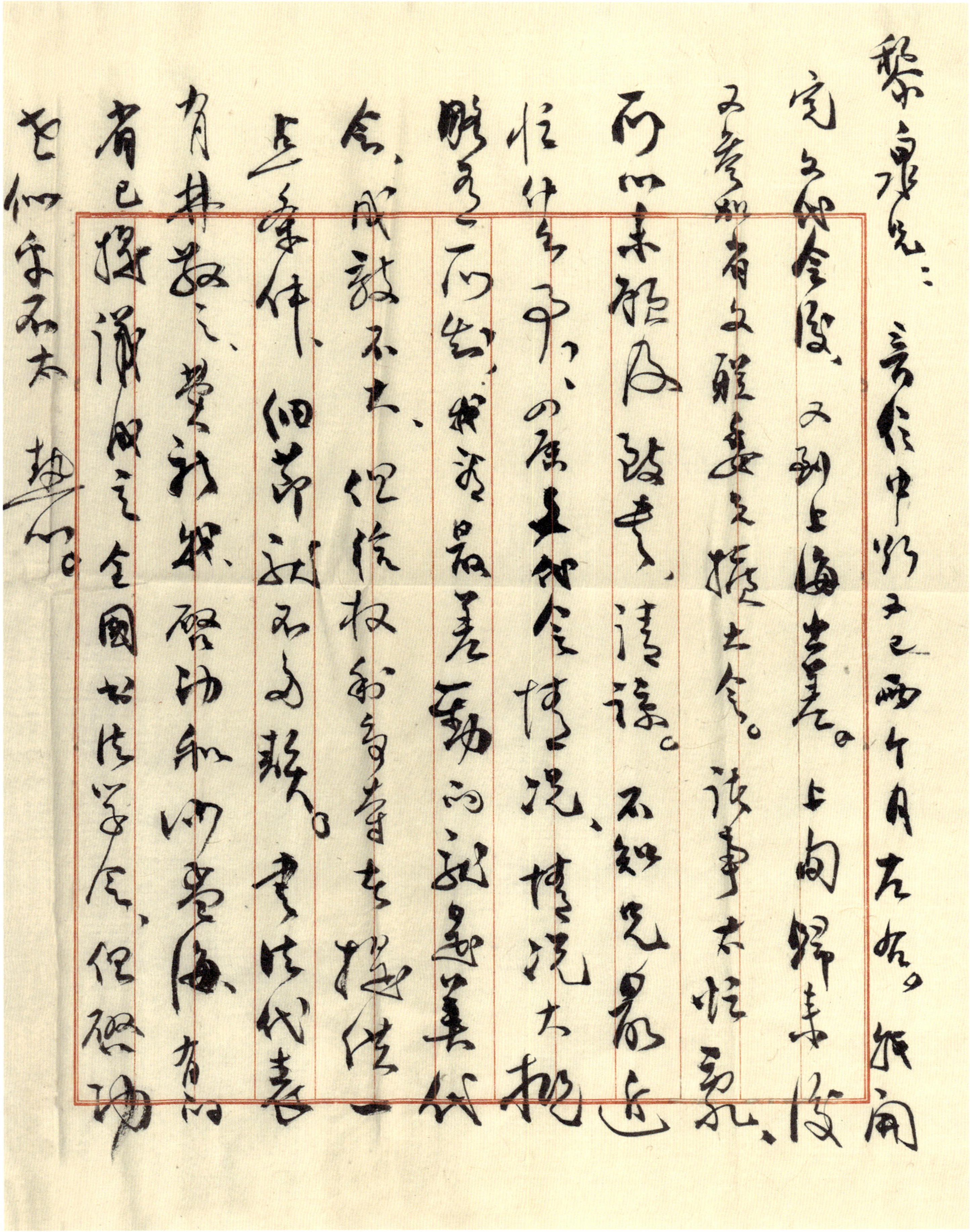

黎泉兄：

音信中断又已两个月左右。我开完文代会后，又到上海出差。上旬归来后又参加省文联委员扩大会。诸事太忙乱，所以未顾及致书，请谅。不知兄最近忙什么事？四届文代会情况，情况大概略有所知，我看最差劲的就是美代会，成效不大，但给权力争夺者提供一点条件，细节就不多赘。书法代表有林散之、费新我、启功和沙孟海，有的省已提议成立全国书法学会，但启功老似乎不太热心。

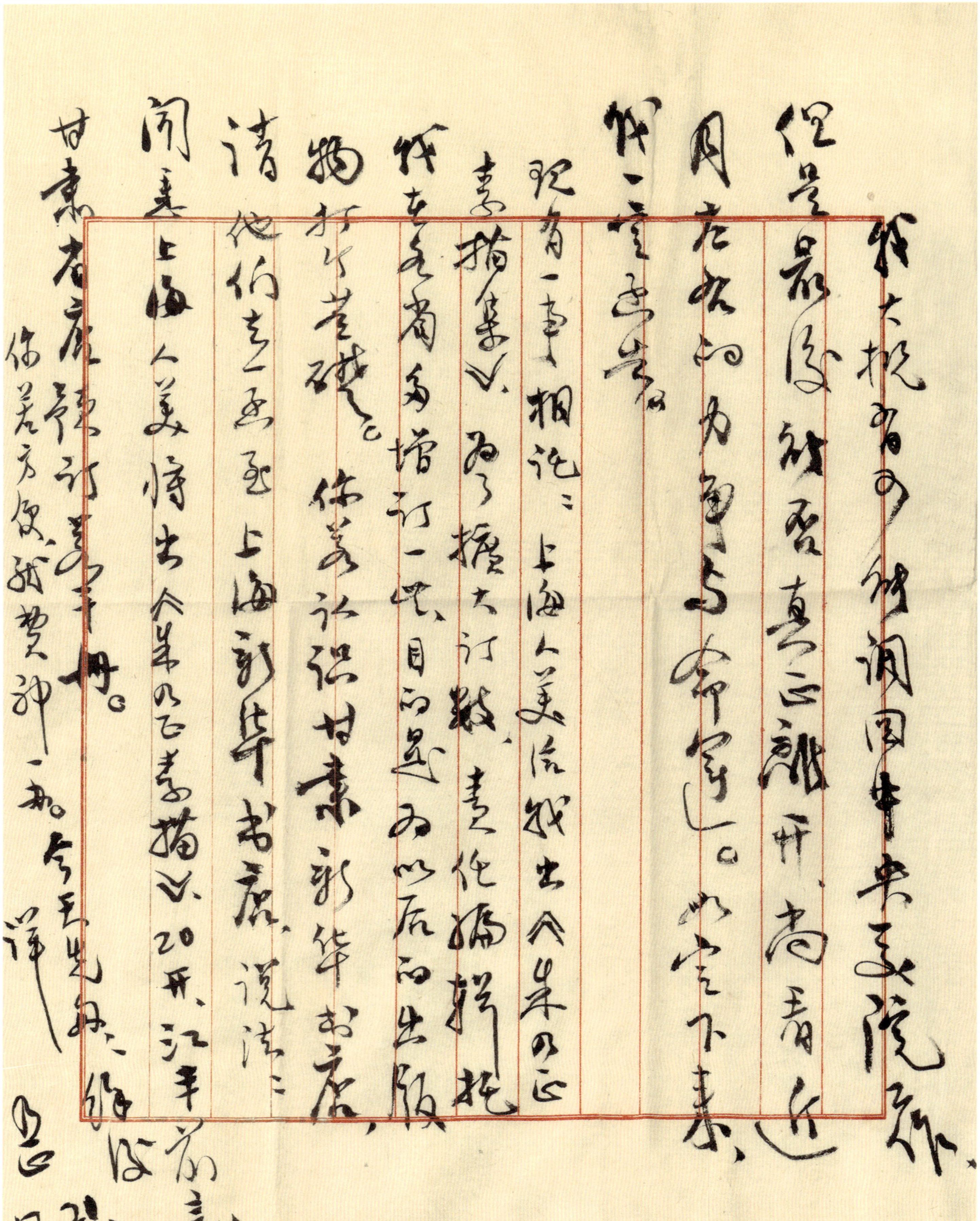

我大概有可能调回中央美院工作，但是最后能否真正离开，尚看近月左右的力争与命运。如定下来，我一定函告。

现有一事相讬：上海人美给我出《朱乃正素描集》，为了扩大订数，责任编辑托我在各省多增订一些，目的是为以后的出版物打个基础。你若认识甘肃新华书店，请他们去一函至上海新华书店，说法：闻悉上海人美将出《朱乃正素描》，二十开，江丰前言，甘肃省店预订若干册。

你若方便，就费神一办。今天先匆匆，余后详。

乃正

朱乃正常用印

悟未悟

砚边草谈

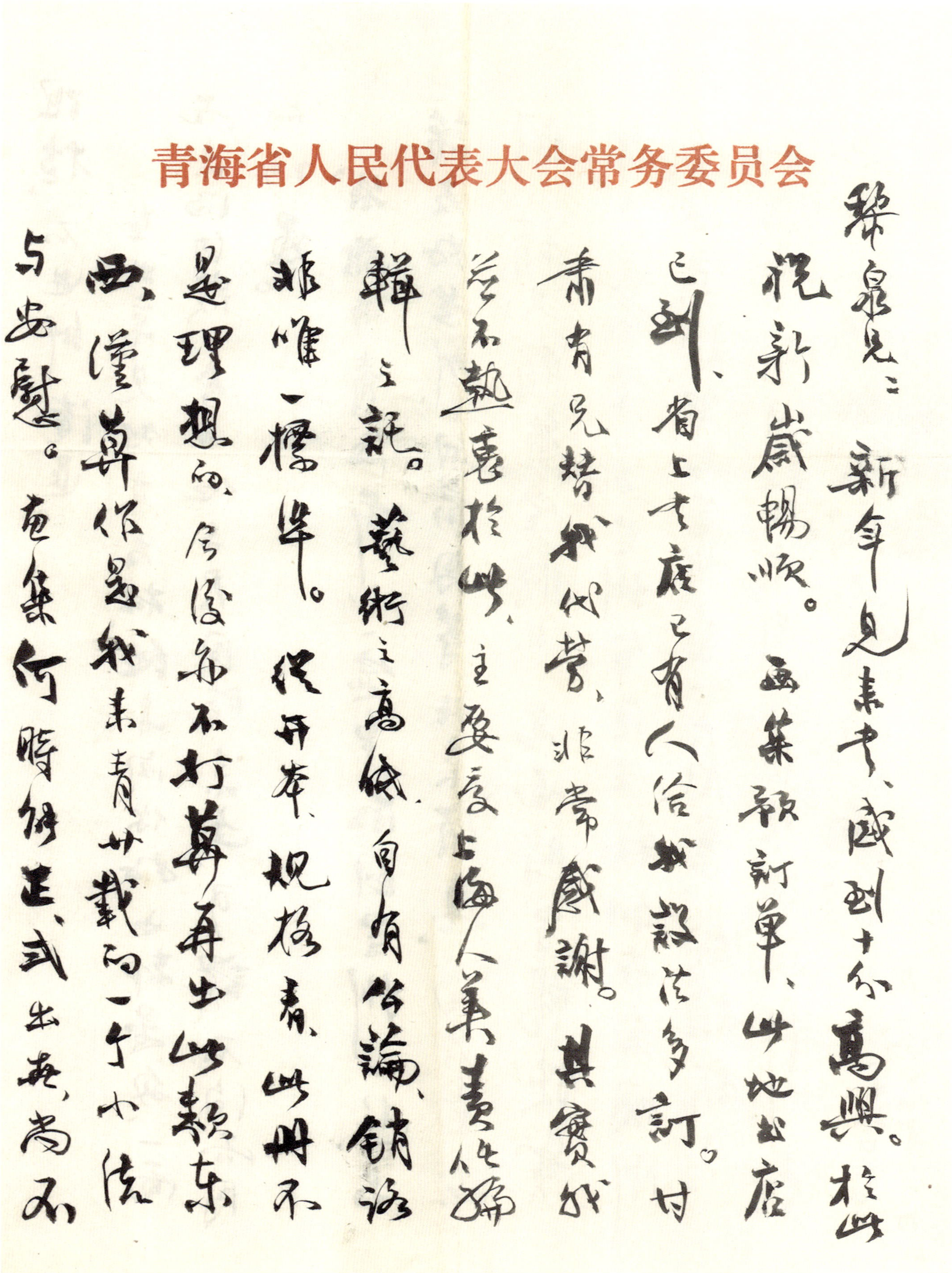

黎泉兄：

新年见来书，感到十分高兴。于此祝新岁畅顺。画集预订单，此地书店已到，省上书店已有人给我设法多订。甘肃有兄替我代劳，非常感谢。其实我并不热衷于此，主要受上海人美责任编辑之托。艺术之高低，自有公论，销路非唯一标准。从开本、规格看，此册不是理想的，今后亦不打算再出此类东西，仅算作是我来青廿载的一个小结与安慰。画集何时能正式出世，尚不

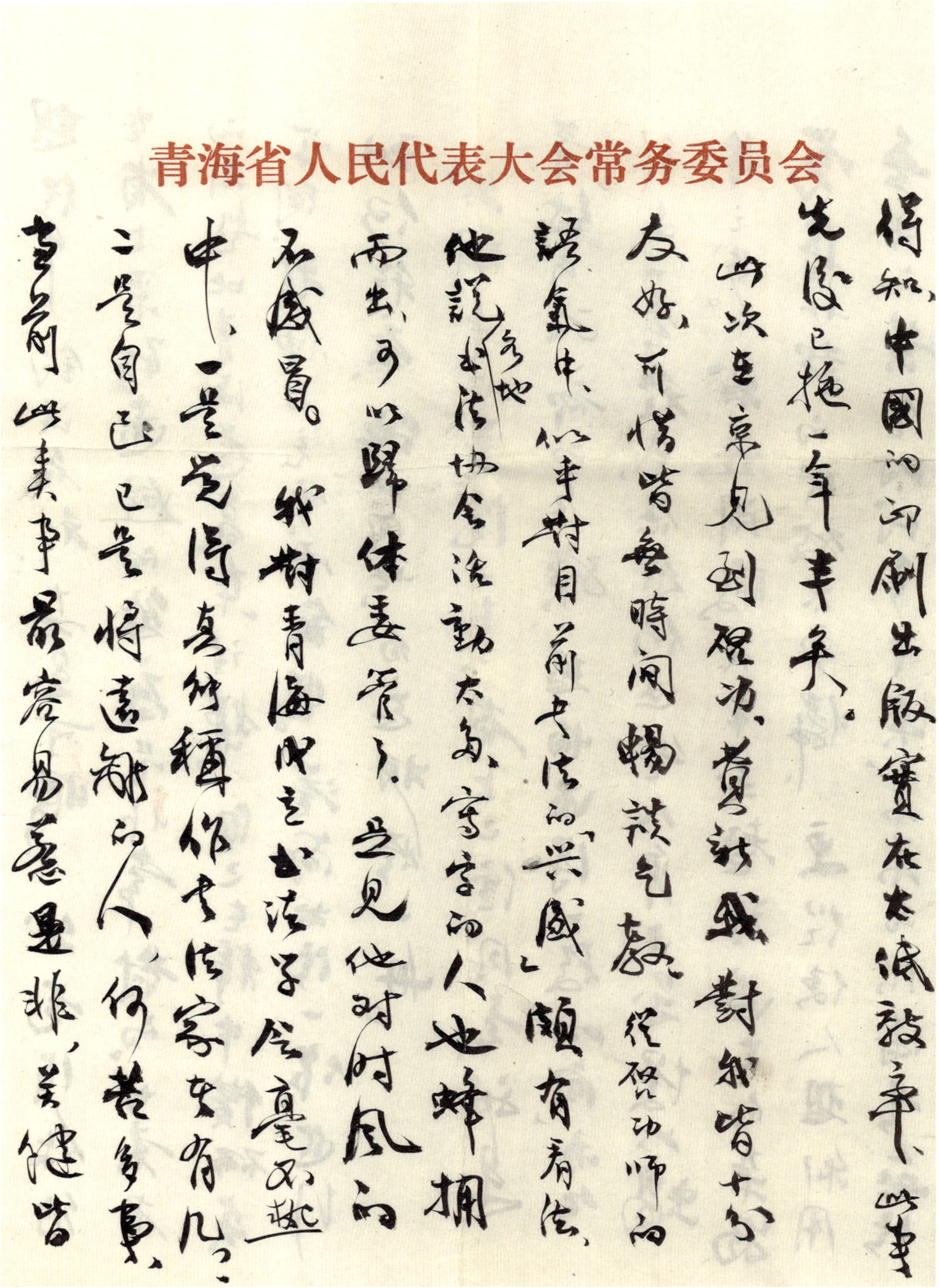

得知，中国的印刷出版，实在太低效率，此事先后已拖一年半矣。

此次在京见到启功、费新我，对我皆十分友好，可惜皆无时间畅谈乞教，从启功师的语气中，似乎对目前书法的『兴盛』颇有看法，他说各地书法协会活动太多，写字的人也蜂拥而出，可以归体委管了。足见他对时风的不感冒。我对青海成立书法学会毫不热中，一是觉得真能称作书法家者有几？二是自己已是将远离的人，何苦多事，当前此类事最容易惹是非，关键皆

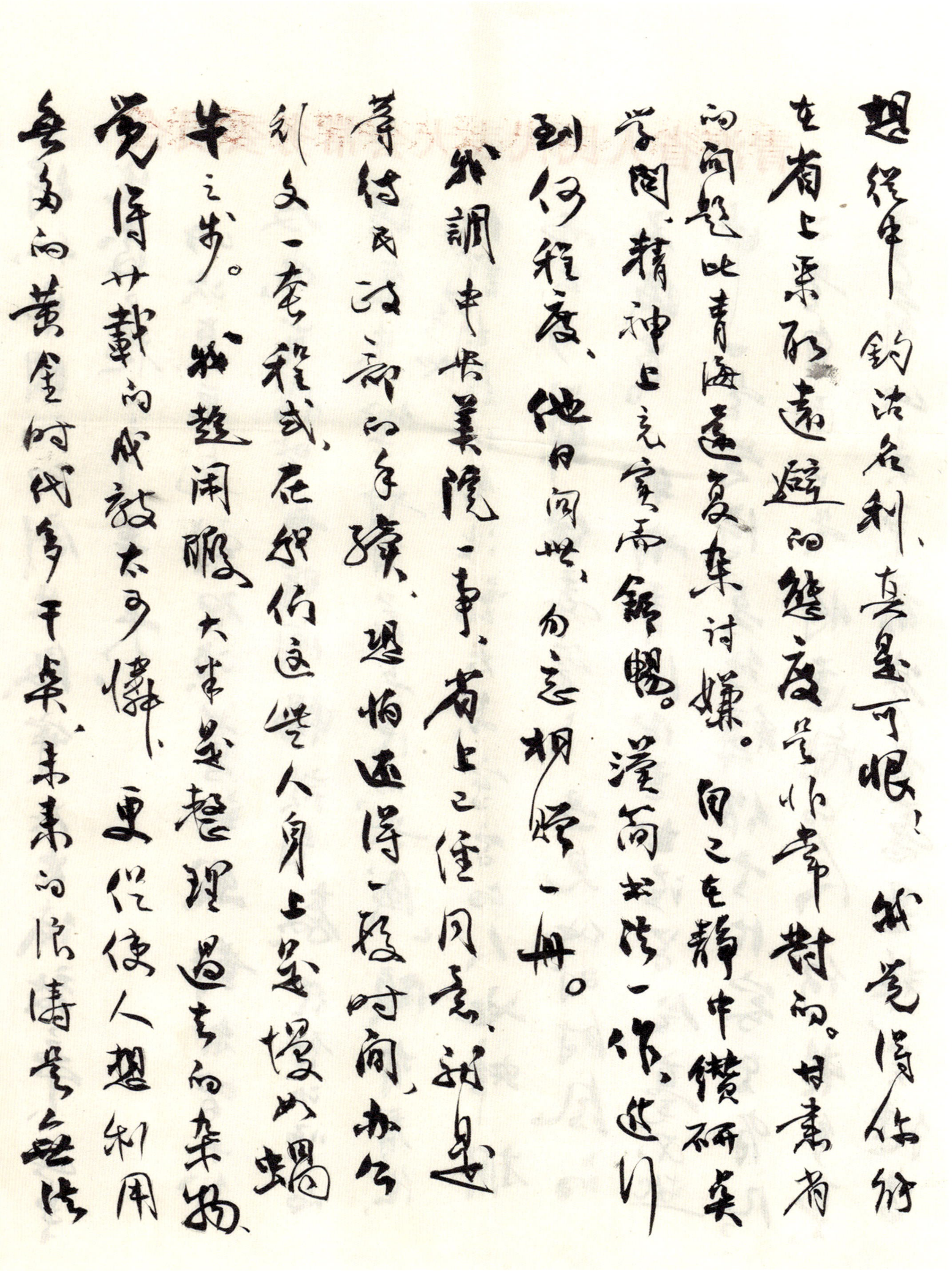

想从中钓沽名利，真是可恨！我觉得你能在省上采取远避的态度是非常对的。甘肃省的问题比青海还复杂讨嫌。自己在静中钻研点学问，精神上充实而舒畅。汉简书法一作，进行到何程度，他日问世，勿忘相赠一册。

我调中央美院一事，省上已经同意，就是等待民政部的手续，恐怕还得一段时间，办公行文一套程式，在我们这些人身上是慢如蜗牛之步。我趁闲暇大半是整理过去的杂物，觉得廿载的成效太可怜，更促使人想利用无多的黄金时代多干点，未来的浪涛是无法

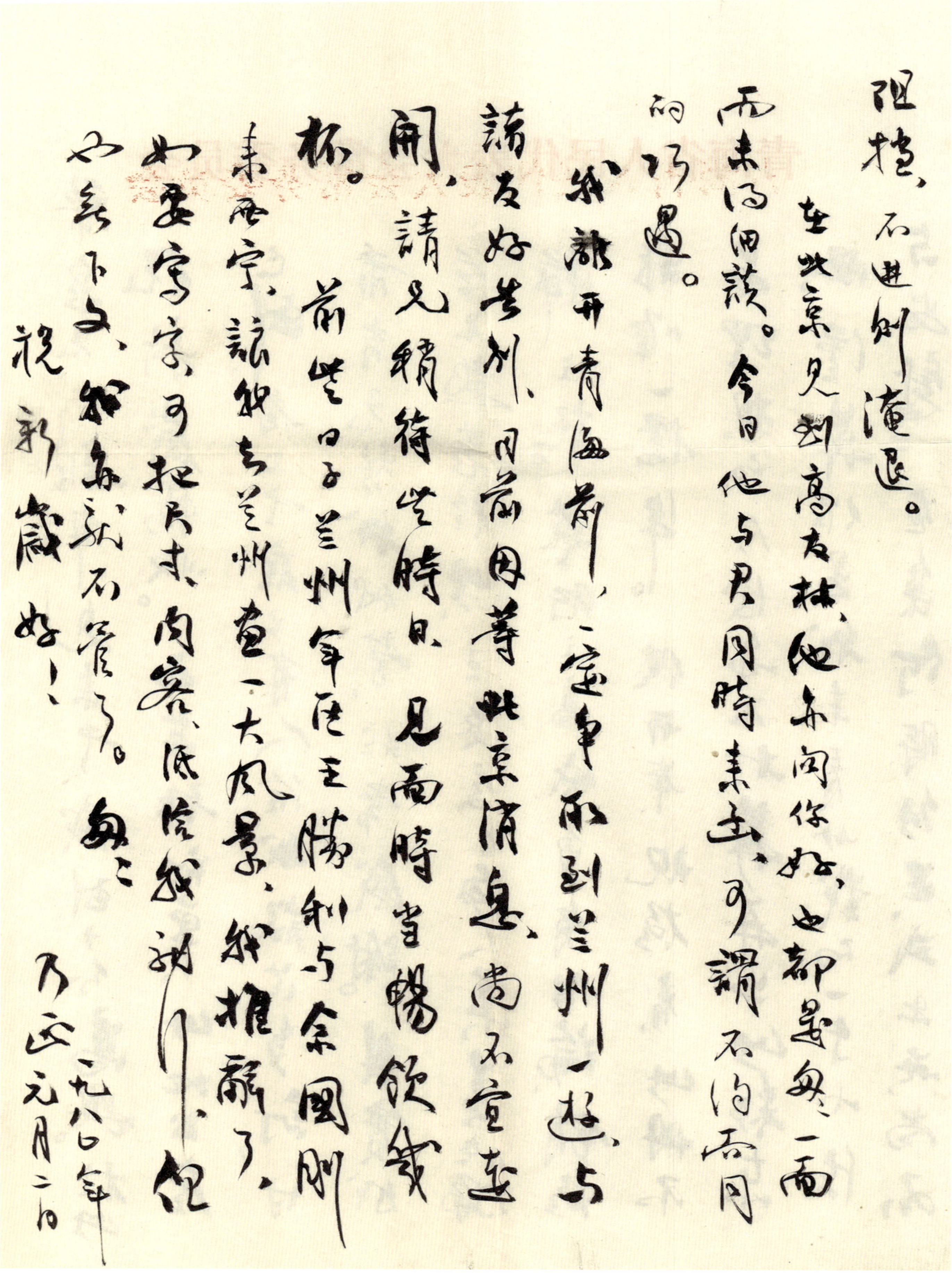

阻挡，不进则淹退。

在北京见到高友林，他亦问你好，也都是匆匆一面而未得细谈。今日他与君同时来函，可谓不约而同的巧遇。

我离开青海前，一定争取到兰州一游，与诸友好告别，目前因等北京消息，尚不宜走开，请兄稍待些时日，见面时当畅饮几杯。

前些日子兰州军区王胜利与余国刚来西宁，让我去兰州画一大风景，我推辞了，如要写字，可把尺寸、内容、纸给我就行，但也无下文，我亦就不管了。匆匆。

祝新岁好！

乃正

一九八〇年元月二日

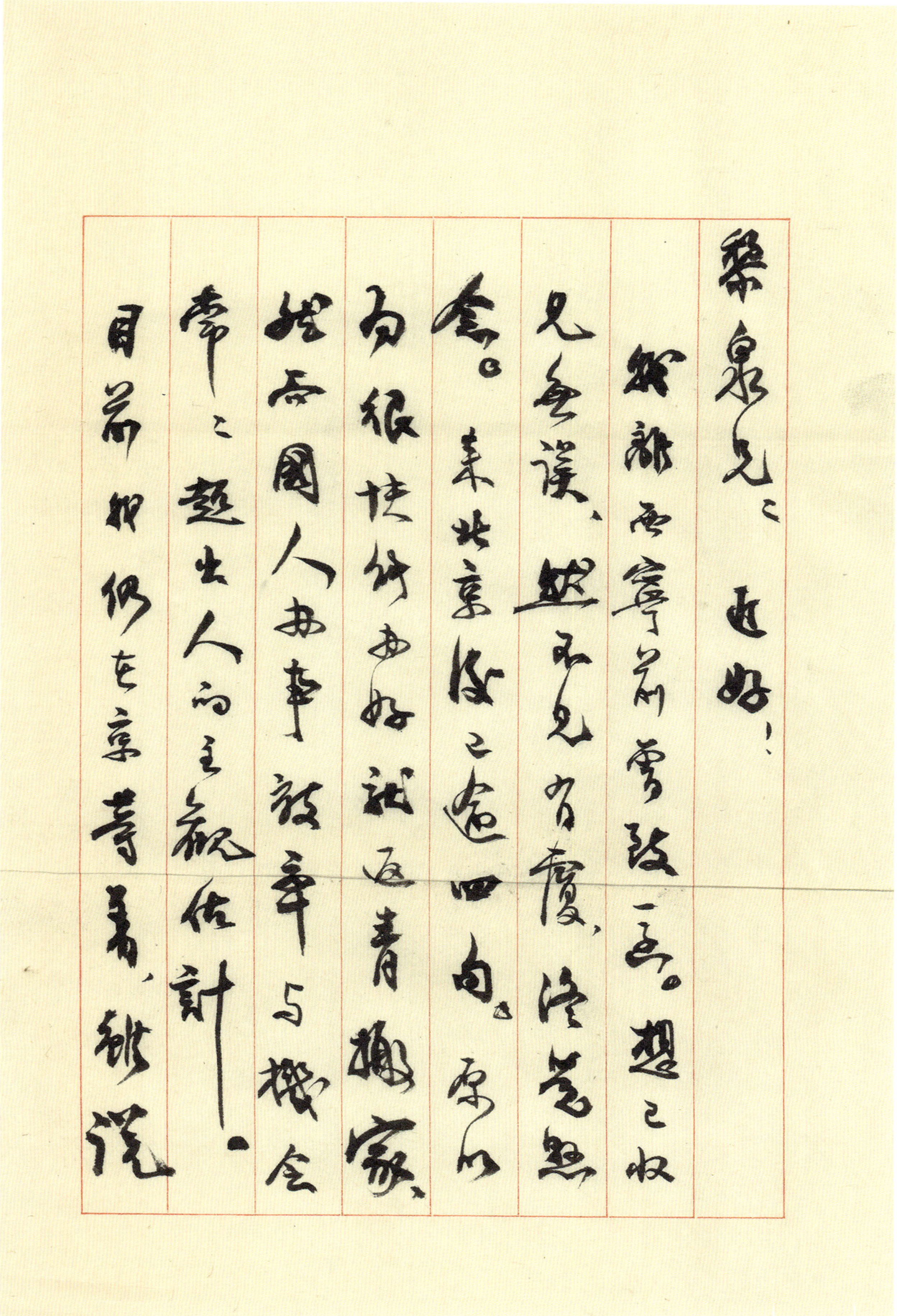

黎泉兄：

近好！

我離西寧前曾致一函。想已收見無誤，然不見有覆，終覺懸念。來北京後已逾四旬。原以爲很快能辦好就返青搬家，然而國人辦事效率與機會常常超出人的主觀估計。目前我仍在京等着，雖說

黎泉兄：

近好！

我离西宁前曾致一函。想已收见无误，然不见有覆，终觉悬念。来北京后已逾四旬。原以为很快能办好就返青搬家，然而国人办事效率与机会常常超出人的主观估计。目前我仍在京等着，虽说

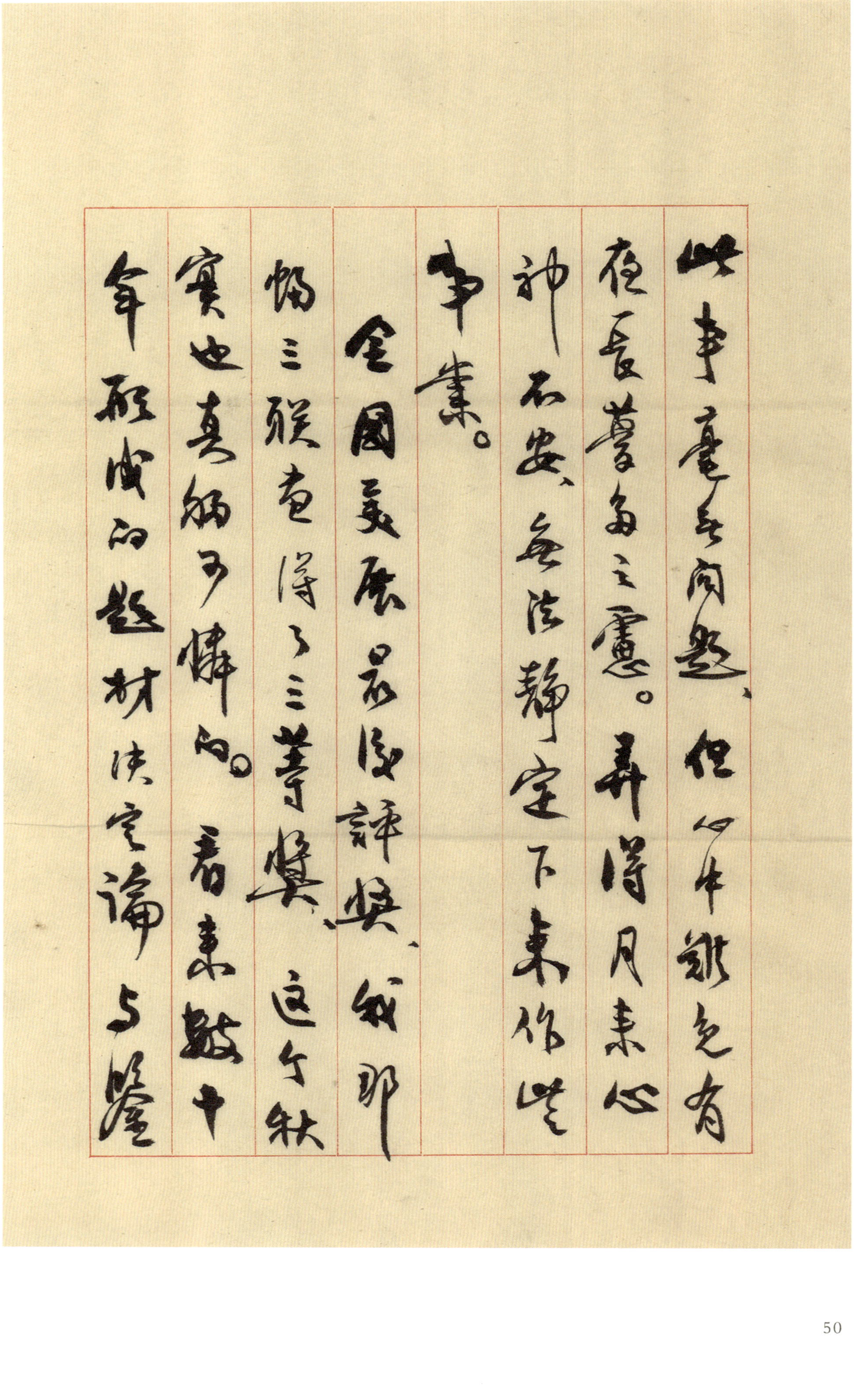
此事毫無問題、但心中難免有夜長夢多之慮。弄得月來心神不安、無法靜定下來作些事業。全國美展最後評獎、我那幅三聯畫得了三等獎、這个秋實也真够可憐的。看來數十年形成的題材決定論與鑒

此事毫无问题，但心中难免有夜长梦多之虑。弄得月来心神不安，无法静定下来作些事业。全国美展最后评奖，我那幅三联画得了三等奖，这个秋实也真够可怜的。看来数十年形成的题材决定论与鉴

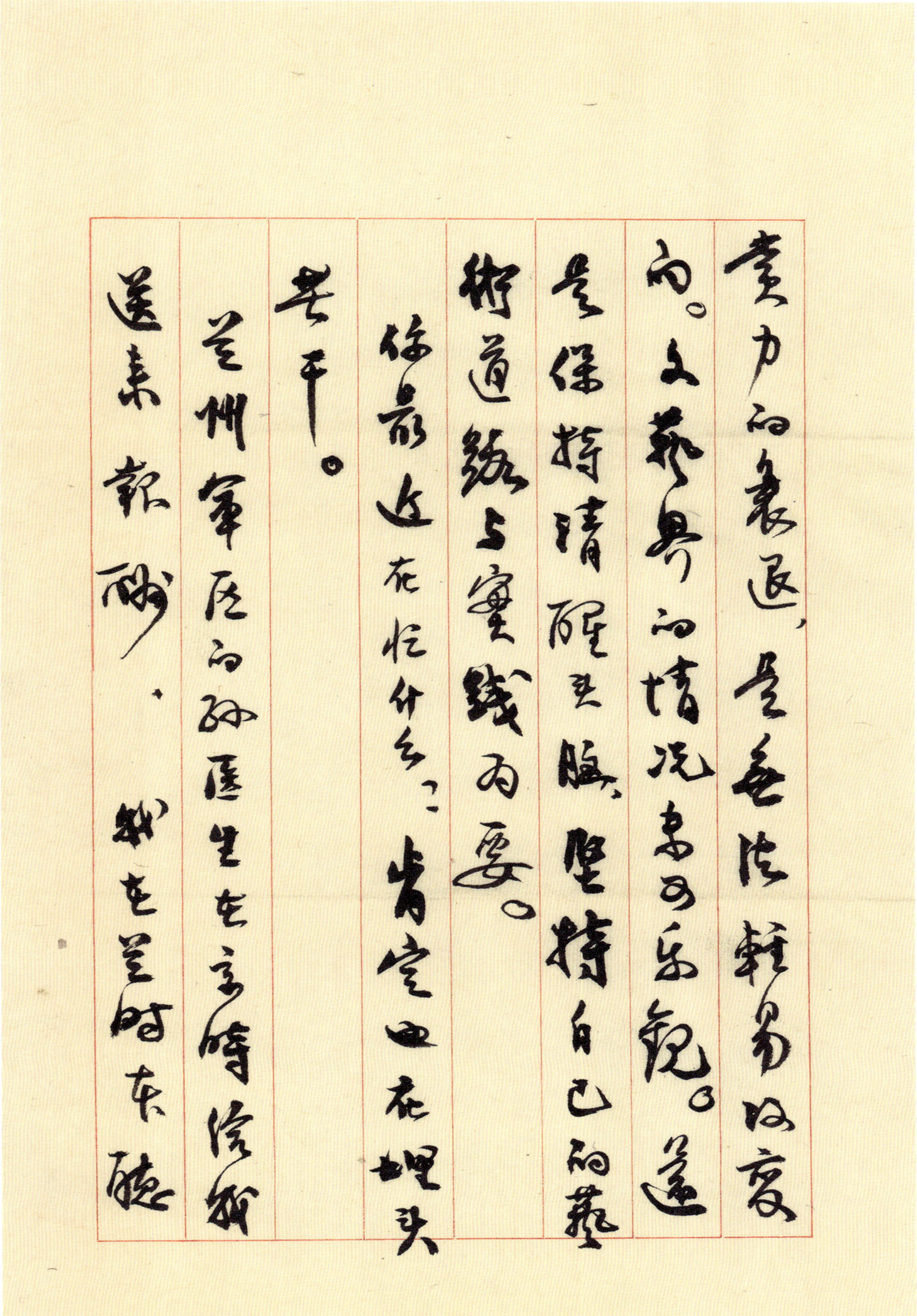

赏力的衰退，是无法轻易改变的。文艺界的情况未可乐观。还是保持清醒头脑，坚持自己的艺术道路与实践为要。

你最近在忙什么？肯定也在埋头苦干。

兰州军区的孙医生在京时给我送来报酬，我在兰时本听

赏力的衰退，是无法轻易改变的。文艺界的情况未可乐观。还是保持清醒头脑，坚持自己的艺术道路与实践为要。

你最近在忙什么？肯定也在埋头苦干。

兰州军区的孙医生在京时给我送来报酬，我在兰时本听

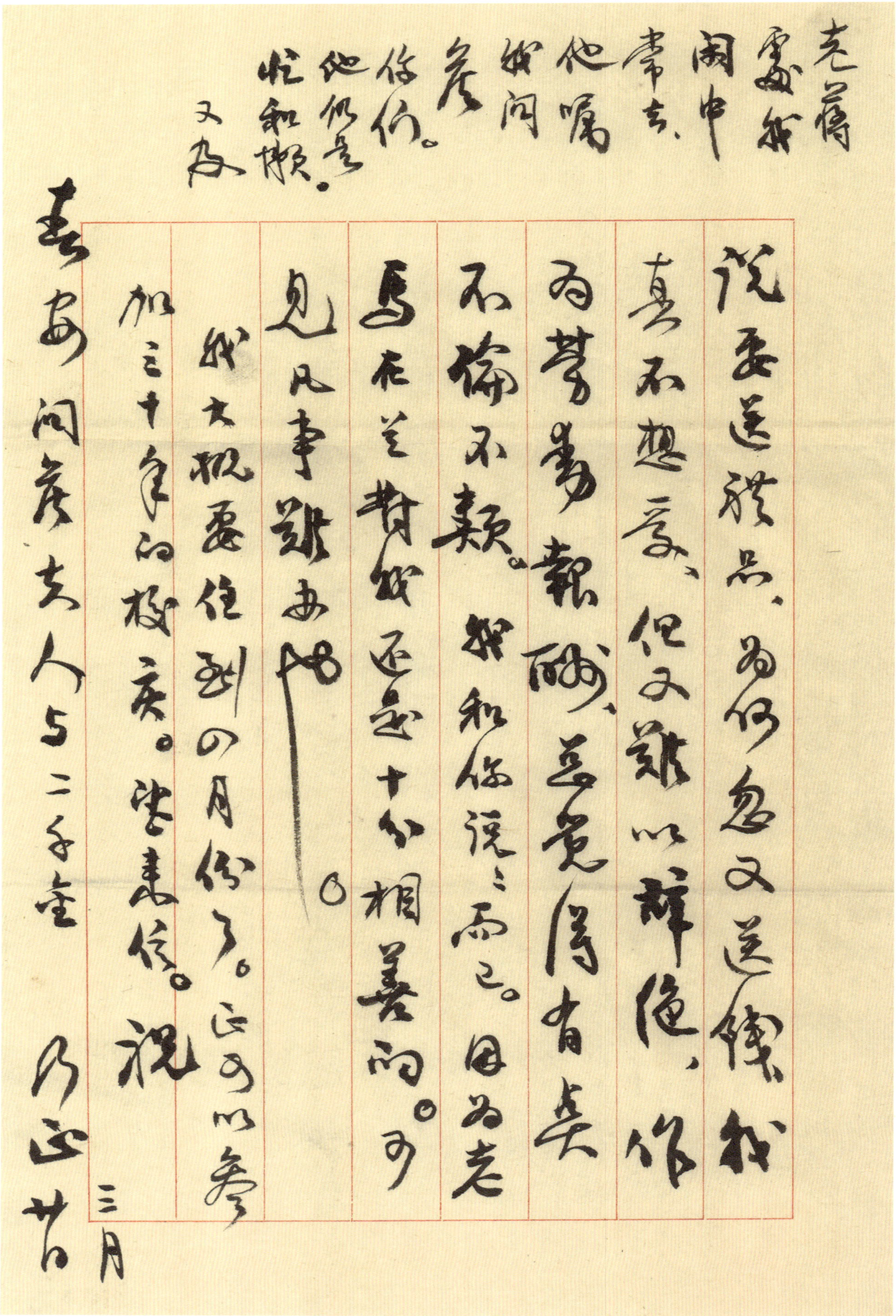

说要送礼品，为何忽又送钱，我真不想受，但又难以辞绝，作为劳动报酬，总觉得有点不伦不类。我和你说说而已。因为老马在兰对我还是十分相善的。可见凡是难办也。

我大概要住到四月份了。正可以参加三十年的校庆。望来信。

祝

春安

问候夫人与二千金

乃正

三月廿日

老蒋处我闲中常去，他嘱我问候你们。他仍是忙和懒。

又及

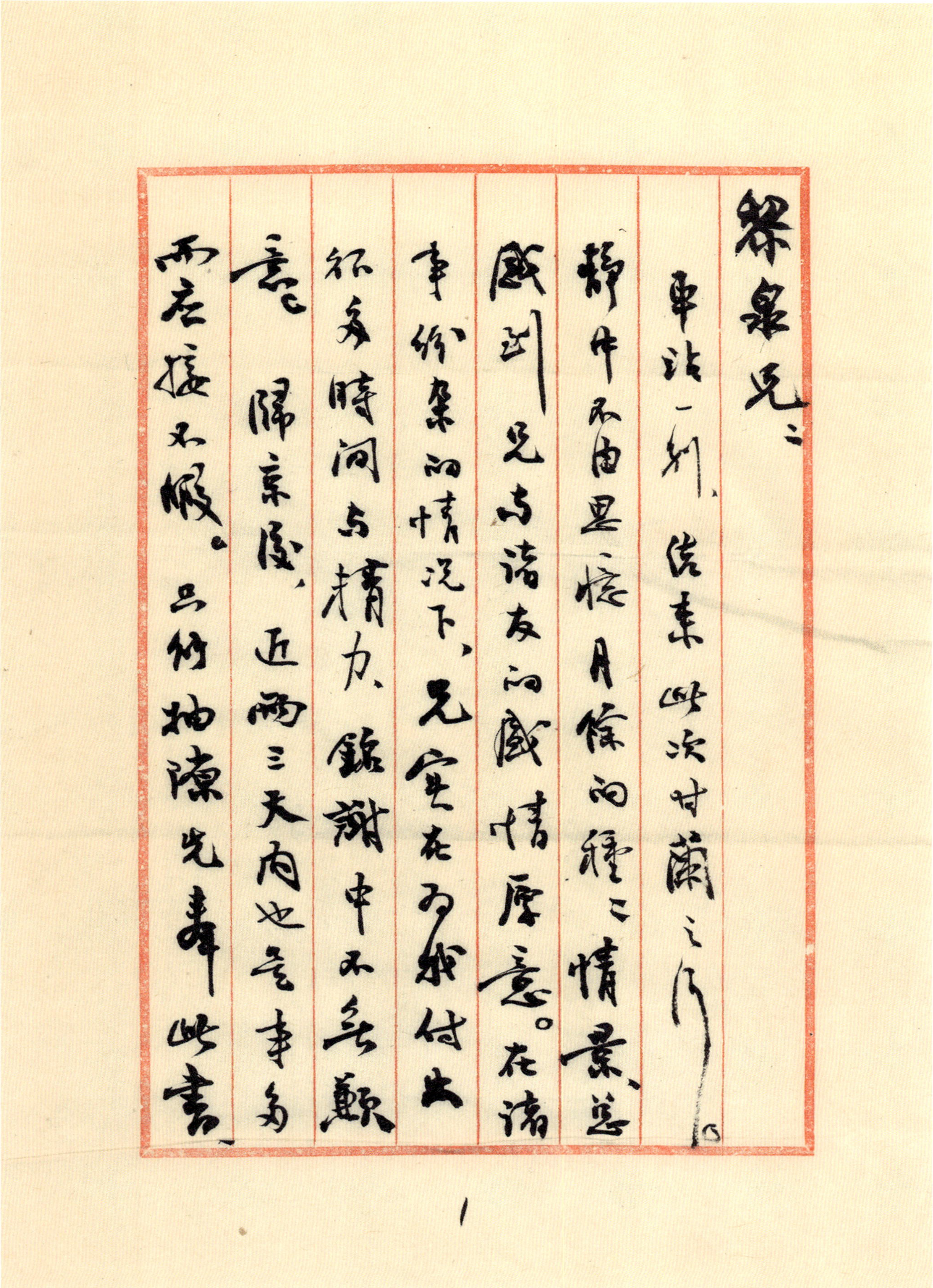

黎泉兄：

車站一別，結束此次甘蘭之行。靜中不由思憶月餘的種種情景，總感到兄與諸友的盛情厚意。在諸事紛雜的情況下，兄實在為我付出很多時間與精力，銘謝中不無歉意。歸京後，近兩三天內也是事多而應接不暇。只能抽隙先奉此書，

黎泉兄：

车站一别，结束此次甘兰之行。静中不由思忆月余的种种情景，总感到兄与诸友的盛情厚意。在诸事纷杂的情况下，兄实在为我付出很多时间与精力，铭谢中不无歉意。归京后，近两三天内也是事多而应接不暇。只能抽隙先奉此书，

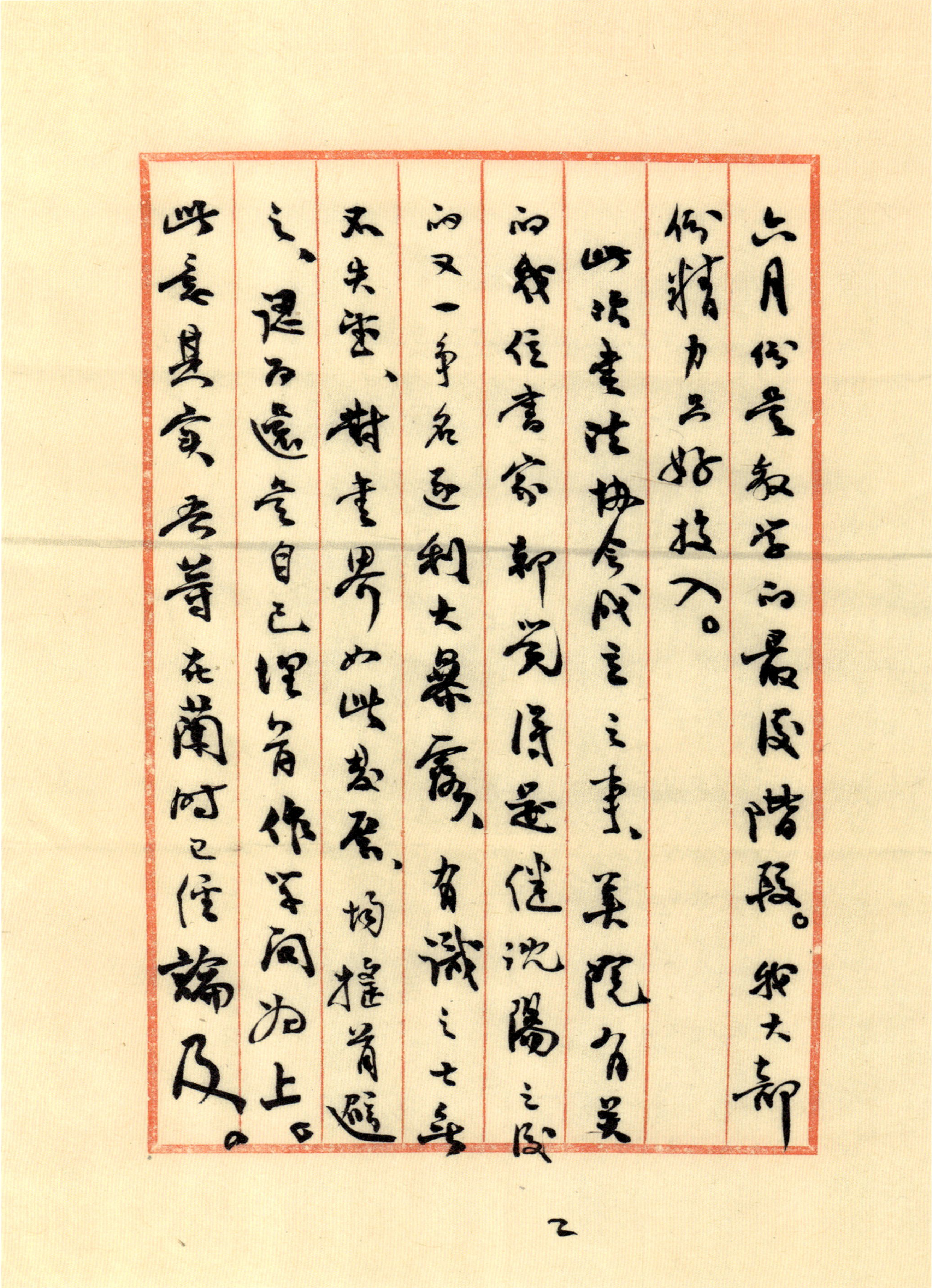
六月份是教學的最後階段。我大部
份精力只好投入。
此次書法協會成立之事，美院有關
的幾位書家都覺得是繼沈陽之後
的又一爭名逐利大暴露，有識之士無
不失望，對書界如此發展，均搖首避
之，認為還是自己埋首作學問為上。
此意其實吾等在蘭時已經論及。
二

六月份是教学的最后阶段。我大部份精力只好投入。

此次书法协会成立之事，美院有关的几位书家都觉得是继沈阳之后的又一争名逐利大暴露，有识之士无不失望，对书界如此发展，均摇首避之，认为还是自己埋首作学问为上。此意其实吾等在兰时已经论及。

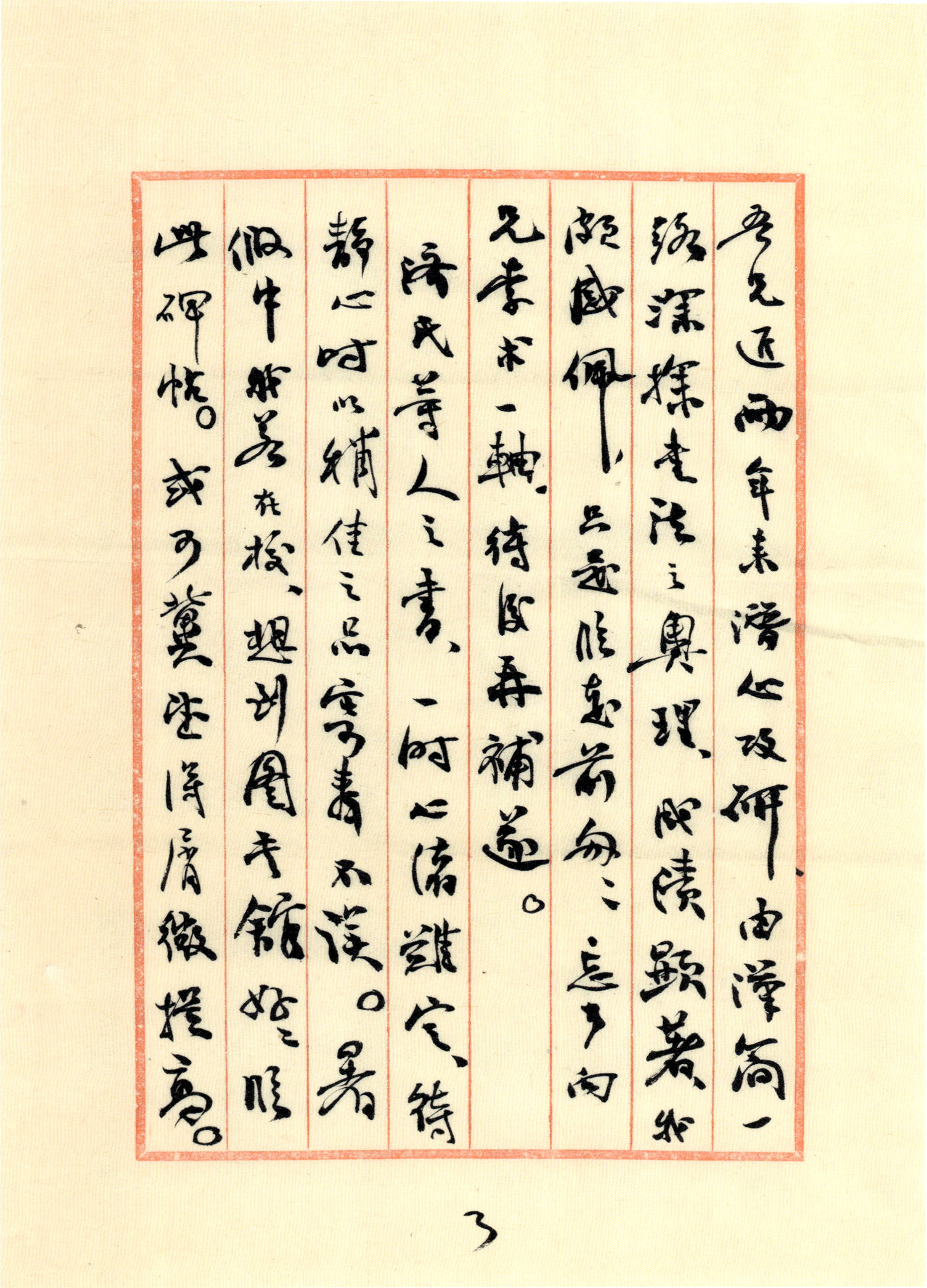

吾兄近两年来潜心攻研，由汉简一路深探书法之奥理，成绩显著，我颇感佩，只是临走前匆匆忘了向兄索求一轴，待后再补遂。

济民等人之书，一时心绪难定，待静心时以稍佳之品寄奉不误。暑假中我若在校，想到图书馆好好临此碑帖。或可冀望得屑微提高。

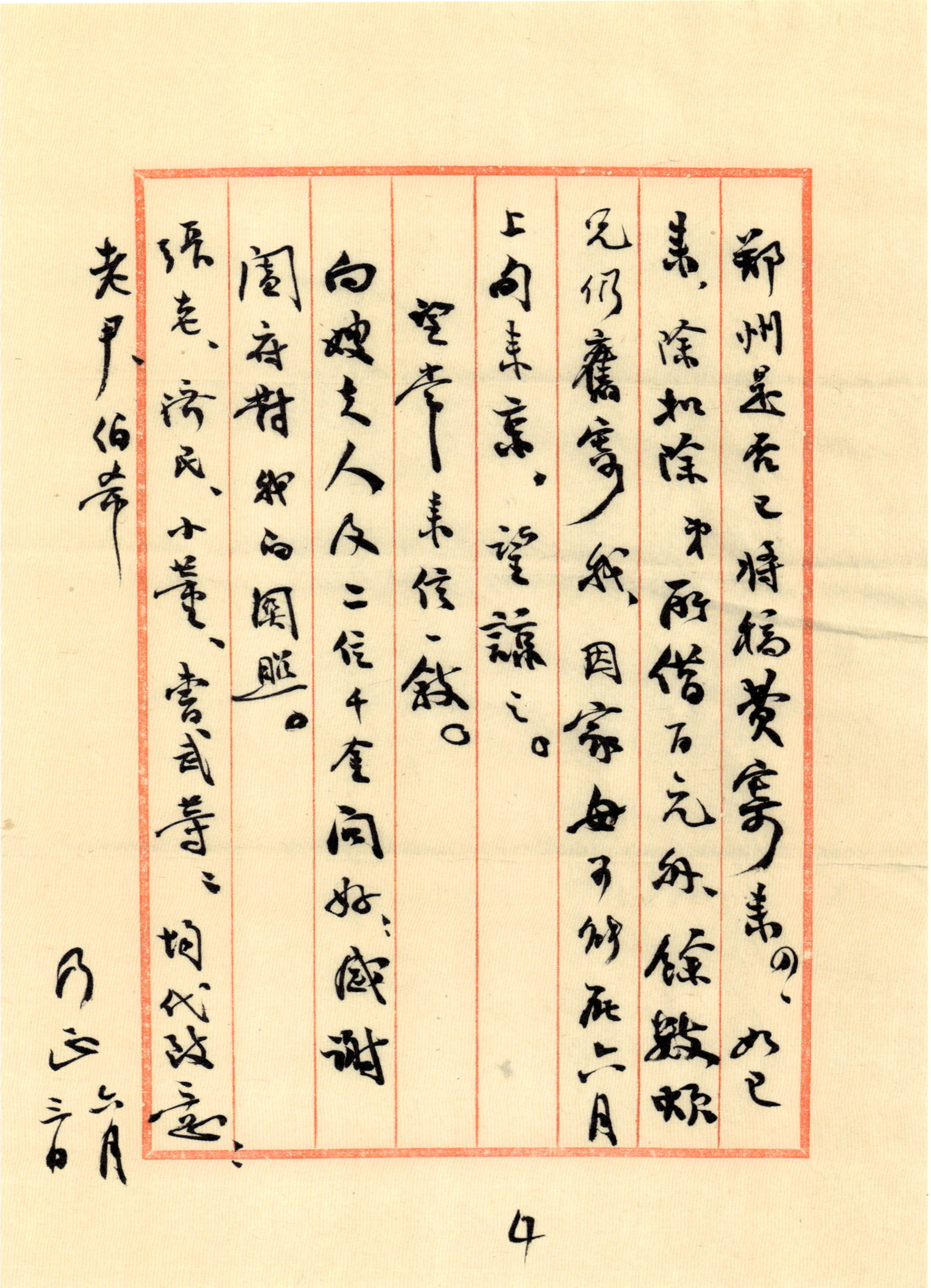
鄭州是否已將稿費寄來？如已來，除扣除弟所借百元外，餘數煩兄仍舊寄我，因家母可能在六月上旬來京，望諒之。
望常來信一敘。
向嫂夫人及二位千金問好！感謝
閣府對我的關照。
張老、濟民、小董、曹武等等均代致意！
老尹、伯希
乃正
六月三日
4

郑州是否已将稿费寄来？如已来，除扣除弟所借百元外，余数烦兄仍旧寄我，因家母可能
在六月上旬来京，望谅之。
望常来信一叙。
向嫂夫人及二位千金问好！感谢
阖府对我的关照。
张老、老尹、伯希、济民、小董、曹武（无）等等均代致意！
乃正
六月三日

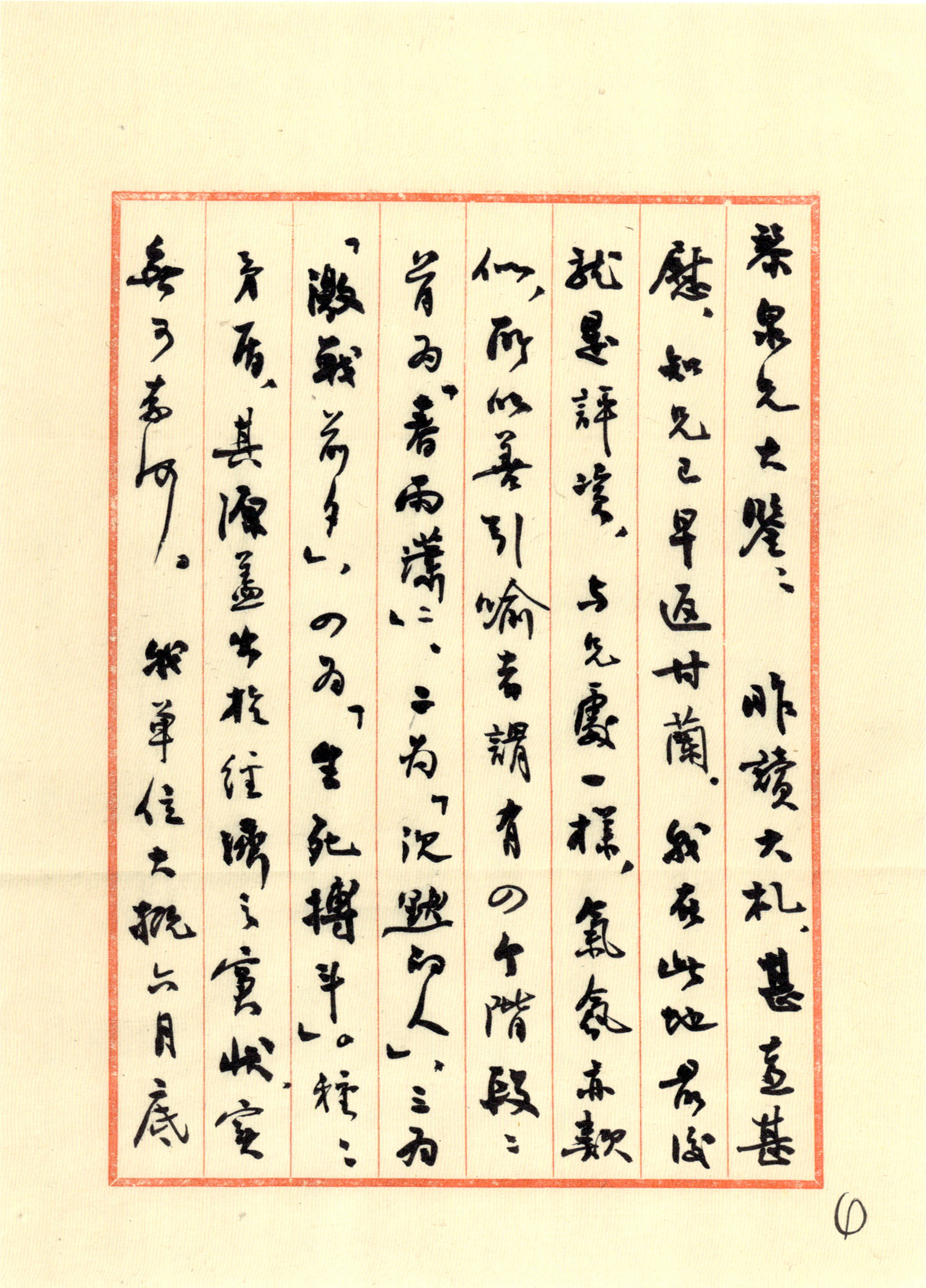
黎泉兄大鑒：昨讀大札，甚喜甚慰，知兄已早返甘蘭，我在此地最後就是評資，與兄處一樣，氣氛亦類似，所以善引喻者謂有四個階段：首為「春雨瀟瀟」，二為「沉默的人」，三為「激戰前夕」，四為「生死搏鬥」。種種矛盾，其源蓋出於經濟之窘狀，實無可奈何。我單位大概六月底
6

黎泉兄大鉴：

昨读大札，甚喜甚慰，知兄已早返甘兰，我在此地最后就是评资，与兄处一样，气氛亦类似，所以善引喻者谓有四个阶段：首为「春雨潇潇」，二为「沉默的人」，三为「激战前夕」，四为「生死搏斗」。种种矛盾，其源盖出于经济之窘状，实无可奈何。我单位大概六月底

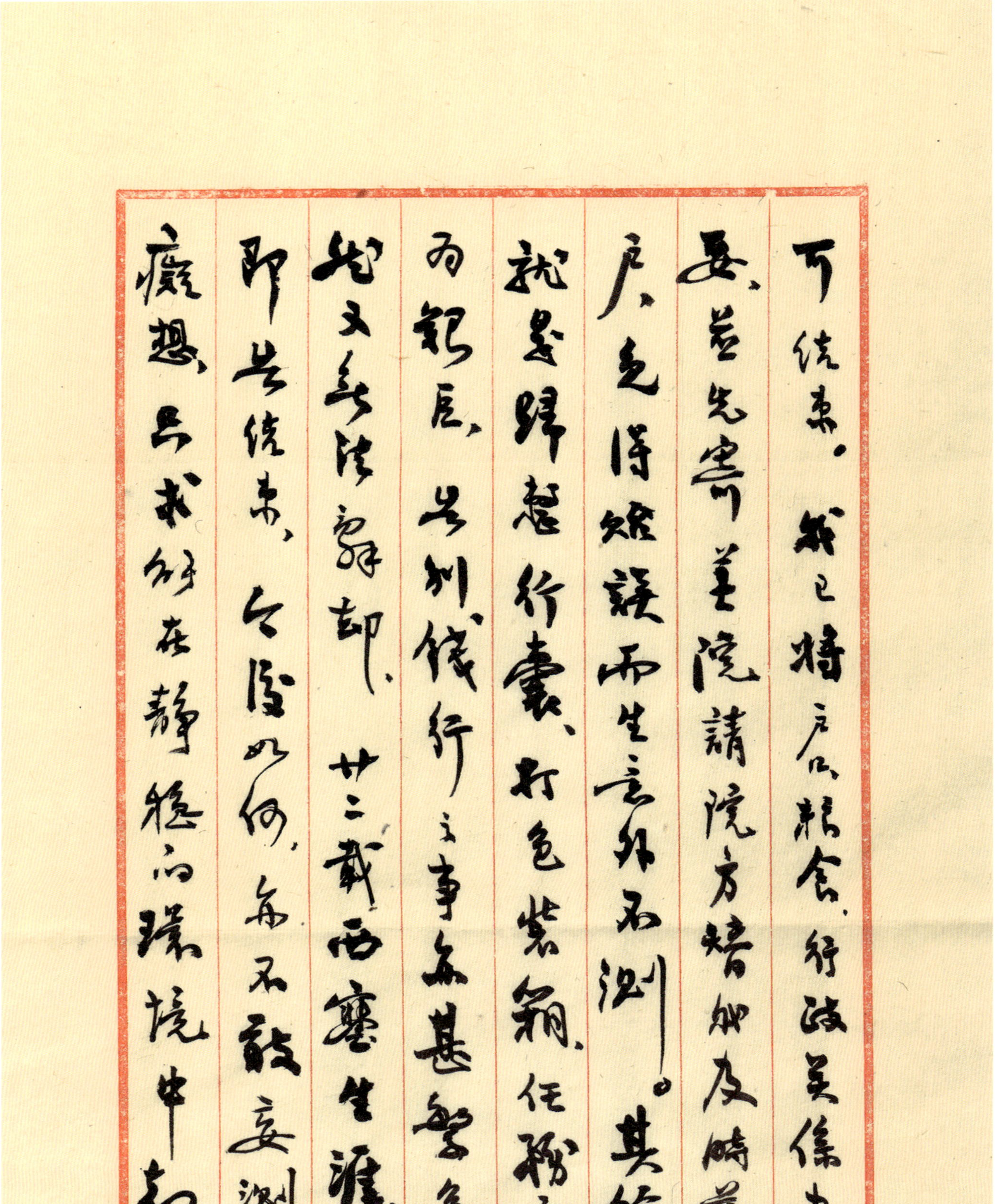
可結束。我已將户口、糧食、行政關係辦妥，並先寄美院請院方替我及時落户，免得貽誤而生意外不測。其餘就是歸整行囊、打包裝箱，任務更為艱巨，告別餞行之事亦甚繁多，然又無法辭却，廿二載西塞生涯，即告結束，今後如何，亦不敢妄測痴想，只求能在靜穩環境中教

②

可结束。我已将户口、粮食、行政关系办妥，并先寄美院请院方替我及时落户，免得贻误而生意外不测。其余就是归整行囊、打包装箱，任务更为艰巨，告别饯行之事亦甚繁多，然又无法辞却，廿二载西塞生涯，即告结束，今后如何，亦不敢妄测痴想，只求能在静稳的环境中教

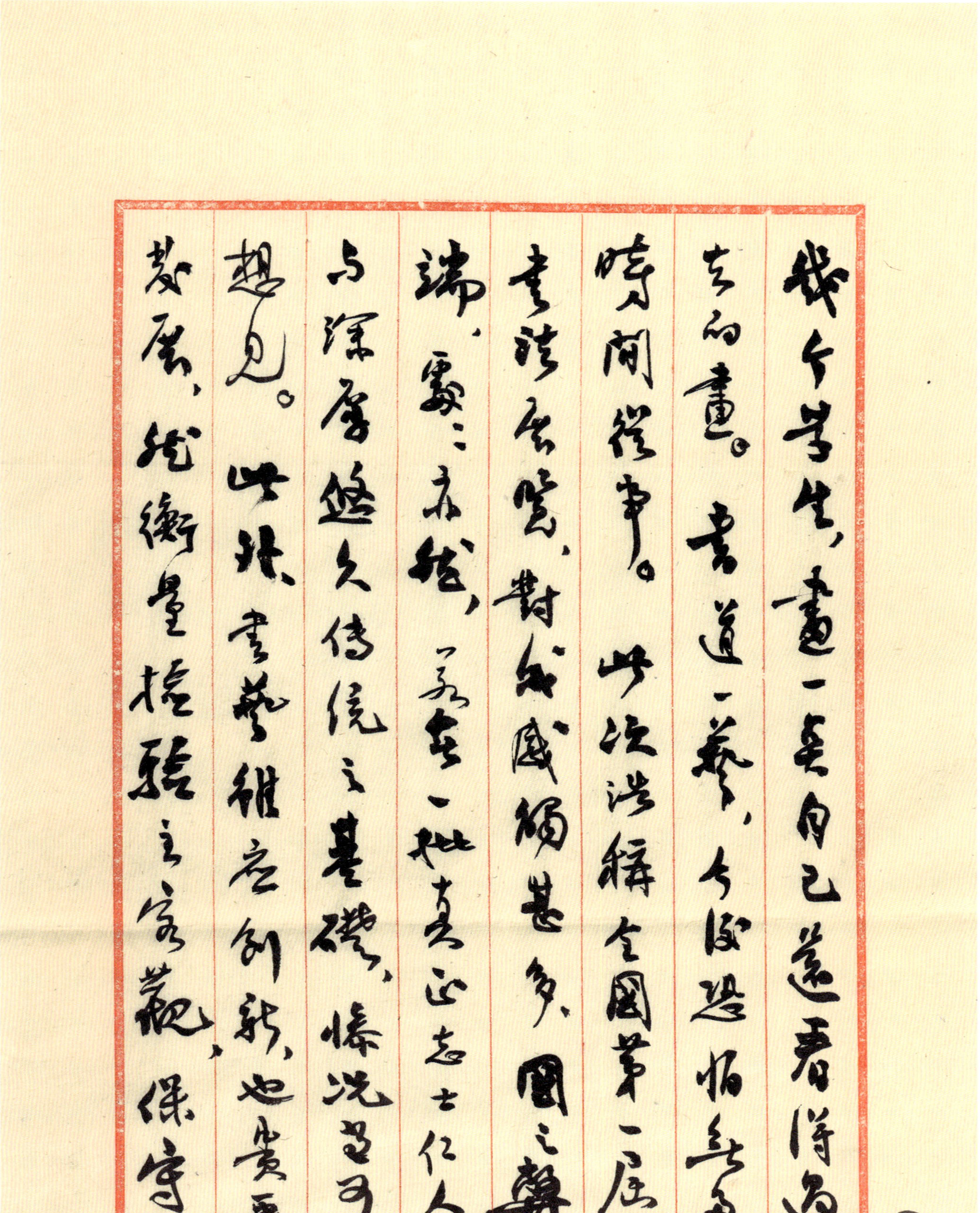

几个学生，画一点自己还看得过去的画。书道一艺，今后恐怕无多时间从事。此次浩称全国第一届之书法展览，对我感触甚多，国之弊端，处处亦然，若无一批真正志士仁人与深厚悠久传统之基础，惨况当可想见。此外，书艺虽应创新，也贵乎发展，然衡量检验主客观，保守

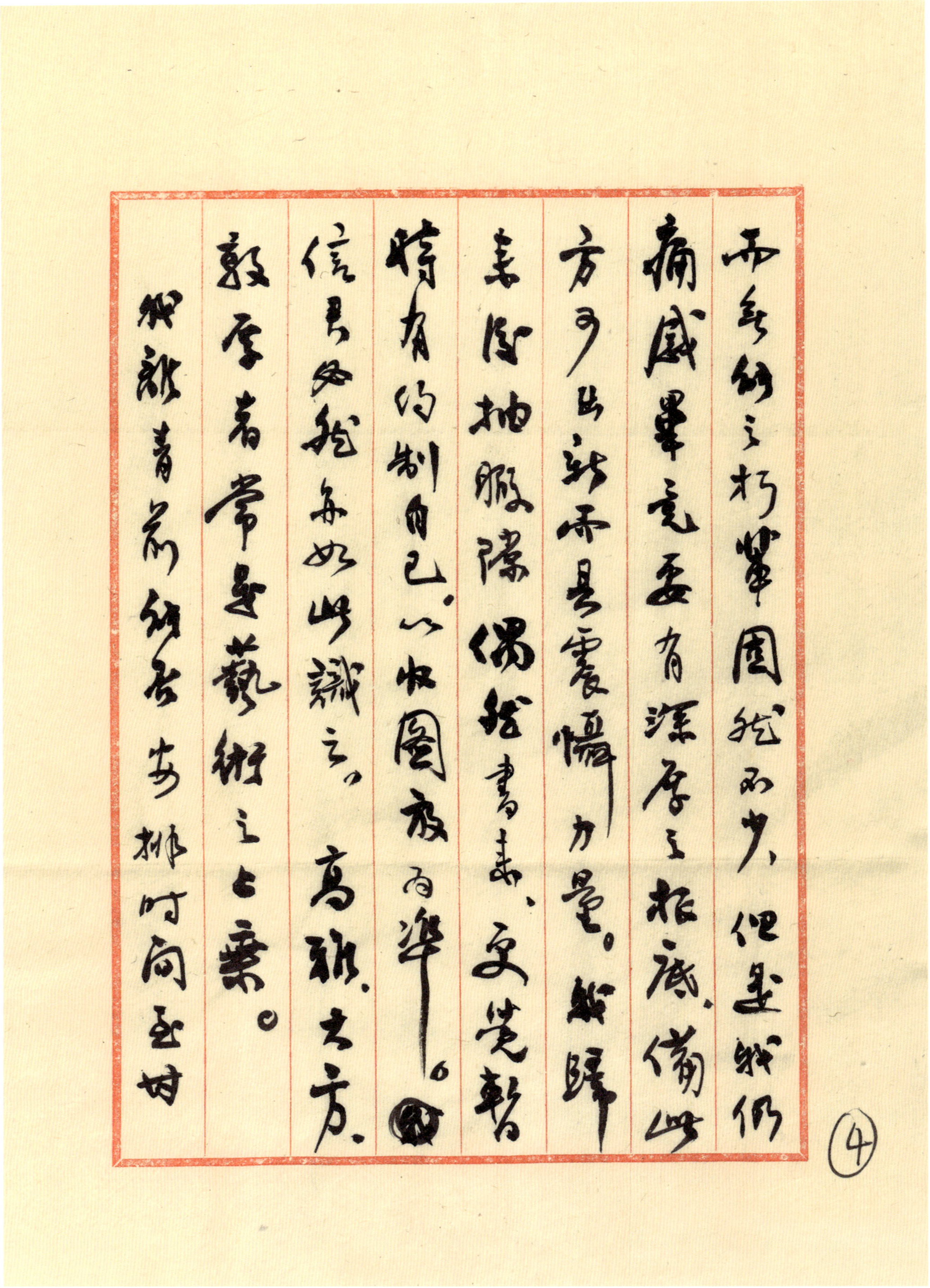
而無能之朽輩固然不少，但是我仍
痛感畢竟要有深厚之根底，備此
方可出新而具震懾力量。我歸
來後抽暇隙偶然書來，更覺暫
時有約制自己，以收圖放為準。
信君必然亦如此識之。高雅、大方、
敦厚者常是藝術之上乘。
我離青前能否安排時間至甘
④

而无能之朽辈固然不少，但是我仍痛感毕竟要有深厚之根底，备此方可出新而具震慑力量。
我归来后抽暇隙偶然书来，更觉暂时有约制自己，以收图放为准。信君必然亦如此识之。
高雅、大方、敦厚者常是艺术之上乘。
我离青前能否安排时间至甘

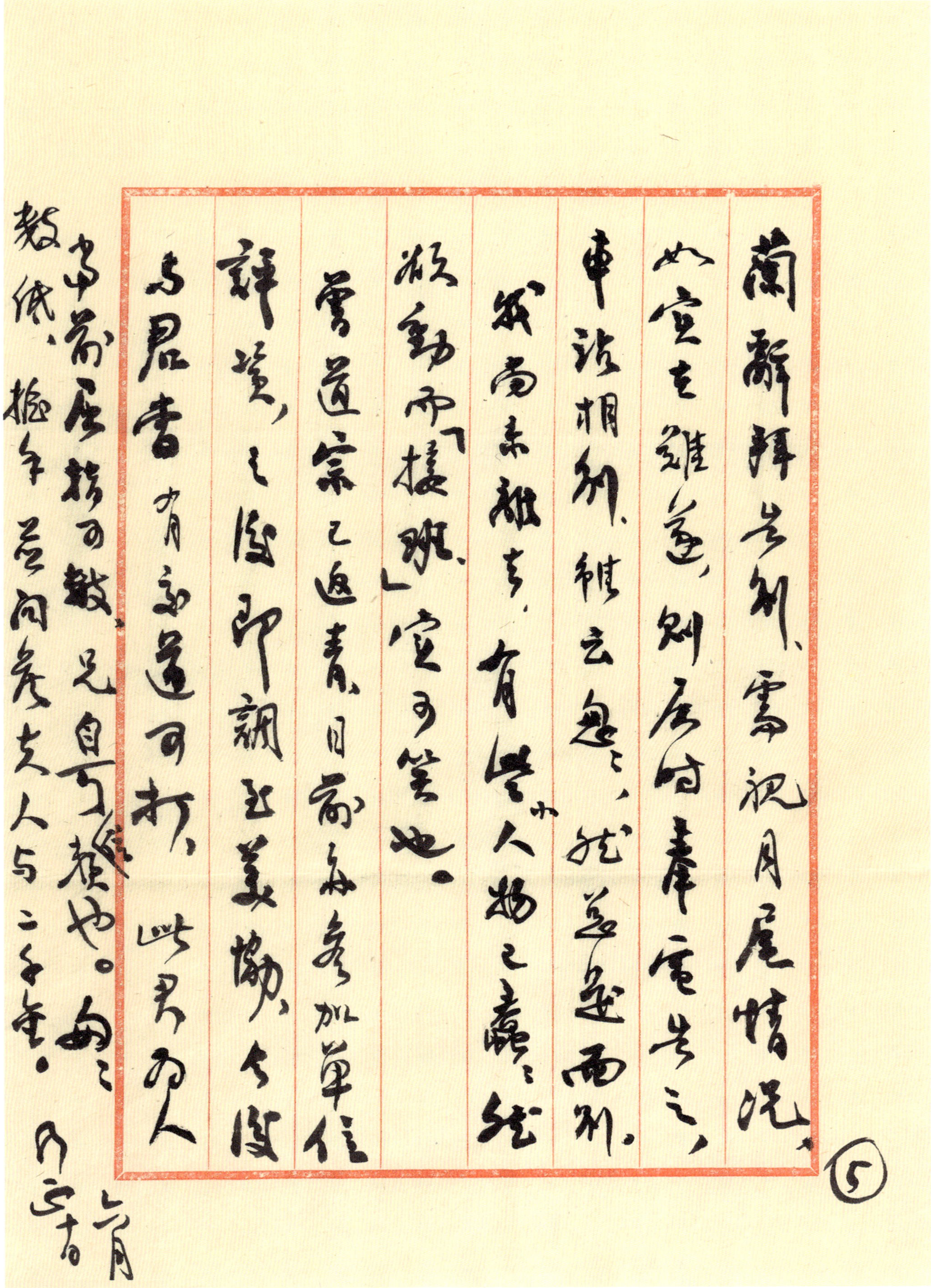
⑤
兰辞拜告别，需视月尾情况，如实在难遂，则届时奉电告之，车站相别，虽云匆匆，然总是面别。我尚未离去，有些小人物已蠢蠢然欲动而「接班」，实可笑也。曾道宗已返青，目前亦参加单位评资，之后即调至美协，今后与君当有交道可打。此君为人当前屈指可数，兄自可信赖也。匆匆数纸，握手并问候夫人与二千金。乃正 六月十日

兰辞拜告别，需视月尾情况，如实在难遂，则届时奉电告之，车站相别，虽云匆匆，然总是面别。

我尚未离去，有些小人物已蠢蠢然欲动而「接班」，实可笑也。

曾道宗已返青，目前亦参加单位评资，之后即调至美协，今后与君当有交道可打。此君为人当前屈指可数，兄自可信赖也。匆匆数纸，握手并问候夫人与二千金。

乃正
六月十日

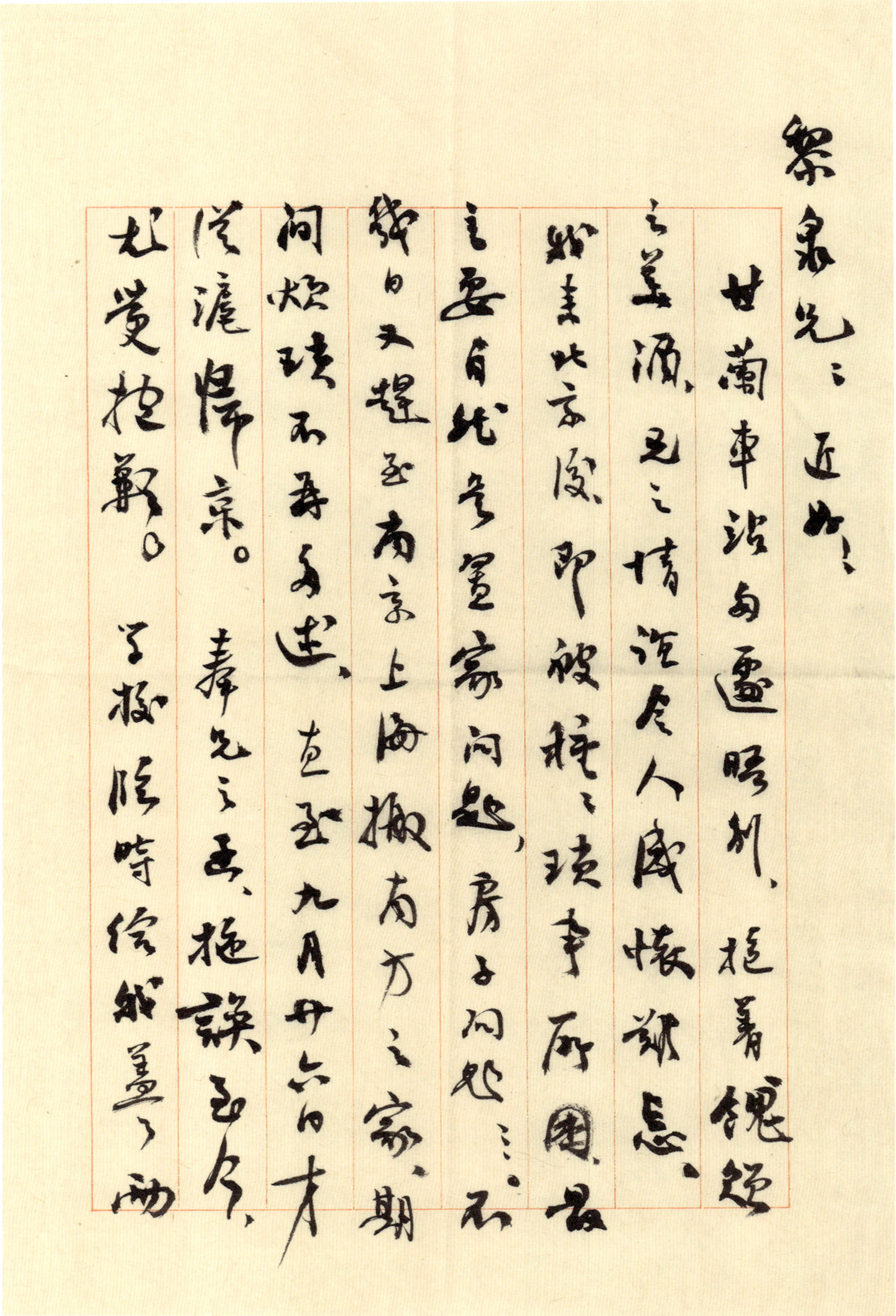

黎泉兄：

近好！甘兰车站匆遽晤别，抱着馈赠之美酒，兄之情谊令人感怀难忘。我来北京后，即被种种琐事所困，最主要自然是置家问题，房子问题……不几日又赶至南京上海搬南方之家，期间烦琐不再多述，直至九月廿六日才从沪归京。奉兄之函，拖误至今，尤觉抱歉。学校临时给我盖了两

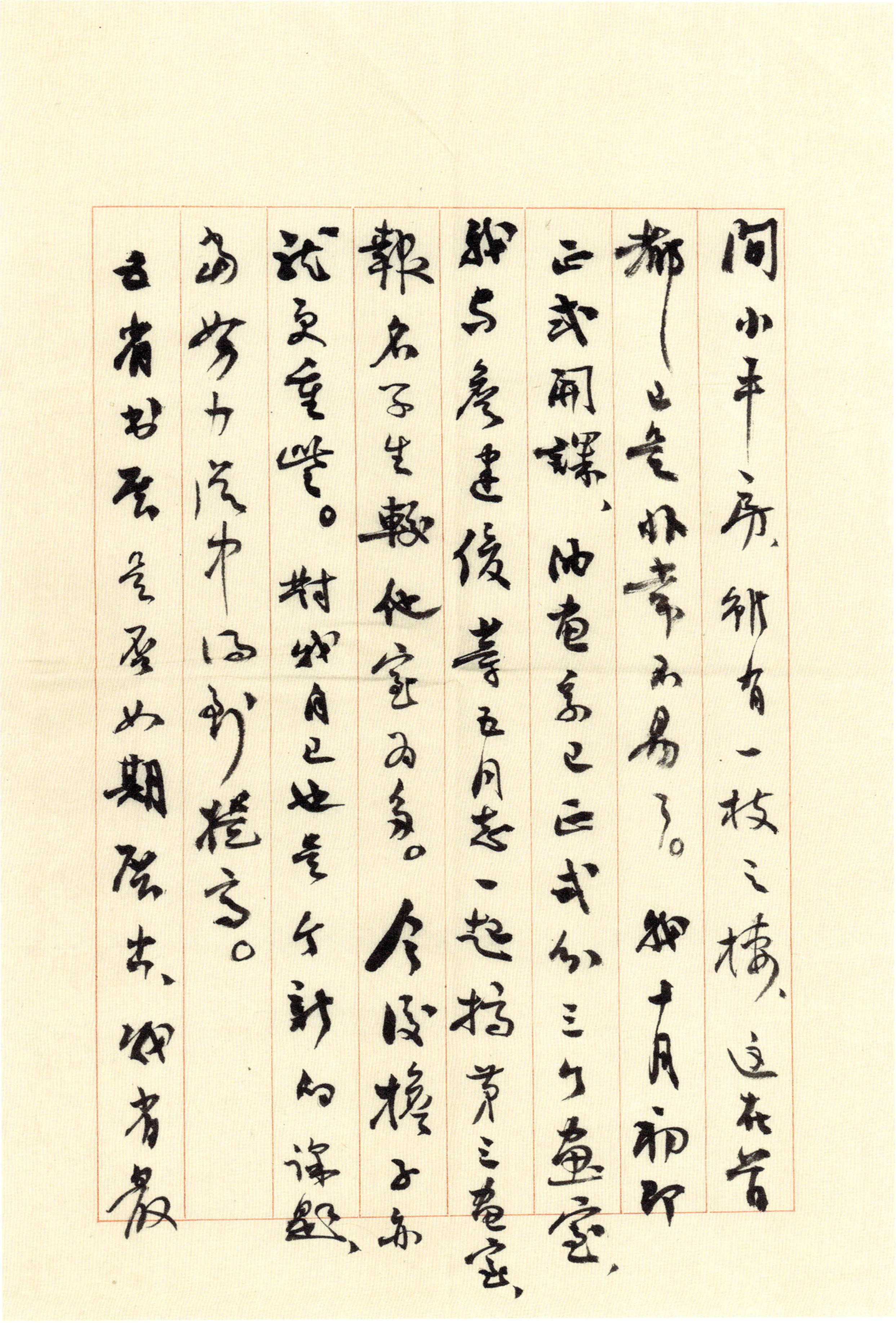

间小平房，虽有一枝之栖，这在首都已是非常不易了。我十月初即正式开课，油画系已正式分三个画室，我与詹建俊等五同志一起搞第三画室，报名学生较他室为多。今后担子亦就更重些。对我自己也是个新的课题，当努力从中得到提高。

五省书展是否如期展出，我省最

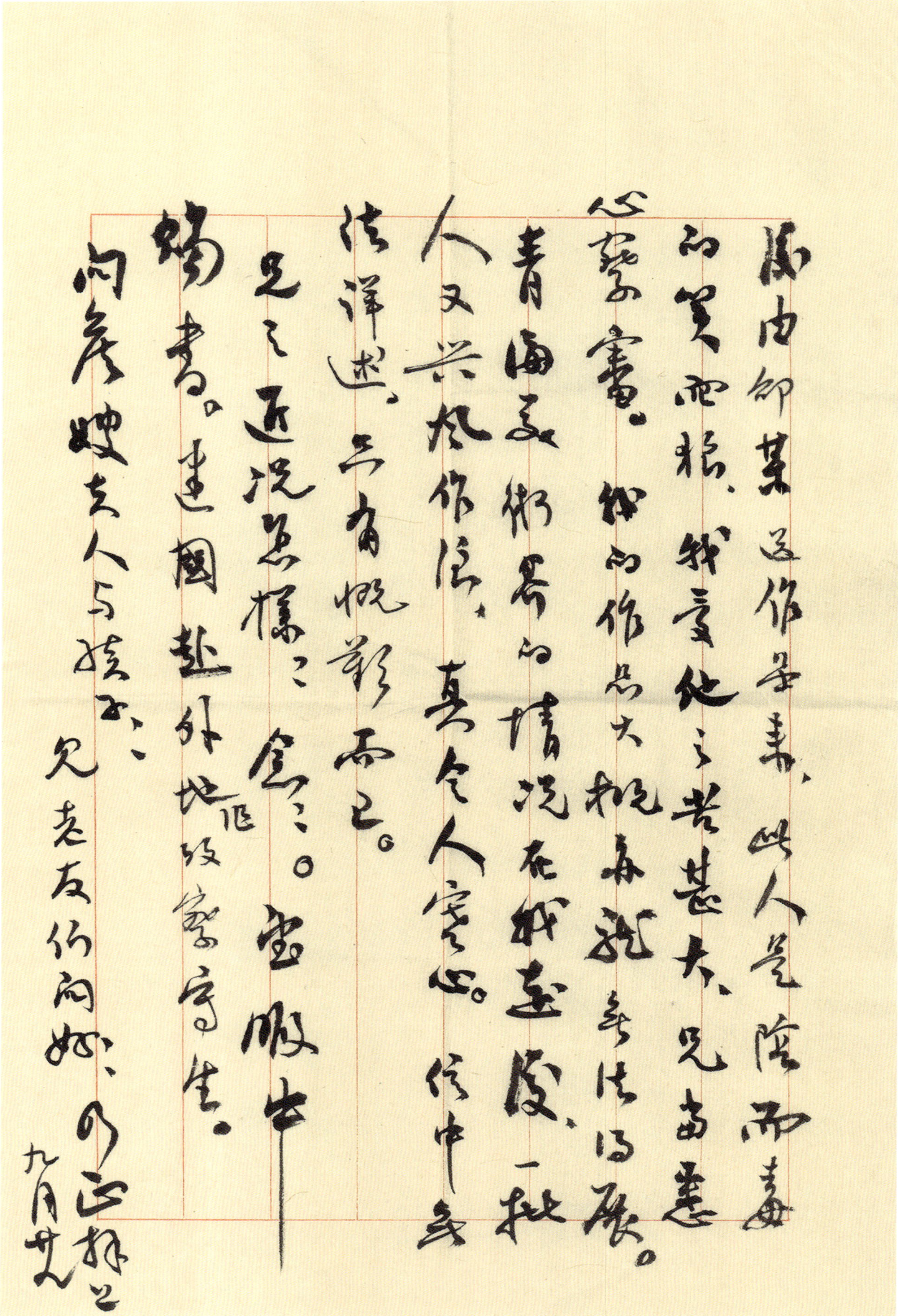

后由邵某送作品来，此人是阴而毒的笑面狼，我受他之苦甚大，兄当悉心察审。我的作品大概亦就无法得展。青海美术界的情况在我走后，一批人又兴风作浪，真令人寒心。信中无法详述，只有慨叹而已。

兄之近况怎样？念念。望暇中赐书。建国赴外地作考察写生。

问候嫂夫人与孩子！见老友们问好！

乃正拜上

九月廿九

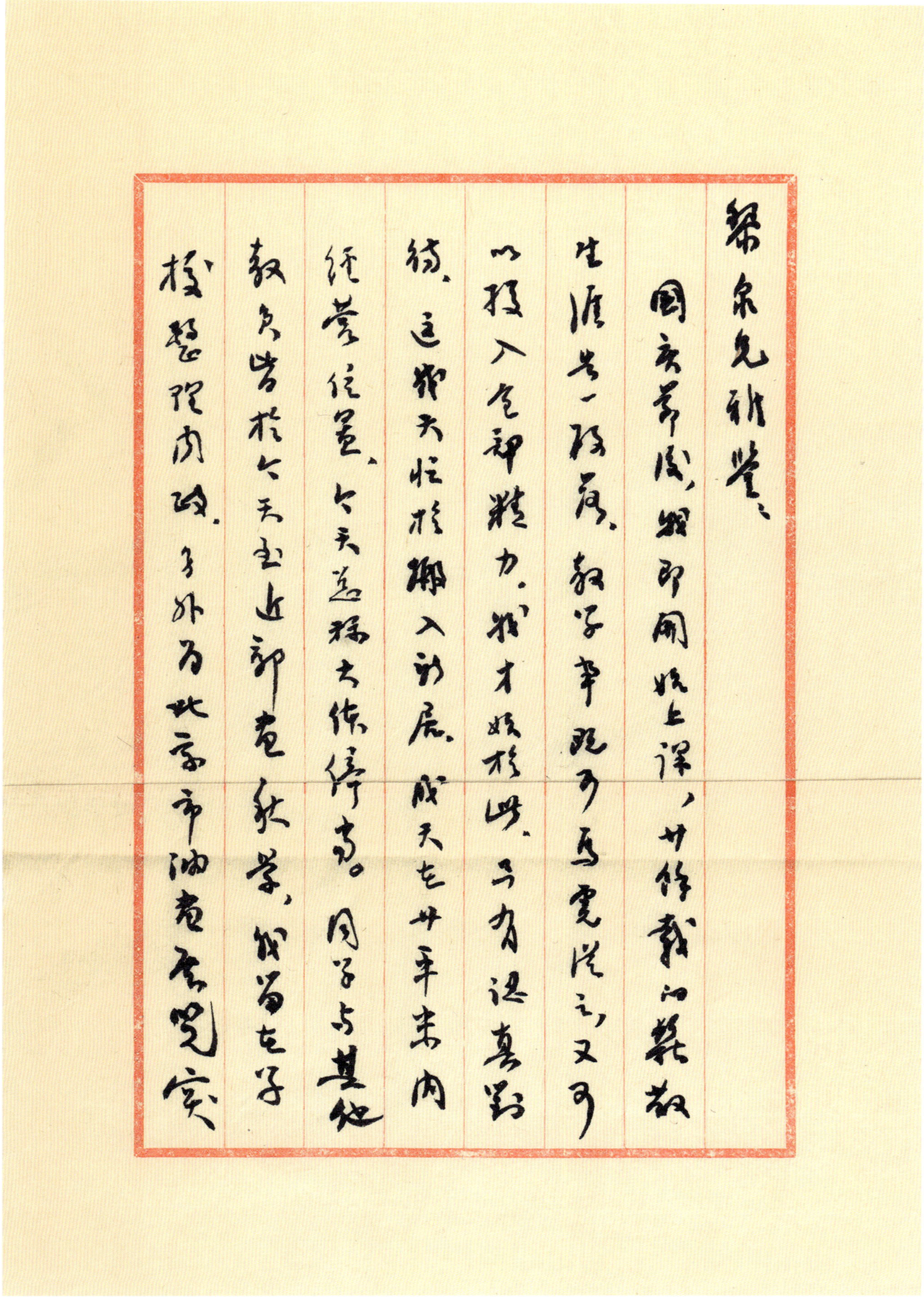

黎泉兄雅鉴：

国庆节后，我即开始上课，廿余载的松散生涯告一段落，教学事即可马虎从之，又可以投入全部精力，我才始于此，只有认真对待，这几天忙于搬入新居，成天在廿平米内经营位置，今天总算大体停当。同学与其他教员皆于今天至近郊画秋景，我留在学校整理内政，另外为北京市油画展览突

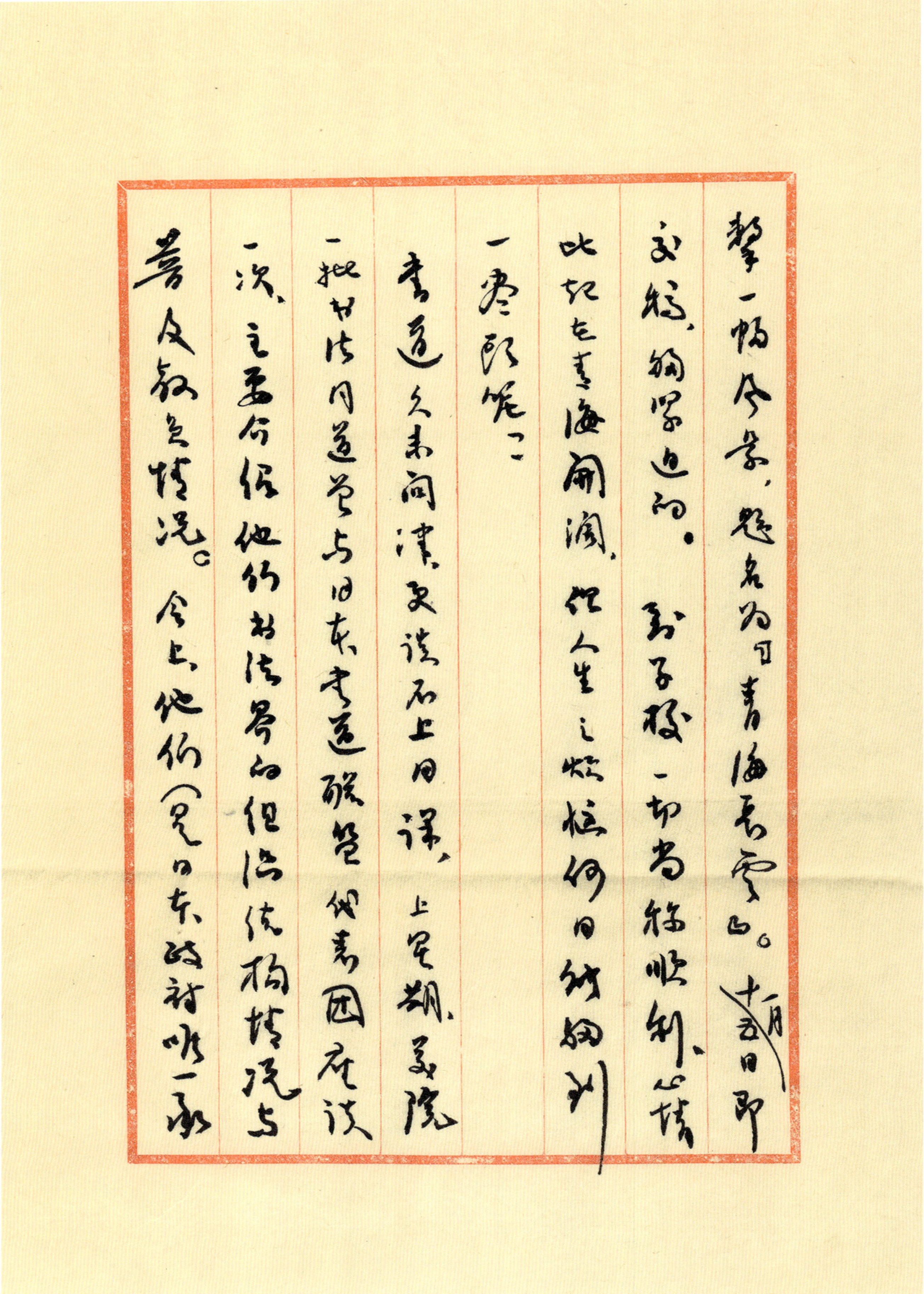

击一幅风景，题名为『青海长云』。十一月五日即交稿，够紧迫的。到学校一切尚称顺利，心情比起在青海开阔，但人生之烦恼何日能够到一尽头呢？

书道久未问津，更谈不上日课，上星期，美院一批书法同道曾与日本书道联盟代表团座谈一次，主要介绍他们书法界的组织结构情况与普及教员情况。会上，他们（是日本政府唯一承

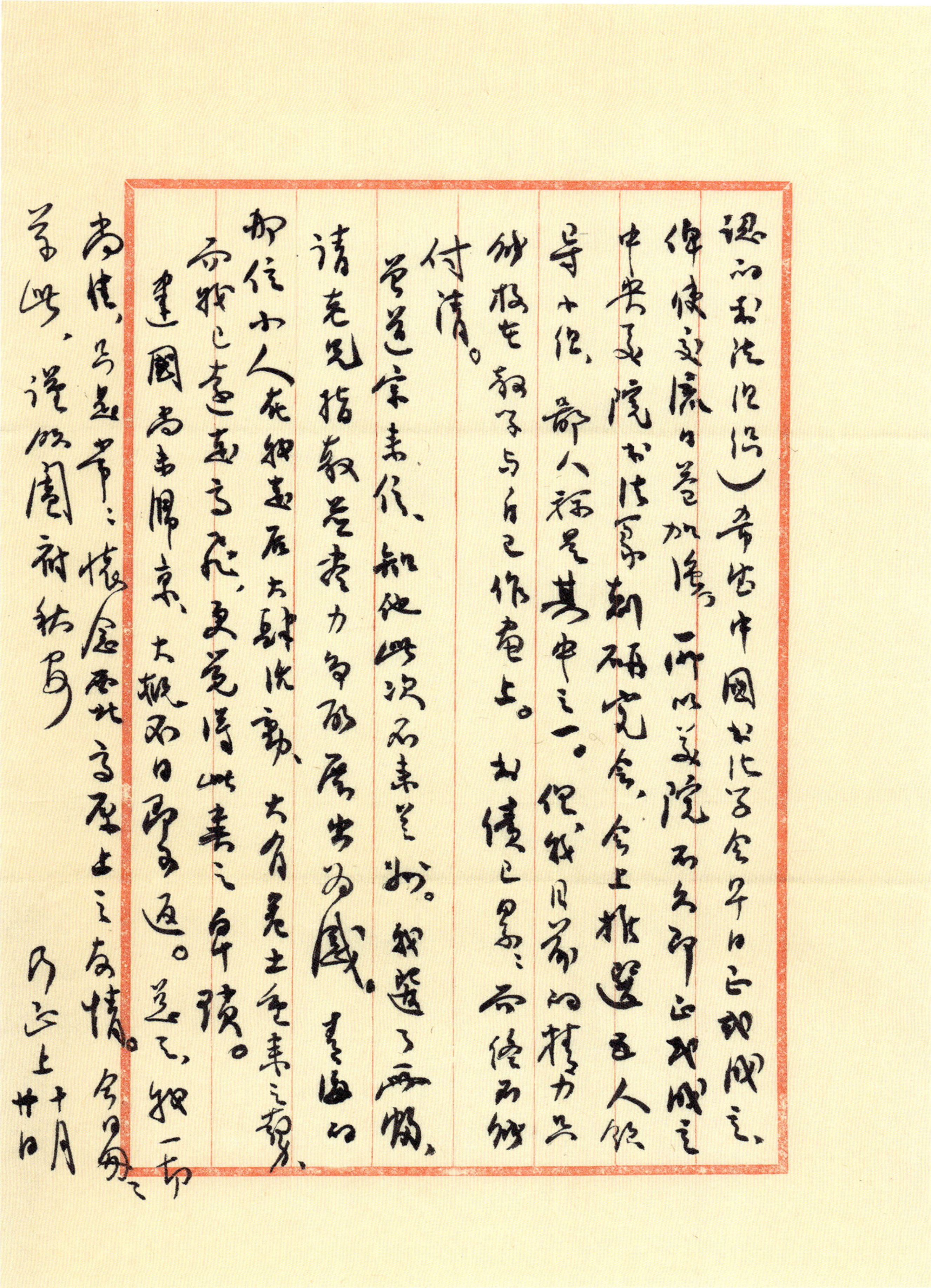

认的书法组织）希望中国书法学会早日正式成立，俾使交流日益加强，所以美院不久即正式成立中央美院书法篆刻研究会，会上推选五人领导小组，鄙人算是其中之一。但我目前的精力只能放在教学与自己作画上。书债已累累而终不能付清。

曾道宗来信，知他此次不来兰州。我选了两幅，请老兄指教并尽力争取展出为感。青海的那位小人在我走后大肆活动，大有卷土重来之势，而我已远走高飞，更觉得此类之卑琐。

建国尚未归京，大概不日即可返。总之，我一切尚佳，只是常常怀念西北高原上之友情。今日匆匆草此，谨颂

阖府秋安

乃正上

十月廿日

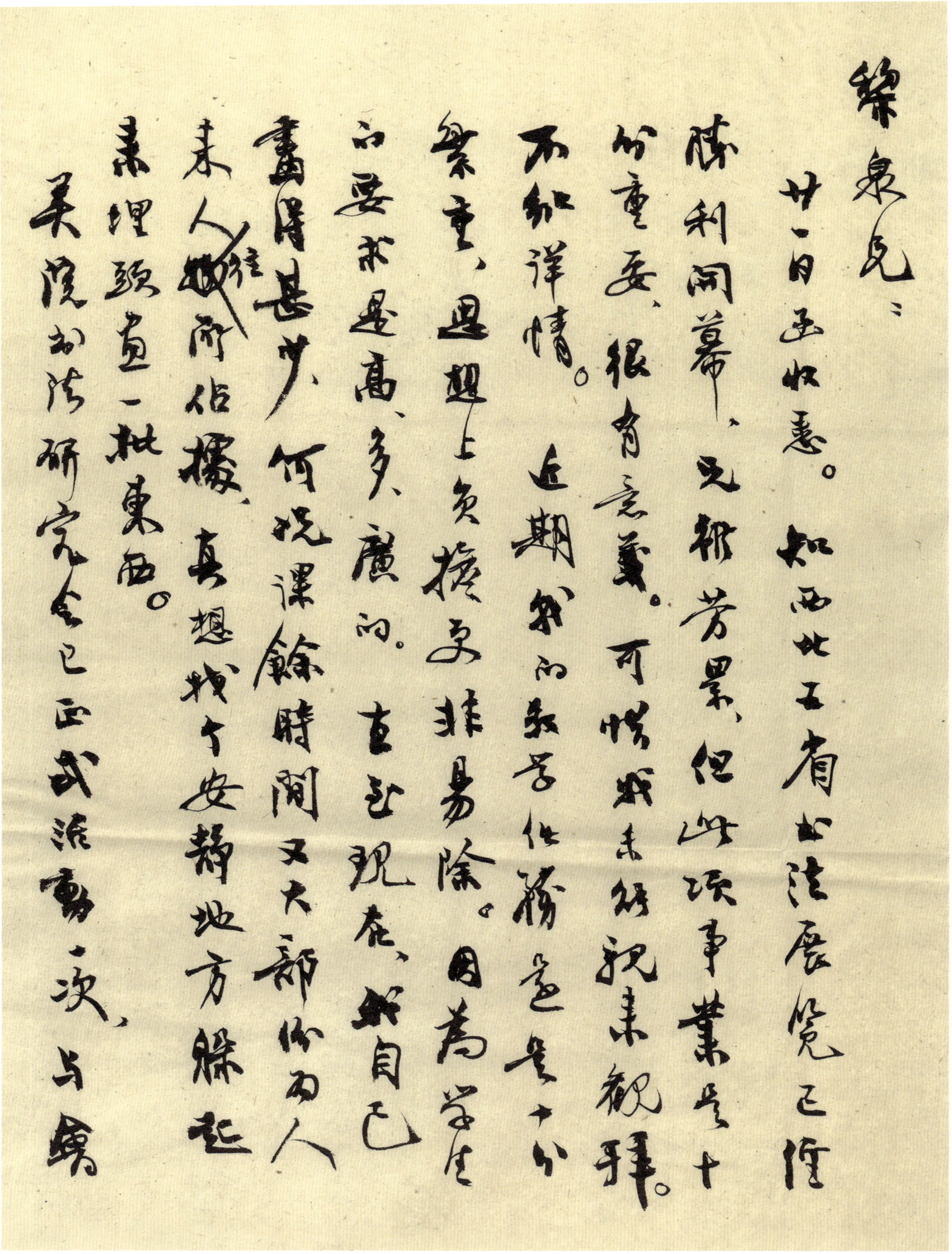
黎泉兄：
廿一日函收悉。知西北五省書法展覽已經勝利開幕，兄雖勞累，但此項事業是十分重要，很有意義。可惜我未能来觀拜。不知詳情。近期我的教學任務還是十分繁重，思想上負擔更非易除。因為學生的要求是高、多、廣的。直至現在，我自己畫得甚少，何况課餘時間又大部分為人來人往所佔據，真想找个安静地方躲起來埋頭畫一批東西。
美院書法研究會已正式活動一次，與會

黎泉兄：

廿一日函收悉。知西北五省书法展览已经胜利开幕，兄虽劳累，但此项事业是十分重要，很有意义。可惜我未能亲来观拜。不知详情。近期我的教学任务还是十分繁重，思想上负担更非易除。因为学生的要求是高、多、广的。直至现在，我自己画得甚少，何况课余时间又大部分为人来人往所占据，真想找个安静地方躲起来埋头画一批东西。

美院书法研究会已正式活动一次，与会

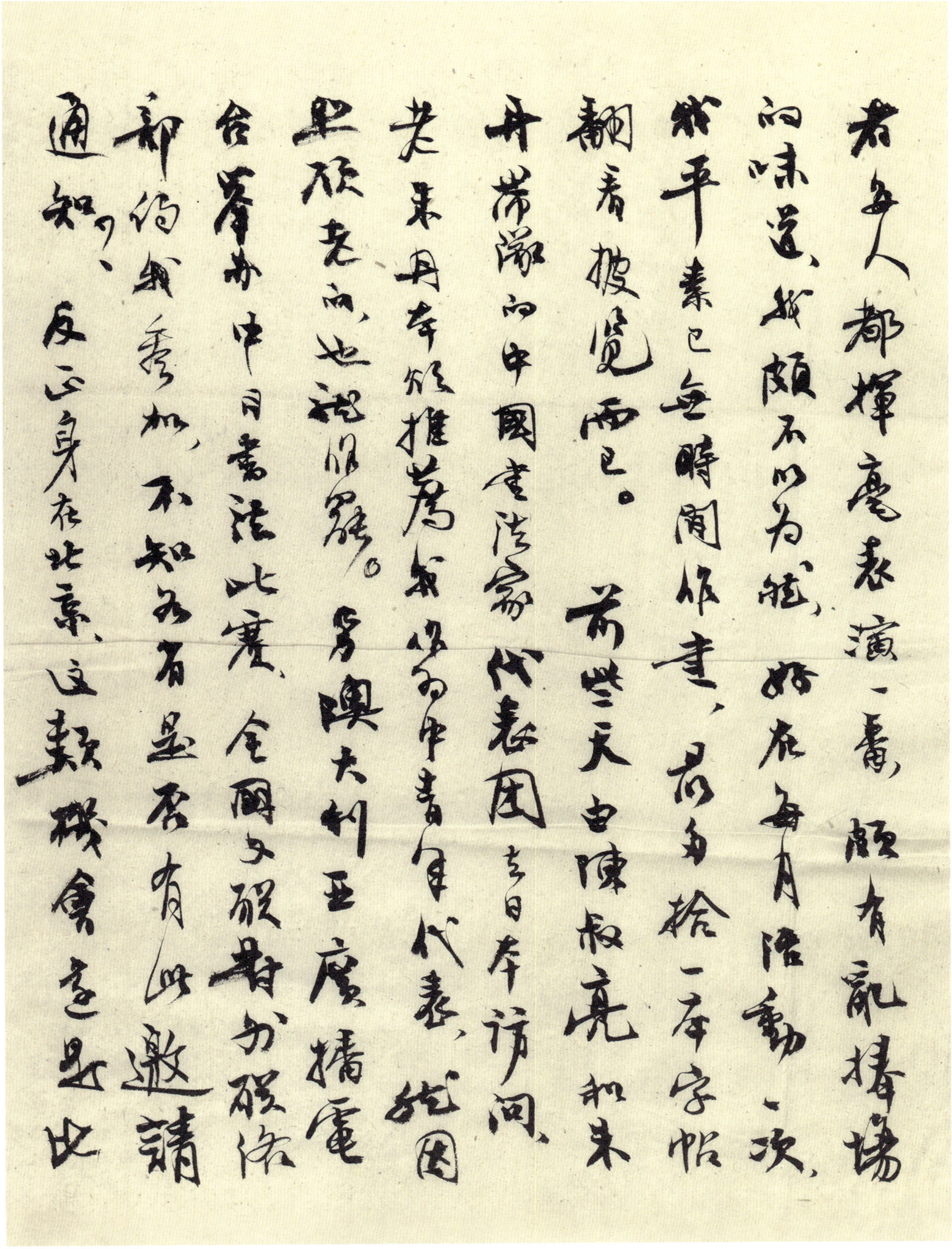

者每人都挥毫表演一番，颇有乱捧场的味道，我颇不以为然，好在每月活动一次，我平素已无时间作书，最多拾一本字帖翻看披览而已。前些天由陈书亮和朱丹带队的中国书法家代表团去日本访问，老朱丹本欲推荐我作为中青年代表，然因照顾老的，也就作罢。另澳大利亚广播电台举办中日书法比赛，全国文联对外联络部约我参加，不知各省是否有此邀请通知？反正身在北京，这类机会还是比

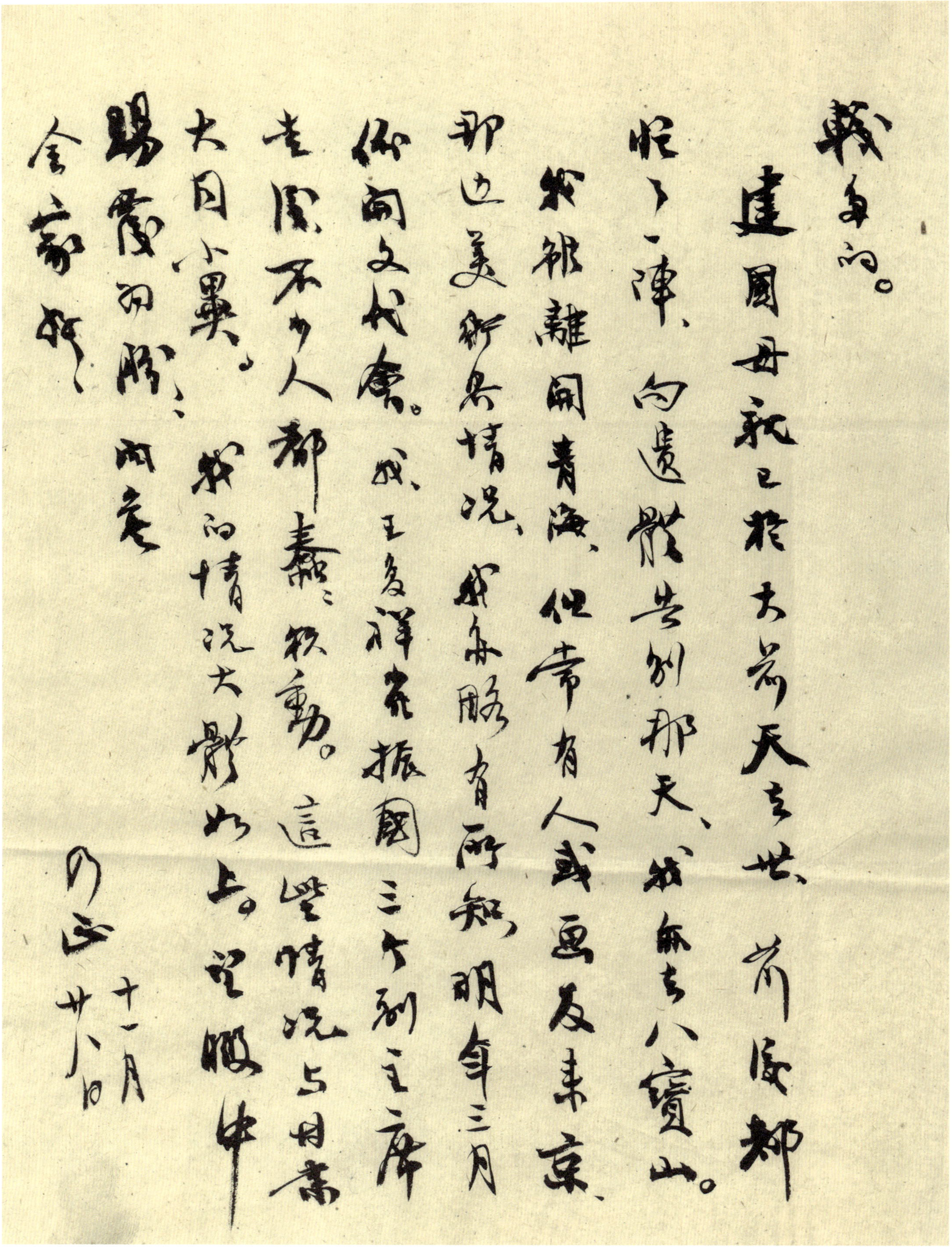

较多的。

建国母亲已于大前天去世，前后都忙了一阵，向遗体告别那天，我亦去八宝山。我虽离开青海，但常有人或画友来京，那边美术界情况我亦略有所知，明年三月份开文代会。我、王复祥、崔振国三个副主席走后，不少人都蠢蠢欲动。这些情况与甘肃大同小异。我的情况大体如上。望暇中赐覆为盼！问候

全家好！

乃正

十一月廿八日

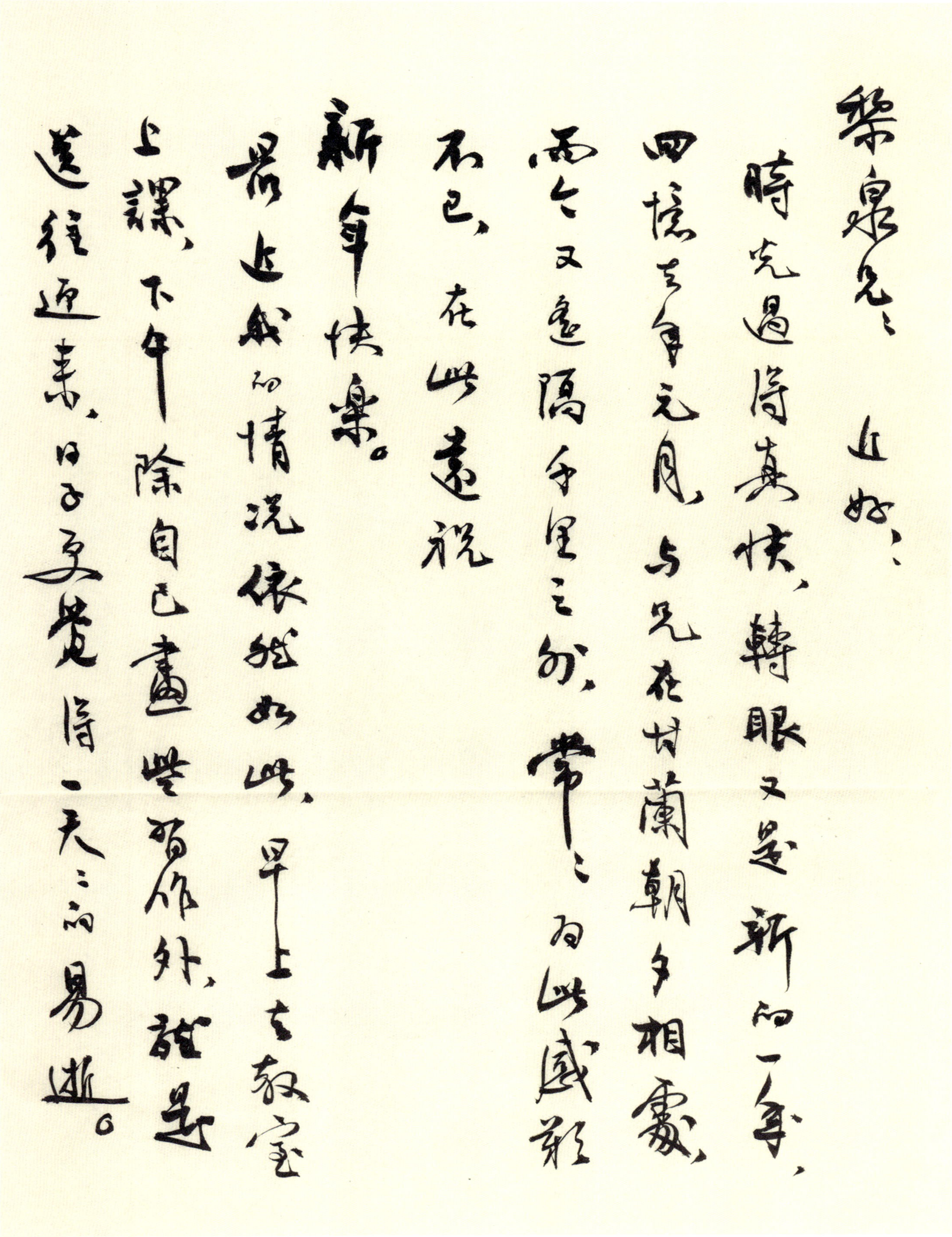

黎泉兄：

近好！

时光过得真快，转眼又是新的一年，回忆去年元月，与兄在甘兰朝夕相处，而今又遥隔千里之外，常常为此感叹不已，在此远祝

新年快乐！

最近我的情况依然如此，早上去教室上课，下午除自己画些习作外，就是送往迎来，日子更觉得一天天的易逝。

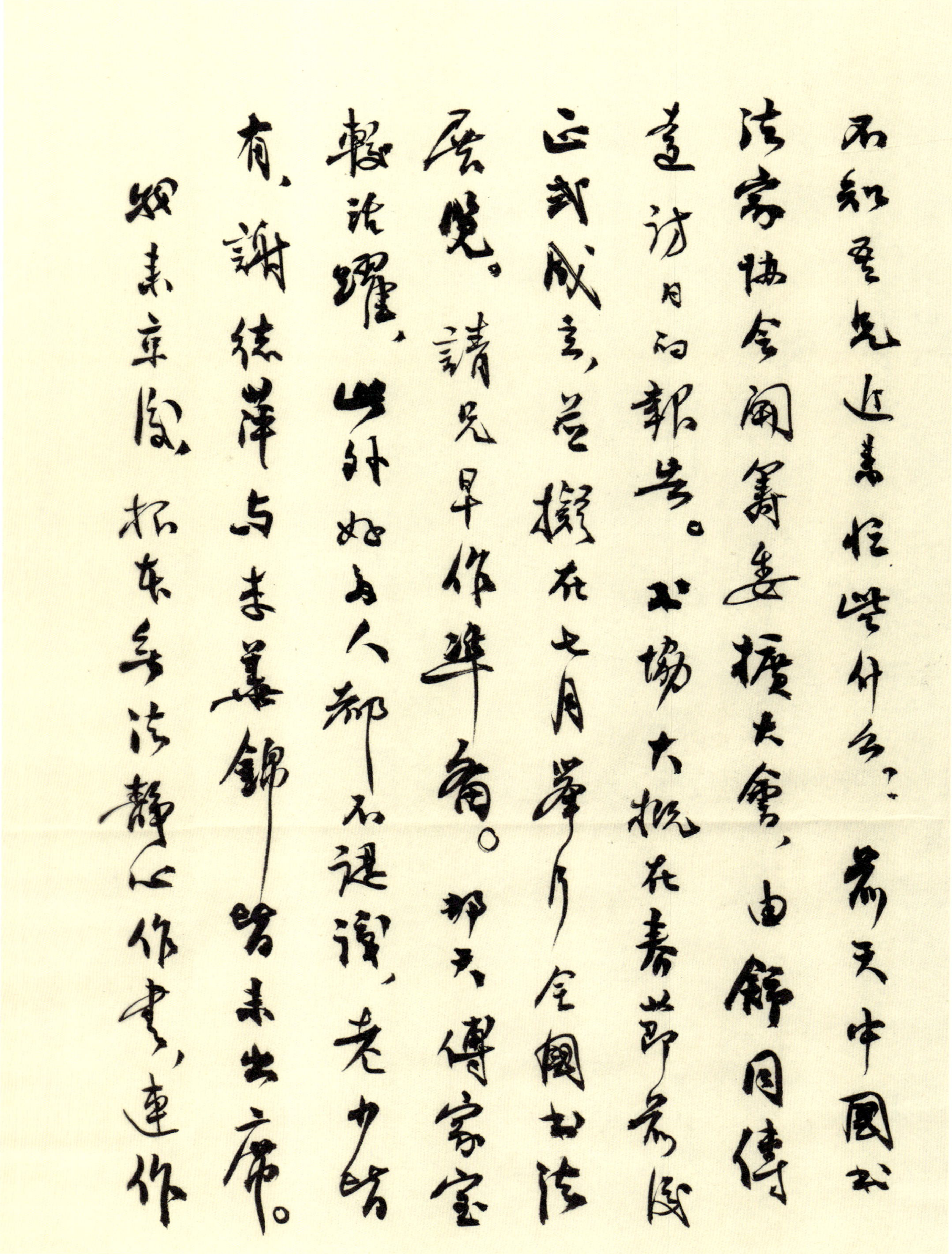
不知吾兄近來忙些什麼？前天中國書法家協會開籌委擴大會，由舒同傳達訪日的報告。書協大概在春節前後正式成立，並擬在七月舉行全國書法展覽。請兄早作準備。邢天傳家寶較活躍，此外好多人都不認識，老少皆有，謝德萍與李華錦皆未出席。我來京後，根本無法靜心作書，連作

不知吾兄近来忙些什么？前天中国书法家协会开筹委扩大会，由舒同传达访日的报告。书协大概在春节前后正式成立，并拟在七月举行全国书法展览。请兄早作准备。邢天傅家宝较活跃，此外好多人都不认识，老少皆有，谢德萍与李华锦皆未出席。我来京后，根本无法静心作书，连作

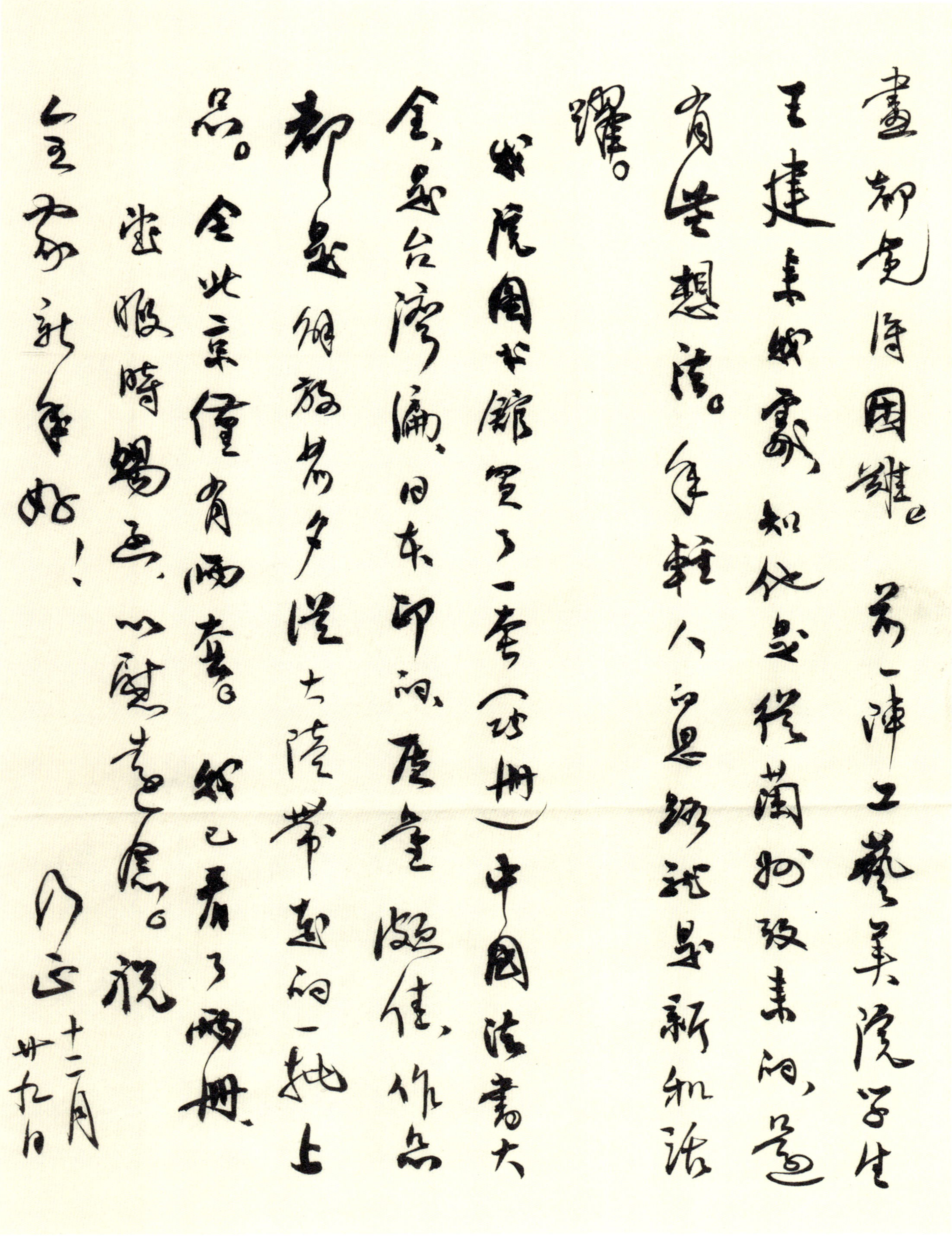

画都觉得困难。前一阵工艺美院学生王建来我处，知他是从兰州考来的，还有些想法。年轻人的思路就是新和活跃。

我院图书馆买了一套（25册）中国法书大全，是台湾编、日本印的，质量颇佳，作品都是解放前夕从大陆带走的一批上品。全北京仅有两套。我已看了两册。

望暇时赐函，已慰远念。祝

全家新年好！

乃正

十二月廿九日

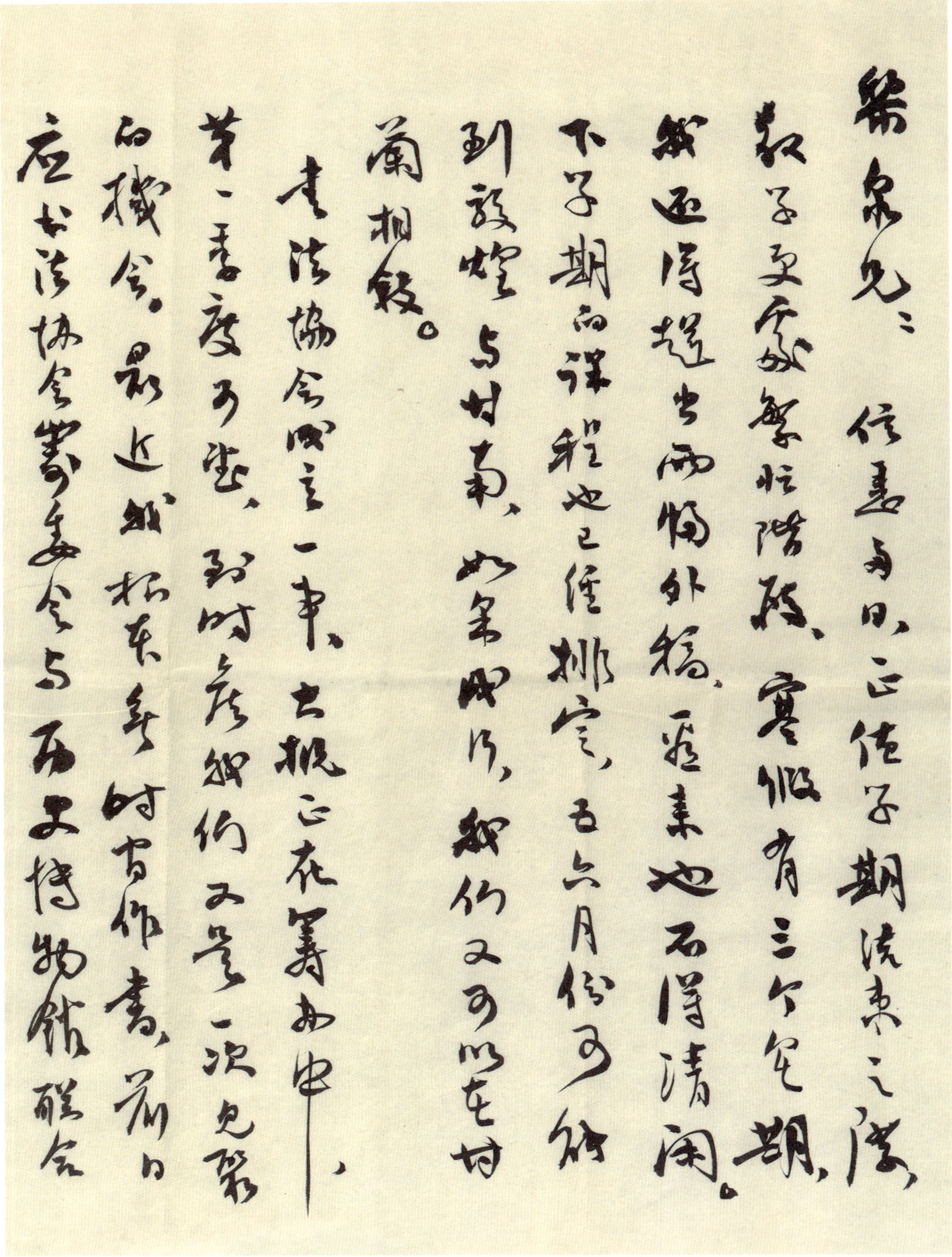

黎泉兄：

信悉多日，正值学期结束之际，教学更处繁忙阶段，寒假有三个星期，我还得赶出两幅外稿，看来也不得清闲。下学期的课程也已经排定，五六月份可能到敦煌与甘南，如果成行，我们又可以在甘兰相叙。

书法协会成立一事，大概正在筹办中，第一季度可望，到时候我们又是一次见聚的机会。最近我根本无时间作书，前日应书法协会筹委会与历史博物馆联合

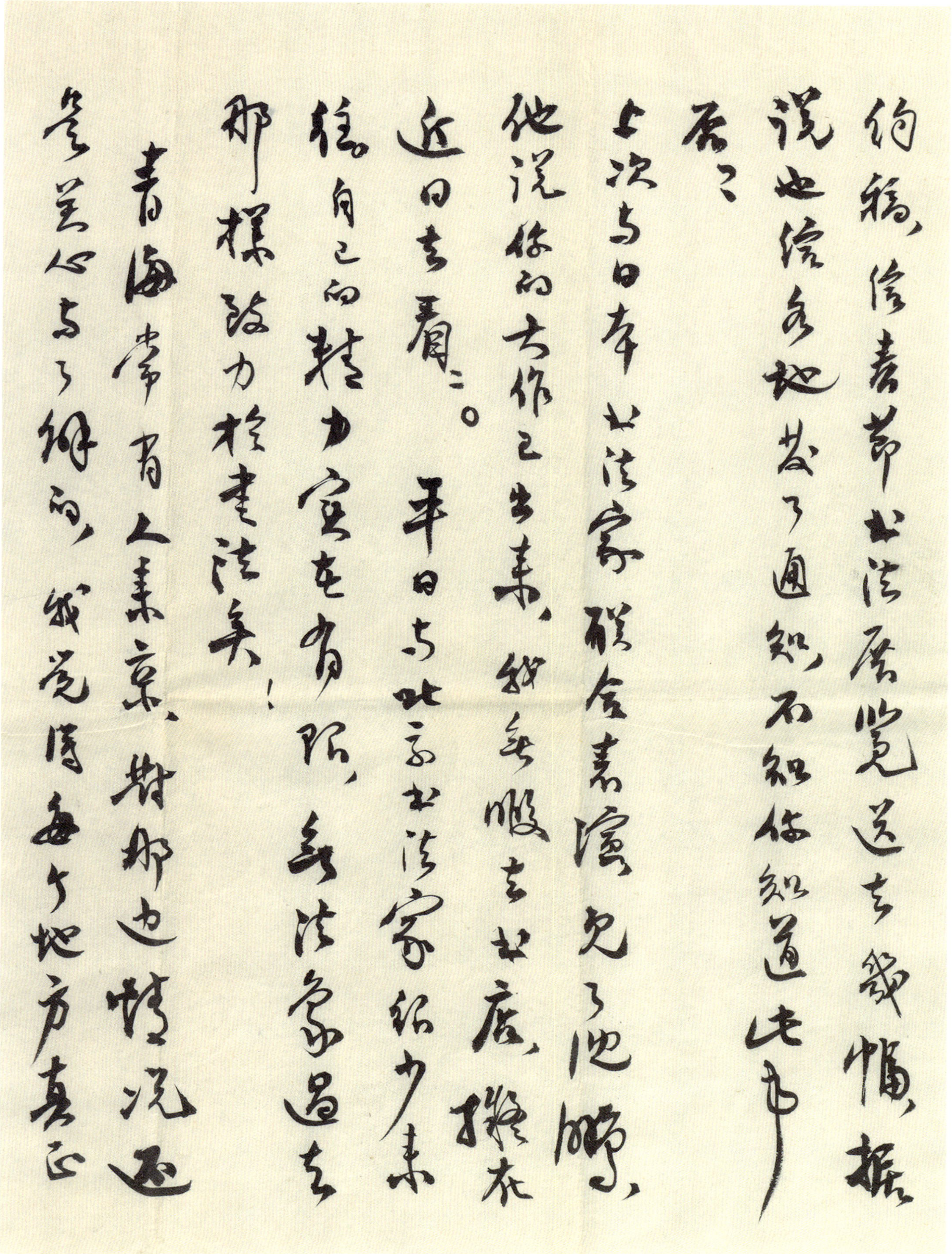

约稿，给春节书法展览送去几幅，据说也给各地发了通知，不知你知道此事否？

上次与日本书法家联合表演见了沈鹏，他说你的大作已出来，我无暇去书店，拟在近日去看看。平日与北京书法家很少来往。自己的精力实在有限，无法象过去那样致力于书法矣！

青海常有人来京，对那边情况还是关心与了解的，我觉得每个地方真正

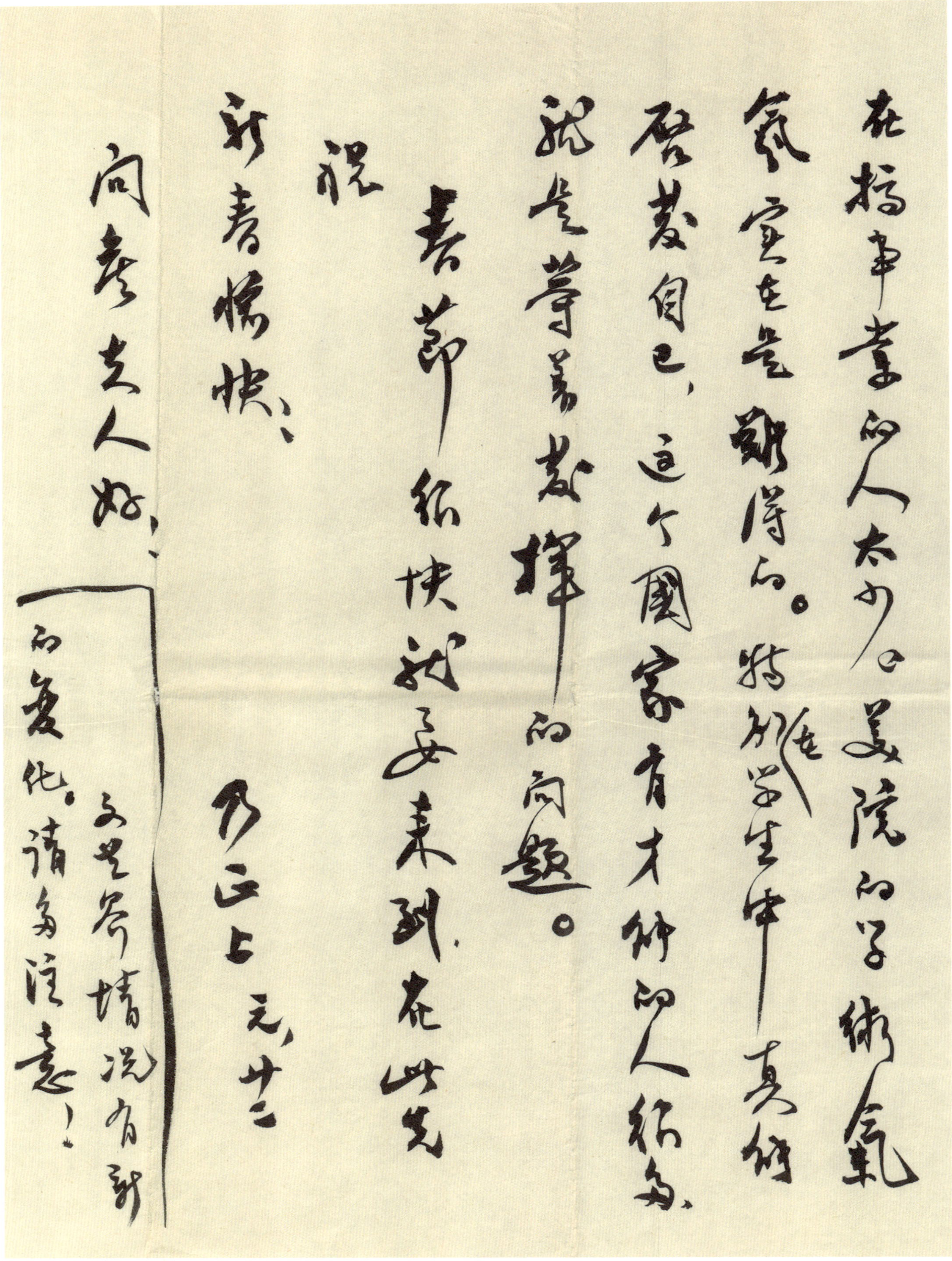

在搞事业的人太少。美院的学术气氛实在是难得的。特别在学生中真能启发自己，这个国家有才能的人很多，就是等着发挥的问题。

春节很快就要来到，在此先祝

新春愉快！问候夫人好！

乃正上

元·廿二

文艺界情况有新的变化，请多注意！

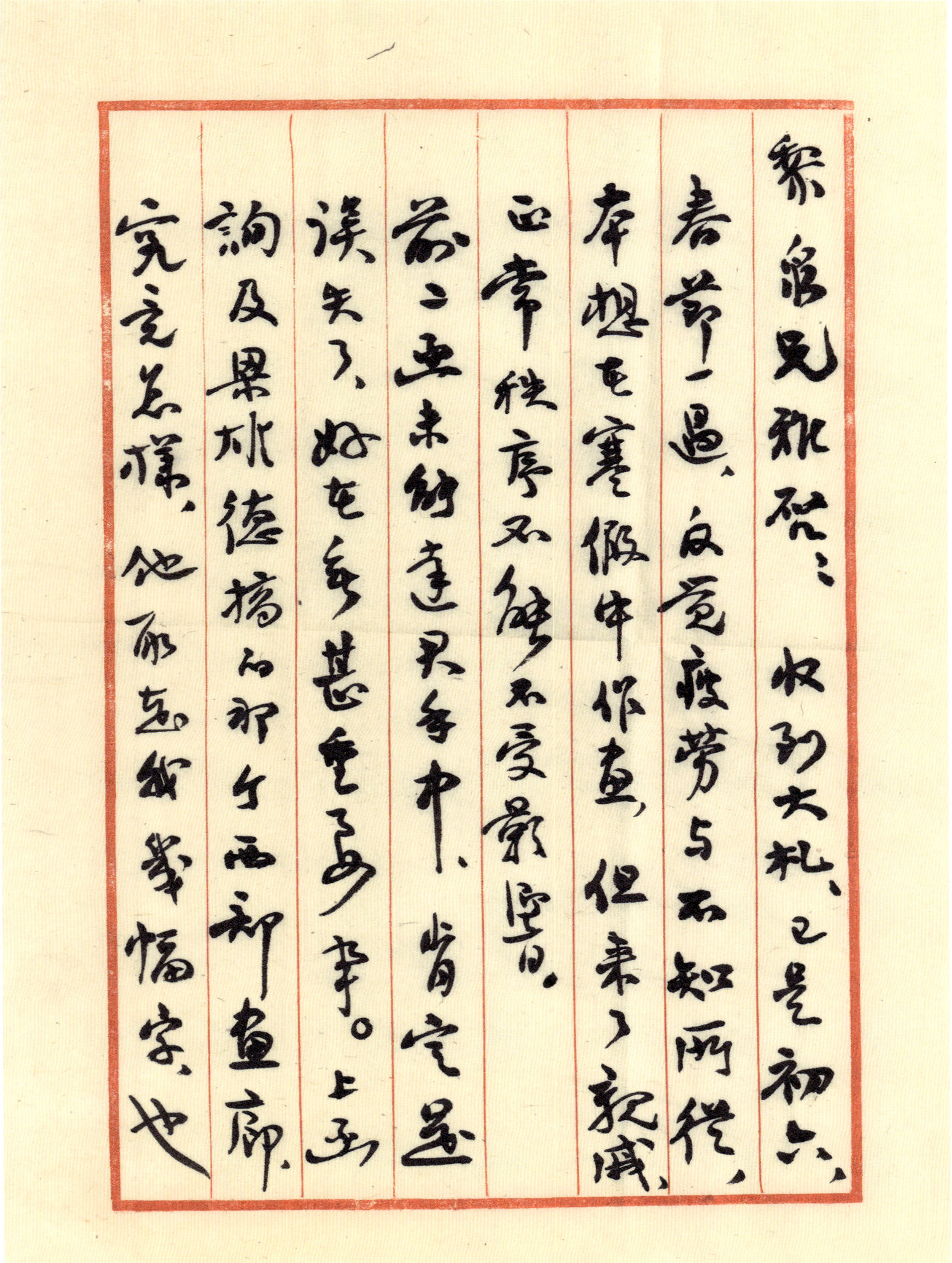
黎泉兄雅启：收到大札、已是初六、春节一过、反觉疲劳与不知所从、本想在寒假中作画，但来了亲戚，正常秩序不能不受影响。前二函未能达君手中、肯定是误失了、好在无甚重要事。上函询及梁雄德搞的那个西部画廊、究竟怎样、他取走我几幅字、也

黎泉兄雅启：

收到大札，已是初六，春节一过，反觉疲劳与不知所从，本想在寒假中作画，但来了亲戚，正常秩序不能不受影响。

前二函未能达君手中，肯定是误失了，好在无甚重要事。上函询及梁雄德搞的那个西部画廊，究竟怎样，他取走我几幅字，也

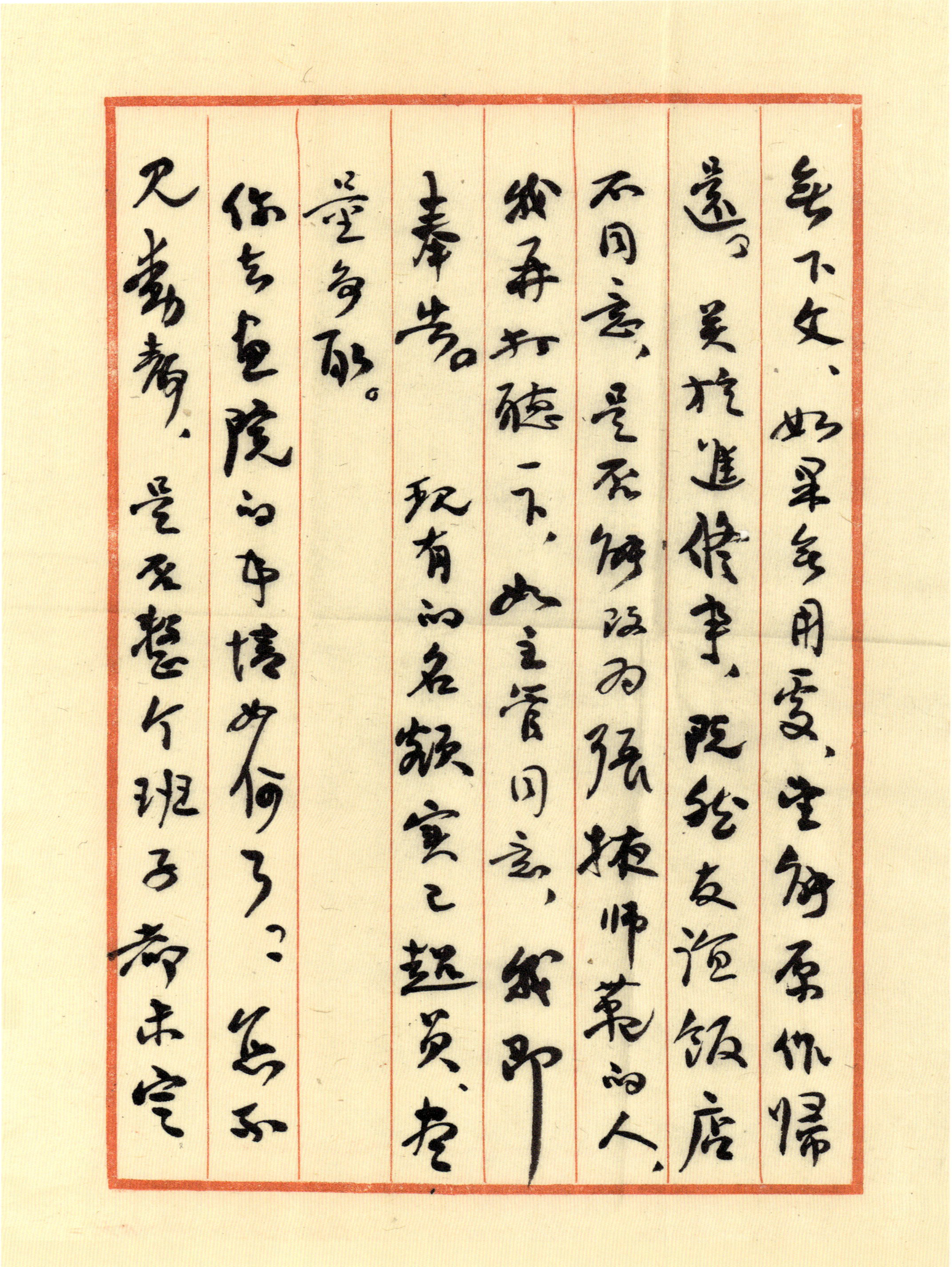

無下文、如果無用處、望能原作歸還。關於進修事、既然友誼飯店不同意、是否能改為張掖師範的人、我再打聽一下、如主管同意、我即奉告。現有的名額實已超員、盡量爭取。

你去畫院的事情如何了？怎不見動靜、是否整個班子都未定

无下文，如果无用处，望能原作归还。关于进修事，既然友谊饭店不同意，是否能改为张掖师范的人，我再打听一下，如主管同意，我即奉告。现有的名额实已超员，尽量争取。

你去画院的事情如何了？怎不见动静，是否整个班子都未定

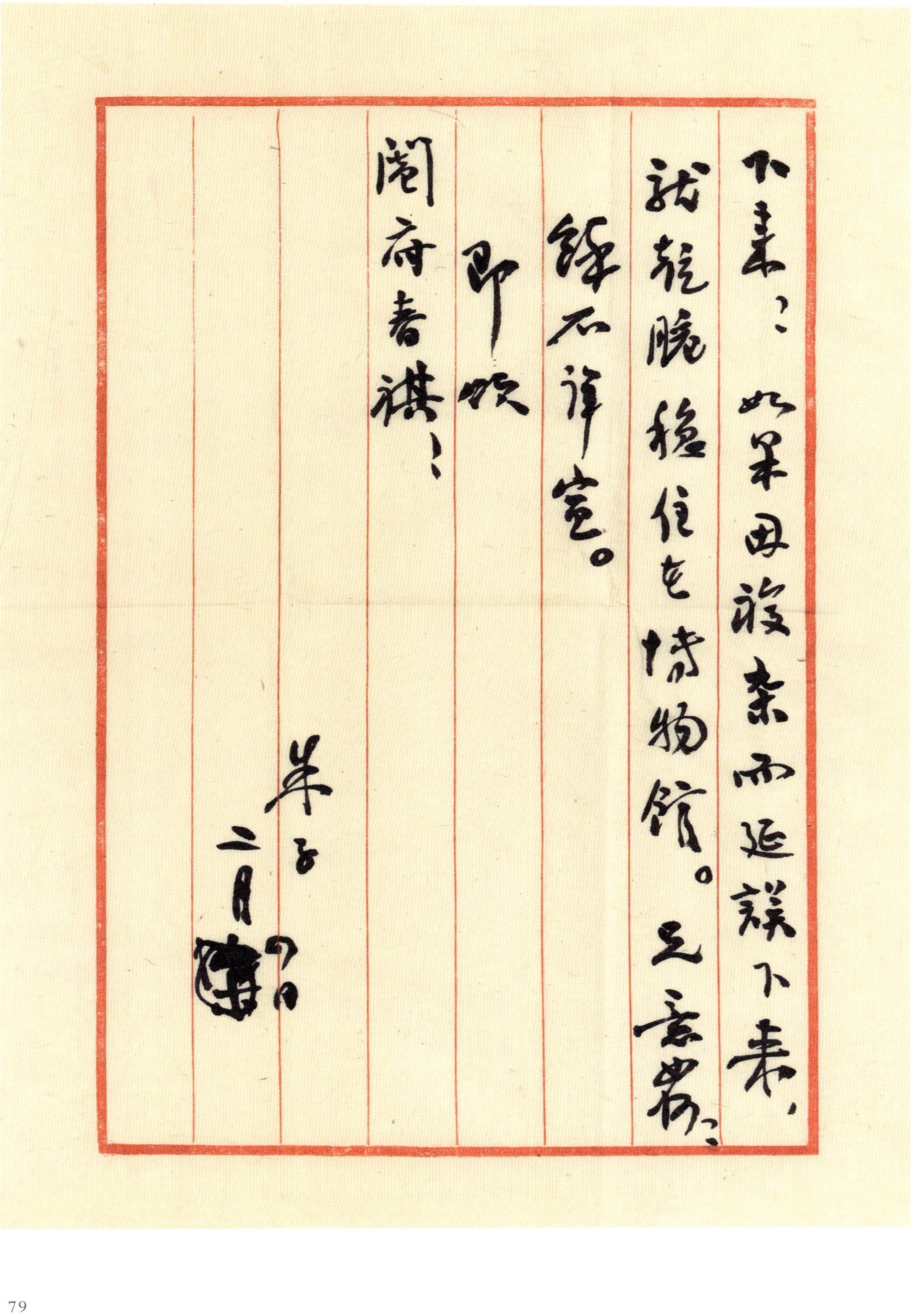

下来？如果因复杂而延误下来，就干脆稳住在博物馆。兄意如何？

余不详宣。

即颂

阖府春祺！

朱子

二月四日

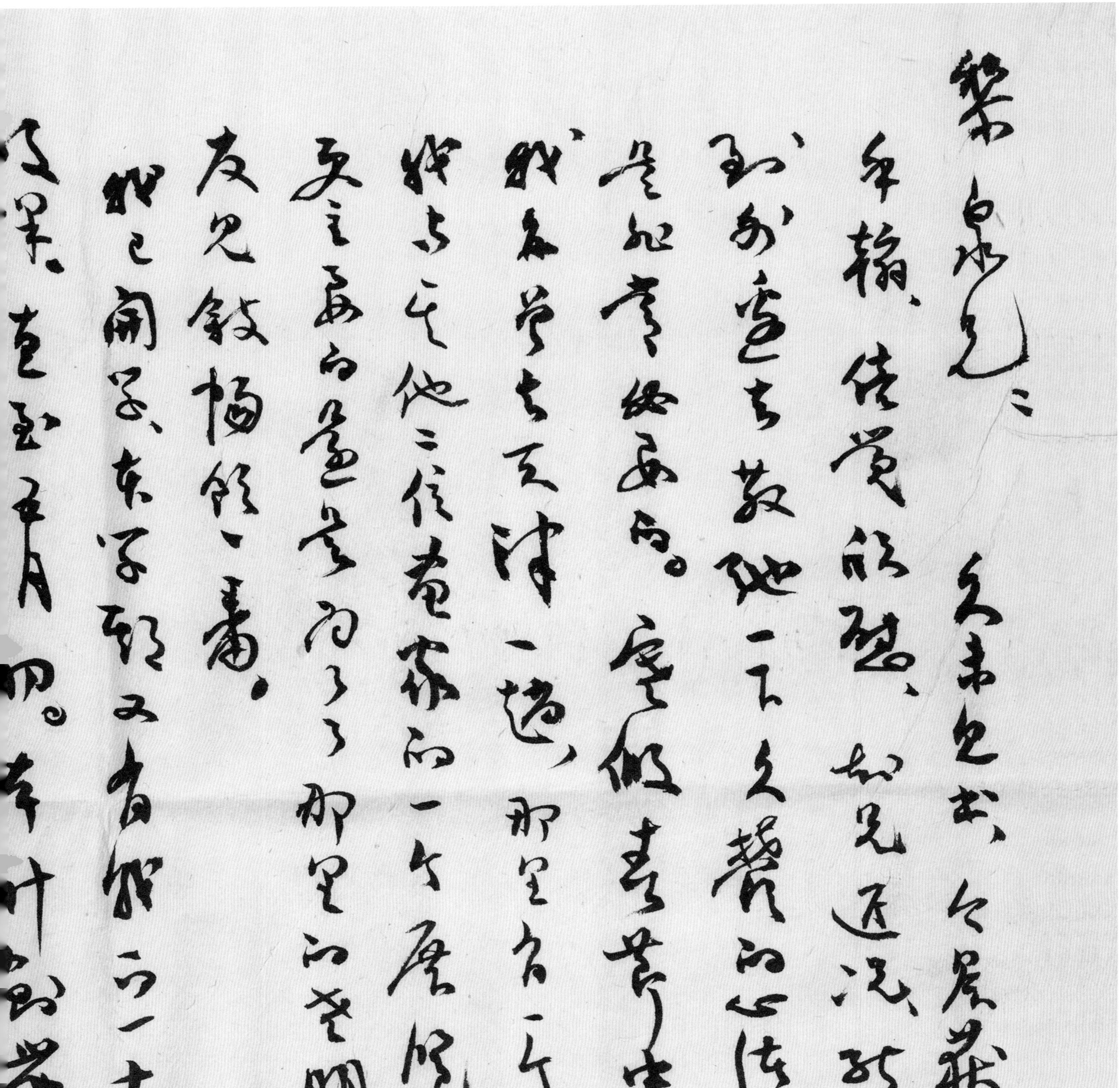

黎泉兄：
久未见书，今晨获
手翰，倍觉欣慰。如见近况，新
到分会去教她一下文艺的心传，
是她应得的。寒假期中，
我曾带去天津一趟，那里有一个
将与之他二位看齐的一个展览。
是主要的意思了，那里的艺朋
友见较愉快、高。
我已开学，东写现又有我们一大
果，直到本月四。本计写

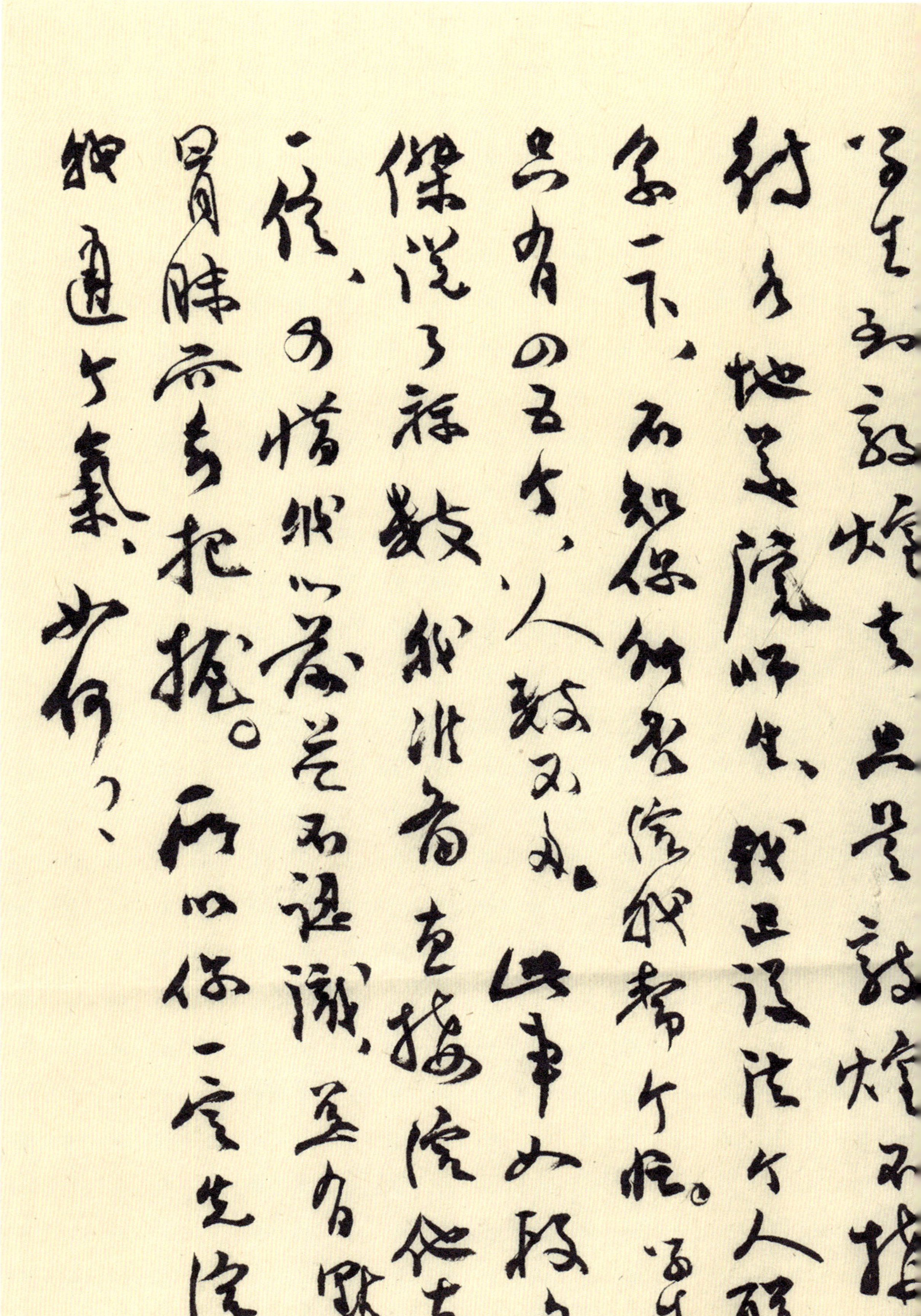

黎泉兄：

久未见书，今晨获手翰，倍觉欣慰，知兄近况，能到外边去散弛一下久郁的心绪，是非常必要的。寒假春节中，我亦曾去天津一趟，那里有一个我与其他二位画家的一个展览。更主要的还是为了了那里的老朋友见叙畅饮一番。

我已开学，本学期又有我的一大段课，直至五月初。本计划带学生到敦煌去，只是敦煌不接待各地美院师生，我已设法个人联系一下，不知你能否给我帮个忙。学生只有四五个，人数不多。此事如段文杰说了算数，我准备直接给他去一信，可惜我以前并不认识，总有点冒昧而无把握。所以你一定先给我通个气，如何？

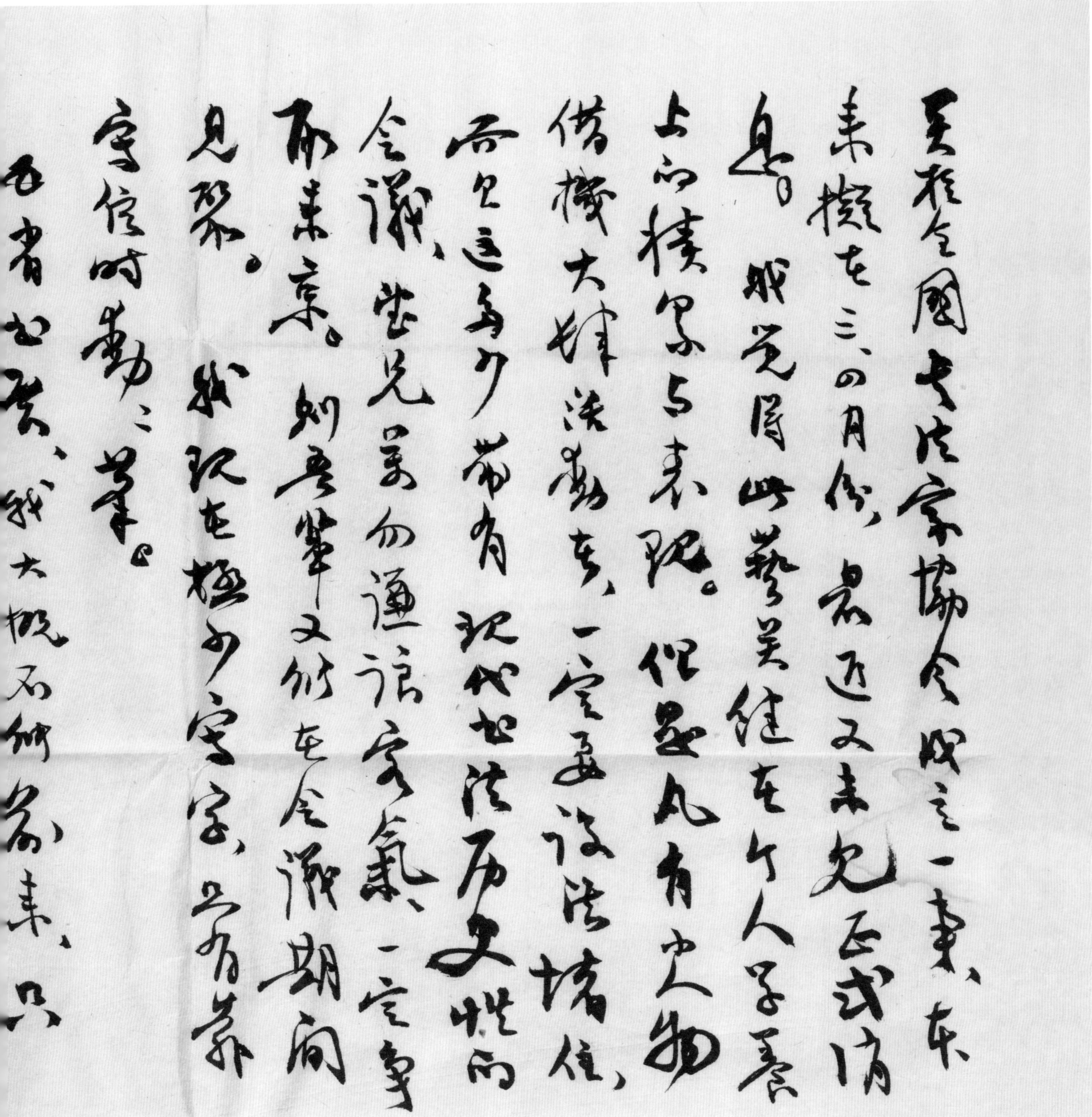

至於全國書法家協會成立之一事，東
來擬在三、四月份，最近又來見正式請
帖。我覺得此輩是徒在今人學書
上而積累不與來頭。但要凡有此人物、
借機大肆活動者、一定要設法請他
而且這多少帶有現代世俗風文性而
會議、並見其所通話字氣、一定爭
取來京。劉當年又能在會議期間
見教。我現在極少寫字、字有某
字信時動動筆。
而書也廢、我大概不能前來、只

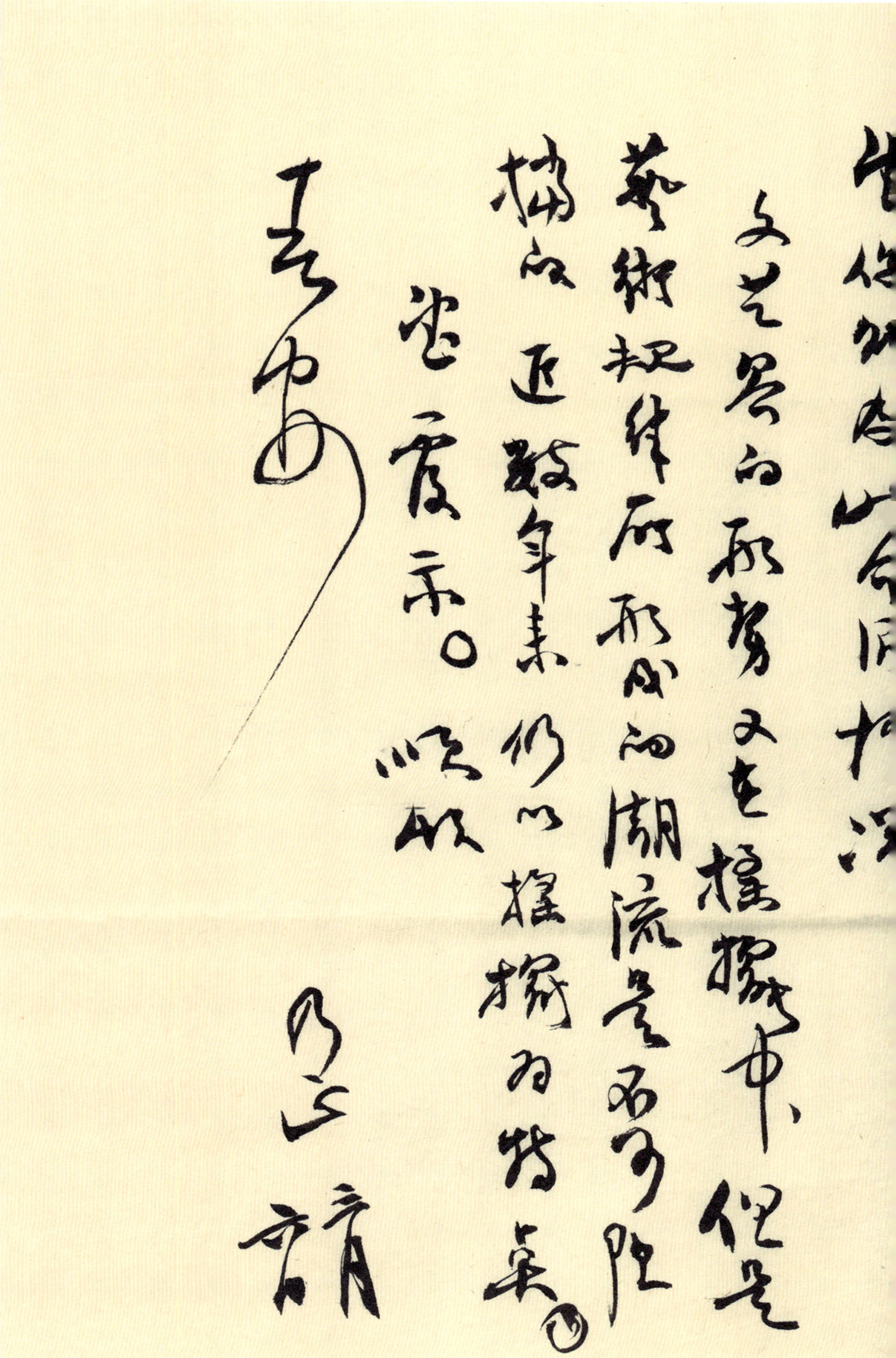
文艺界的形势又在摇摆中，但是艺术规律所形成的潮流是不可阻挡的，近数年来仍以摇摆为特点。
望覆示。顺颂
春安
乃正

关于全国书法家协会成立一事，本来拟在三、四月份，最近又未见正式消息。我觉得此艺关键在个人学养上的积累与表现。但是凡有小人物借机大肆活动者，一定要设法堵住，而且这多少带有现代书法历史性的会议，望兄万勿谦让客气，一定争取来京。则吾辈又能在会议期间见聚。我现在极少写字，只有靠写信时动动笔。

五省书展，我大概不能前来，只望你能及时介绍情况。

文艺界的形势又在摇摆中，但是艺术规律所形成的潮流是不可阻挡的，近数年来仍以摇摆为特点。

望覆示。顺颂

春安

乃正

三月六日

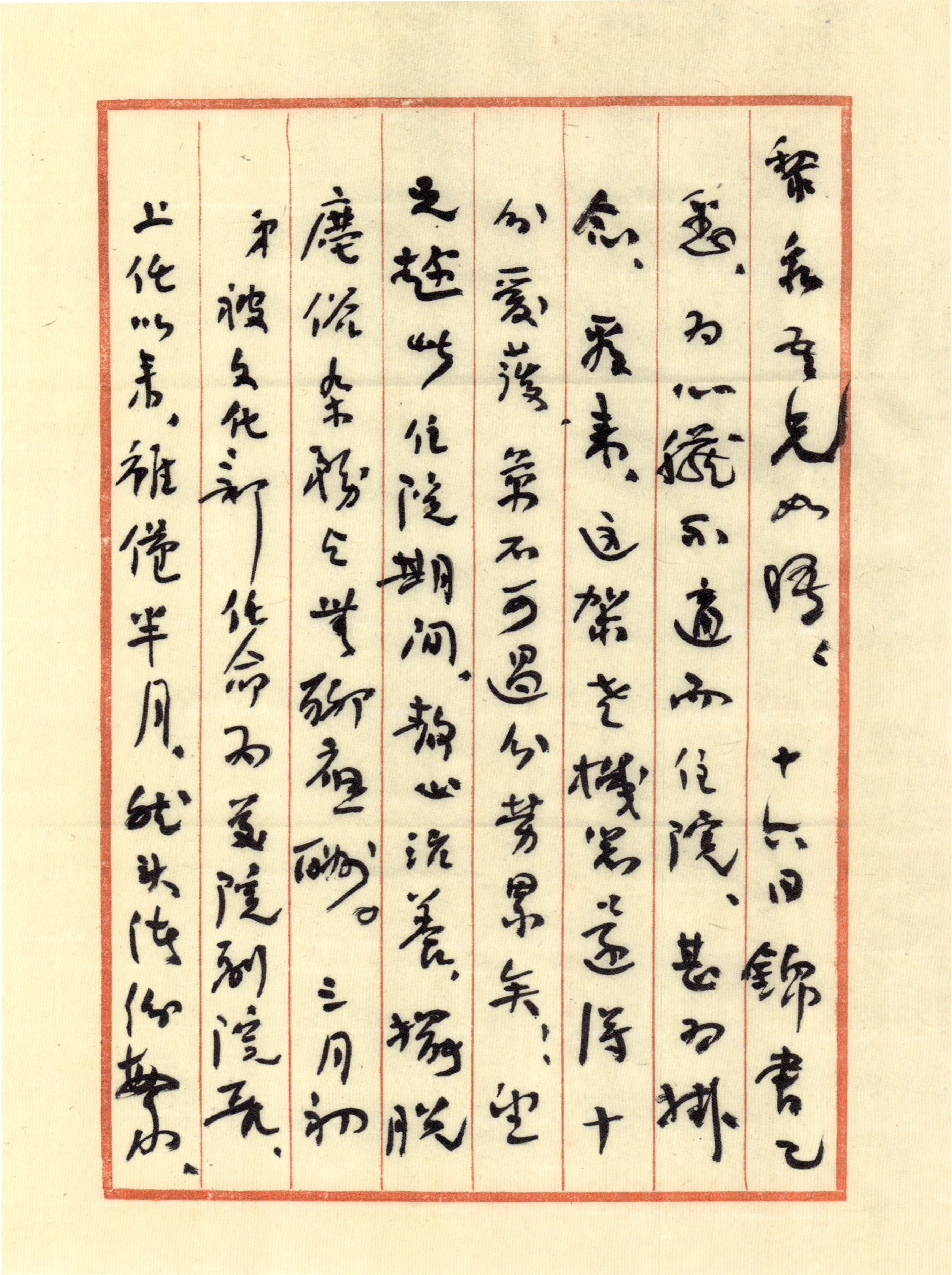

黎泉吾兄如晤：

十六日锦书已悉，为心脏不适而住院，甚为挂念，看来，这架老机器还得十分爱护，万不可过分劳累矣！望兄趁此住院期间，静心治养，摆脱尘俗杂务与无聊应酬。三月初弟被文化部任命为美院副院长，上任以来，虽仅半月，然头绪纷繁，

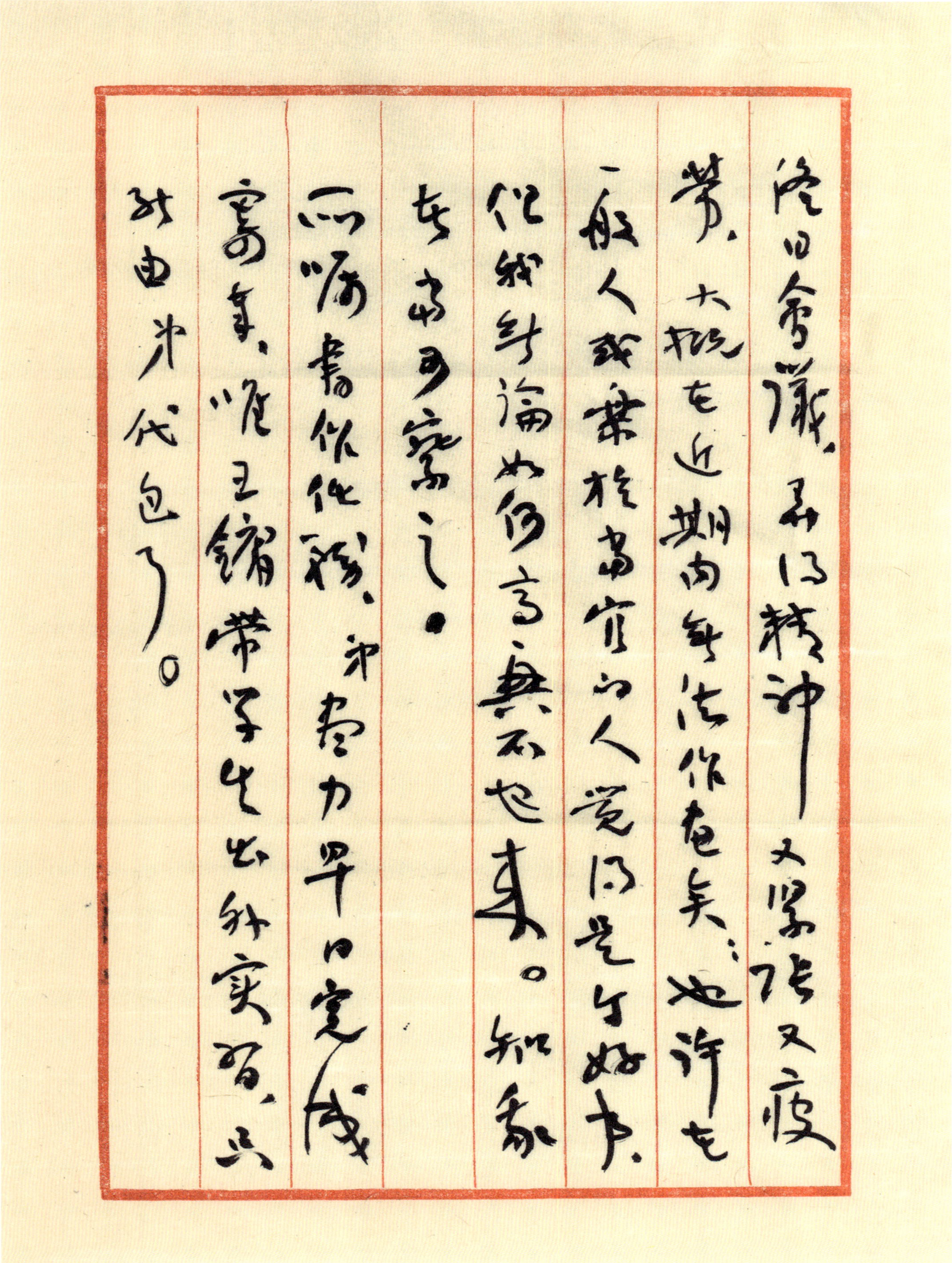
終日會議，弄得精神又緊張又疲勞，大概在近期內無法作畫矣；也許在一般人或樂於當官的人覺得是个好事，但我無論如何高興不起來。知我者當可察之。所囑書作任務，弟盡力早日完成寄奉。唯王鏞帶學生出外實習，只能由弟代包了。

终日会议，弄得精神又紧张又疲劳，大概在近期内无法作画矣！也许在一般人或乐于当官的人觉得是个好事，但我无论如何高兴不起来。知我者当可察之。所嘱书作任务，弟尽力早日完成寄奉。唯王镛带学生出外实习，只能由弟代包了。

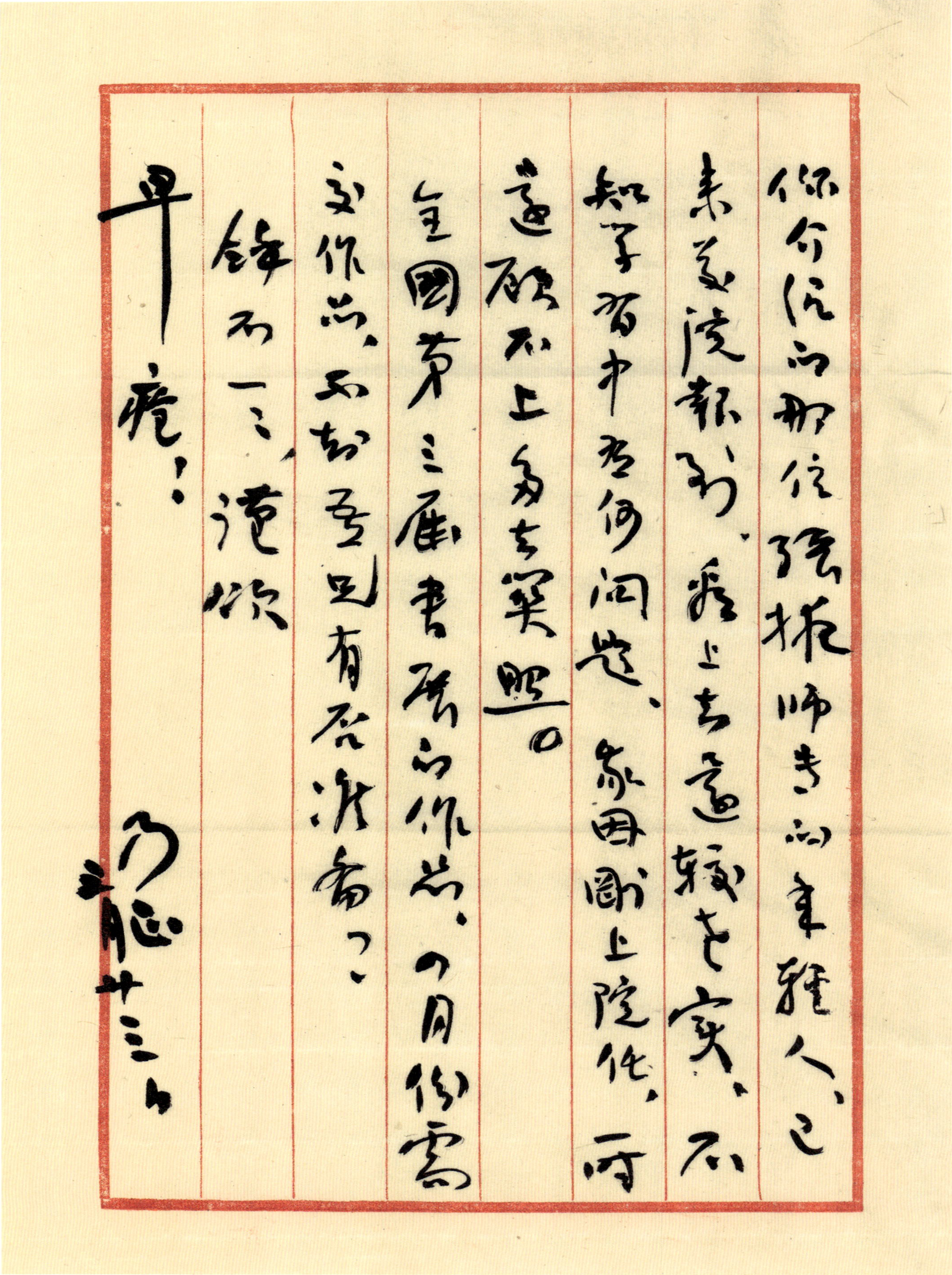

你介绍的那位张掖师专的年轻人，已来美院报到，看上去还较老实，不知学习中有何问题，我因刚上院任，一时还顾不上多去关照。

全国第三届书展的作品，四月份需交作品，不知吾兄有否准备？余不一一，谨颂

早痊！

乃正

三月廿三日

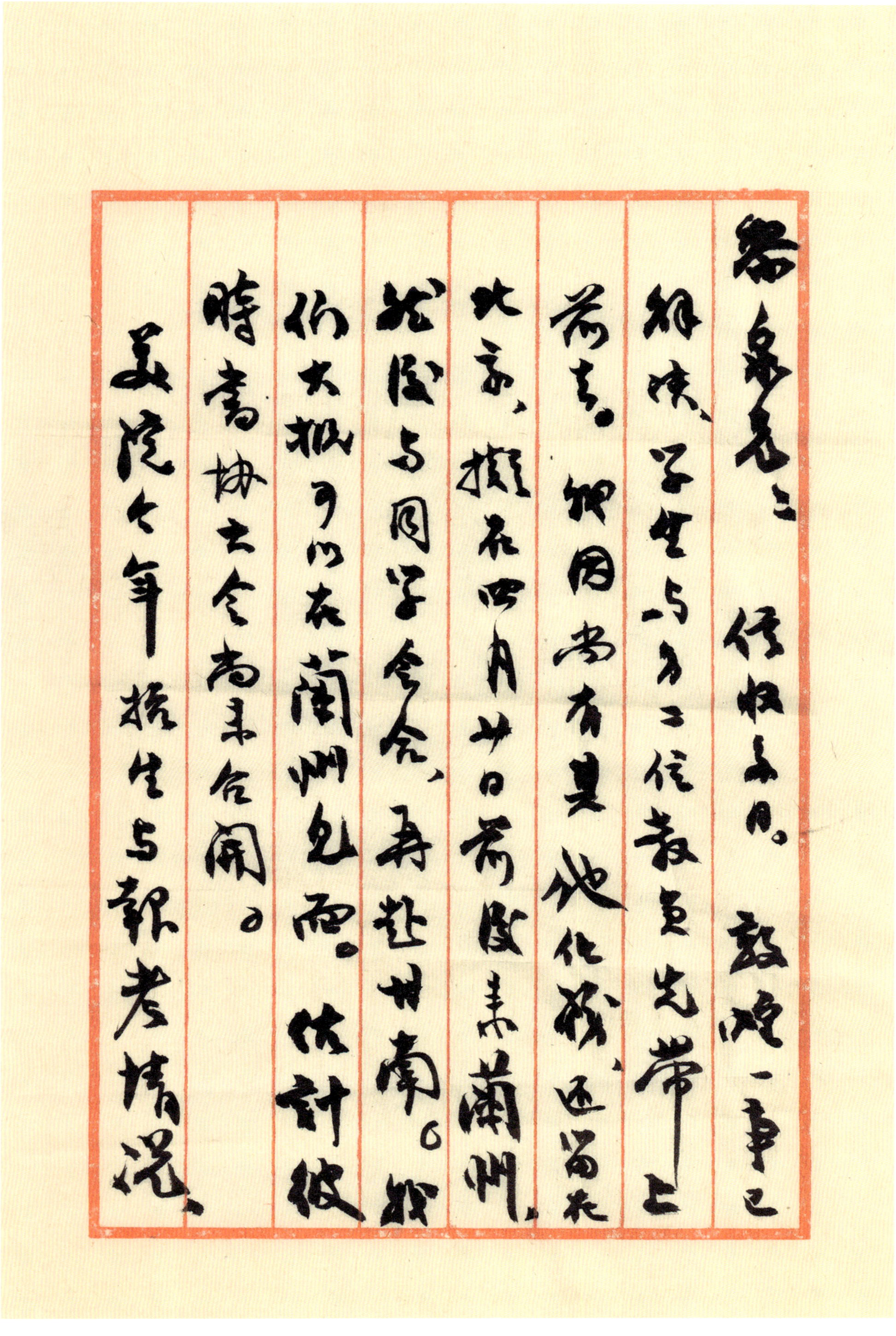

黎泉兄：

信收多日。敦煌一事已解决，学生与另二位教员先带上前去。我因尚有其他任务，还留在北京，拟在四月廿日前后来兰州，然后与同学会合，再赴甘南。我们大概可以在兰州见面。估计彼时书协大会尚未召开。

美院今年招生与报考情况，

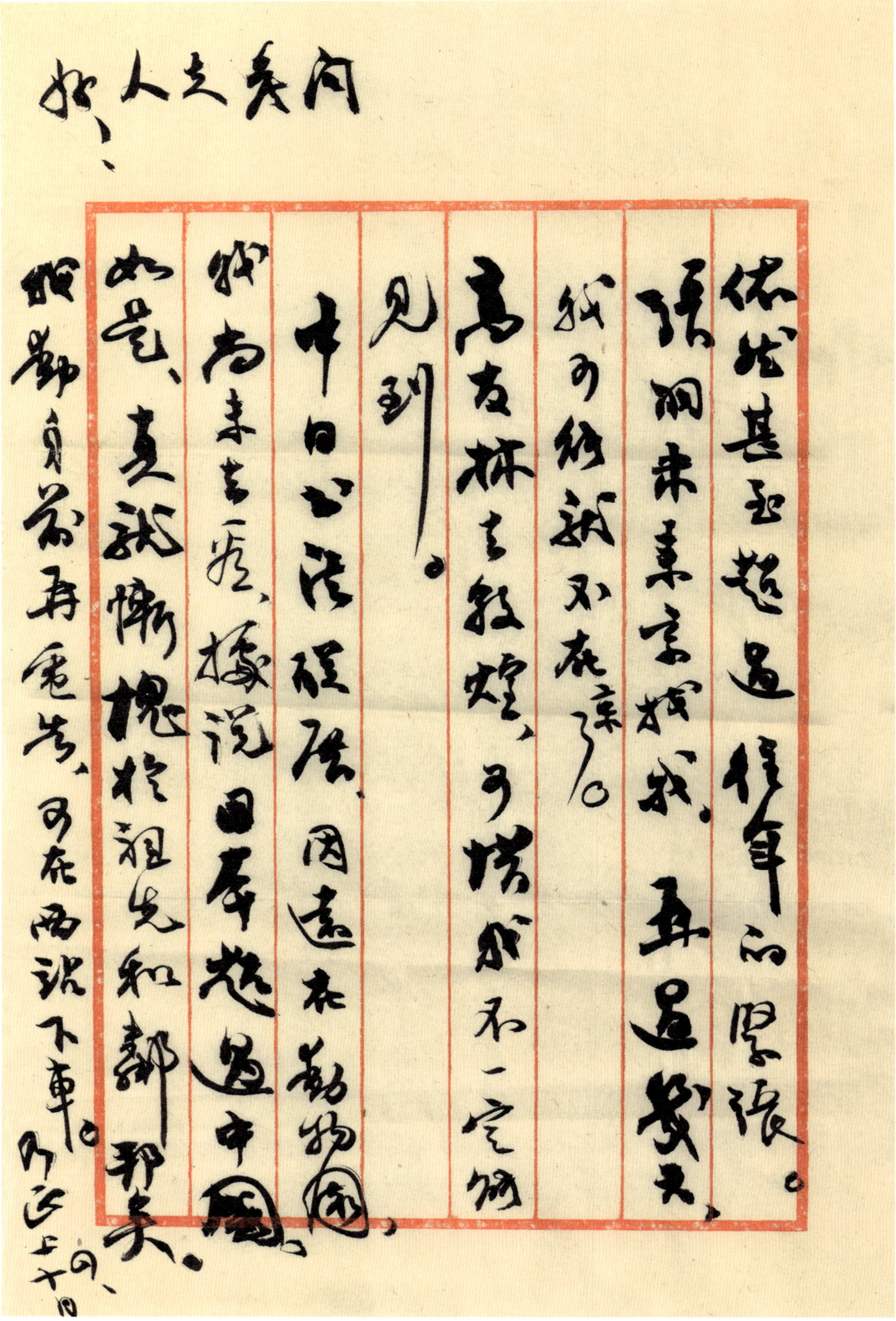

依然甚至超过往年的紧张。张羽未来京找我。再过几天，我可能就不在京了。

高友林去敦煌，可惜我不一定能见到。

中日书法联展，因远在动物园，我尚未去看，据说日本超过中国。如是、真就惭愧于祖先和邻邦矣。我动身前再电告，可在西站下车。

乃正上

四月十日

问候夫人好！

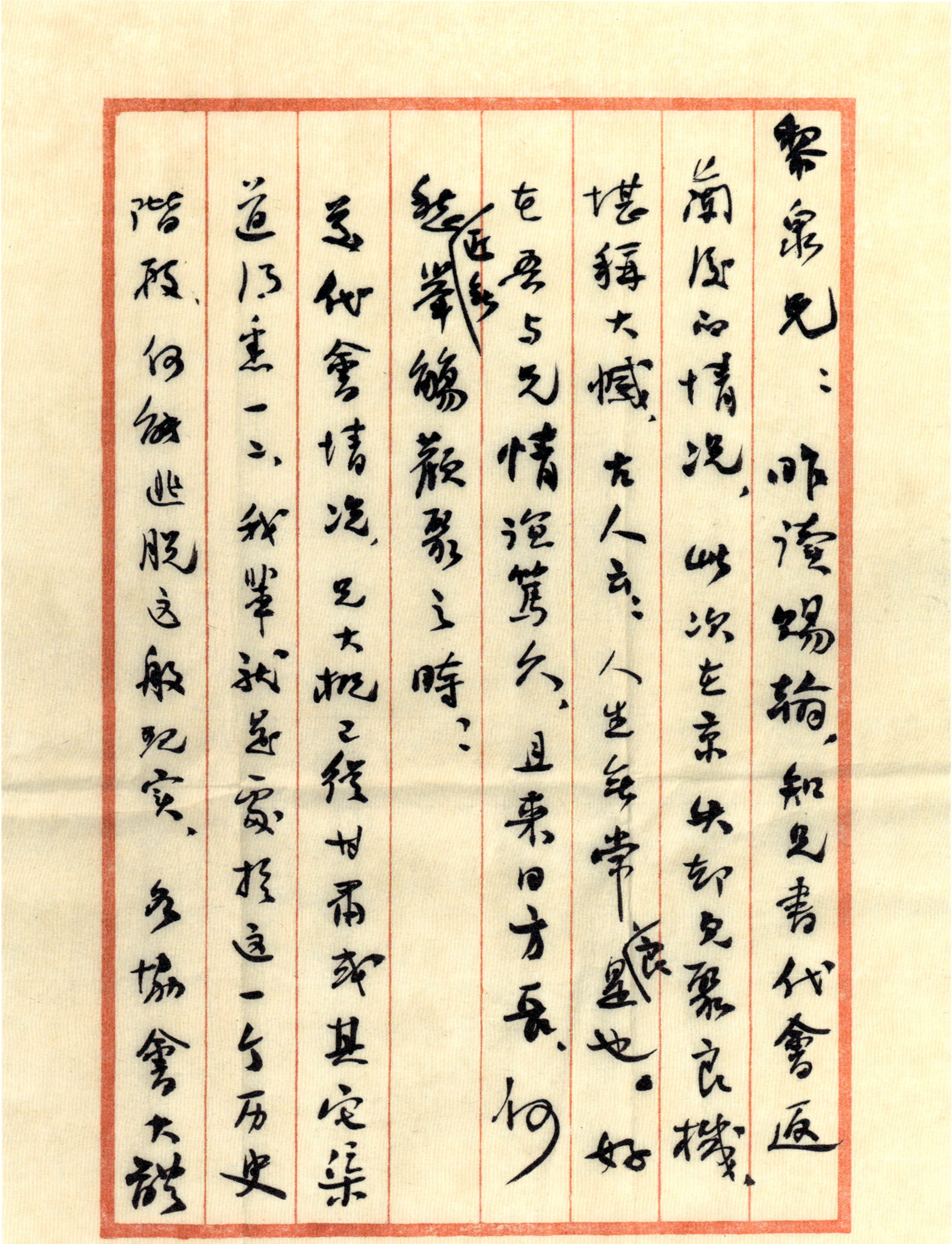

黎泉兄：

昨读赐翰，知兄书代会返兰后的情况，此次在京失却见聚良机，堪称大憾，古人云：人生无常，良是也。好在吾与兄情谊笃久，且来日方长，何愁近无举觞欢聚之时？

美代会情况，兄大概已从甘肃或其它渠道得悉一二，我辈就是处于这一个历史阶段，何能逃脱这般现实，各协会大体

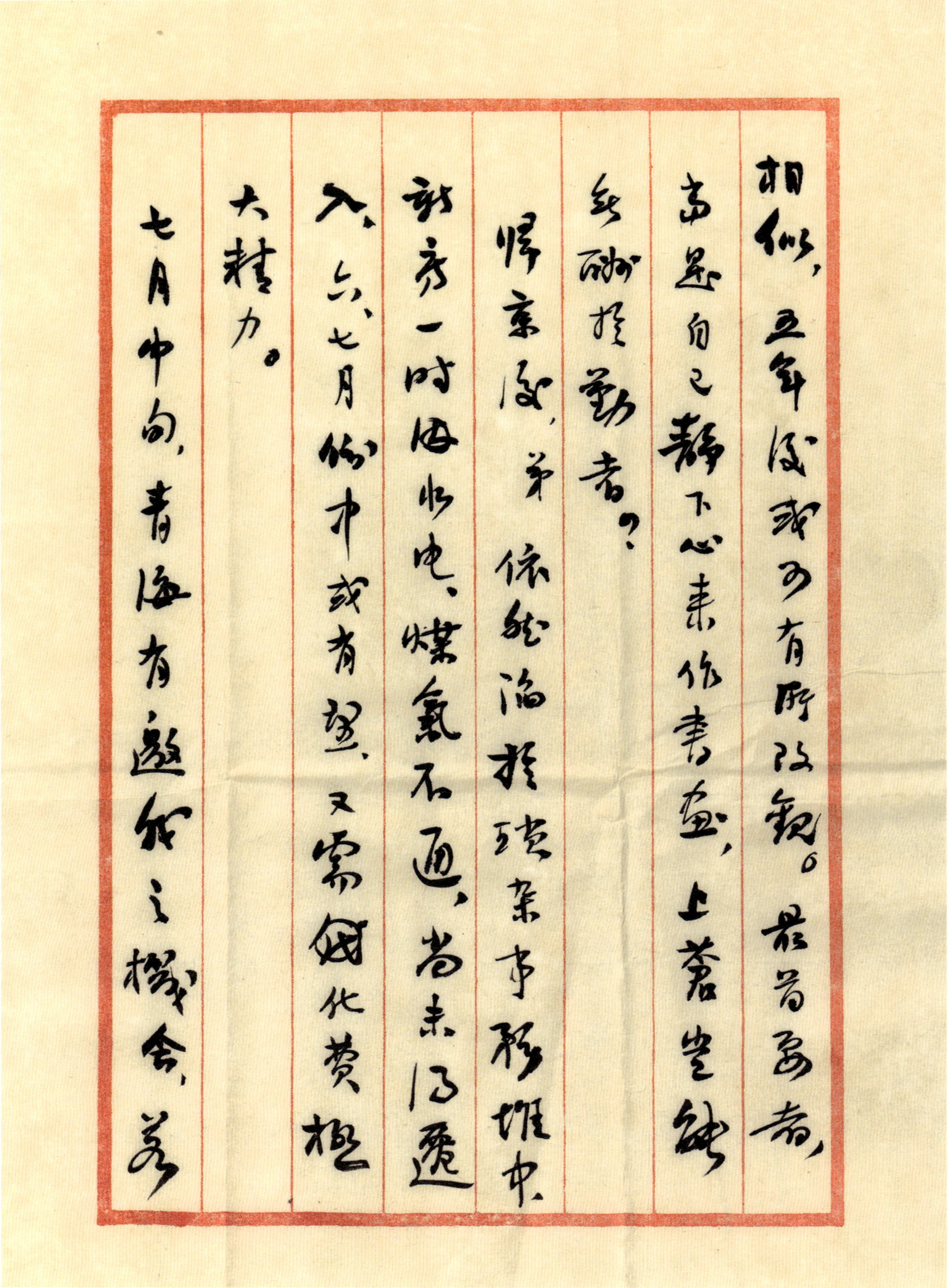
相似，五年后或可有所改观。最首要者，当是自己静下心来作书画，上苍岂能无酬于勤者？
归京后，弟依然陷于琐杂事务堆中，新房一时因水电、煤气不通，尚未得迁入，六、七月份中或有望，又需化费极大精力。
七月中旬，青海有邀我之机会，若

相似，五年后或可有所改观。最首要者，当是自己静下心来作书画，上苍岂能无酬于勤者？

归京后，弟依然陷于琐杂事务堆中，新房一时因水电、煤气不通，尚未得迁入，六、

七月份中或有望，又需化费极大精力。

七月中旬，青海有邀我之机会，若

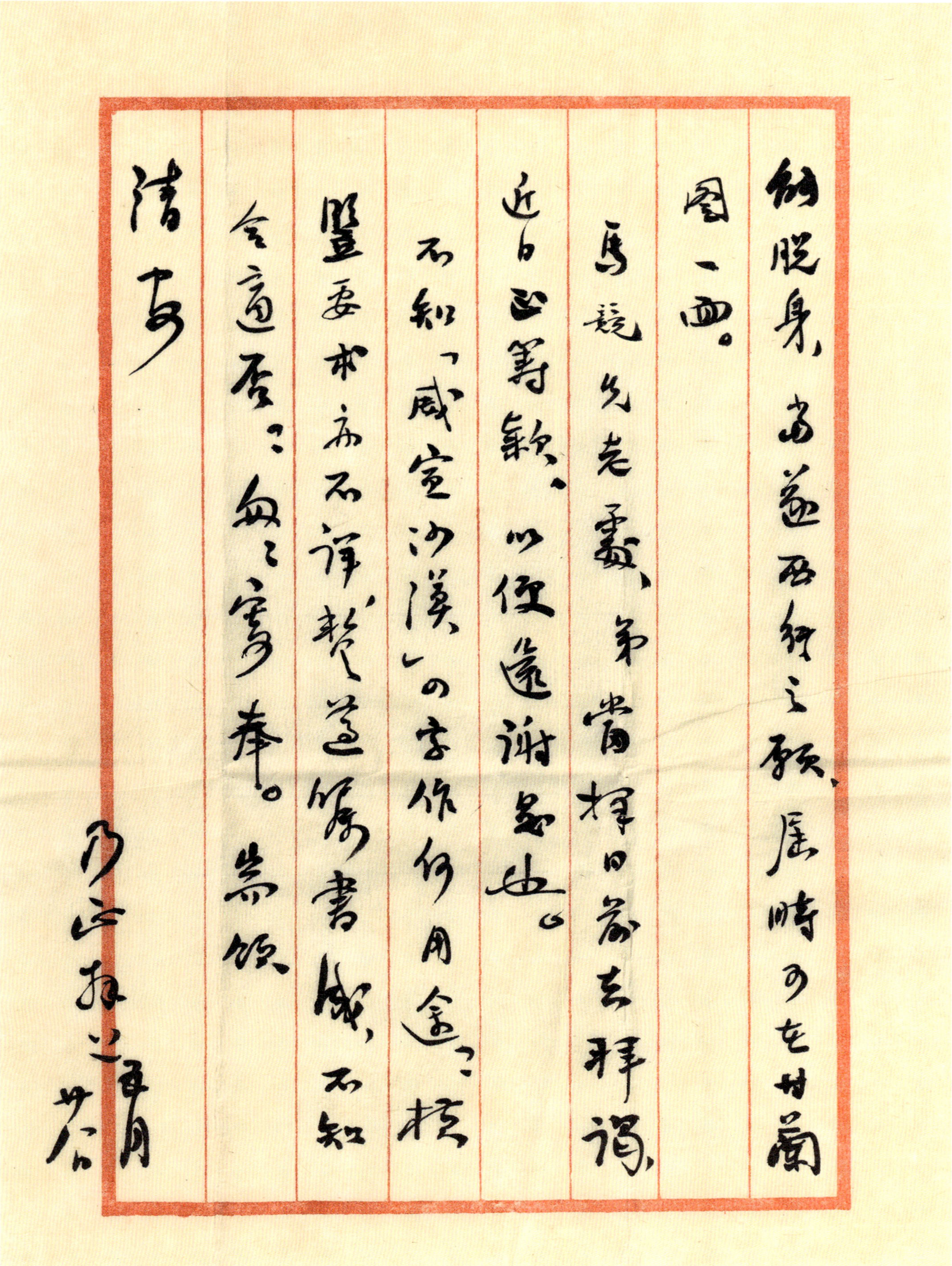

能脱身，当遂西行之愿，届时可在甘兰图一面。
马競先老处，弟当择日前去拜谒，近日正筹款，以便还谢是也。
不知『威宣沙漠』四字作何用途？横竖要求亦不详，暂遵嘱书成，不知合适否？匆匆寄奉。耑颂
清安

乃正拜上
五月廿八日

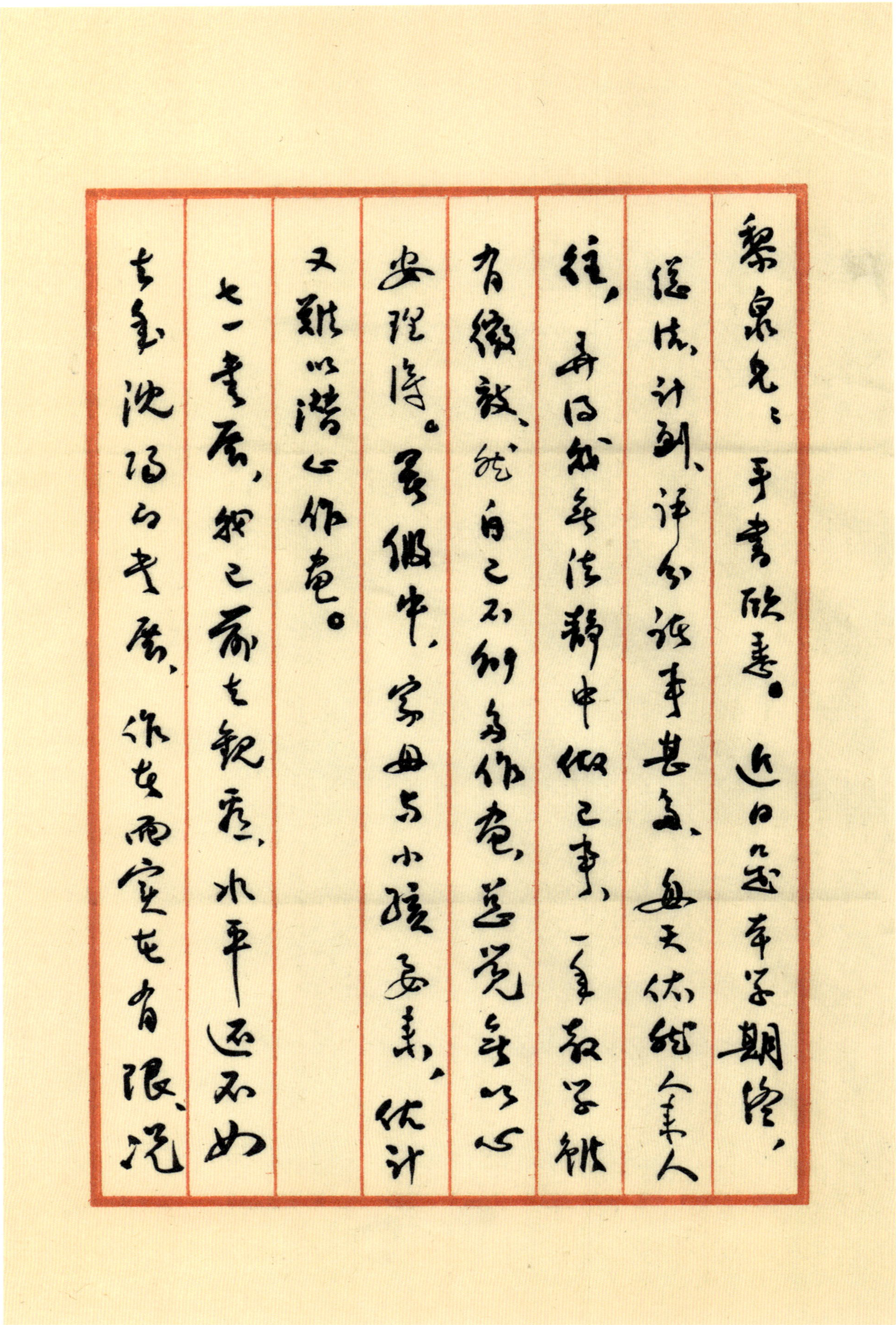
黎泉兄：手书欣悉。近日是本学期终，总结、计划、评分诸事甚多，每天依然人来人往，弄得我无法静中做己事，一年教学虽有微效，然自己不能多作画，总觉无以心安理得。暑假中，家母与小孩要来，估计又难以潜心作画。七一书展，我已前去观看，水平还不如去年沈阳的书展，作者面实在有限，况

黎泉兄：

手书欣悉。近日是本学期终，总结、计划、评分诸事甚多，每天依然人来人往，弄得我无法静中做己事，一年教学虽有微效，然自己不能多作画，总觉无以心安理得。暑假中，家母与小孩要来，估计又难以潜心作画。

七一书展，我已前去观看，水平还不如去年沈阳的书展，作者面实在有限，况

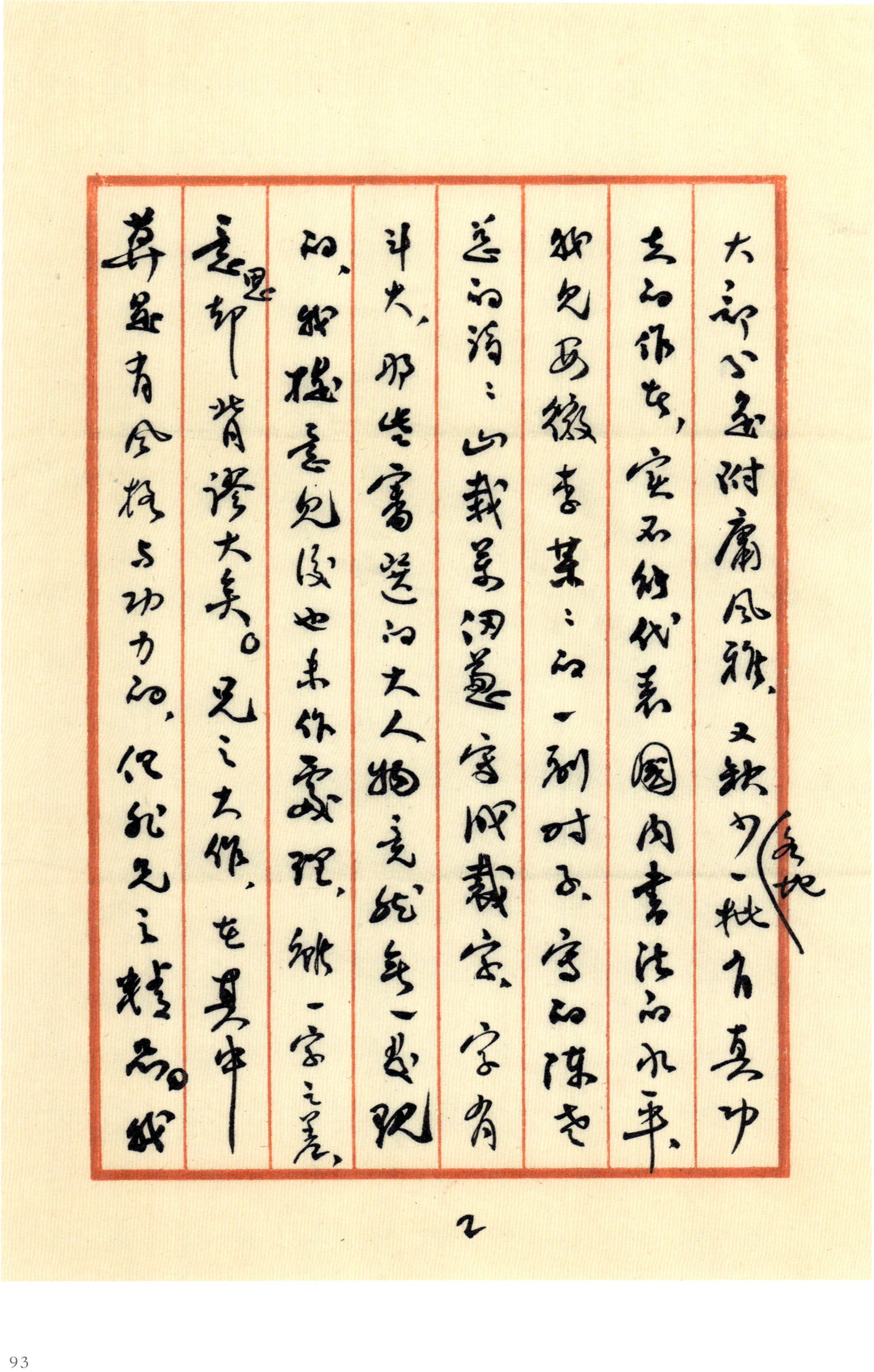

大部分是附庸风雅，又缺少各地一批有真功夫的作者，实不能代表国内书法的水平，我见安徽李某某的一副对子，写的陈老总的诗『山栽万仞葱』写成裁字，字有斗大，那些审选的大人物竟然无一发现的，我提意见后也未作处理，虽一字之差，意思却背谬大矣。兄之大作，在其中算是有风格与功力的，但非兄之精品。我

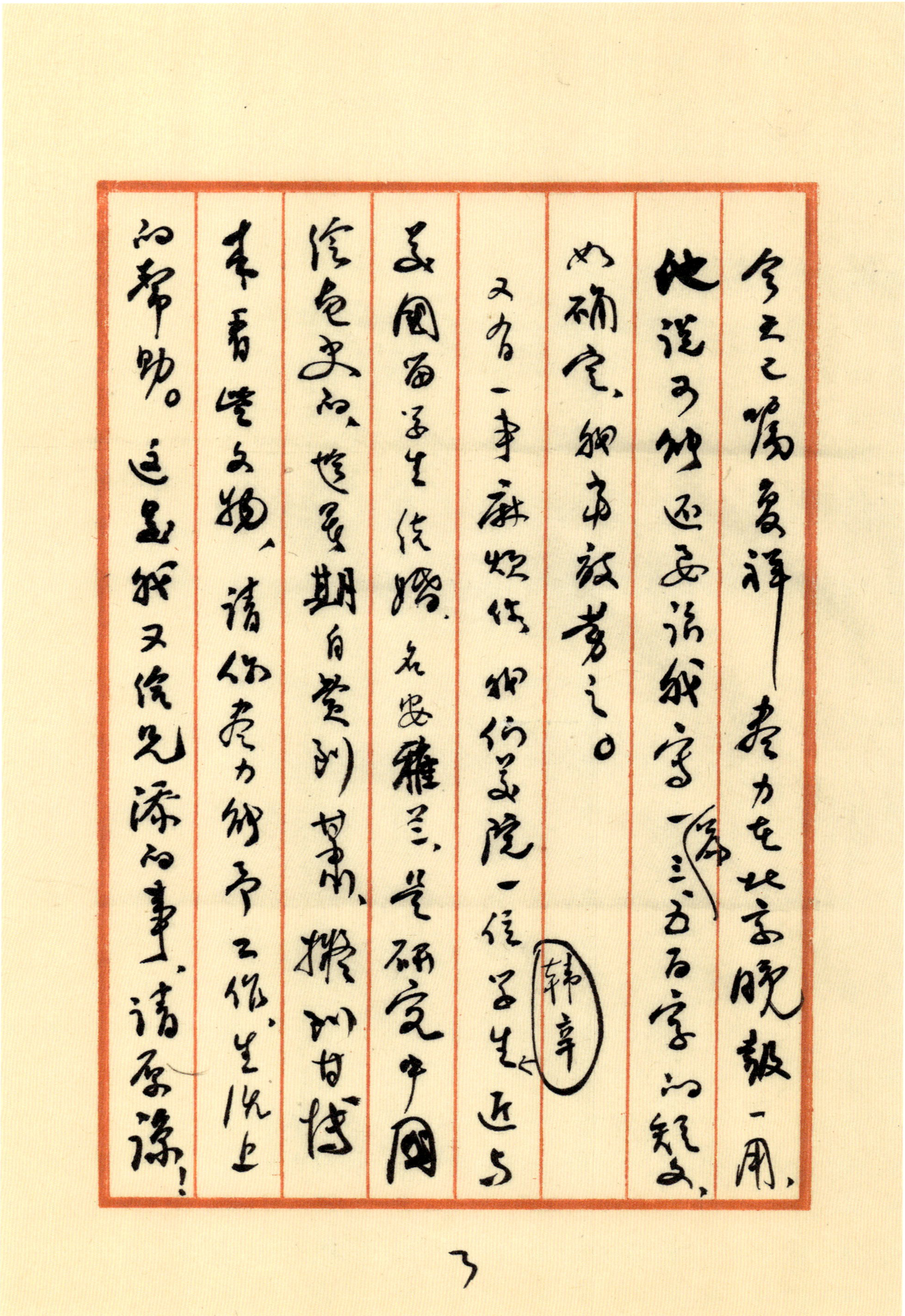
今天已嘱复祥尽力在北京晚报一用，他说可能还要让我写一篇三五百字的短文，如确定，我当效劳之。
又有一事麻烦你，我们美院一位学生韩辛，近与美国留学生结婚，名安雅兰，是研究中国绘画史的，趁暑期自费到甘肃，拟到甘博来看些文物，请你尽力能予工作、生活上的帮助。这是我又给兄添的事，请原谅！
3

今天已嘱复祥尽力在北京晚报一用，他说可能还要让我写一篇三五百字的短文，如确定，我当效劳之。

又有一事麻烦你，我们美院一位学生韩辛，近与美国留学生结婚，名安雅兰，是研究中国绘画史的，趁暑期自费到甘肃，拟到甘博来看些文物，请你尽力能予工作、生活上的帮助。这是我又给兄添的事，请原谅！

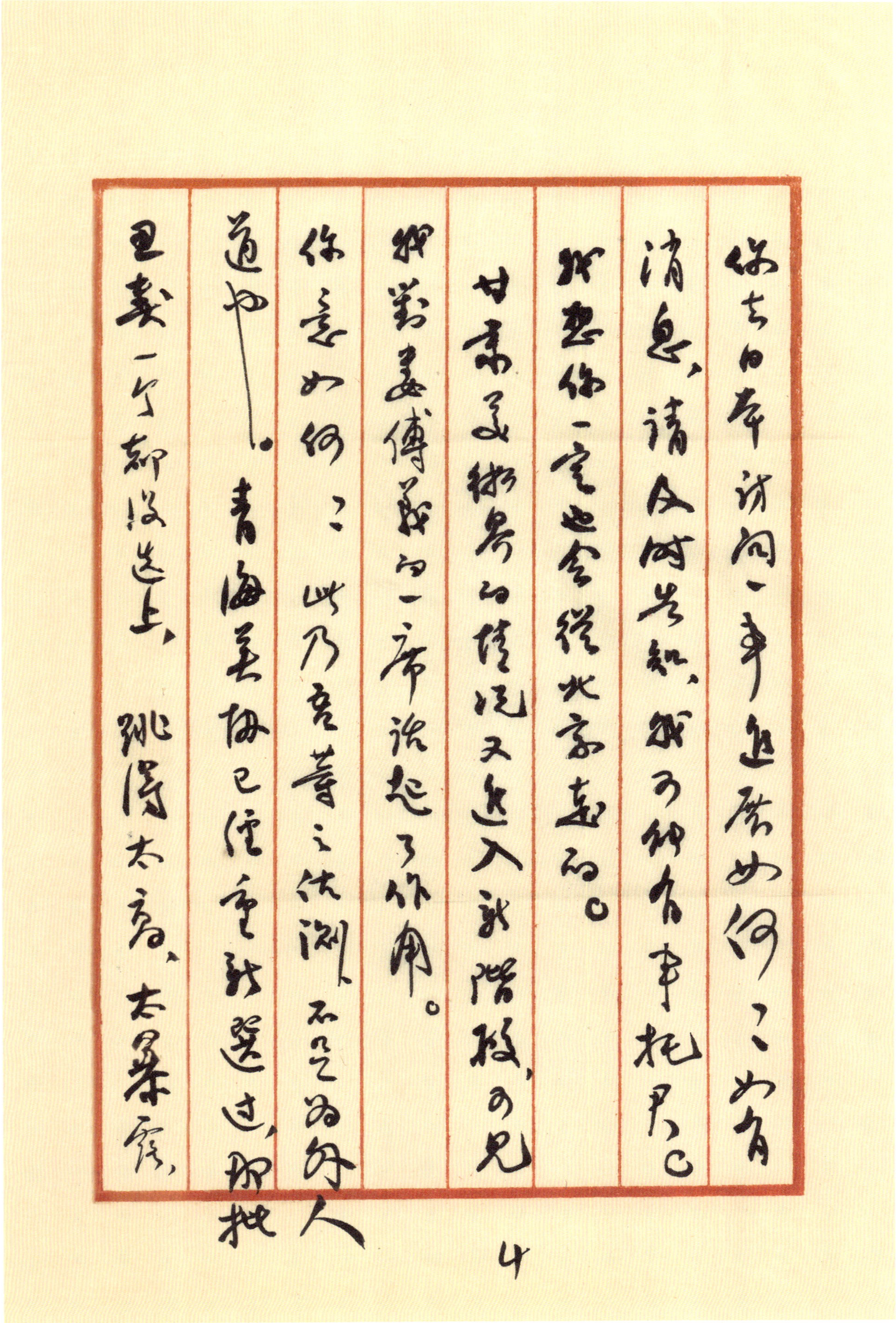
你去日本访问一事进展如何？如有消息，请及时告知，我可能有事托君。我想你一定也会从北京走的。
甘肃美术界的情况又进入新阶段，可见我对娄傅义的一席话起了作用。你意如何？此乃吾等之估测，不足为外人道也。青海美协已经重新选过，那批丑类一个都没选上，跳得太高，太暴露，
4

你去日本访问一事进展如何？如有消息，请及时告知，我可能有事托君。我想你一定也会从北京走的。

甘肃美术界的情况又进入新阶段，可见我对娄傅义的一席话起了作用，你意如何？此乃吾等之估测，不足为外人道也。青海美协已经重新选过，那批丑类一个都没选上，跳得太高，太暴露，

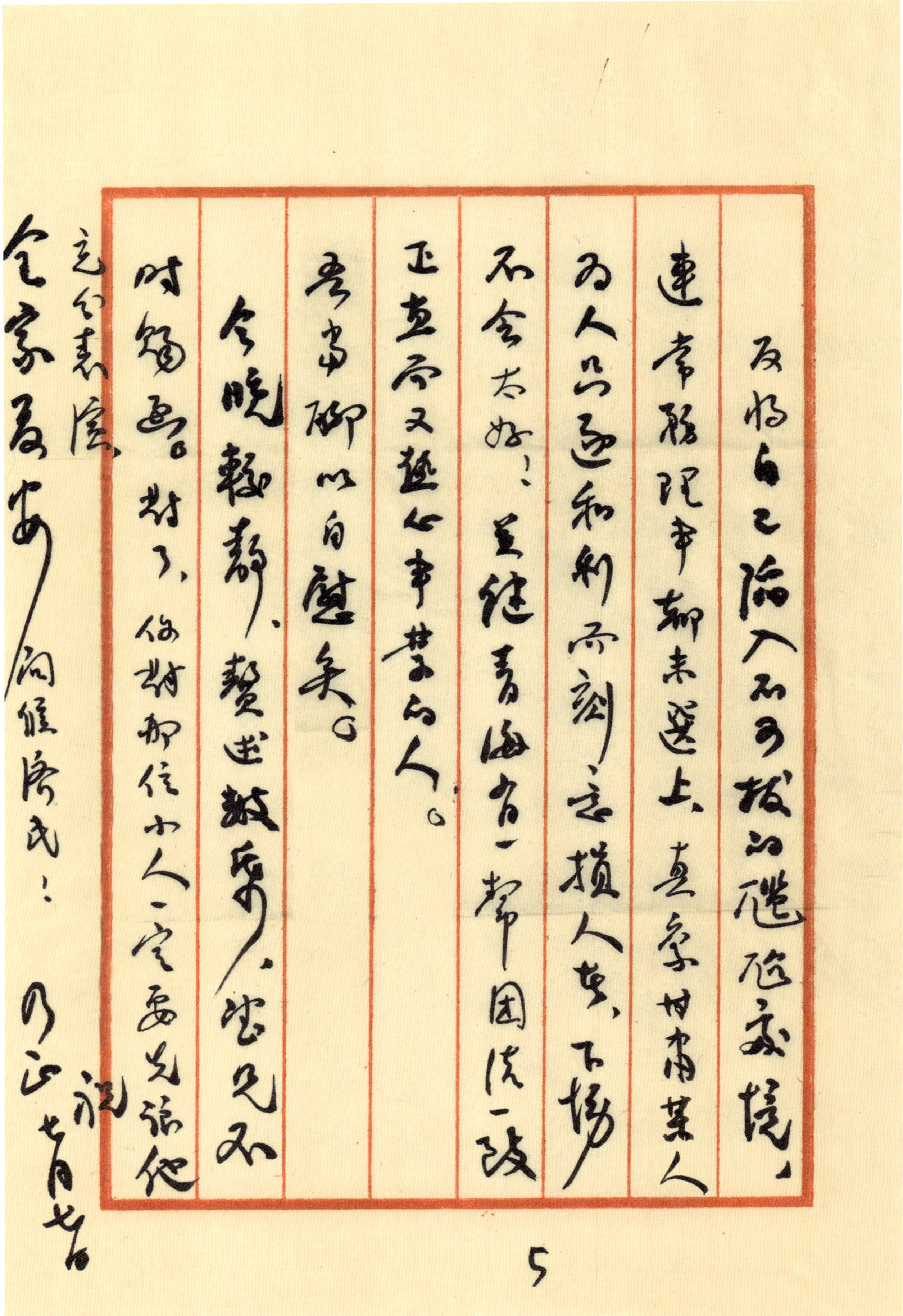

反将自己陷入不可拔的尴尬处境，连常务理事都未选上，真象甘肃某人为人只逐私利而刻意损人者，下场不会太好！关键青海有一帮团结一致正直而又热心事业的人。吾当聊以自慰矣。

今晚较静，赘述数纸，望兄不时赐函。对了，你对那位小人一定要先让他充分表演。

祝

全家夏安　问候济民！

乃正

七月七日

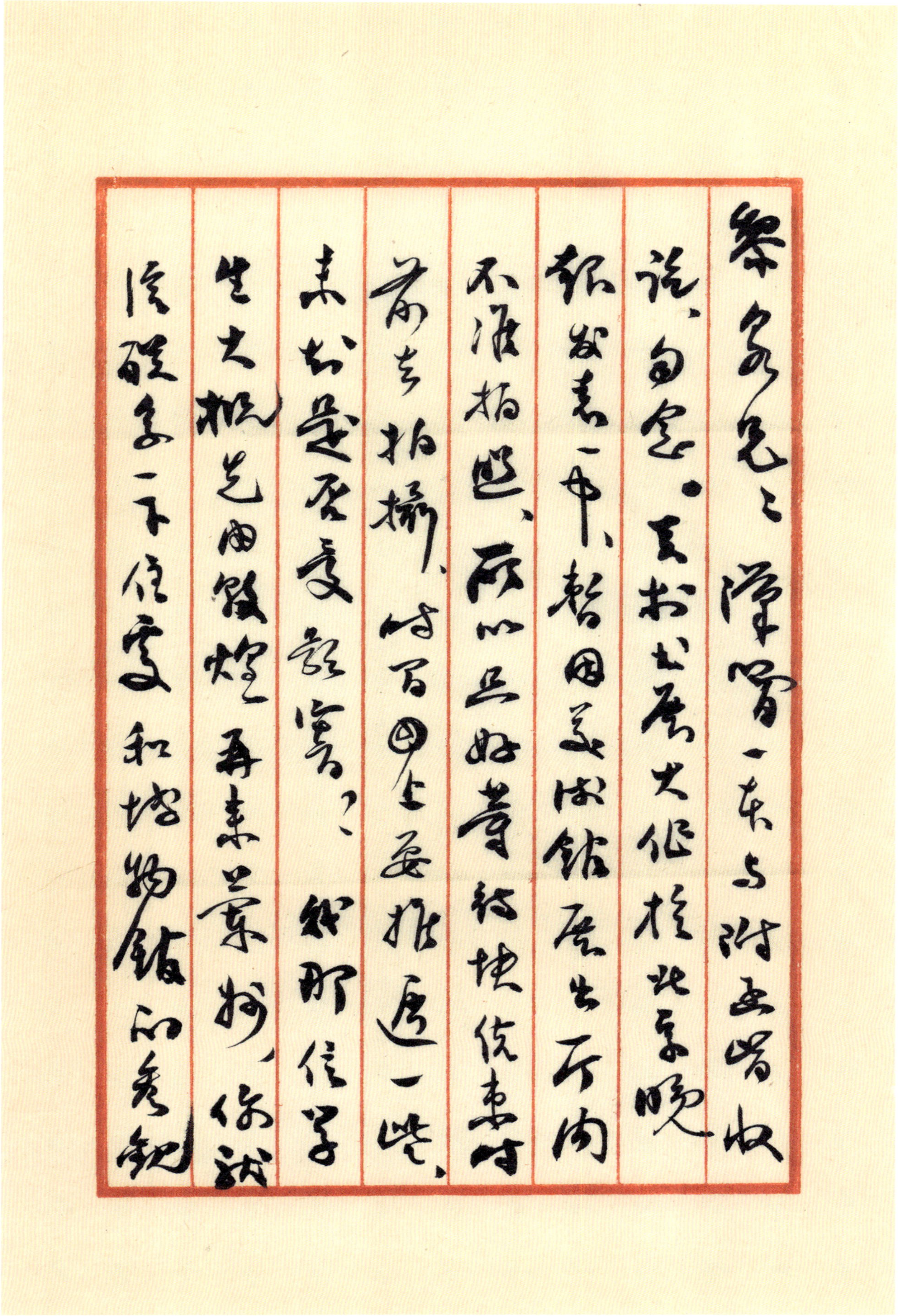

黎泉兄：汉简一本与附函皆收讫，勿念。关于书展大作于北京晚报发表一事，暂因美术馆展出厅内不准拍照，所以只好等待快结束时前去拍摄，时间上要推迟一些，未知是否受影响？我那位学生大概先由敦煌再来兰州，你就给联系一下住处和博物馆的参观

黎泉兄：

汉简一本与附函皆收讫，勿念。关于书展大作于北京晚报发表一事，暂因美术馆展出厅内不准拍照，所以只好等待快结束时前去拍摄，时间上要推迟一些，未知是否受影响？我那位学生大概先由敦煌再来兰州，你就给联系一下住处和博物馆的参观

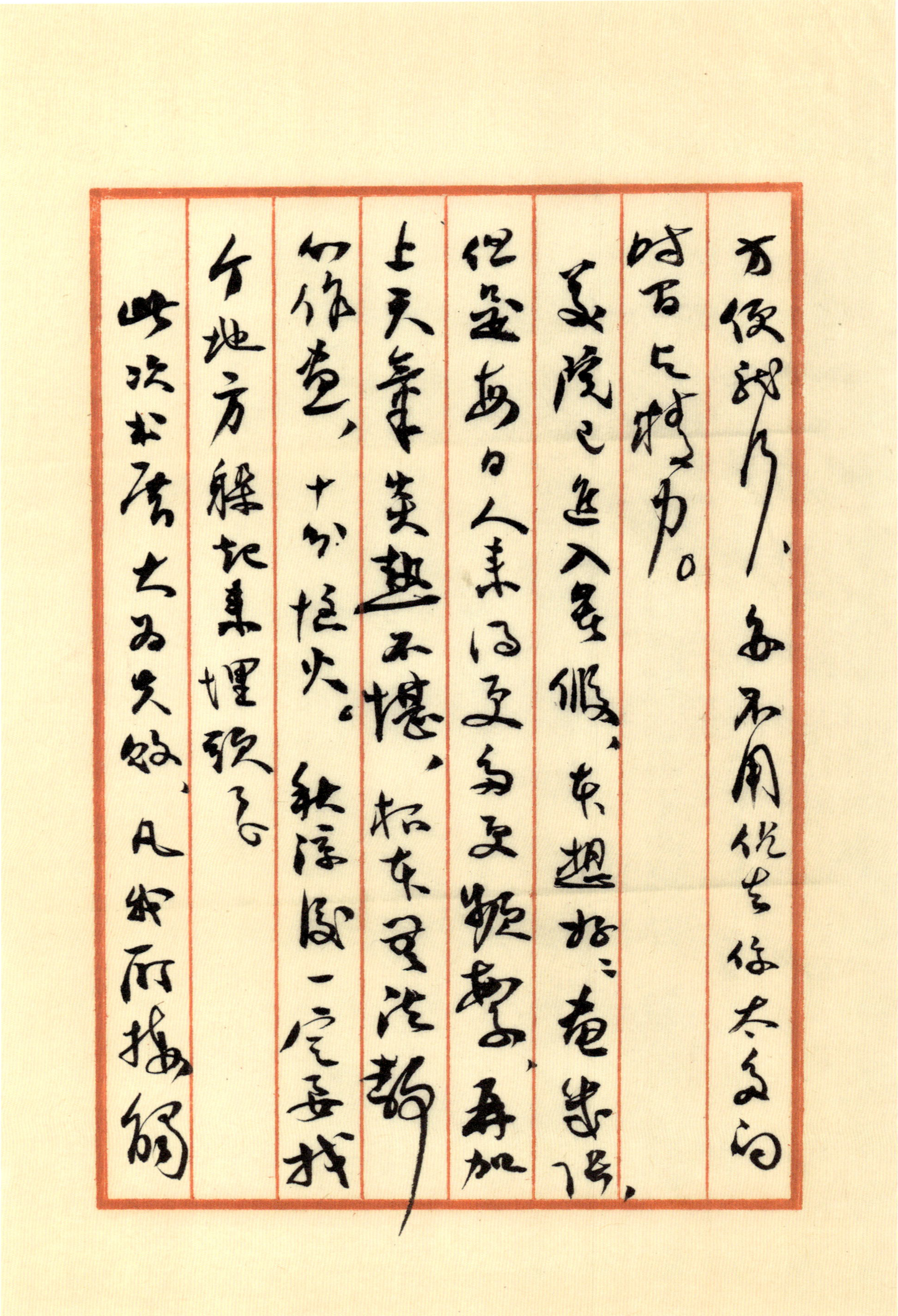

方便就行，亦不用占去你太多的时间与精力。
美院已进入暑假，本想好好画几张，但是每日人来得更多更频繁，再加上天气炎热不堪，根本无法静心作画，十分恼火。秋凉后一定要找个地方躲起来埋头了。
此次书展大为失败，凡我所接触

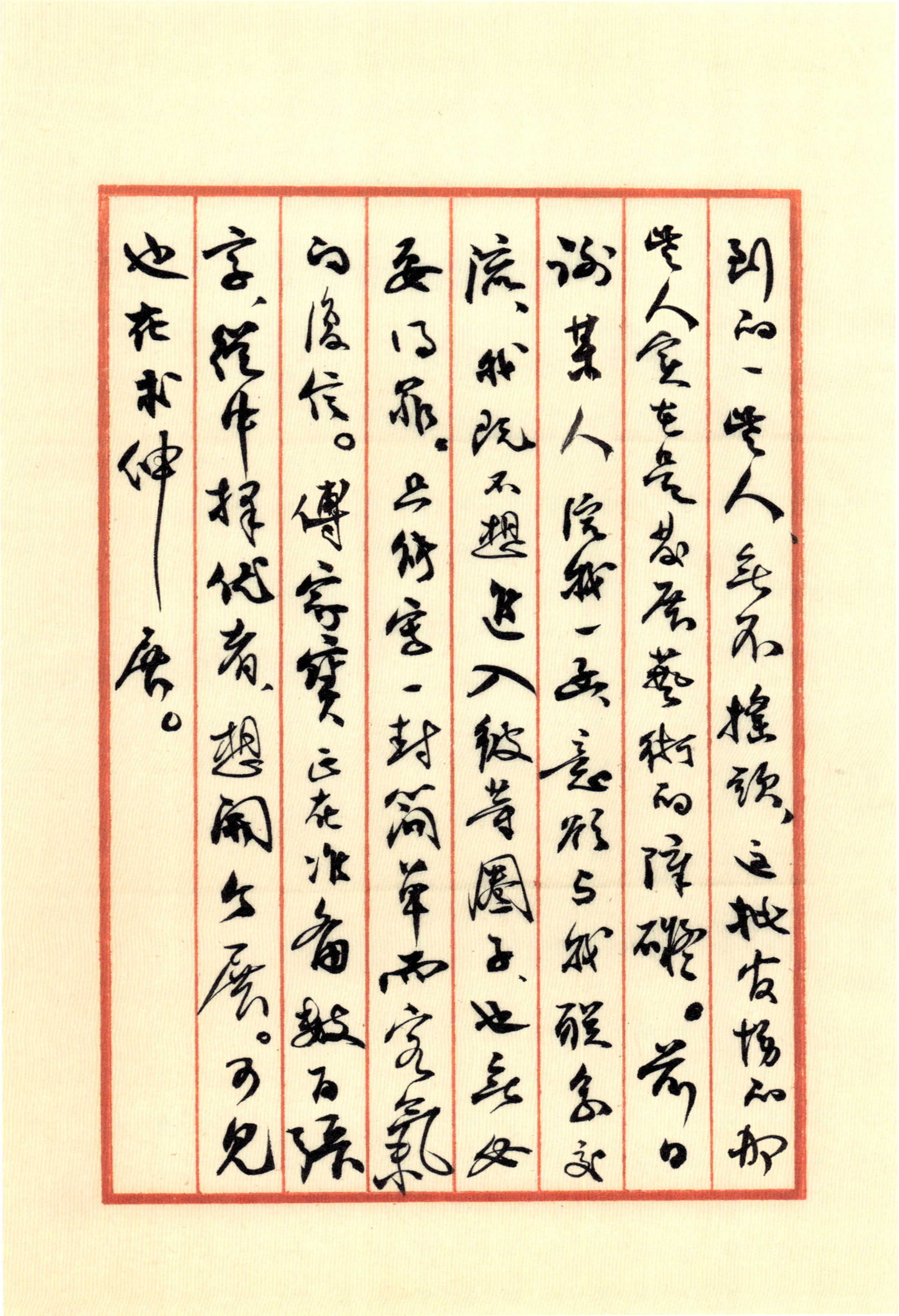
到的一些人無不搖頭、這批官場的那些人實在是發展藝術的障礙。前日謝某人給我一函、意欲與我聯系交流、我既不想進入彼等圈子、也無必要得罪、只能寫一封簡單而客氣的復信。傅家寶正在準備數百張字、從中擇優者、想開個展。可見也在求伸展。

到的一些人无不摇头，这批官场的那些人实在是发展艺术的障碍。前日谢某人给我一函，意欲与我联系交流，我既不想进入彼等圈子，也无必要得罪，只能写一封简单而客气的复信。傅家宝正在准备数百张字，从中择优者，想开个展。可见也在求伸展。

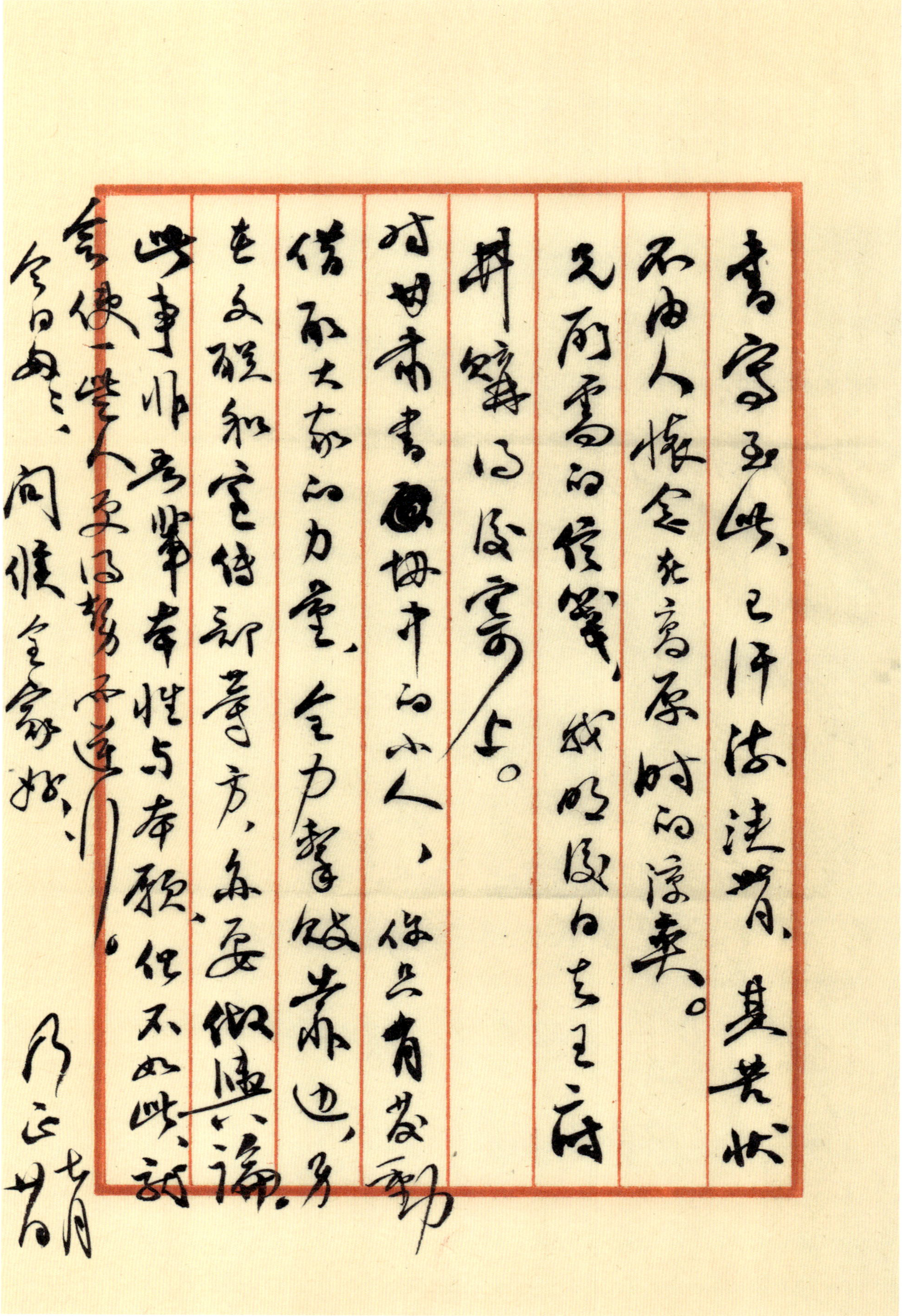

书写至此，已汗流浃背，其苦状不由人怀念在高原时的凉爽。

兄所需的信笺，我明后日去王府井购得后寄上。

对甘肃书协中的小人，你只有发动借取大家的力量，全力击败靠边，另在文联和宣传部等方，亦要做舆论。此事非吾辈本性与本愿，但不如此，就会使一些人更得势而逆行。

今日匆匆，问候全家好！

乃正

七月廿日

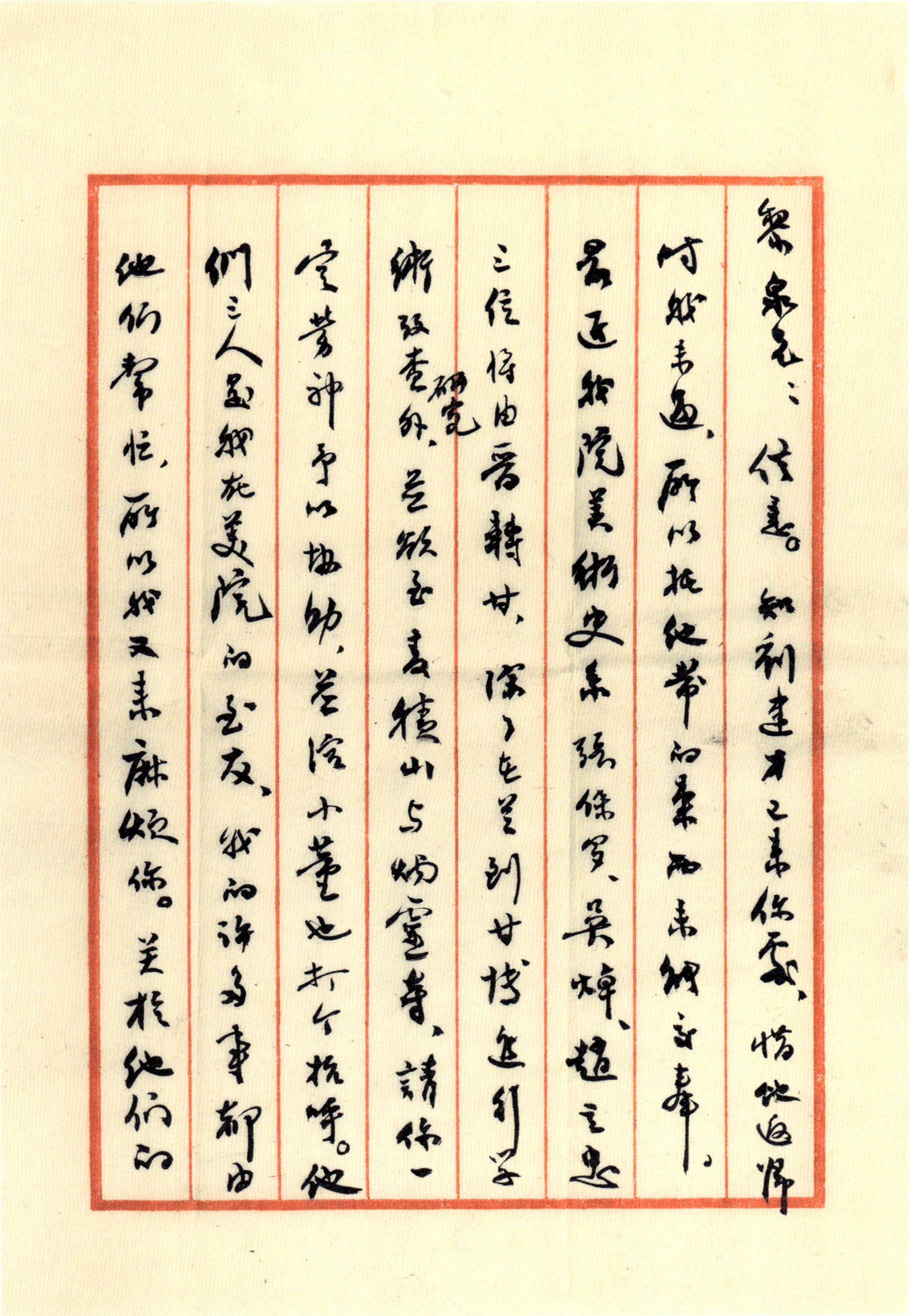

黎泉兄：

信悉。知刘建才已来你处，惜他返归时我未遇，所以托他带的东西未能交奉。最近我院美术史系张保罗、吴焯、赵立忠三位将由晋转甘，除了在兰到甘博进行学术考查研究外，并欲至麦积山与炳灵寺，请你一定劳神予以协助，并给小董也打个招呼。他们三人是我在美院的至友，我的许多事都由他们帮忙，所以我又来麻烦你。关于他们的

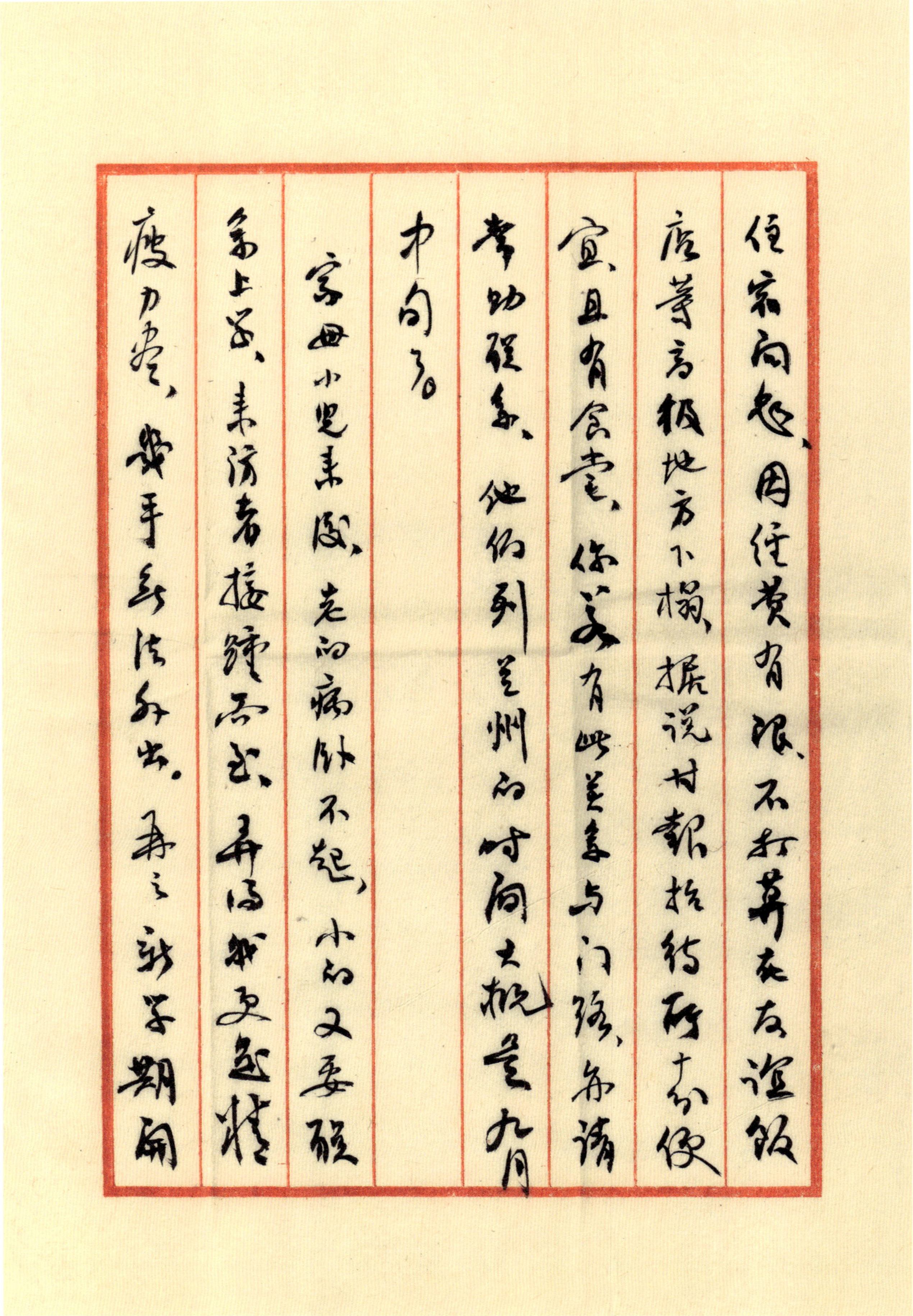
住宿问题、因经费有限、不打算在友谊饭
店等高级地方下榻，据说甘报招待所十分便
宜，且有食堂，你若有此关系与门路，亦请
帮助联系，他们到兰州的时间大概是九月
中旬了。
家母小儿来后，老的病卧不起，小的又要联
系上学，来访者接踵而至，弄得我更是精
疲力尽，几乎无法外出。再之新学期开

住宿问题，因经费有限，不打算在友谊饭店等高级地方下榻，据说甘报招待所十分便宜，且有食堂，你若有此关系与门路，亦请帮助联系，他们到兰州的时间大概是九月中旬了。

家母、小儿来后，老的病卧不起，小的又要联系上学，来访者接踵而至，弄得我更是精疲力尽，几乎无法外出。再之新学期开

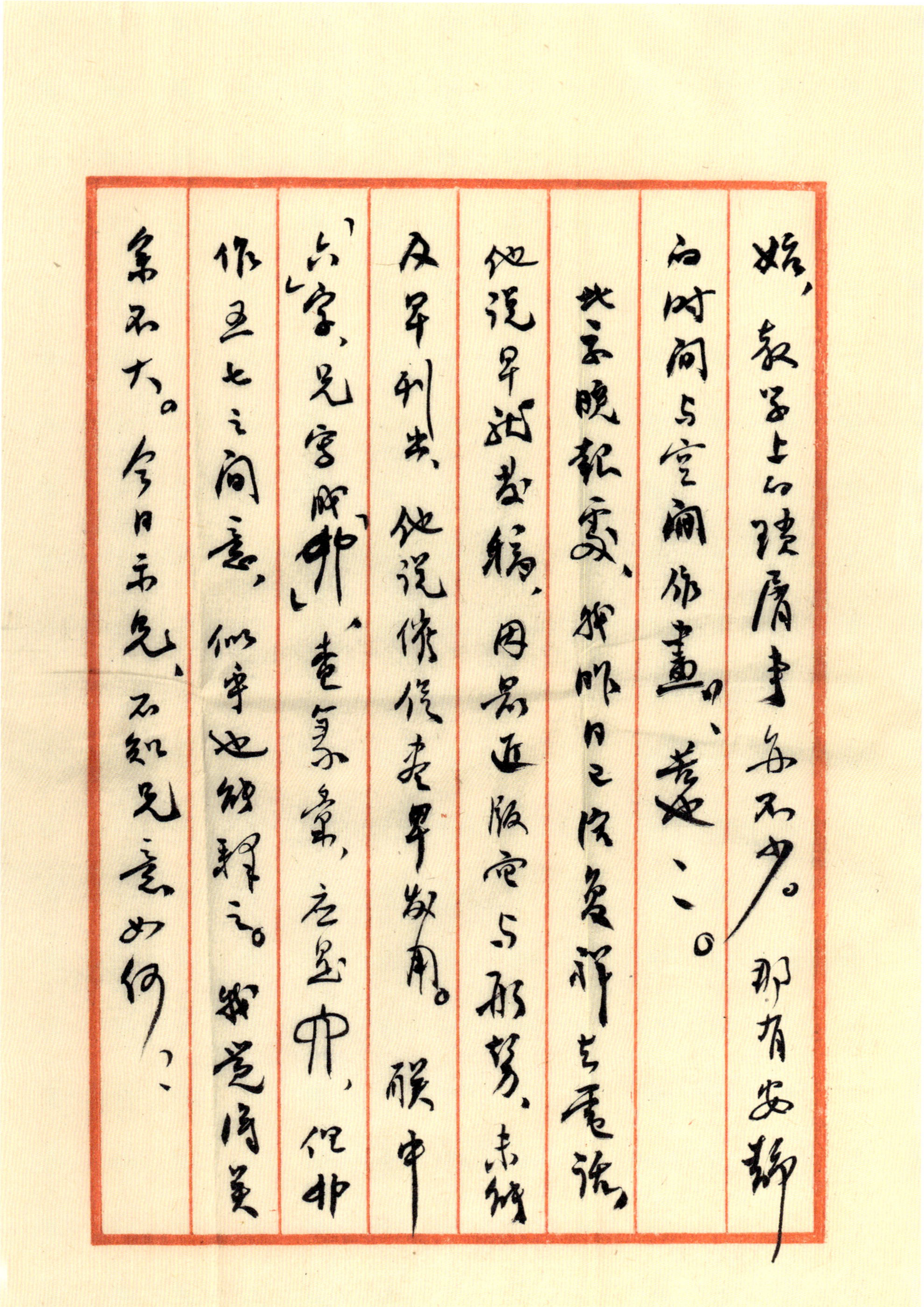

始，教学上的琐屑事亦不少。那有安静的时间与空间作画？苦也，苦也。

北京晚报处，我昨日已给复祥去电话，他说早就发稿，因最近版面与形势，未能及早刊出，他说催促尽早发用。联中「六」字兄写成了「卯」，查篆彙，应是丣，但卯作五七之间意，似乎也能释之。我觉得关系不大。今日示兄，不知兄意如何？

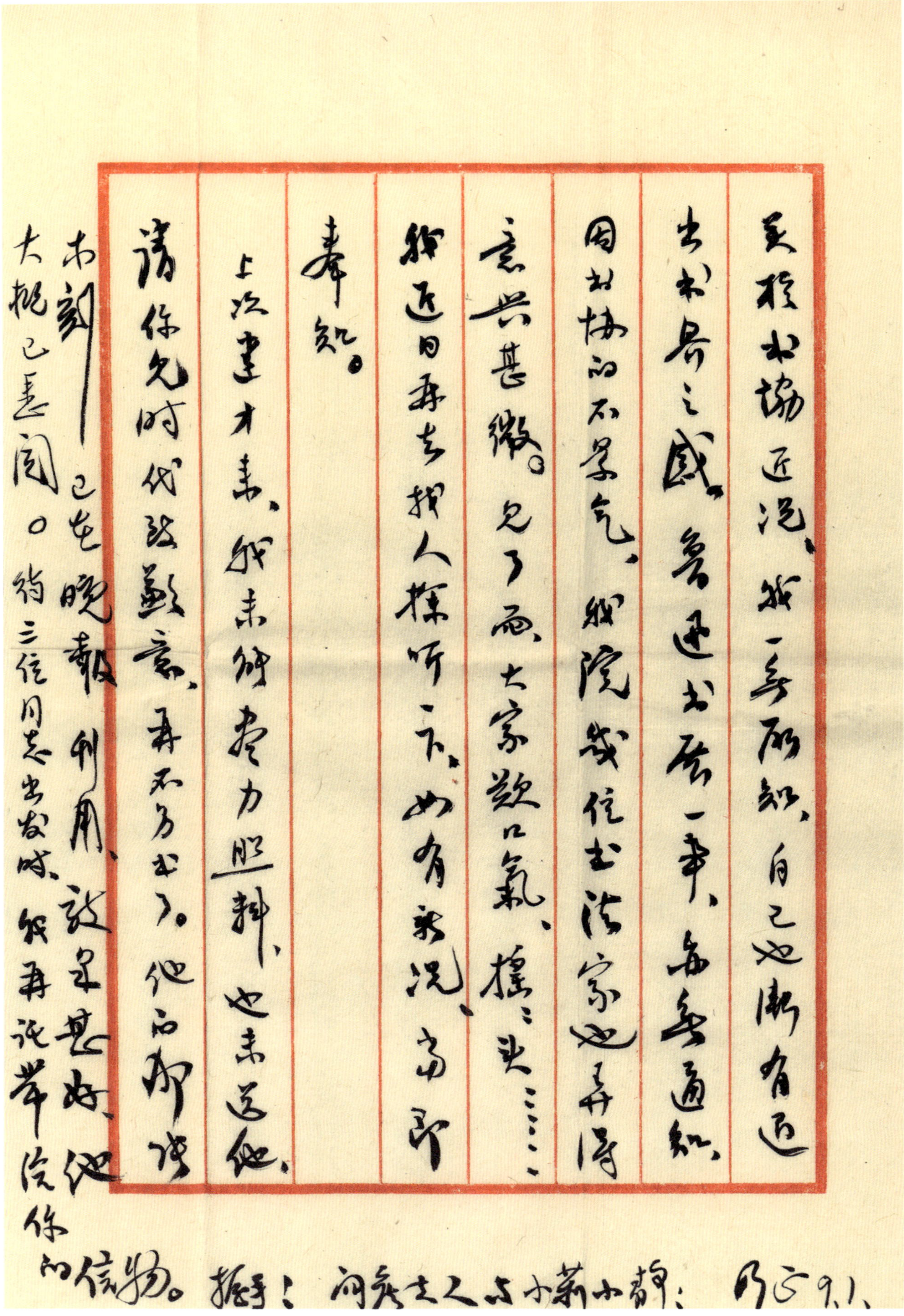

关于书协近况，我一无所知，自己也渐有退出书界之感。鲁迅书展一事，亦无通知，因书协的不景气，我院几位书法家也弄得意兴甚微。见了面，大家叹口气，摇摇头……我近日再去找人探听一下，如有新况，当即奉知。

上次建才来，我未能尽力照料，也未送他，请你见时代致歉意，再不另书了。他的那张木刻已在晚报刊用，效果甚好，他大概已悉阅。待三位同志出发时，我再托带给你的信物。

握手！问候夫人与小莉小静！

乃正

九月一日

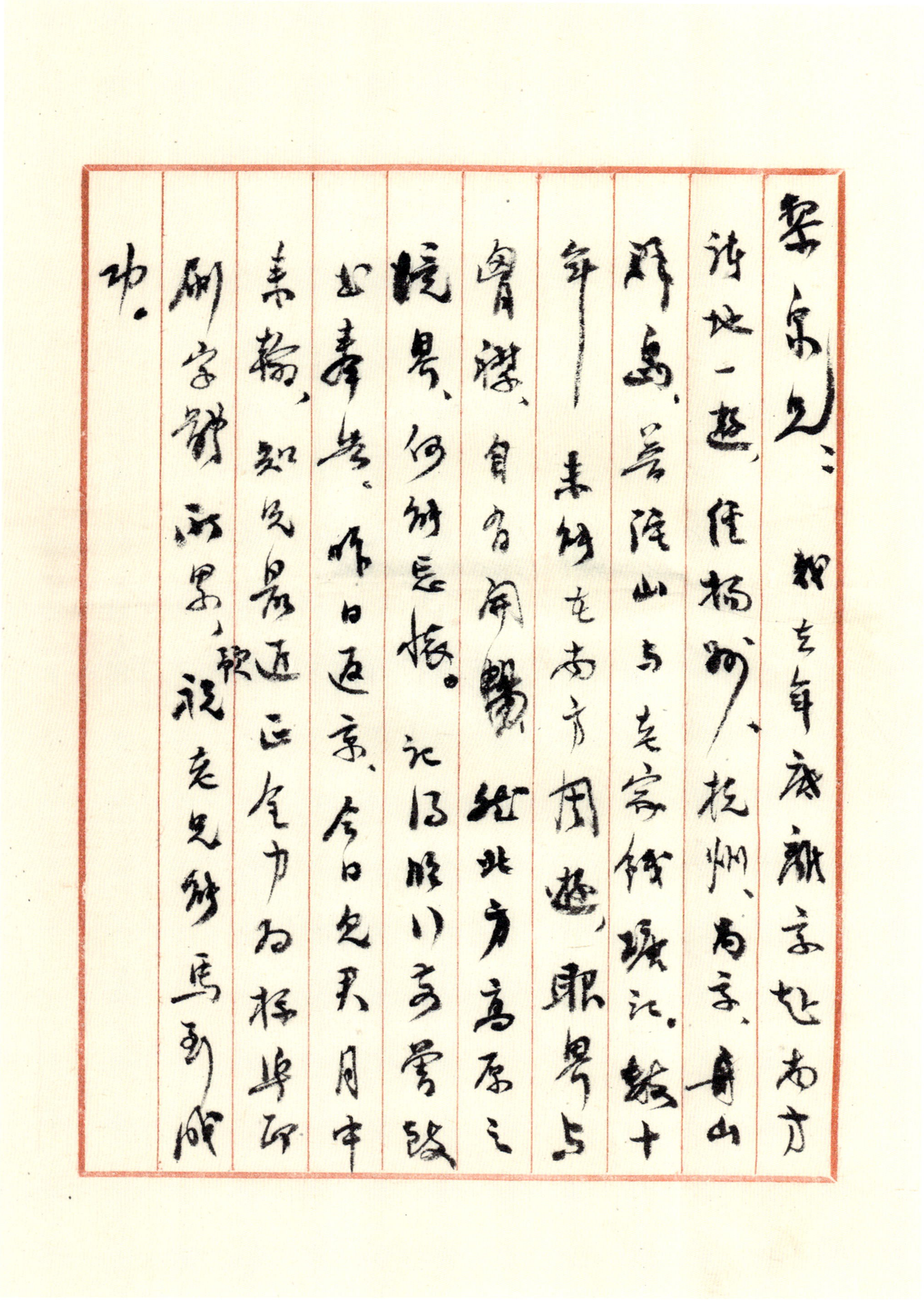
黎泉兄：
我去年底离京赴南方诸地一游，经扬州、杭州、南京、舟山群岛、普陀山与老家钱塘江。数十年未能在南方周游，眼界与胸襟，自有开畅，然北方高原之境界何能忘怀。记得临行前曾致书奉告。昨日返京，今日见君月中来翰，知兄最近正全力为标准印刷字体所累，预祝老兄能马到成功。

黎泉兄：

我去年底离京赴南方诸地一游，经扬州、杭州、南京、舟山群岛、普陀山与老家钱塘江。数十年未能在南方周游，眼界与胸襟，自有开畅，然北方高原之境界何能忘怀。记得临行前曾致书奉告。昨日返京，今日见君月中来翰，知兄最近正全力为标准印刷字体所累，预祝老兄能马到成功。

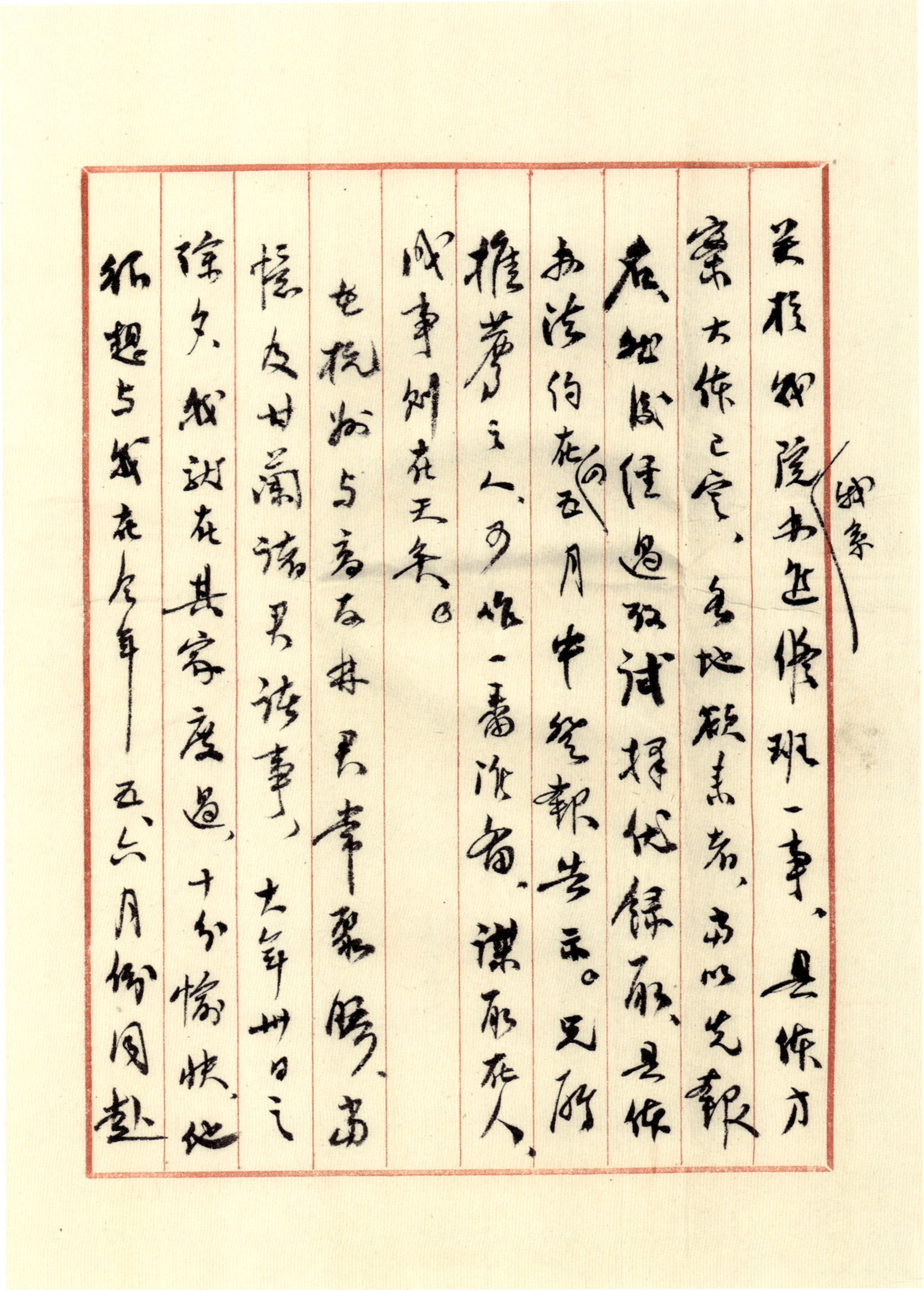

关于我院我系办进修班一事，具体方案大体已定，各地欲来者，当以先报名，然后经过考试择优录取，具体办法约在四五月中登报告示。兄所推荐之人，可作一番准备，谋取在人，成事则在天矣。

在杭州与高友林君常聚晤，当忆及甘兰诸君诸事，大年三十日之除夕，我就在其家度过，十分愉快，他很想与我在今年五、六月份同赴

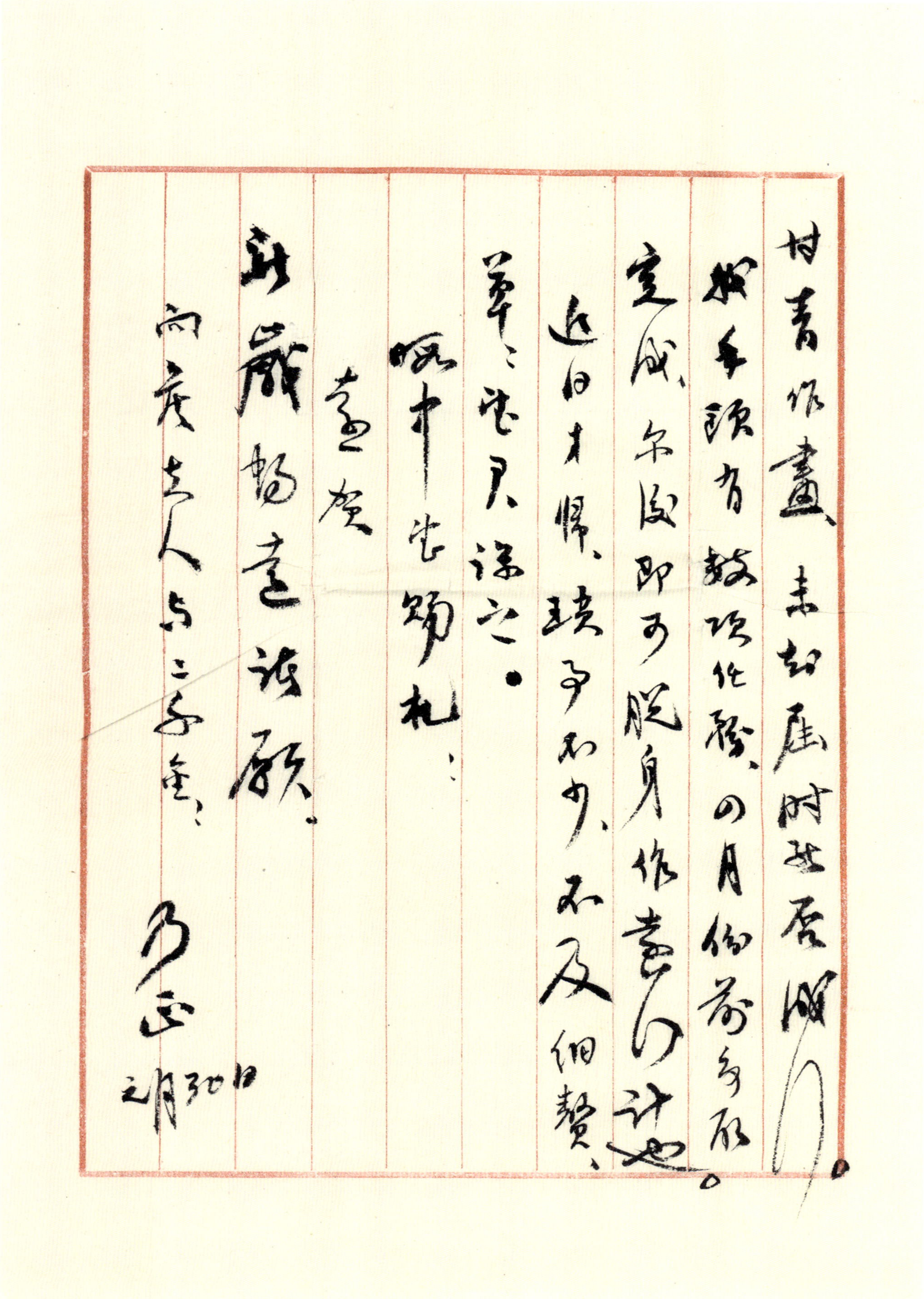

甘青作画，未知届时能否成行。我手头有数项任务，四月份前争取完成，尔后即可脱身作远行计也。

近日才归，琐事不少，不及细赘，草草望君谅之。

暇中望赐札！

远贺

新岁畅达诸愿。问候夫人与二千金！

乃正

元月三十日

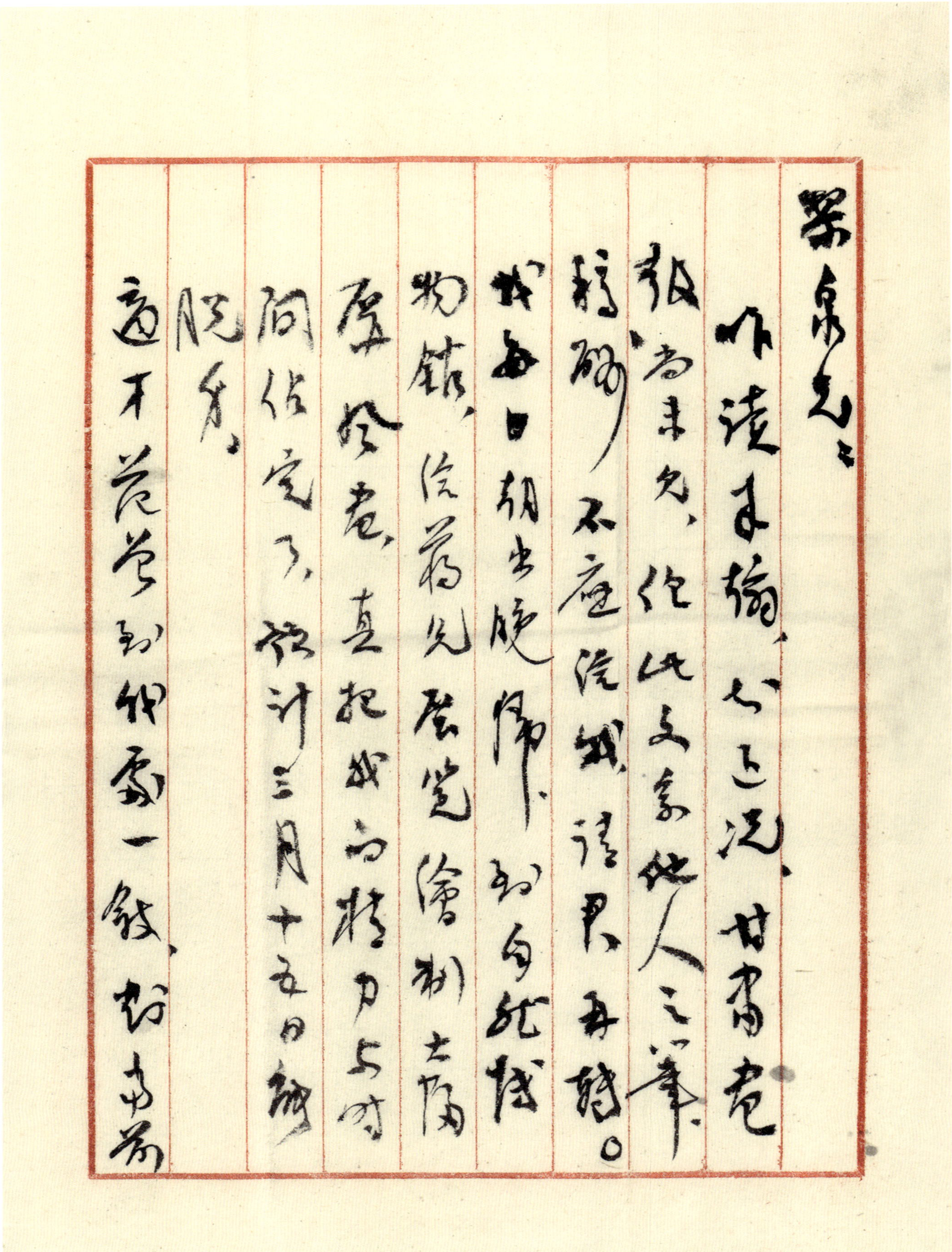

黎泉兄：

昨读来翰，知近况，甘肃画报尚未见，但此文系他人之笔，稿酬不应给我，请君再转。我每日朝出晚归，到自然博物馆，给蒋兄展览绘制大幅屏风画，真把我的精力与时间占完了，预计三月十五日能脱身。

适才范曾到我处一叙，对当前

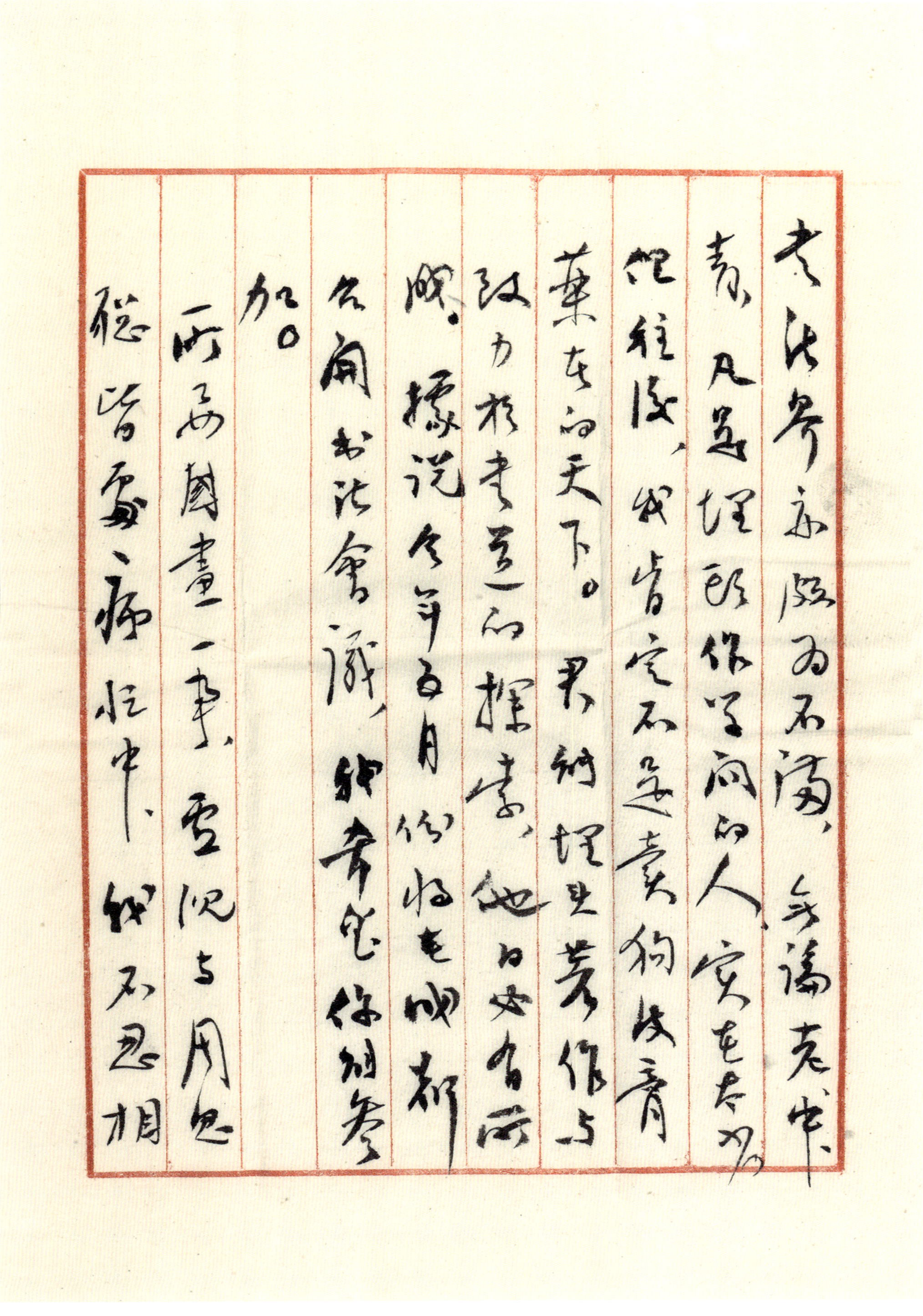
書法界亦頗為不滿，無論老、中、青，凡是埋頭做學問的人，實在太少。但往後，我肯定不是賣狗皮膏藥者的天下。君能埋頭著作與致力於書道的探索，他日必有所成，據說今年五月份將在成都召開書法會議，我希望你能參加。

所要國畫一事，盧沉與周思聰皆處病忙中，我不忍相

书法界亦颇为不满，无论老、中、青，凡是埋头做学问的人，实在太少。但往后，我肯定不是卖狗皮膏药者的天下。君能埋头著作与致力于书道的探索，他日必有所成，据说今年五月份将在成都召开书法会议，我希望你能参加。

所要国画一事，卢沉与周思聪皆处病忙中，我不忍相

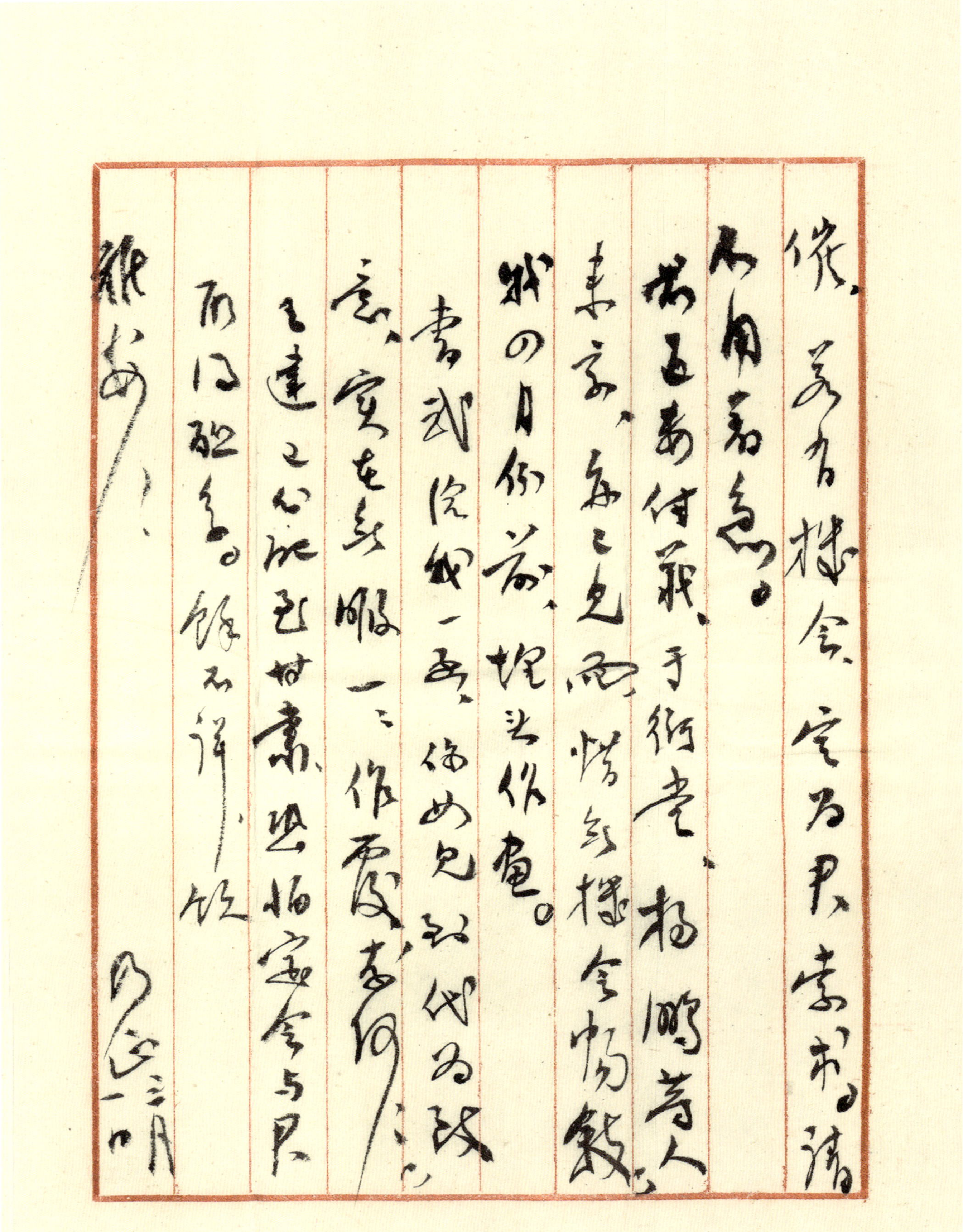

催，若有机会，定为君索求。请不用着急。

最近娄付（傅）义、于衍堂、杨鹏等人来京，亦已见面，惜无机会畅叙，我四月份前，埋头作画。

曹武给我一函，你如见到代为致意，实在无暇一一作覆，奈何奈何。王建已分配至甘肃、恐怕定会与君取得联系。余不详，颂

雅安！

乃正

三月一日

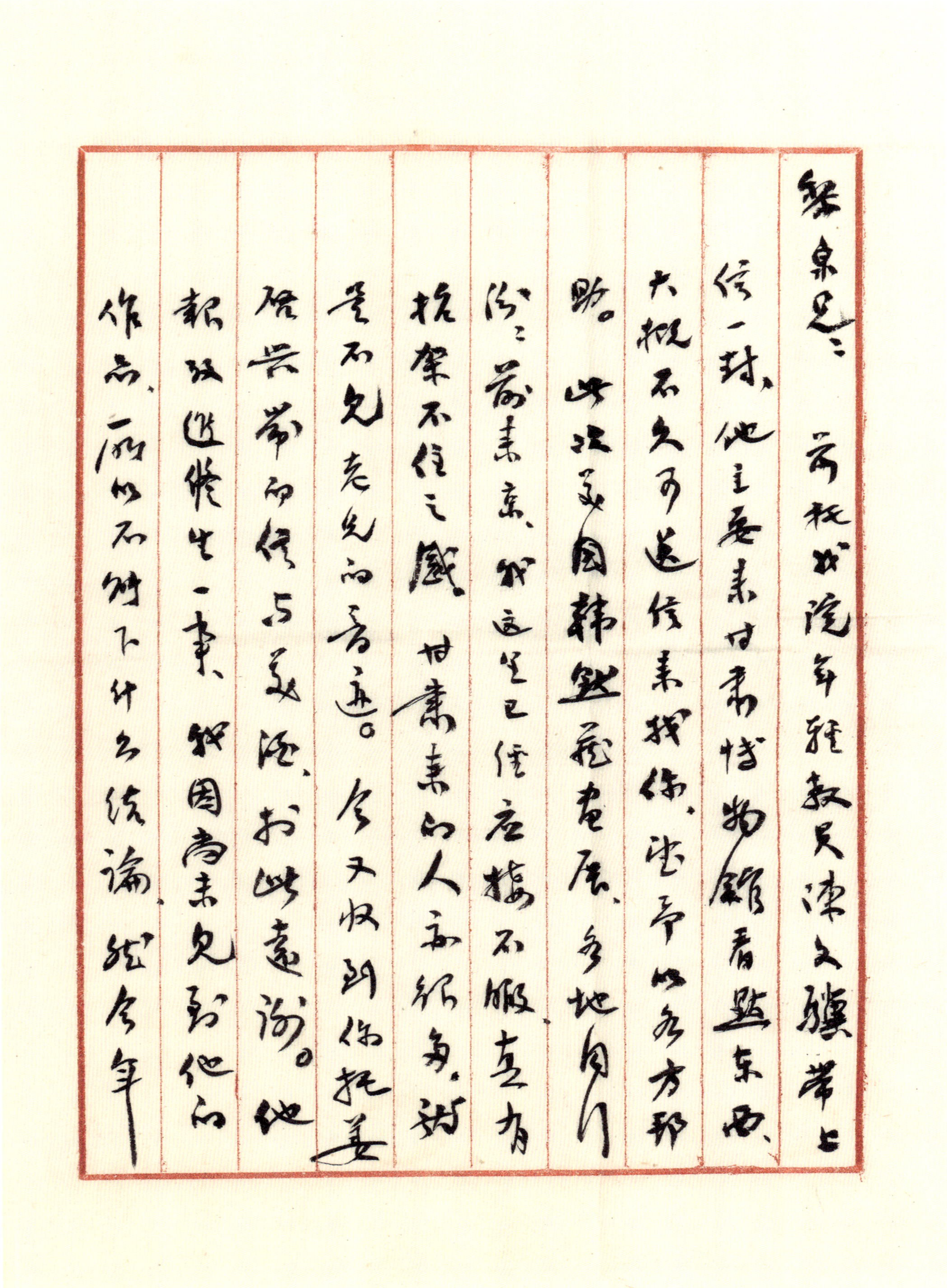

黎泉兄：

前托我院年轻教员陈文骥带上信一封，他主要来甘肃博物馆看点东西，大概不久可送信来找你，望予以各方帮助。此次美国韩默藏画展，各地同行纷纷前来京，我这里已经应接不暇，真有招架不住之感。甘肃来的人亦很多，就是不见老兄的音迹。今又收到你托姜启兴带的信与美酒，于此远谢。他报考进修生一事，我因尚未见到他的作品，所以不能下什么结论，然今年

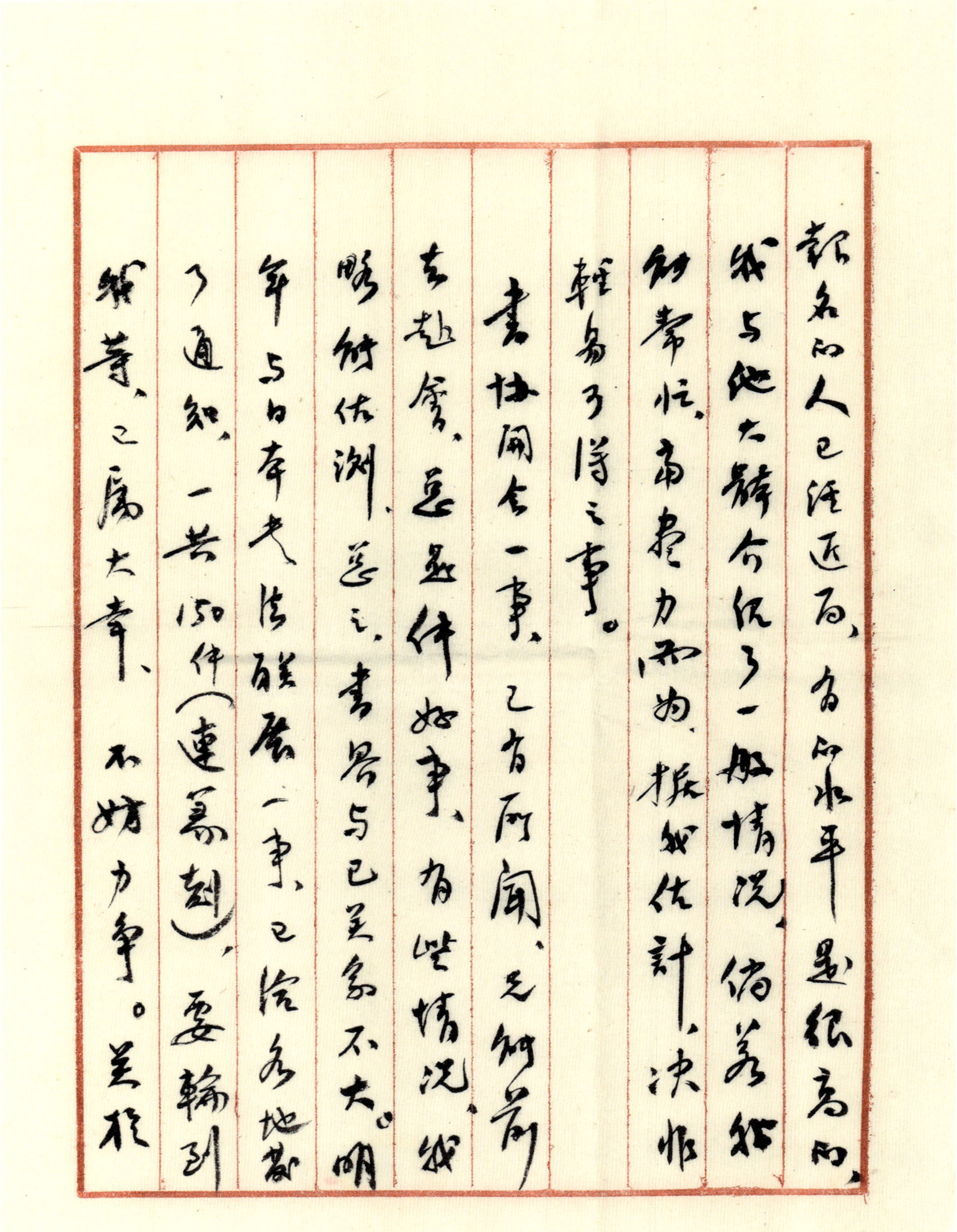

报名的人已经近百，有的水平是很高的，我与他大体介绍了一般情况，倘若我能帮忙，当尽力而为，据我估计，决非轻易可得之事。

书协开会一事，已有所闻，兄能前去赴会，总是件好事，有些情况，我略能估测，总之，书界与己关系不大。明年与日本书法联展一事，已给各地发了通知，一共一百五十件（连篆刻），要轮到我等，已属大幸，不妨力争。关于

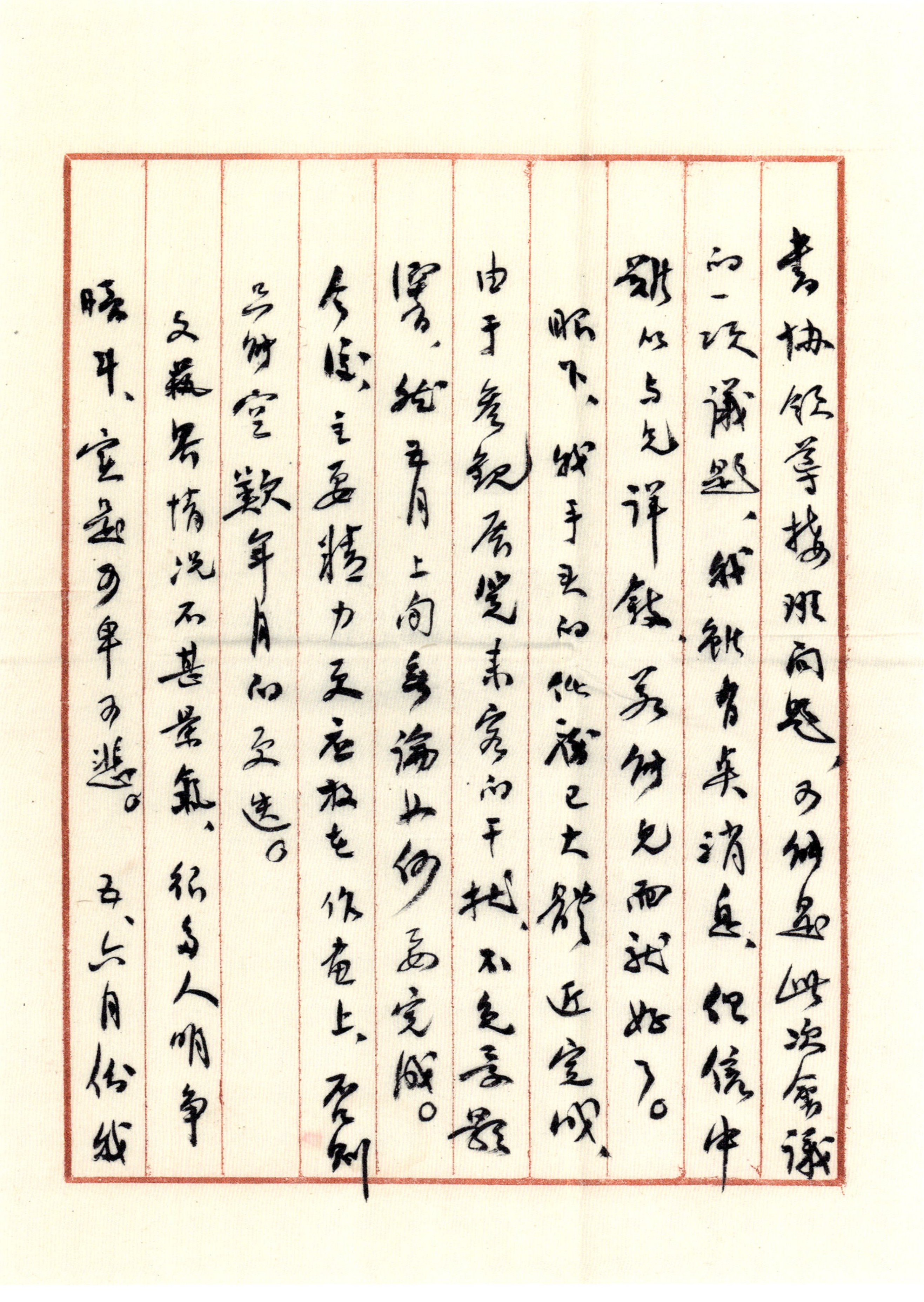
書協領導接班問題，可能是此次會議的一項議題，我雖有點消息，但信中難以與兄詳敘，若能見面就好了。
眼下，我手頭的任務已大體近完成，由于參觀展覽來客的干擾，不免受影響，然五月上旬無論如何要完成。
今後主要精力更應放在作畫上，否則只能空歎年月的更迭。
文藝界情況不甚景氣，很多人明爭暗斗，實是可卑可悲。五、六月份我

书协领导接班问题，可能是此次会议的一项议题，我虽有点消息，但信中难以与兄详叙，若能见面就好了。

眼下，我手头的任务已大体近完成，由于参观展览来客的干扰，不免受影响，然五月上旬无论如何要完成。

今后主要精力更应放在作画上，否则只能空叹年月的更迭。

文艺界情况不甚景气，很多人明争暗斗，实是可卑可悲。五六月份我

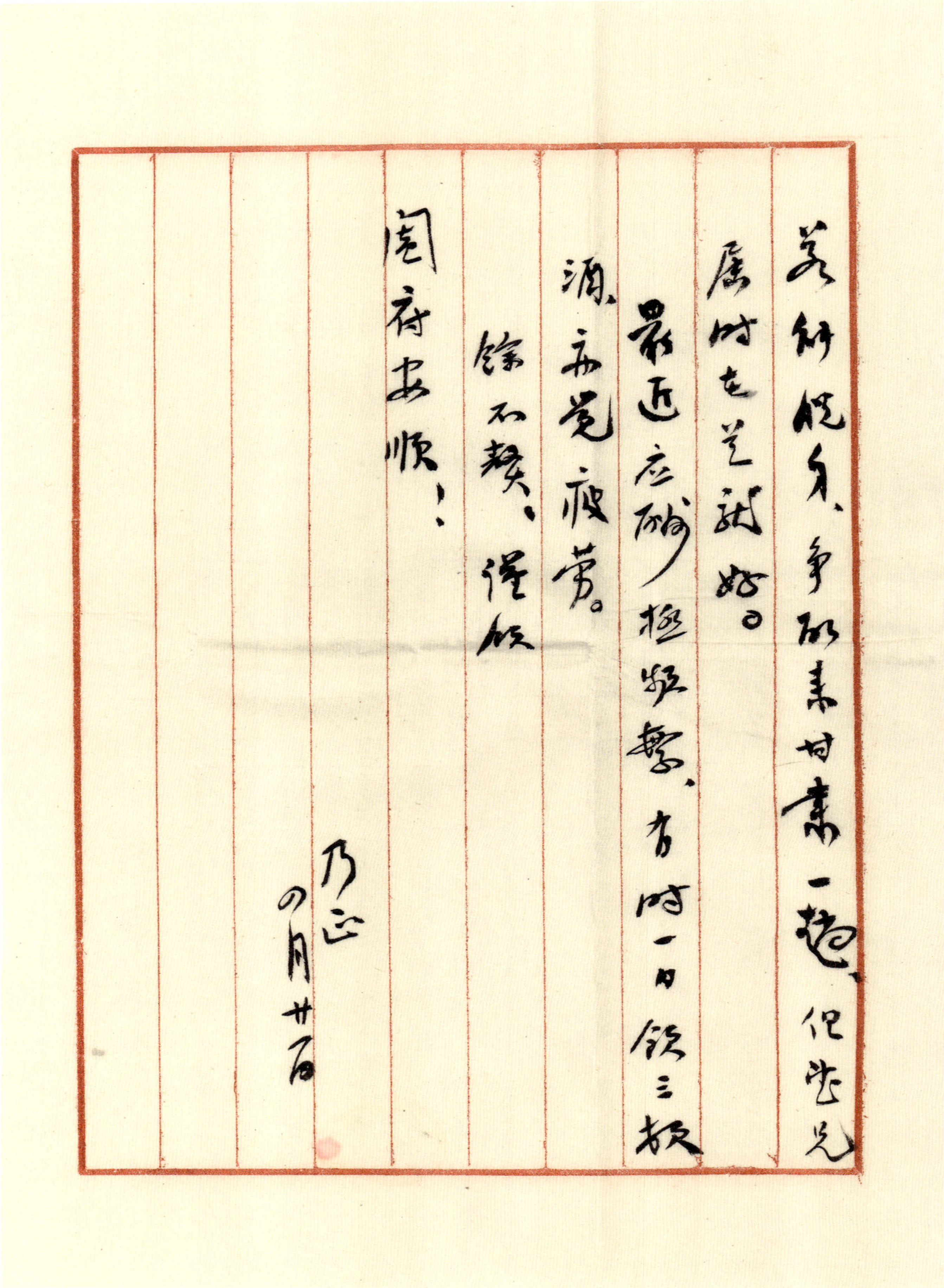

若能脱身，争取来甘肃一趟，但望兄届时在兰就好。
最近应酬极频繁，有时一日饮三顿酒，亦觉疲劳。
余不赘，谨颂
阖府安顺！

乃正
四月廿一日

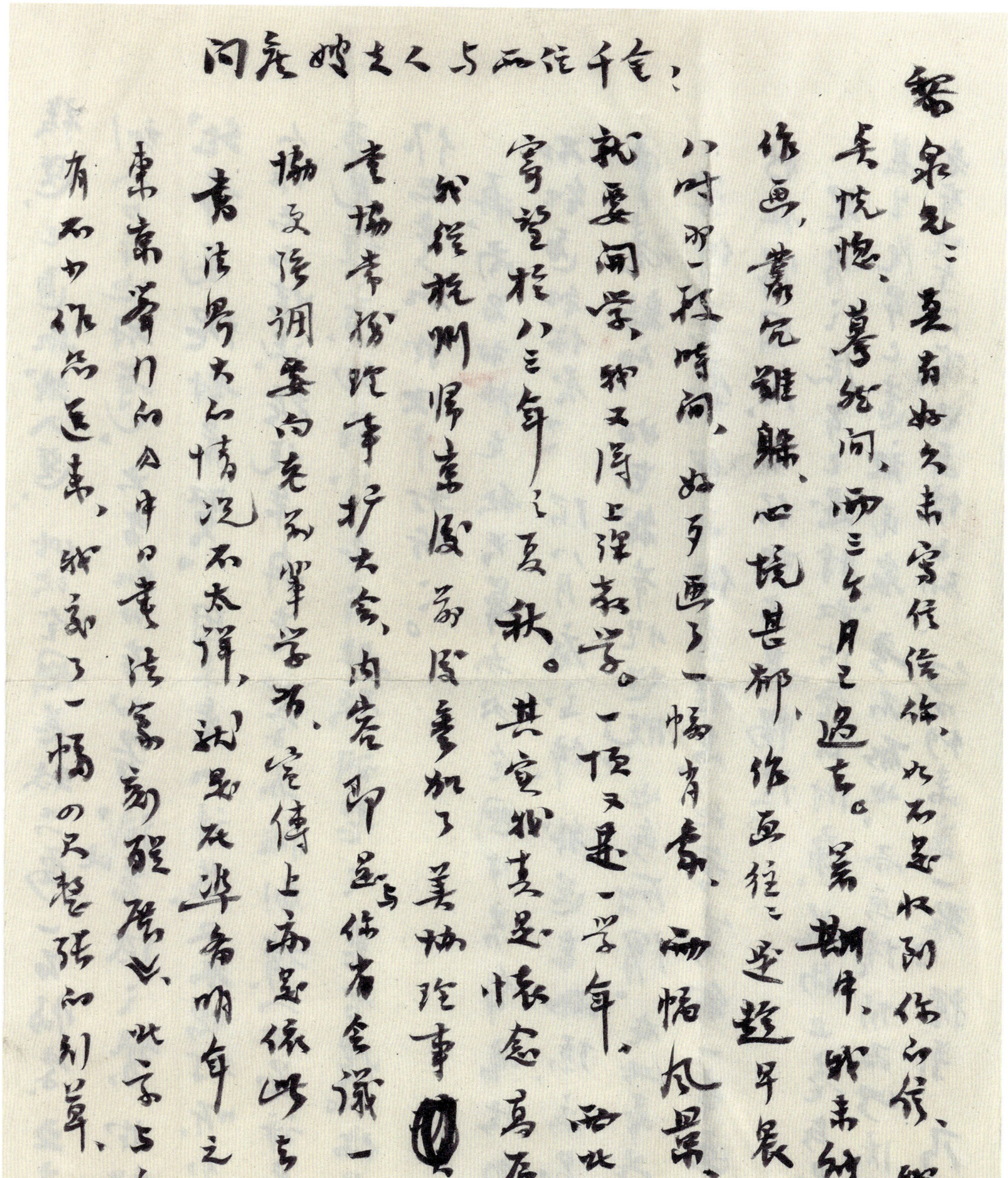

黎泉兄：

真有好久未写信给你，如不是收到你的信，我真有点恍惚，蓦然间，两三个月已过去。暑期中，我未能全力作画，丛冗难躲，心境甚郁，作画往往是趁早晨六时至八时那一段时间，好歹画了一幅肖象（像），两幅风景，而马上就要开学，我又得上课教学。一顶又是一学年。西北之行，寄望于八三年之夏秋。其实我真是怀念高原情物。

我从杭州归京后，前后参加了美协理事会与书协常务理事扩大会，内容即是与你省会议一同。书协更强调要向老前辈学习，宣传上亦是依此去行的。

书法界大的情况不太详，就是在准备明年元月份在东京举行的《中日书法篆刻联展》，北京与各省都有不少作品送来，我交了一幅四尺整张的行草，经初选

（另附言：问候嫂夫人与两位千金。）

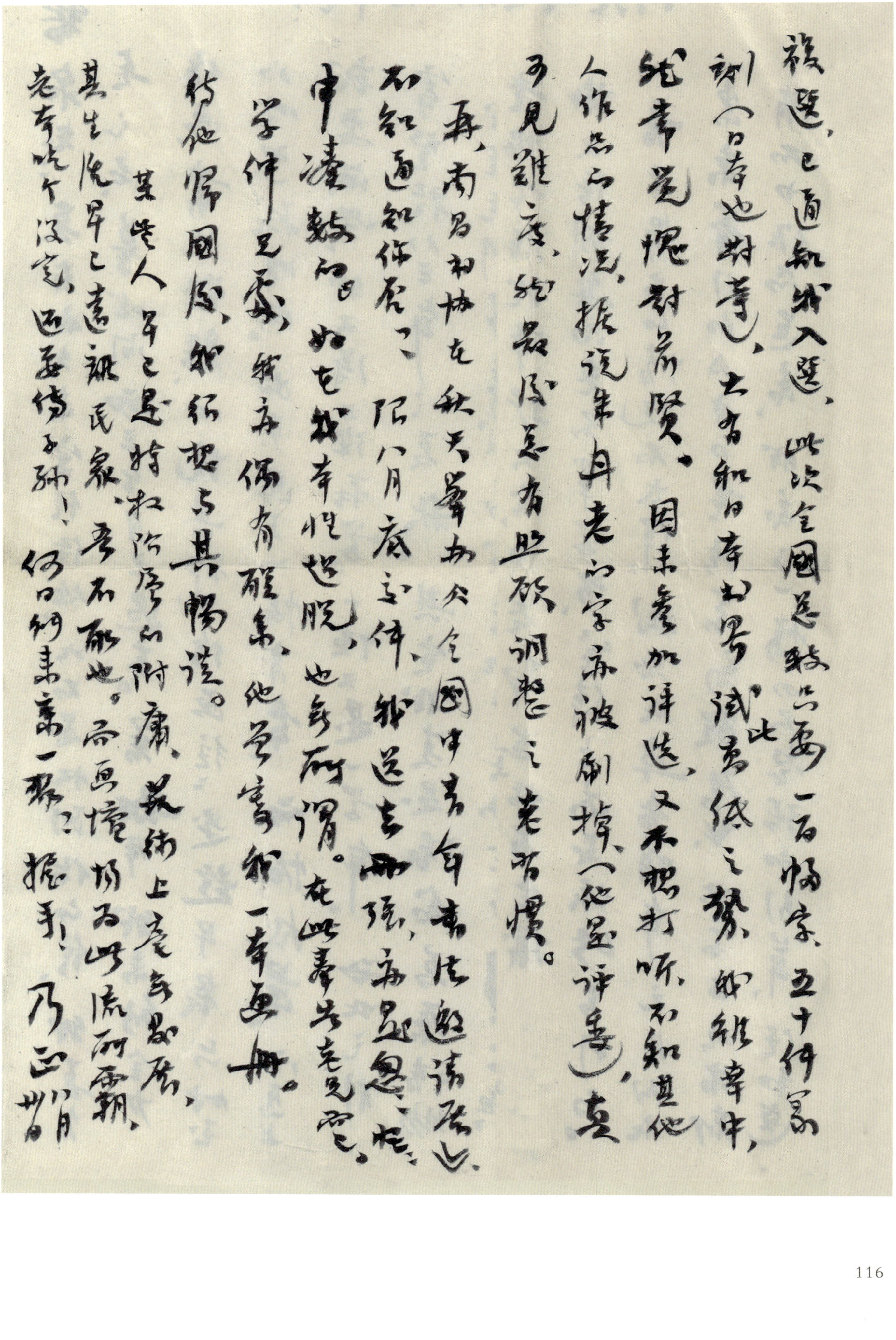

复选，已通知我入选，此次全国总数只要一百幅字、五十件篆刻（日本也对等），大有和日本书界试比高低之势。我虽幸中，就常觉愧对前贤。因未参加评选，又不想打听，不知其他人作品的情况，据说朱丹老的字亦被刷掉（他是评委），真可见难度，然最后总有照顾调整之老习惯。

再，南昌书协在秋天举办《全国中青年书法邀请展》，不知通知你否？限八月底交件，我送去两张，亦是匆匆忙忙中凑数的。好在我本性超脱，也无所谓。在此奉告老兄而已。

学仲兄处，我亦偶有联系，他曾寄我一本画册。待他归国后，我很想与其畅谈。

某些人早已是特权阶层的附庸，艺术上毫无发展，其生活早已远离民众，吾不取也。而画坛均为此流所霸，老本吃个没完，还要传子孙！何日能来京一聚？握手！

乃正

八月卅日

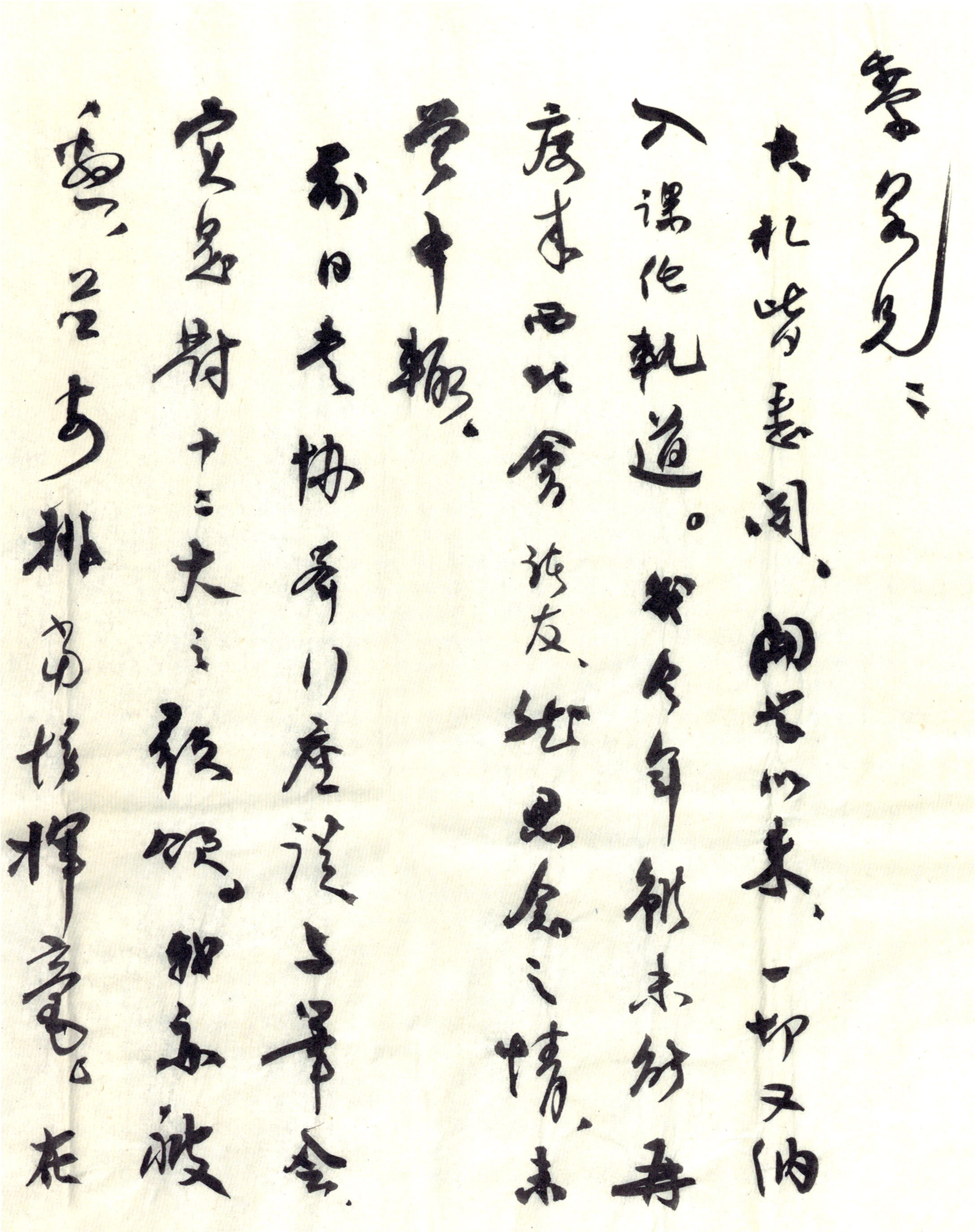

黎泉兄：

大札皆悉闻，开学以来，一切又纳入课任轨道。我今年虽未能再度来西北会诸友，然思念之情，未曾中辄。

前日书协举行座谈与笔会，实是对十二大之歌颂。我亦被邀，并安排当场挥毫。在

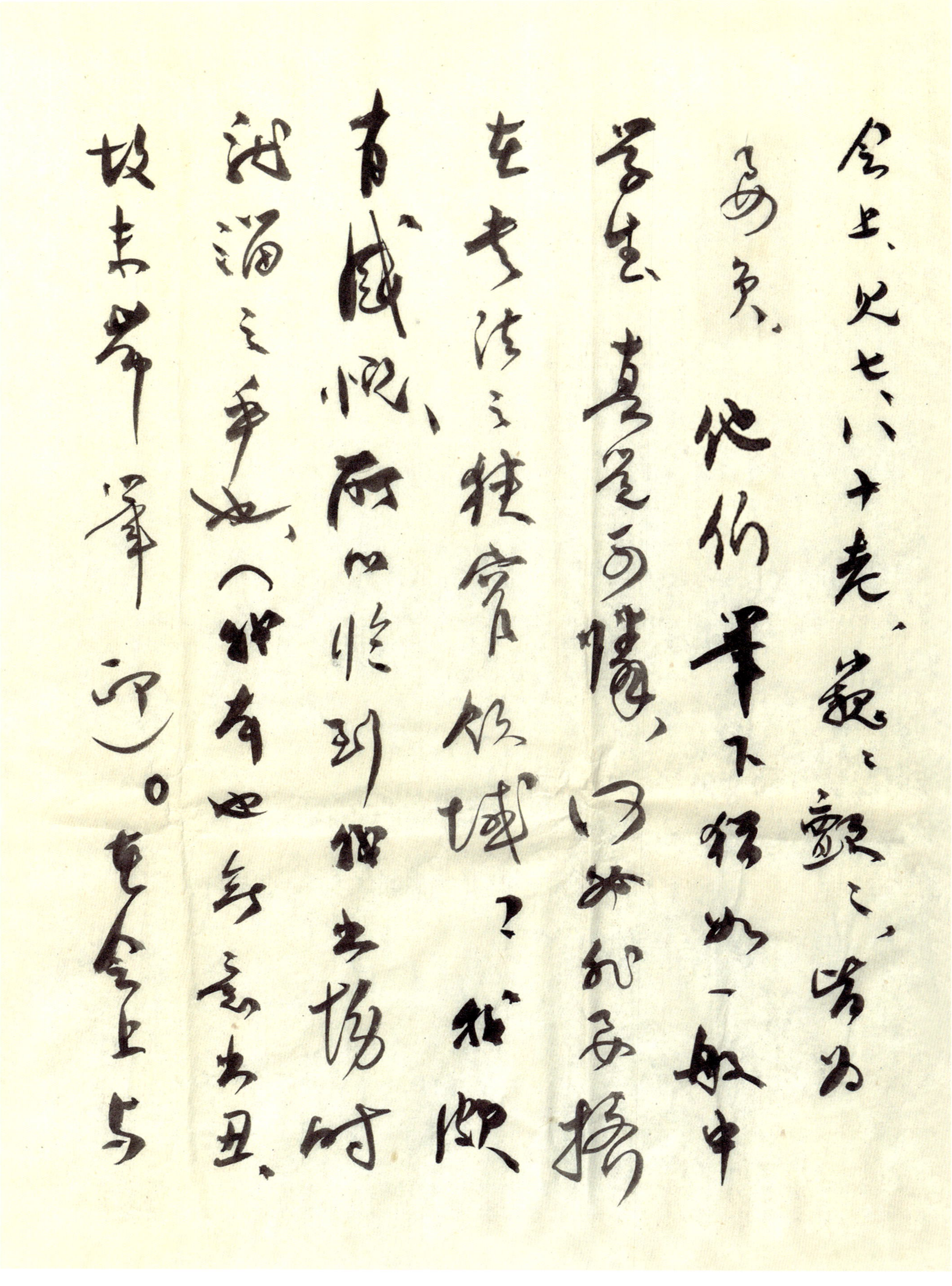

会上见七、八十老，巍巍颤颤，皆为要员，他们笔下犹如一般中学生，真觉可怜，何必非要挤在书法之狭窄领域？我颇有感慨，所以临到我出场时就溜之乎也（我本也无意出丑，故未带笔印）。在会上与

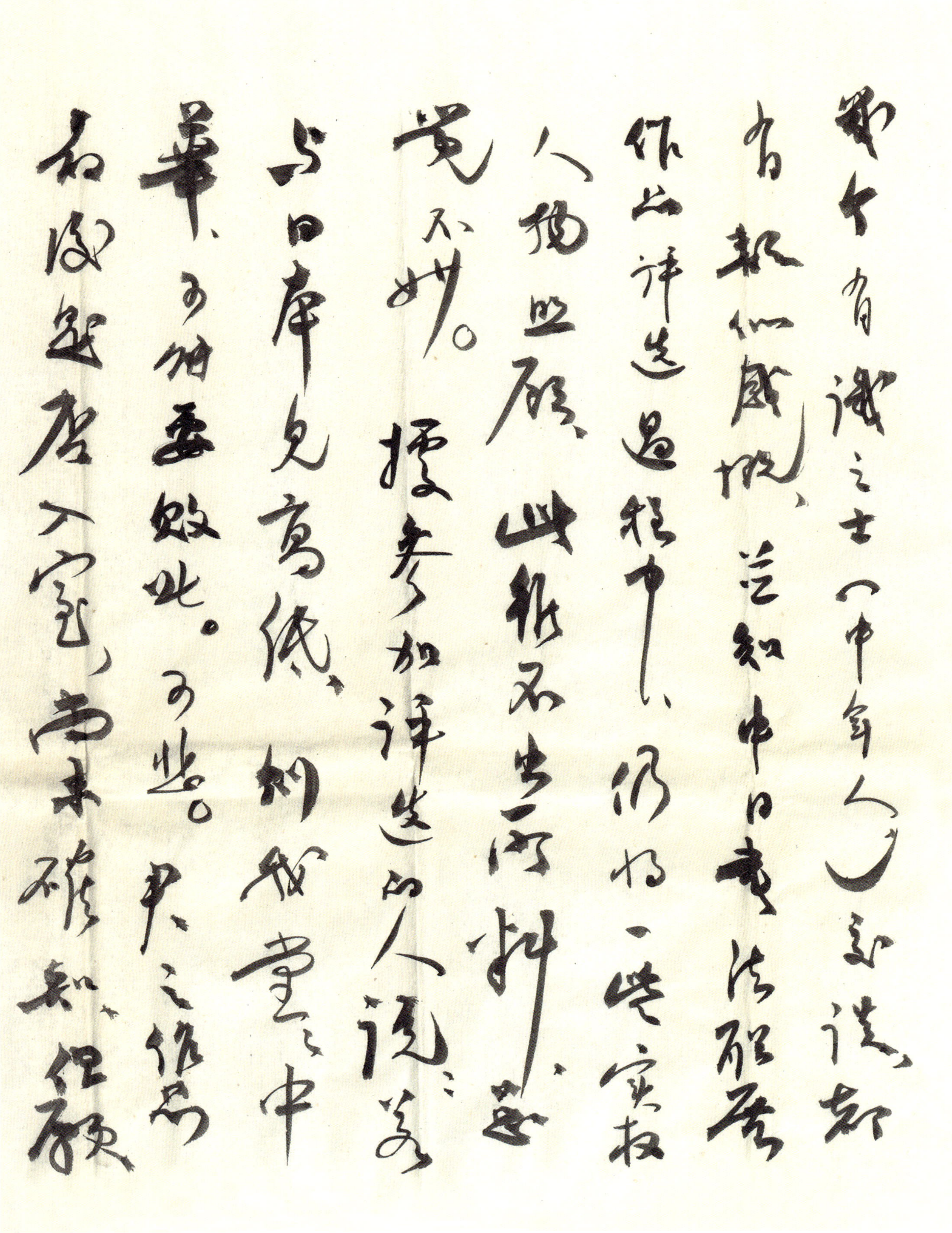

几个有识之士（中年人）交谈，都有类似感慨，并知中日书法联展作品评选过程中，仍将一些实权人物照顾，此虽不出所料，总觉不妙。据参加评选的人说：若与日本见高低，则我堂堂中华可能要败北。可悲。君之作品最后是否入室，尚未确知，但愿

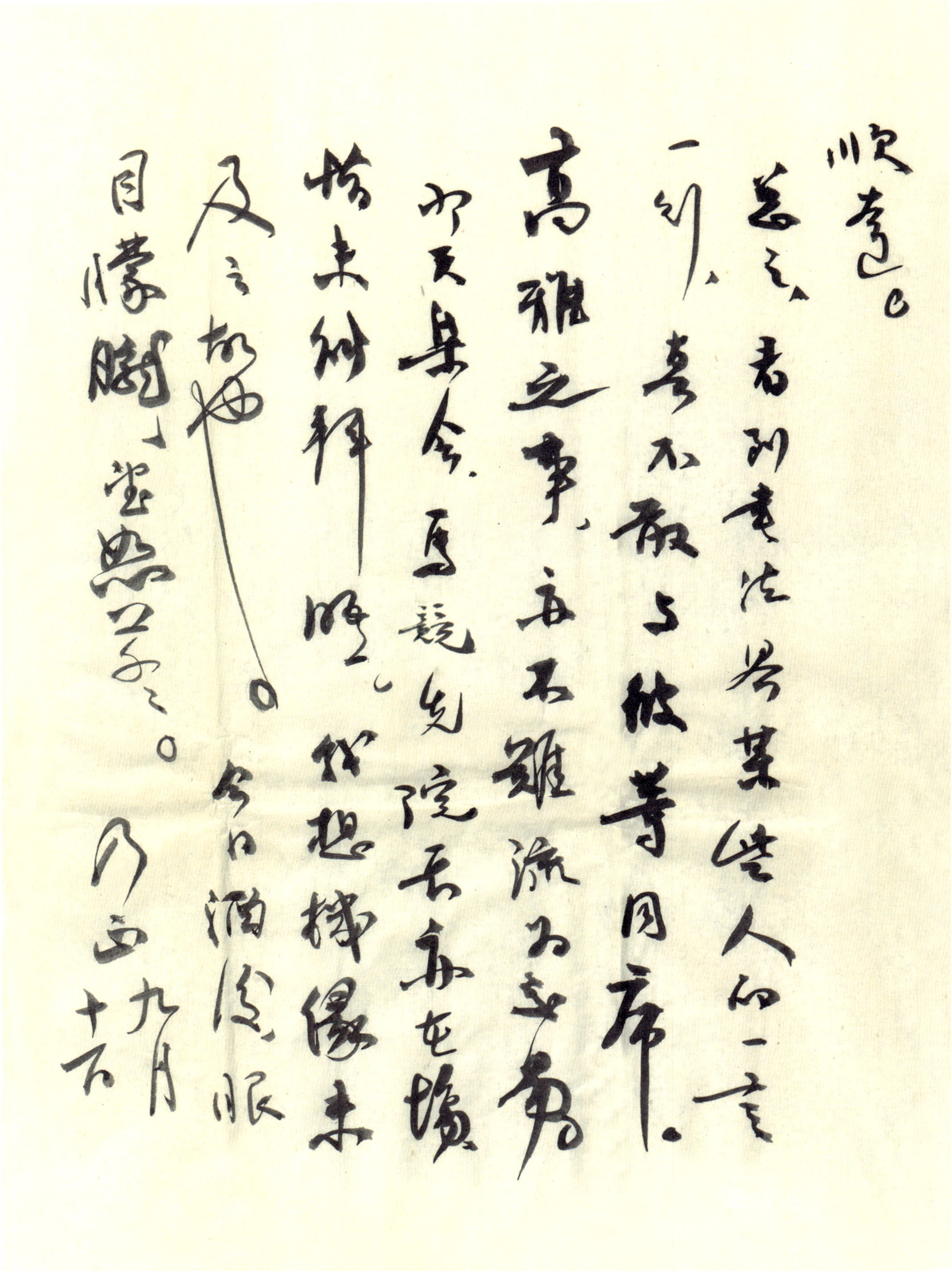

顺达。

总之，看到书法界某些人的一言一行，真不敢与彼等同席。高雅之事，亦不难流为交易。那天集会，马兢先院长亦在场，惜未能拜晤。我想机缘未及之故也。今日酒后，眼目朦胧，望恕，草草。

乃正
九月十一日

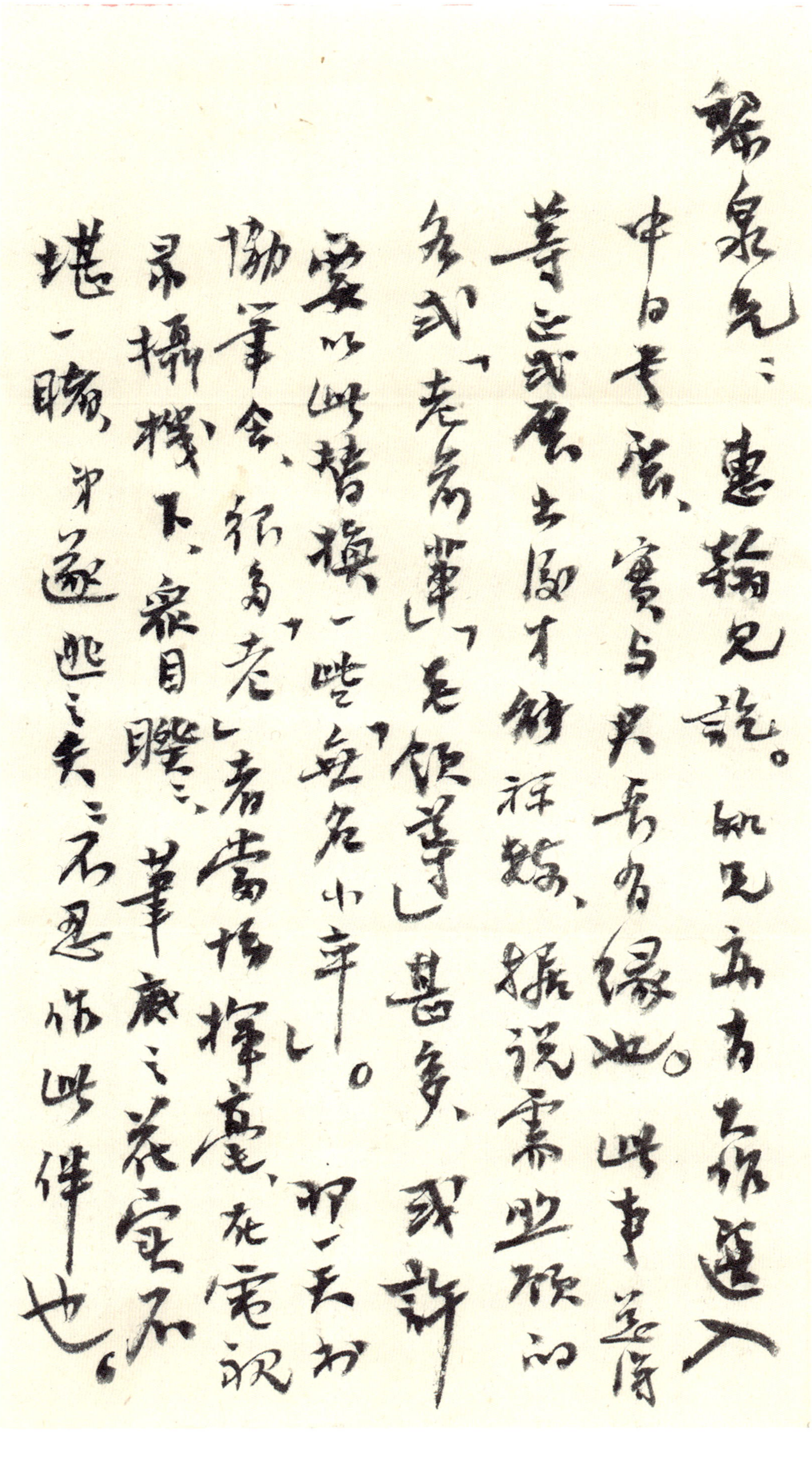

黎泉兄：

惠翰见讫。知兄亦有大作选入中日书展，实与君长有缘也。此事总得等正式展出后才能算数，据说需照顾的各式「老前辈」「老领导」甚多，或许要以此替换一些「无名小卒」。那一天书协笔会，很多「老」者当场挥毫，在电视录摄机下，众目睽睽，笔底之花实不堪一睹，弟遂逃之夭夭不忍作此伴也。

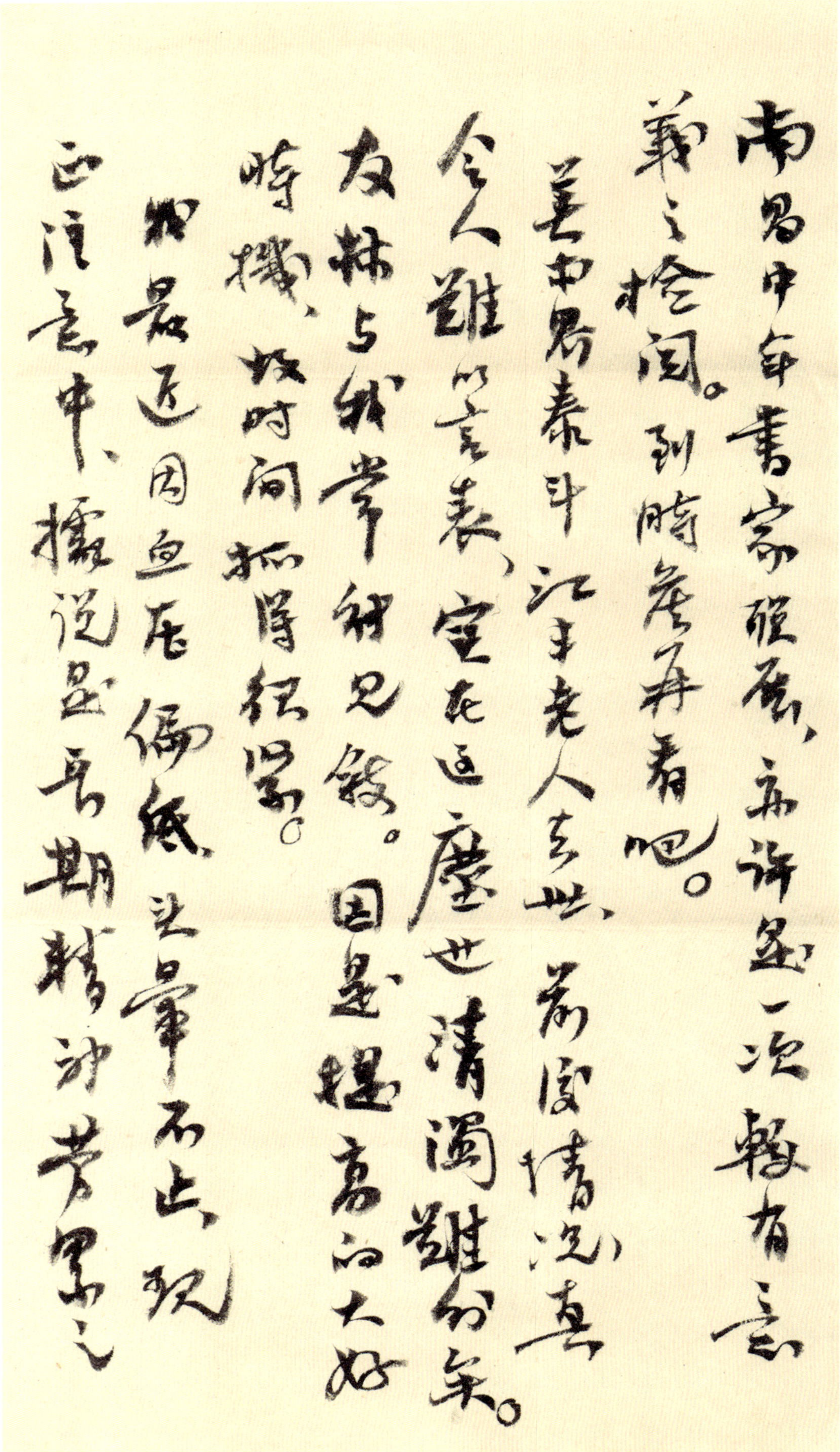
南昌中年书家联展，亦许是一次较有意义之检阅。到时候再看吧。
美术界泰斗江丰老人去世，前后情况，真令人难以言表，实在这尘世清浊难分矣。
友林与我常能见叙。因是提高的大好时机，故时间抓得很紧。
我最近因血压偏低，头晕不止，现正注意中，据说是长期精神劳累之

南昌中年书家联展，亦许是一次较有意义之检阅。到时候再看吧。
美术界泰斗江丰老人去世，前后情况，真令人难以言表，实在这尘世清浊难分矣。
友林与我常能见叙。因是提高的大好时机，故时间抓得很紧。
我最近因血压偏低，头晕不止，现正注意中，据说是长期精神劳累之

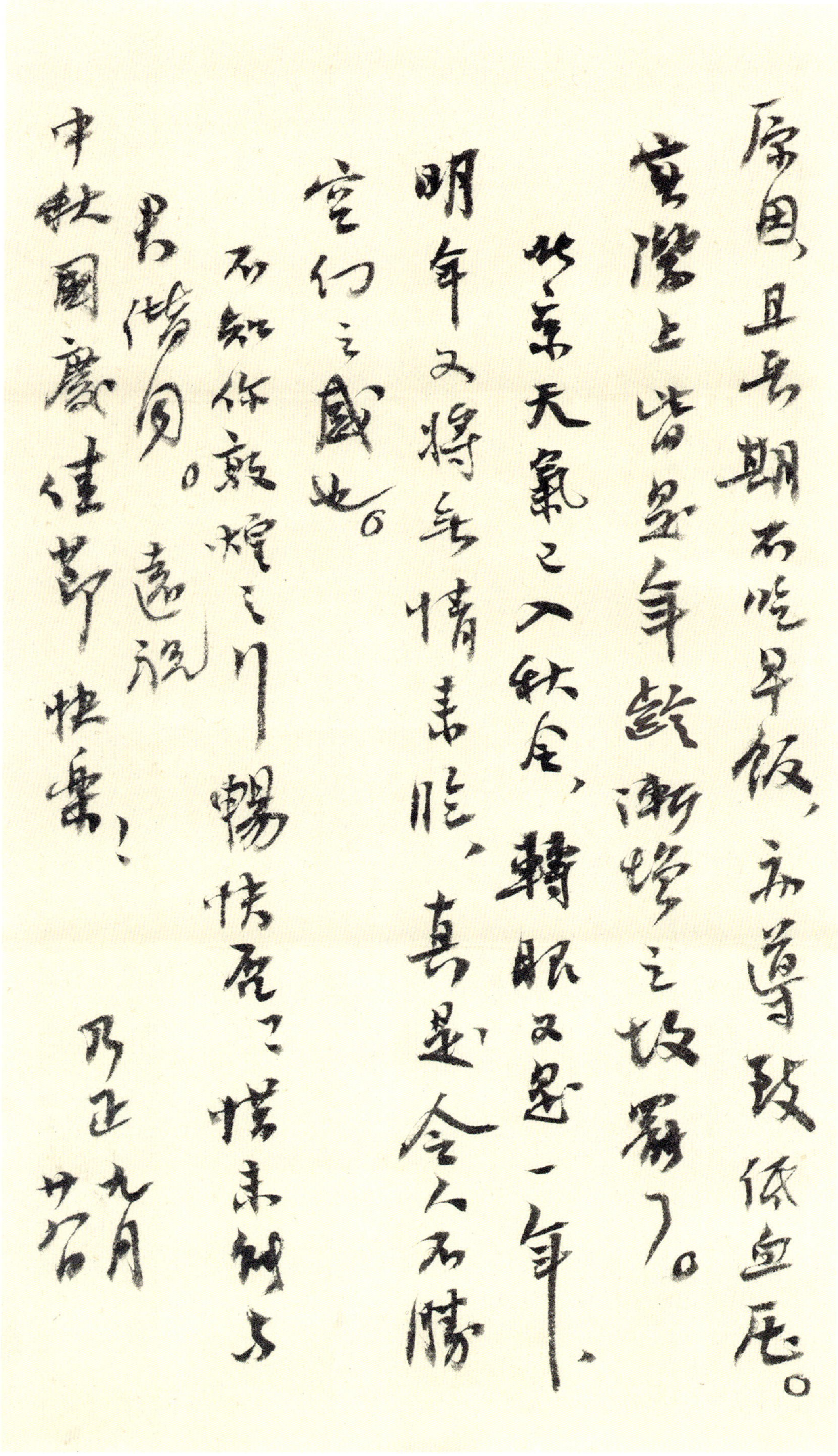

原因，且长期不吃早饭，亦导致低血压。实际上皆是年龄渐增之故罢了。

北京天气已入秋令，转眼又是一年，明年又将无情来临，真是令人不胜空幻之感也。

不知你敦煌之行畅快否？惜未能与君偕同。远祝

中秋国庆佳节快乐！

乃正

九月廿八日

黎泉兄：

十日函兄諗。如兄同感一个年頭又過去在即。但益四顧茫茫，俯身無甚可述，時光都消化在卑瑣雜冗中，本可為時惜，可追之來日尚有幾多？書學討論會一事尚無音訊，但益係適宜提筆作些文章以早為，免得臨時措手不及。

近期，除上課外，未能靜下心來作畫，前一陣忙職稱，改了外語，現在整个院級職稱辦公室已基本定成，擬升的名單，此事牽扯許多案的問題，所以異常保密，若得結果一時尚難通知，居一般遠家與雅

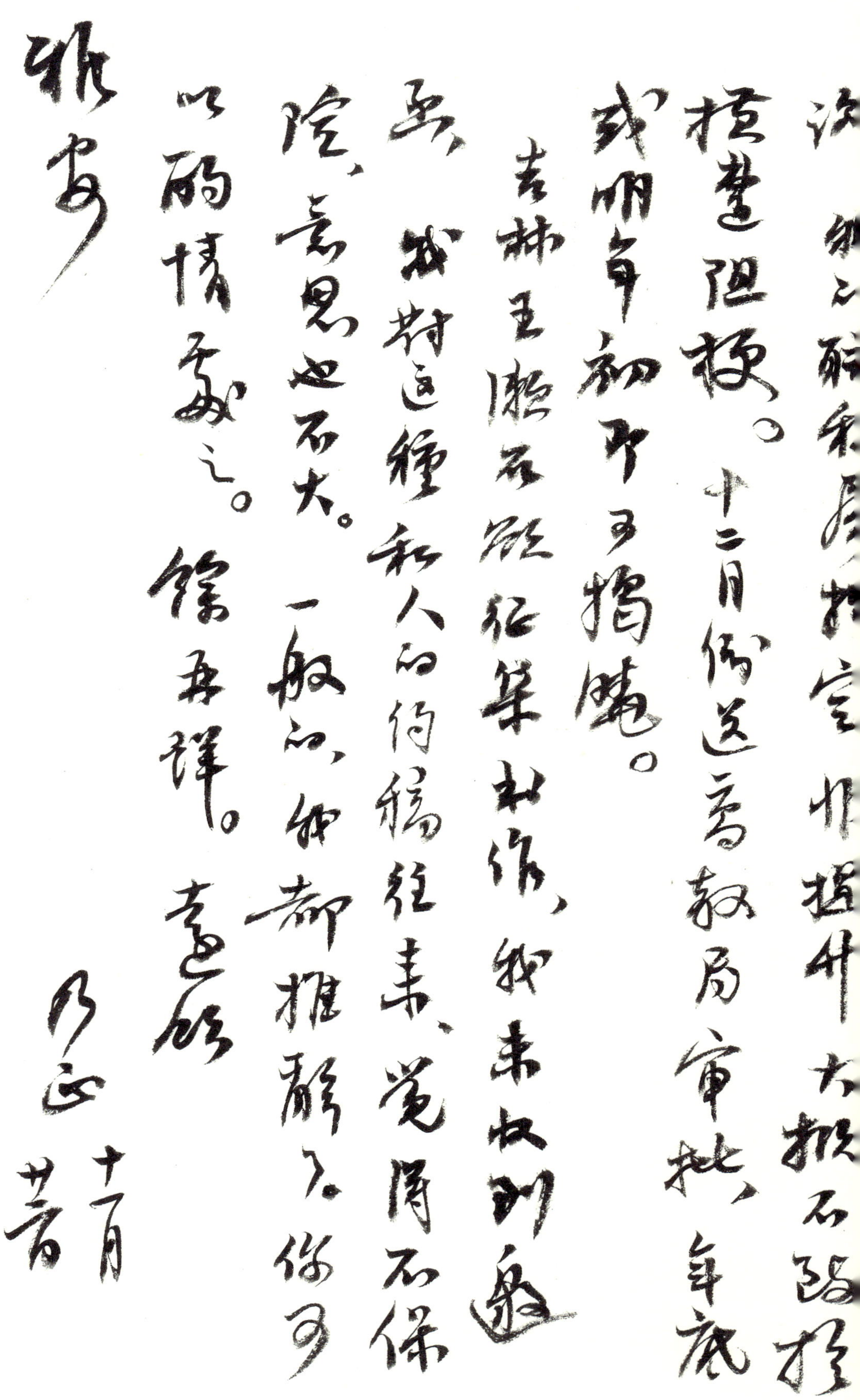

黎泉兄：

十八日函见讫。如兄同感，一个年头又过去在即。但是回顾总结一下，似乎无甚可述，时光都溶化在卑琐杂冗中。半百将临，可追之来日尚有几多？书学讨论会一事尚无音讯，但是你还是提前做好文章的准备，免得临时措手不及。

近期，我除上课外，未能静下心来作画，前一阵忙职称，考了外语，现在整个院级职称办公室已基本完成提升的名单，此事牵扯许多复杂的问题，所以异常保密，最后结果一时尚难透知，据一般迹象与推测，我的职称属于定，非提升，大概不致于横遭阻梗。十二月份送高教局审批，年底或明年初即可揭晓。

吉林王漱石欲征集书作，我未收到邀函，我对这种私人的约稿往来，觉得不保险，意思也不大。一般的，我都推辞了。你可以酌情处之。余再详。远颂

雅安

乃正

十一月廿二日

森泉兄：

春節前書發至下來翰，至今方覆，殊感歉意。經小年夜至昨日，我參爭暢懷醉語連綿，雖如此，亦難解胸膛之抑鬱。唯趁早晚靜腦，定於油畫三幅，可得小慰也。

現已開學，我又有課任，大概要至五月中旬方告段落。周前學院正要在膠州設學習班、

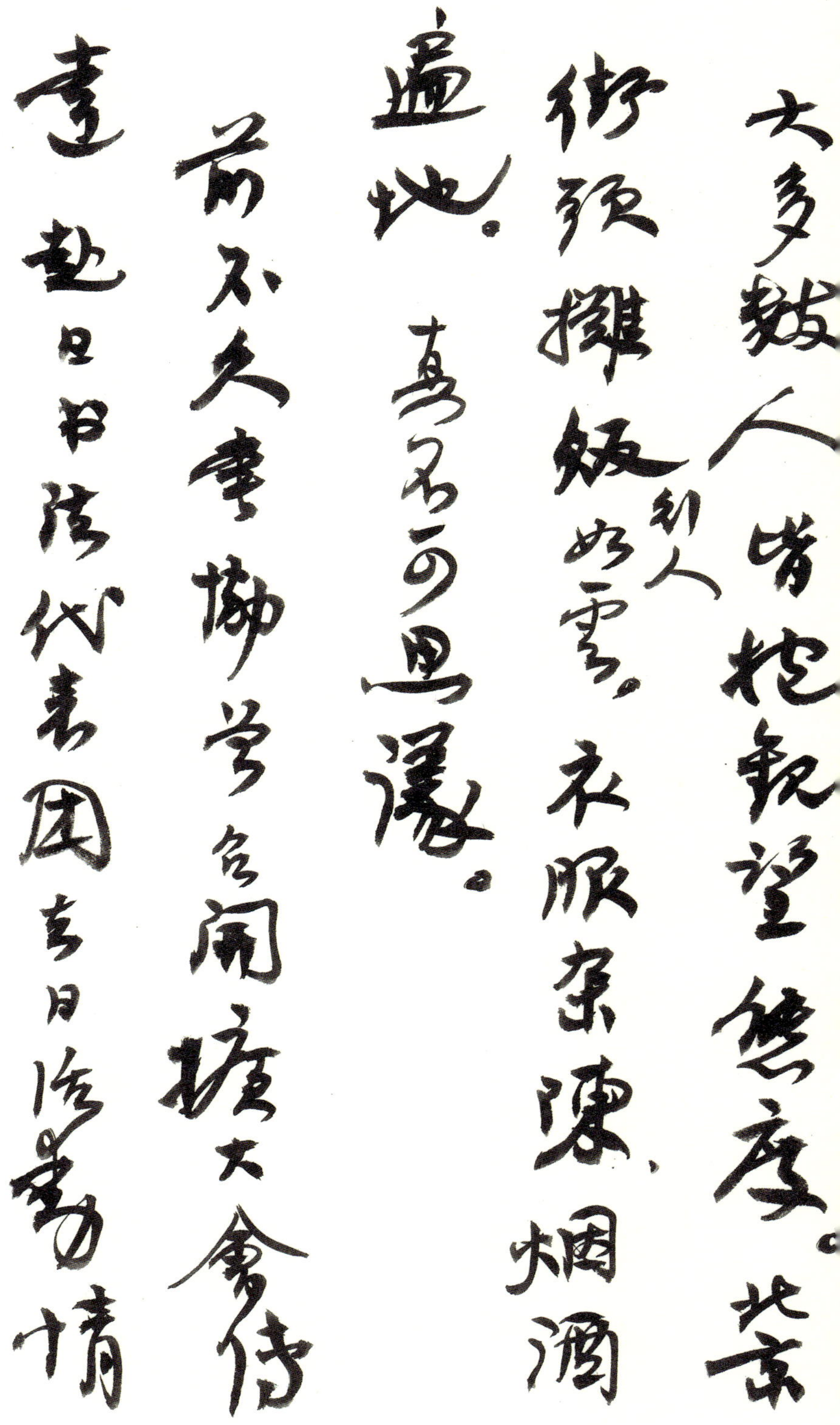
大多数人皆抱观望态度。北京街头摊贩行人如云。衣服杂陈，烟酒遍地。真不可思议。前不久书协曾召开扩大会传达赴日书法代表团去日活动情

黎泉兄：

春节前曾获足下来翰，至今方覆，殊感歉意。从小年夜至昨日，我几乎畅怀醉酒连绵，虽如此，亦难舒胸襟之抑郁。惟趁早晚静暇完成油画二幅，可称小慰也。现已开学，我又有课任，大概欲至五月中旬方告段落。目前学院正处在体制改革前夜，大多数人皆抱观望态度。北京街头摊贩行人如云。衣服杂陈，烟酒遍地。真不可思议。

前不久书协曾召开扩大会传达赴日书法代表团去日活动情

況、只介紹了過程与旅遊花絮、根本
未道及中日書藝之實質問題、因
長謝此若集一訪問之作者、大概不會
精於此道。在日本期間遂与依靠
在築波大學任教之王學仲見之。
中日書法聯展將於三月底在京美
術館展出、彼邦代表團一行八人將
前來參加開幕活動。見面屆時
將開書論會議、則可遇此盛舉、
從吾與子又可暢敘闊別之情矣。

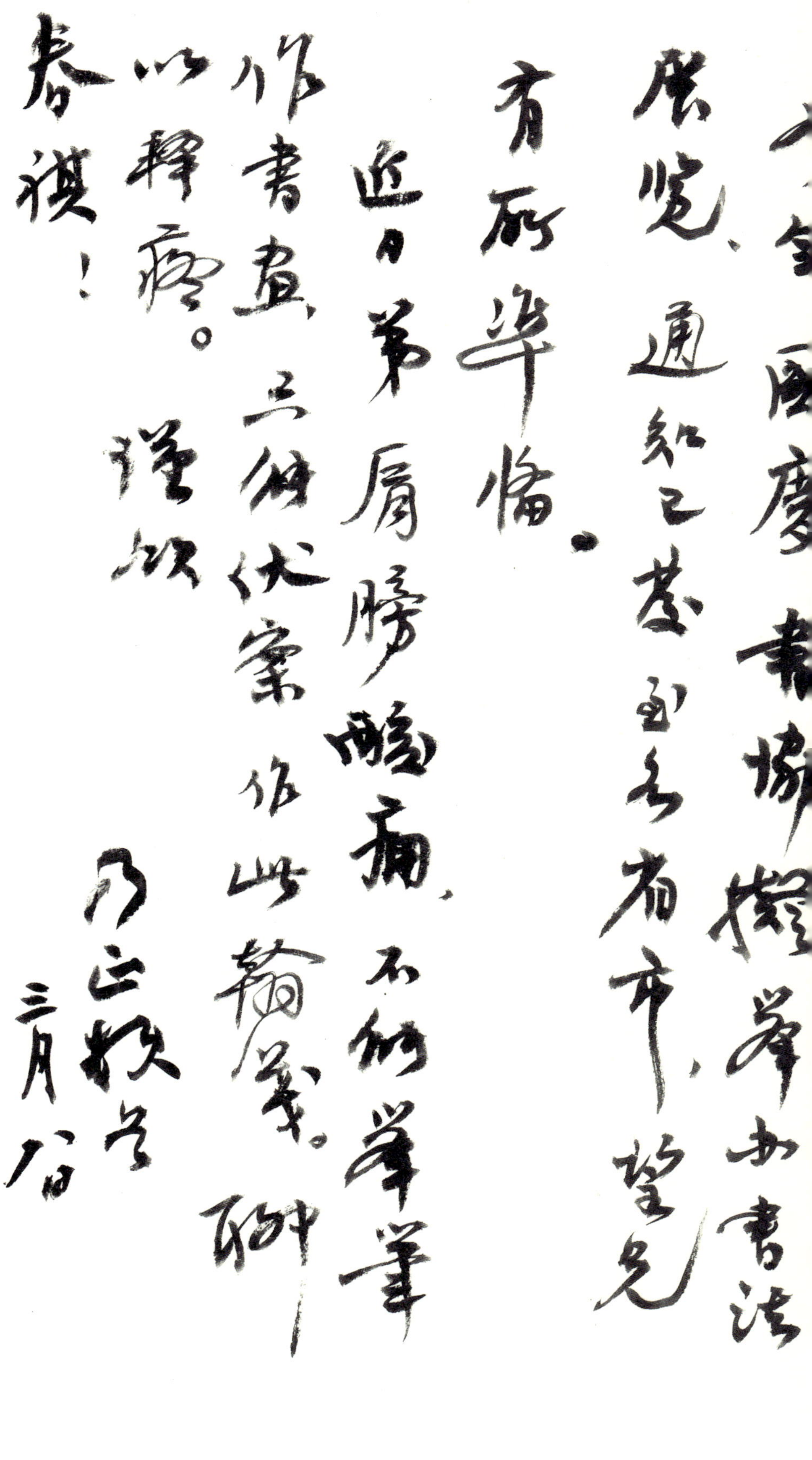

况，只介绍了过程与旅游花絮，根本未道及中日书艺之实质问题，团长谢某，系一新闻工作者，大概不会精于书道。在日本期间还是依靠在筑波大学任教之王学仲兄。

中日书法联展将于三月底在京美术馆展出，彼邦代表团一行八人将前来参加开幕活动。兄如届时能开书论会议，则可遇此盛举。况吾与子又可畅叙阔别之情矣。

今年国庆，书协拟举办书法展览，通知已发至各省市，望兄有所准备。

近日弟肩膀酸痛，不能举笔作书画，只能伏案作此翰笺。聊以释疼。谨颂

春祺！

乃正 顿首

三月八日

黎泉兄：

手付一函、諒已見悉。七一陳、我又為各種事務纏得夠嗆，學生也七月中結束課堂作業。她因翻去敦煌實習，而後要到甘南武威去游，我因要趕畫點東西，也就不隨他們。算起來，我們别後已有兩年未見面。但我想近一年中，我兄定有據令一系向。

中日書法藝展已完束，你參了去

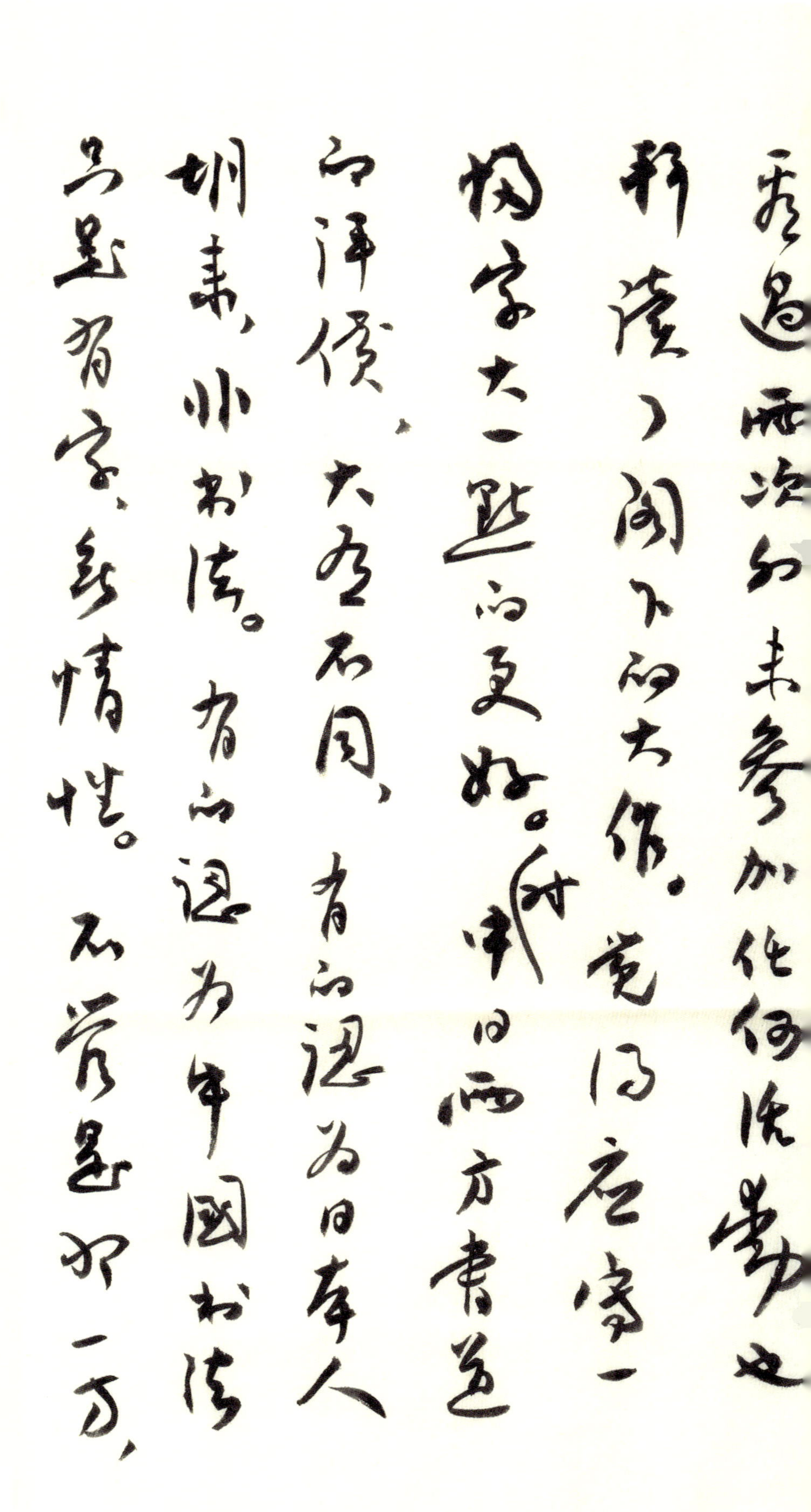
去过两次外，未参加任何活动。也拜读了阁下的大作，觉得应写一幅字大一点更好。对中日两方书道的评价，大有不同，有的认为日本人胡来，非书法。有的认为中国书法只是习字，无情性。不管是那一方，

黎泉兄：

前付一函，谅已见悉，此一阵，我又为各种事务缠得够呛，学生在五月中结束课堂作业，然后就去敦煌实习，可能要到甘南或青海，我因要赶画点东西，也就不随他们，算起来，我们别后已有两年未见面。但我想近一年中我辈定有机会一聚的。

中日书法联展已结束，我除了去看过两次外，未参加任何活动。也拜读了阁下的大作，觉得应写一幅字大一点的更好。对中日两方书道的评价，大有不同，有的认为日本人胡来，非书法。有的认为中国书法只是习字，无情性。不管是那一方，

獨覺得當今能代表者為沙翁。就國內而言，有些名家的字就沒有。中國在陳法上下的工夫大些，然也不到家，日本人在意趣個性上經講究，這一點倒是藝術之主旨。國內的一些人缺少學養、氣質又差，再下死功夫也無濟於事。

前一陣陳伯常、安傳篆來北京、大家都忙、未能作細談。從那里的情況看起來，以自己的藝事為首要故

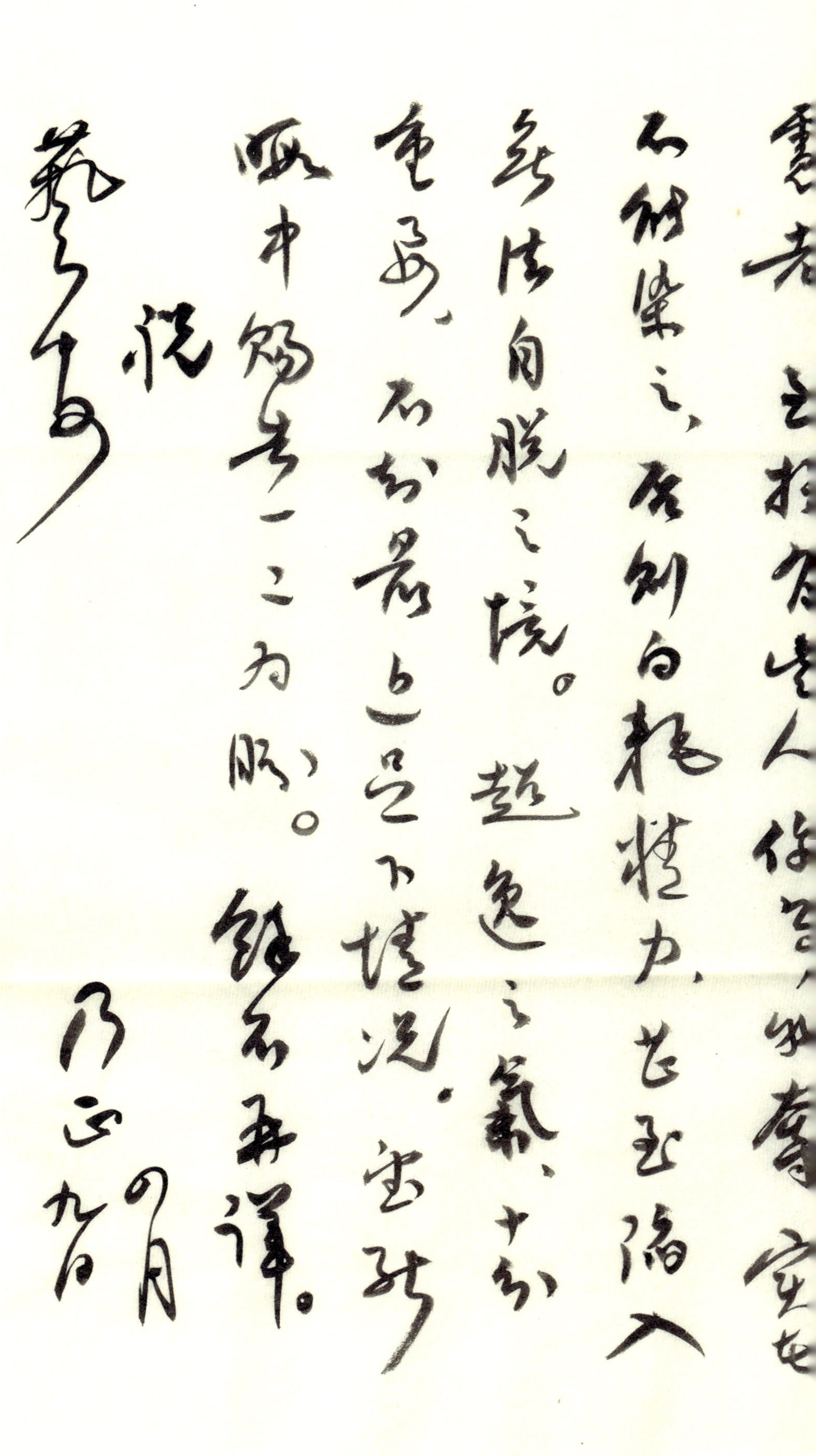

我觉得皆未能代表最高水平。就国内而言，有些名家的字就没有。中国在陈法上下的功夫大些，然也不到家，日本人在意趣个性上很讲究，这一点倒是艺术之主旨。国内的一些人缺少学养，气质又差，再下死功夫也无济于事。

前一阵陈伯希、娄傅义来北京，大家都忙，未能作细谈。你那里的情况还是以自己的艺事为首要考虑着，至于有些人你争我夺，实在不能染之，否则白耗精力，甚至陷入无法自脱之境。超逸之气，十分重要，不知最近足下情况，望能暇中赐告一二为盼。余不再详。

祝

艺安

乃正

四月九日

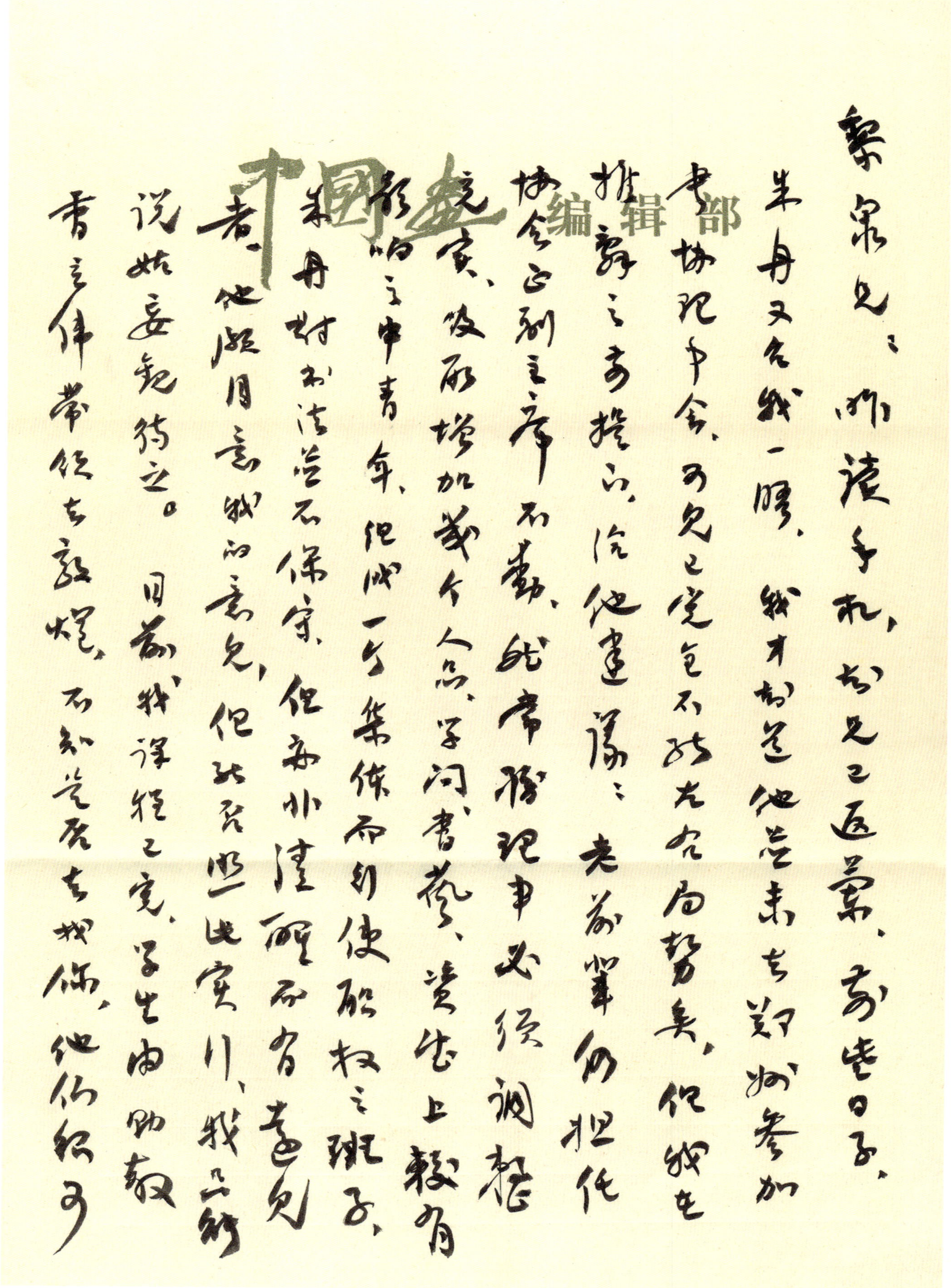

黎泉兄：

昨读手札，知兄已返兰，前些日子，朱丹又召我一晤，我才知道他并未去郑州参加书协理事会，可见已完全不能左右局势矣，但我在推辞之前提下，给他建议：老前辈仍担任协会正副主席不动，然常务理事必须调整充实，吸取增加几个人品、学问、书艺、资望上较有影响之中青年，组成一个集体而行使职权之班子，朱丹对书法并不保守，但亦非清醒而有远见者，他颇同意我的意见，但能否照此实行，我只能说姑妄观待之。目前我课程已完，学生由助教曹立伟带领去敦煌，不知是否去找你，他们很可

黎泉兄：

昨读手札，知兄已返兰，前些日子，朱丹又召我一晤，我才知道他并未去郑州参加书协理事会，可见已完全不能左右局势矣，但我在推辞之前提下，给他建议：老前辈仍担任协会正副主席不动，然常务理事必须调整充实，吸取增加几个人品、学问、书艺、资望上较有影响之中青年，组成一个集体而行使职权之班子，朱丹对书法并不保守，但亦非清醒而有远见者，他颇同意我的意见，但能否照此实行，我只能说姑妄观待之。目前我课程已完，学生由助教曹立伟带领去敦煌，不知是否去找你，他们很可

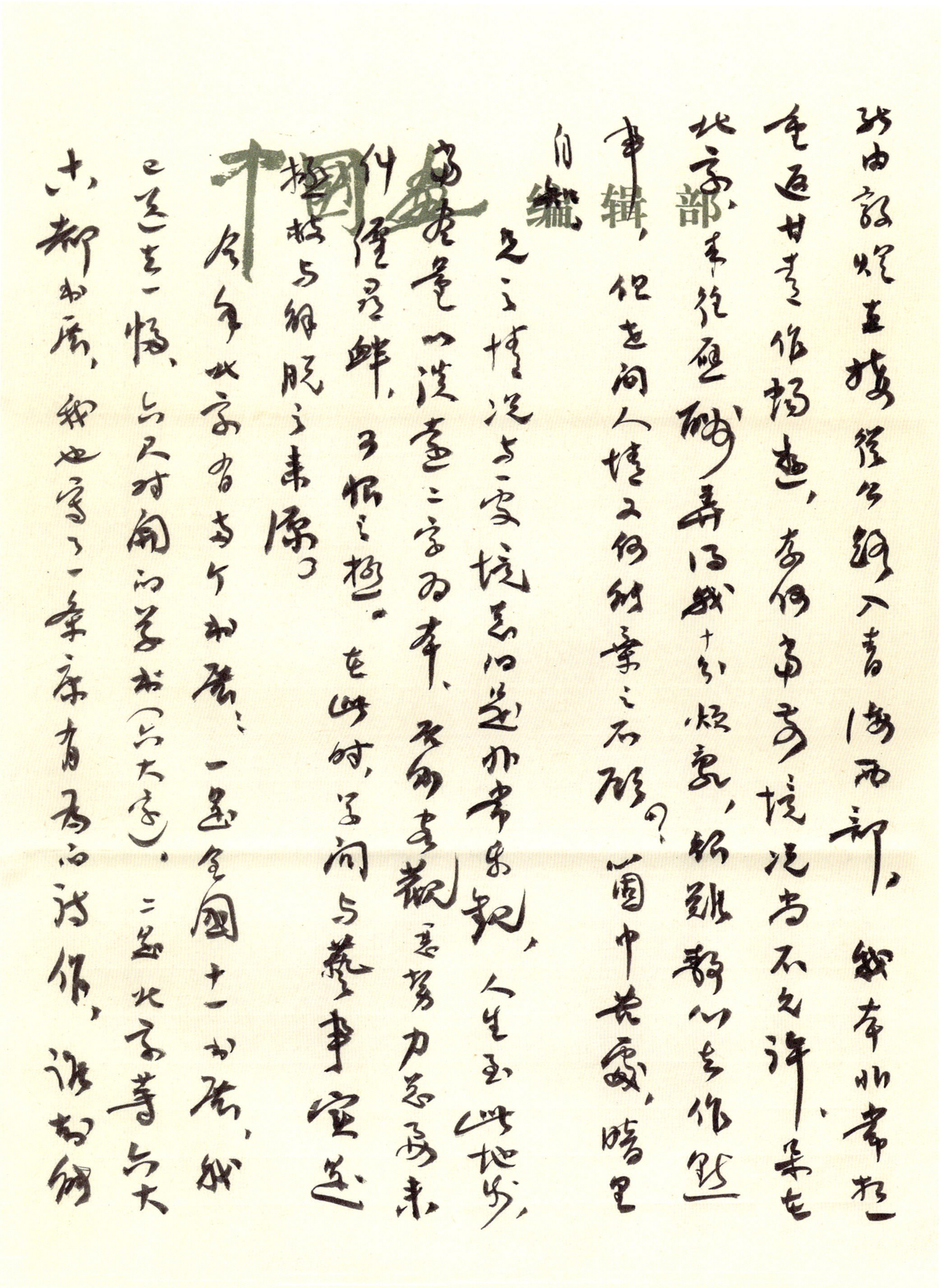

能由敦煌直接从公路入青海西部，我本非常想重返甘青作畅游，奈何当前境况尚不允许，呆在北京，来往应酬弄得我十分烦乱，很难静心去作点事，但世间人情又何能弃之不顾？个中苦处，暗里自知。

兄之情况与处境总的是非常乐观，人生至此地步，当尽量以淡远二字为本，否则客观恶势力总要来纠缠寻衅，可恨之极，在此时，学问与艺事实是拯救与解脱之来源。

今年北京有两个书展：一是全国十一书展，我已送去一幅，六尺对开的草书（六大字），二是北京等六大古都书展，我也写了一条康有为的诗作，谁知能

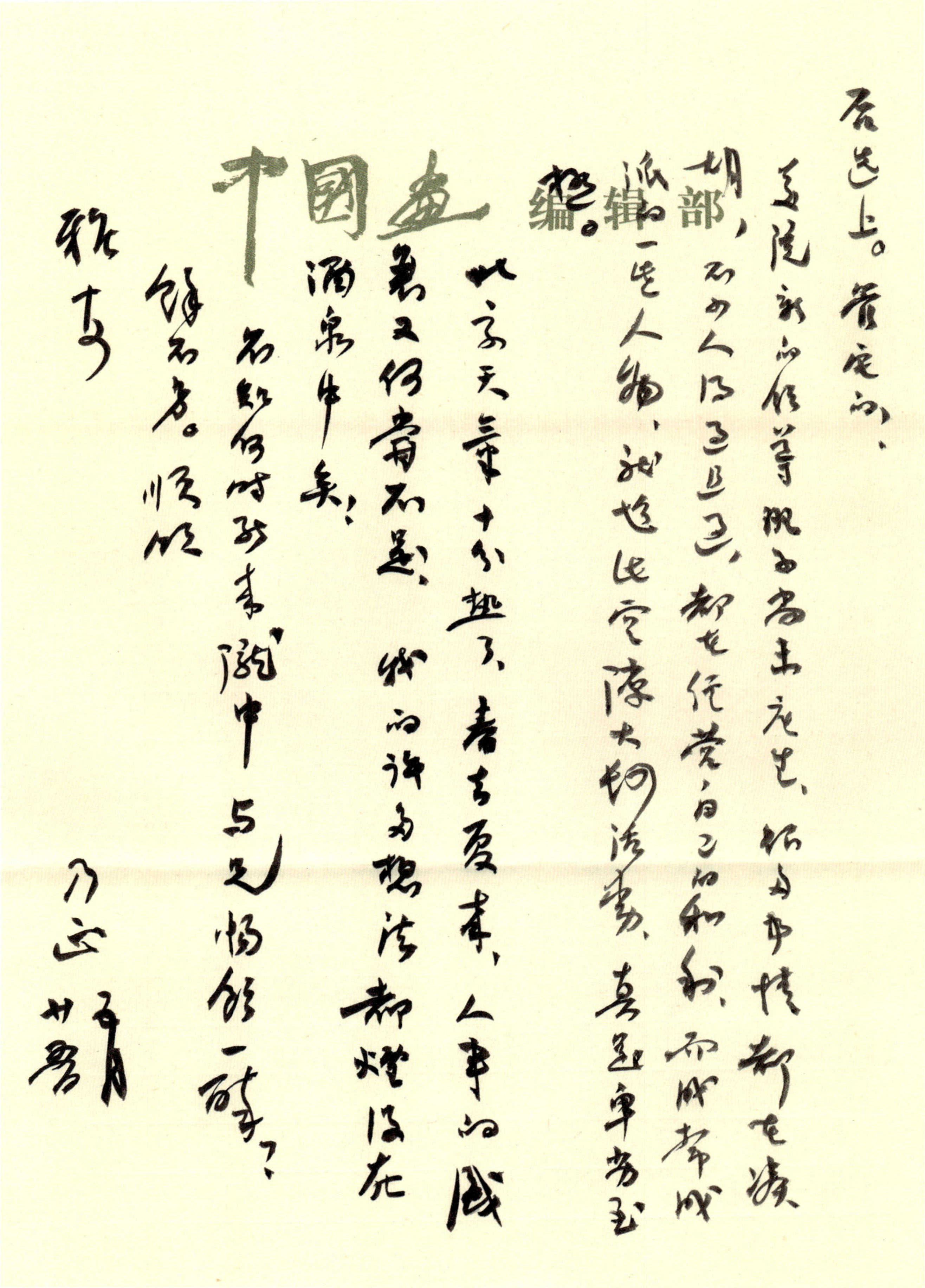

否选上。管它的！

美院新的领导班子尚未产生，很多事情都在凑胡，不少人得过且过，都在经营自己的私利，而成帮成派的一些人物，就趁此空隙大肆活动，真是卑劣至极。

北京天气十分热了，春去夏来，人事的盛衰又何尝不是！我的许多想法都烟（湮）没在酒泉中矣！

不知何时能来陇中与兄畅饮一醉？余不另。顺颂

雅安

乃正

五月廿五日

法眼展作品，已精裱碍運日存。弟與
閣下皆有幸同時充數，豈非緣耶——
很少有精力去作畫。也只好寫寫字，
遣興而已。前為河南湯陰岳飛紀念
館作書一條，是岳元帥之七絶詩句。
又為湖北屈原紀念館書行草一條，
我堂堂十億之中華，細數起來真
够上書家之格，已是寥寥。吾書
僅是充數，竟能登堂入室，真不
可思議。 敝院明春能舉行
院書法展覽，以此推展書法活動。

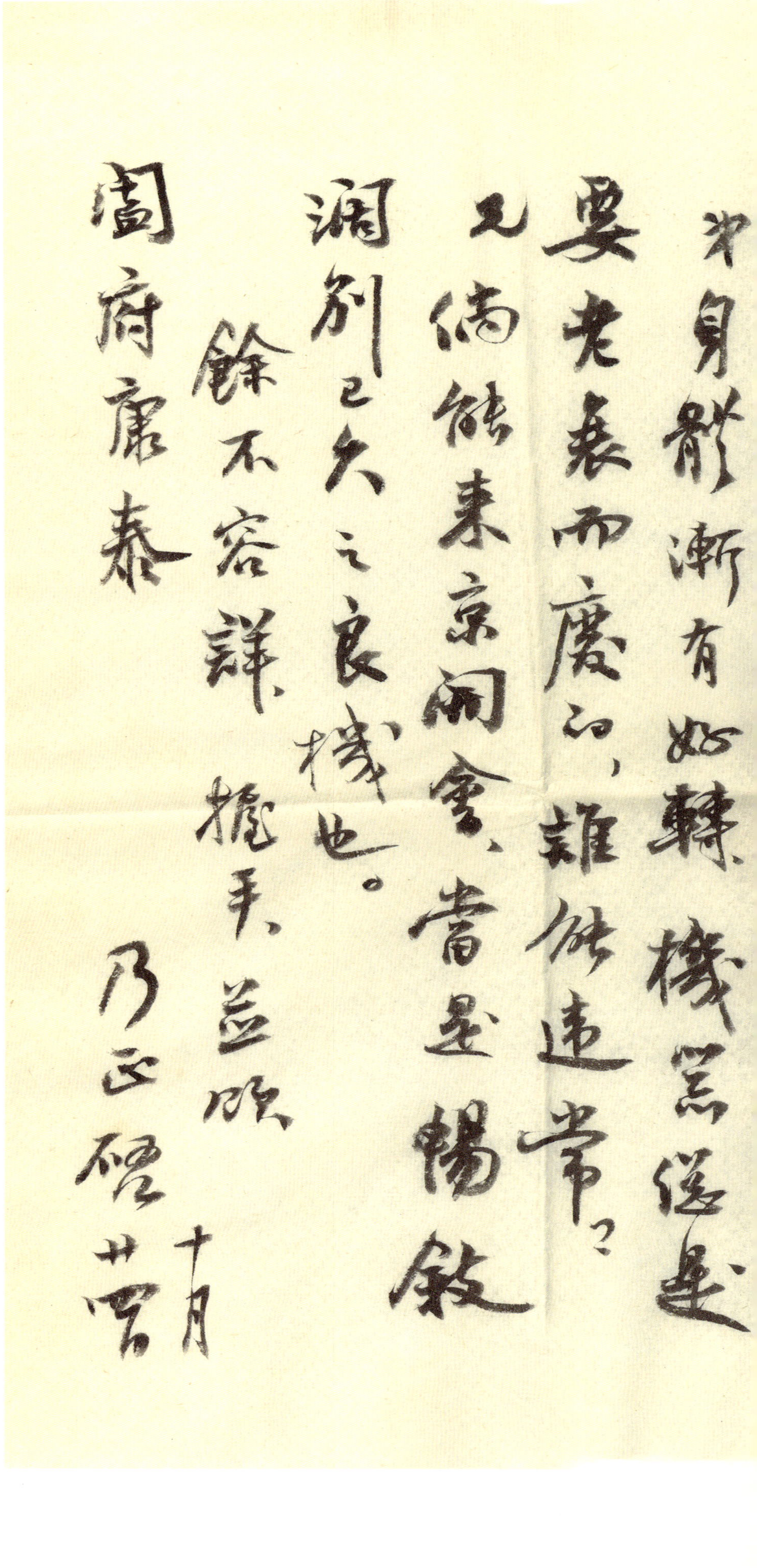

法联展作品，已精裱启运日本。弟与阁下皆有幸同时「充数」，岂非缘耶？很少有精力去作画。也只好写写字，遣兴而已。前为河南汤阴岳飞纪念馆作书一条，是岳元帅之七绝诗一首。又为湖北屈原纪念馆书行草一条，我堂堂十亿之中华，细数起来，真够上书法家之格，已是寥寥。吾曹仅是充数，竟能登堂入室，真不可思议。我院明春欲举行院书法展览，以此推展书法活动。弟身体渐有好转，机器总是要老衰而废的，谁能违常？

兄倘能来京开会，当是畅叙阔别已久之良机也。

余不容详，握手，并颂

阖府康泰

乃正启

十月廿四日

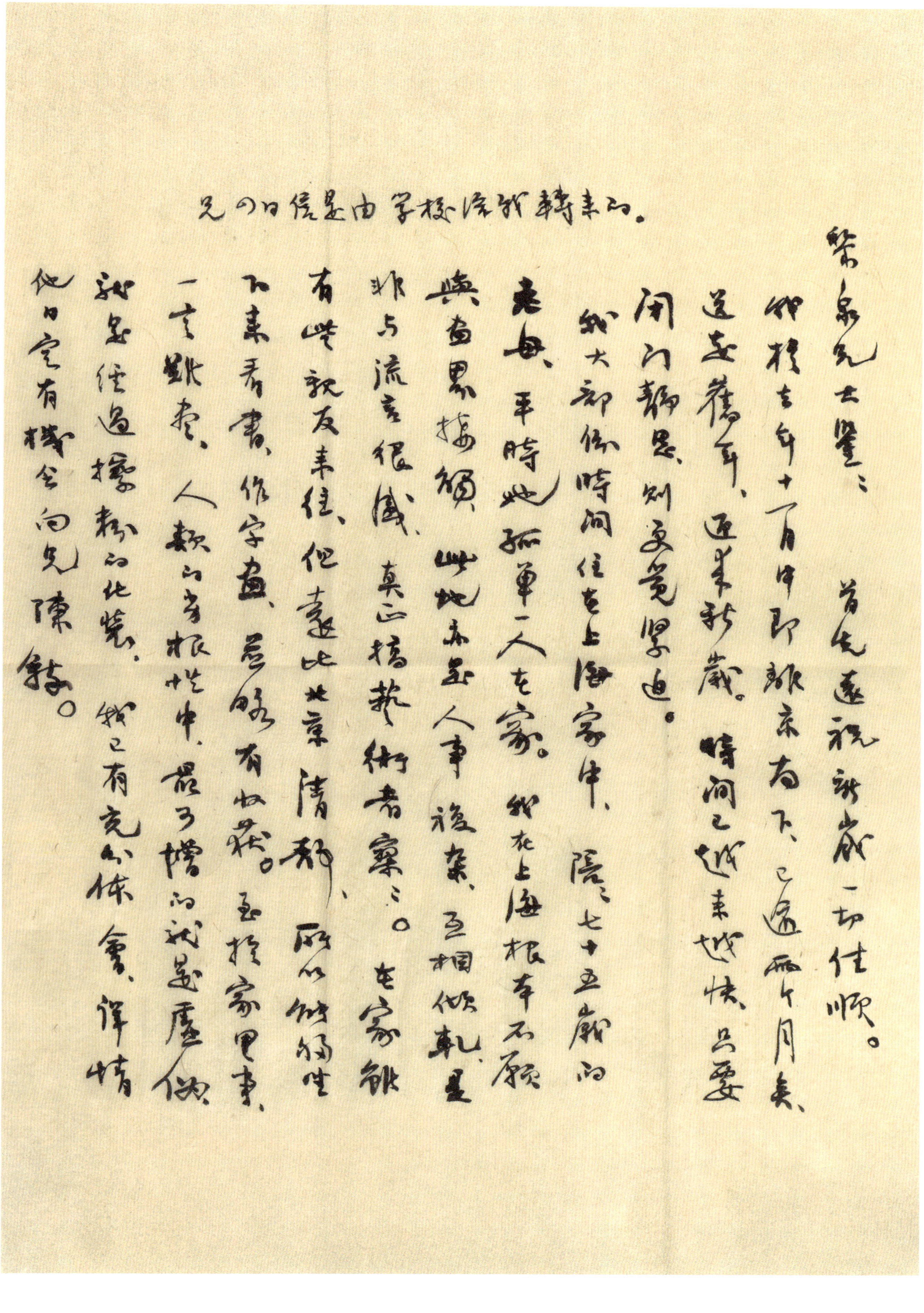

黎泉兄大鉴：

首先远祝新岁一切佳顺。我于去年十一月中即离京南下，已逾两个月矣，送走旧年，迎来新岁。时间已越来越快，只要闭门静思，则更觉紧迫。

我大部分时间住在上海家中，陪陪七十五岁的老母，平时她孤单一人在家。我在上海根本不愿与画界接触，此地亦是人事复杂，互相倾轧，是非与流言很盛，真正搞艺术者寥寥。在家虽有些亲友来往，但远比北京清静，所以能够坐下来看书，作字画，并略有收获。至于家里事，一言难尽，人类的劣根性中，最可憎的就是虚伪，就是经过擦粉的化装，我已有充分体会，详情他日定有机会向兄陈叙。

（另附言：兄四日信是由学校给我转来的。）

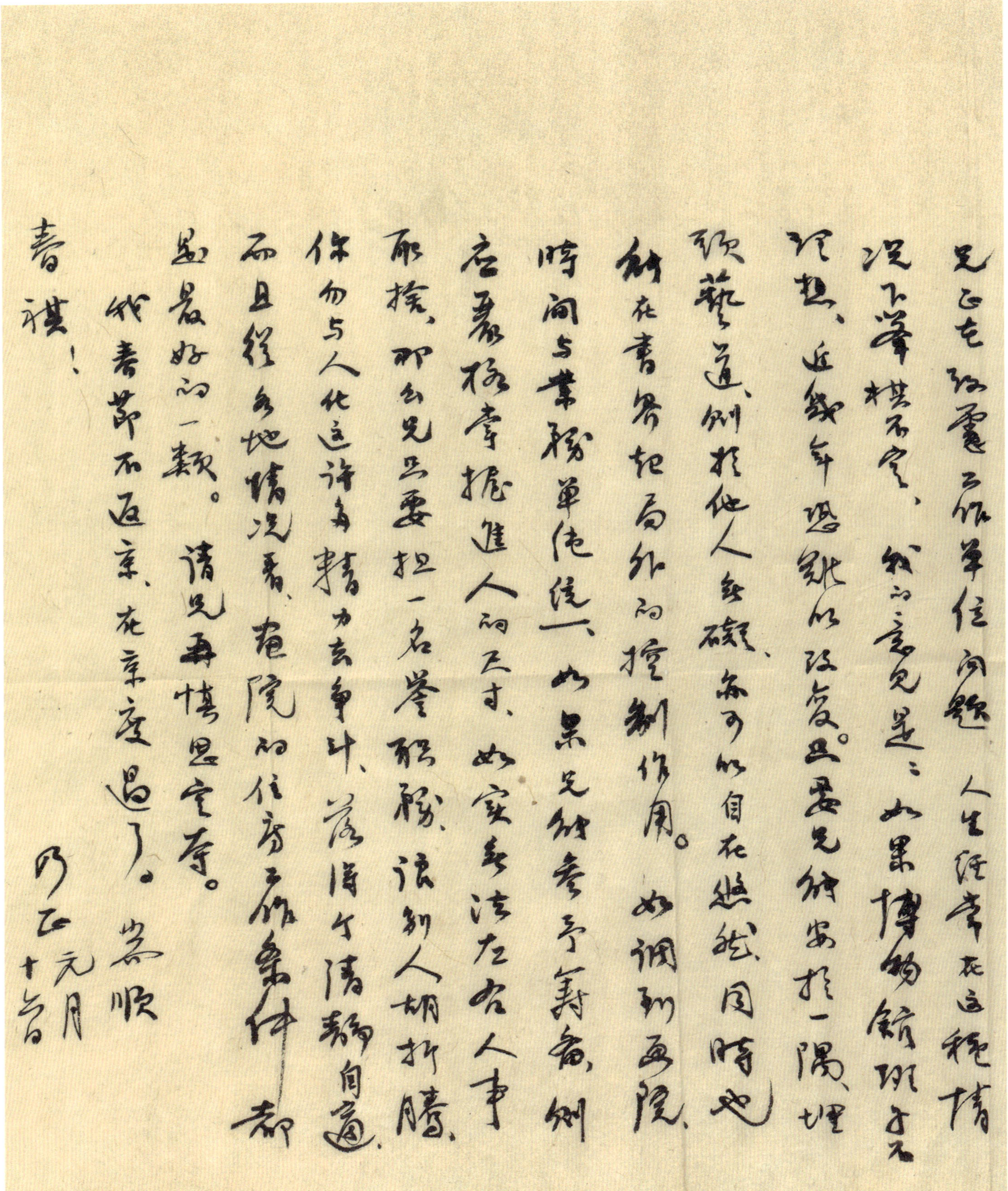

兄正在考虑工作单位问题，人生经常在这种情况下举棋不定，我的意见是：：如果博物馆班子不理想，近几年恐难以改变。只要兄能安于一隅，埋头艺道，则于他人无碍，亦可以自在悠然，同时也能在书界起局外的控制作用。如调到画院，时间与业务单纯统一，如果兄能参与筹备，则应严格掌握进人的尺寸，如实无法左右人事取舍，那么兄只要担一名誉职务，让别人胡折腾，你勿与人花这许多精力去争斗，落得个清静自适，而且从各地情况看，画院的住房工作条件都是最好的一类。请兄再慎思定夺。

我春节不返京，在京度过了。嵩顺

春祺！

乃正

元月十六日

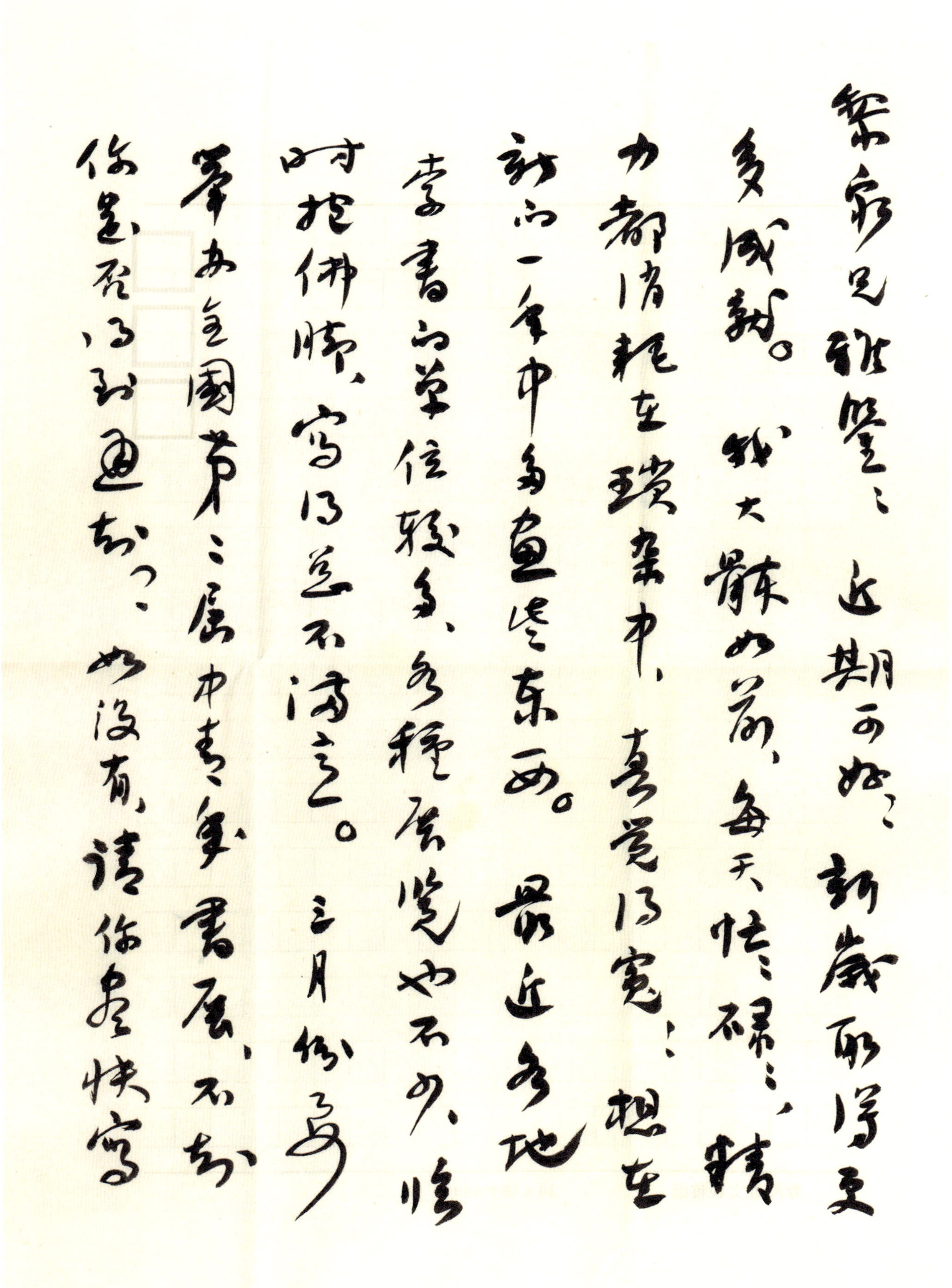

黎泉兄雅鉴：

近期可好？新岁取得更多成就。我大体如前，每天忙忙碌碌，精力都消耗在琐杂中，真觉得冤！想在新的一年中多画些东西。最近各地索书的单位较多，各种展览也不少，临时抱佛脚，写得总不满意。三月份要举办全国第二届中青年书展，不知你是否得到通知？如没有，请你尽快写

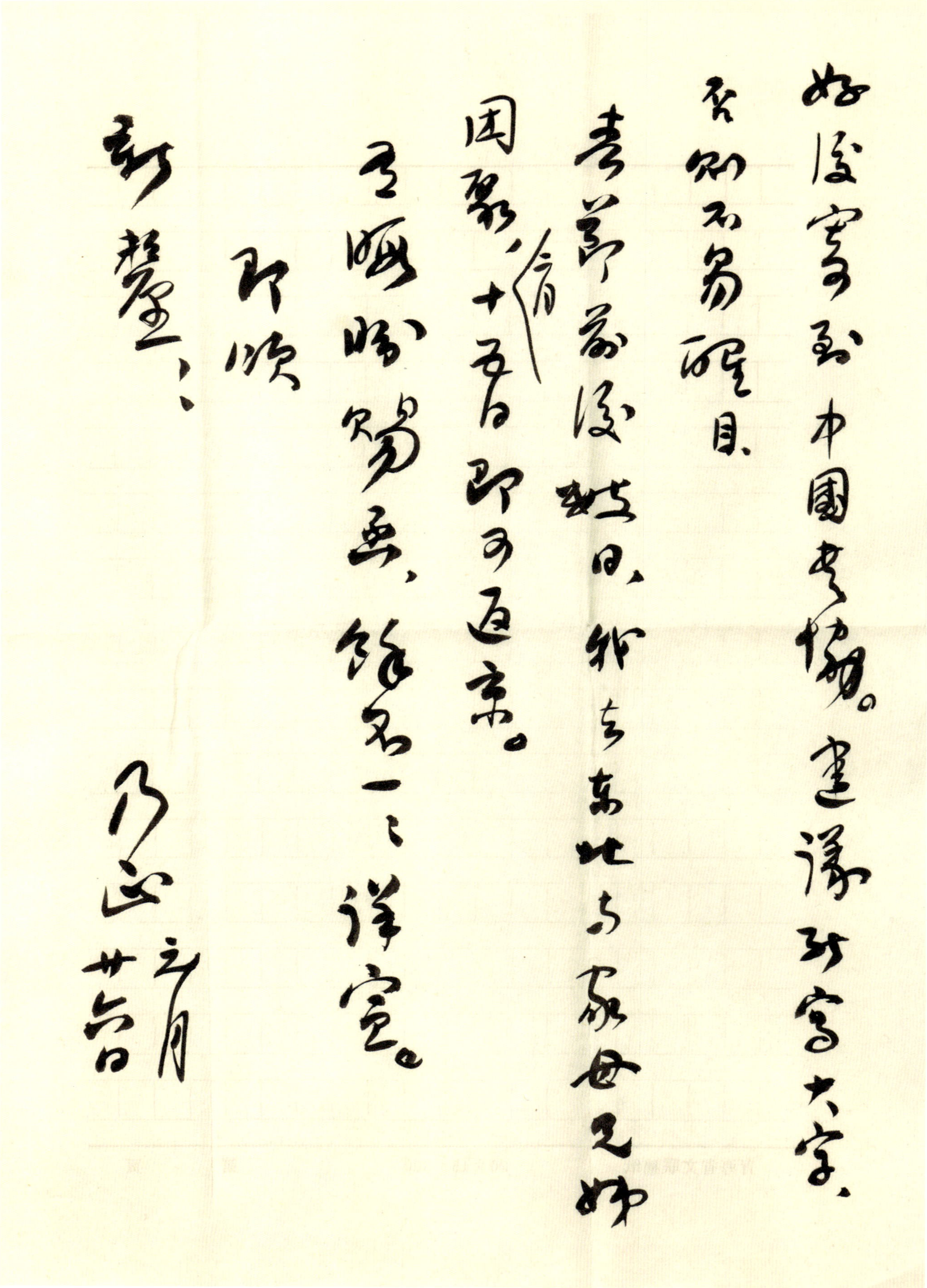

好后寄到中国书协。建议能写大字，否则不易醒目。

春节前后数日，我去东北与家母兄姊团聚，二月十五日即可返京。有暇盼赐函，余不一一详宣。

即颂

新厘！

乃正

元月廿六日

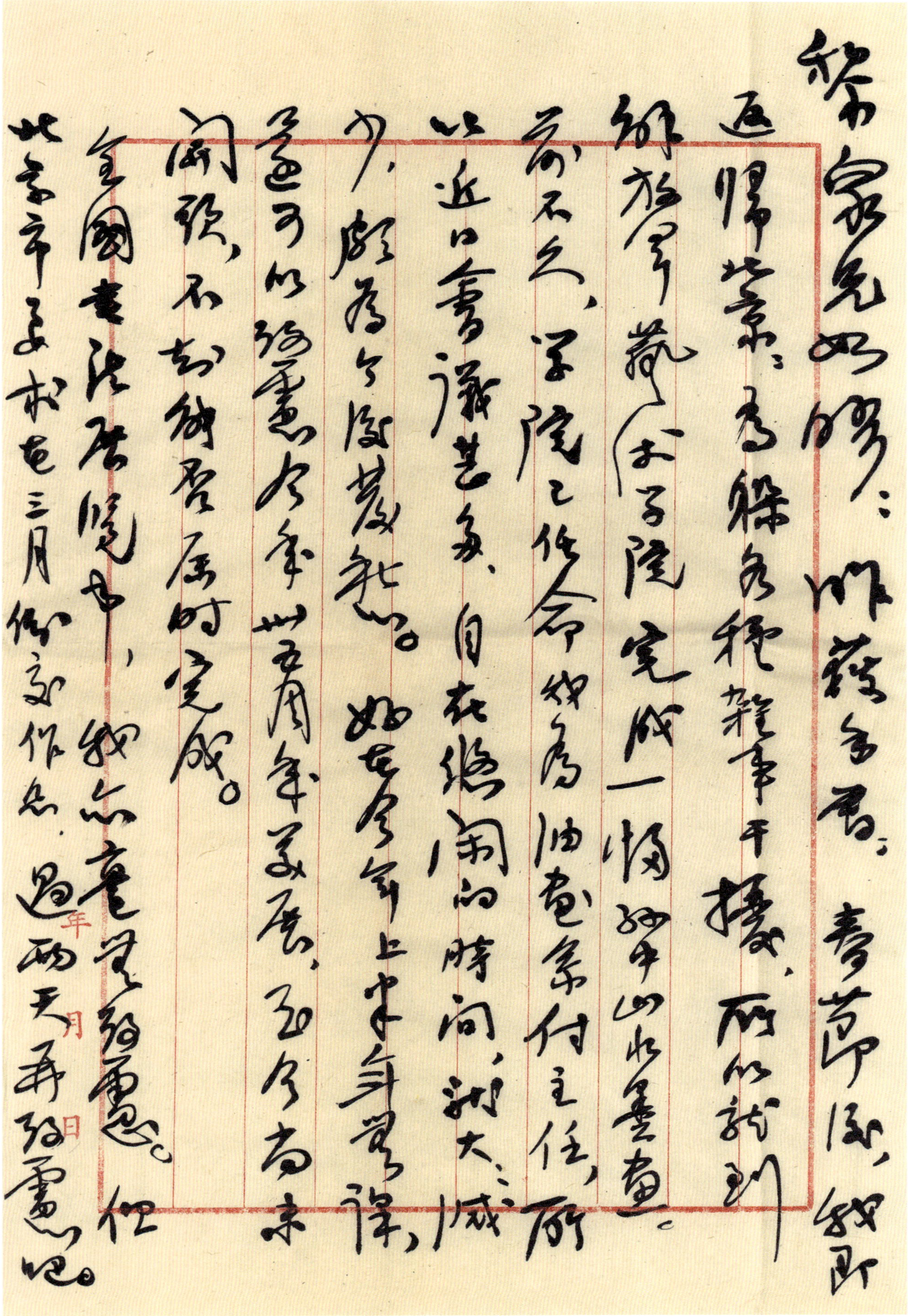

黎泉兄如晤：

昨获手书，春节后，我即返归北京，为躲各种杂事干扰，所以就到解放军艺术学院完成一幅孙中山水墨画。前不久，学院已任命我为油画系付主任，所以近日会议甚多，自在悠闲的时间，就大大减少，颇为今后发愁。好在今年上半年无课，还可以考虑今年卅五周年美展，至今尚未开头，不知能否届时完成。

全国书法展览事，我亦毫无考虑。但北京市要求在三月份交作品，过两天再考虑吧。

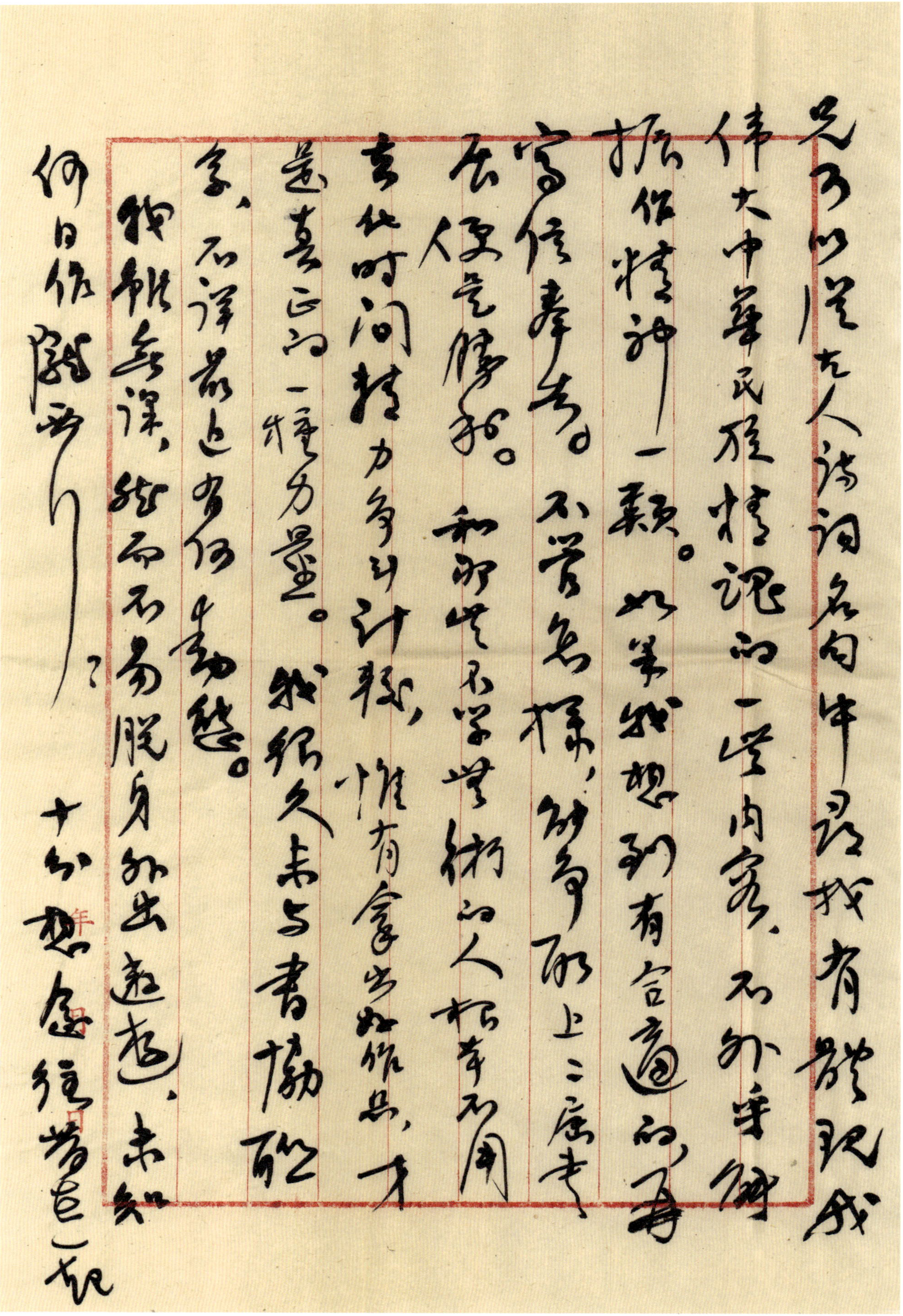

兄可以从古人诗词名句中寻找有体现我伟大中华民族精魂的一些内容，不外乎能振作精神一类。如果我想到有合适的，再写信奉告。不管怎样，能争取上二届书展便是胜利。和那些不学无术的人根本不用去花时间精力争斗计较，惟有拿出好作品，才是真正的一种力量。我很久未与书协联系，不详最近有何动态。

我虽无课，然而不易脱身外出遨游，未知何日作陇西行？十分想念往昔在一起

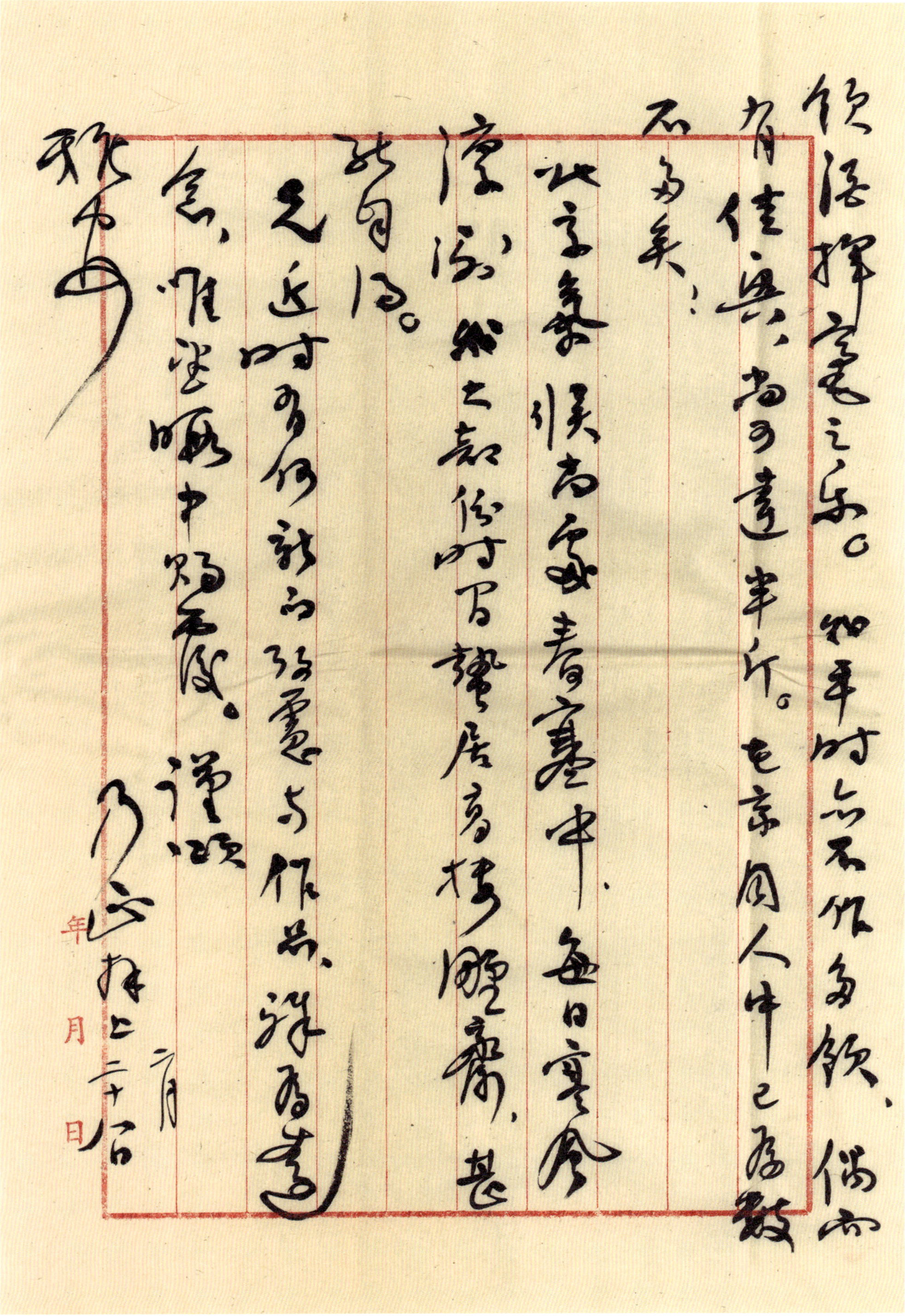

饮酒挥毫之乐。我平时亦不作多饮，偶而有佳兴，尚可达半斤。在京同人中已为数不多矣！

北京气候尚处春寒中，每日寒风凛冽，我大部分时间蛰居高楼野斋，甚能自得。

兄近时有何新的考虑与作品，殊为远念，唯望暇中赐覆。谨颂

雅安

乃正拜上

二月二十八日

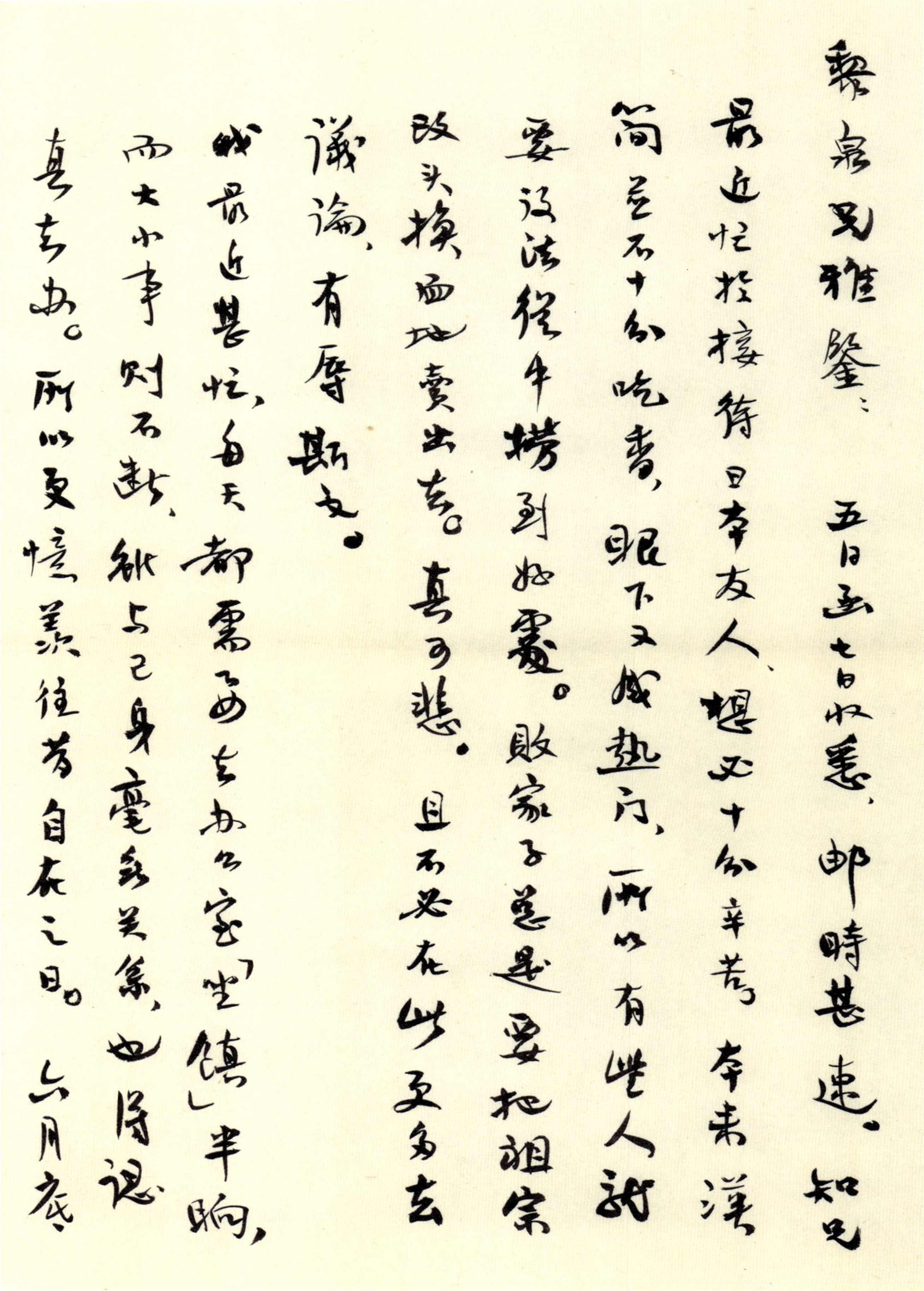

黎泉兄雅鑒：

五日函七日收悉，郵時甚速。知兄最近忙於接待日本友人，想必十分辛苦。本來漢簡並不十分吃香，眼下又成熱門，所以有些人就要設法從中撈到好處。敗家子總是要把祖宗改頭換面地賣出去。真可悲。且不必在此更多去議論，有辱斯文。

我最近甚忙，每天都需要去辦公室「坐鎮」半晌，而大小事則不斷，雖與己身毫無關係，也得認真去辦。所以更憶羨往昔自在之日。六月底

黎泉兄雅鉴：

五日函七日收悉，邮时甚速。知兄最近忙于接待日本友人，想必十分辛苦。本来汉简并不十分吃香，眼下又成热门，所以有些人就要设法从中捞到好处。败家子总是要把祖宗改头换面地卖出去。真可悲。且不必在此更多去议论，有辱斯文。

我最近甚忙，每天都需要去办公室『坐镇』半晌，而大小事则不断，虽与己身毫无关系，也得认真去办。所以更忆羡往昔自在之日。六月底

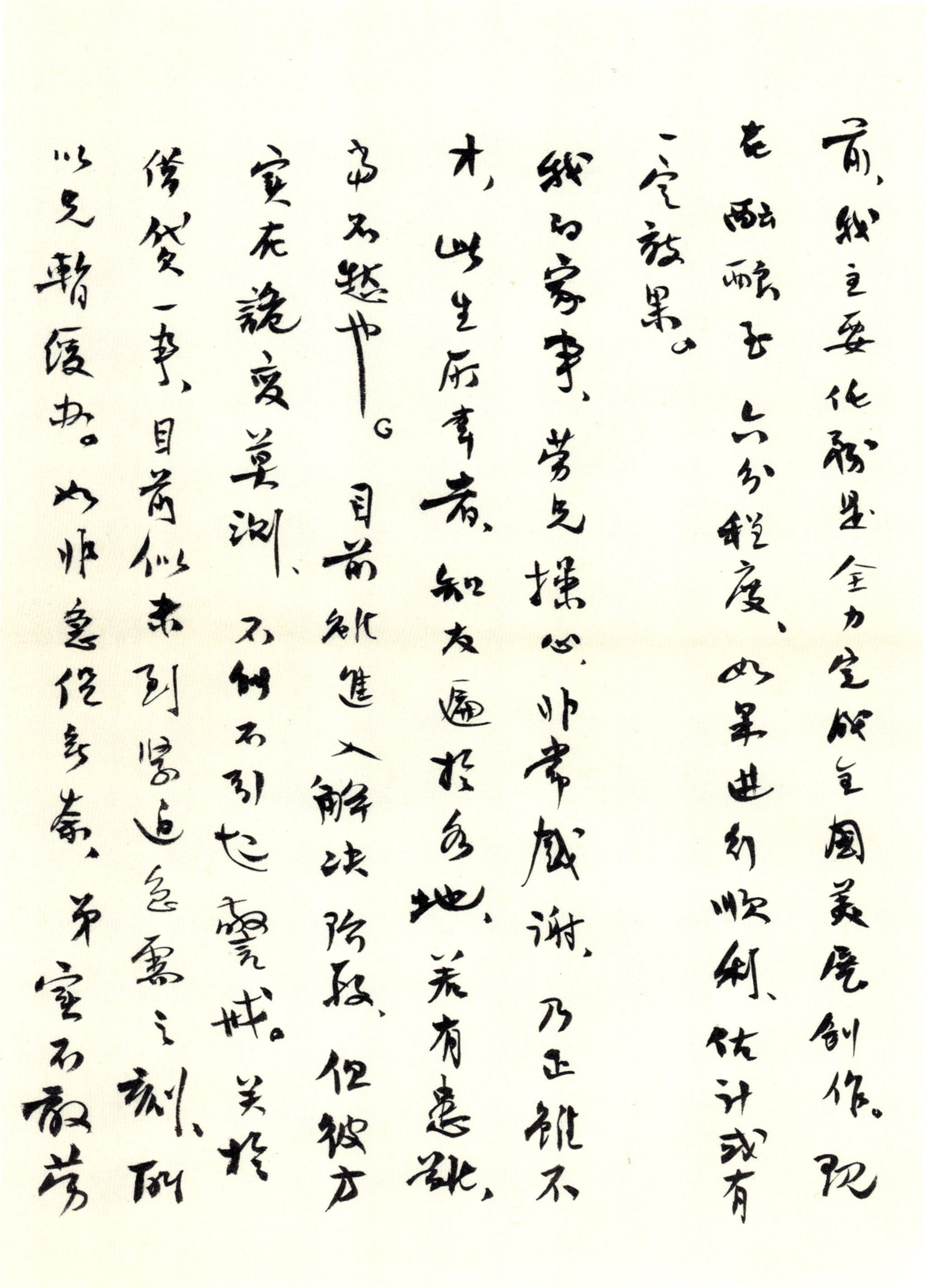

前，我主要任务是全力完成全国美展创作。现在酝酿至六分程度，如果进行顺利，估计或有一定效果。

我的家事，劳兄操心，非常感谢。乃正虽不才，此生所幸者，知友遍于各地，若有患难，当不愁也。目前虽进入解决阶段，但彼方实在诡变莫测，不能不引起警戒。关于借贷一事，目前似未到紧迫急需之刻，所以兄暂缓办。如非急促无奈，弟实不敢劳

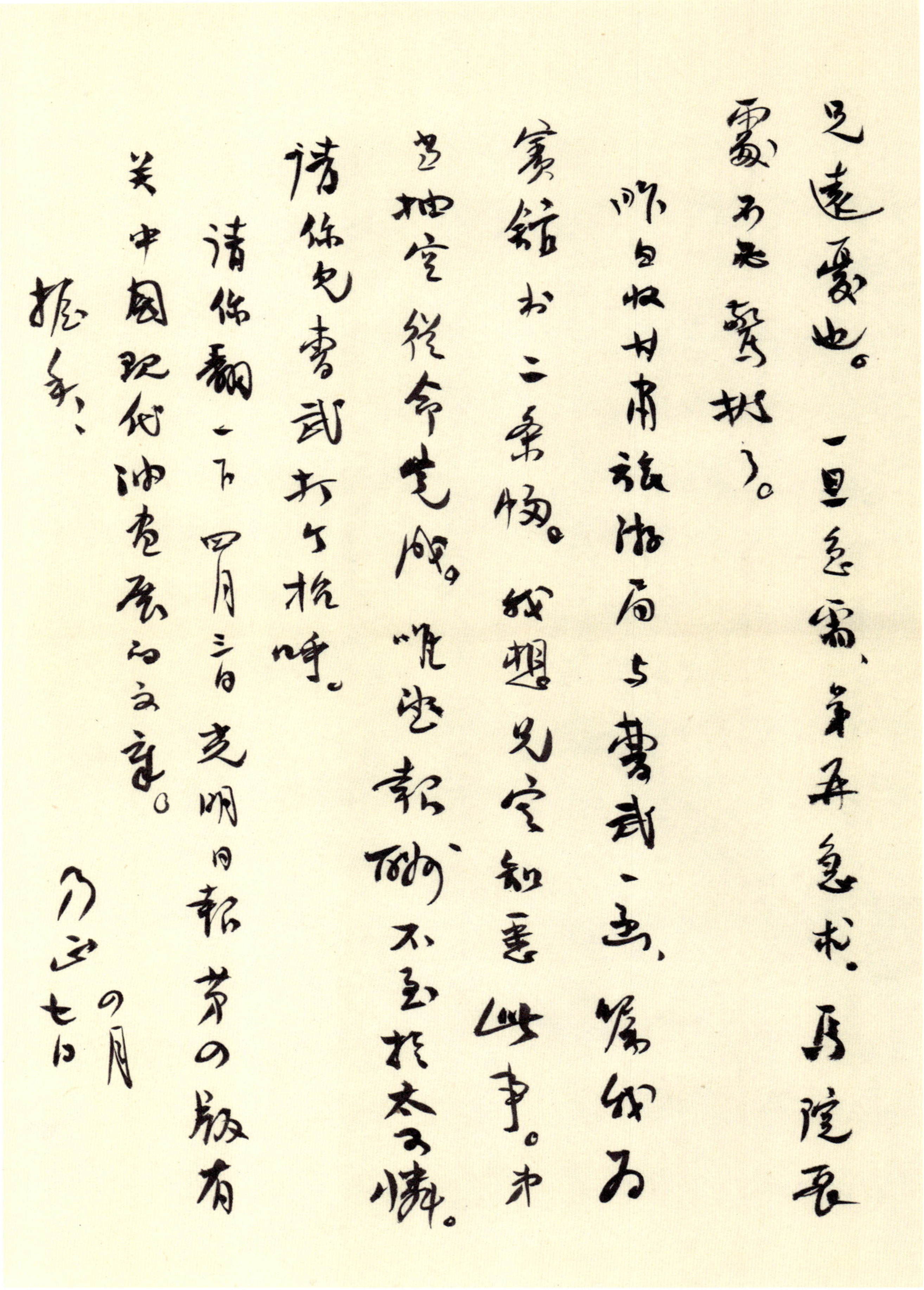

兄远忧也。一旦急需，弟再急求。马院长处不必惊扰了。

昨日收甘肃旅游局与曹武一函，嘱我为宾馆书二条幅。我想兄定知悉此事。弟当抽空从命完成。唯望报酬不至于太可怜。请你见曹武打个招呼。

请你翻一下四月三日光明日报第四版有关中国现代油画展的文章。

握手！

乃正

四月七日

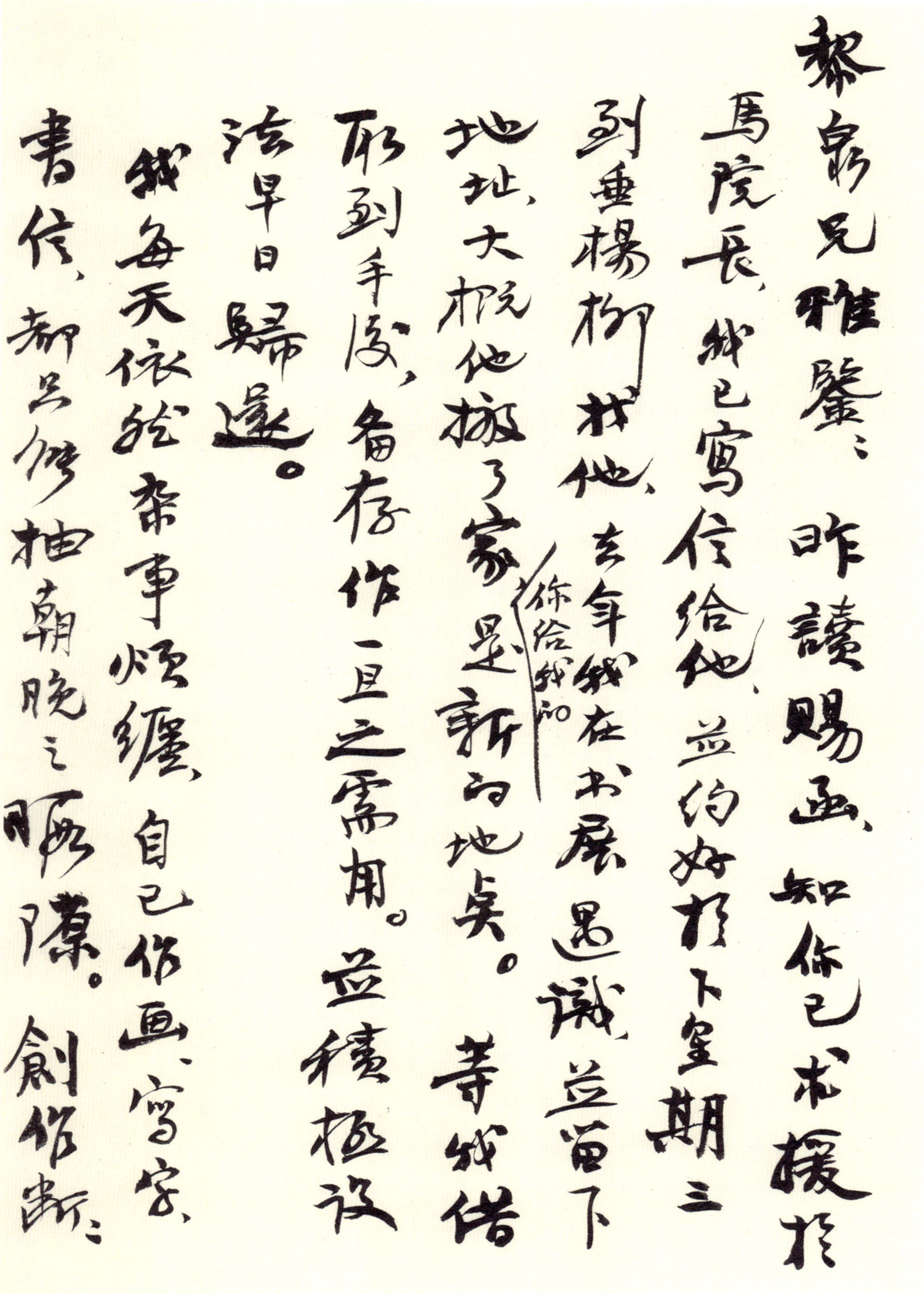

黎泉兄雅鉴：

昨读赐函，知你已求援于马院长，我已写信给他，并约好于下星期三到垂杨柳找他，去年我在书展遇识，并留下地址，大概他搬了家，你给我的是新的地点。等我借取到手后，备存作一旦之需用。并积极设法早日归还。

我每天依然杂事烦缠，自己作画、写字、书信，都只能抽朝晚之暇隙。创作断断

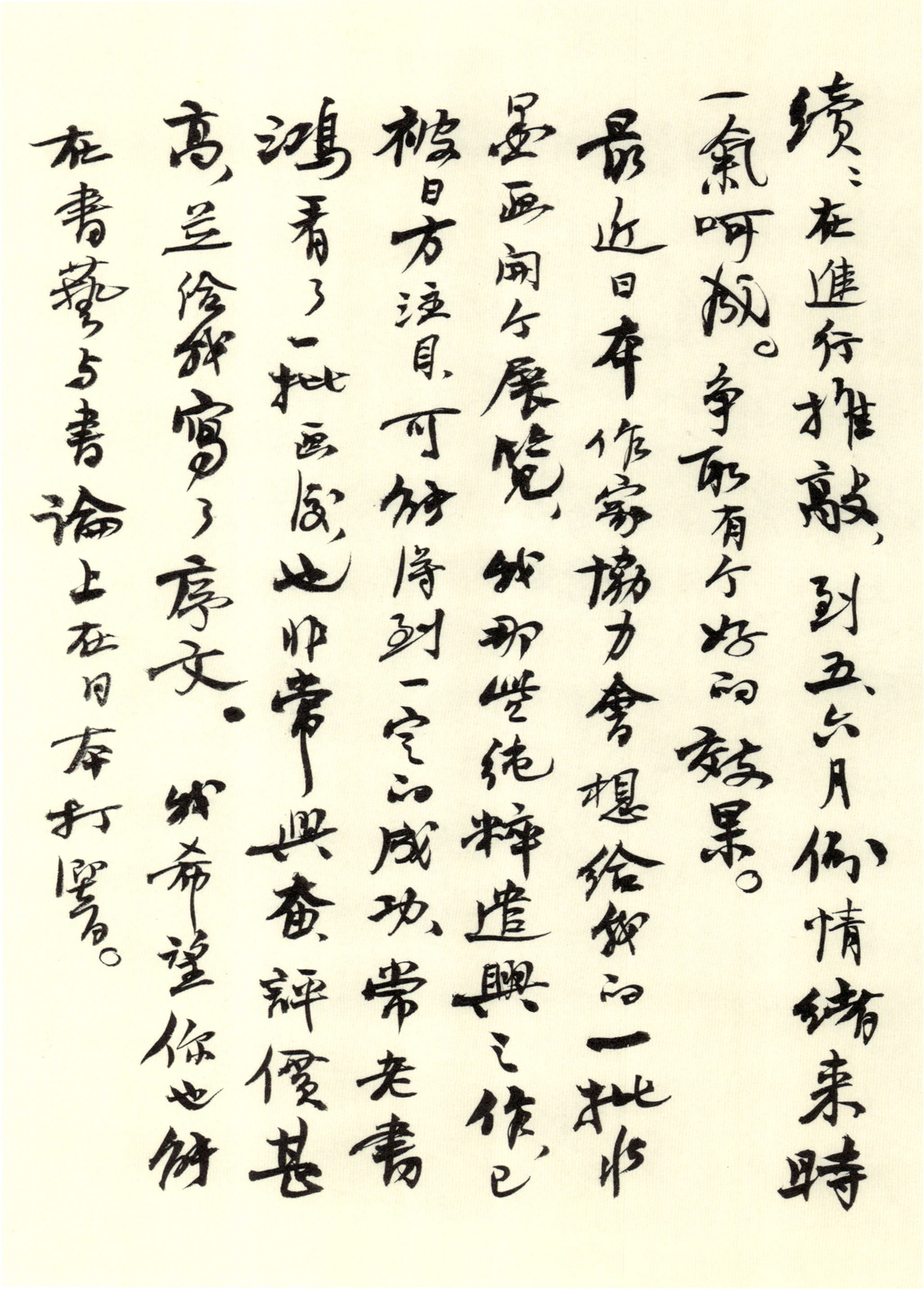
續續在進行推敲，到五、六月份情緒來時一氣呵成。爭取有个好的效果。最近日本作家協力會想給我的一批水墨画開个展覽，我那些純粹遣興之作，已被日方注目，可能得到一定的成功，常老書鴻看了一批画后，也非常興奮，評價甚高，並給我寫了序文。我希望你也能在書藝与書論上在日本打響。

续续在进行推敲，到五、六月份情绪来时一气呵成。争取有个好的效果。

最近日本作家协力会想给我的一批水墨画开个展览，我那些纯粹遣兴之作，已被日方注目，可能得到一定的成功，常老书鸿看了一批画后，也非常兴奋，评价甚高，并给我写了序文。我希望你也能在书艺与书论上在日本打响。

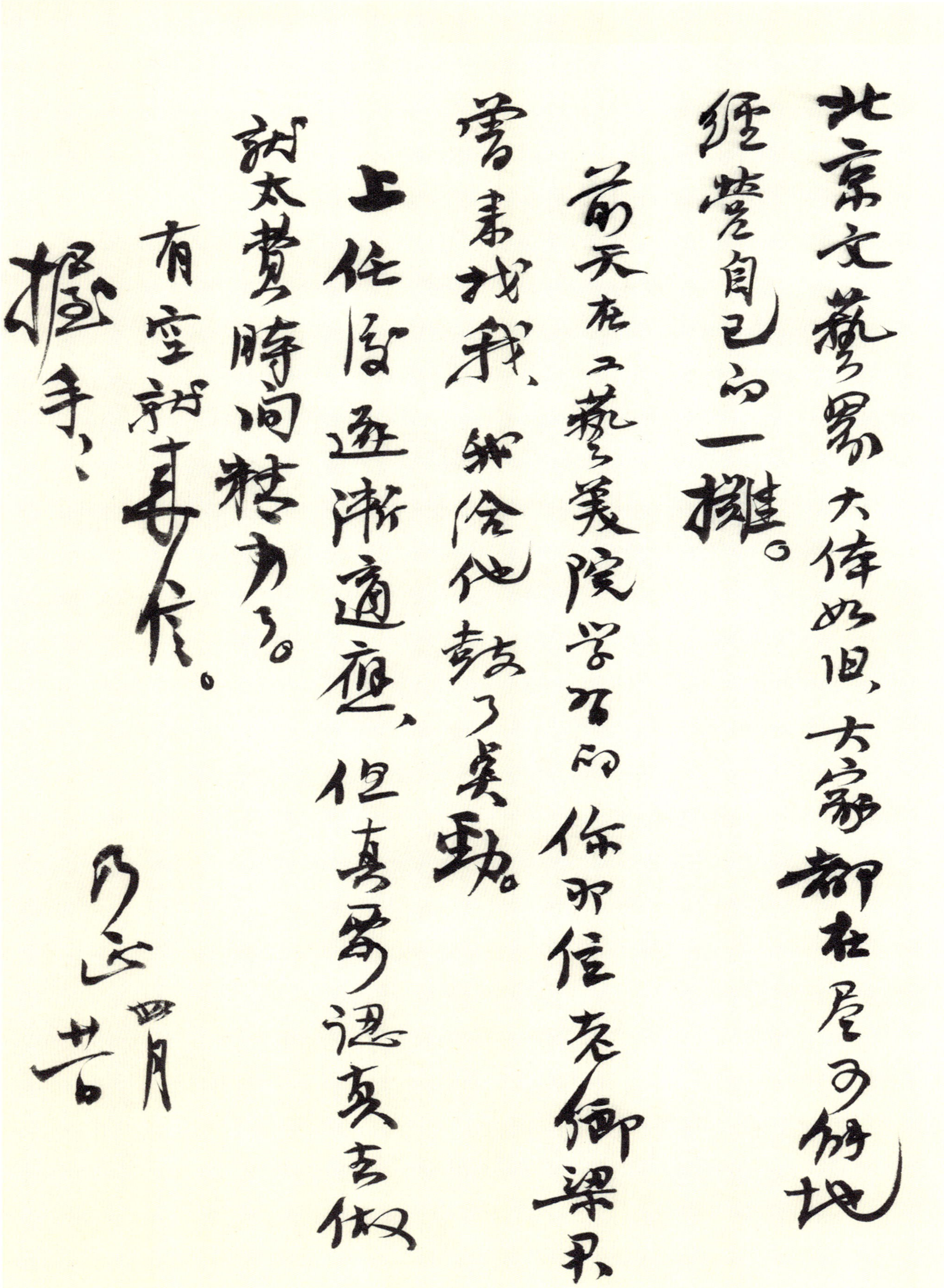
北京文藝界大体如旧，大家都在尽可能地经营自己的一摊。
前天在工藝美院学习的你那位老乡梁君曾来找我，我给他鼓了点劲。
上任后逐渐适应，但真要认真去做就太费时间精力了。
有空就来信。
握手！
乃正
四月廿一

北京文艺界大体如旧，大家都在尽可能地经营自己的一摊。
前天在工艺美院学习的你那位老乡梁君曾来找我，我给他鼓了点劲。
上任后逐渐适应，但真要认真去做就太费时间精力了。有空就来信。
握手！

乃正
四月廿一日

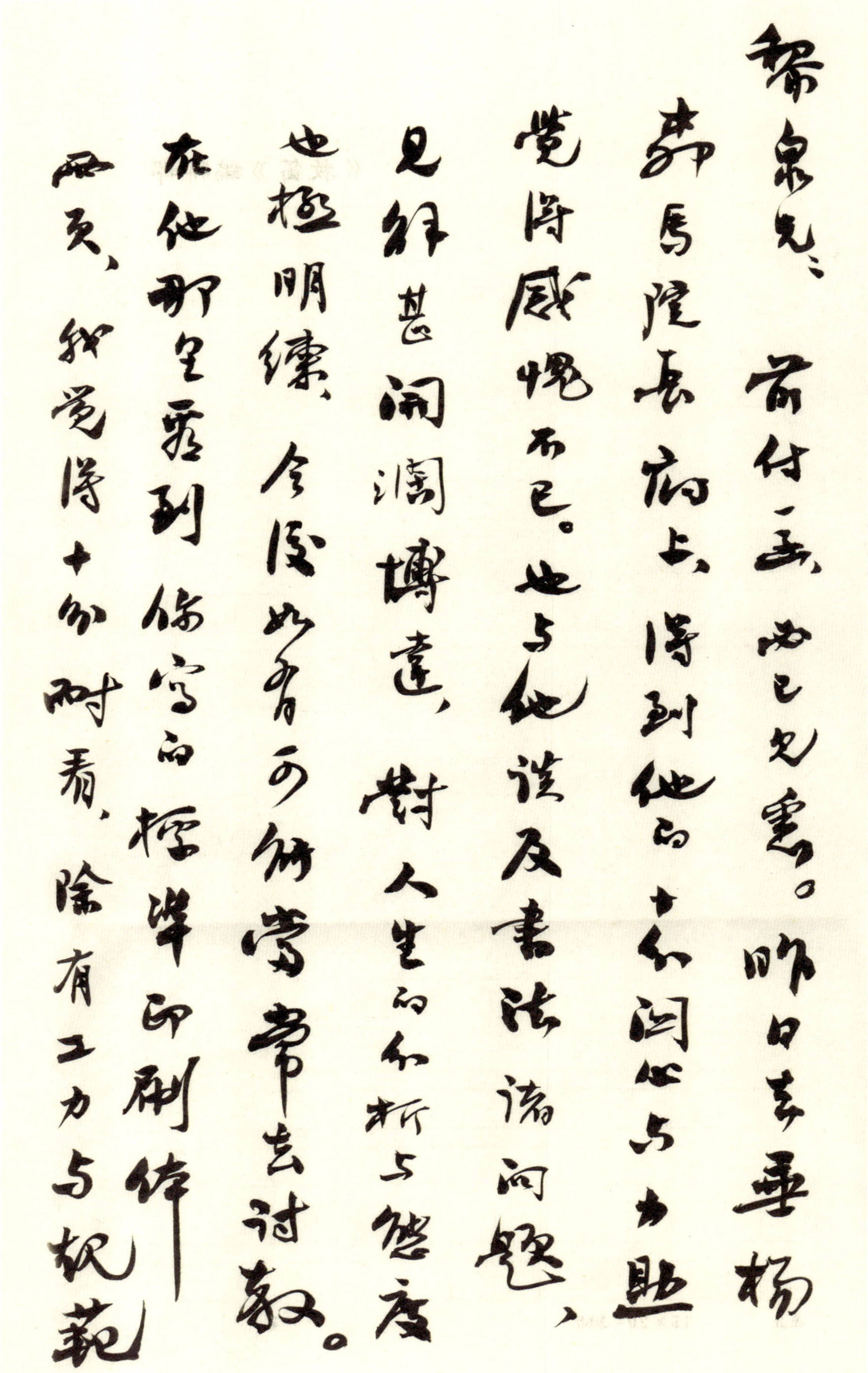

黎泉兄：

前付一函，必已见悉。昨日去垂杨柳马院长府上，得到他的十分关心与力助觉得感愧不已。也与他谈及书法诸问题，见解甚开阔博达，对人生的分析与态度也极明练，今后如有可能当常去讨教。在他那里看到你写的标准印刷体两页，我觉得十分耐看，除有工力与规范

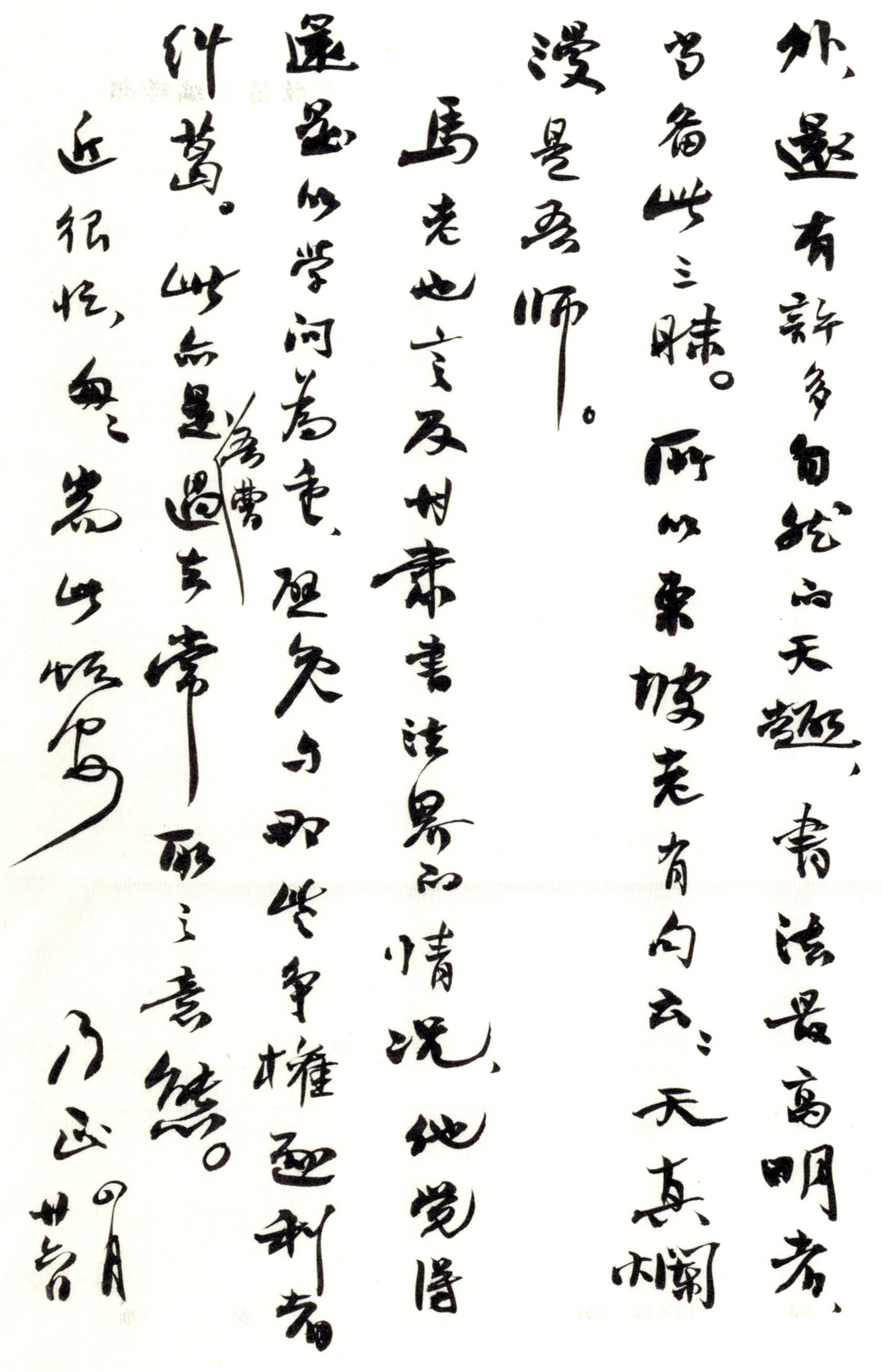

外，还有许多自然的天趣，书法最高明者，当备此三昧。所以东坡老有句云：天真烂漫是吾师。

马老也言及甘肃书法界的情况，他觉得还是以学问为重，避免与那些争权逐利者纠葛。此亦是吾曹过去常取之意态。

近很忙，匆匆 耑此颂安

乃正

四月廿六日

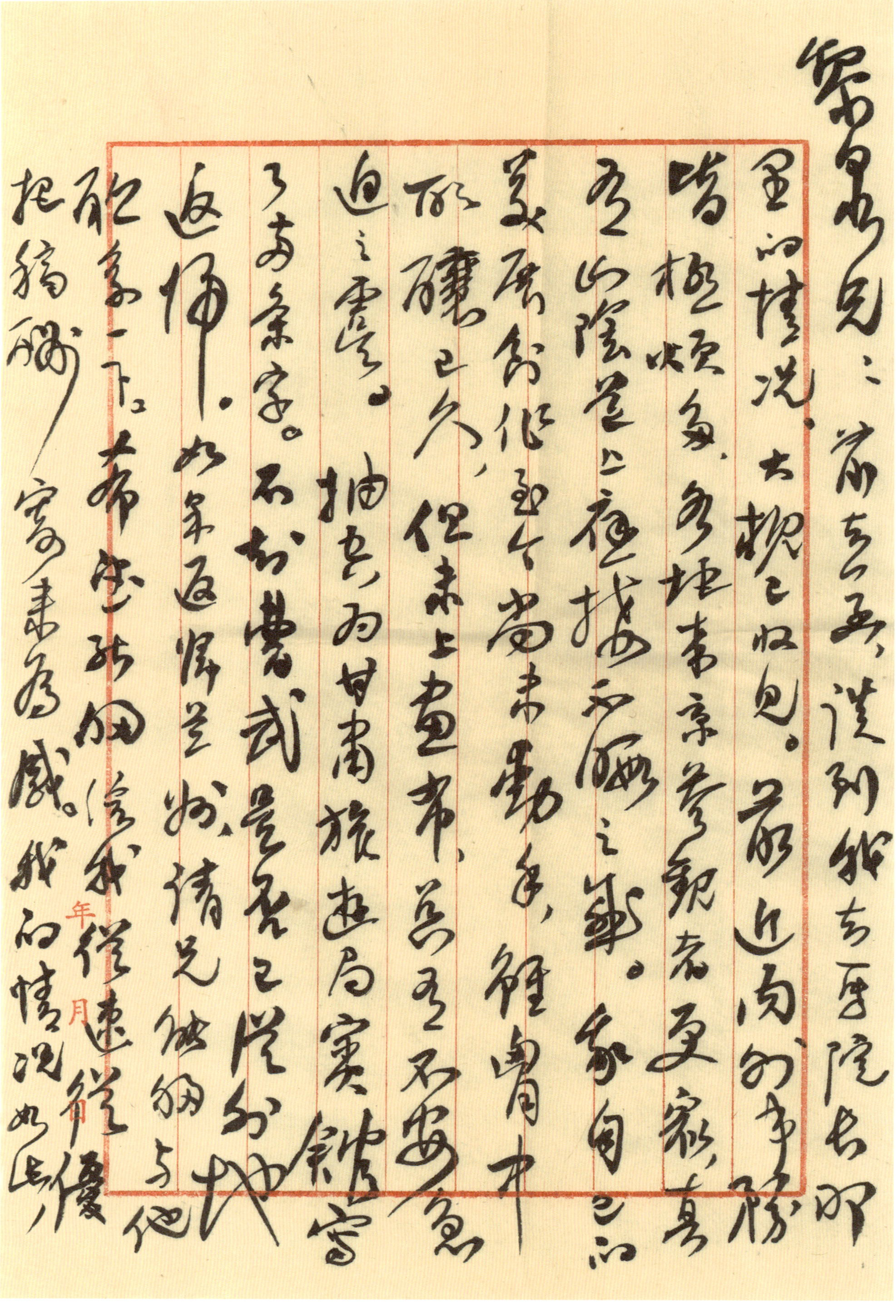

黎泉兄：

前去一函，谈到我去马院长那里的情况，大概已收见。最近内外事务皆极烦多，各地来京参观者更众，真有山阴道上应接不暇之感。我自己的美展创作至今尚未动手，虽胸中酝酿已久，但未上画布，总有不安急迫之虞。抽空为甘肃旅游局宾馆写了两条字。不知曹武是否已从外地返归。如果返归兰州，请兄能够与他联系一下。希望能够给我从速从优把稿酬寄来为感。我的情况如此，

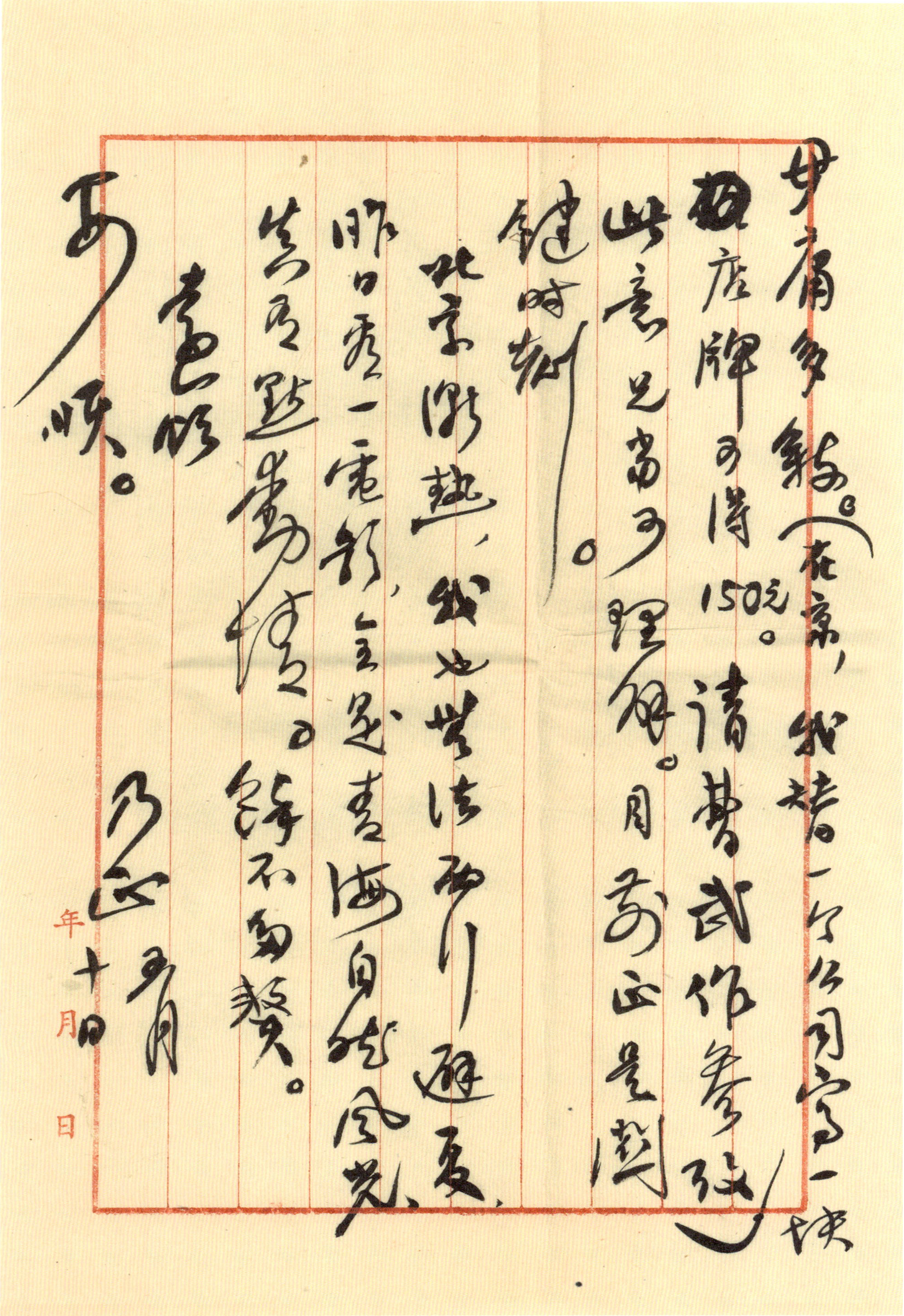
毋庸多叙。（在京，我替一个公司写一块店牌可得150元。请曹武作参考）此意兄当可理解。目前正是关键时刻。
北京潮热，我也无法西行避夏，昨日看一电影，全是青海自然风光，真有点动情。余不多赘。
远颂
安顺。
乃正
五月十日

毋庸多叙。（在京，我替一个公司写一块店牌可得150元。请曹武作参考）此意兄当可理解。目前正是关键时刻。
北京潮热，我也无法西行避夏，昨日看一电影，全是青海自然风光，真有点动情。余不多赘。
远颂
安顺
乃正
五月十日

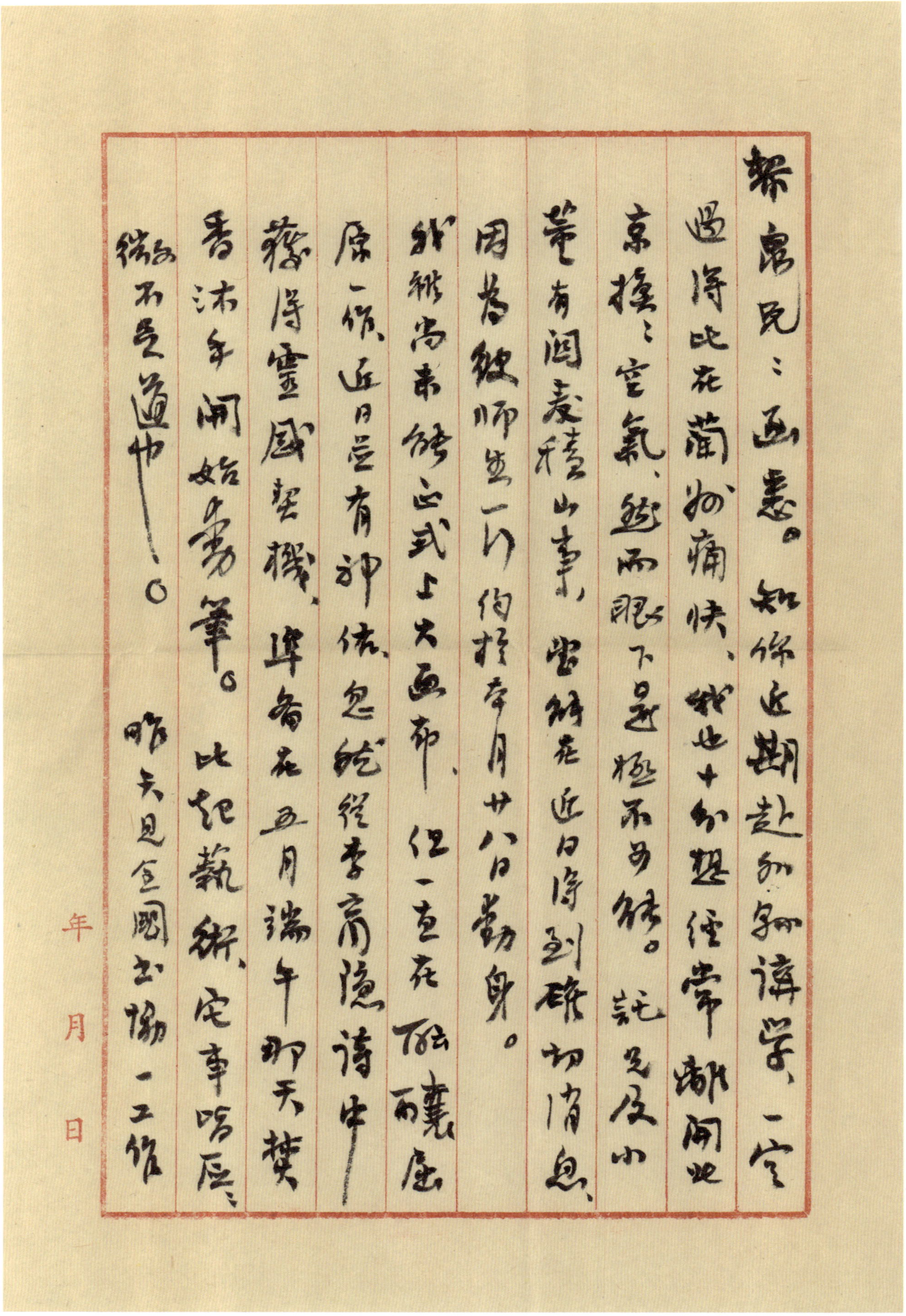

黎泉兄：

函悉。知你近期赴外县讲学，一定过得比在兰州痛快，我也十分想经常离开北京换换空气，然而眼下是极不可能。托兄及小董有关麦积山事，望能在近日得到确切消息，因为彼师生一行约于本月廿八日动身。

我虽尚未能正式上大画布，但一直在酝酿屈原一作，近日并有神佑，忽然从李商隐诗中获得灵感契机，准备在五月端午那天焚香沐手开始动笔。比起艺术，它事皆区区微不足道也。

昨天见全国书协一工作

人员，云目前正在审选书展作品。如有佳果，当报奉不误。光明日报情况我也可前去打听一下，但无甚意思。

马院长所去，我本想常去问候讨教，惟因他说住房狭挤，不宜接待来客畅叙一伸雅怀，所以想等到新房分配后在择期晤叙。弟亦应尊重马老的此意。由于她的无理纠缠与要求，弟虽已筹集相当款项，仍未能痛快解决，若再如此，则拟采取另外途径解决。所谓敬酒不吃吃罚酒是也。

年　月　日

人员，云目前正在审选书展作品。如有结果，当报奉不误。光明日报情况，我也可前去打听一下，但无甚意思。

马院长那里，我本想常去问候讨教，惟因他说住房狭挤，不宜接待来客畅叙一伸雅怀，弟亦应尊重马老的此意，由于她的无理纠缠与要求，所以想等到新房分配后在择期晤叙。

弟虽已筹集相当款项，仍未能痛快解决，若再如此，则拟采取另外途径解决。所谓敬酒不吃吃罚酒是也。

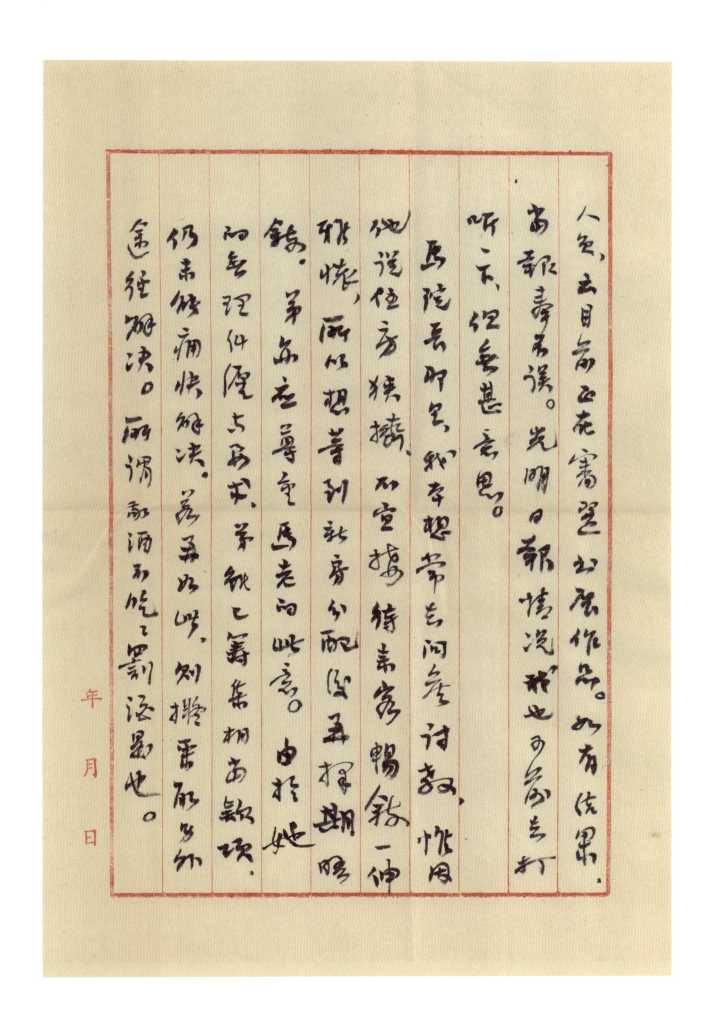

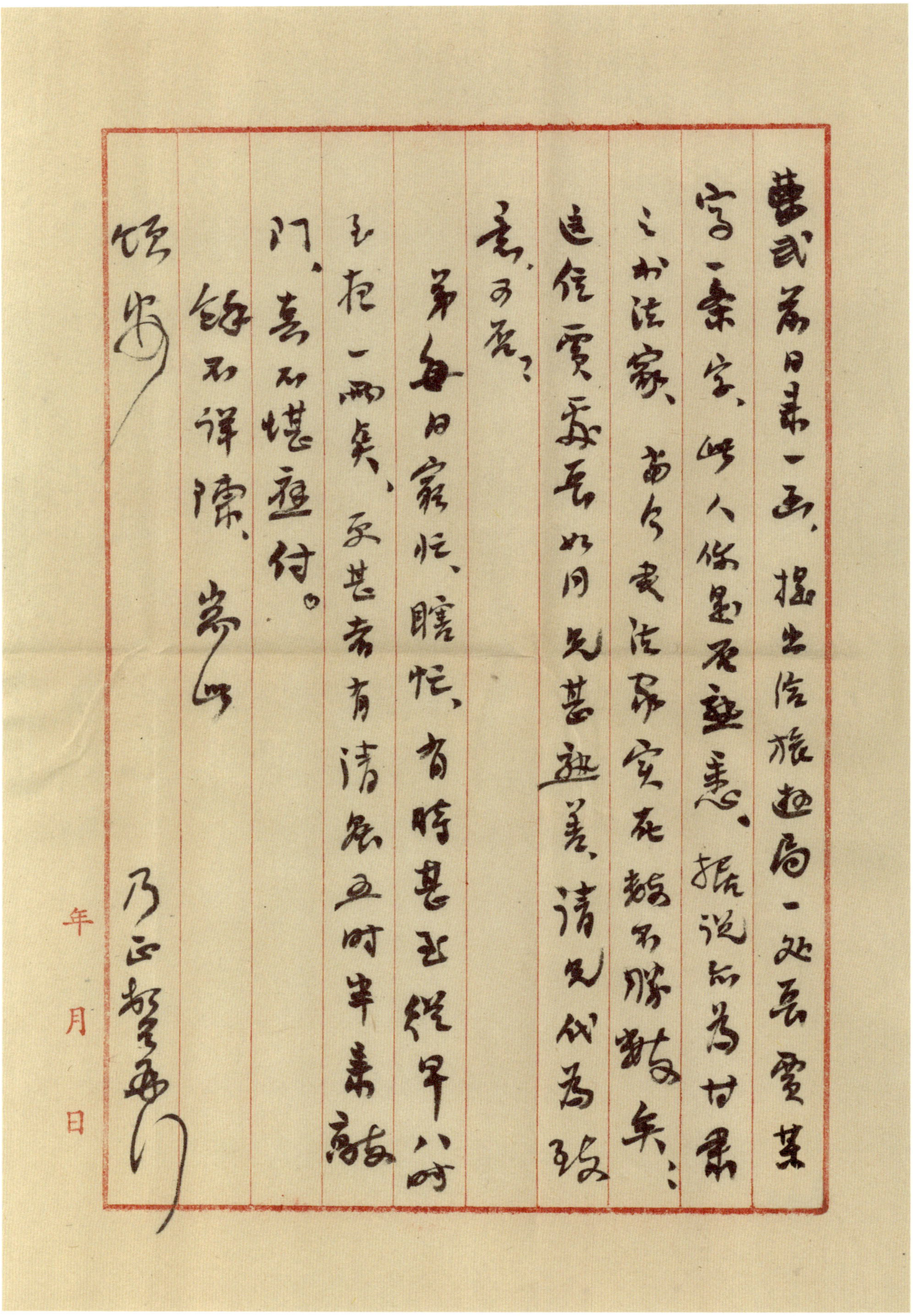

曹武（无）前日来一函，提出给旅游局一处长贾某写一条字，此人你是否熟悉，据说亦为甘肃之书法家，当今书法家实在数不胜数矣！这位贾处长如同兄甚熟善，请兄代为致意，可否？

弟每日穷忙、瞎忙，有时甚至从早八时至夜一两点，更甚者有清晨五时半来敲门，真不堪应付。

余不详陈，耑此

颂安

乃正顿首再拜

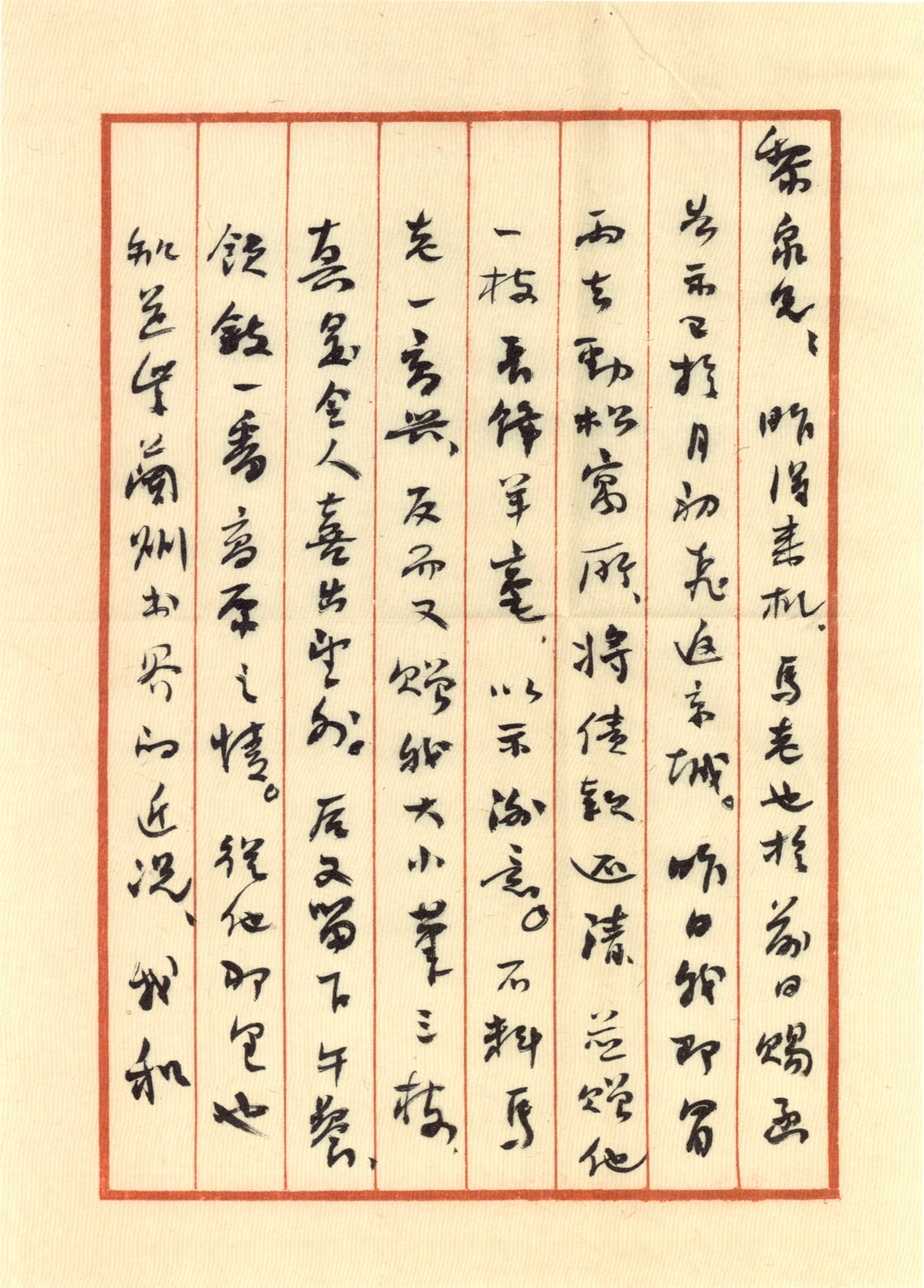
黎泉兄：
昨得来札，马老也于前日赐函告示已于月初飞返京城。昨日我即冒雨去劲松寓所，将债款还清，并赠他一枝长锋羊毫，以示谢意。不料马老一高兴，反而又赠我大小笔三枝，真是令人喜出望外。后又留下午餐，饮叙一番高原之情。从他那里也知道些兰州书界的近况，我和

黎泉兄：

昨得来札，马老也于前日赐函告示已于月初飞返京城。昨日我即冒雨去劲松寓所，将债款还清，并赠他一枝长锋羊毫，以示谢意。不料马老一高兴，反而又赠我大小笔三枝，真是令人喜出望外。后又留下午餐，饮叙一番高原之情。从他那里也知道些兰州书界的近况，我和

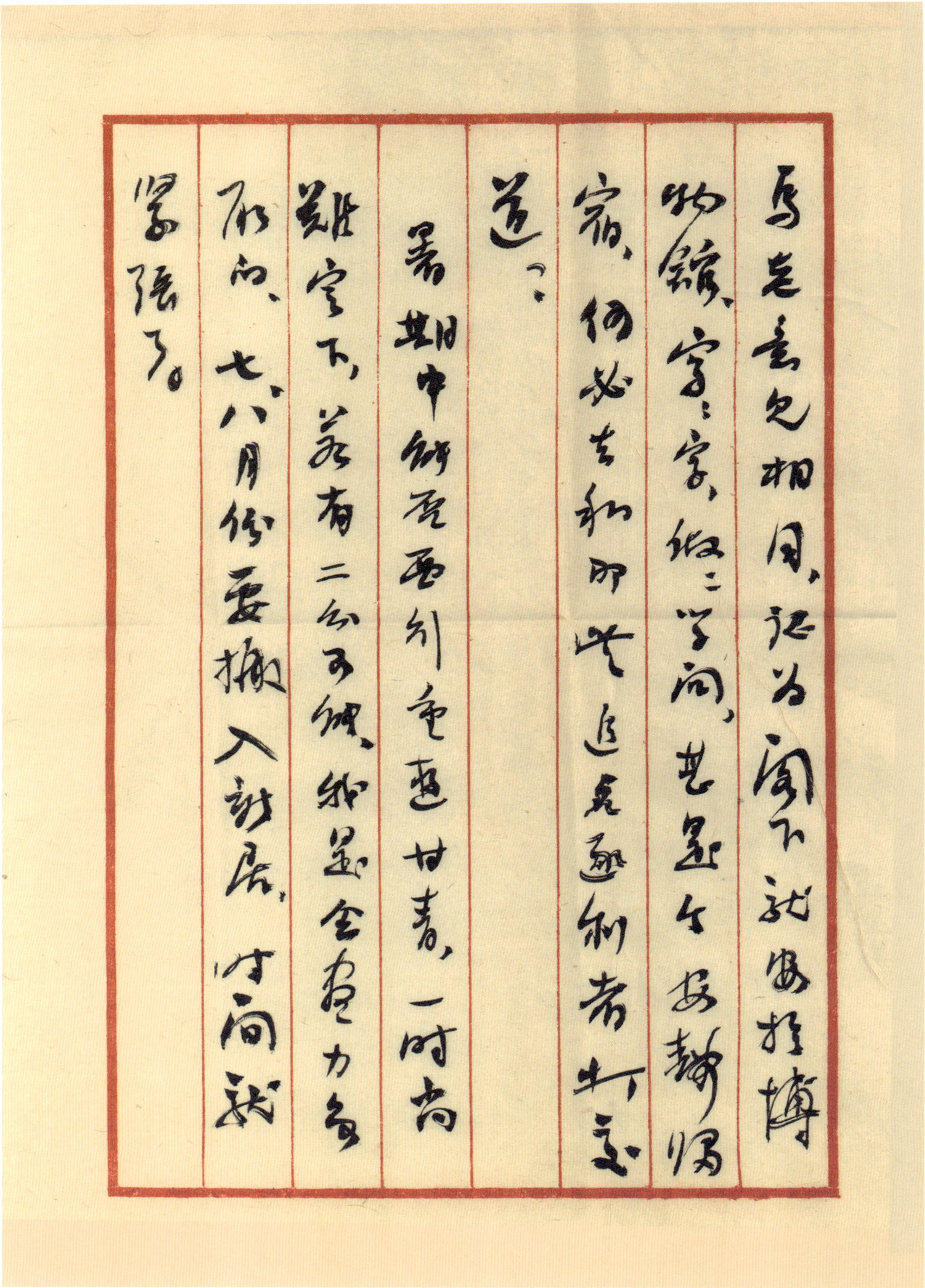

马老意见相同，认为阁下就安于博物馆，写写字做做学问，甚是个安静归宿，何必去和那些追名逐利者打交道？

暑假中能否西行重游甘青，一时尚难定下，若有二分可能，我是会尽力争取的，七、八月份要搬入新居，时间就紧张了。

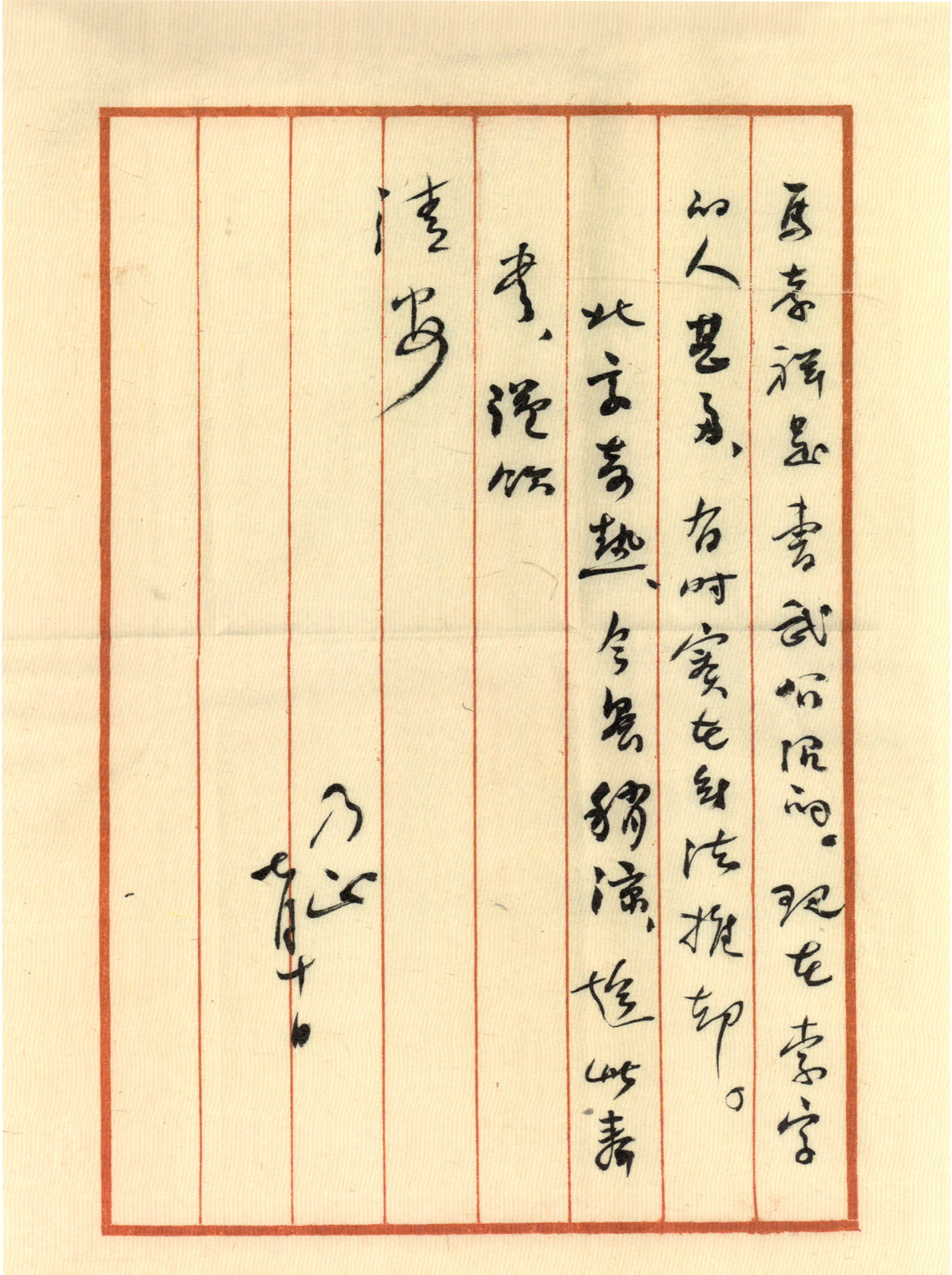
马孝祥是曹武介绍的。现在索字的人甚多，有时实在无法推却。北京奇热，今晨稍凉，趁此奉书，谨颂
清安
乃正
七月十日

马孝祥是曹武（无）介绍的，现在索字的人甚多，有时实在无法推却。
北京奇热，今晨稍凉，趁此奉书，谨颂
清安

乃正
七月十日

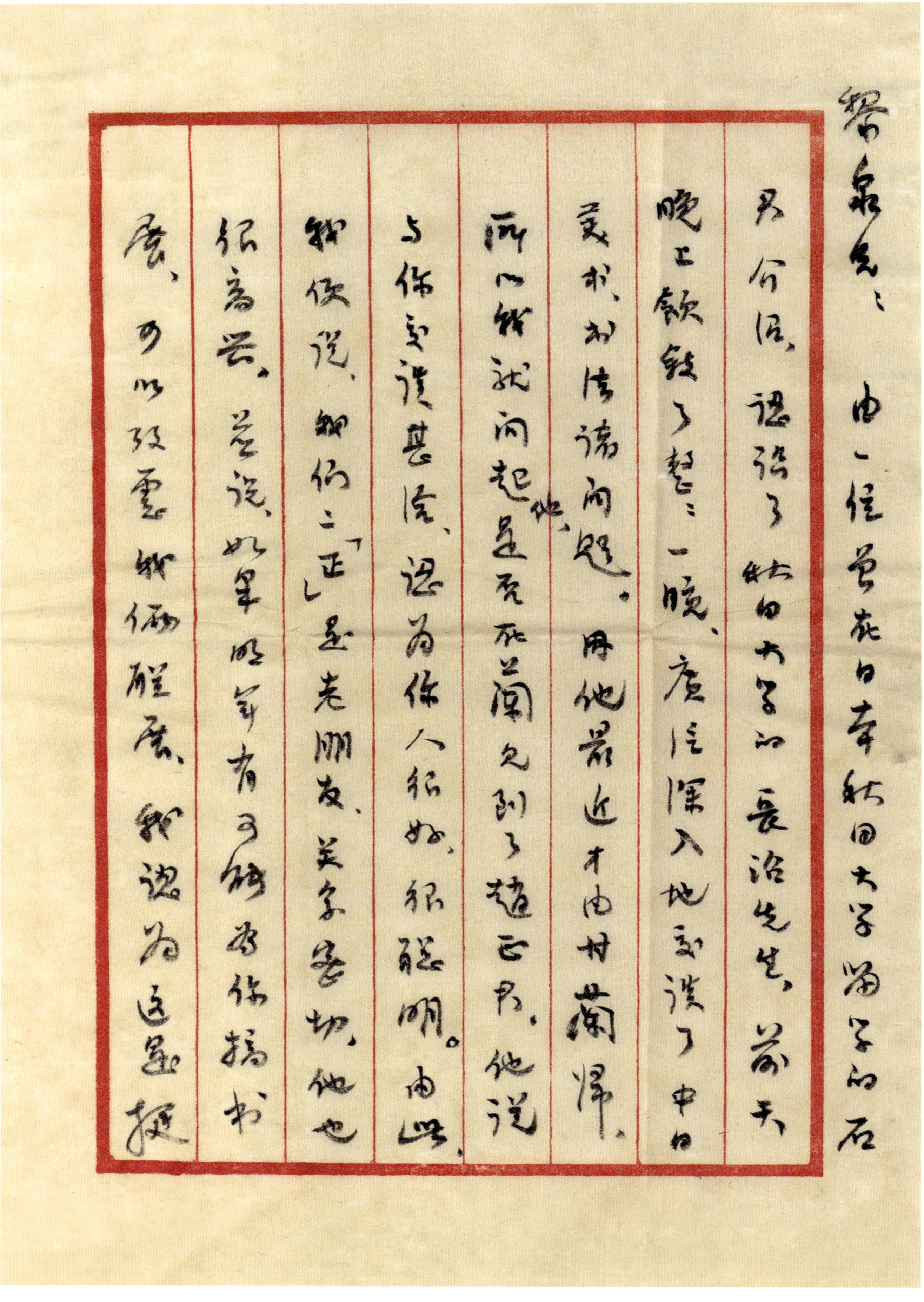

黎泉兄：

由一位曾在日本秋田大学留学的石君介绍，认识了秋田大学的长沼先生，前天晚上饮叙了整整一晚，广泛深入地交谈了中日美术、书法诸问题。因他最近才由甘兰归，所以我就问起他，是否在兰见到了赵正君，他说与你交谈甚洽，认为你人很好，很聪明。由此，我便说，我们二『正』是老朋友，关系密切，他也很高兴，并说，如果明年有可能为你搞书展，可以考虑我俩联展，我认为这是挺

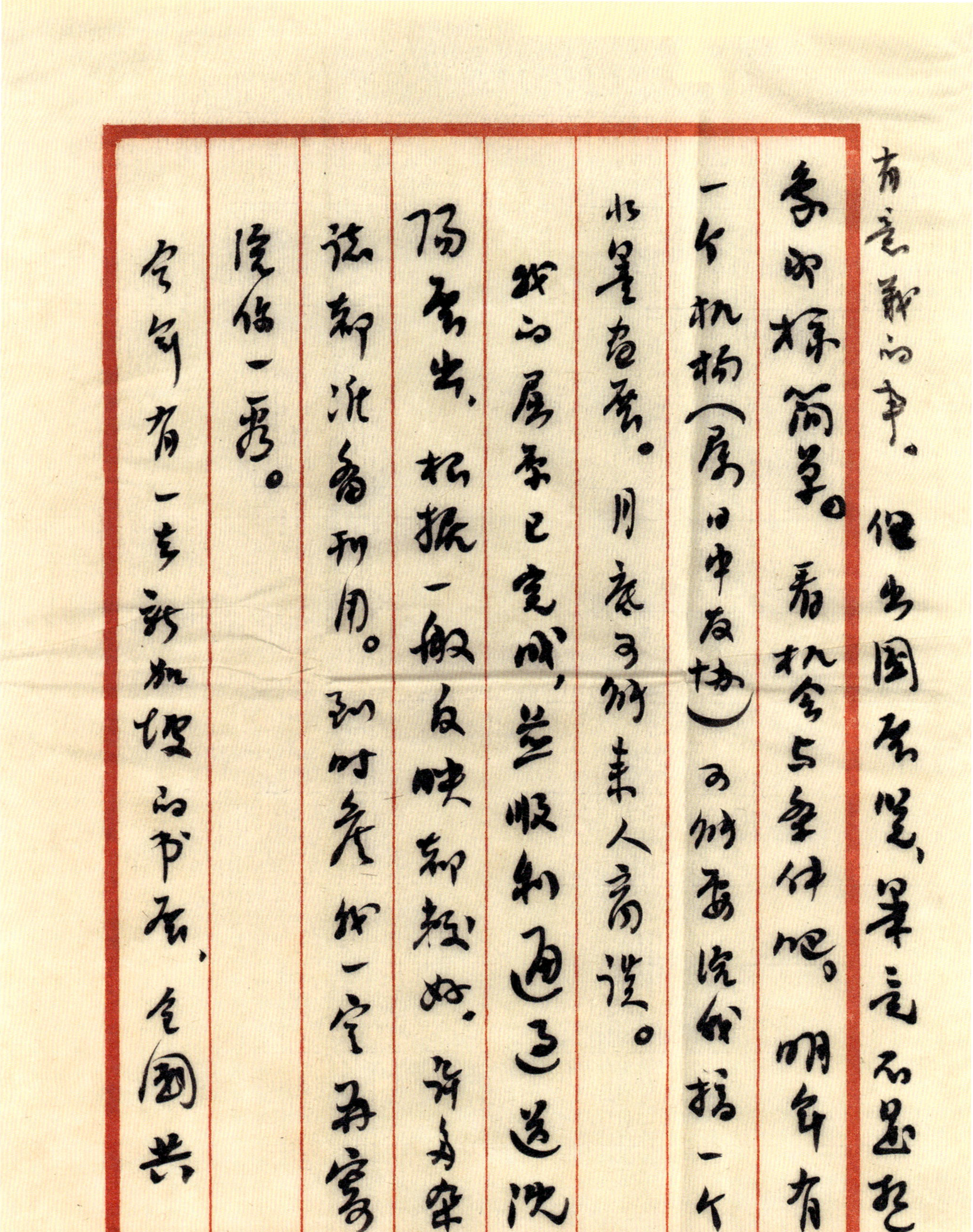

有意义的事。但出国展览，毕竟不是想象那样简单。看机会与条件吧。明年有一个机构（属日中友协）可能要给我搞一个水墨画展。月底可能来人商谈。我的屈原已完成，并顺利通过送沈阳展出。根据一般反映都较好。许多杂志都准备刊用。到时候我一定再寄给你一看。今年有一去新加坡的书展，全国共

有意义的事。但出国展览，毕竟不是想象那样简单。看机会与条件吧。明年有一个机构（属日中友协）可能要给我搞一个水墨画展。月底可能来人商谈。

我的屈原已完成，并顺利通过送沈阳展出，根据一般反映都较好，许多杂志都准备刊用。到时侯我一定再寄给你一看。

今年有一去新加坡的书展，全国共

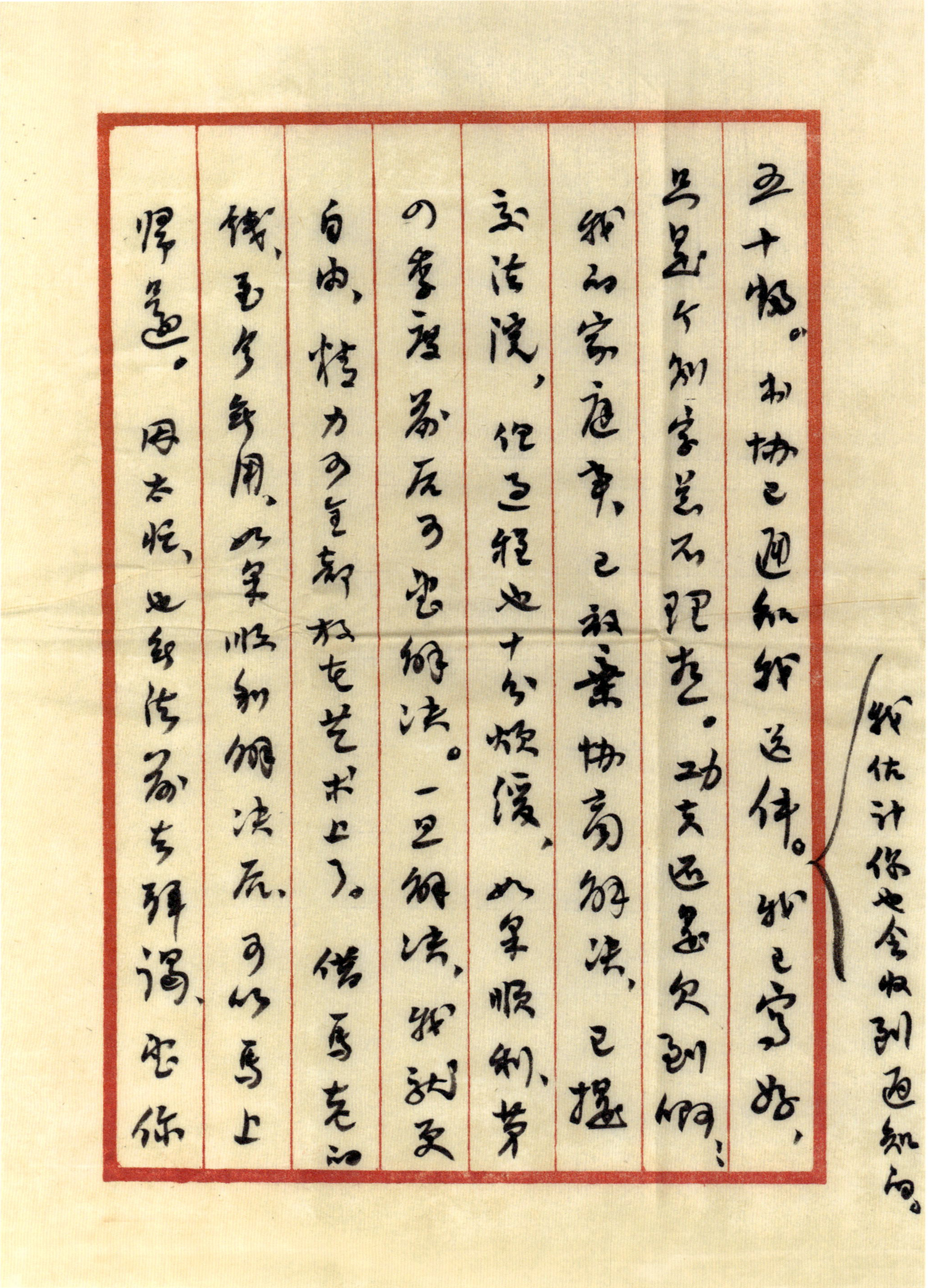

五十幅。书协已通知我送件。我估计你也会收到通知的。我已写好，只是个别字总不理想。功夫还是欠到啊！我的家庭事，已放弃协商解决，已提交法院，但过程也十分烦缓，如果顺利，第四季度前后可望解决。一旦解决，我就更自由，精力可全都放在艺术上了。借马老的钱，至今无用，如果顺利解决后，可以马上归还。因太忙，也无法前去拜谒，望你

五十幅。书协已通知我送件，我估计你也会收到通知的。我已写好，只是个别字总不理想。功夫还是欠到啊！

我的家庭事，已放弃协商解决，已提交法院，但过程也十分烦缓，如果顺利，第四季度前后可望解决。一旦解决，我就更自由，精力可全都放在艺术上了。借马老的钱，至今无用，如果顺利解决后，可以马上归还。因太忙，也无法前去拜谒，望你

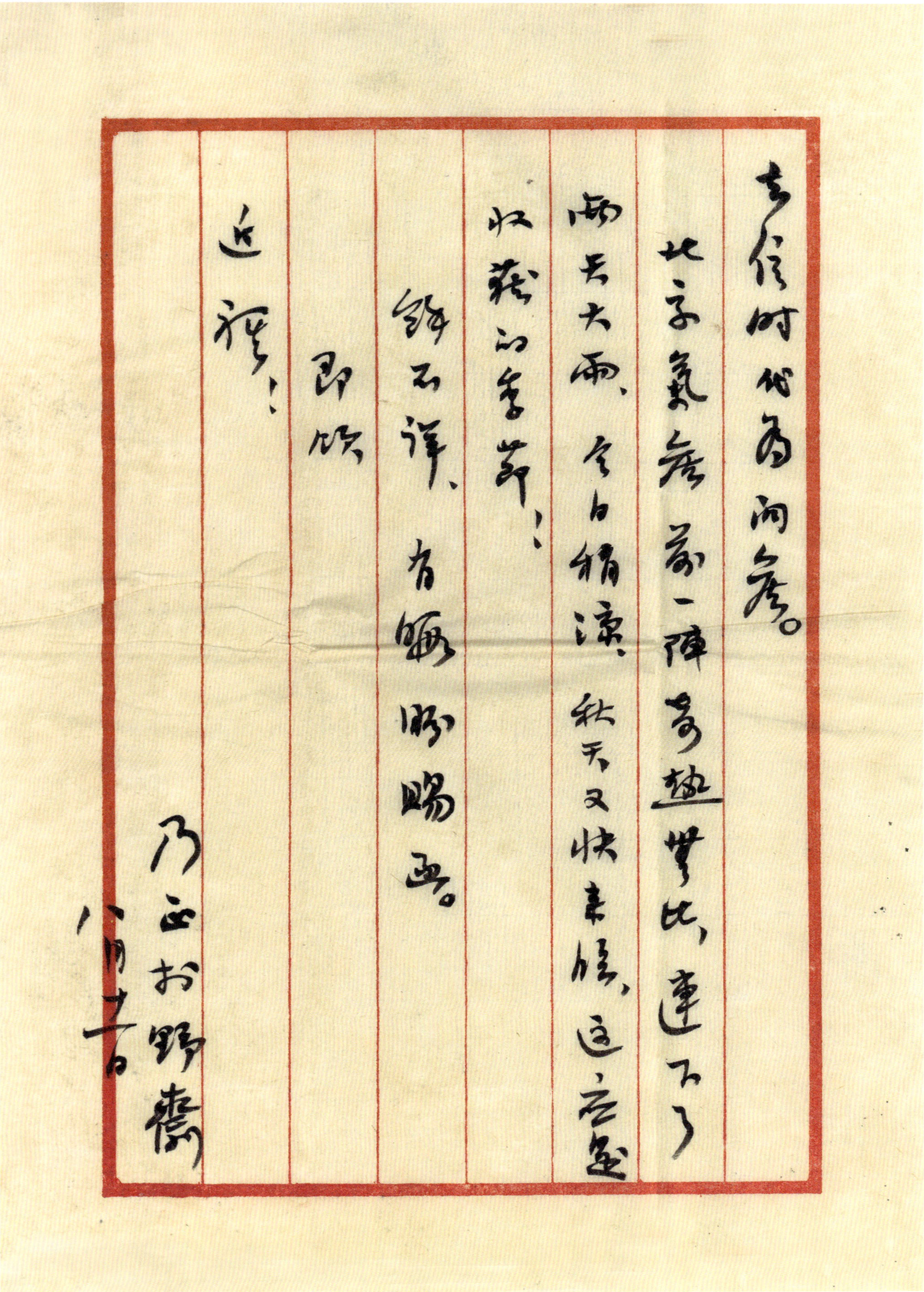

去信时代为问候。

北京气候前一阵奇热无比，连下了两天大雨，今日稍凉，秋天又快来临，这应是收获的季节！

余不详，有暇盼赐函。

即颂

近祺！

乃正于野斋

八月十一日

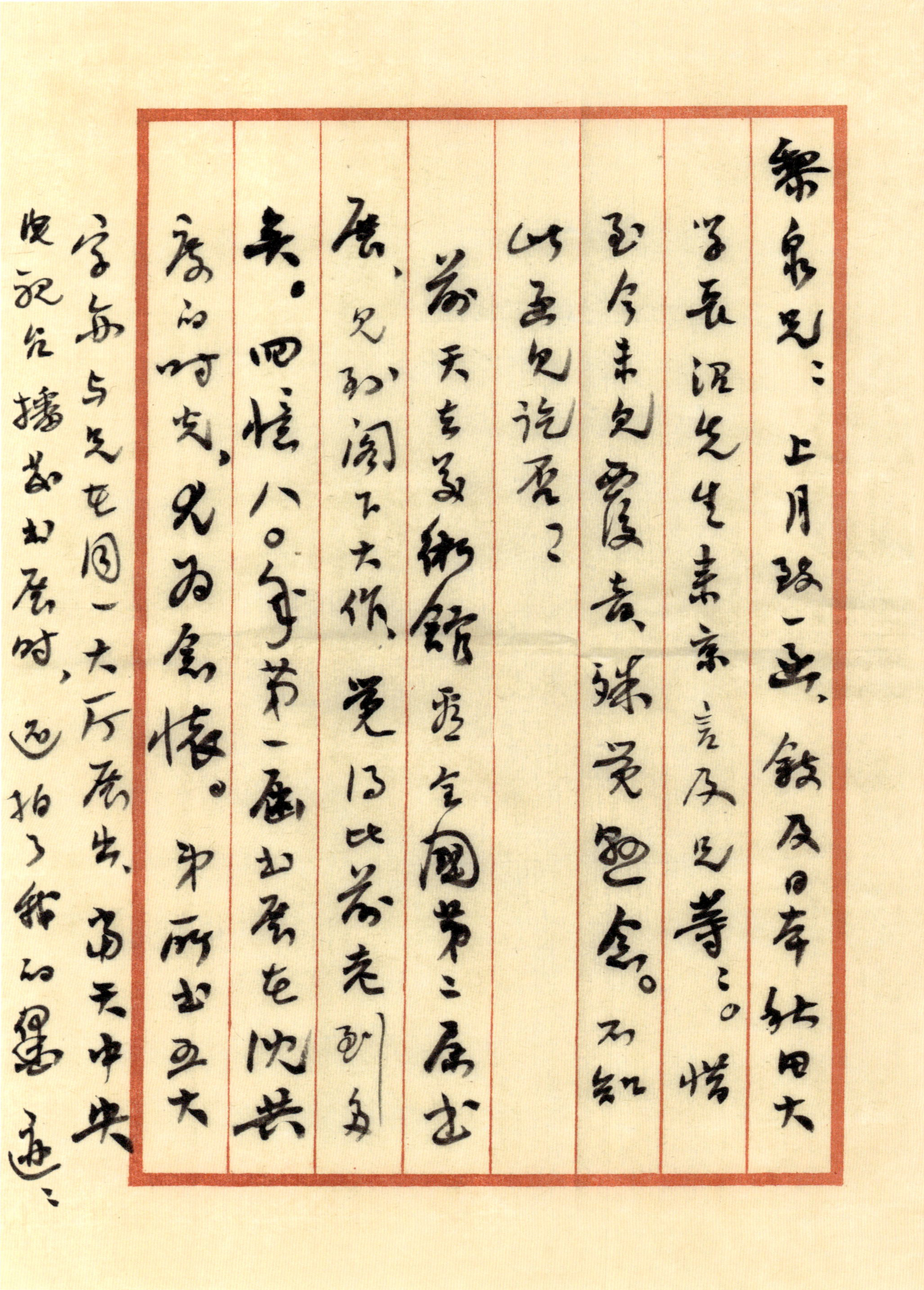
黎泉兄：上月致一函，叙及日本秋田大学长沼先生来京言及兄等等。惜至今未见覆音，殊觉悬念。不知此函见讫否？前天去美術館看全國第二届书展，见到阁下大作，觉得比前老到多矣。回忆八〇年第一届书展在沈共度的时光，尤为念怀。弟所书五大字亦与兄在同一大厅展出，当天中央电视台播发书展时，还拍了我的墨迹：

黎泉兄：

上月致一函，叙及日本秋田大学长沼先生来京言及兄等等。惜至今未见覆音，殊觉悬念。不知此函见讫否？

前天去美术馆看全国第二届书展，见到阁下大作，觉得比前老到多矣。回忆八〇年第一届书展在沈共度的时光，尤为念怀。弟所书五大字亦与兄在同一大厅展出，当天中央电视台播发书展时，还拍了我的墨迹：

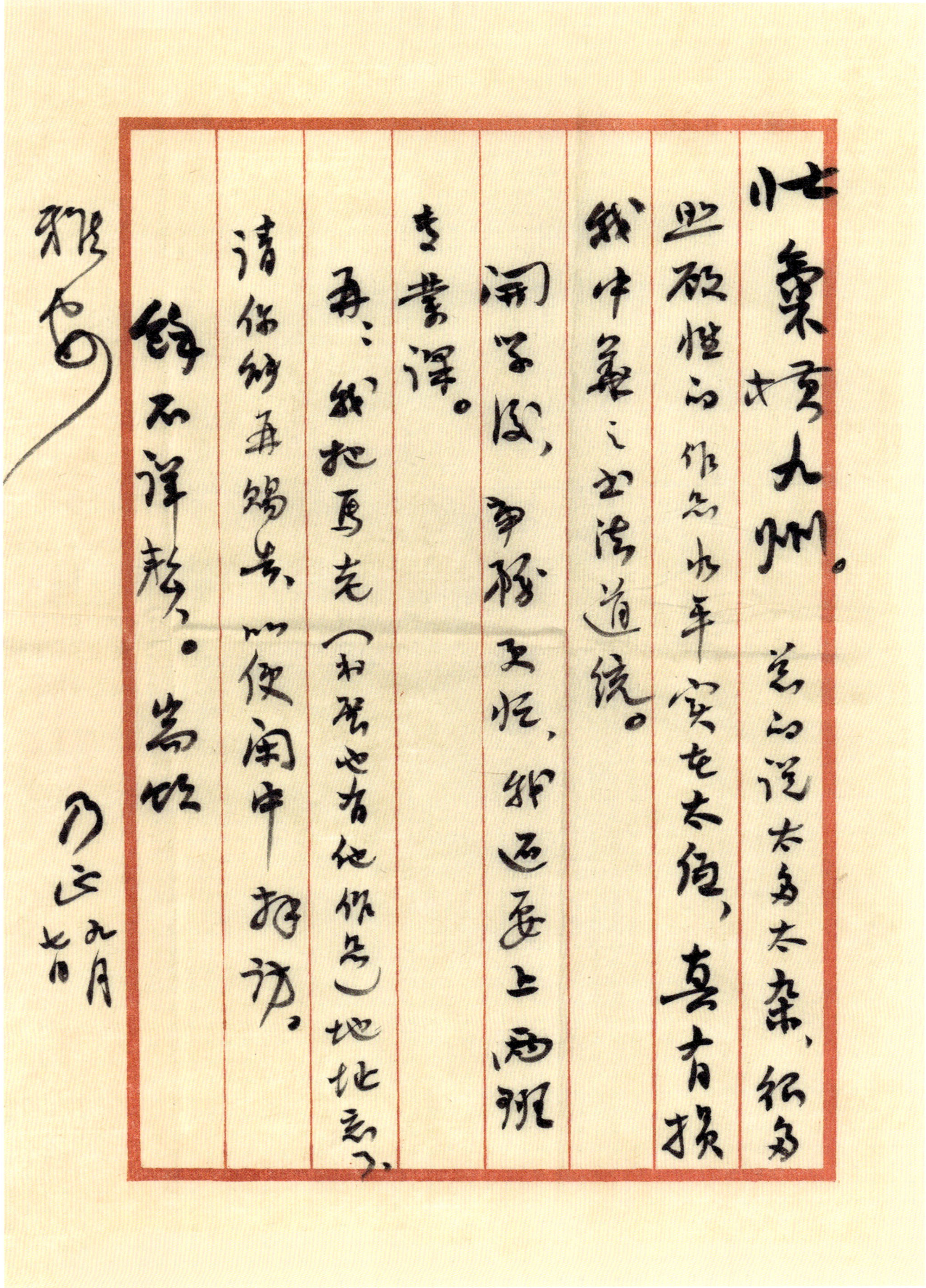

壮气横九州。总的说太多太杂，很多照顾性的作品水平实在太低，真有损我中华之书法道统。

开学后，事务更忙，我还要上两班专业课。

再：我把马老（书展也有他作品）地址忘了，请你能再赐告，以便闲中拜访。

余不详赘。耑颂

雅安

乃正

九月七日

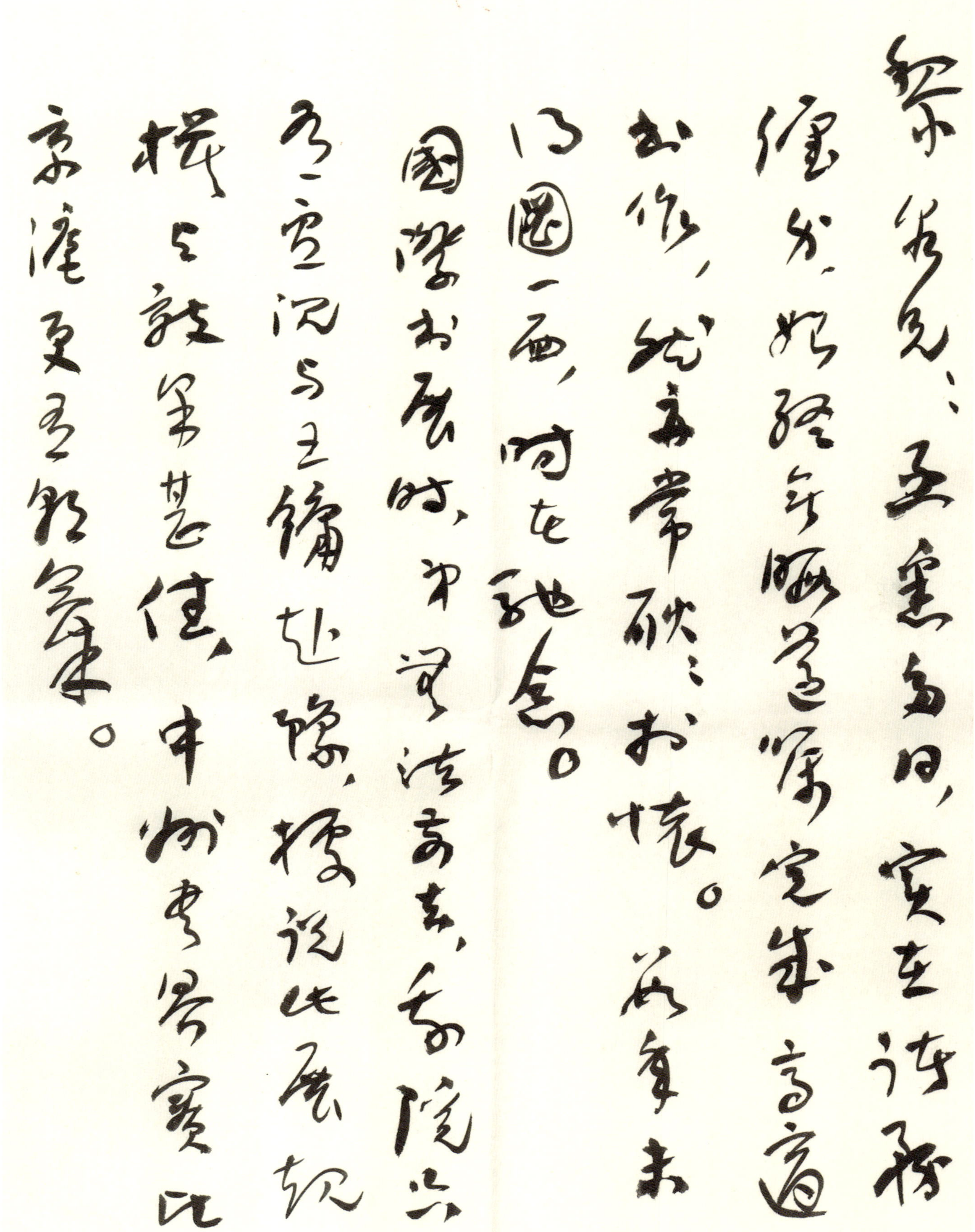

黎泉兄：

函悉多日，实在诸务缠身，始终无暇遵嘱完成高适书作，就亦常耿耿于怀。数年未得图一面，时（实）在驰念。

国际书展时，弟无法前去，我院只有卢沉与王镛赴豫，据说此展规模与效果甚佳，中州书界实比京沪更有朝气。

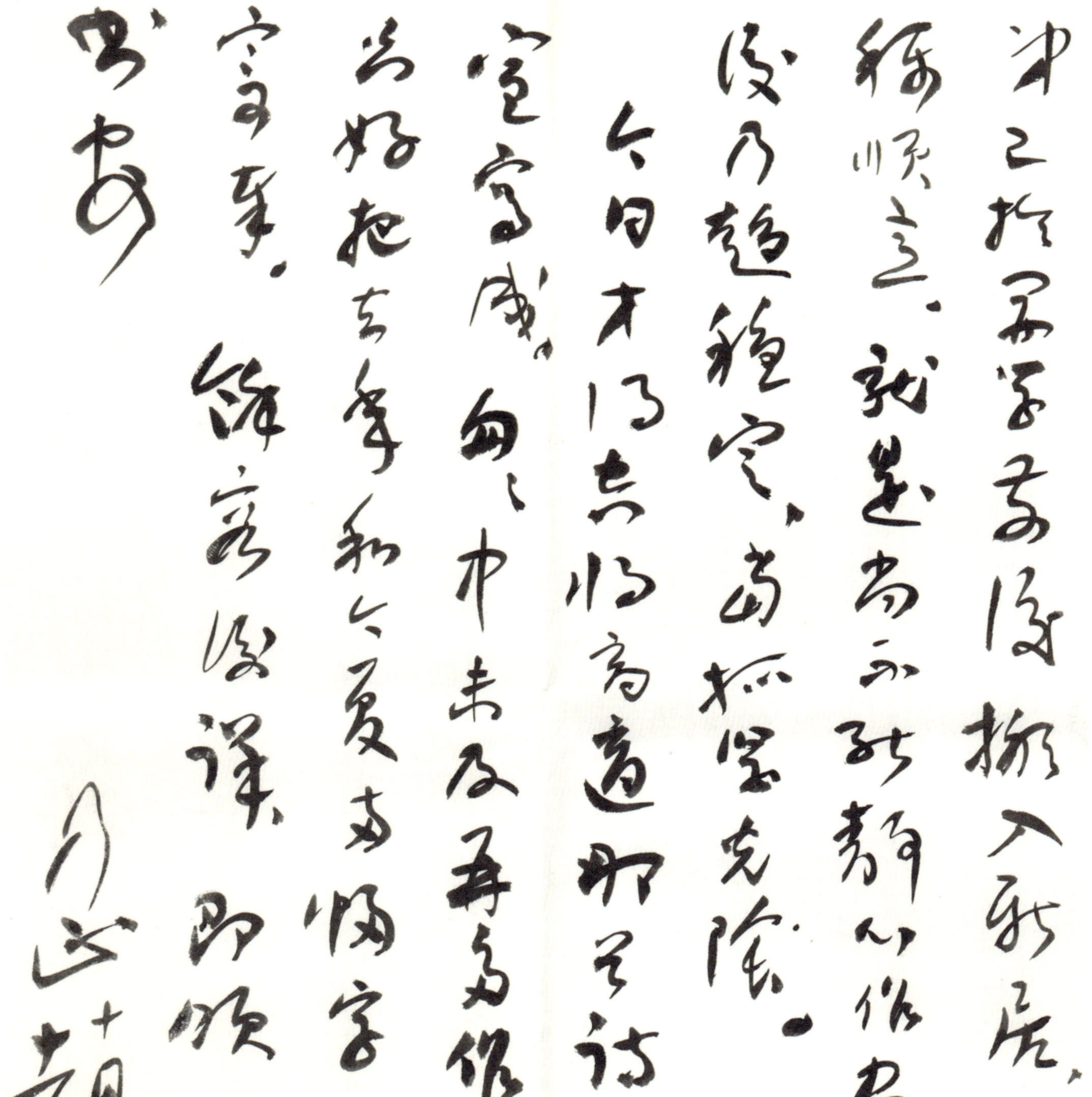

弟已于开学前后搬入新居，一切尚称顺意，就是尚不能静心作画，今后乃趋稳定，当抓紧光阴。

今日才得空将高适那首诗用六尺宣写成，匆匆中未及再多作另书，只好把去年和今夏两幅字一并寄奉，余容后详，即颂

书安

乃正

十月十一日

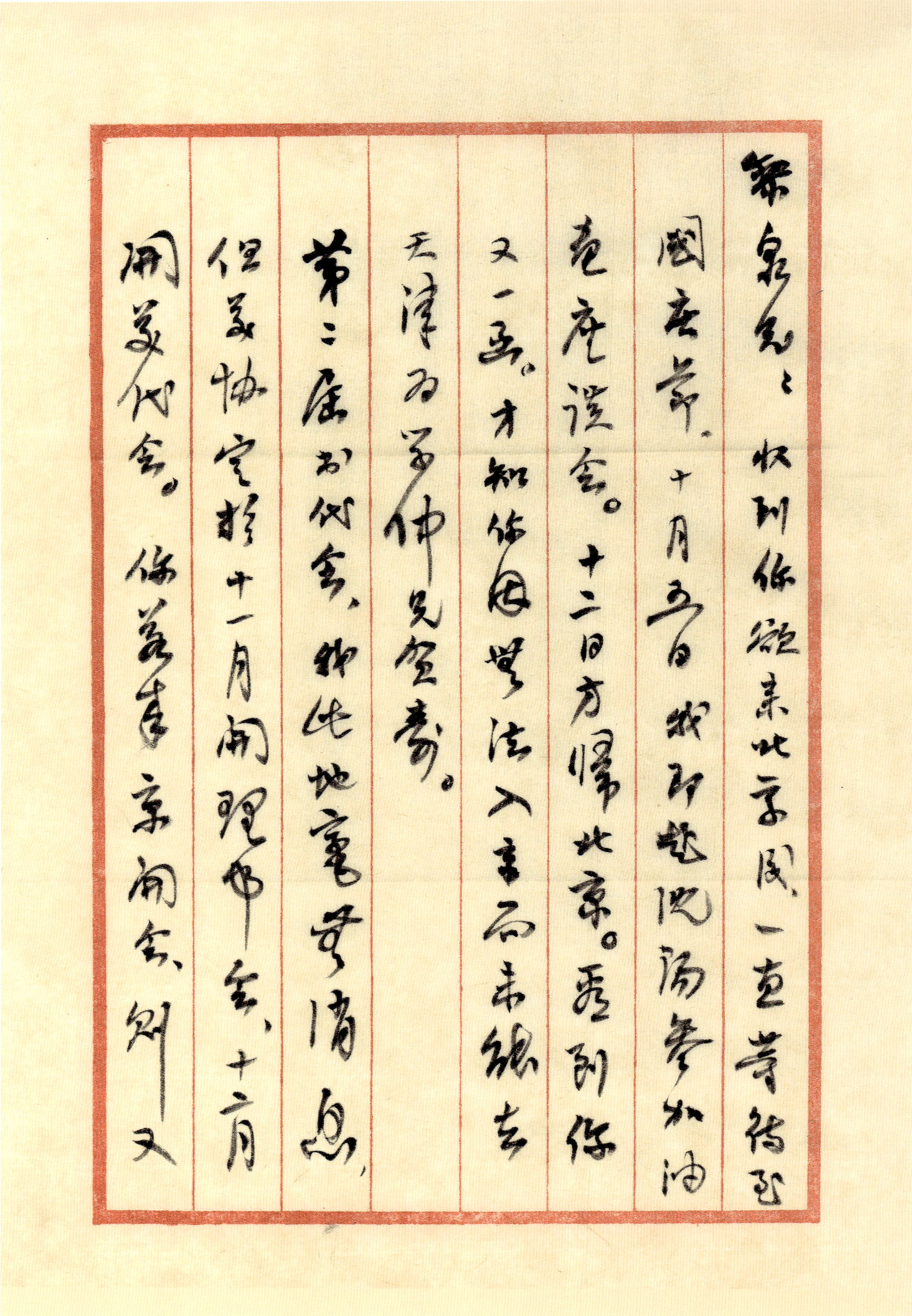

黎泉兄：收到你欲来北京后，一直等待至国庆节，十月五日我即赴沈阳参加油画座谈会。十二日方归北京。看到你又一函。才知你因无法入京而未能去天津为学仲兄贺寿。第二届书代会，我此地毫无消息，但美协定于十一月开理事会，十二月开美代会。你若来京开会，则又

黎泉兄：

收到你欲来北京后，一直等待至国庆节，十月五日我即赴沈阳参加油画座谈会。十二日方归北京。看到你又一函。才知你因无法入京而未能去天津为学仲兄贺寿。

第二届书代会，我此地毫无消息，但美协定于十一月开理事会，十二月开美代会。你若来京开会，则又

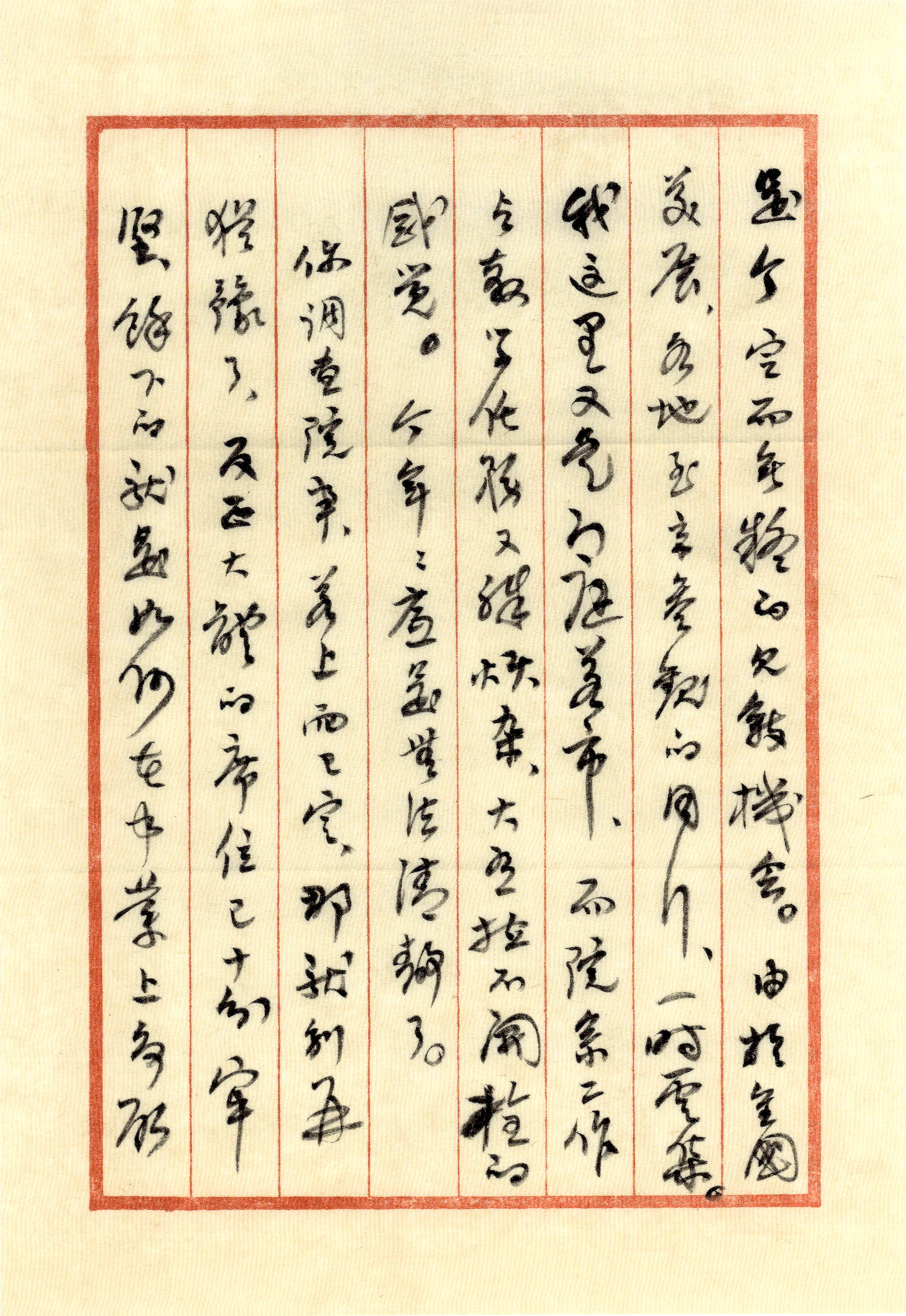
是个定而无疑的见叙机会。由于全国美展，各地至京参观的同行，一时云集。我这里又是门庭若市，而院系工作占教学任务又殊烦杂，大有拉不开栓的感觉。今年年底是无法清静了。你调画院事，若上面已定，那就别再犹豫了，反正大体的席位已十分牢坚，余下的就是如何在事业上争取

是个定而无疑的见叙机会。由于全国美展，各地至京参观的同行，一时云集。我这里又是门庭若市，而院系工作占教学任务又殊烦杂，大有拉不开栓的感觉。今年年底是无法清静了。

你调画院事，若上面已定，那就别再犹豫了，反正大体的席位已十分牢坚，余下的就是如何在事业上争取

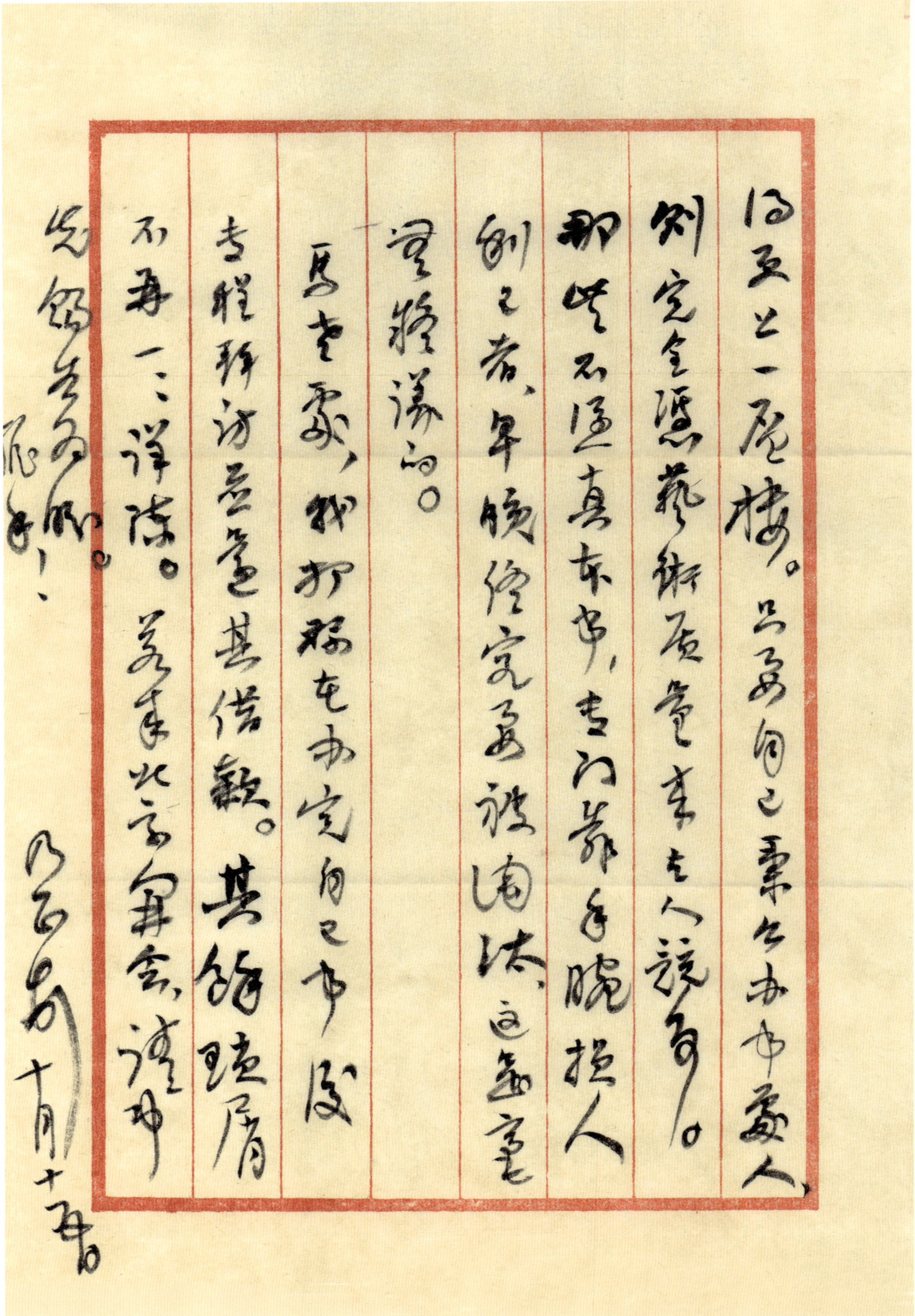

得更上一层楼。只要自己秉公办事处人，则完全凭艺术质量来与人竞争。那些不凭真本事，专门靠手腕损人利己者，早晚终究要被淘汰，这是毫无疑议的。

马老处，我打算在办完自己事后专程拜访并还其借款。其余琐屑不再一一详陈。若来北京开会，请即先赐告为盼。

握手！

乃正顿首

十月十五日

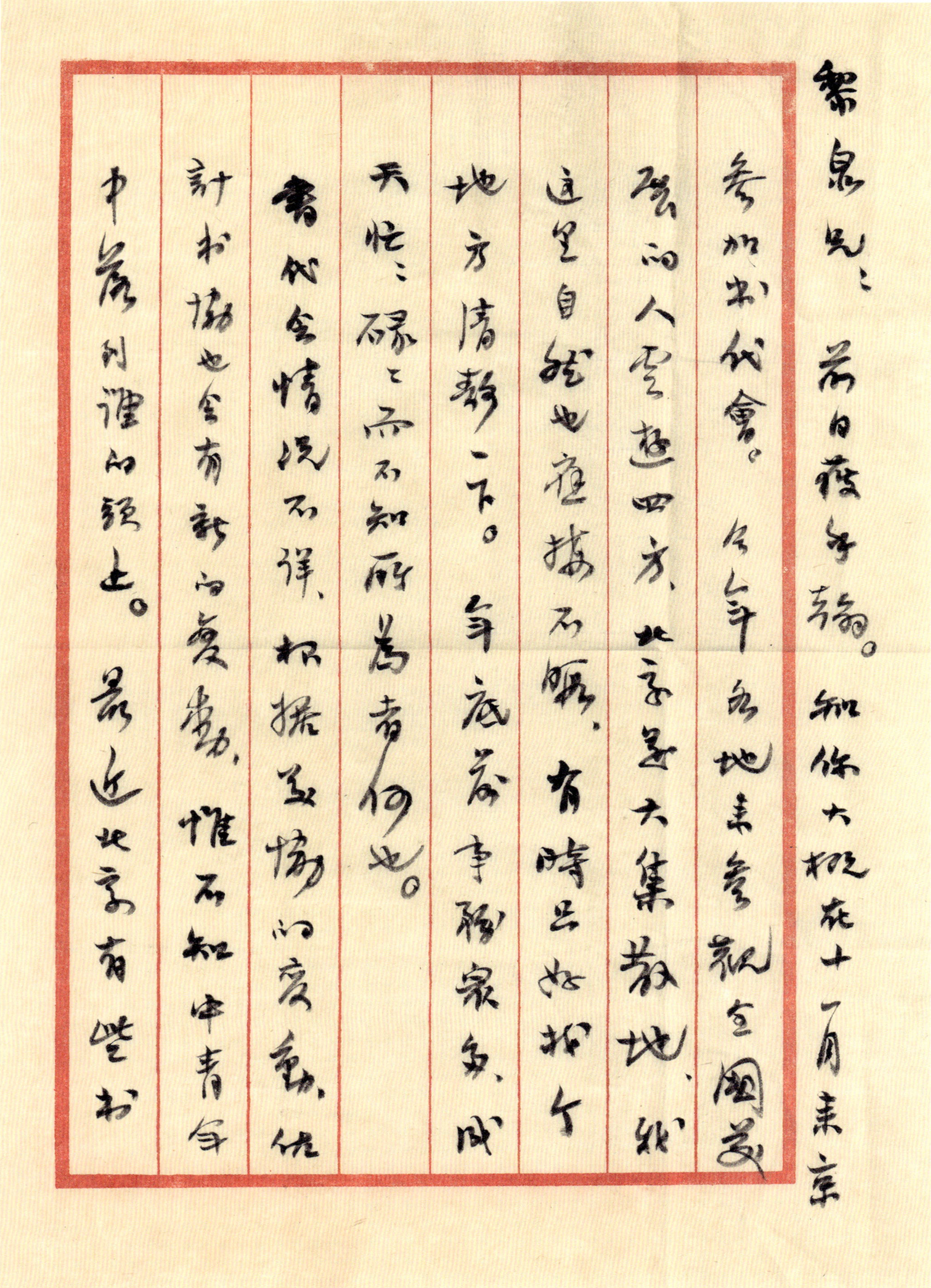
黎泉兄：前日獲手翰。知你大概在十一月來京參加書代會。今年各地來參觀全國美展的人雲遊四方，北京是大集散地，我這裏自然也應接不暇，有時只好找個地方清靜一下。年底前事務衆多，成天忙忙碌碌而不知所爲者何也。書代會情況不詳，根據美協的變動，估計書協也會有新的變動，惟不知中青年中落到誰的頭上。最近北京有些書

黎泉兄：

前日获手翰。知你大概在十一月来京参加书代会。今年各地来参观全国美展的人云游四方，北京是大集散地，我这里自然也应接不暇，有时只好找个地方清静一下。年底前事务众多，成天忙忙碌碌而不知所为者何也。

书代会情况不详，根据美协的变动，估计书协也会有新的变动，惟不知中青年中落到谁的头上。最近北京有些书

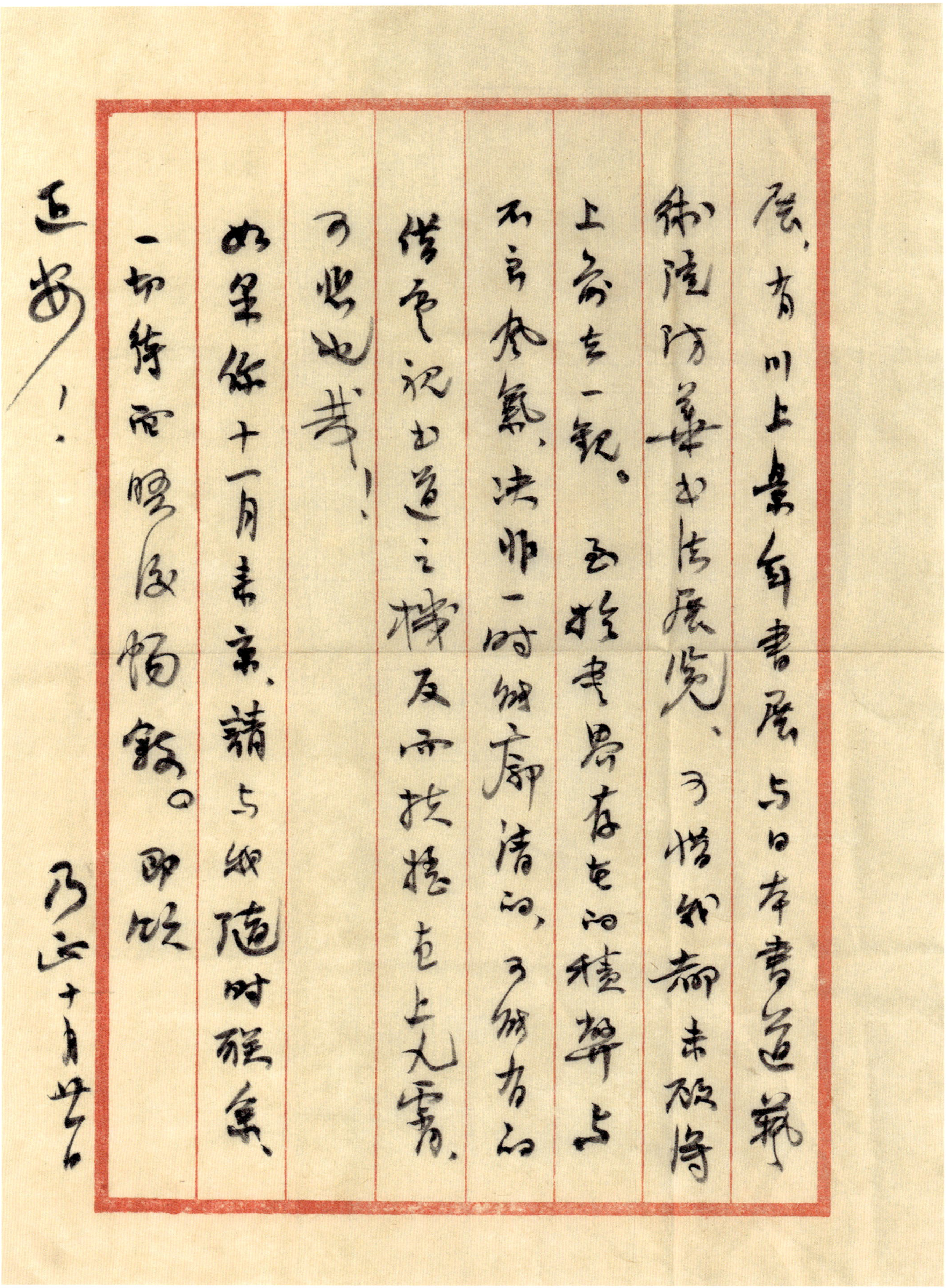

展，有川上景年书展与日本书道艺术院访华书法展览，可惜我都未顾得上前去一观。至于书界存在的积弊与不良风气，决非一时能廓清的，可能有的借重视书道之机反而扶摇直上九霄，可悲也哉！

如果你十一月来京，请与我随时联系，一切待面晤后畅叙。即颂

近安！

乃正

十月廿一日

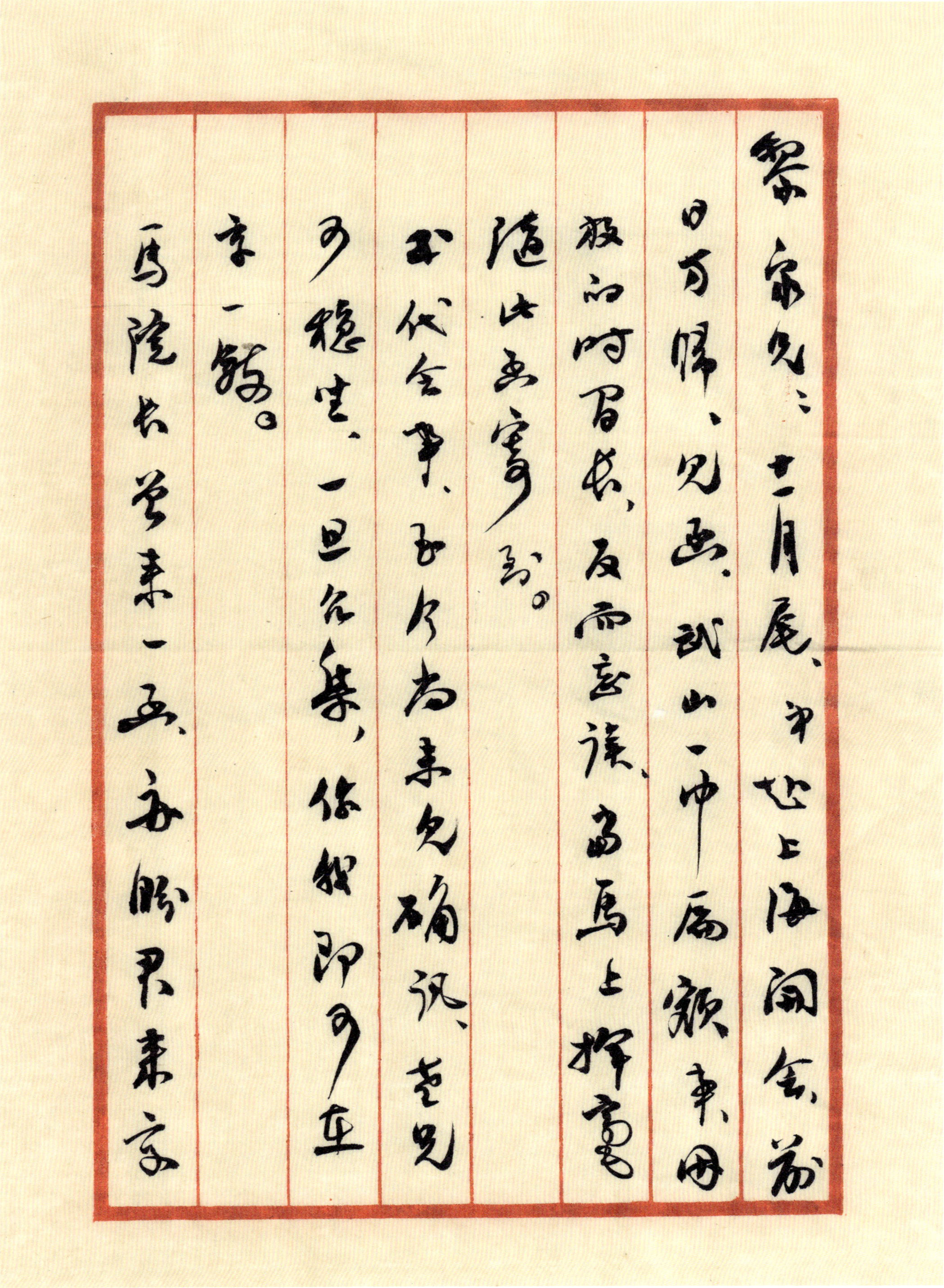

黎泉兄：

十一月尾，弟赴上海开会，前日方归，见函，武山一中匾额事，因放的时间长，反而忘误，当马上挥毫随此函寄到。

书代会事，至今尚未见确讯，老兄可稳坐，一旦召集，你我即可在京一叙。

马院长曾来一函，亦盼君来京

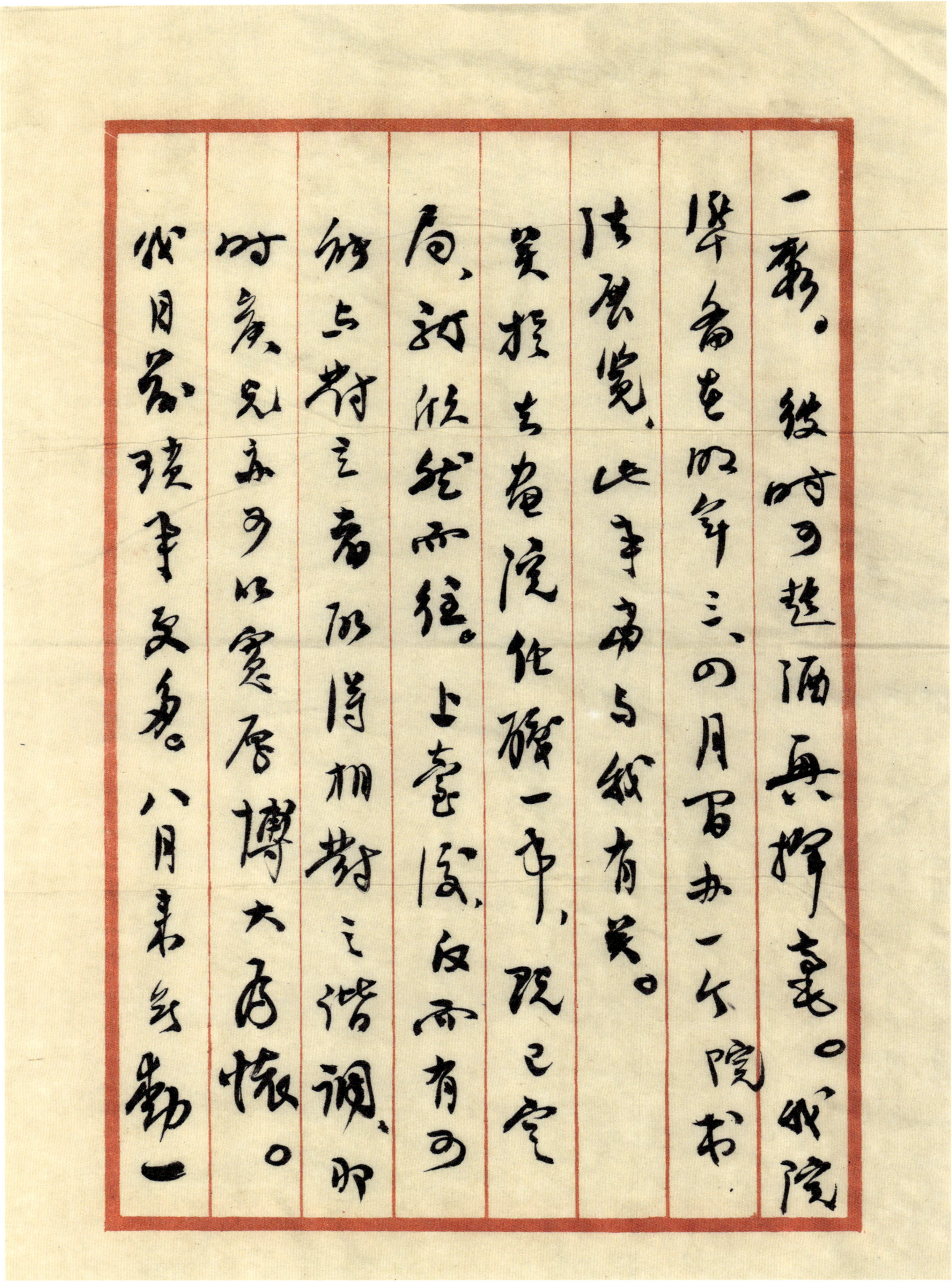

一聚。彼时可趁酒兴挥毫。我院
准备在明年三、四月间办一个院书
法展览，此事当与我有关。
关于去画院任职一事，既已定
局，就欣然而往。上台后，反而有可
能与对立者取得相对之谐调，那
时候兄亦可以宽厚博大为怀。
我目前琐事更多。八月来无动一

一聚。彼时可趁酒兴挥毫。我院准备在明年三、四月间办一个院书法展览，此事当与我有关。
关于去画院任职一事，既已定局，就欣然而往。上台后，反而有可能与对立者取得相对之谐调，那时候兄亦可以宽厚博大为怀。我目前琐事更多。八月来无动一

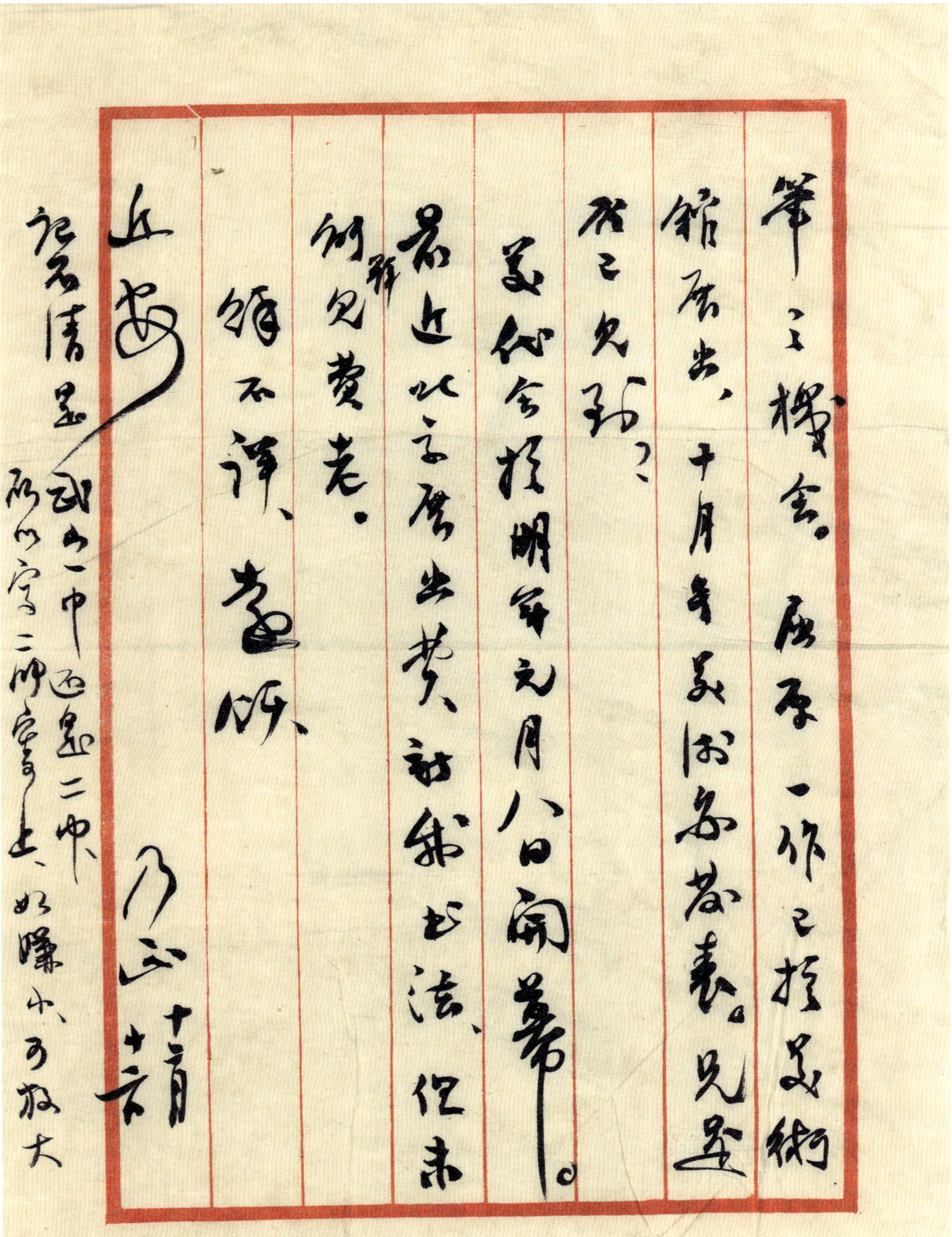

笔之机会。屈原一作已于美术馆展出，十月于美术亦发表。兄是否已见到？美代会于明年元月八日开幕。最近北京展出费新我书法，但未能拜见费老。余不详，远颂

近安

乃正
十二月十二日

记不清是武山一中还是二中，所以写两张寄上，如嫌小可放大。

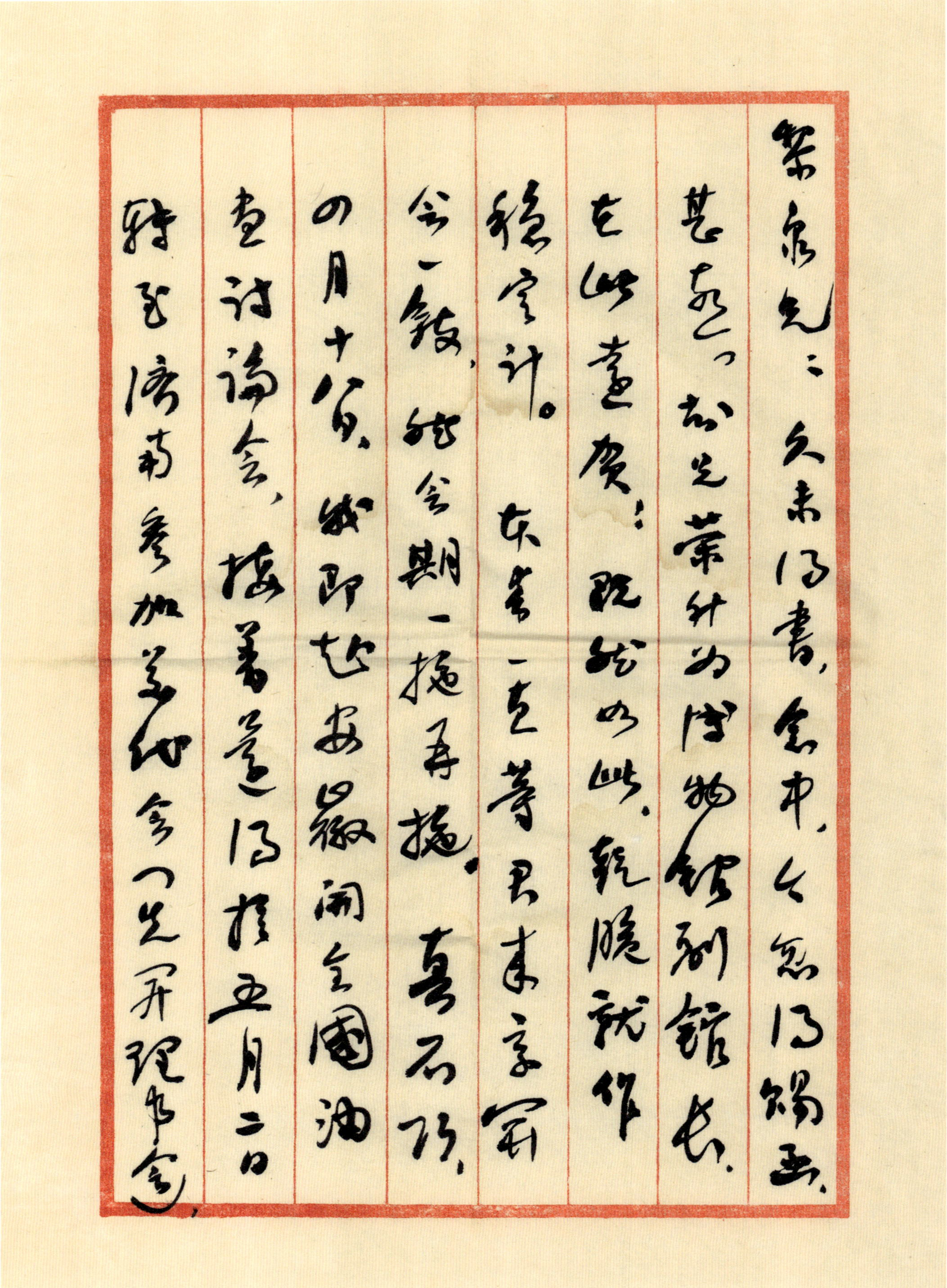

黎泉兄：

久未得书，念中，今忽得赐函，甚喜。知兄荣升为博物馆副馆长，在此远贺！既然如此，干脆就作稳定计。本来一直等君来京开会一叙，然会期一拖再拖，真不巧，四月十八日，我即赴安徽开全国油画讨论会，接着还得于五月二日转至济南参加美代会（先开理事会），

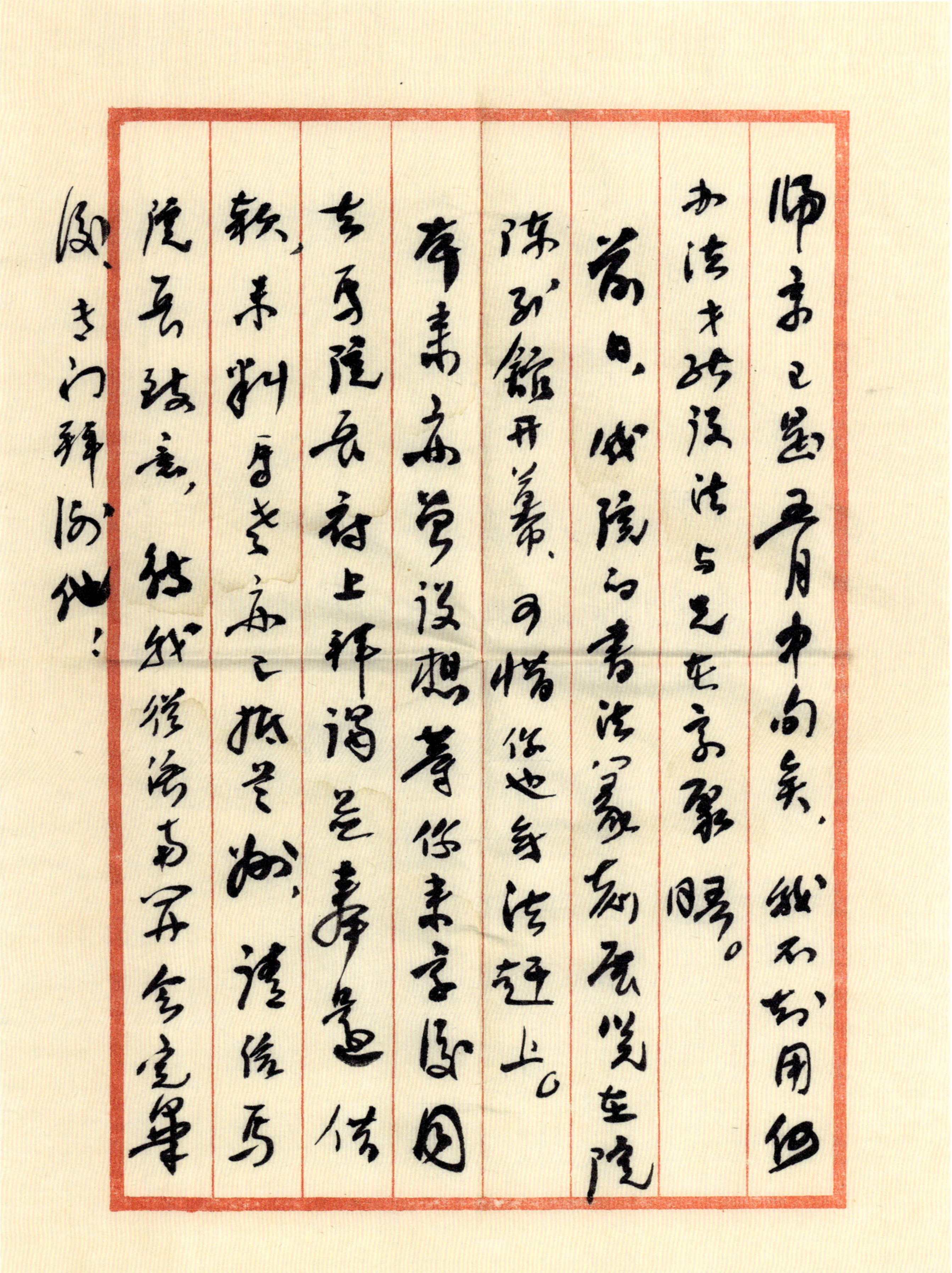

归京已是五月中旬矣，我不知用何办法才能设法与兄在京聚晤。

前日，我院的书法篆刻展览在院陈列馆开幕，可惜你也无法赶上。

本来亦曾设想等你来京后同去马院长府上拜谒并奉还借款，未料马老亦已抵兰州，请给马院长致意，待我从济南开会完毕后，专门拜谢他！

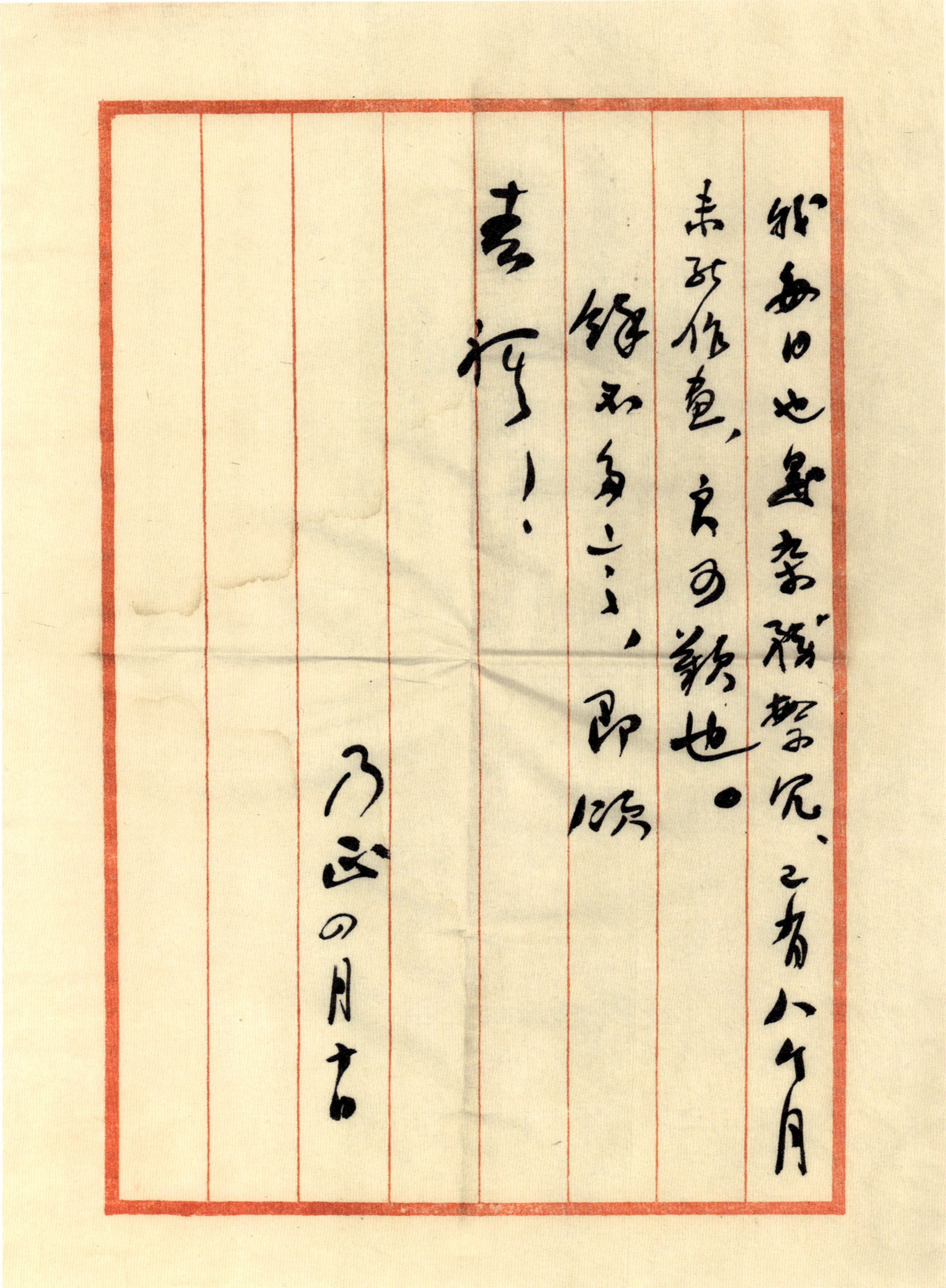
我每日也是杂務繁冗，已有八个月未能作画，良可叹也。余不多言，即頌
春祺！
乃正
四月十日

我每日也是杂务繁冗，已有八个月未能作画，良可叹也。
余不多言，即颂
春祺！

乃正
四月十日

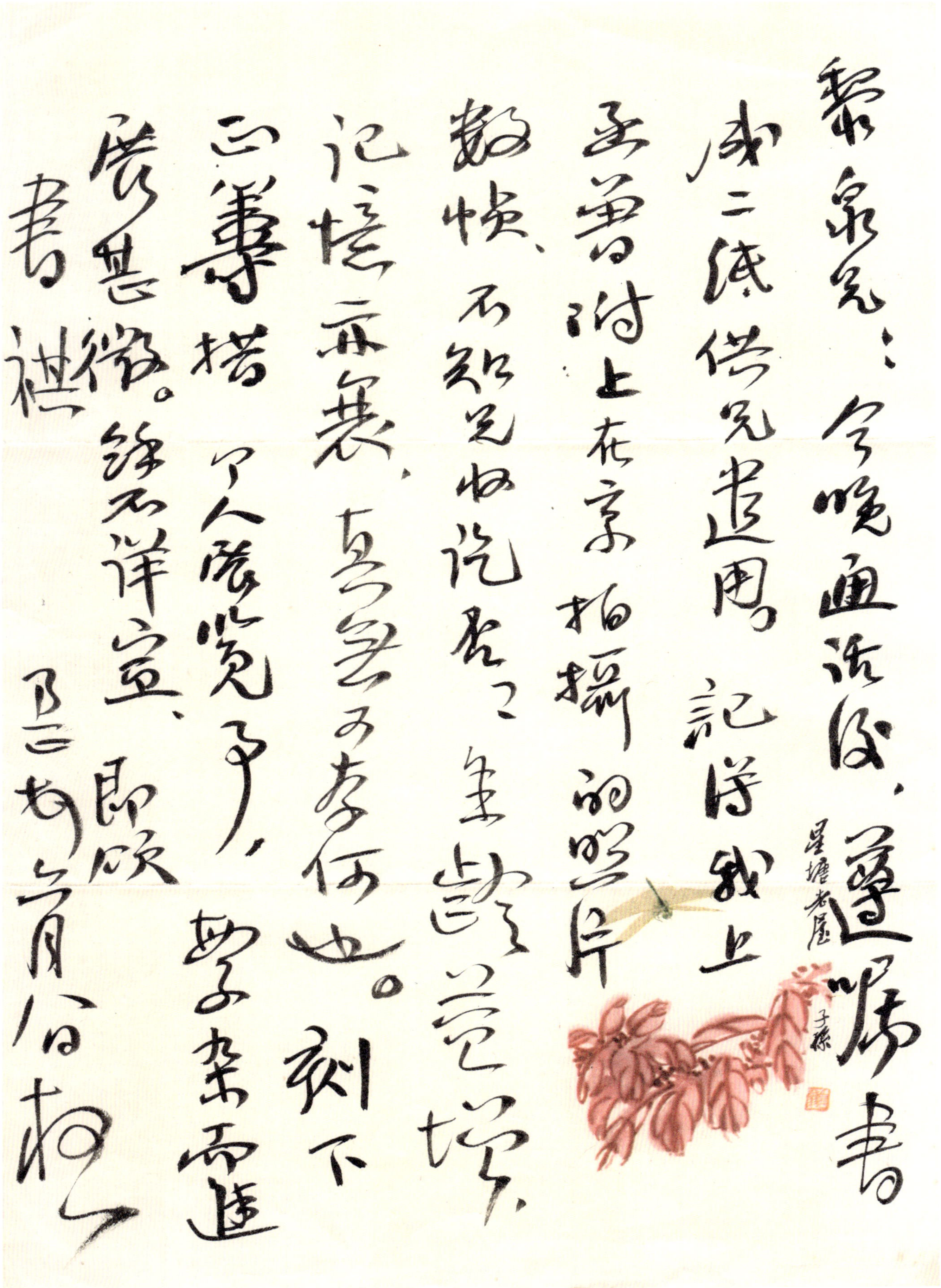

黎泉兄：

今晚通话后，遵嘱书成二纸供兄遣用。记得我上函曾附上在京拍摄的照片数帧，不知兄收讫否。年龄益增，记忆亦衰，真无可奈何也。刻下正筹措个人展览事，繁杂而进展甚微。余不详宣。

即颂

书祺

乃正顿首
六月八日夜

趙兄
黎泉如晤：
前些日書武來京，聚談二度，從
他處得知兄之近況。關於兄之去向，我
意以為若文化局與省上有意任兄為博
物館副館長一職，則畫院可以放棄，此
種單位廟小而易生爭鬥之弊，況未
必屬於能潛心於學問藝事之所。此
見僅供吾兄參考而已。一切還須視甘肅
具體情勢而定。
吾達來京找我，謂書協將從文聯
分出，單獨機構，有房有牌而無充實

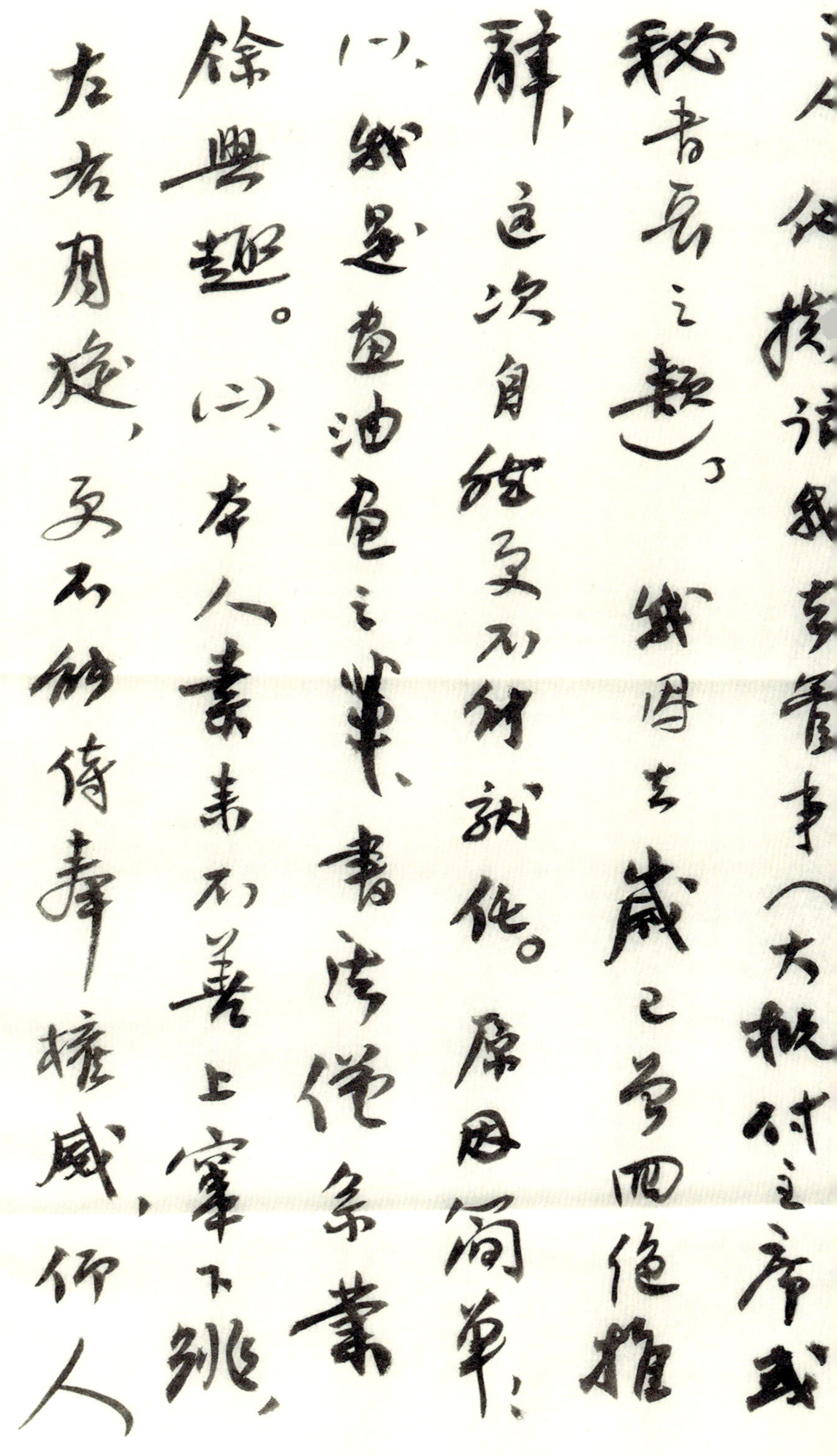
让人他拟让我去管事（大概付主席或秘书长之类）。我因去岁已曾回绝推辞，这次自然更不能就任。原因简单：（一）我是画油画之辈，书法仅系业余兴趣。（二）本人素来不善上窜下跳，左右周旋，更不能侍奉权威，仰人

赵兄黎泉如晤：

前数日曹武（无）来京，聚叙二度，从他处得知兄之近况。关于兄之去向，我意：如若文化局与省上有意任君为博物馆付（副）馆长一职，则画院可以放弃，此种单位庙小而易生争逐之弊，况未必属于能潜心于学问艺事之所。此见谨供吾兄参考而已。一切还须视甘兰具体情势而定。

最近朱丹找我，谓书协将从文联分出，单独机构，有房有钱而无统管之人，他拟让我去管事（大概付（副）主席或秘书长之类）。我因去岁已曾回绝推辞，这次自然更不能就任。原因简单：（一）我是画油画之辈，书法仅系业余兴趣。（二）本人素来不善上窜下跳，左右周旋，更不能侍奉权威，仰人

鼻息。

朱丹兄来，要我推荐。本已推荐刘某人，他觉得不理想，我也如是，究竟“鹿死谁手”，尚不得知。書协十分複杂，学術上保守势力甚强，为人者追逐功利较多。想兄必同意弟之意见。

五月中旬，我的几个学生要去敦煌，一般尽量不来麻烦仁兄，实在需要找你，務请力助。

我系五月九日开教员作品展览，事前诸事致信甚迟，遂失节日之贺，

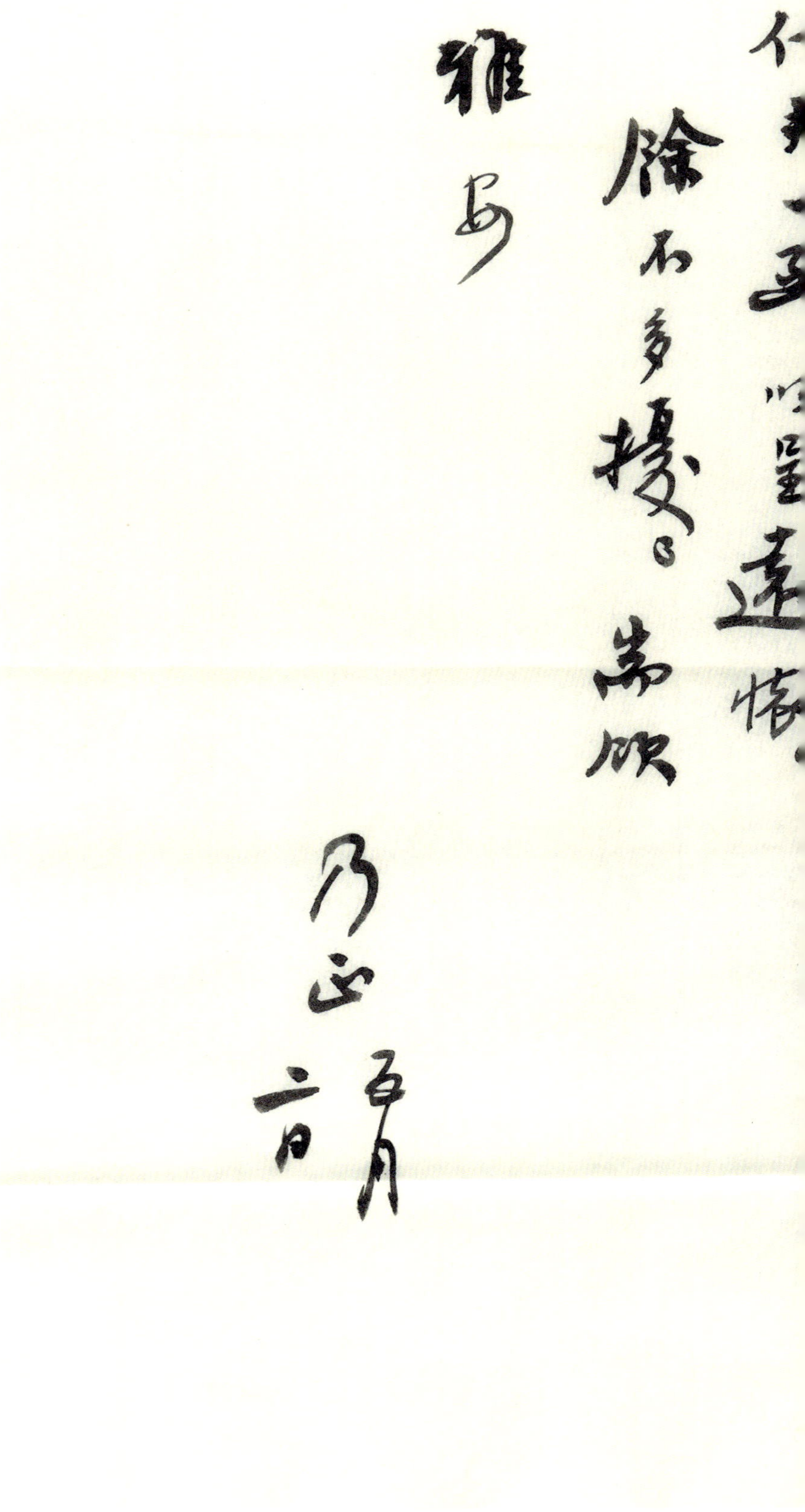

鼻息。朱丹无奈，要我推荐。本已推荐刘某人，他觉得不理想，我也如是，究竟『鹿死谁手』尚不得知。书协十分复杂，学术上保守势力甚顽，为人者追逐功利较多，想吾兄必同意弟之愚见。

五月中旬，我的几个学生要去敦煌，一般尽量不来麻烦仁兄，实在需要找你务请力助。我系五月九日开教员作品展览，事前诸事头绪甚烦，趁此节日之暇，匆匆付君一函，顺呈远怀。

余不多扰。嵩颂

雅安

乃正

五月二日

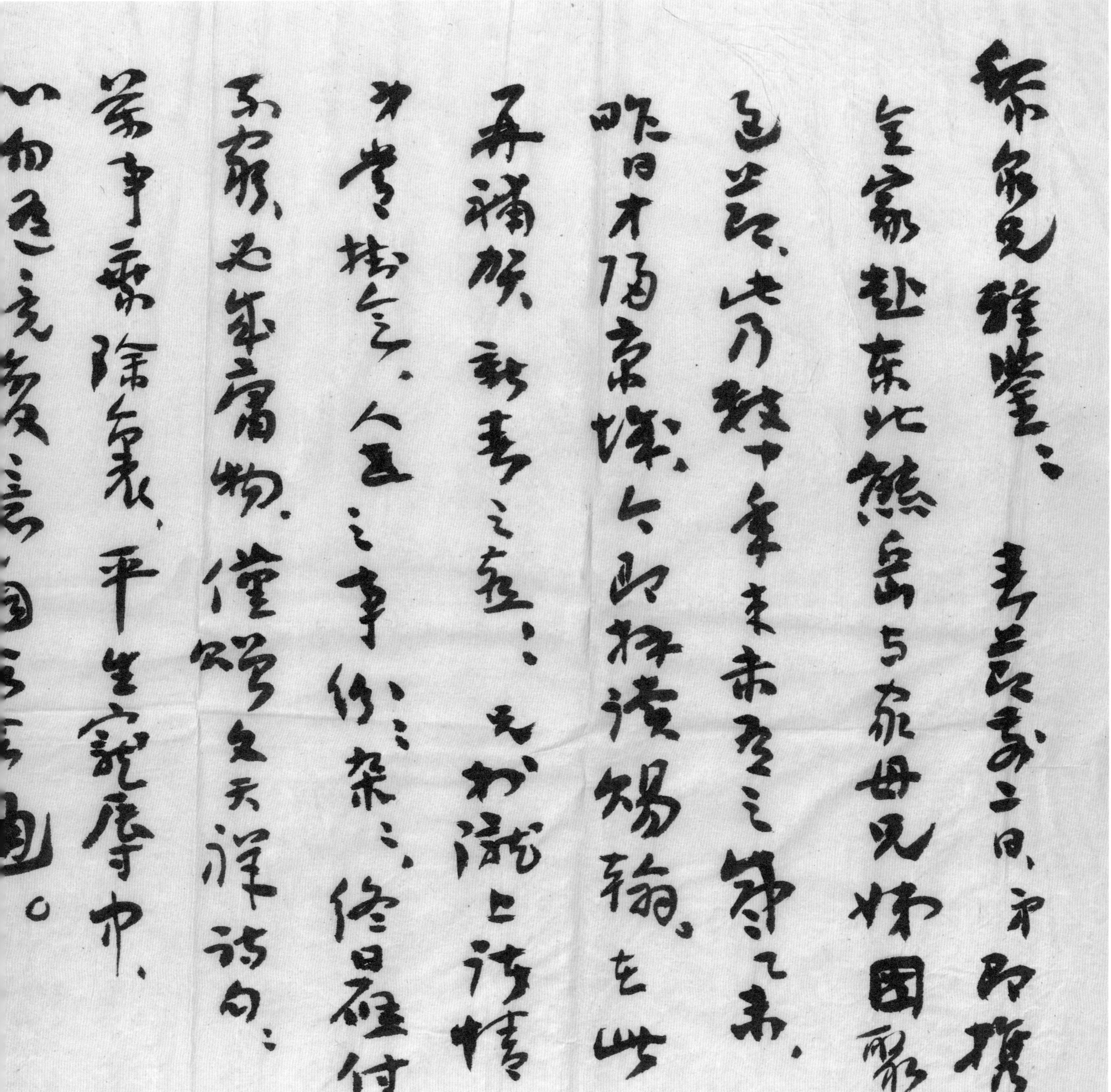
棣儒兄雅鉴：去岁二月，弟即携全家赴东北熊岳与家母兄妹团聚，逾半载，此乃数十年来未有之乐事也。昨日才返京城，今即捧读赐翰，在此再补贺新春之喜！兄所谈上访情，弟常挂念之。人至之事，纷纷杂杂，终日应付家务及生活杂物，仅偶书文天祥诗句之笔事，余除余暇，平生究学中，以物逸之，竞发之，图之也。

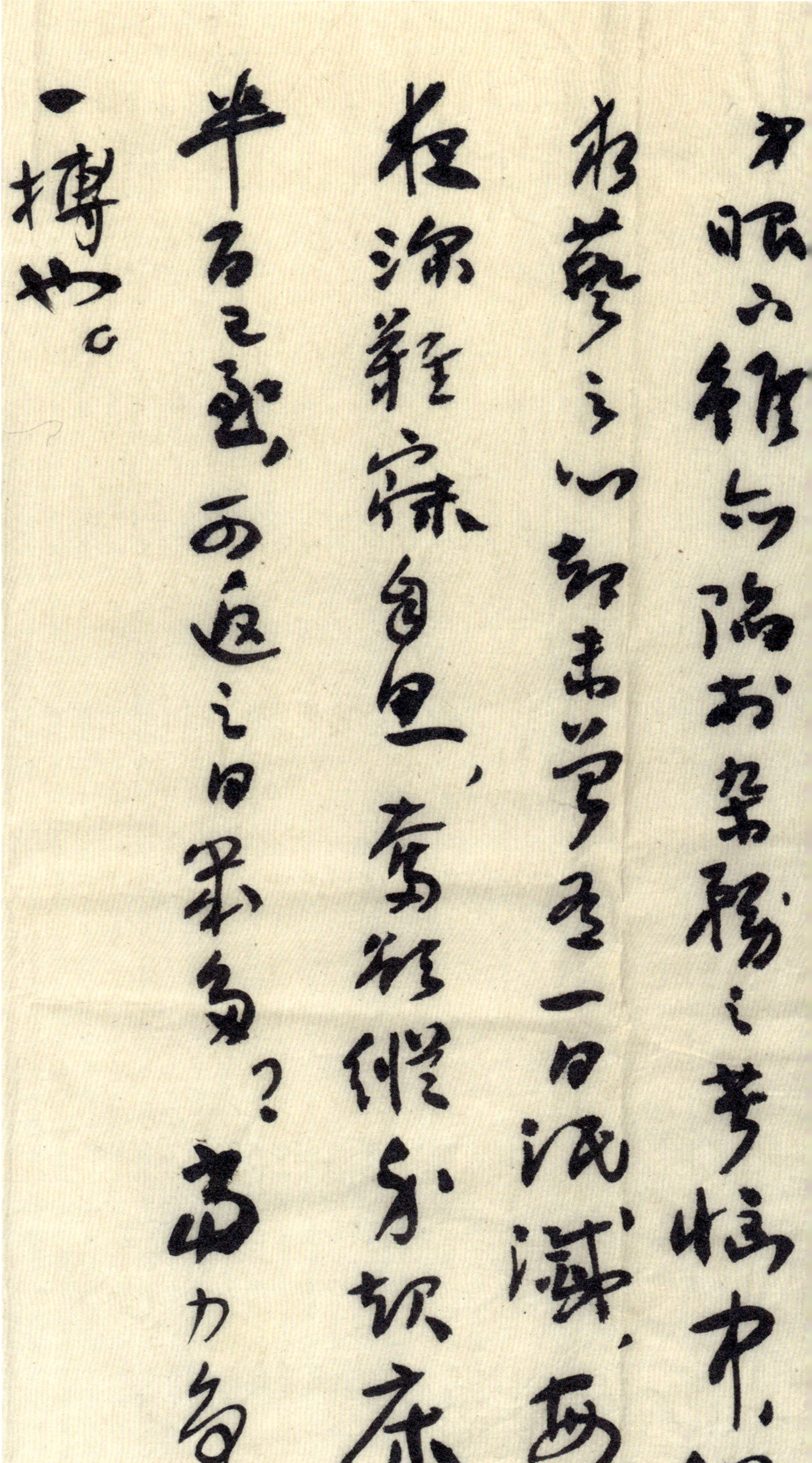

黎泉兄雅鉴：

春节前二日，弟即携全家赴东北熊岳与家母兄姊团聚过节，此乃数十年来未有之盛举，昨日才归京城，今即拜读赐翰。在此再补贺新春之喜！兄于陇上诸情弟常挂念，人世之事纷纷杂杂，终日应付不穷，必成庸物，仅赠文天祥诗句：万事乘除里，平生宠辱中，心勿随境变，意自与天通。

弟眼下虽亦陷于杂物之苦恼中，但求艺之心却未曾有一日泯灭，每夜深难寐自思，奋欲纵身起床。半百以至，可返之日几多？当力争一搏也。

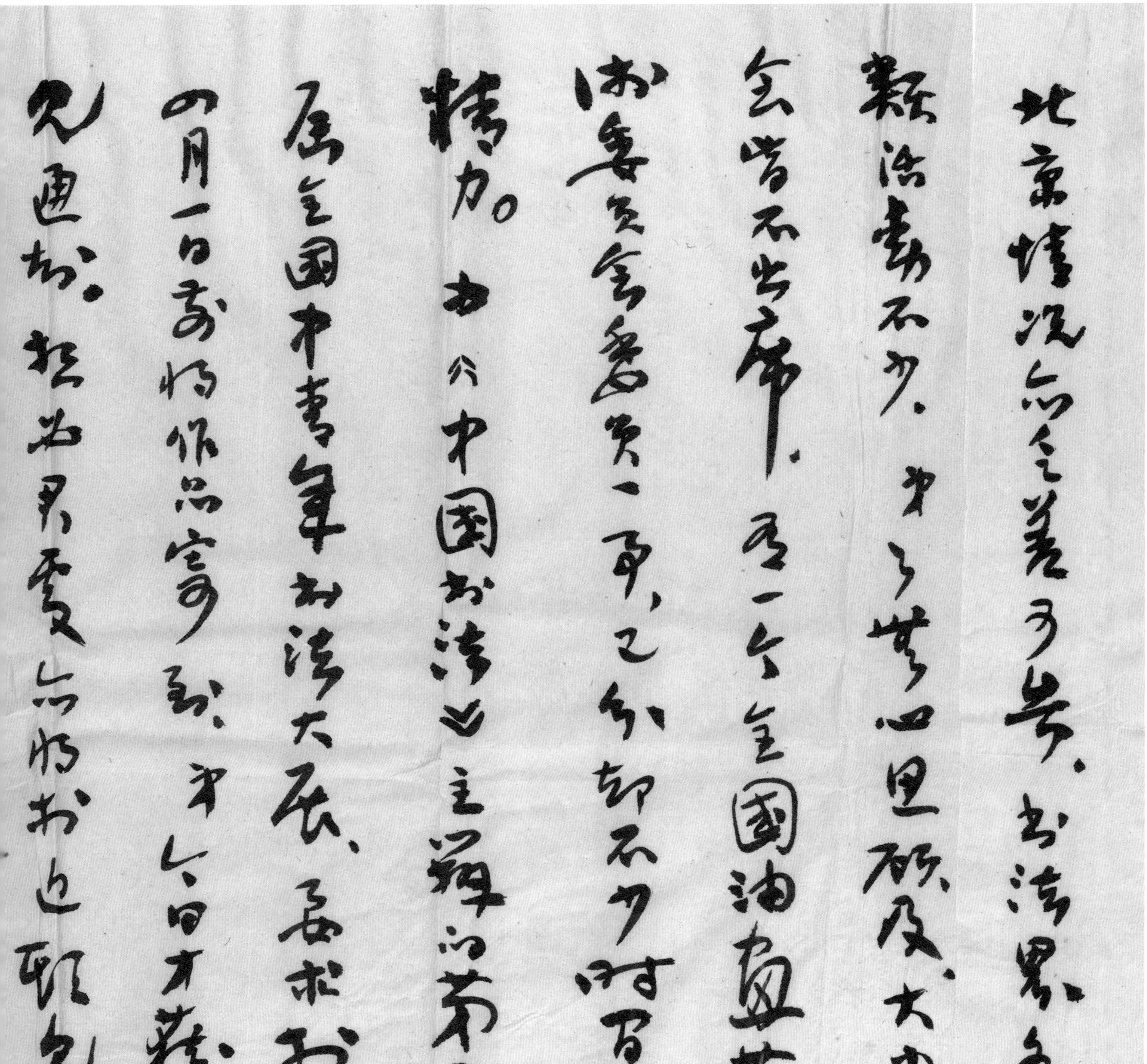

北京情况尚乏善可喜，书法界多
类活动不少，弟以兴趣所及，大小
会皆不出席。更一个全国油画展
因要去会参观一下，已耗却不少时日与
精力。书公中国书法之主办的第二
届全国中青年书法大展，函求书
的月一日寄作作品寄到，弟今日才获
见通知。拟为累要尚作书近期完

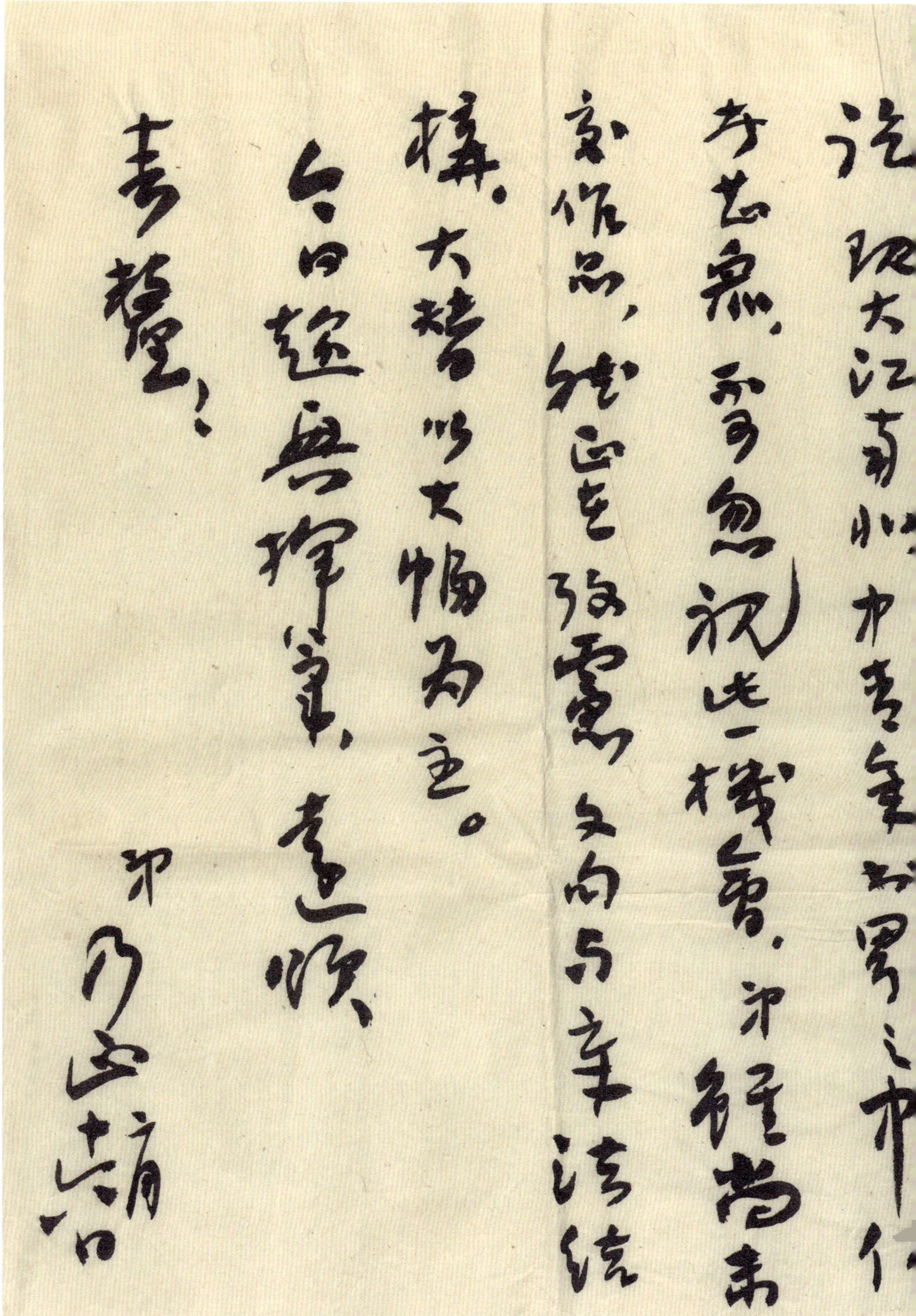

北京情况亦乏差可告，书法界各类活动不少，弟了无心思顾及，大小会皆不出席，有一个全国油画艺术委员会委员一事，已分却不少时间与精力。《中国书法》主办的第二届全国中青年书法大展，要求于四月一日前将作品寄到，弟今日才获见通知，想必君处亦将于近期见讫。现大江南北，中青年书界之中佼佼者甚众，不可忽视此一机会，弟虽尚未交作品，然正在考虑文句与章法结构，大替（体）以大幅为主。

今日趁兴挥笔，远颂

春厘！

弟乃正

二月十六日

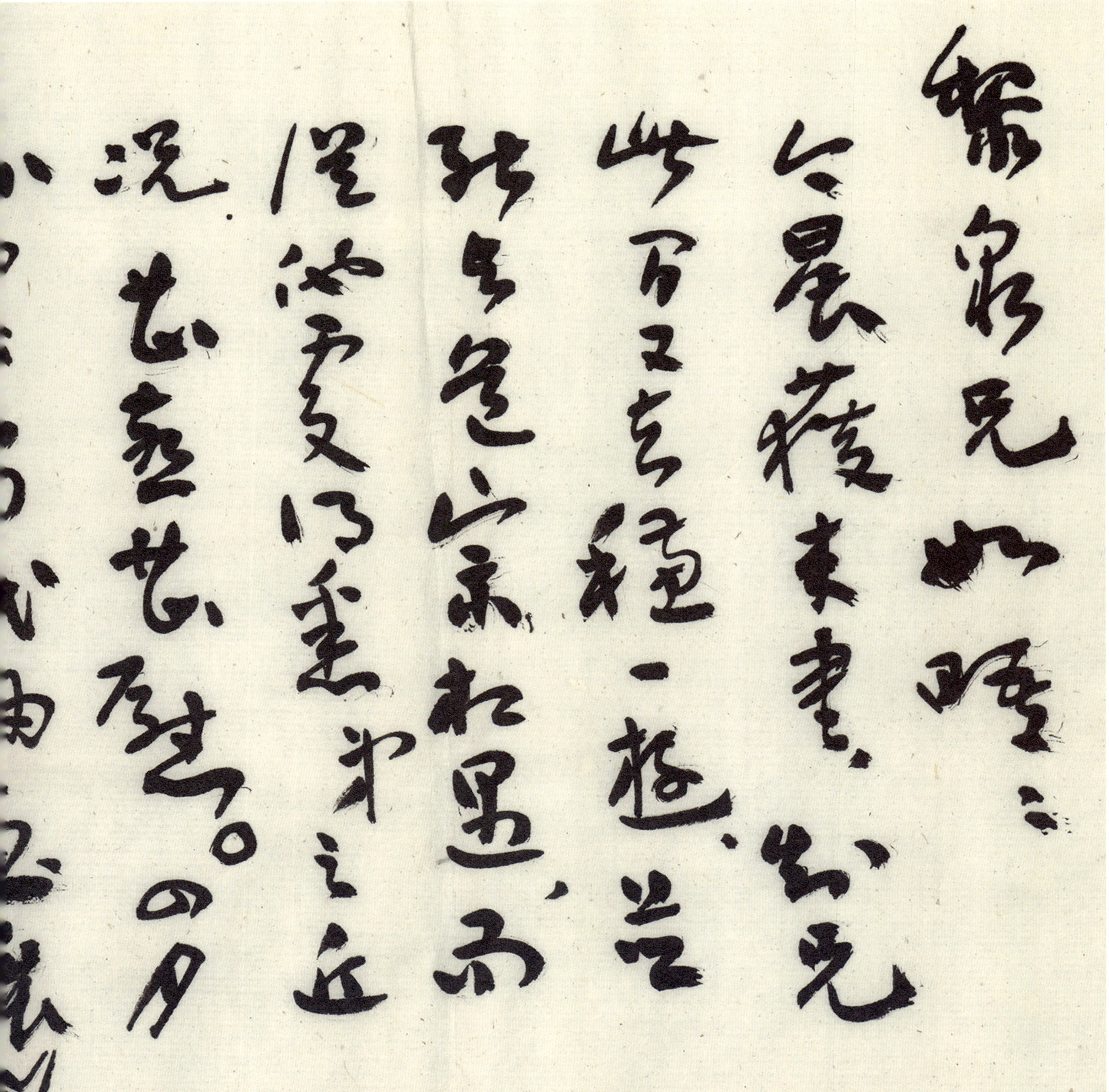

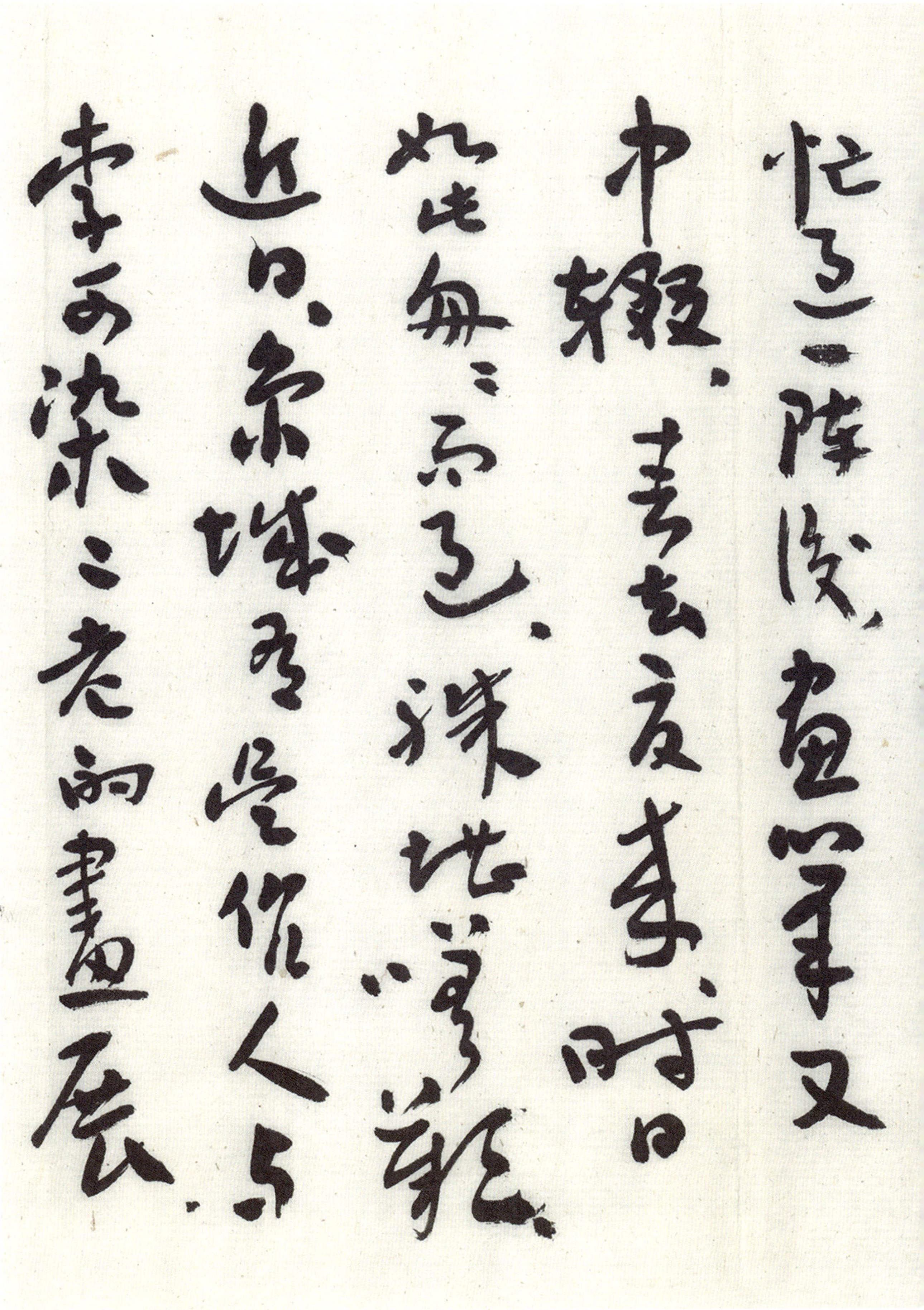
忙过一阵后，画笔又中辍，春去夏来，时日如此匆匆而过，殊堪嗟叹，近日，京城有吴作人与李可染二老的画展。

黎泉兄如晤：

今晨获来书，知兄此间又去穗一游，并能与道宗相遇，而从他处得悉弟之近况甚喜甚慰。四月份为《当代油画展》忙过一阵后，画笔又中辍，春去夏来，时日如此匆匆而过，殊堪嗟叹，近日，京城有吴作人与李可染二老的画展，

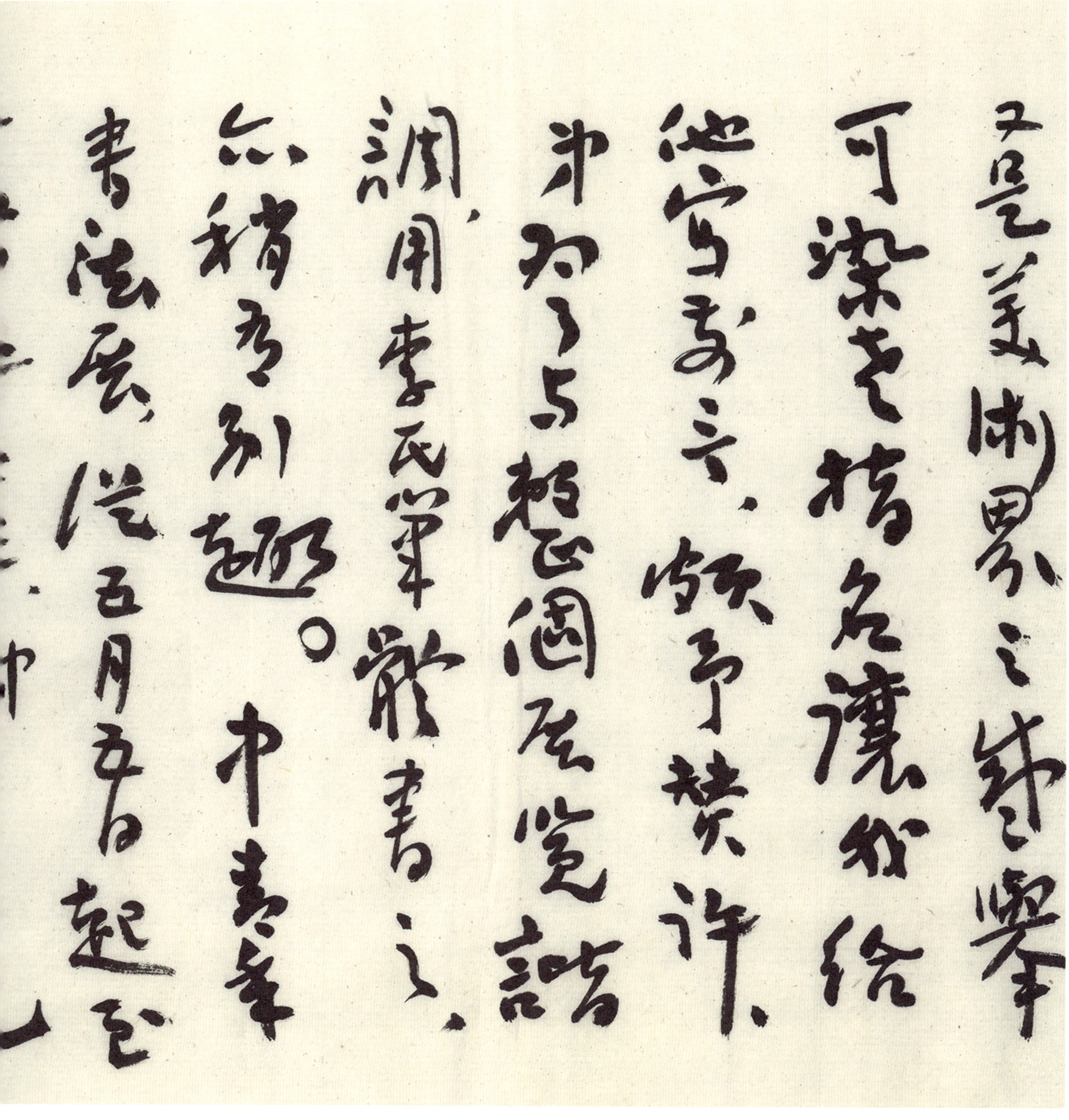

又是美術界之盛舉，可染之精品展覽給他寫字云、饒予禁許、我知了与賴個展覽諸調、閑用李氏筆戲書之、亦稍有別趣。中素拜書法展、從五月五日起至

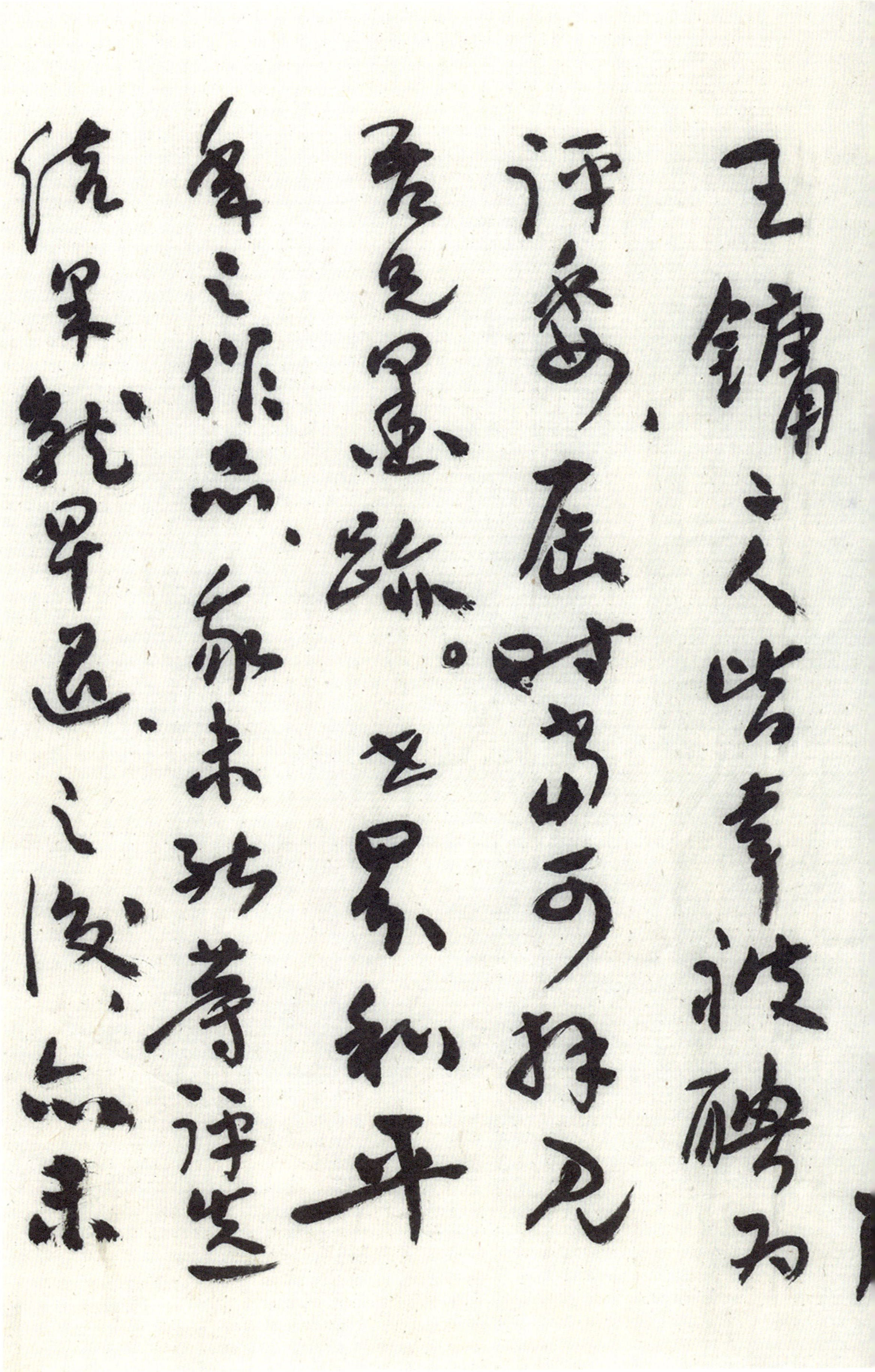
王镛二人皆幸被聘为评委，届时当可拜见吾兄墨迹。世界和平年之作品，我未能等评选结果就早退，之后，亦未

又是美术界之盛举，可染老指名让我给他写前言，颇予赞许，弟为了与整个展览谐调，用李氏笔体书之，亦稍有别趣。中青年书法展，从五月五日起至十五日评选，弟与美院王镛二人皆幸被聘为评委，届时当可拜见吾兄墨迹。世界和平年之作品，我未能等评选结果就早退，之后，亦未

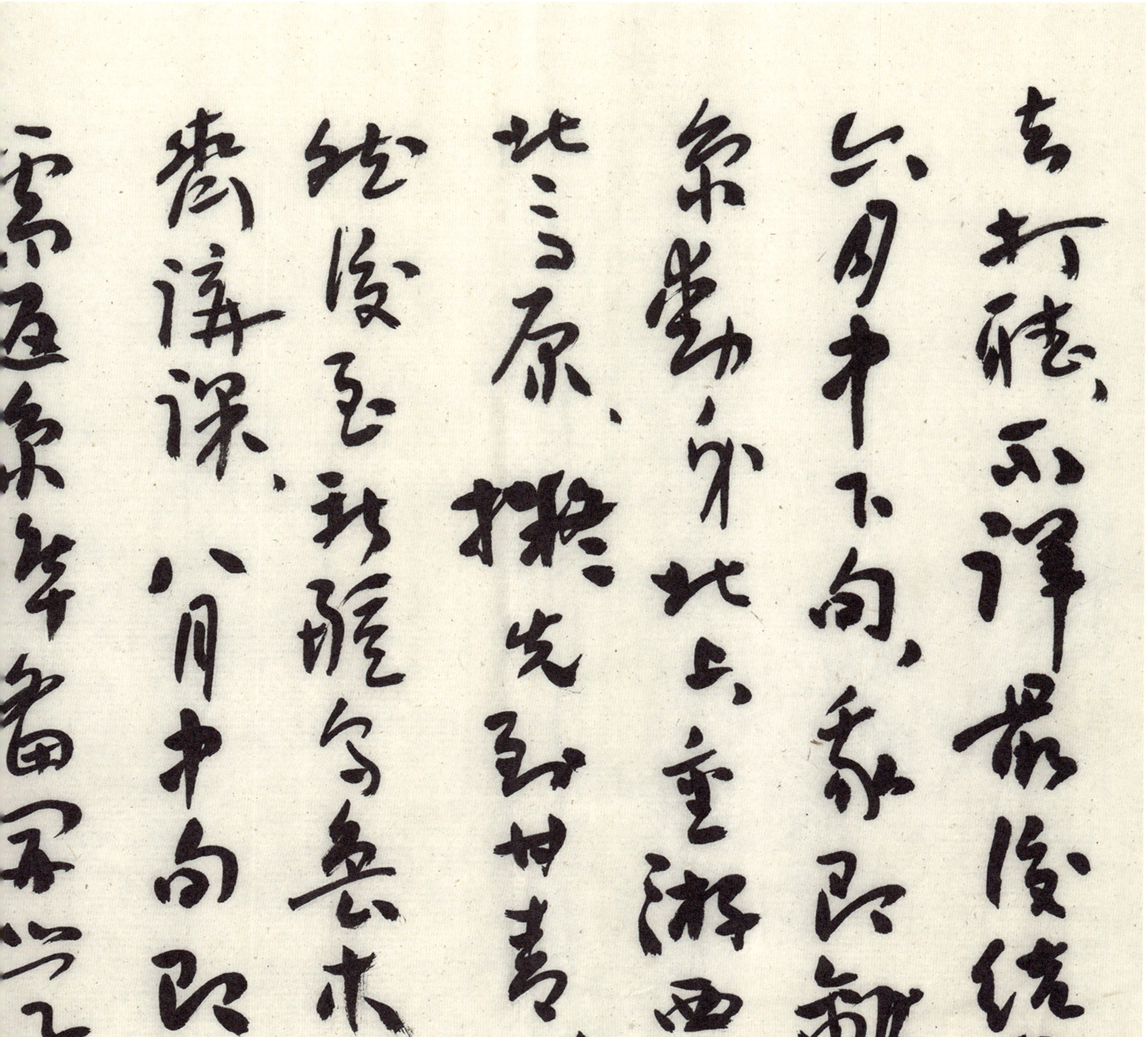
去打聽、不詳最後結果。
六月中下旬、我已離
京動身北上重遊西
北高原、擬先到甘肅、
然後至新疆、今冬來
穗再詳談、八月中旬即
需返京參[illegible]學子、

日程十分紧张，但自是定要到皋兰与诸同好畅聚。
书协目前依然非常复杂，内部矛盾争斗，

去打听，不详最后结果。六月中下旬，我即离京动身北上，重游西北高原，拟先到甘青，然后至新疆乌鲁木齐讲课，八月中旬即需返京准备开学，日程十分紧张，但自是定要到皋兰与诸同好畅聚。

书协目前依然非常复杂，内部矛盾争斗，

好在象雲老已離態度
只是餘作品參加展覽而已。
又將出任甘肅畫院、最好
能擺脫人事、亦當開一
新境、作書著文、
上月油畫界開會、安排、
美協又擬轉稿至內地之作、

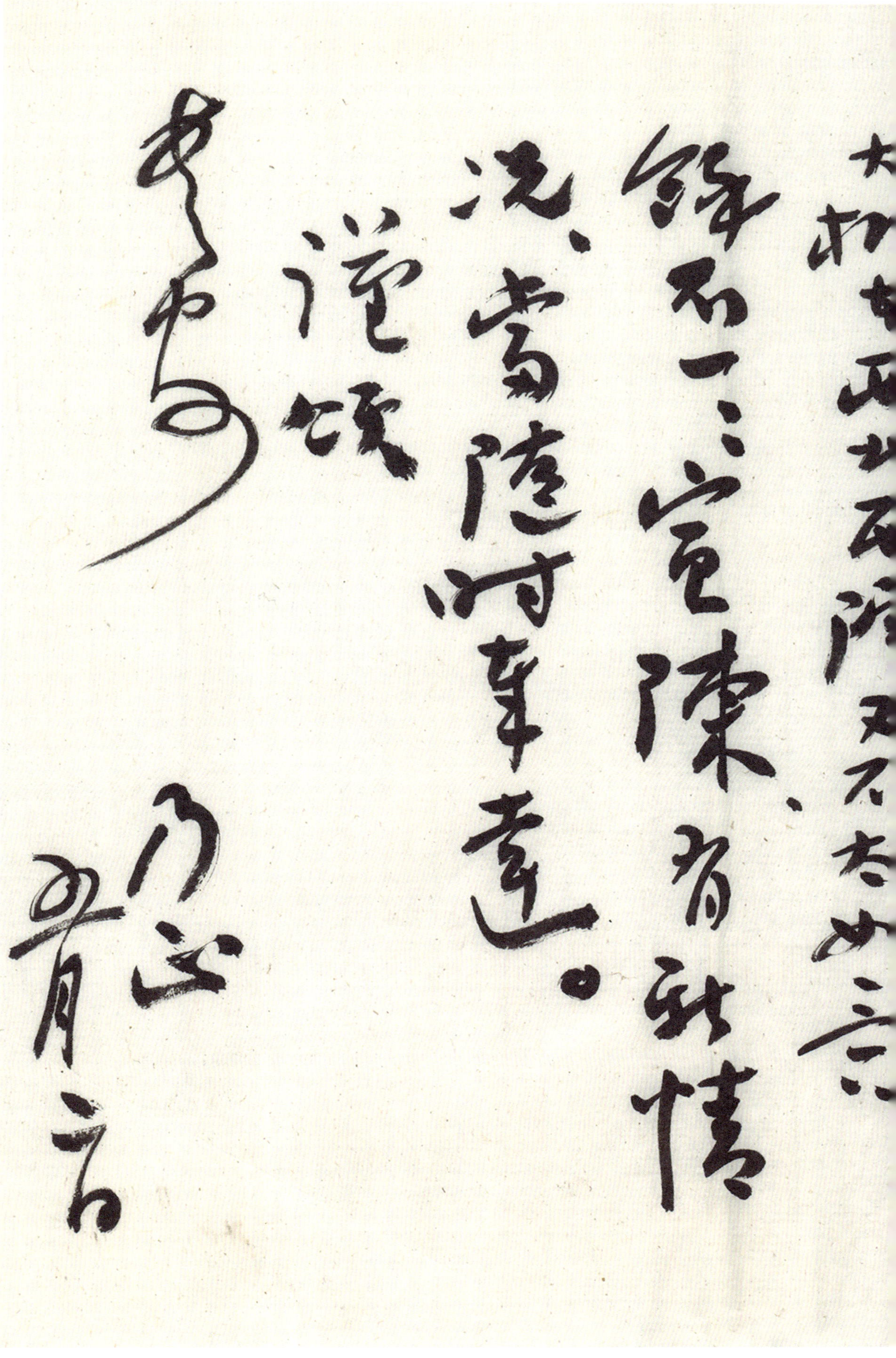

好在我处远离态度，只是拿作品参加展览而已。兄将出任甘肃画院，最好能摆脱人事瓜葛而辟一静境作书著文。

上月油画界开会，娄傅义又想转移至内地工作，大概在西北民院又不太如意。余不一一宣陈，有新情况，当随时奉达。

谨颂

书安

乃正

五月二日

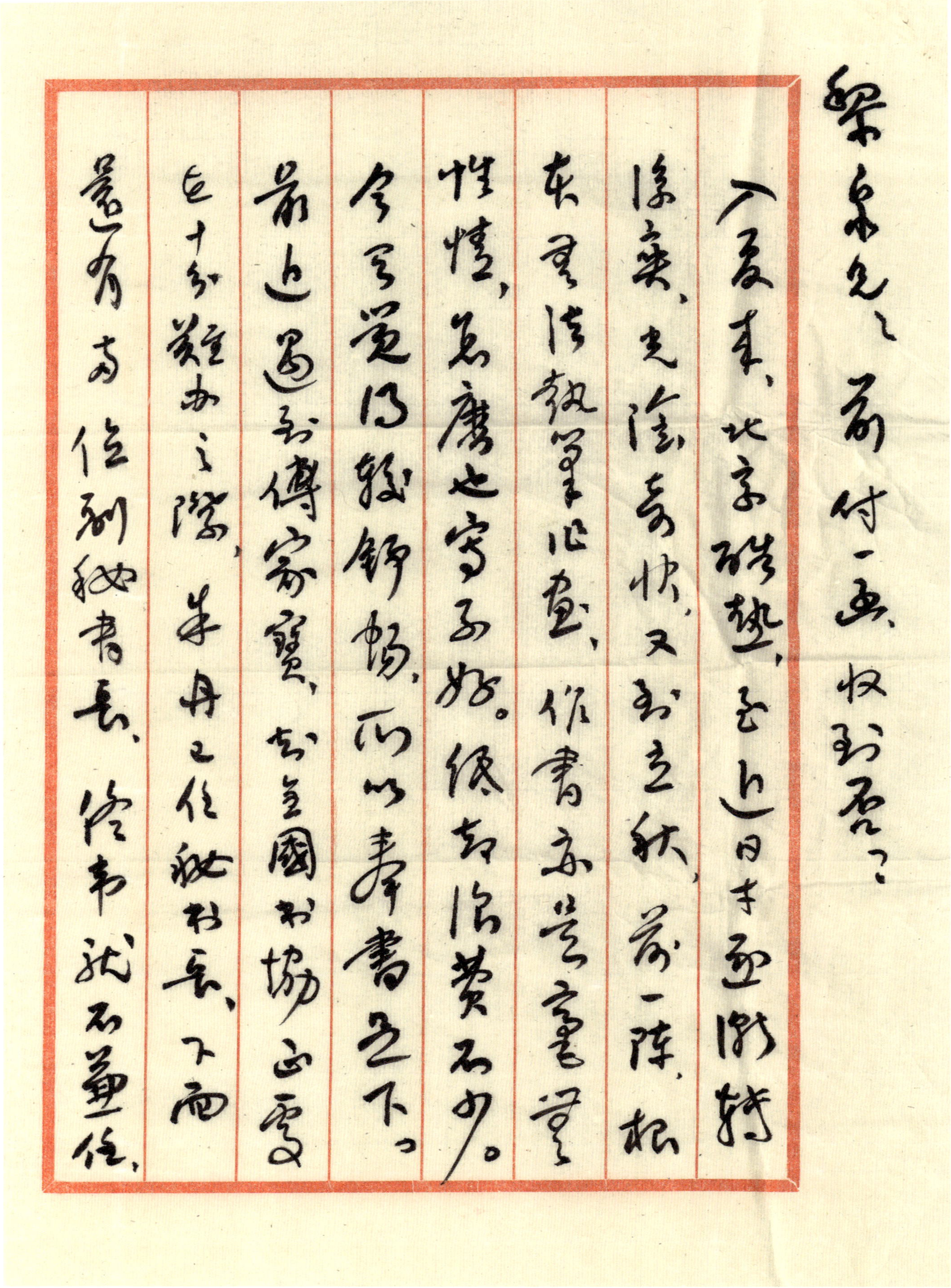

黎泉兄：

前付一函，收到否？

入夏来，北京酷热，至近日才逐渐转凉爽，光阴奇快，又到立秋，前一阵，根本无法执笔作画，作书亦是毫无性情，怎么也写不好。纸却浪费不少。今天觉得较舒畅，所以奉书足下。最近遇到傅家宝，知全国书协正处在十分难办之际，朱丹已任秘书长，下面还有两位副秘书长，佟韦就不兼任，

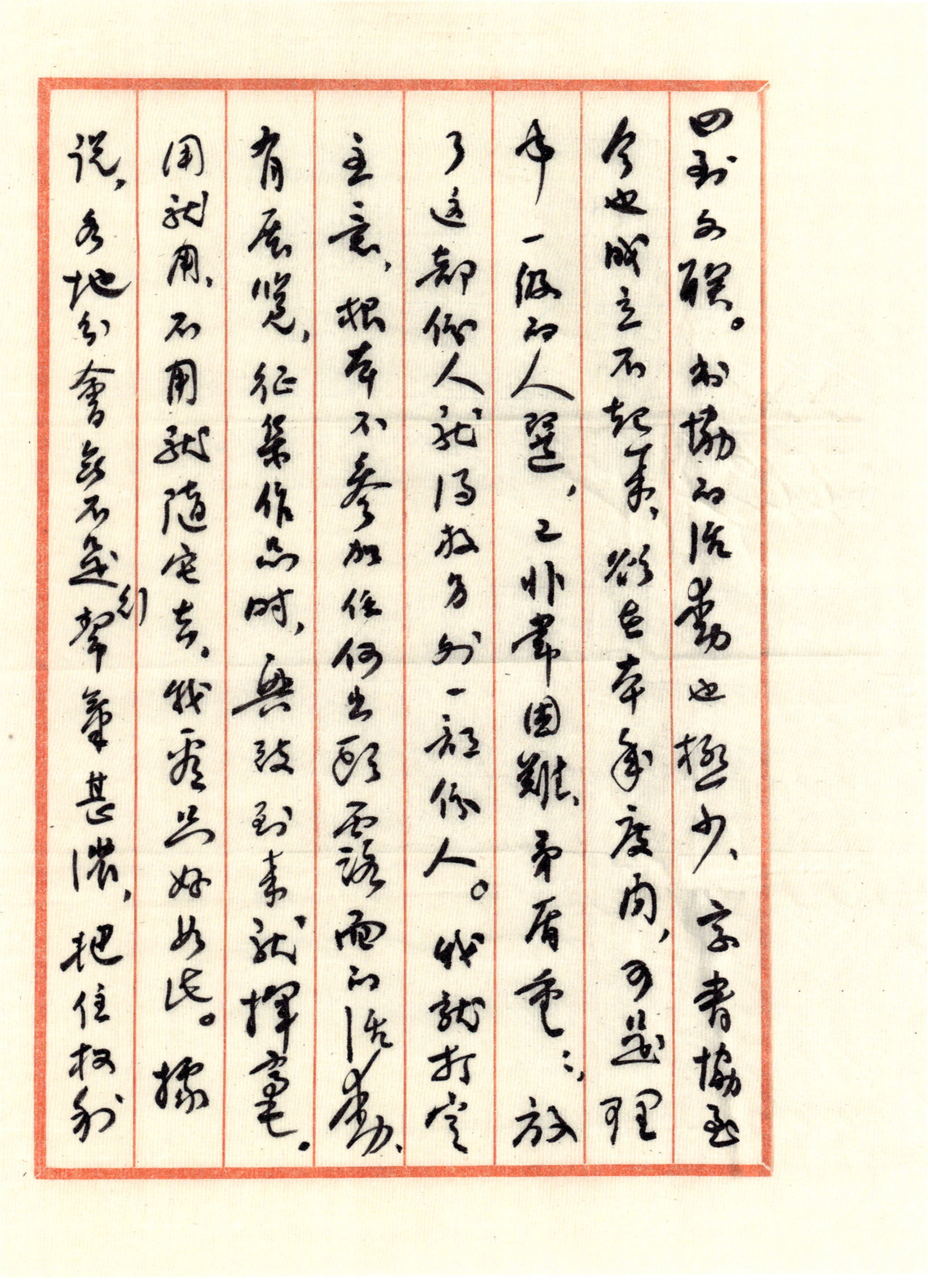

回到文联。书协的活动也极少，京书协至今也成立不起来，欲在本年度内，可是理事一级的人选，已非常困难，矛盾重重，放了这部分人，就得放另外一部分人。我就打定主意，根本不参加任何出头露面的活动，有展览，征集作品时，兴致到来就挥毫，用就用，不用就随它去，我看只好如此。据说，各地分会无不是行帮气甚浓，把住权力

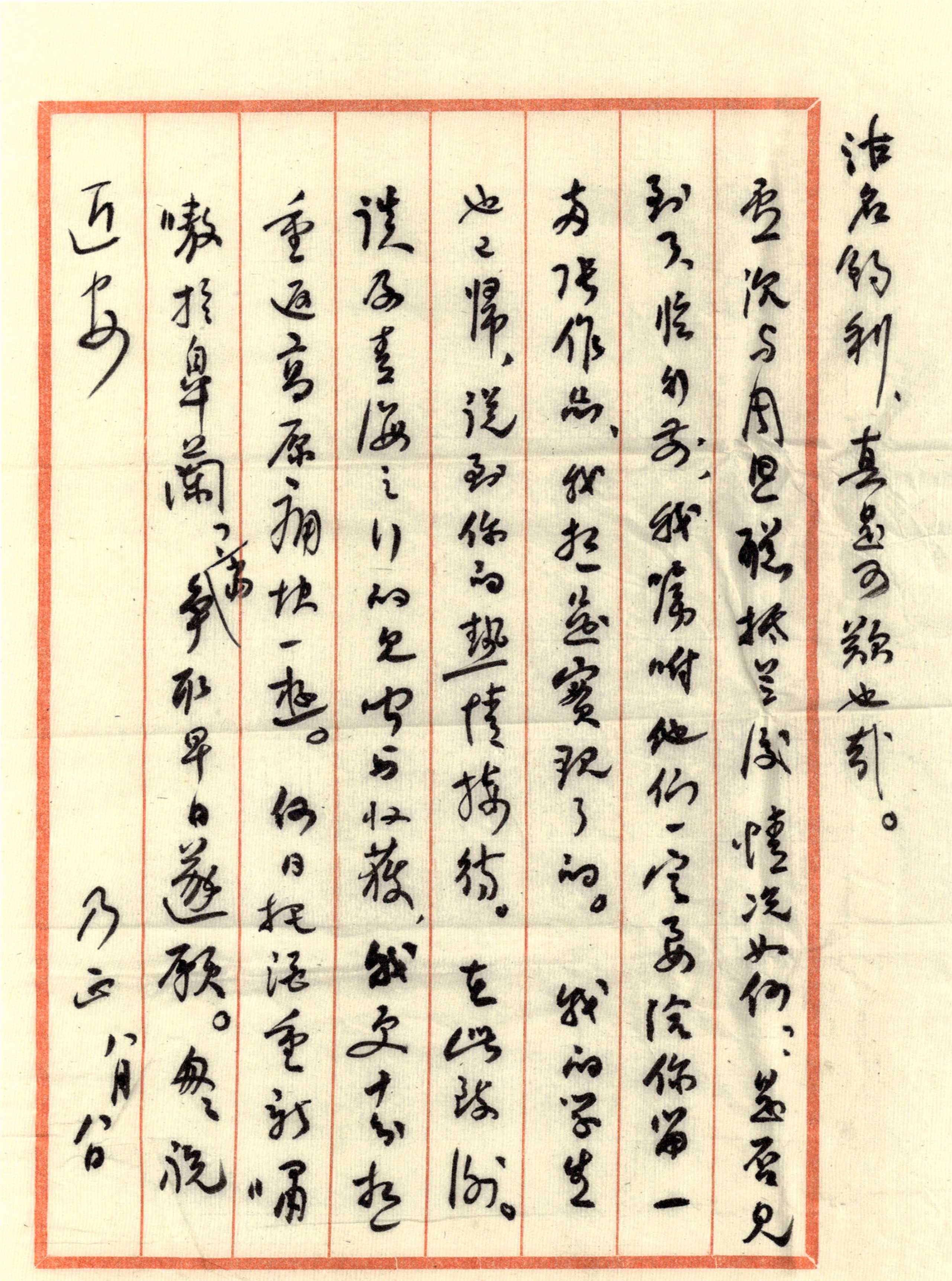

洁名钓利，真是可叹也哉。

卢沉与周思聪抵兰后情况如何？是否见到了，临行前，我嘱咐他们一定要给你留一两张作品，我想是实现了的。我的学生也已归，说到你的热情接待。在此致谢。谈及青海之行的见闻与收获，我更十分想重返高原痛快一游。何日把酒重新笑傲于皋兰？当争取早日遂愿。匆匆祝

近安

乃正

八月八日

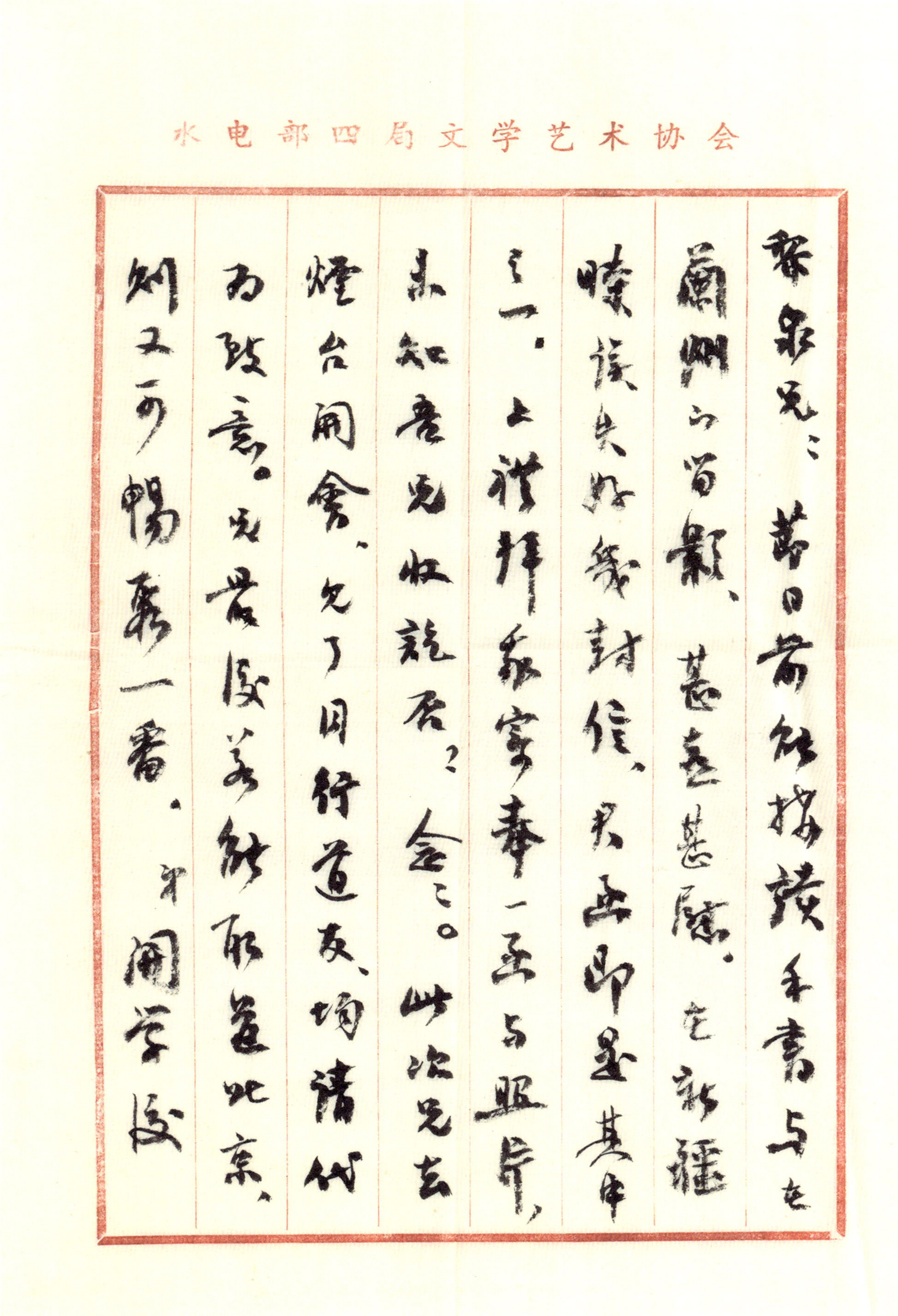

黎泉兄：

节日前能接读手书与在兰州的留影，甚喜甚慰。在新疆时误失好几封信，君函即是其中之一，上礼拜我寄奉一函与照片，未知吾兄收讫否？念念。此次兄去烟台开会，见了同行道友，均请代为致意。兄最后若能取道北京，则又可畅聚一番。弟开学后

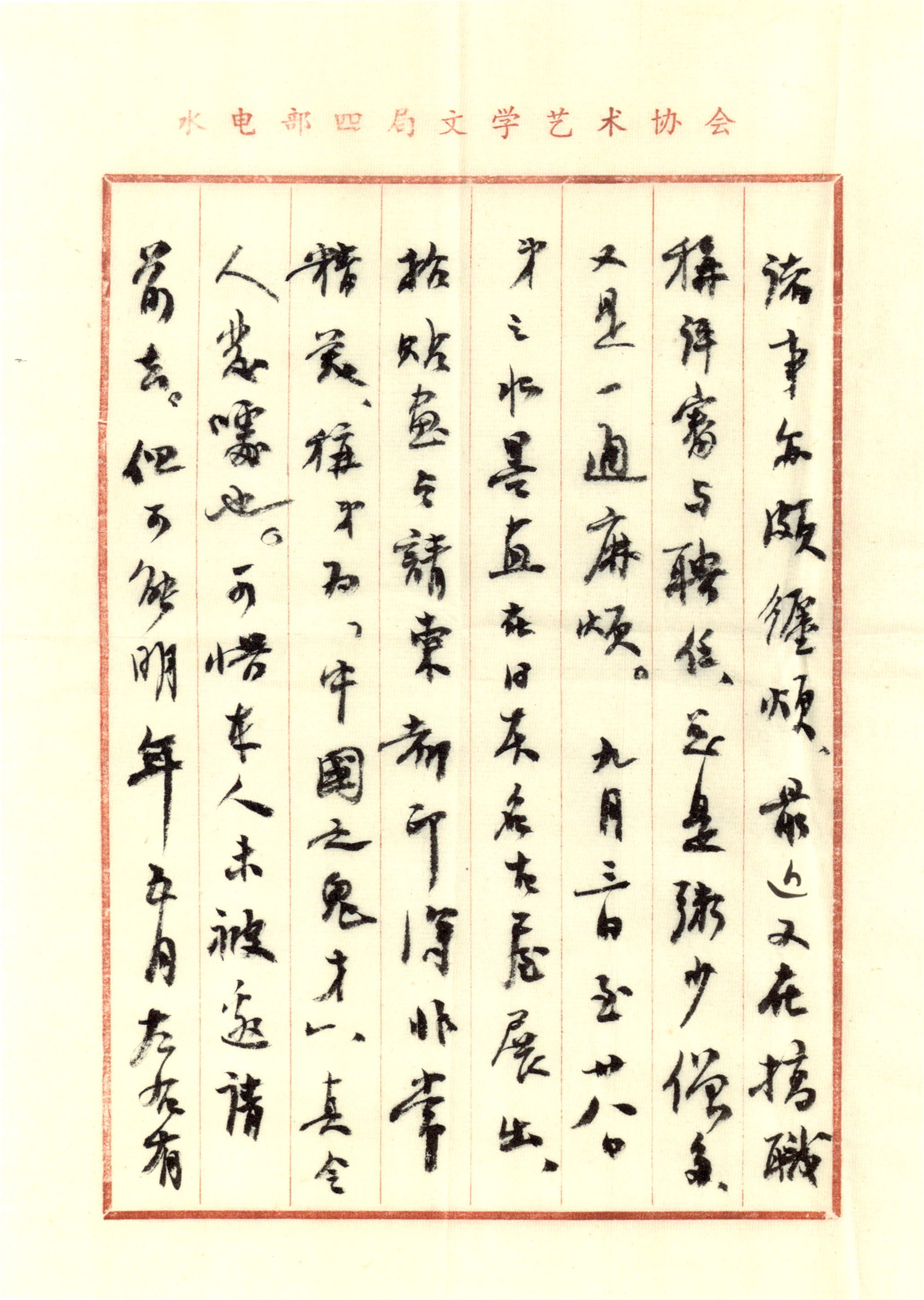
水电部四局文学艺术协会

諸事亦頗纏煩、最近又在搞職稱評審與聘任、總是粥少僧多、又是一通麻煩。九月三日至廿八日弟之水墨畫在日本名古屋展出、招貼畫與請柬都印得非常精美、稱弟為「中國之鬼才」、真令人發噱也。可惜本人未被邀請前去。但可能明年五月左右有

诸事亦颇缠烦，最近又在搞职称评审与聘任。总是粥少僧多，又是一通麻烦。九月三日至二十八日弟之水墨画在日本名古屋展出，招贴画与请柬都印得非常精美，称弟为「中国之鬼才」，真令人发噱也。可惜本人未被邀请前去。但可能明年五月左右有

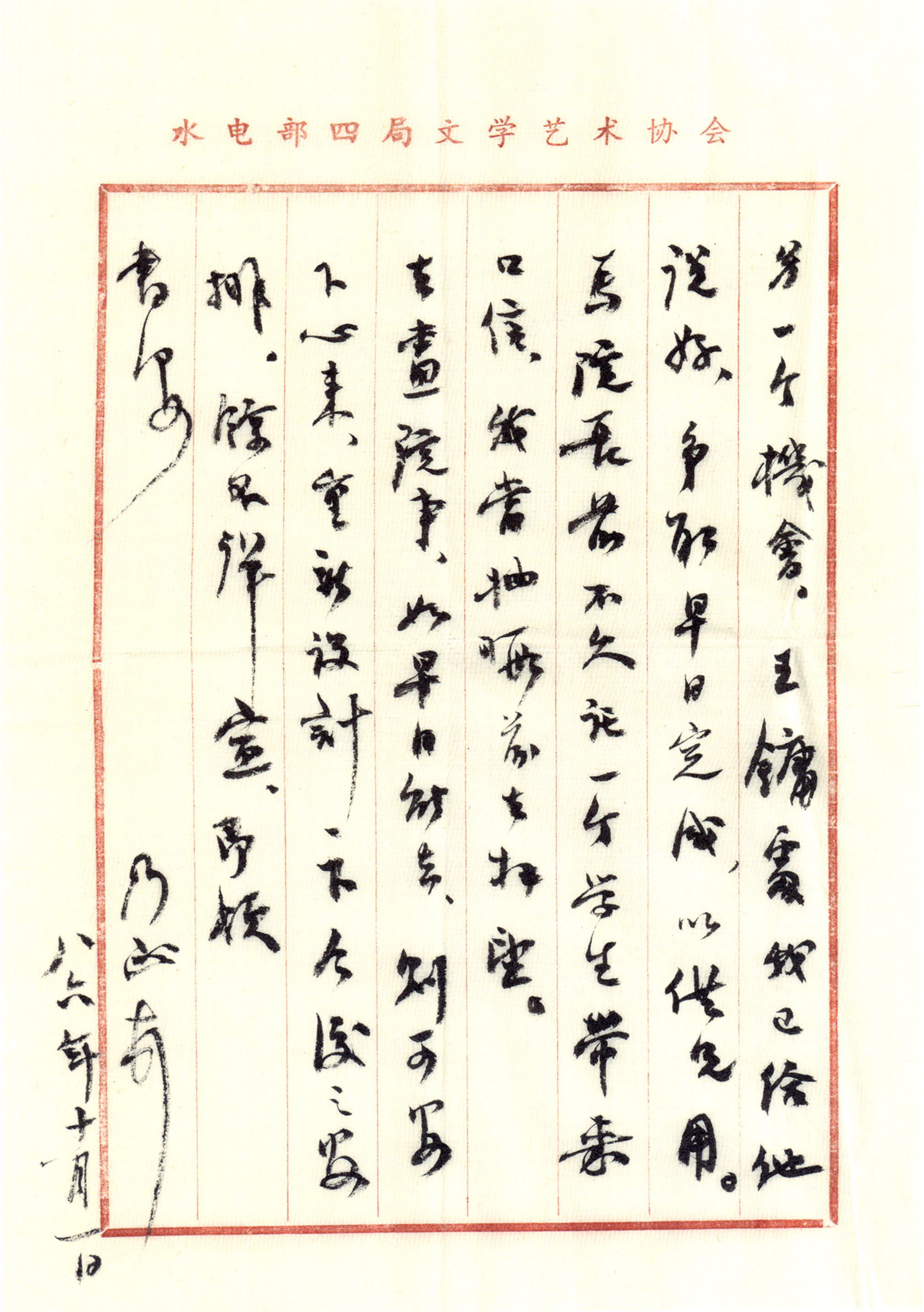
水电部四局文学艺术协会

另一个机会，王镛处我已给他说好，争取早日完成，已供兄用。马院长前不久托一个学生带来口信，我当抽暇前去拜望。去画院事，如早日能去，则可安下心来，重新设计一下今后之安排，余不详宣，即颂

书安

乃正顿首

八六年十月一日

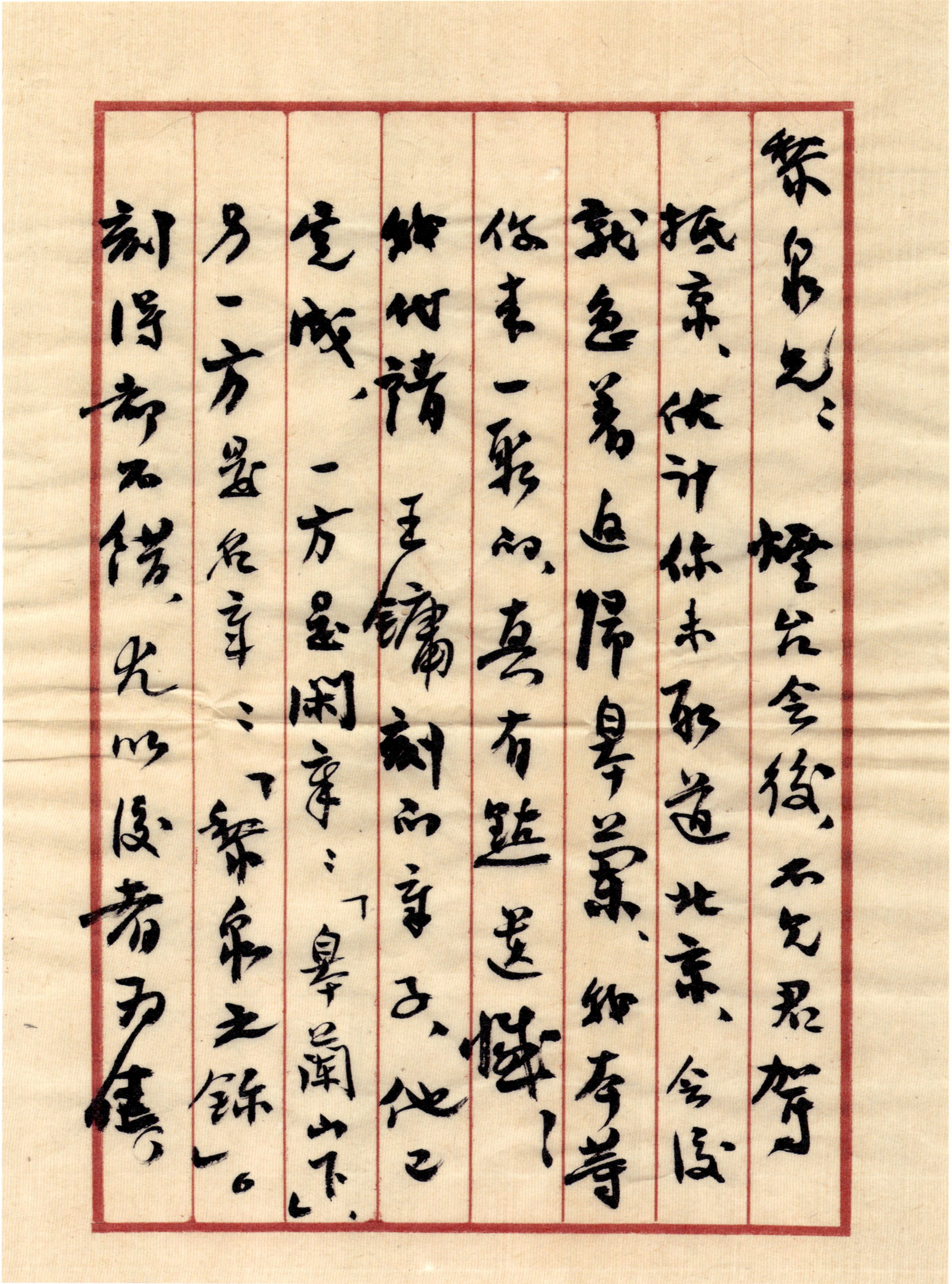
黎泉兄：
煙台會後，不見君駕抵京、估計你未取道北京、會後就急着返歸皋蘭、我本等你來一聚的、真有點遺憾！
我代請王鏞刻的章子、他已完成、一方是閑章：「皋蘭山下」、另一方是名章：「黎泉之鉨」。刻得都不錯、尤以後者為佳。

黎泉兄：

烟台会后，不见君驾抵京，估计你未取道北京，会后就急着返归皋兰，我本等你来一聚的，真有点遗憾！

我代请王镛刻的章子，他已完成，一方是闲章：「皋兰山下」，另一方是名章：「黎泉之玺」。刻得都不错，尤以后者为佳。

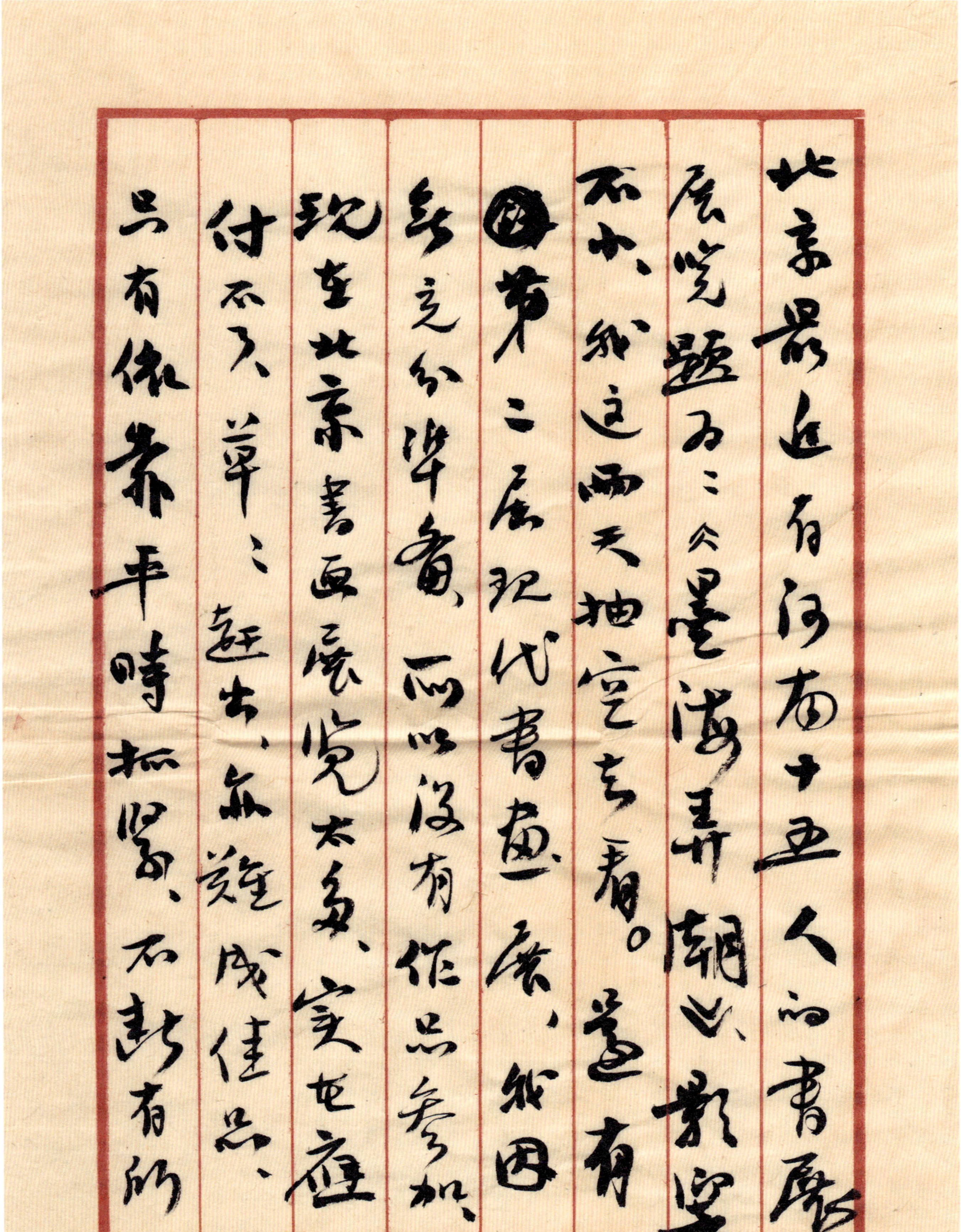

北京最近有河南十五人的书展，展览题为：《墨海弄潮》，影响不小，我这两天抽空去看。还有第二届现代书画展，我因无充分准备，所以没有作品参加，现在北京书画展览太多，实在应付不了，草草赶出，亦难成佳品，只有依靠平时抓紧，不断有所

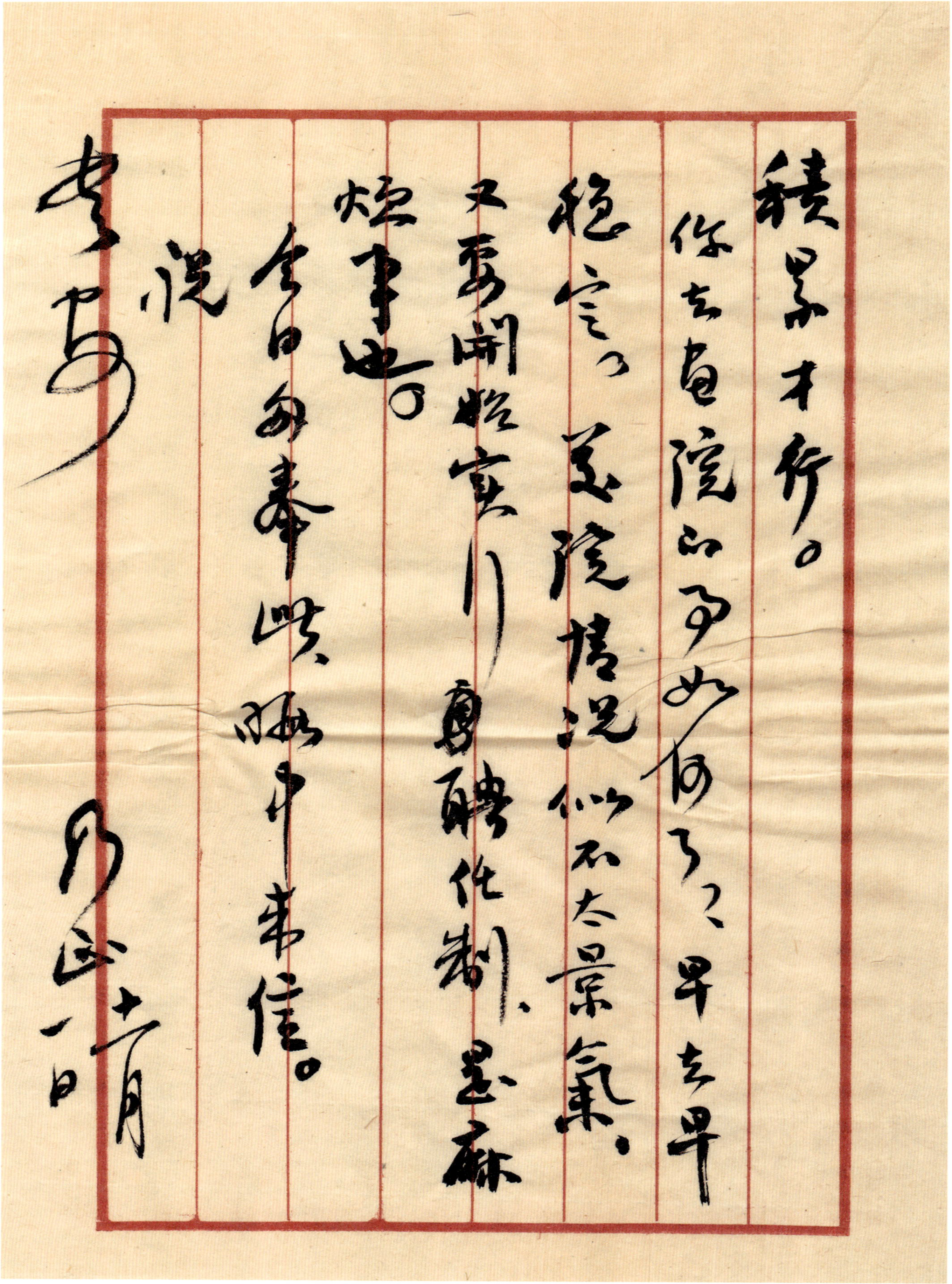

积累才行。

你去画院的事如何了？早去早稳定。美院情况似不太景气。又要开始实行聘任制，是麻烦事也。

今日匆奉此，暇中来信。

祝

书安

乃正

十一月一日

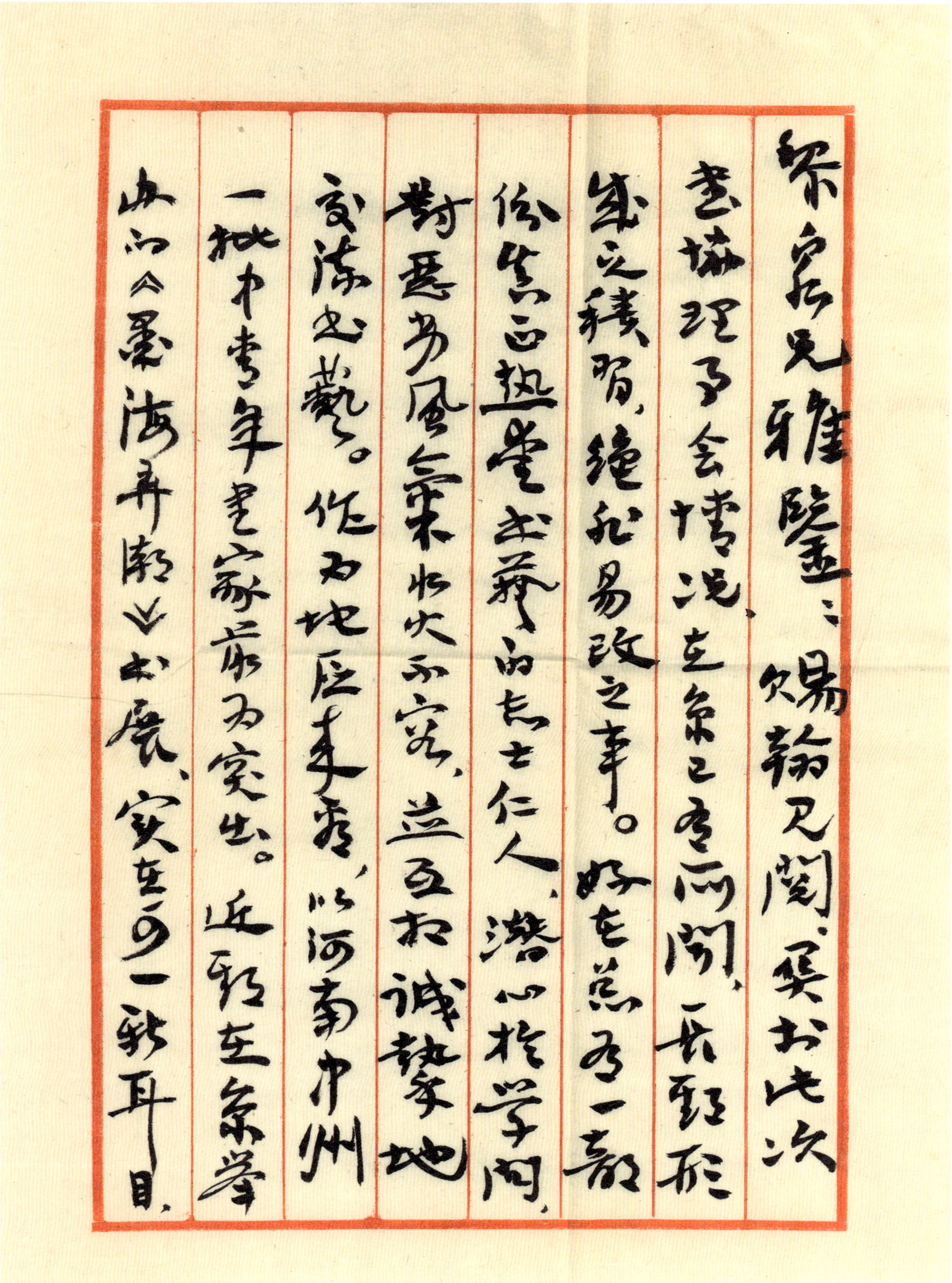
黎泉兄雅鉴：赐翰见阅，关于此次书协理事会情况，在京已有所闻，长期形成之积习，绝非易改之事。好在总有一部份真正热爱书艺的志士仁人，潜心于学问，对恶劣风气水火不容，并互相诚挚地交流书艺。作为地区来看，以河南中州一批中青年书家最为突出。近期在京举办的《墨海弄潮》书展，实在可一新耳目，

黎泉兄雅鉴：

赐翰见阅。关于此次书协理事会情况，在京已有所闻，长期形成之积习，绝非易改之事。好在总有一部份真正热爱书艺的志士仁人，潜心于学问，对恶劣风气水火不容，并互相诚挚地交流书艺。作为地区来看，以河南中州一批中青年书家最为突出。近期在京举办的《墨海弄潮》书展，实在可一新耳目，

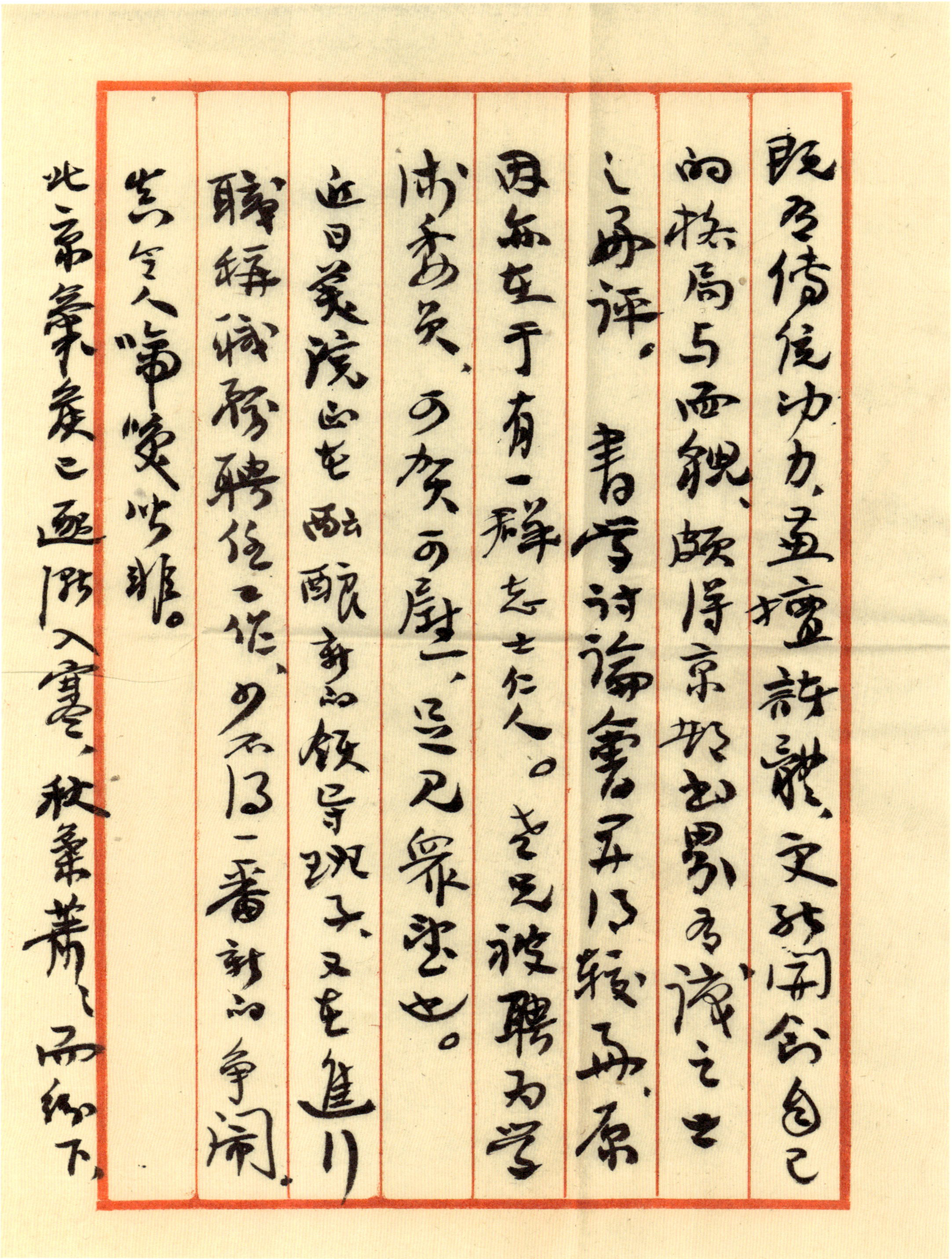

既有传统功力，兼擅诸体，更能开创自己的格局与面貌，颇得京都书界有识之士之好评。书学讨论会开得较好，原因亦在于有一群志士仁人。老兄被聘为学术委员，可贺可慰，足见众望也。

近日美院正在酝酿新的领导班子，又在进行职称职务聘任工作，少不得一番新的争闹，真令人啼笑皆非。

北京气候已逐渐入寒，秋叶萧萧而纷下，

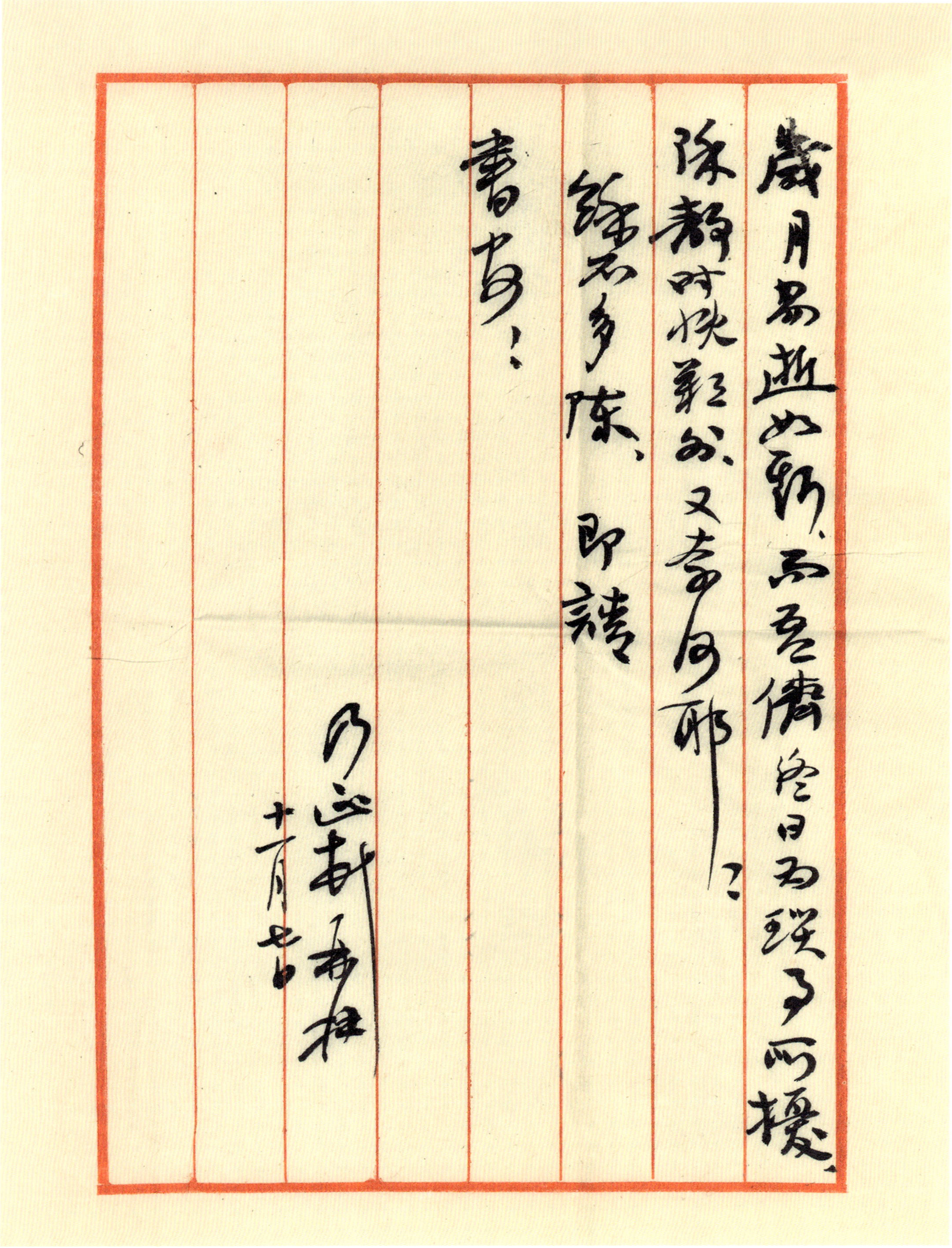

岁月易逝如斯，而吾侪终日为琐事所扰，除静时慨叹外，又奈何耶？余不多陈，即请

书安！

乃正顿首再拜

十一月七日

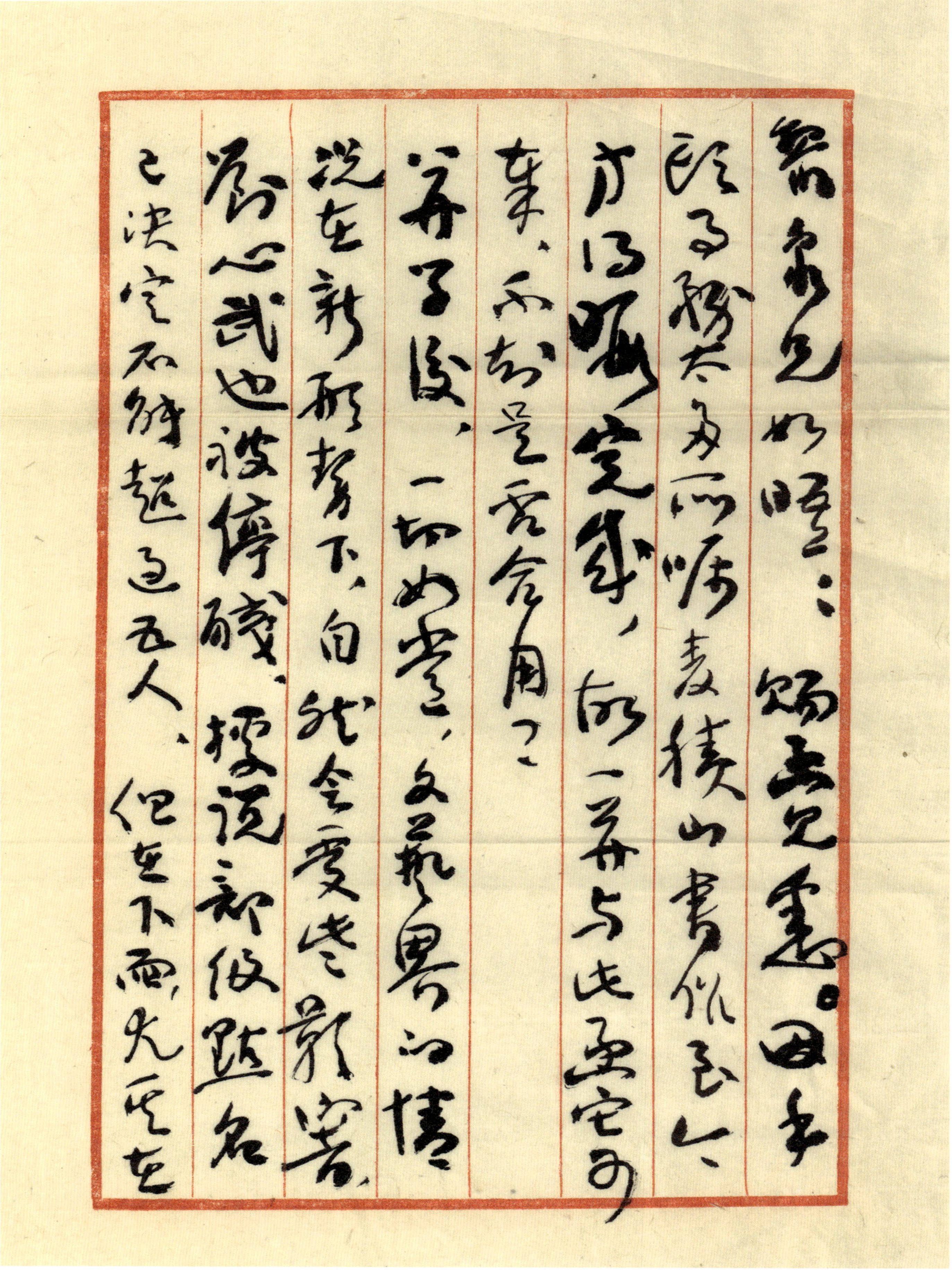

黎泉兄如晤：

赐函见悉。因手头事务太多所嘱麦积山书作至今方得暇完成，故一并与此函寄奉，不知是否合用？

开学后，一切如常，文艺界的情况在新形势下，自然会受些影响，刘心武也被停职，据说部级点名已决定不能超过五人，但在下面，尤其在

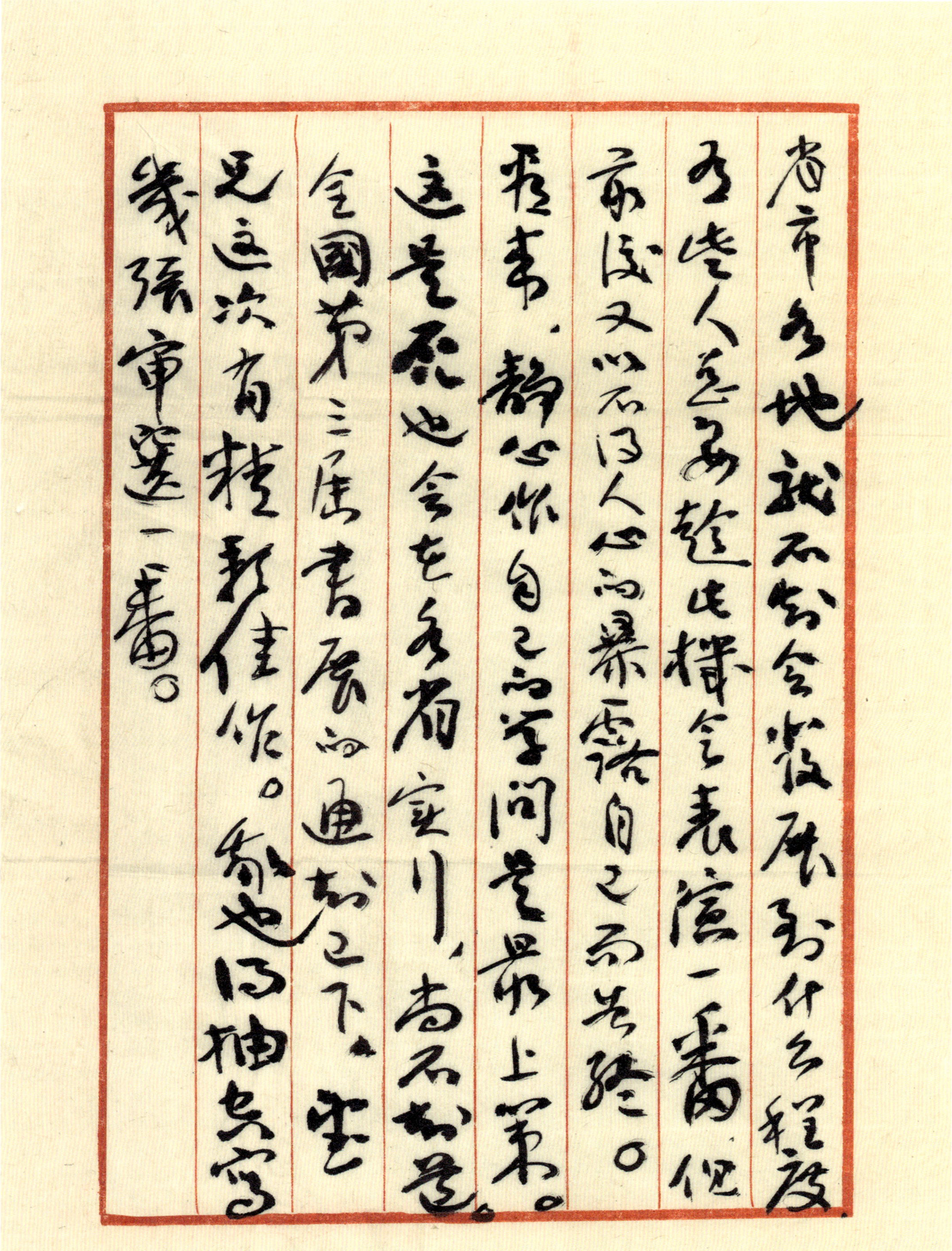

省市各地就不知会发展到什么程度，有些人总要趁此机会表演一番，但最后又以不得人心的暴露自己而告终。看来，静心作自己的学问是最上策。这是否也会在各省实行，尚不知道。

全国第三届书展的通知已下，望兄这次有精彩佳作。我也得抽空写几张审选一番。

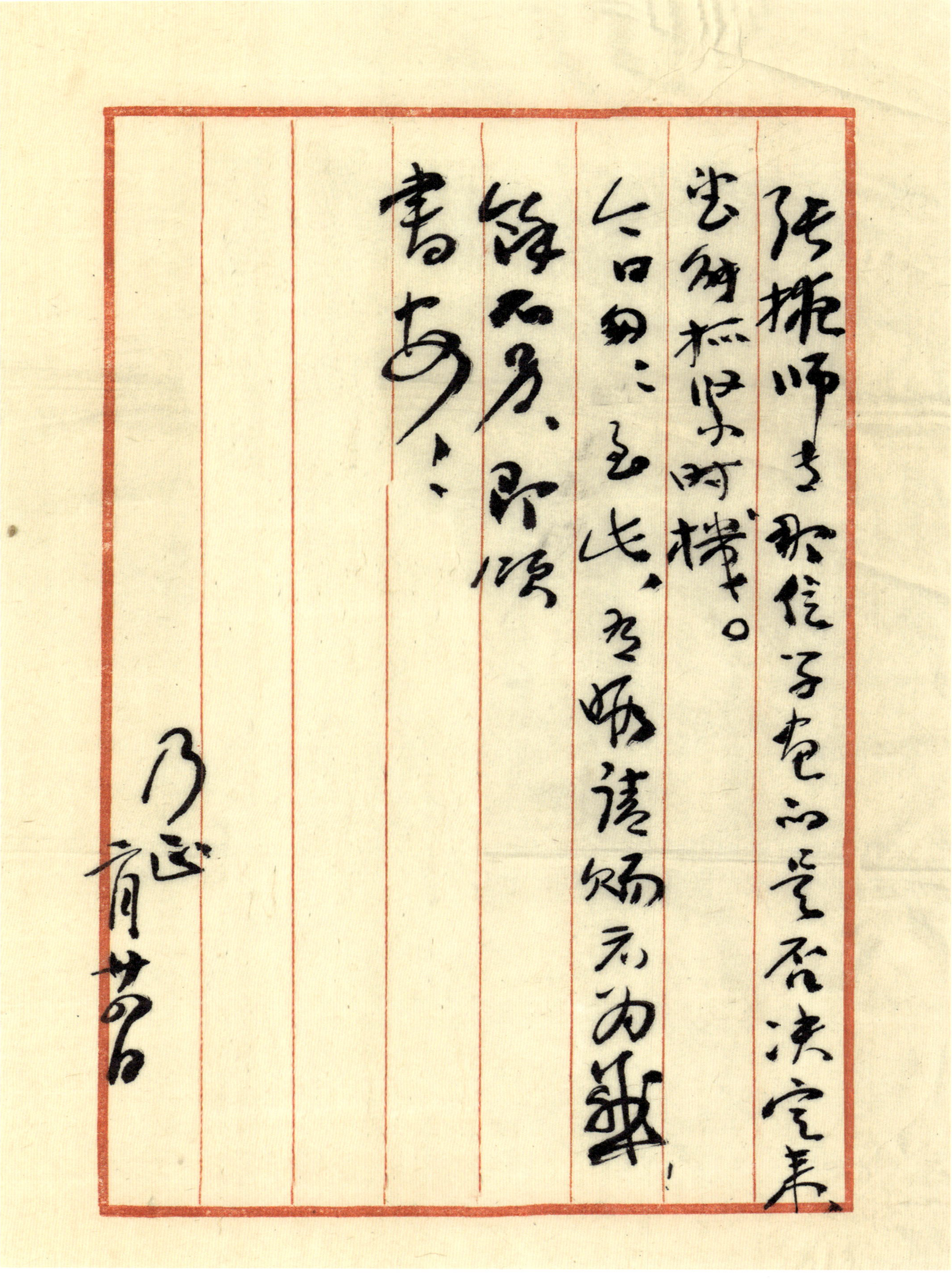

张掖师专那位学画的是否决定来，望能抓紧时机。
今日匆匆至此，有暇请赐示为感！
余不另，即颂
书安！

乃正
二月廿四日

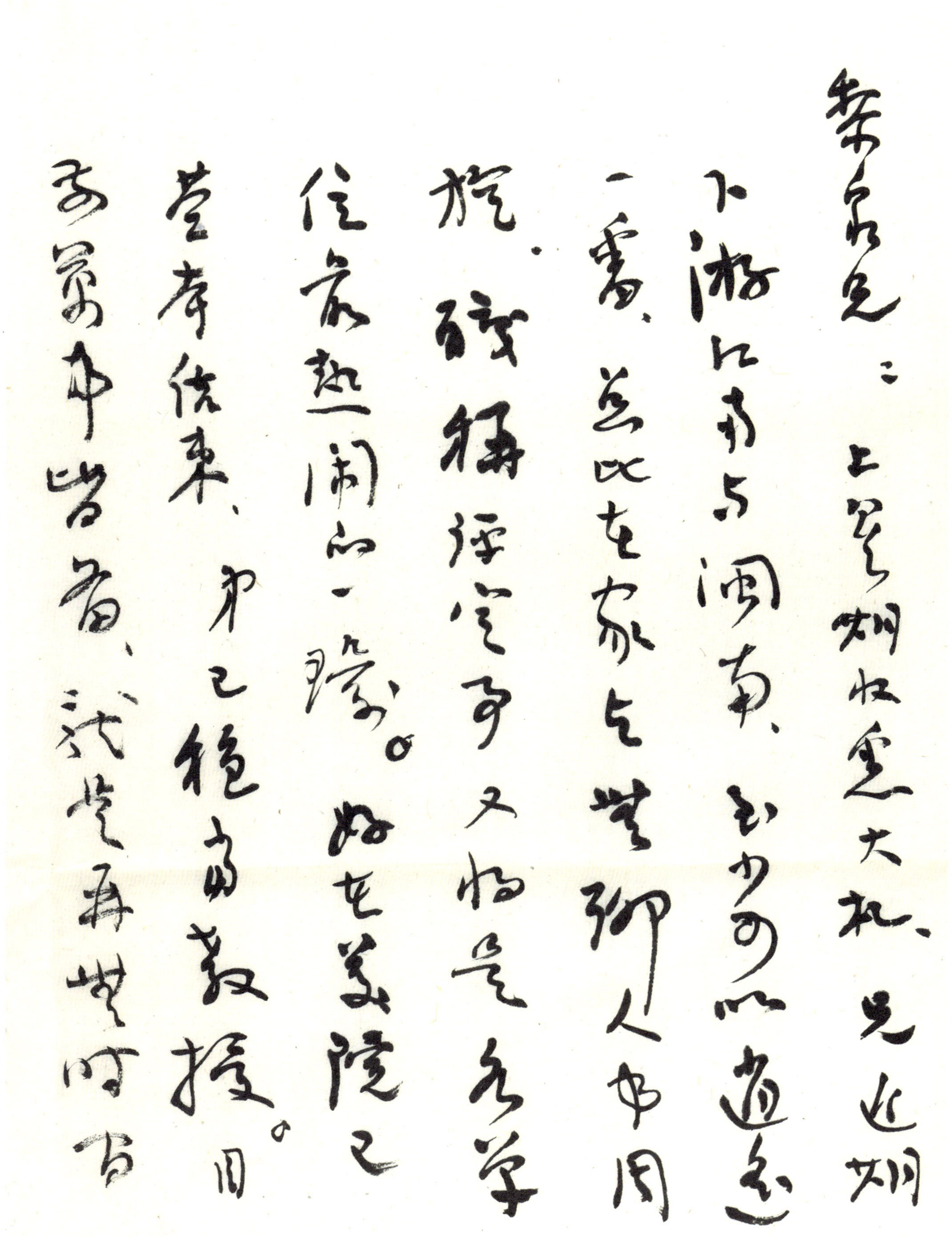

黎泉兄：

上星期收悉大札，兄近期下游江南与闽南，至少可以逍遥一番，总比在家与无聊人事周旋，职称评定事又将是各单位最热闹的一环。好在美院已基本结束，弟已稳当教授。目前万事皆备，就是再无时间

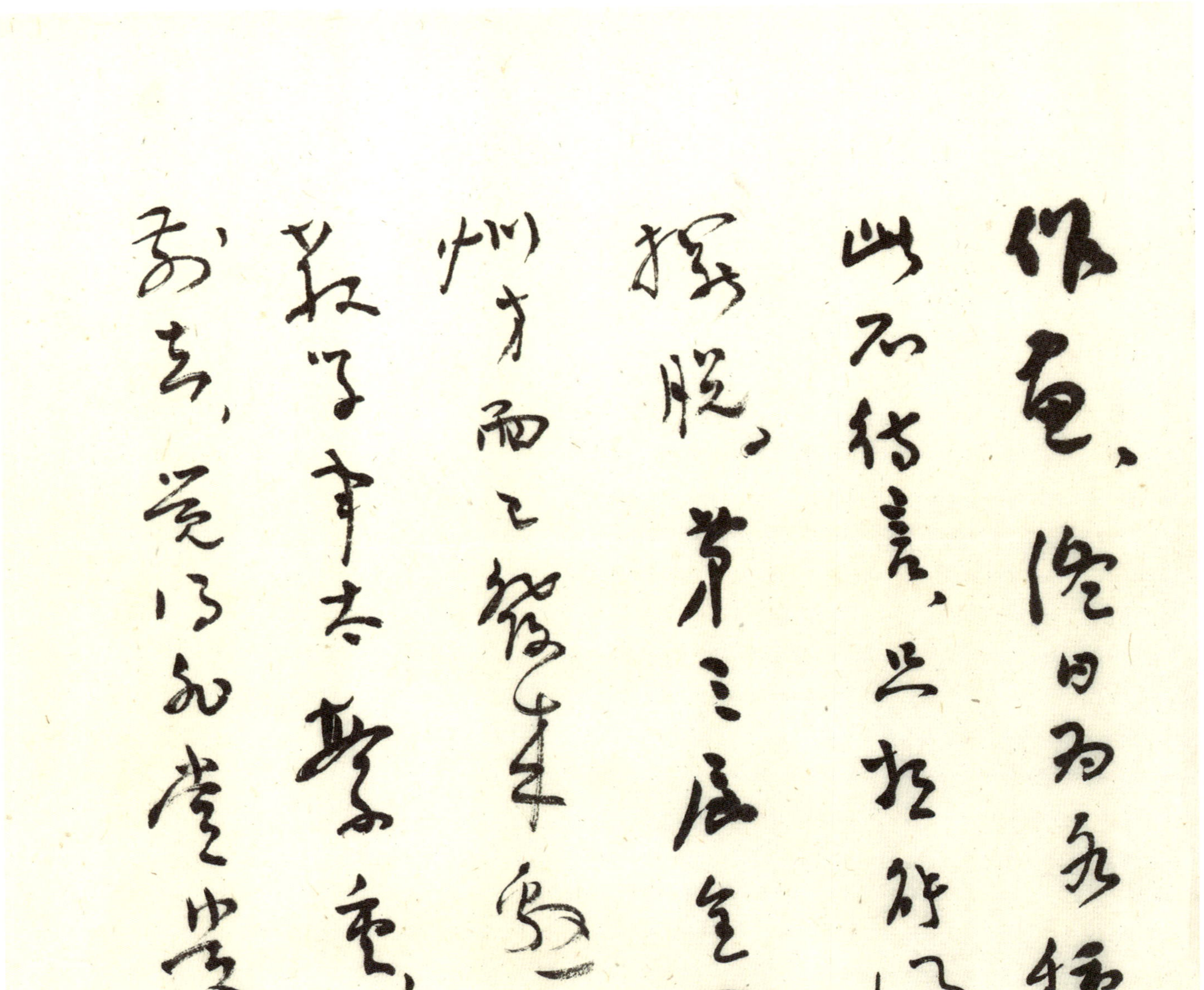

作画，终日为各种琐务所迫，此不待言，只想能得一机会彻底摆脱。第三届全国书展，郑州方面已发来邀请信，弟因教学事太繁重，恐无可能前去，觉得非常遗憾，兄若

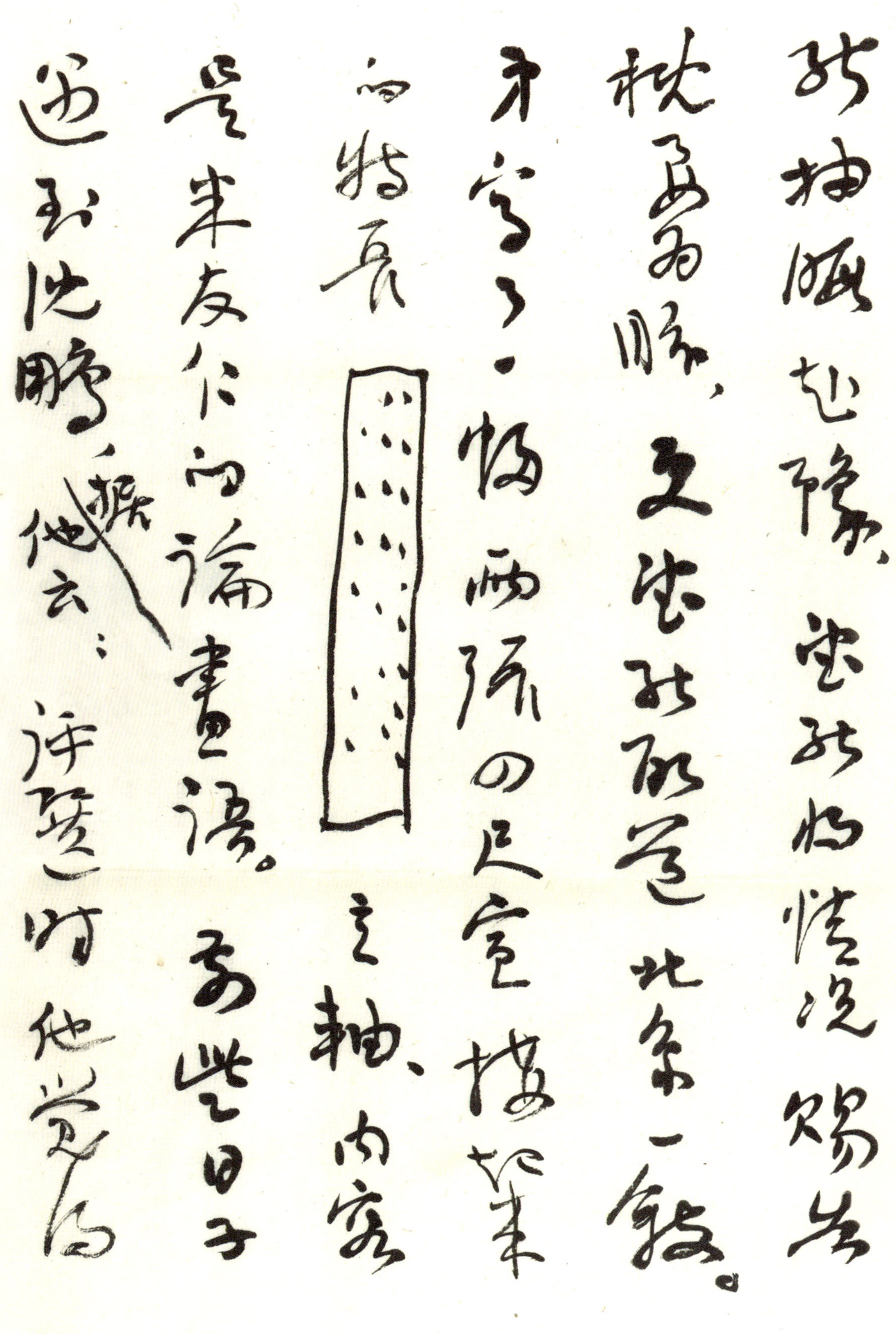
能抽暇赴豫，望能將情況賜告概要為盼，更望能取道北京一敘。弟寫了一幅兩張四尺宣接起來的特長立軸，內容是米友仁論畫語。前些日子遇到沈鵬，據他云：評選時他覺得

能抽暇赴豫，望能将情况赐告概要为盼，更望能取道北京一叙。
弟写了一幅两张四尺宣接起来的特长立轴，内容是米友仁的论画语。前此日子遇到沈鹏，
据他云：评选时他觉得

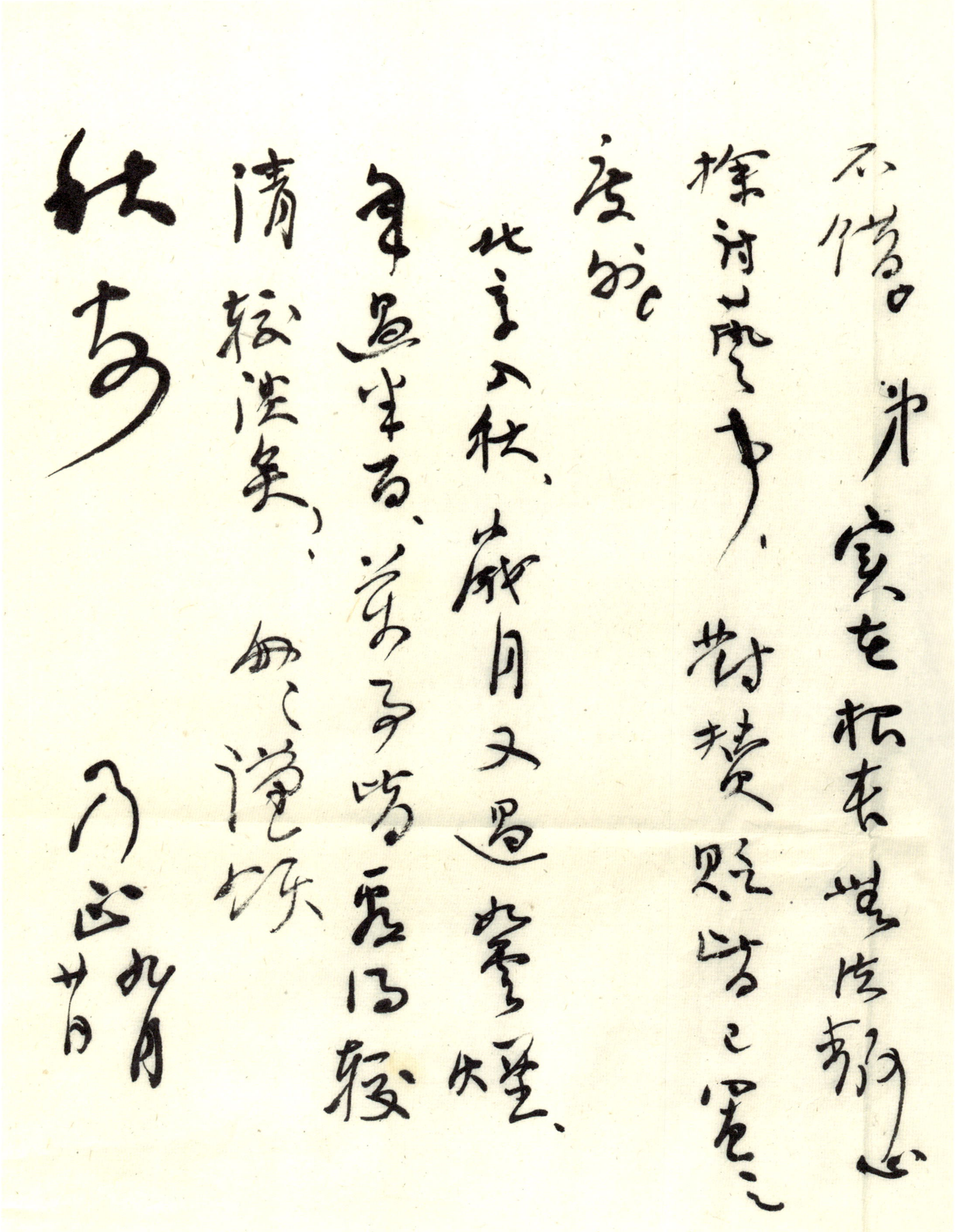

不错。弟实在根本无法静心探讨艺事，对赞贬皆以置之度外。

北京入秋，岁月又过如云烟，年过半百，万事皆看得较清较淡矣！匆匆谨颂

秋安

乃正

九月廿日

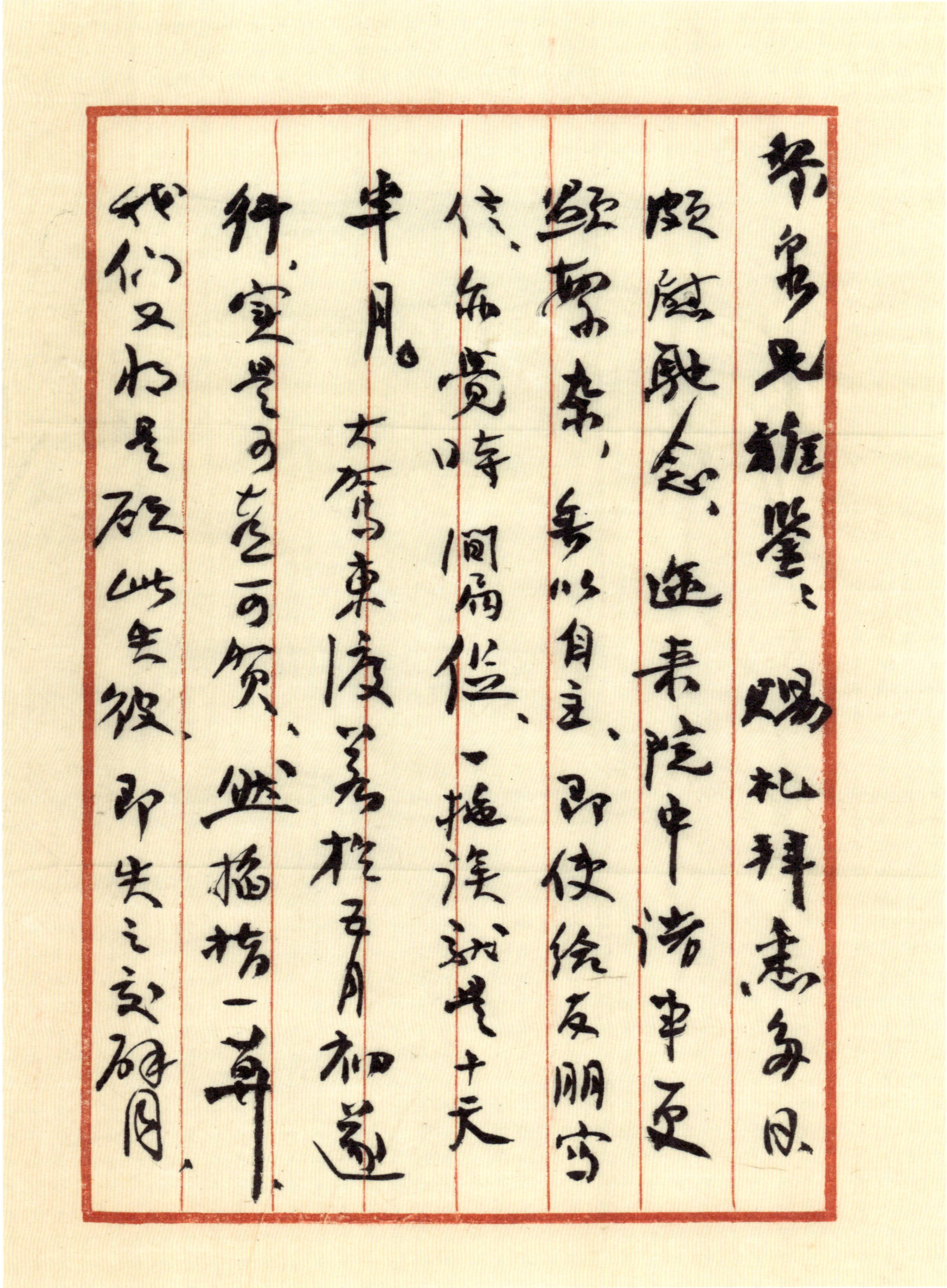

黎泉兄雅鉴：

赐札拜悉多日，頗慰驰念，迩来院中诸事更显繁杂，无以自主，即使给友朋写信，亦觉时间局促，一拖误就是十天半月。大驾东渡若于五月初遂行，实是可喜可贺，然掐指一算，我们又将是顾此失彼，即失之交臂，

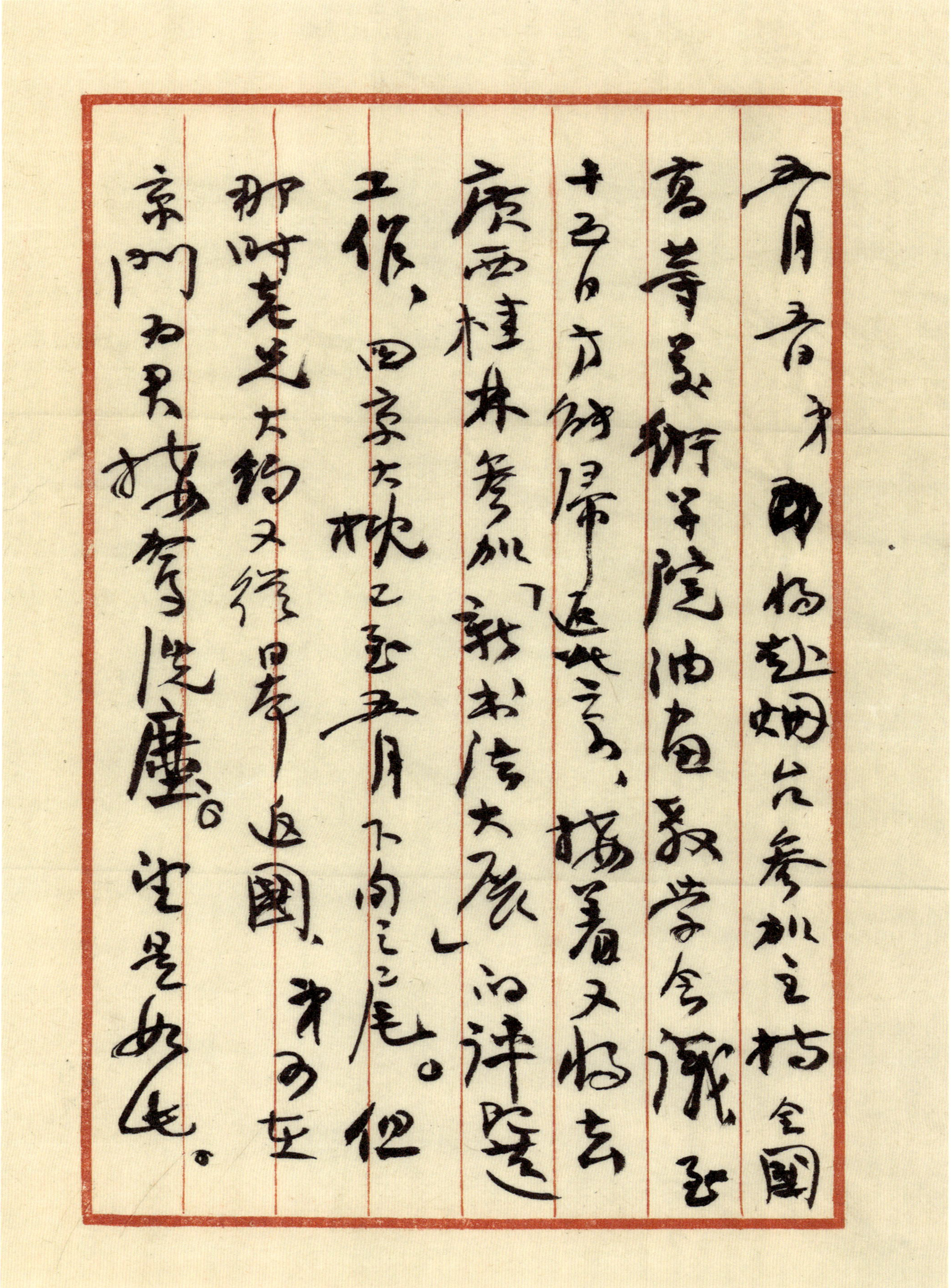
五月五日弟将赴烟台参加主持全国
高等美术学院油画教学会议，至
十五日方能归返北京，接着又将去
广西桂林参加「新书法大展」的评选
工作，回京大概已至五月下旬之尾。但
那时老兄大约又从日本返国，弟可在
京门为君接驾洗尘。望是如此。

五月五日弟将赴烟台参加主持全国高等美术学院油画教学会议，至十五日方能归返北京，接着又将去广西桂林参加「新书法大展」的评选工作，回京大概已至五月下旬之尾。但那时老兄大约又从日本返国，弟可在京门为君接驾洗尘。望是如此。

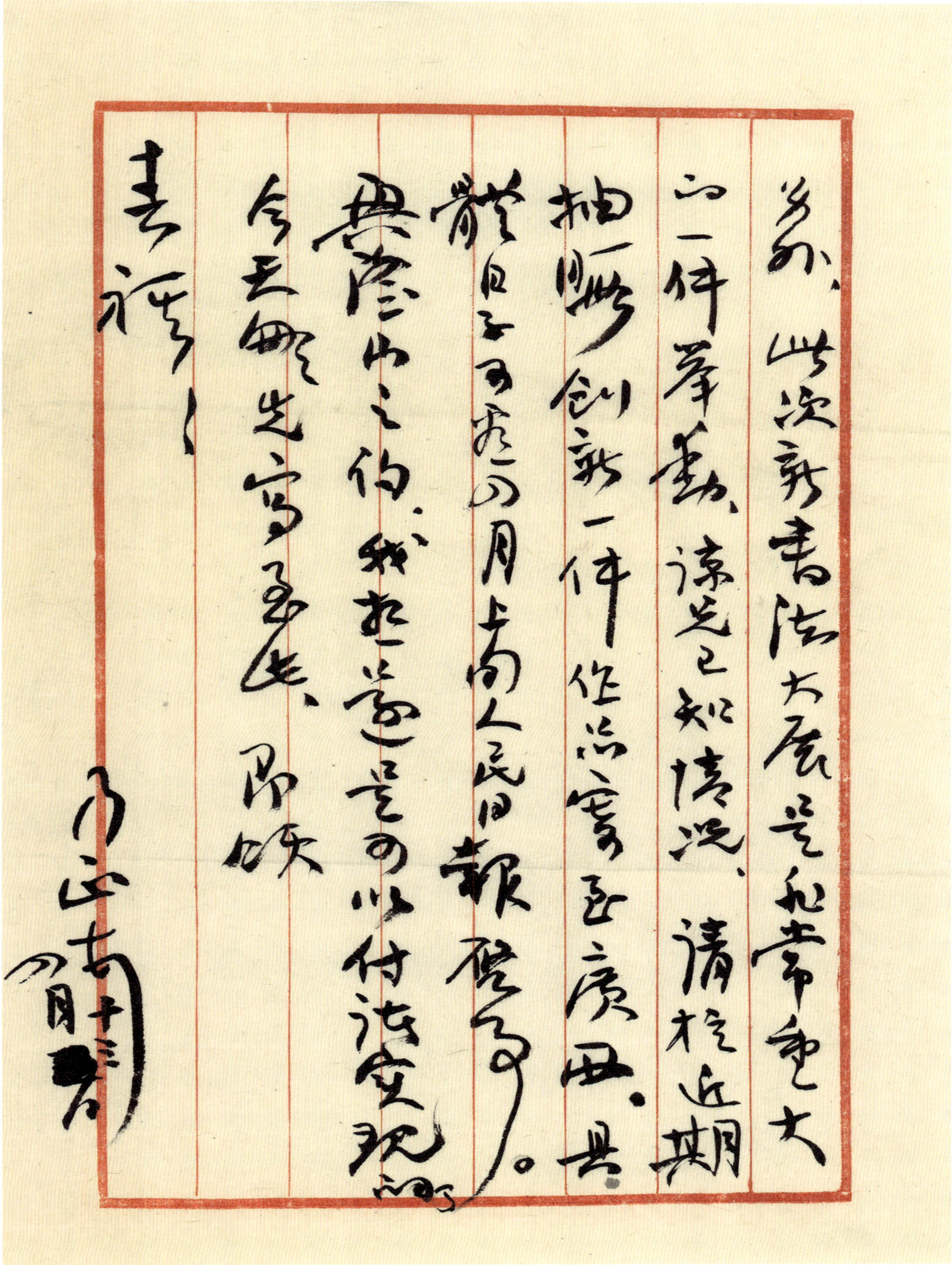

另外，此次新书法大展是非常重大的一件举动，谅兄已知情况，请于近期抽暇创新一件作品寄至广西。具体日子可看四月上旬人民日报启事。兴隆山之约，我想还是可以付诸实现的。今天匆匆先写至此，即颂

春祺！

乃正顿首

四月十三日

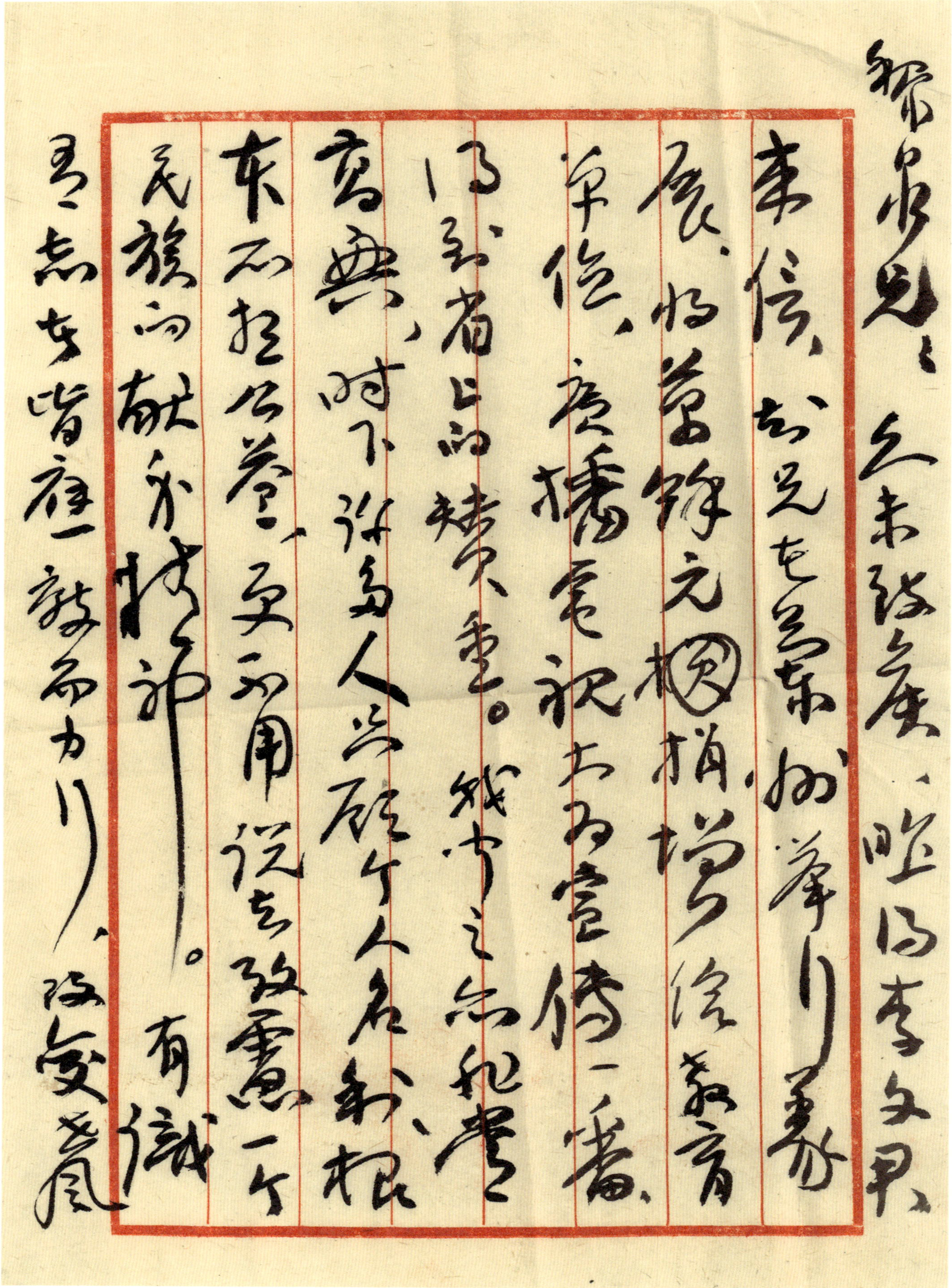

黎泉兄：

久未致候，昨得李文君来信，知兄在兰州举行义展，将万余元捐赠给教育单位，广播电视大为宣传一番，得到省上的赞重。我闻之亦非常高兴，时下许多人只顾个人名利，根本不想公益，更不用说去考虑一个民族的献身精神。有识有志者皆应效而力行，改变世风

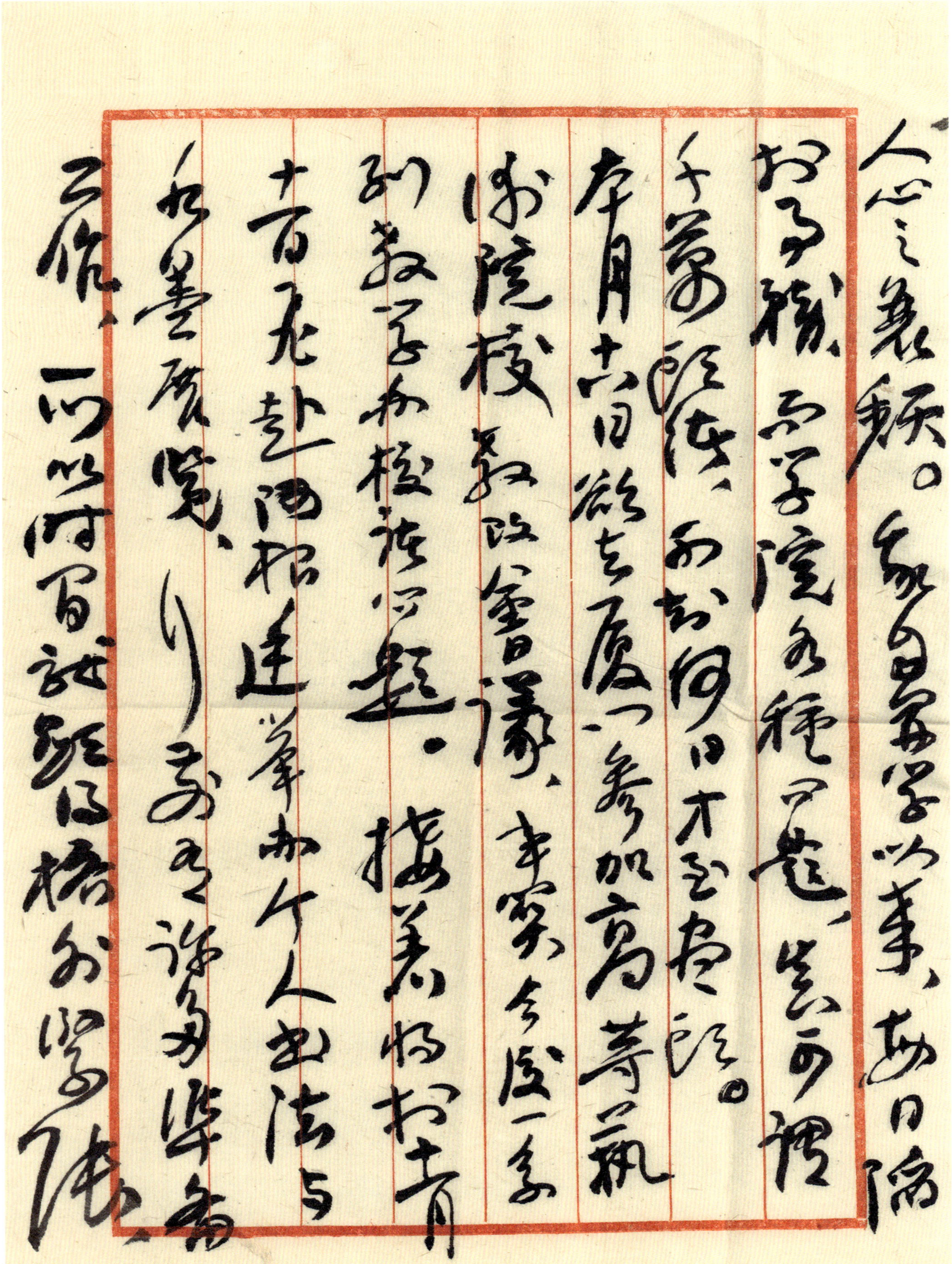

人心之衰颓。我自开学以来，每日陷于事务，而学院各种问题真可谓千万头绪，不知何日才至尽头。

本月十八日欲去厦门参加高等艺术院校教改会议，事关今后一系列教学办校诸问题。接着将于十一月十一日飞赴阿根廷举办个人书法与水墨展览，行前有许多准备工作，所以时间就显得格外紧张，

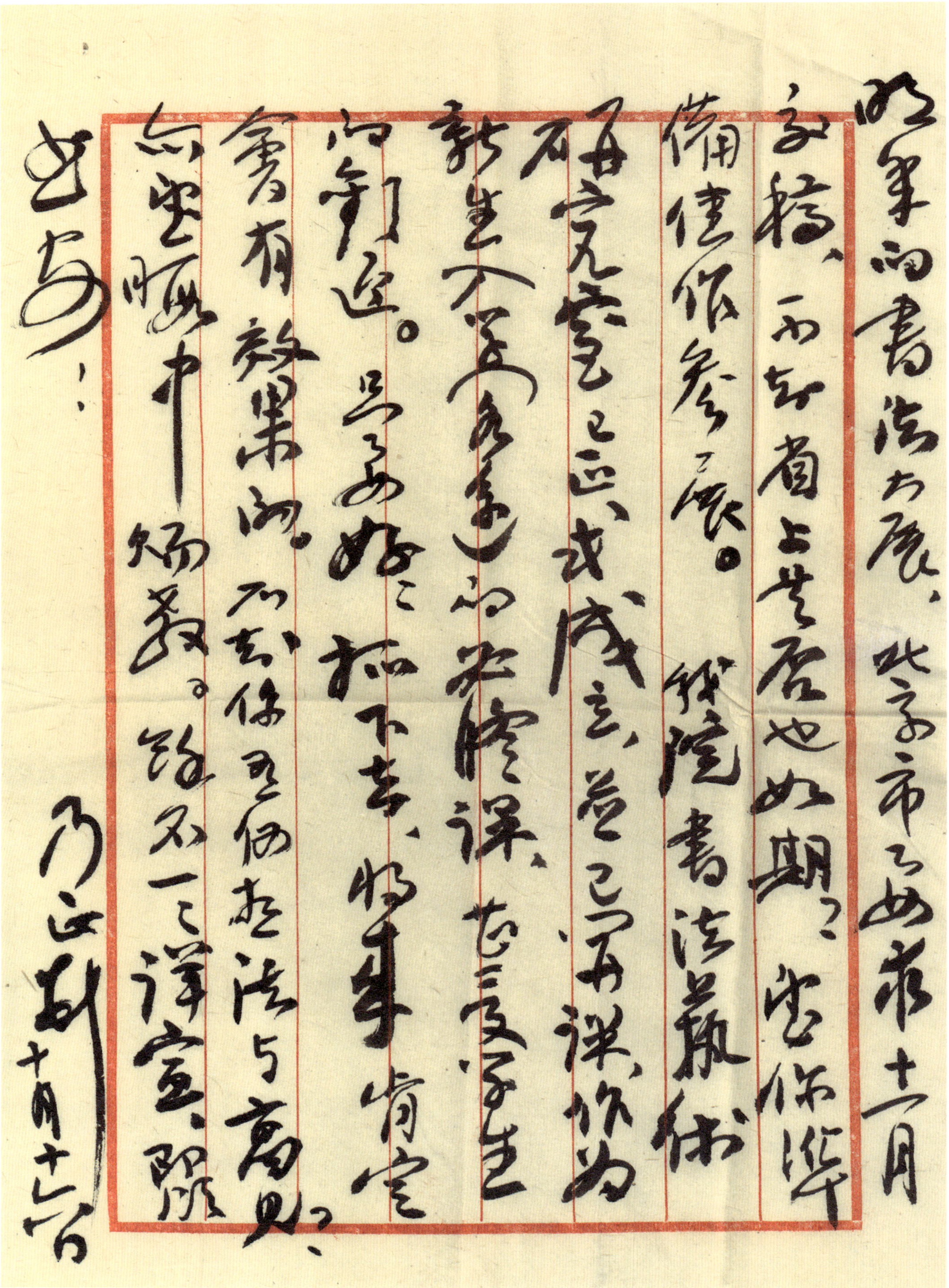

明年的书法大展，北京市要求十一月交稿，不知省上是否也如期？望你准备佳作参展。我院书法艺术研究室已正式成立，并已开课，作为新生入学（各系）的必修课，甚受学生的欢迎。只要好好抓下去，将来肯定会有效果的。不知你有何想法与高见？亦望暇中赐教。余不一一详宣，即颂

书安！

乃正顿首

十月十六日

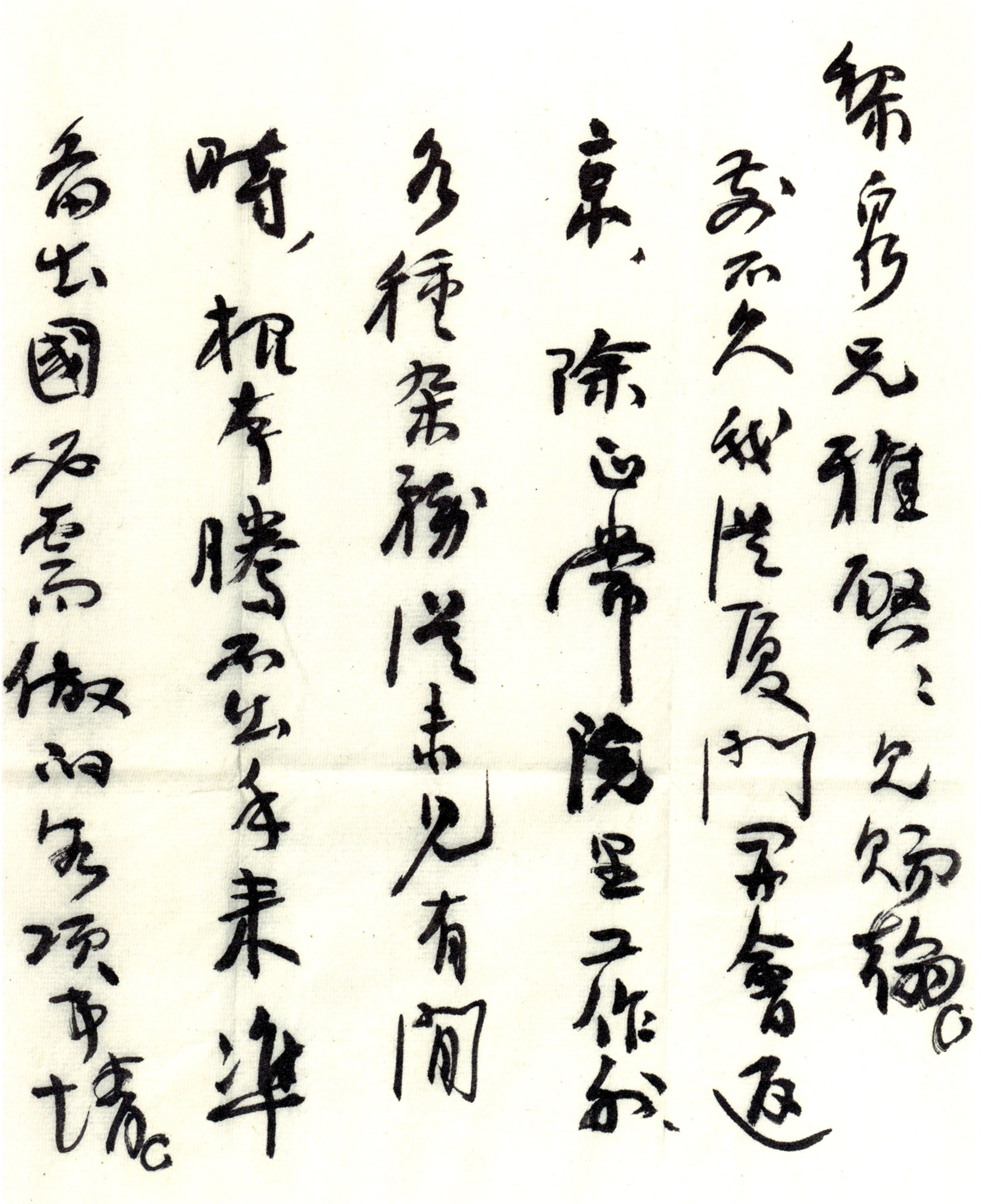

黎泉兄雅启：

见赐翰。

前不久我从厦门开会返京，除正常院里工作外，各种杂务从未见有闲时，根本腾不出手来准备出国必需做的各项事情。

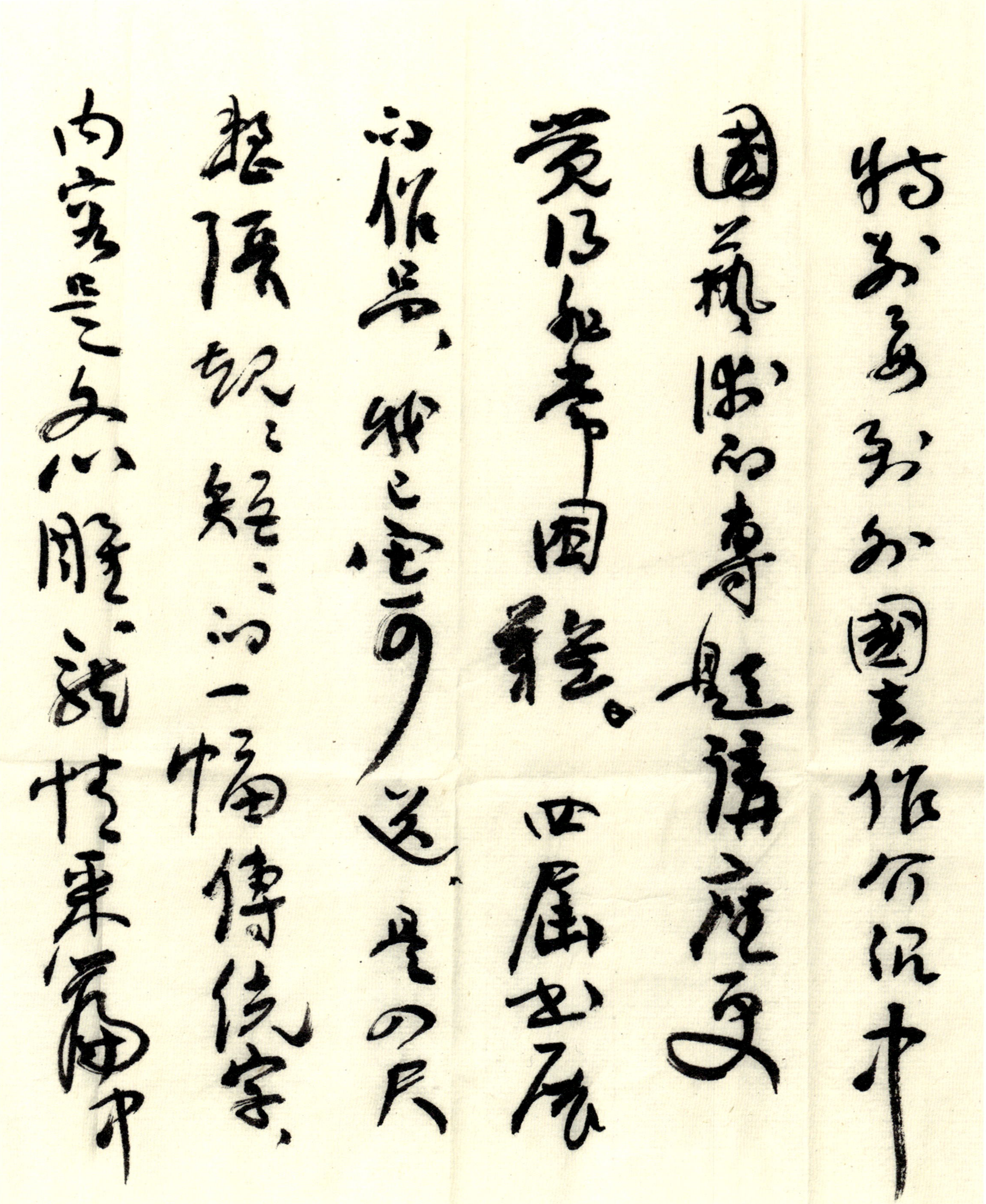

特别要到外国去作介绍中国艺术的专题讲座更觉得非常困难。四届书展的作品，我已寄送，是四尺整张规规矩矩的一幅传统字，内容是文心雕龙情采篇中

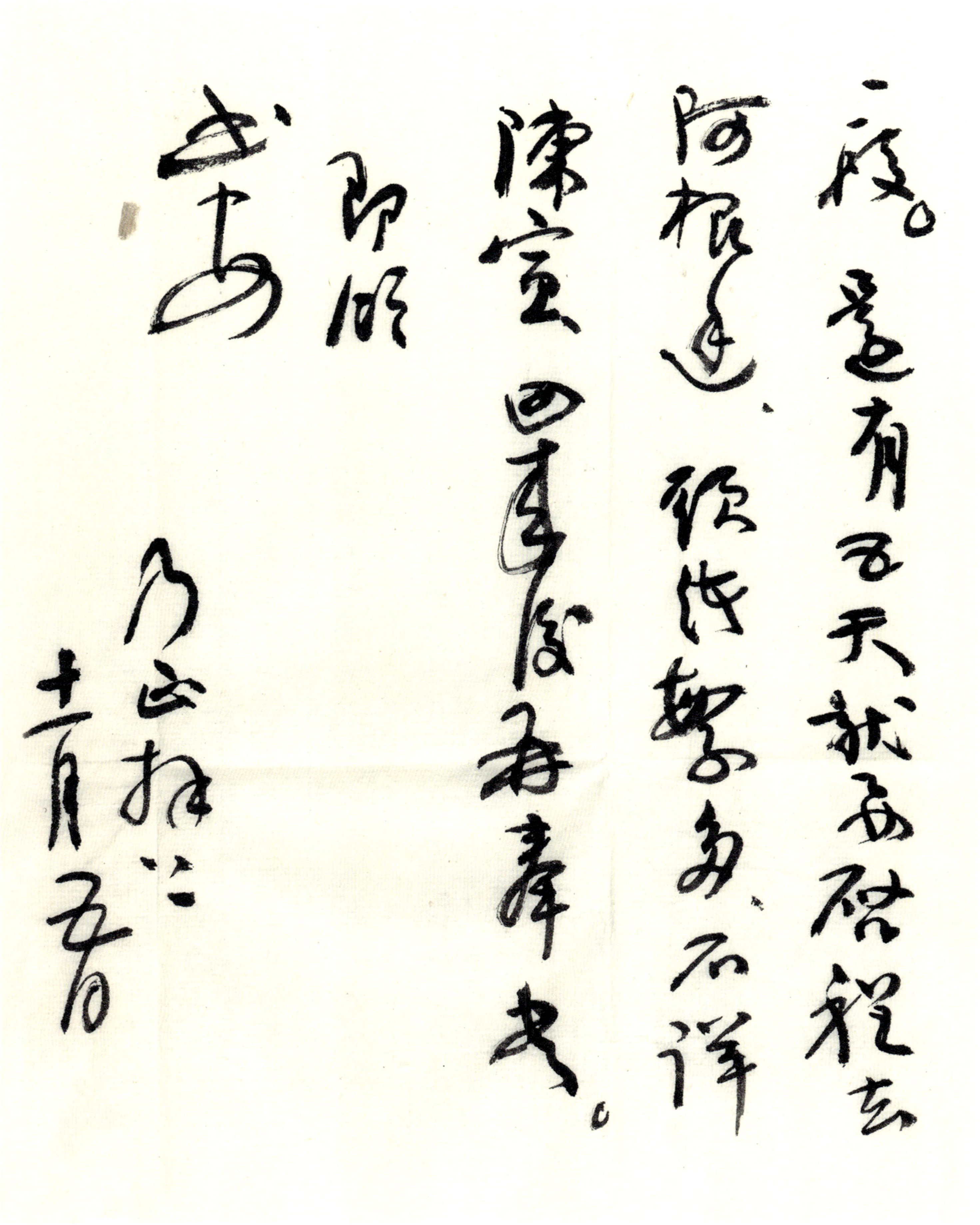

一段。还有五天就要启程去阿根廷，头绪繁多，不详陈宣，回来后再奉书。

即颂

书安

乃正拜上

十一月五日

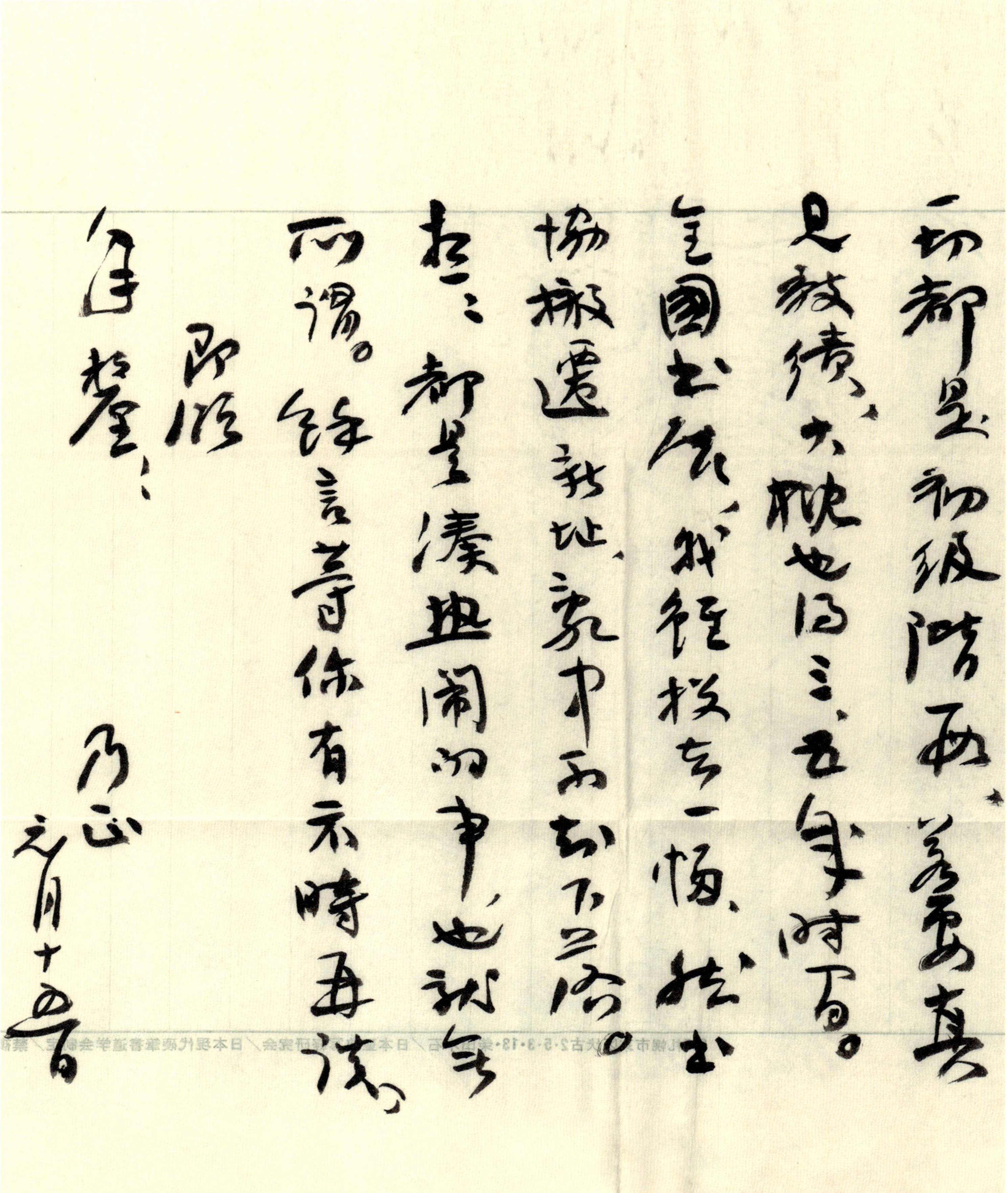

一切都是初级阶段，若要真见效绩，大概也得三、五年时间。全国书展，我虽投去一幅，然书协搬迁新址，乱中不知下落。想想都是凑热闹的事，也就无所谓。余言等你有示时再谈。

即颂

年厘！

乃正

元月十五日

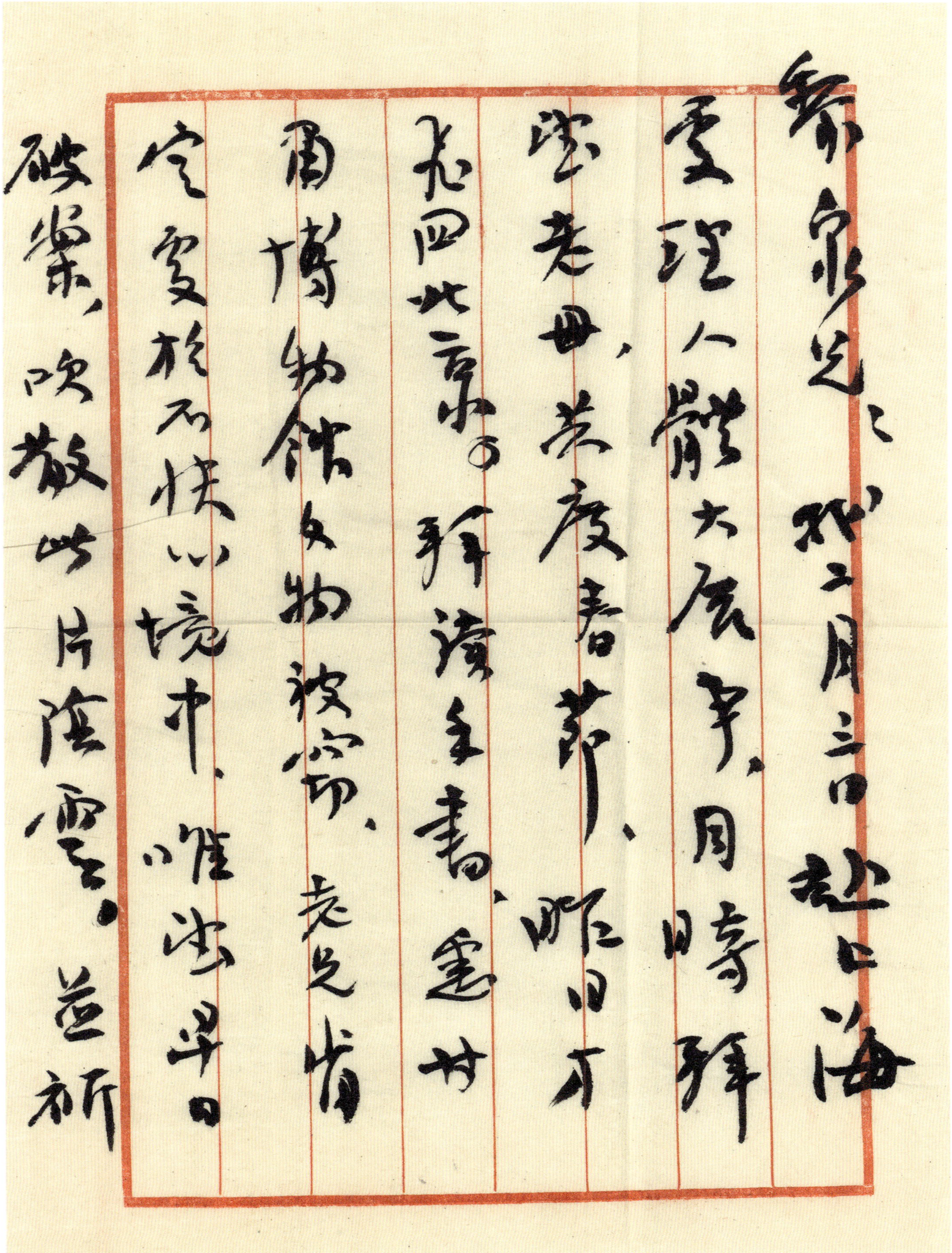
黎泉兄：我二月三日赴上海處理人體大展事，同時拜望老母，共度春節，昨日方飛回北京。拜讀手書，悉甘肅博物館文物被竊，老兄肯定處於不快心境中，唯望早日破案，吹散此片陰雲。並祈

黎泉兄：

我二月三日赴上海处理人体大展事，同时拜望老母，共度春节，昨日方飞回北京。拜读手书，悉甘肃博物馆文物被窃，老兄肯定处于不快心境中，唯望早日破案，吹散此片阴云。并祈

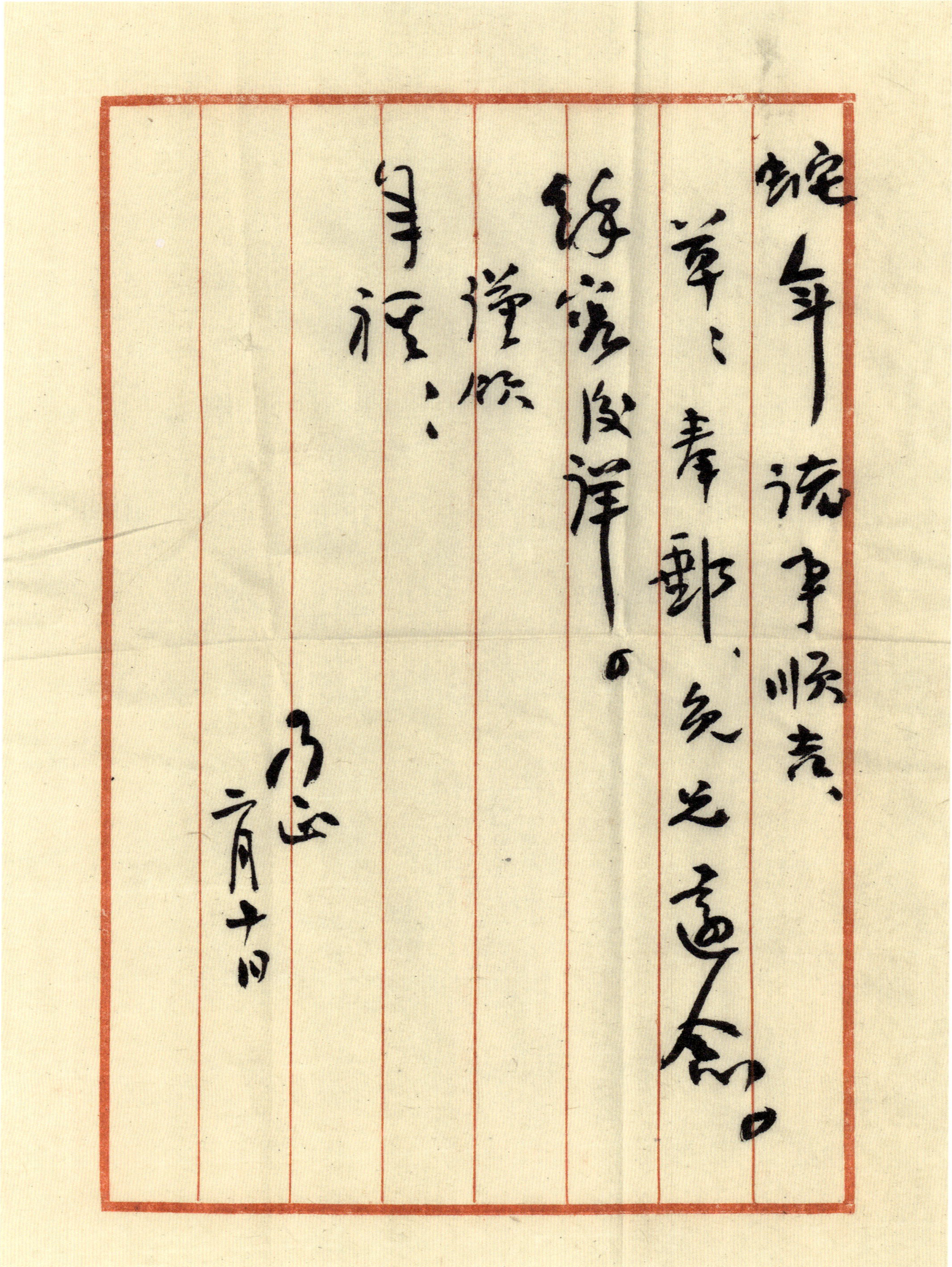

蛇年诸事顺吉。
草草奉邮，免兄远念。
余容后详。
谨颂
年祺！

乃正
二月十日

朱乃正常用印

行云流水

甘肃省
兰州市滨河东路
甘肃画院
赵正先生
朱乃正
北京东城煤渣胡同
3-902室

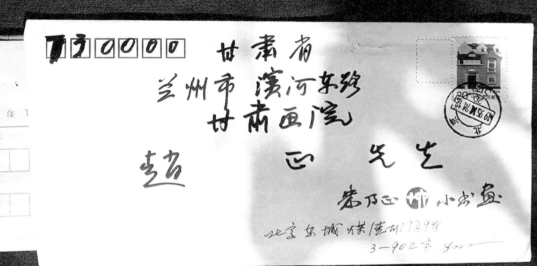

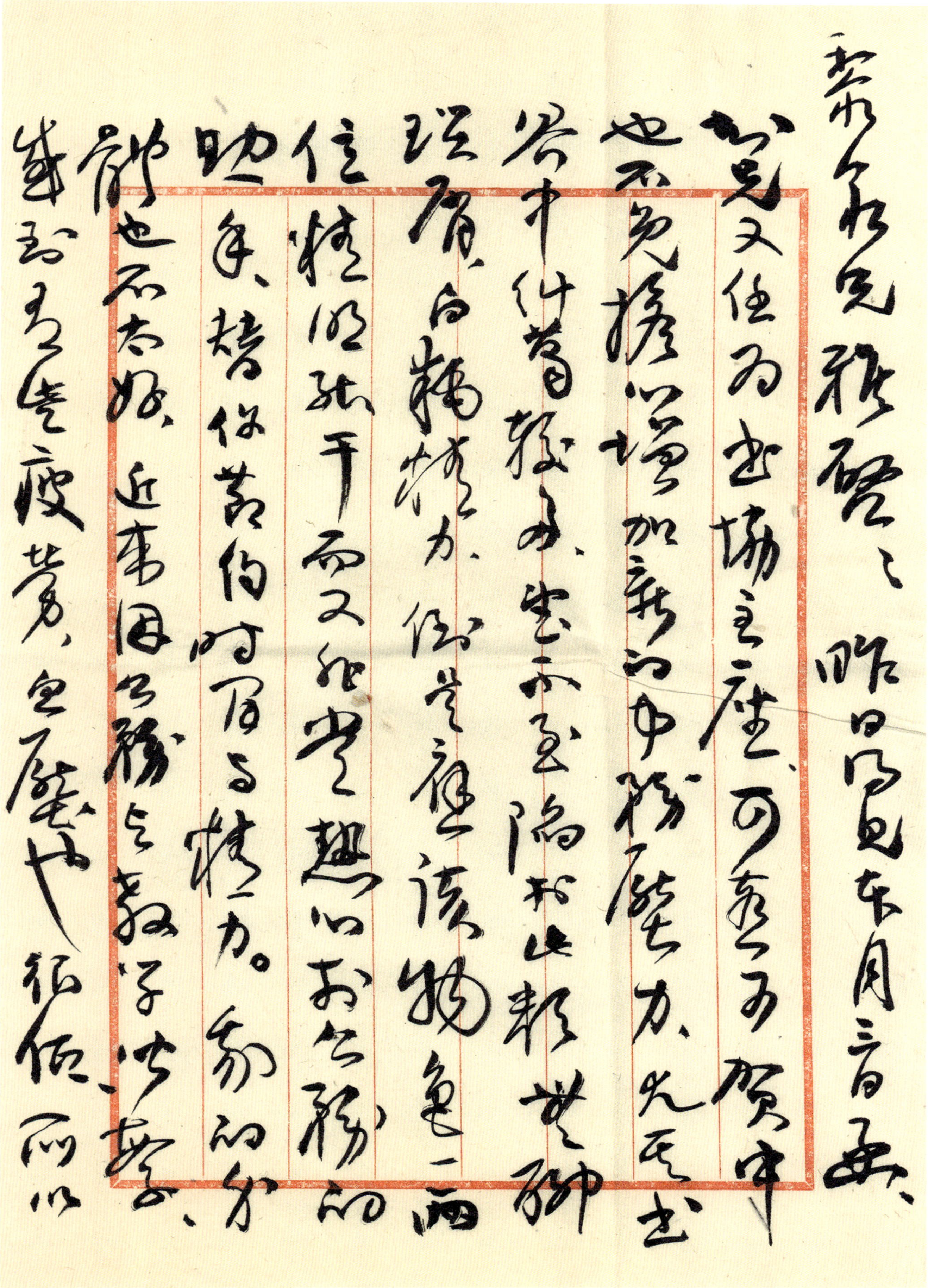

黎泉兄雅启：

昨日得见本月三日函，知兄又任为书协主座，可喜可贺中也不免担心增加新的事务压力，尤其书界中纠葛较多，望不至陷于此类无聊琐屑，白耗精力，倒是应该物色一两位精明能干而又非常热心于公务的助手，替你节约时间与精力。我的身体也不太好，近来因公务与教学皆繁，感到有些疲劳，血压也很低，所以

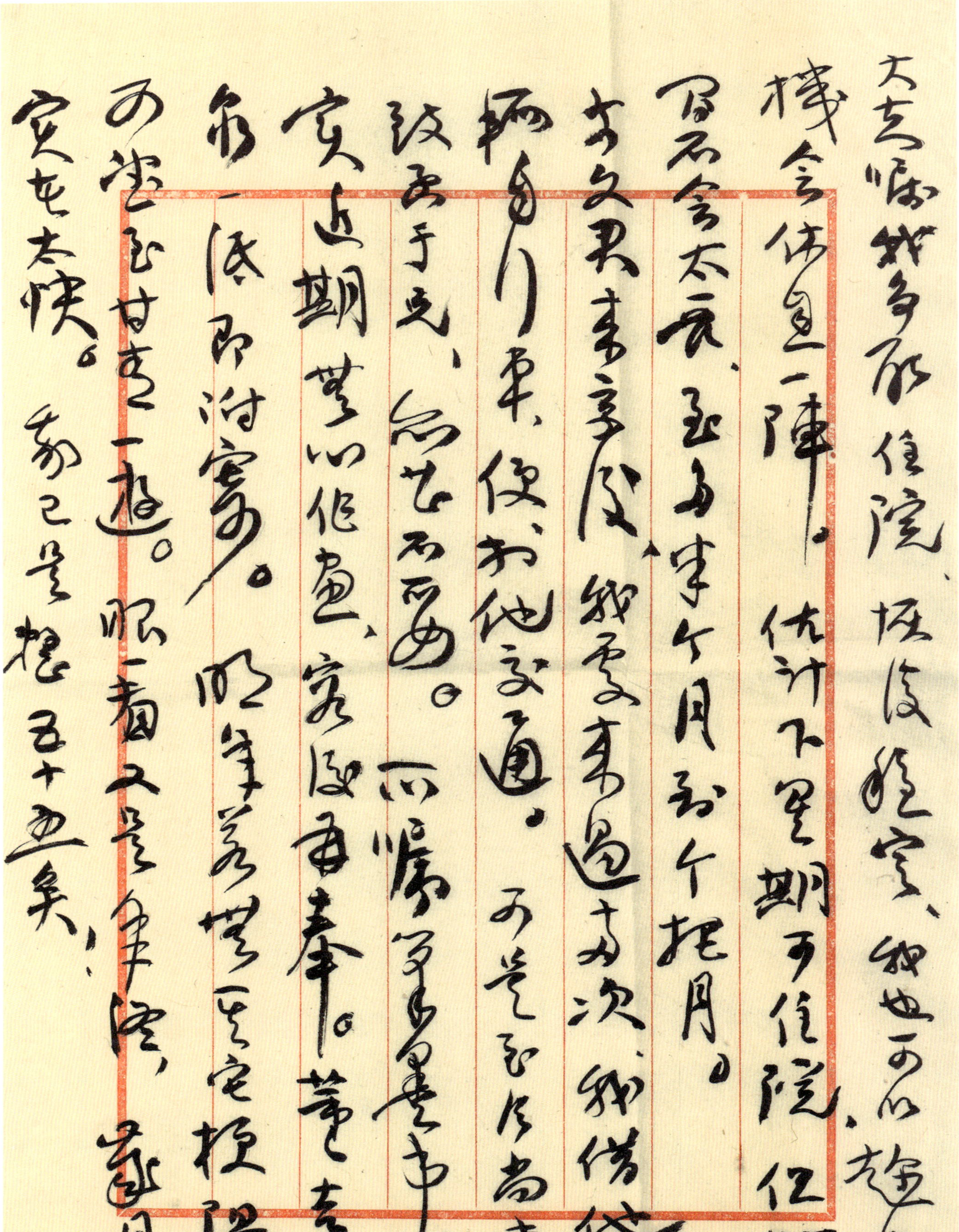

大夫嘱我争取住院，恢复稳定，我也可以趁此机会休息一阵。估计下星期可住院，但时间不会太长，至多半个月到个把月。

李文君来京后，我处来过两次，我借他辆自行车，便于他交通。可是至今尚未函于兄，亦甚不妥。所嘱笔墨事，实近期无心作画，容后再奉。董吉泉一纸即附寄。明年若无其它梗阻，可望至甘青一游。眼看又是年终，岁月实在太快，我已是整五十五矣！

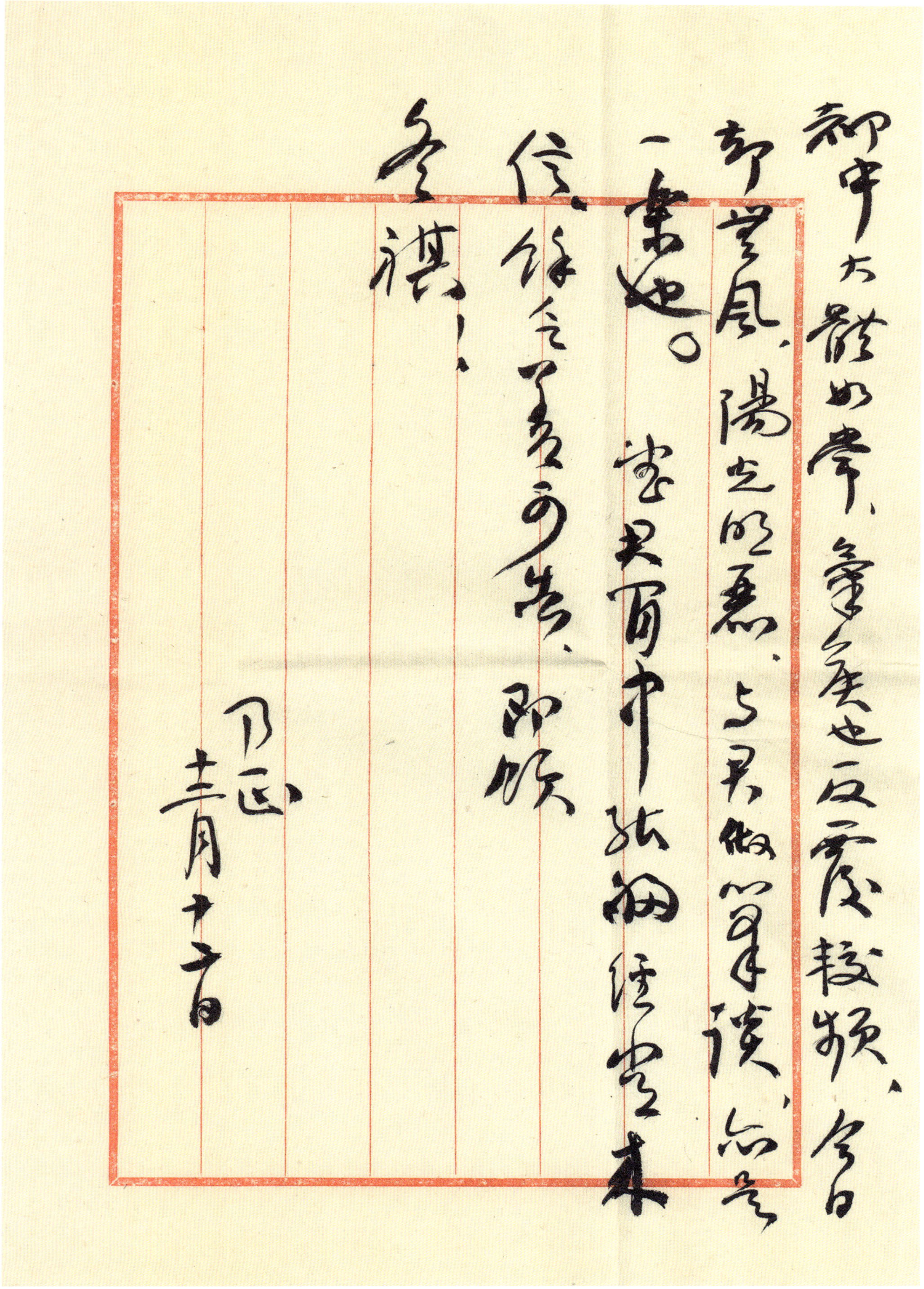

都中大体如常，气候也反覆较频，今日却无风，阳光明丽，与君做笔谈，亦是一乐也。望君闲中能够经常来信，与乏差可告，即颂
冬祺！

乃正
十二月十二日

黎明兄：

端书与附函一通早已收悉。五月，你甚忙，曾去成都开会，又陪文书度赴日本参加中国现代艺术作品大展。归来后又忙着搞一个《名师的足迹》展览，是吴作人先生等八位老前辈的联展。学校放假前的事务尚多，暂时还得顶着去做一段时间，下学期可望解脱，方得潜心静研艺事。

八月一日至十日，青海电视台为我举办一个居青时期的书法展，届时我当重游故地。你那里的课都添回[illegible]

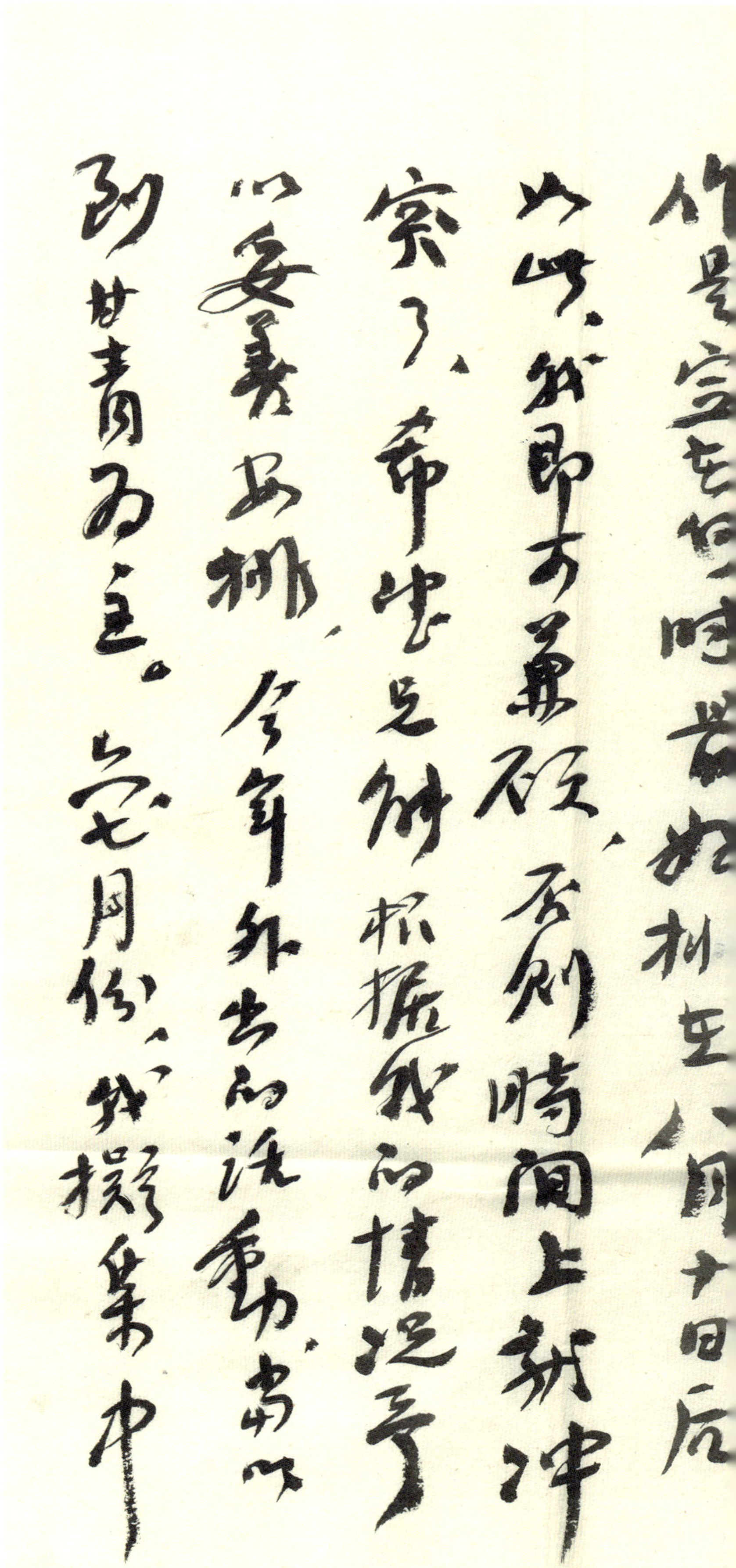
作是定在何时，最好排在八月十日后，
如此，我即可兼顾，否则时间上就冲
突了，希望兄能根据我的情况予
以妥善安排，今年外出的活动当
以到甘青为主。六七月份，我拟集中

黎泉兄：

赐书与附函一通早已收悉。五月份甚忙，曾在成都开会，遽后又东渡赴日本参加中国现代美术作品大展。归来后忙着又搞一个《名师的足迹》展览，是吴作人先生等八位老前辈的联展，学校放假前的事务尚多，暂时还得顶着去做一段时间，下学期可望解脱，方得潜心静研艺事。八月一日至十日，青海电视台为我举办一个居青时期的书法展，届时我当重游故地，你那里的镍都杯的评选工作是定在何时，最好排在八月十日后，如此，我即可兼顾，否则时间上就冲突了，希望兄能根据我的情况予以妥善安排，今年外出的活动，当以到甘青为主。六、七月份，我拟集中精力完成一張較大篇幅的油畫。數年來未能作畫，甚有手心相違之感。書法第一期上介紹拙書，作品選的也是不理想。在新雲上也刊一點，反響頗，不少人寫信來索字，也非常麻煩與為難。

練目前身體尚稱安好，但是每當忙累過久時，就覺得不能支撐，年歲老邁，實不饒人，有些東想多留一些東西給後人，

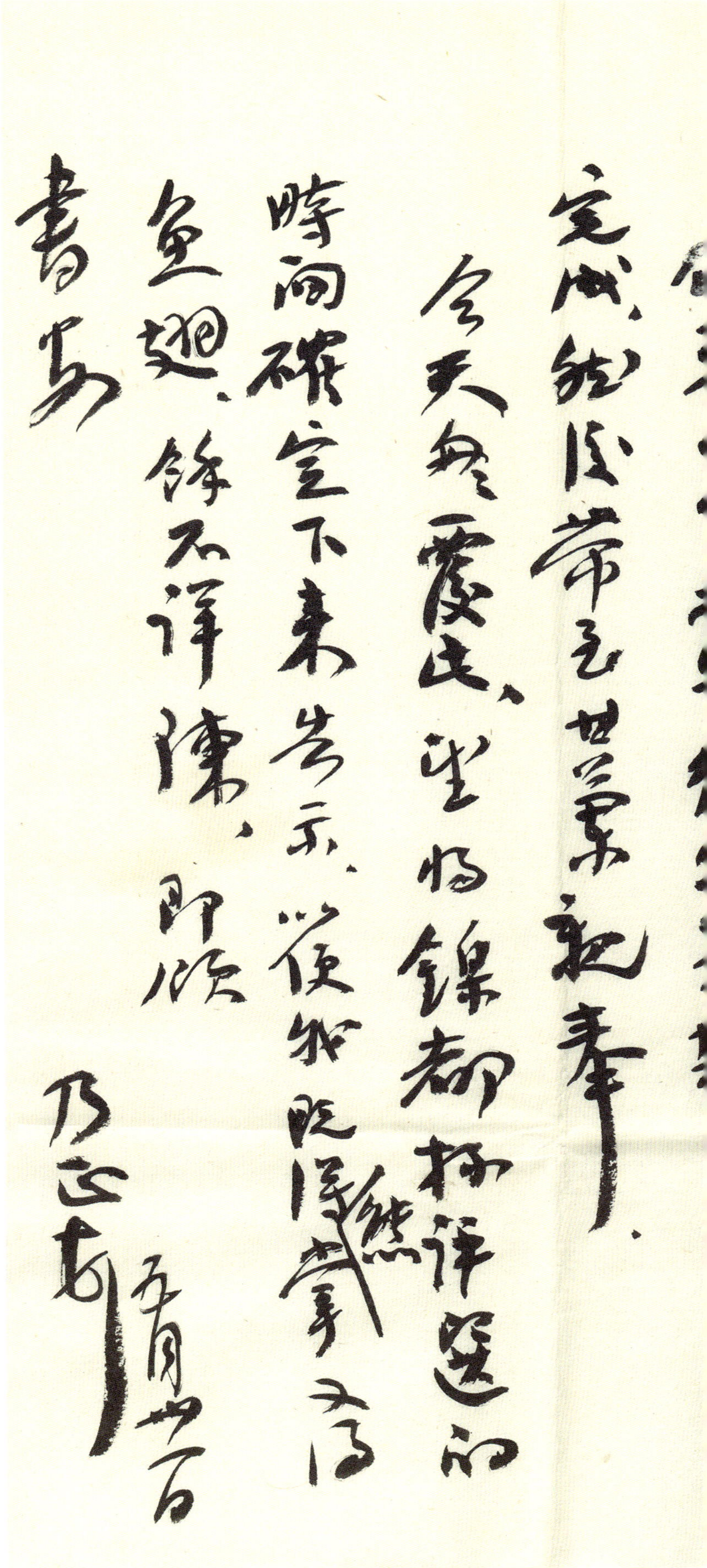

精力完成一张较大篇幅的油画，数年来，未能作画，真有手心相违之虞。书法第一期上介绍拙书，作品选的也并不理想。在社会上也引起一点反响，不少人写信来索字，也非常麻烦与为难。

我目前身体尚称安好，但是每当忙累过头时，就觉得不能支撑，年岁飞驰，实不饶人，为此更想多留一些东西给后人。

你要的字画，待我暑期中有暇完成，然后带至甘兰亲奉。

今天匆匆覆此，望将镍都杯评选的时间确定下来告示，以便我既得熊掌又得鱼翅，余不详陈，即颂

书安

乃正顿首

五月卅一日

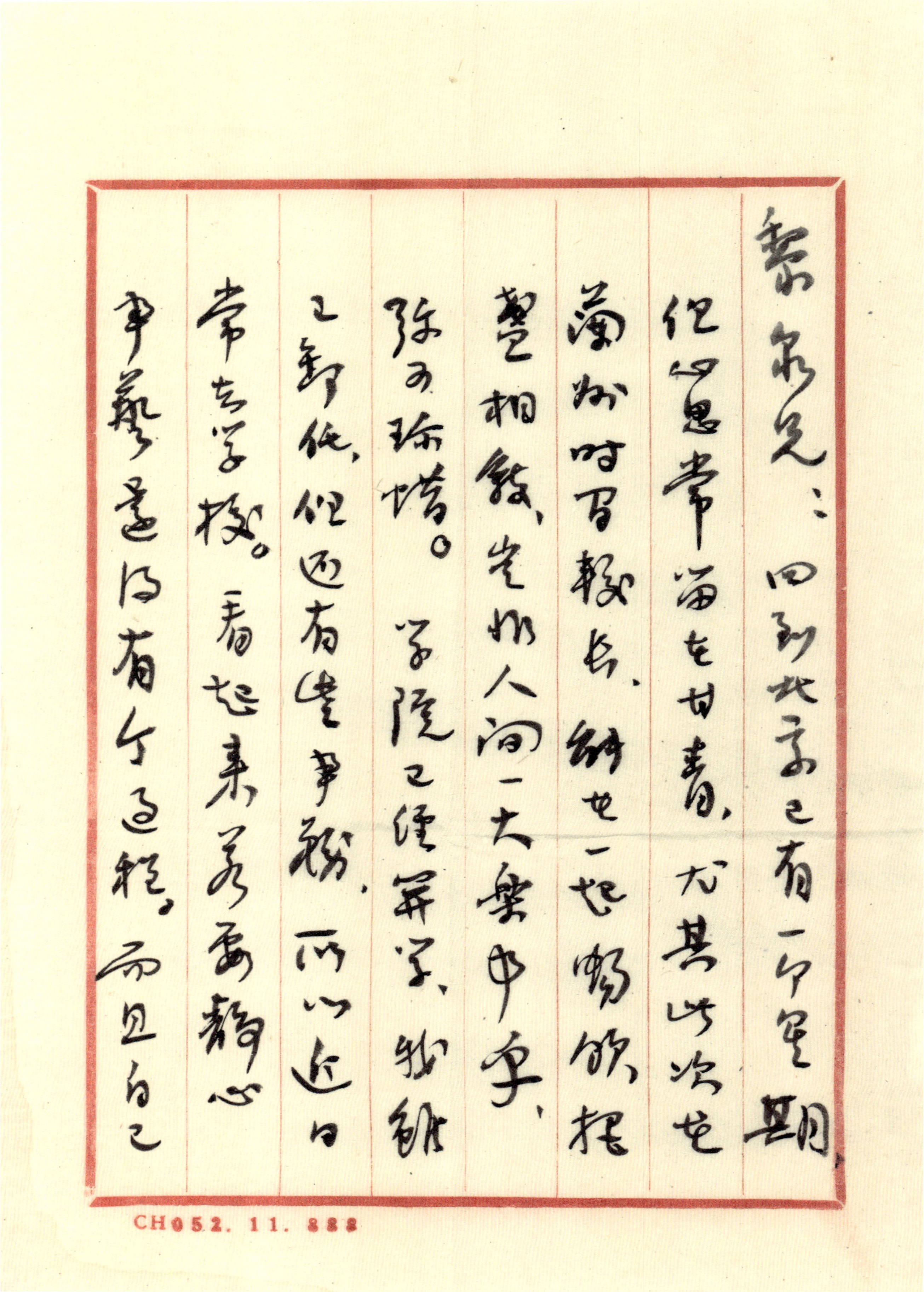

黎泉兄：回到北京已有一个星期，但心思常留在甘青，尤其此次在兰州时间较长，能在一起畅饮把盏相叙，岂非人间一大乐事乎，弥可珍惜。学院已经开学，我虽已卸任，但还有些事务，所以近日常去学校。看起来若要静心事艺还得有个过程。而且自己

黎泉兄：

回到北京已有一个星期，但心思常留在甘青，尤其此次在兰州时间较长，能在一起畅饮把盏相叙，岂非人间一大乐事乎，弥可珍惜。学院已经开学，我虽已卸任，但还有些事务，所以近日常去学校。看起来若要静心事艺还得有个过程。而且自己

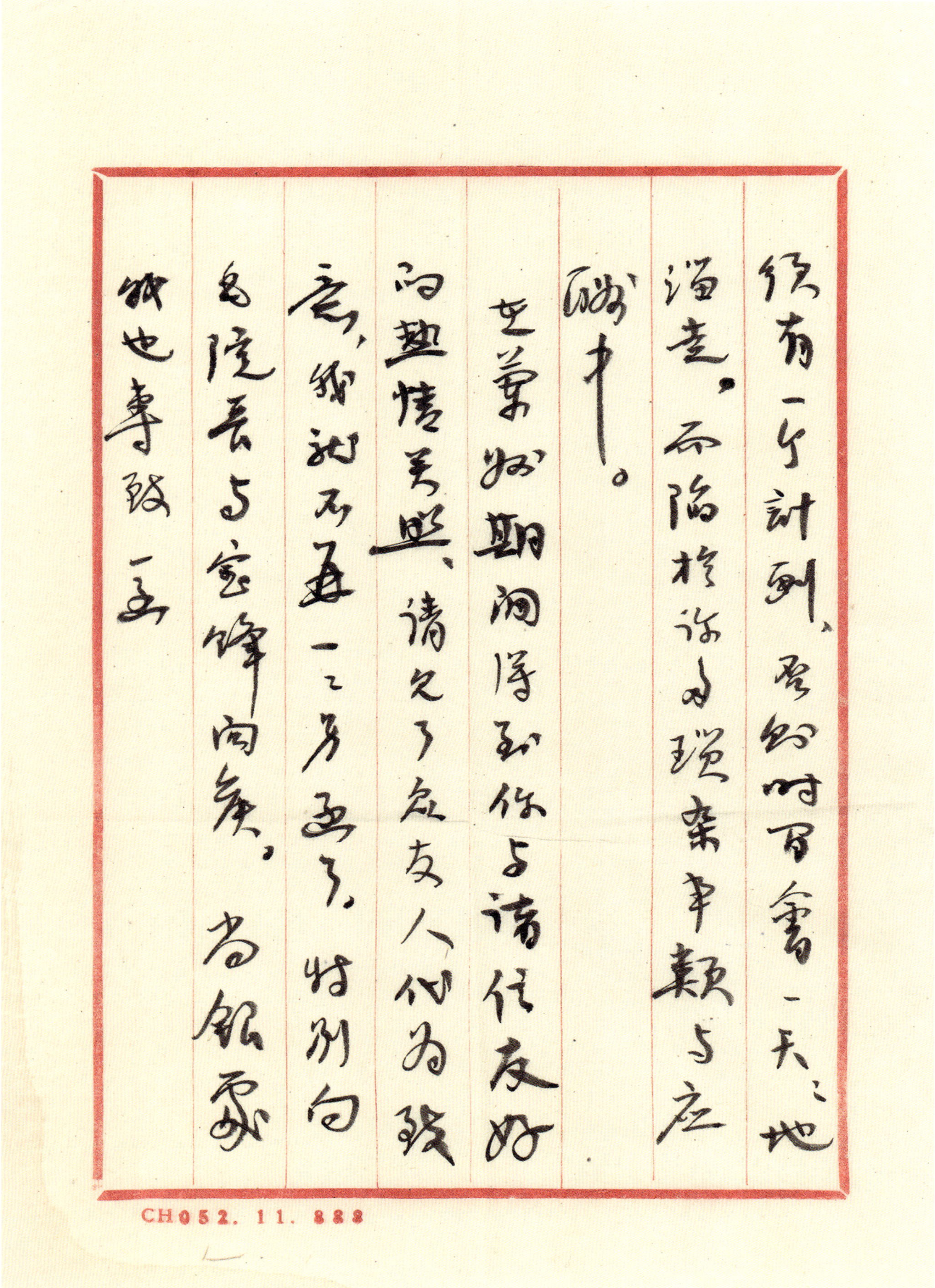

须有一个计划，否则时间会一天天地溜走，而陷于许多琐杂事类与应酬中。

在兰州期间得到你与诸位友好的热情关照，请见了众友人代为致意，我就不再一一另函了，特别向毛院长与宝峰问候，尚银处我也专致一函。

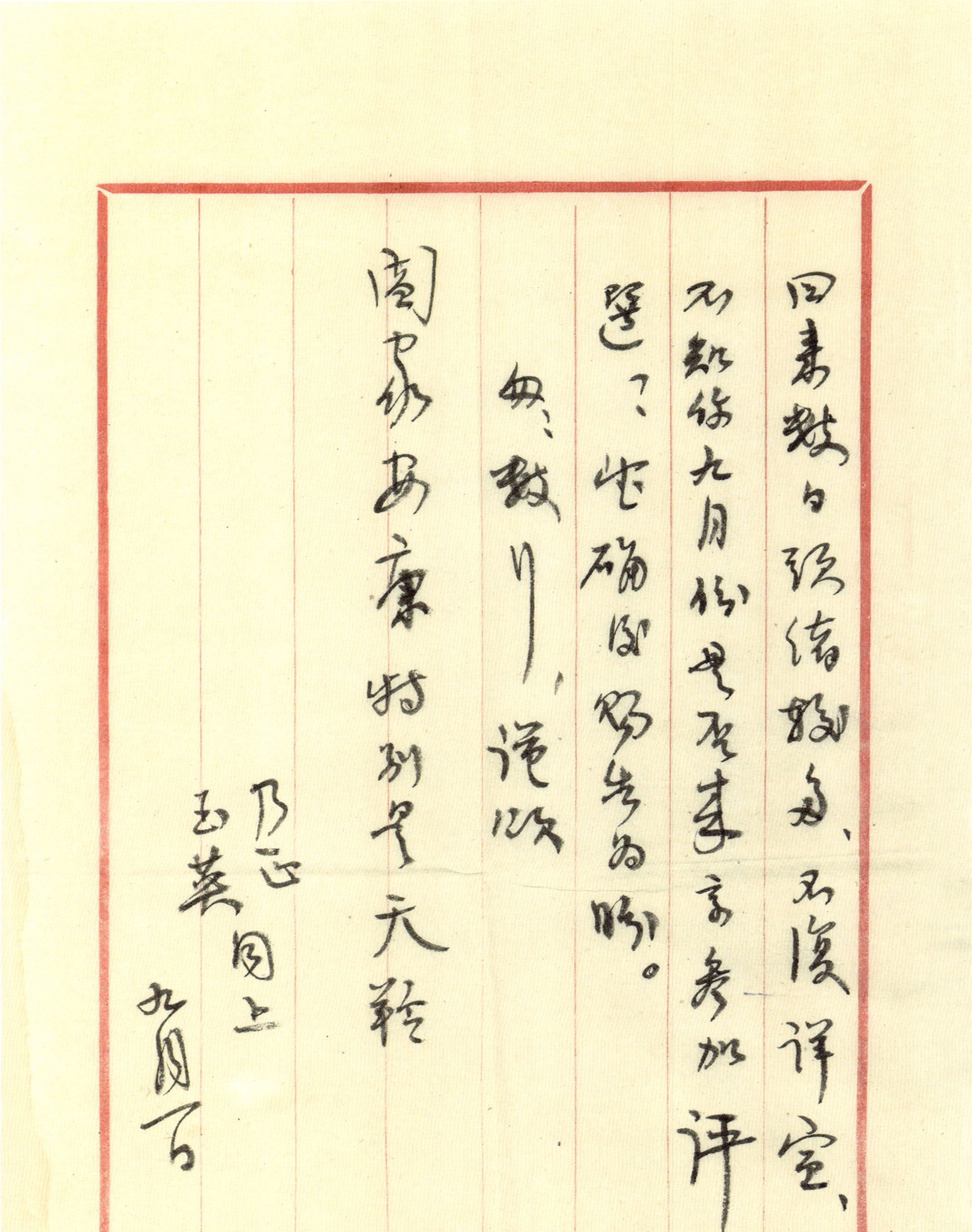

回来数日头绪较多，不复详宣，不知你九月份是否来京参加评选？望确后赐告为盼。
匆匆数行，谨颂
阖家安康特别是天羚

乃正 玉英同上
九月一日

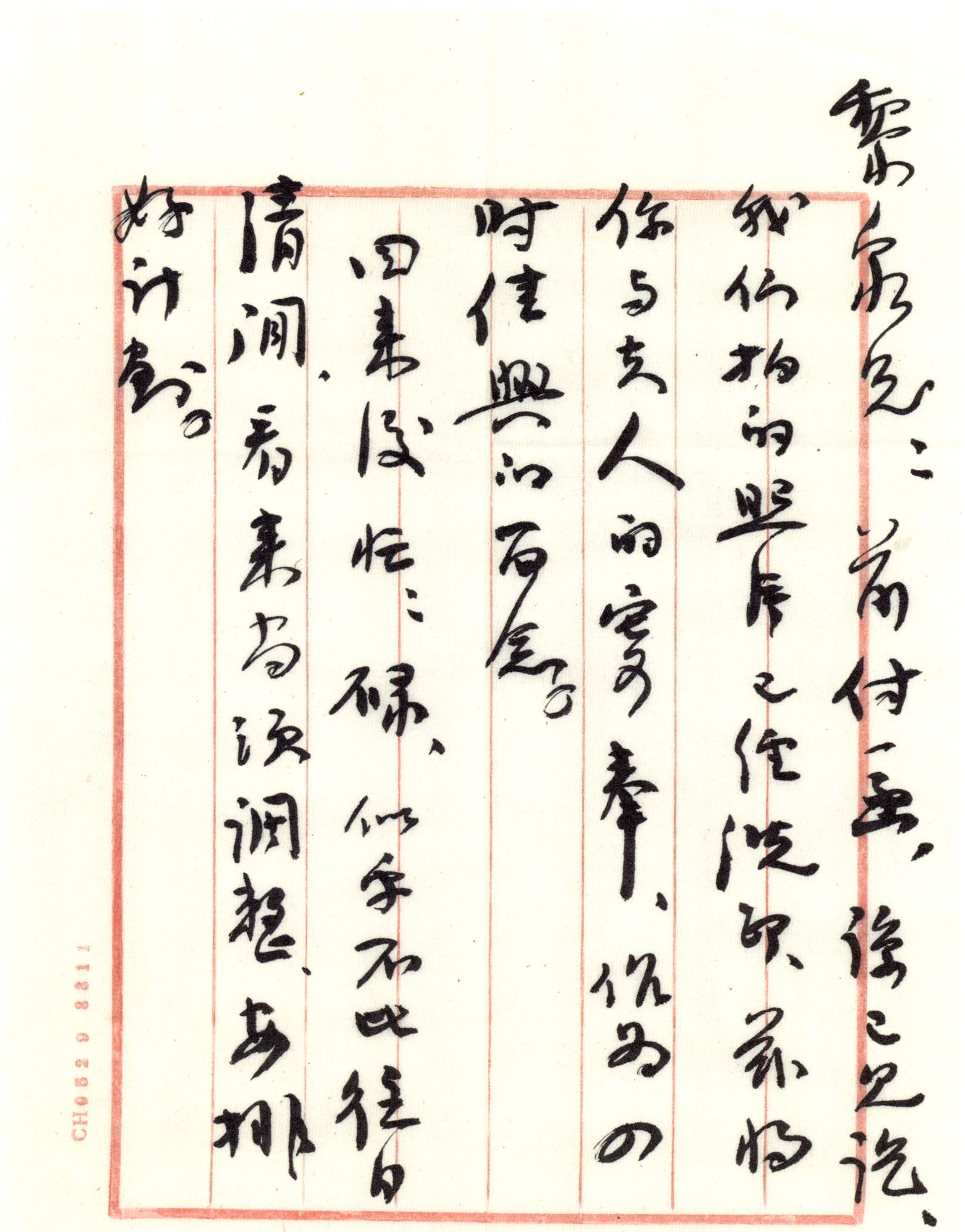
黎泉兄兄：前付一函，谅已见讫，我们拍的照片已经洗印，兹将你与夫人的寄奉，作为四时佳兴的留念。回来后忙忙碌碌，似乎不比往日清闲，看来尚须调整，安排好计划。

CH652 9 881 1

黎泉兄：

前付一函，谅已见讫，我们拍的照片已经洗印，兹将你与夫人的寄奉，作为四时佳兴的留念。回来后忙忙碌碌，似乎不比往日清闲，看来尚须调整，安排好计划。

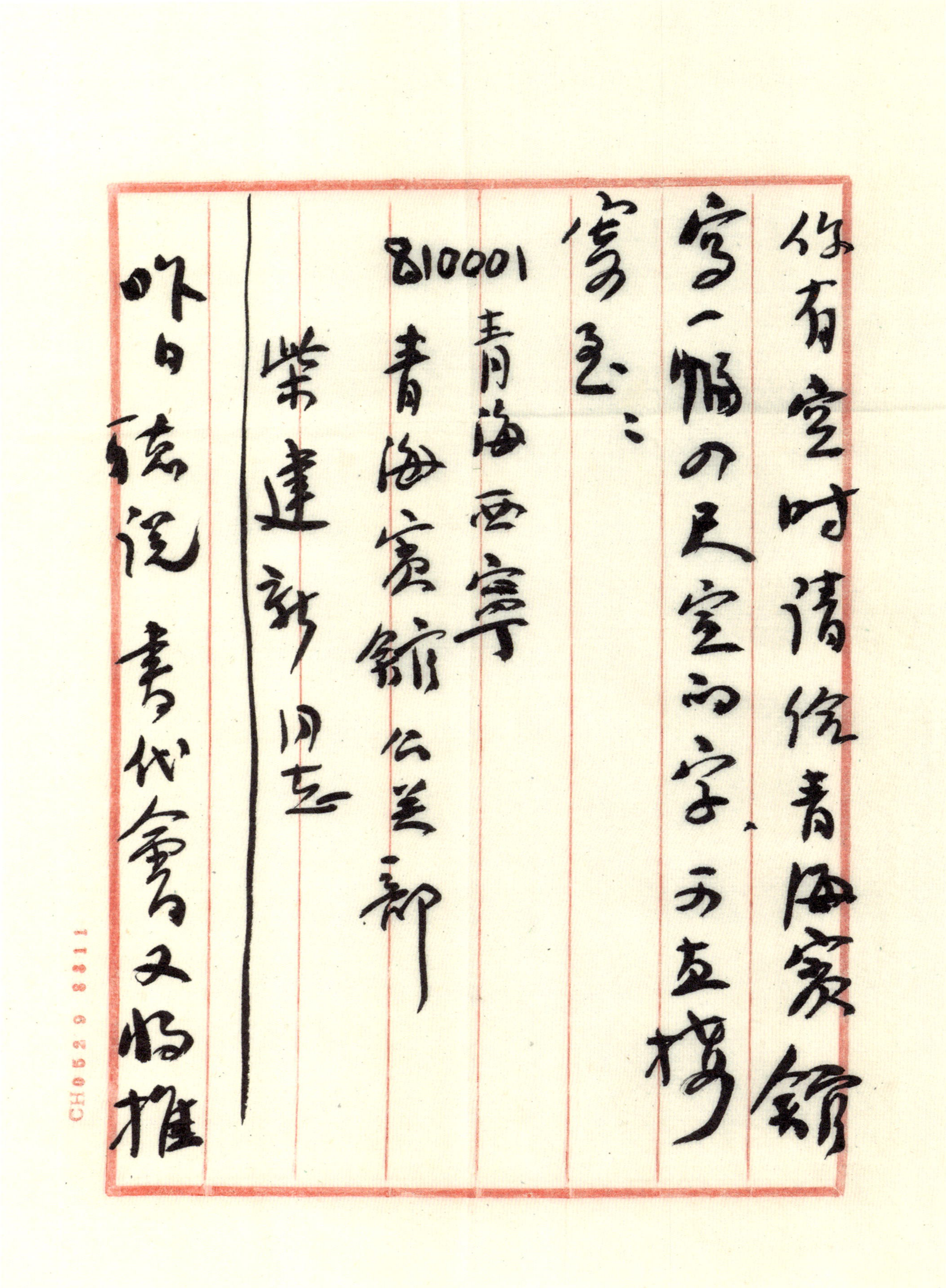

你有空时请给青海宾馆写一幅四尺宣的字，可直接寄至：
810001 青海西宁
青海宾馆公关部
柴建新同志
昨日听说书代会又将推

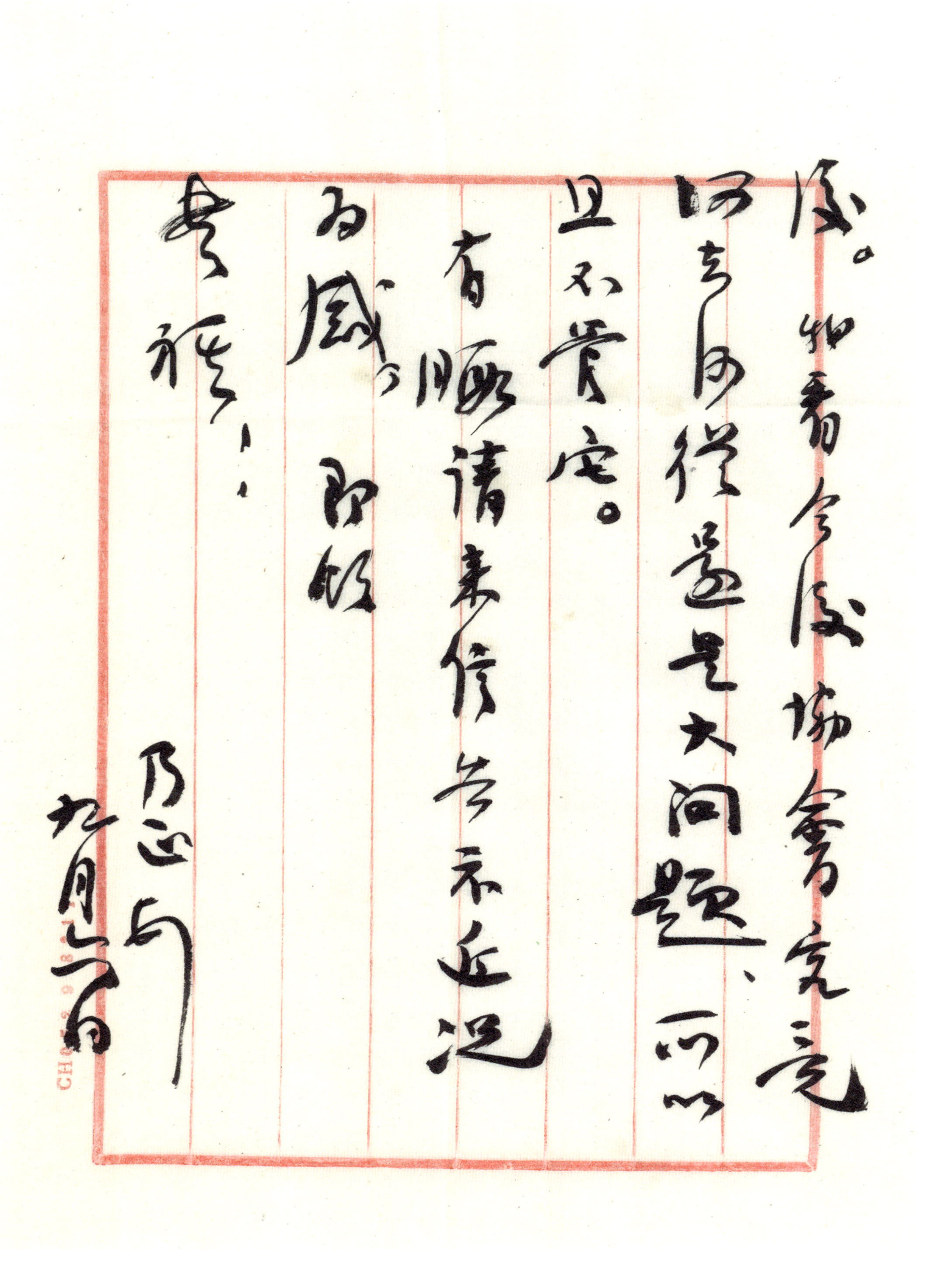

后。我看今后协会究竟何去何从还是大问题，所以且不管它。

有暇请来信告示近况为感。即颂

书祺！

乃正顿首

九月六日

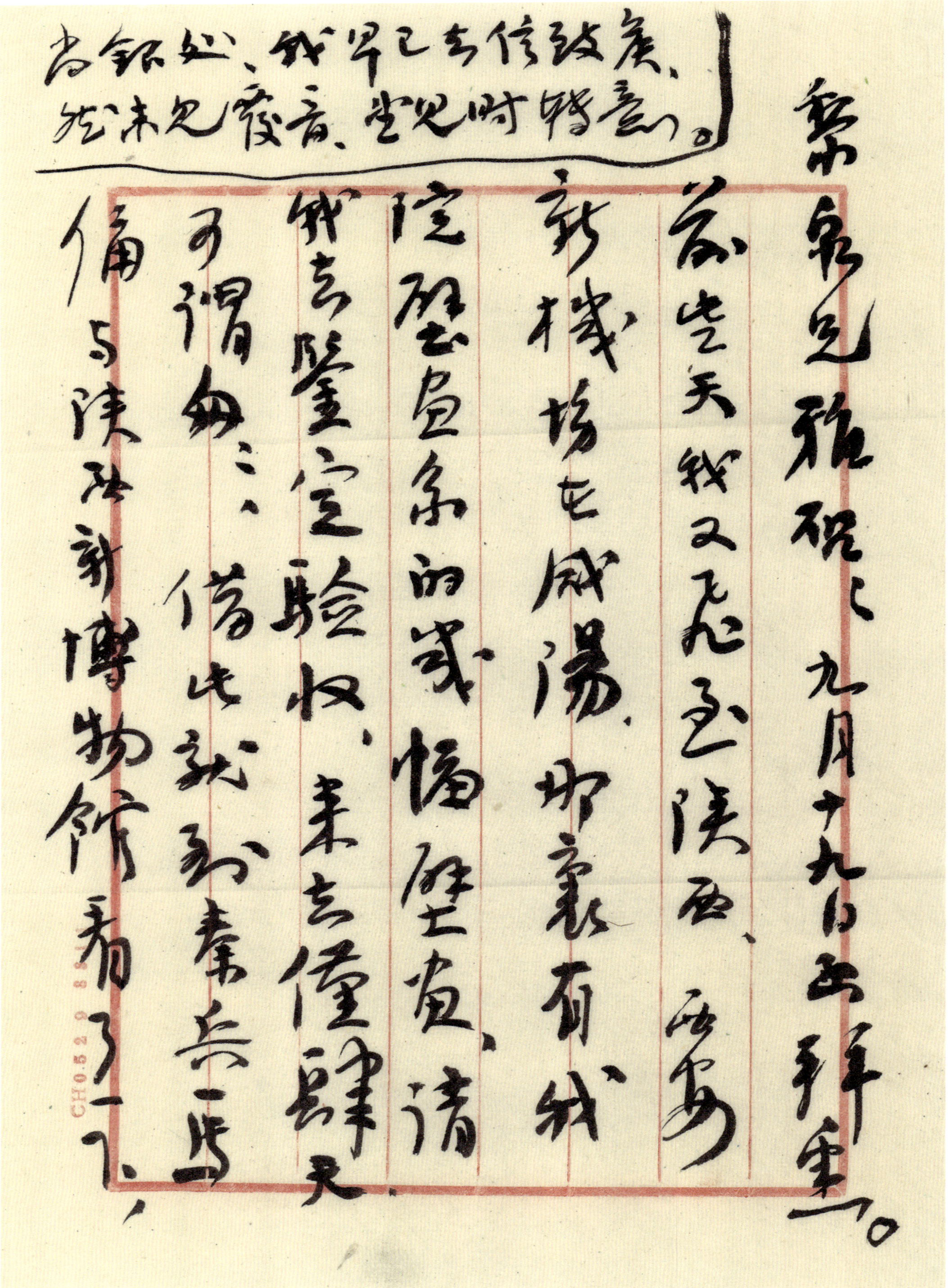

黎泉兄雅启：

九月十九日函拜悉。前些天我又飞至陕西，西安新机场在咸阳，那里有我院壁画系的几幅壁画，请我去鉴定验收，来去仅四天，可谓匆匆，借此就到秦兵马俑与陕西新博物馆看了一下，

（另附言：尚银处，我早已去信致侯，然未见覆音，望见时转意。）

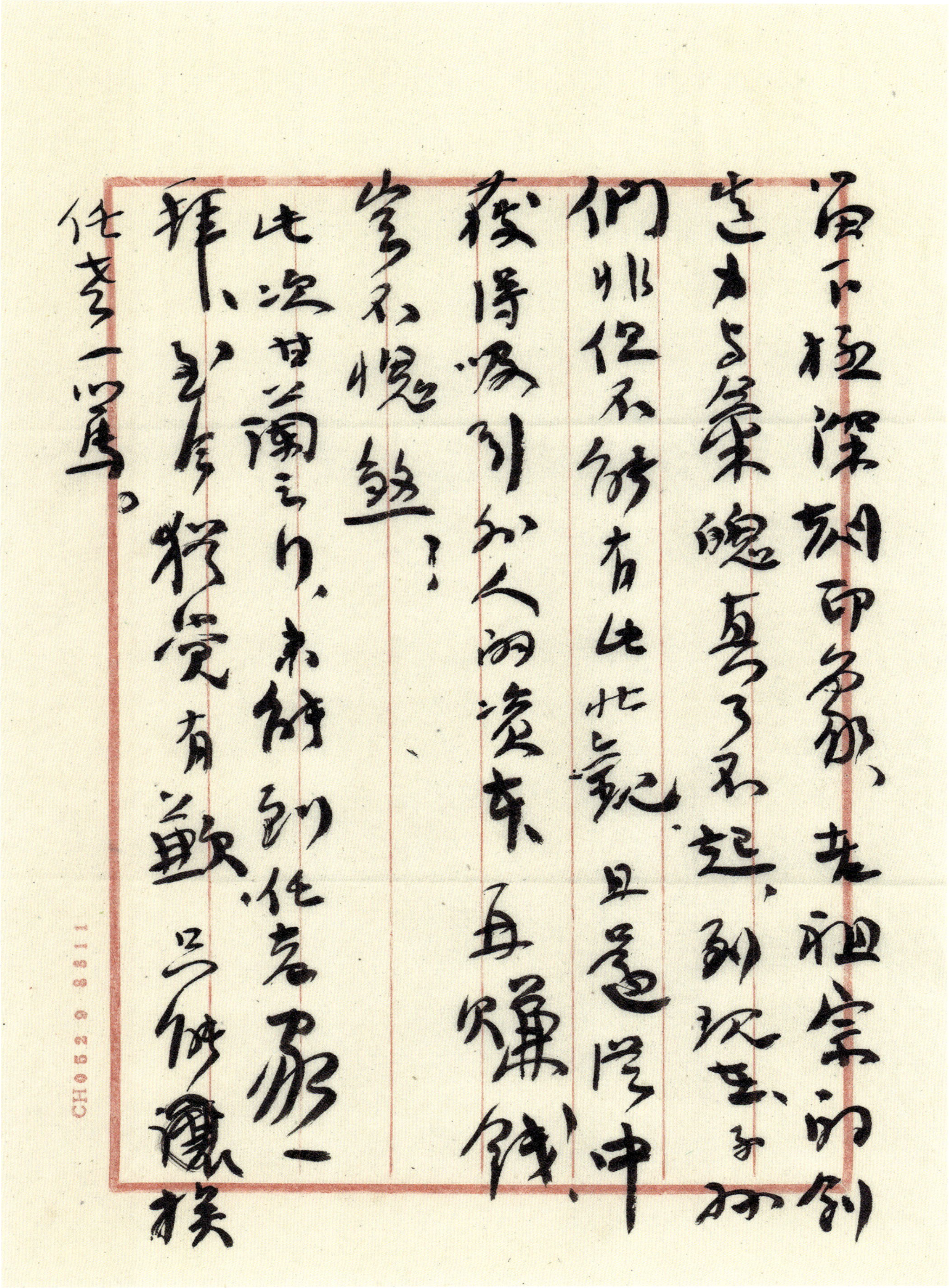
留下極深刻印象，老祖宗的創造力與氣魄真了不起，到現在，子孫們非但不能有此壯觀，且還從中獲得吸引外人的資本再賺錢，豈不愧煞！
此次甘蘭之行，未能到任老家一拜，至今猶覺有歉，只能挨任老一罵。
CH0529 8811

留下极深刻印象，老祖宗的创造力与气魄真了不起，到现在，子孙们非但不能有此壮观，且还从中获得吸引外人的资本再赚钱，岂不愧煞！

此次甘兰之行，未能到任老家一拜，至今犹觉有歉，只能挨任老一骂。

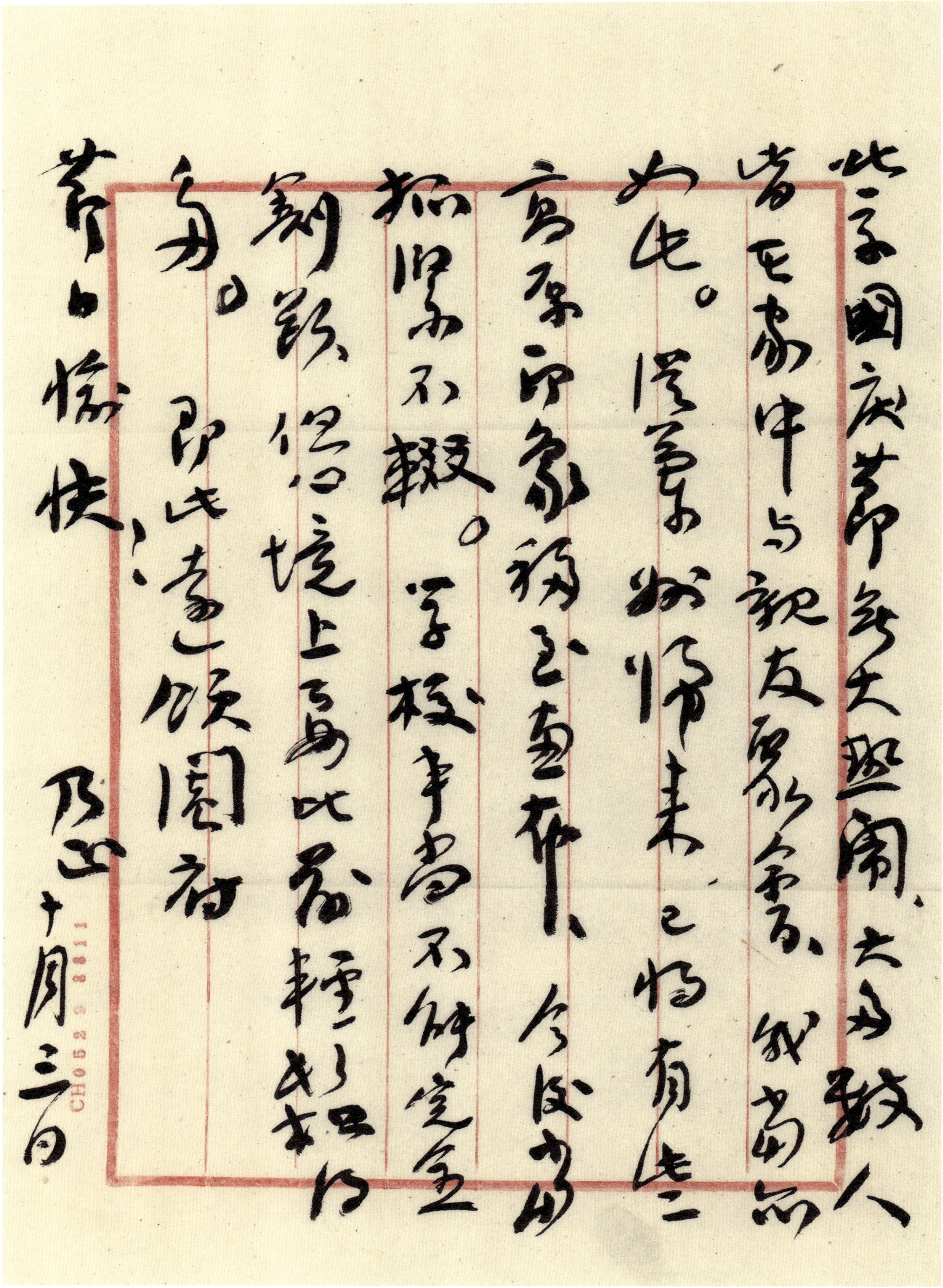

北京国庆节无大热闹，大多数人皆在家中与亲友聚会，我当亦如此。从兰州归来，已将有些高原印象移至画布，今后当抓紧不辍。学校事尚不能完全割断，但心境上要比前轻松得多。即此远颂阖府节日愉快！

乃正
十月三日

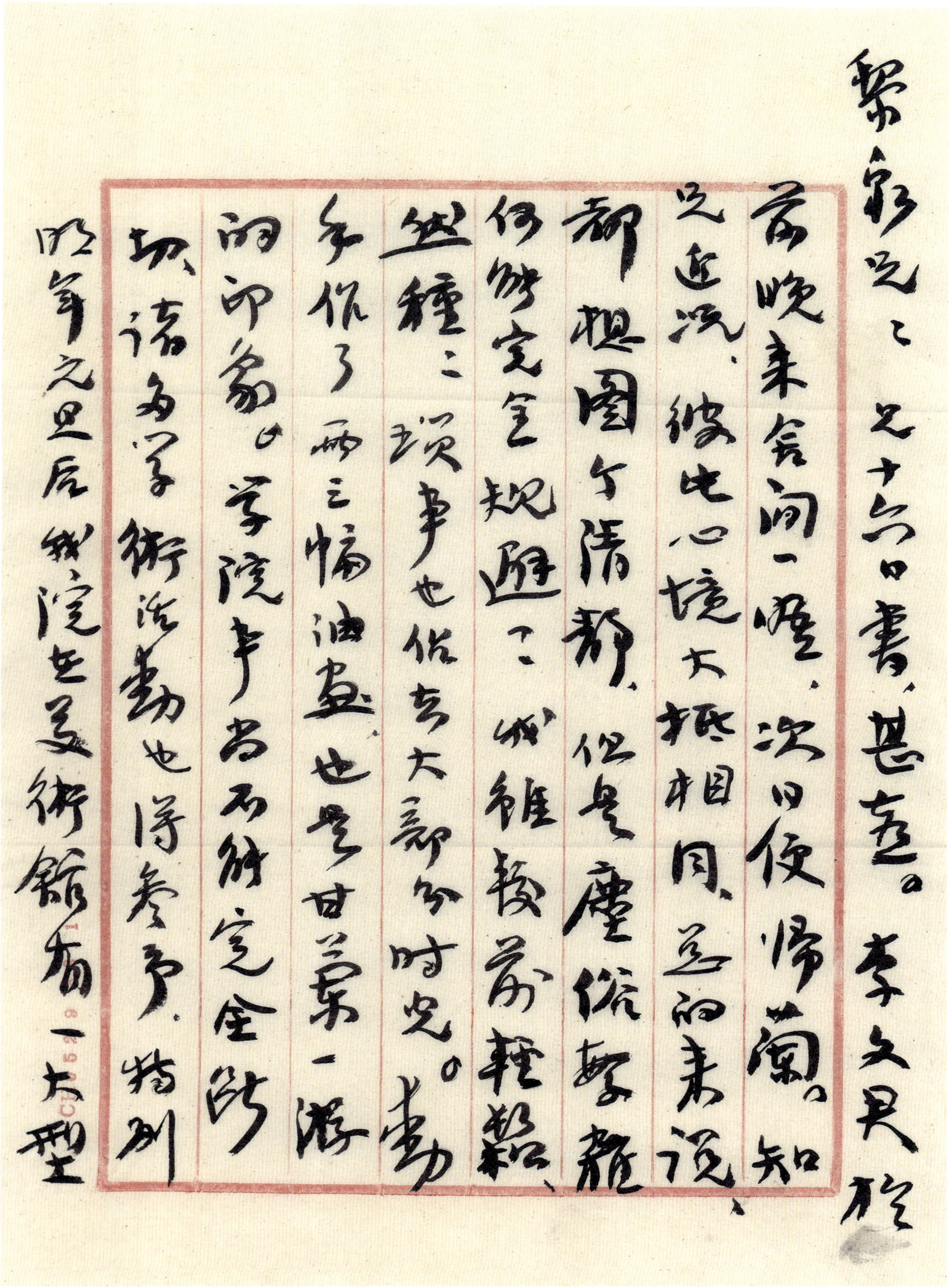

黎泉兄：

兄十六日书，甚喜。李文君于前晚来舍间一晤，次日便归兰。知兄近况，彼此心境大抵相同，总的来说，都想图个清静，但是尘俗繁杂何能完全规避？我虽较前轻松，然种种琐事也占去大部分时光。动手作了两三幅油画，也是甘兰一游的印象。学院事尚不能完全断切，诸多学术活动也得参予，特别明年元旦后我院在美术馆有一大型

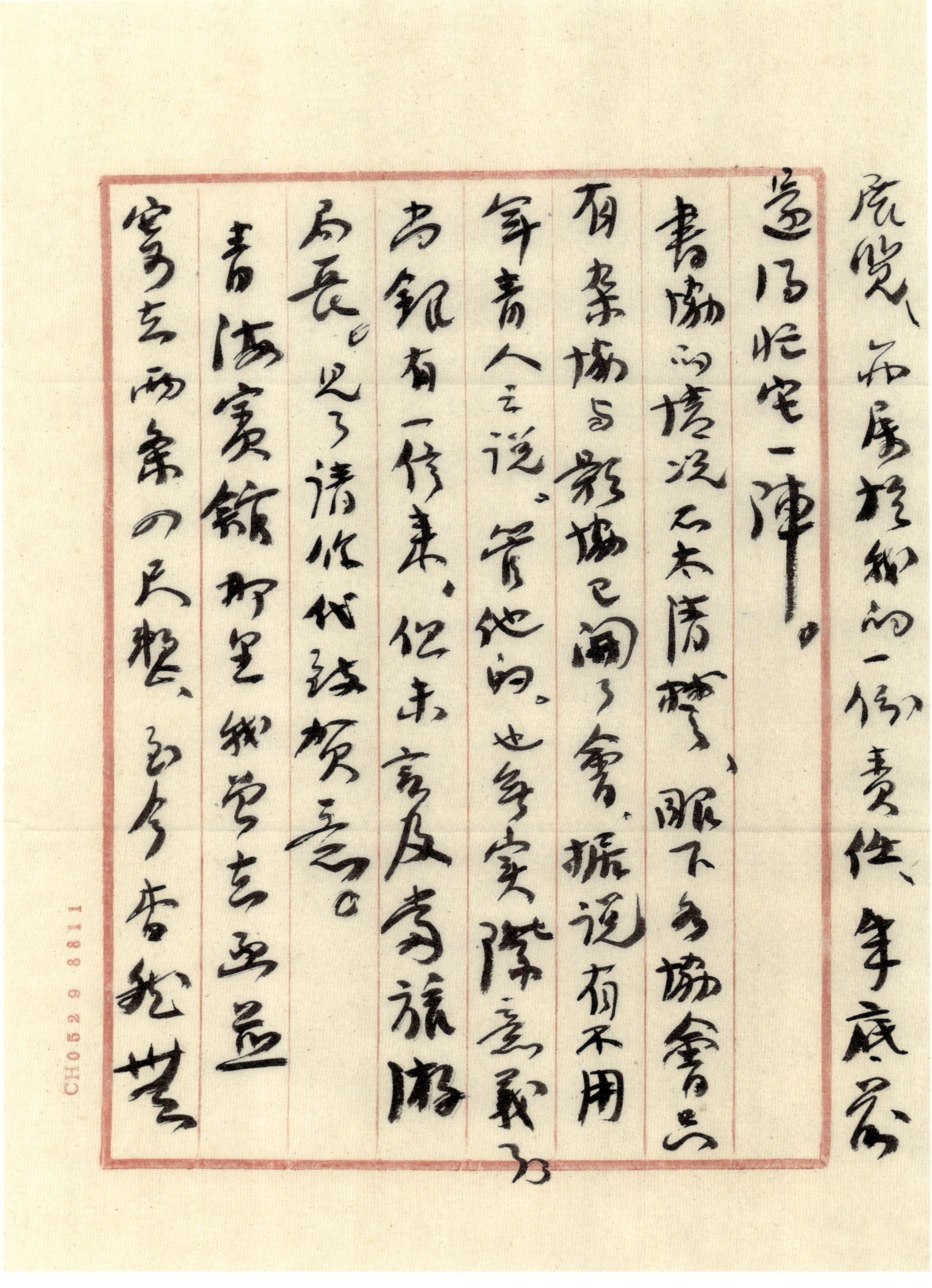

展览，亦属于我的一份责任，年底前还得忙它一阵。

书协的情况不太清楚，眼下各协会只有杂协与影协已开了会，据说有不用年青人之说。

管他的。也无实际意义了。尚银有一信来，但未言及当旅游局长。见了请你代致贺意。

青海宾馆那里我曾去函并寄去两条四尺整，至今杳然无

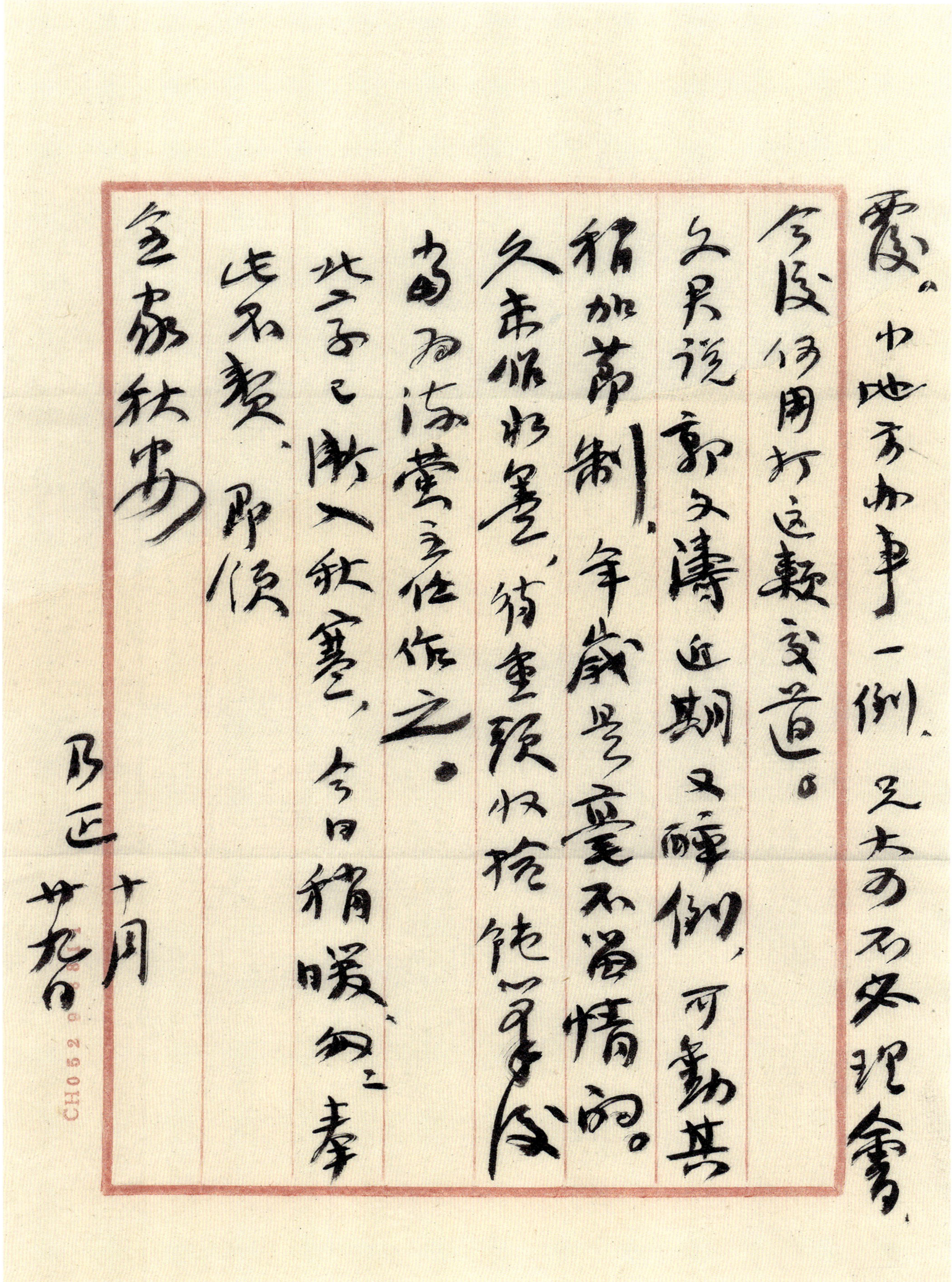

霞。小地方办事一例，兄大可不必理会，今后何用打这类交道。

文君说郭文涛近期又醉倒，可劝其稍加节制，年岁是毫不留情的，久未作水墨，待重头收拾钝笔后当为流萤主任作之。

北京已渐入秋寒，今日稍暖，匆匆奉此不赘，即颂

全家秋安

乃正

十月廿九日

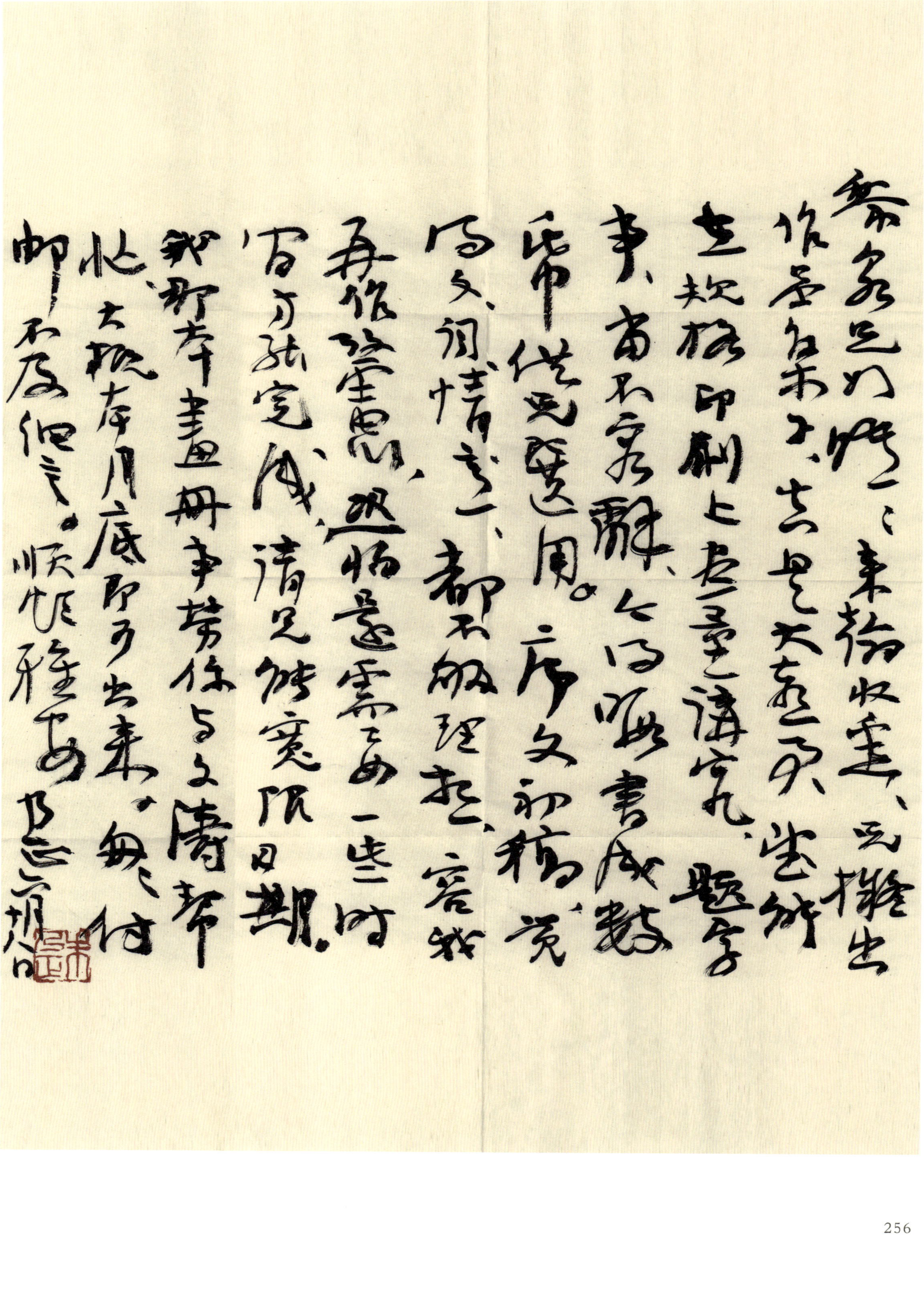

黎泉兄如晤：

来翰收悉，兄拟出作品集子，真是大喜事，望能在规格印刷上尽量讲究，题字事，当不容辞，今得暇书成数纸供兄选用。序文初稿，觉得文、词、情、意、都不够理想，容我再作考虑，恐怕还需要一些时间方能完成，请兄能宽限日期。

我那本画册事劳你与文涛帮忙，大概本月底印可出来，匆匆付邮不及细言。

顺颂雅安

乃正

六月十八日

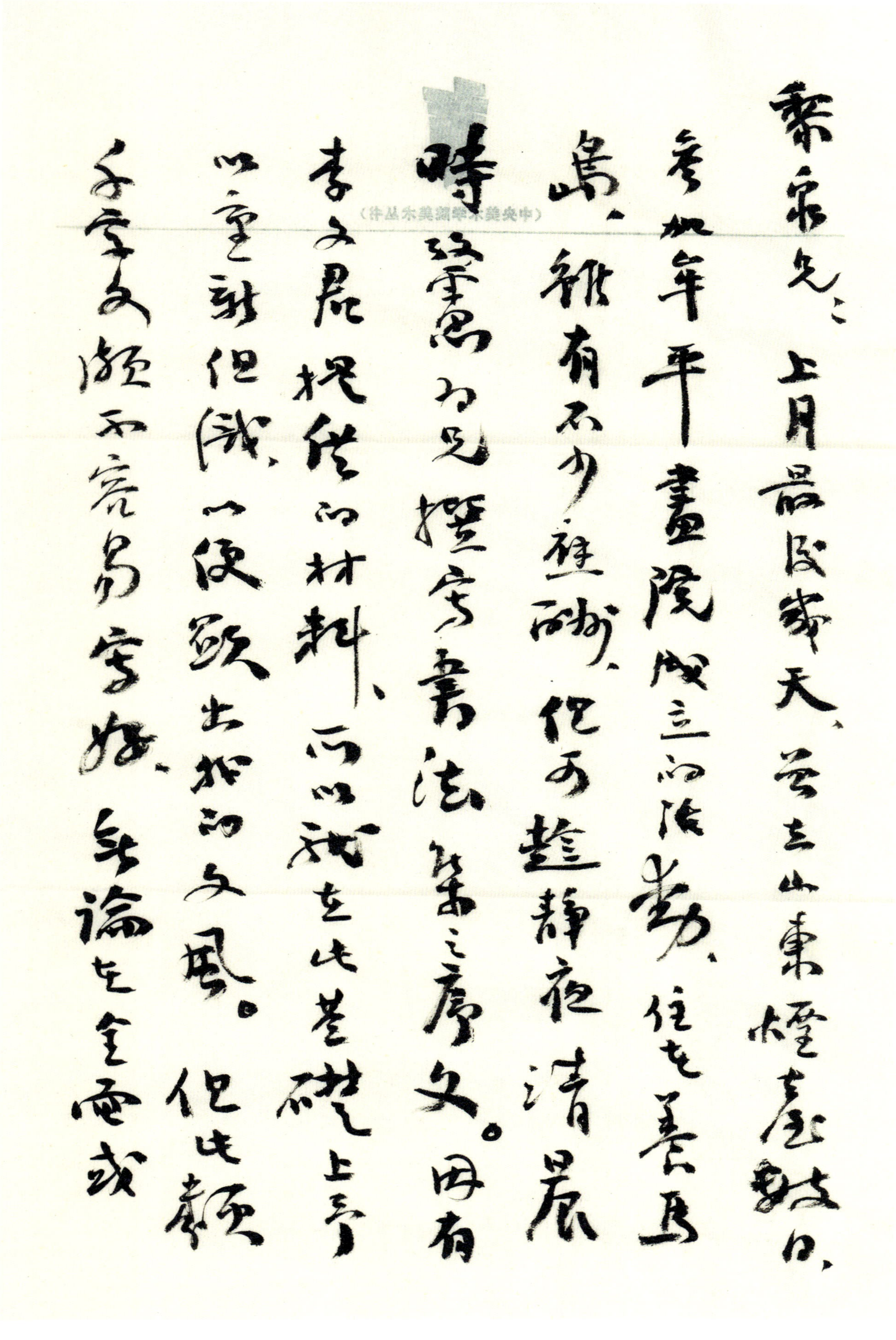

黎泉兄：

上月最後幾天，曾去山東煙臺數日，參加牟平畫院成立的活動，住在養馬島，雖有不少應酬，但可趁靜夜清晨時考慮為兄撰寫書法集之序文。因有李文君提供的材料，所以就在此基礎上予以重新組織，以便顯出我的文風。但此類千字文頗不容易寫好，無論在全面或

黎泉兄：

上月最后几天，曾去山东烟台数日，参加牟平画院成立的活动，住在养马岛，虽有不少应酬，但可趁静夜清晨时考虑为兄撰写书法集之序文。因有李文君提供的材料，所以就在此基础上予以重新组织，以便显出我的文风，但此类千字文颇不容易写好，无论在全面或

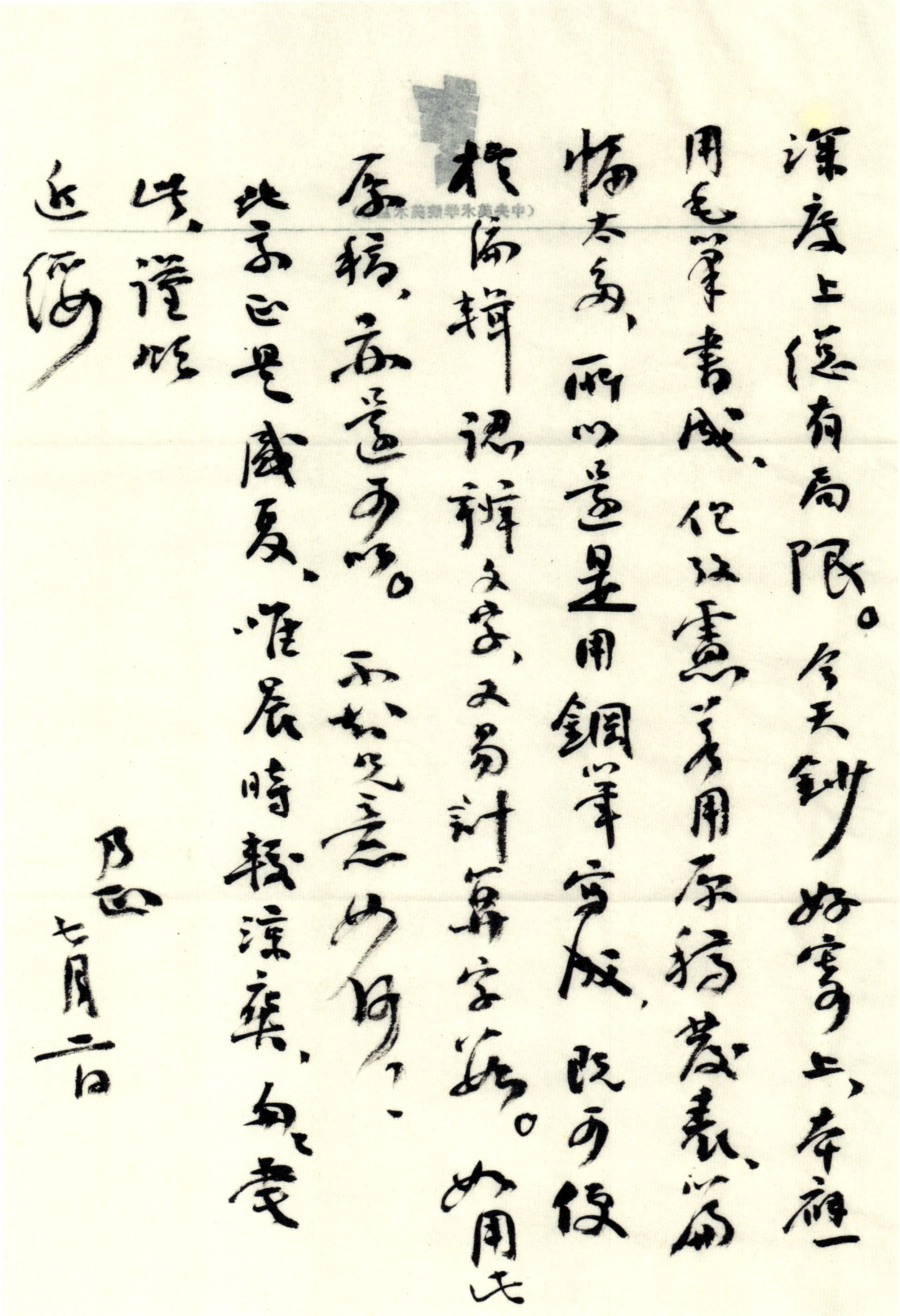

深度上总有局限。今天抄好寄上，本应用毛笔书成，但考虑若用原稿发表，篇幅太多，所以还是用钢笔写成，即可便于编辑认辩文字，又易计算字数。如用此原稿，亦还可以。不知兄意如何？

北京正是盛夏，唯晨时较凉爽，匆匆书此，谨颂

近绥

乃正

七月二日

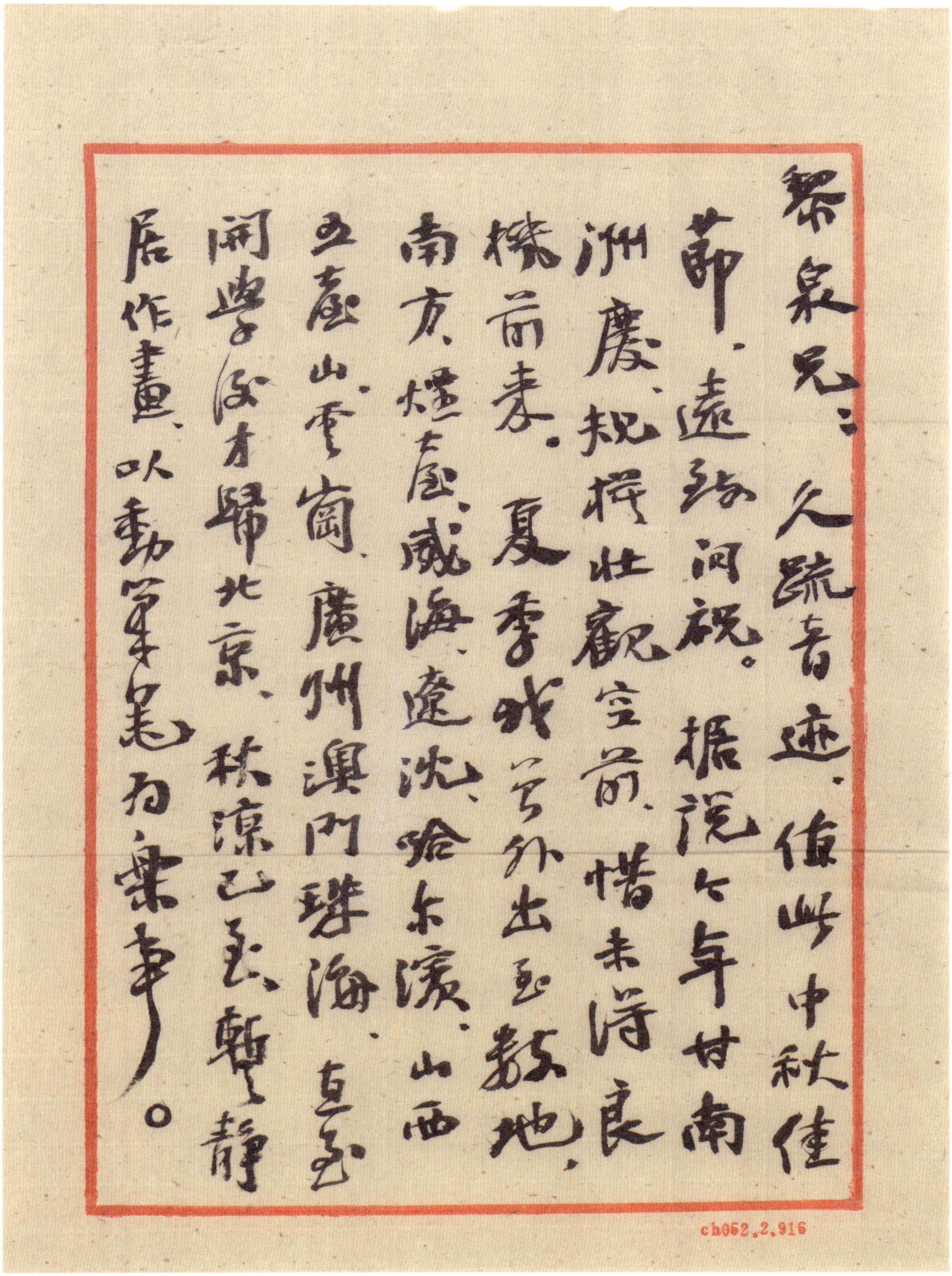
黎泉兄：久疏音迹，值此中秋佳節，遠致問祝。據說今年甘南洲慶，規模壯觀空前，惜未得良機前來。夏季我曾外出至數地，南方、烟台、威海、遼沈、哈尔濱、山西五台山、雲冈、廣州澳门珠海，直至開學後才歸北京，秋涼已至，暫静居作畫，以動筆墨為樂事。

黎泉兄：

久疏音迹，值此中秋佳节，远致问祝。据说今年甘南洲庆，规模壮观空前，惜未得良机前来。夏季我曾外出至数地，南方、烟台、威海、辽沈、哈尔滨、山西五台山、云冈、广州澳门珠海，直至开学后才归北京，秋凉已至，暂静居作画，已动笔墨为乐事。

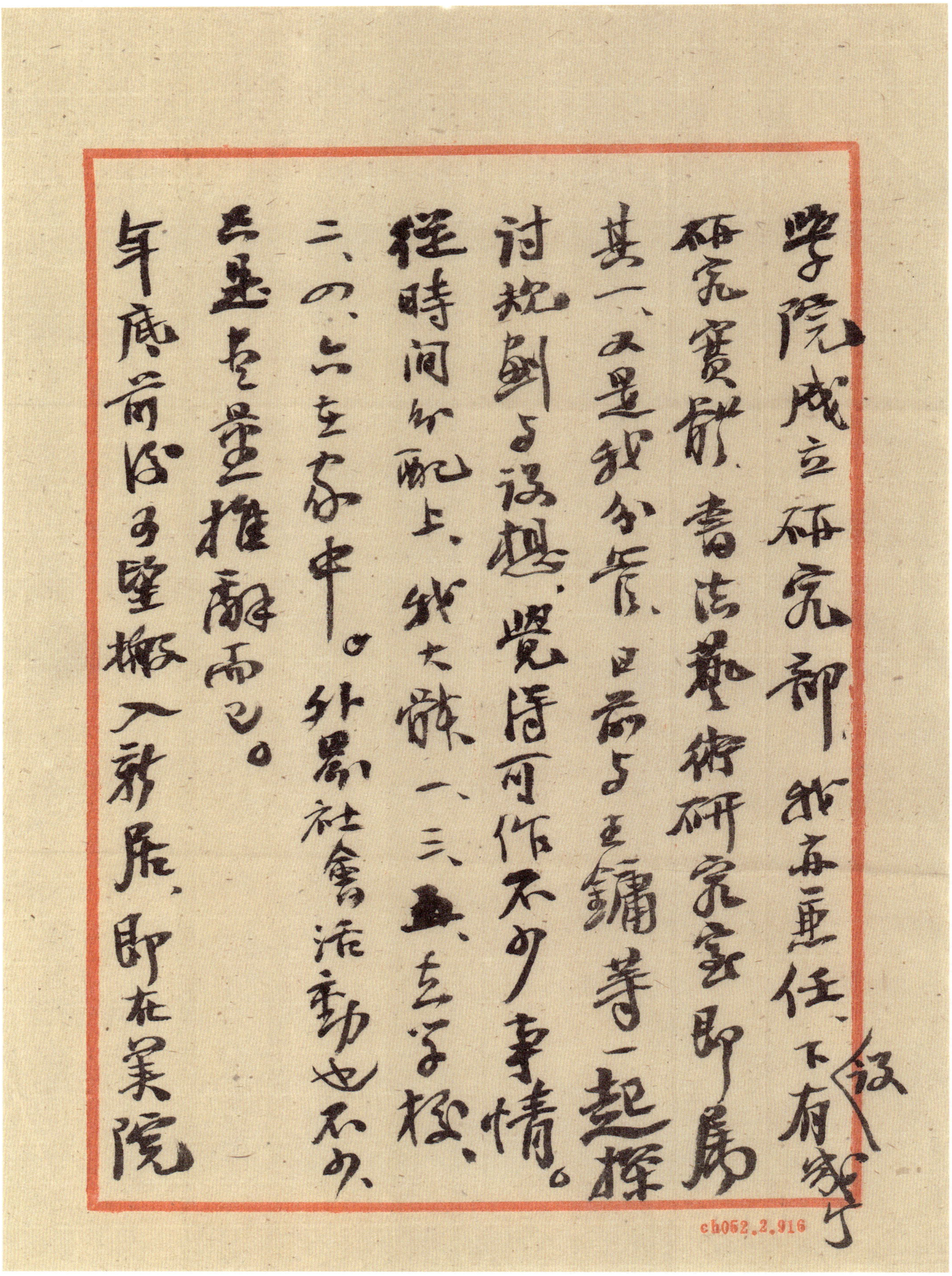
學院成立研究部，我亦兼任，下有設
幾個研究實體，書法藝術研究室即屬
其一，又是我分管，日前與王鏞等一起探
討規劃與設想，覺得可作不少事情。
從時間分配上，我大體一、三、五去學校，
二、四、六在家中。外界社會活動也不少，
只是盡量推辭而已。
年底前後可望搬入新居，即在美院

学院成立研究部，我亦兼任，下设有几个研究实体，书法艺术研究室即属其一，又是我分管，日前与王镛等一起探讨规划与设想，觉得可作不少事情。从时间分配上，我大体一、三、五去学校，二、四、六在家中。外界社会活动也不少，只是尽量推辞而已。

年底前后可望搬入新居，即在美院

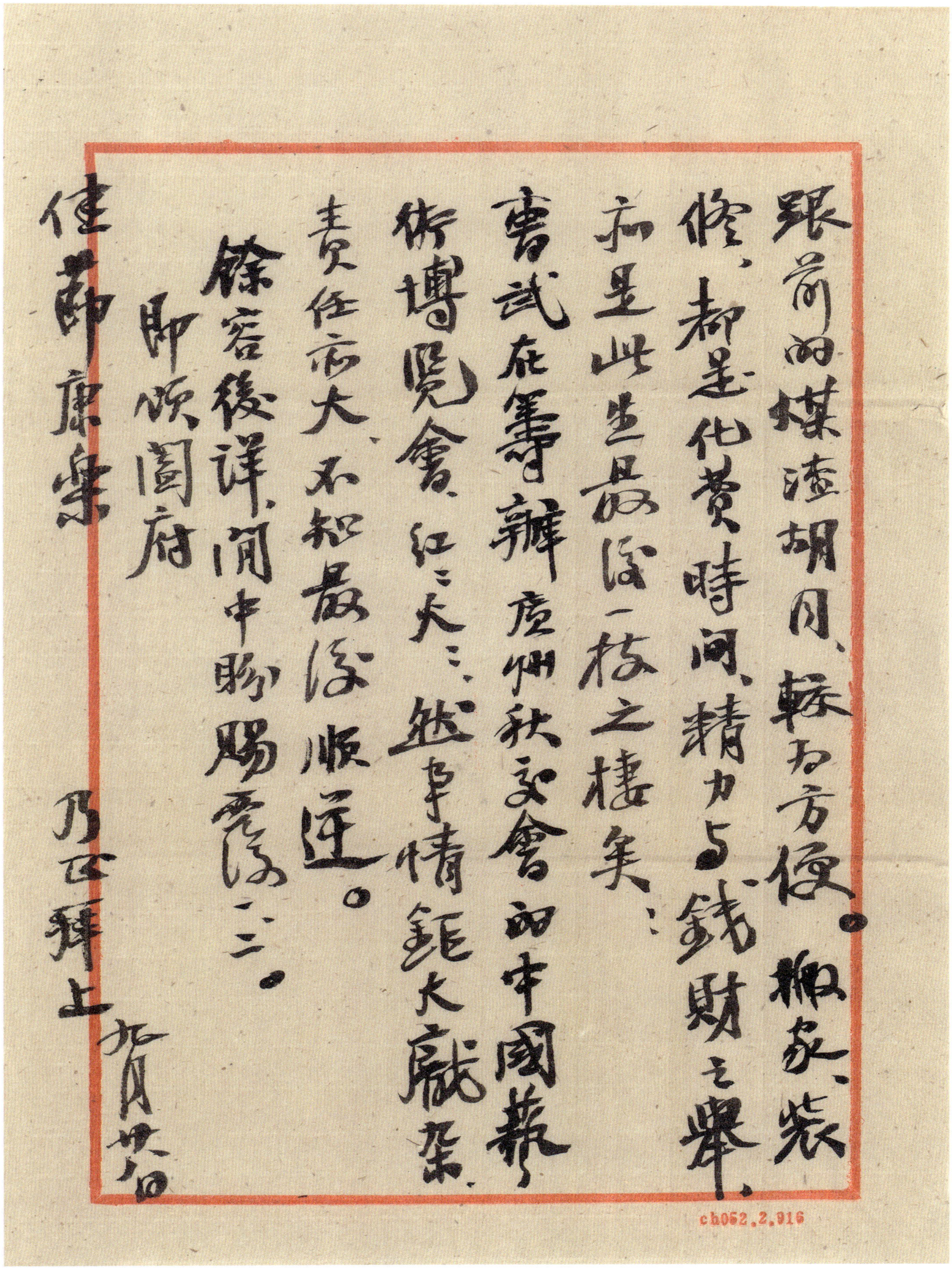
跟前的煤渣胡同、較為方便。搬家、裝修、都是化費時間、精力与钱財之舉、亦是此生最後一枝之棲矣！
曹武在籌辦廣州秋交會的中國藝術博覽會、紅紅火火、然事情鉅大龐雜、責任亦大、不知最後順逆。
餘容後詳、閒中盼賜覆一二。
即頌闔府
佳節康樂
乃正拜上
九月廿八日

跟前的煤渣胡同，较为方便。搬家、装修，都是化（花）费时间，精力与钱财之举，亦是此生最后一枝之栖矣！

曹武在筹办广州秋交会的中国艺术博览会，红红火火，然事情钜大庞杂，责任亦大，不知最后顺逆。

余容后详，闲中盼赐覆一、二。

即颂阖府

佳节康乐

乃正拜上

九月廿八日

黎泉兄：久疏通候，今念
念。君来函、揭已见翰一通、
画院情况已有所晓。兹
略之执事，一切都应照办口
五陵之事通，二十一日之票在
一柄未遂世纪争，同意受悦
是最近来此，根据敌献
制及草之，趙夢、今后多定
多报色院究竟儒在多
久，南面未知如何见受
理此种人事，就云死不
一……

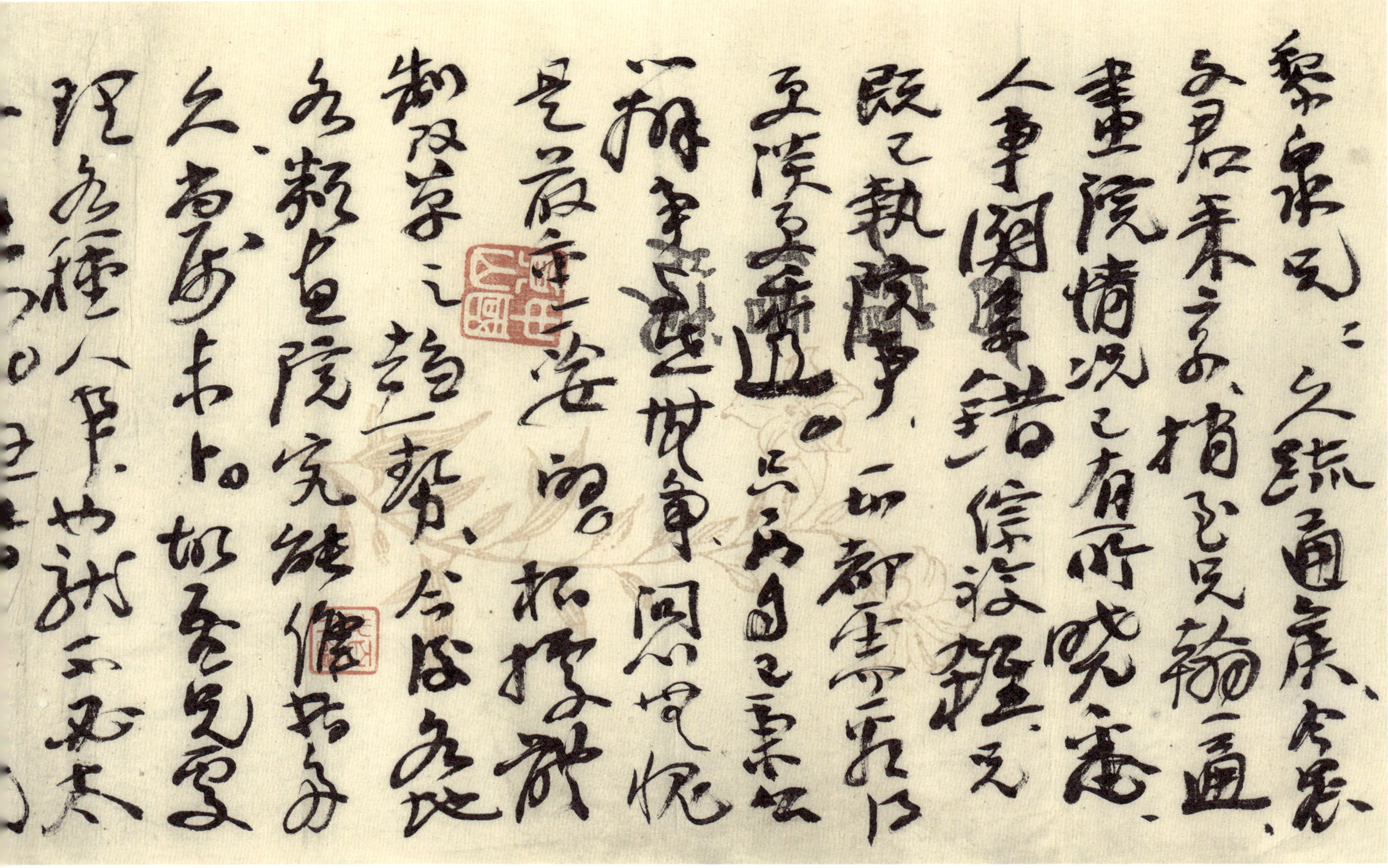

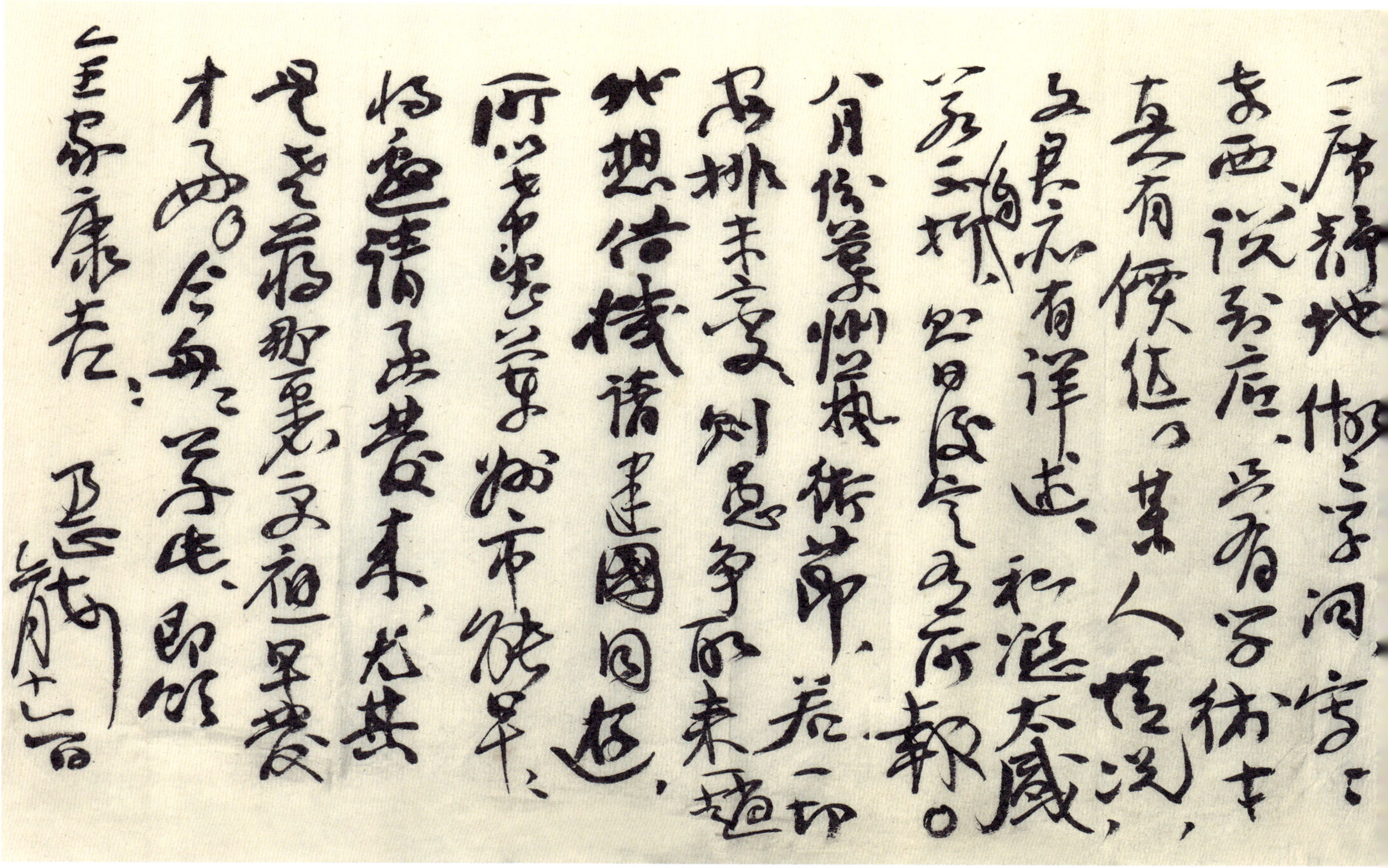

黎泉兄：

久疏通候，今晨文君来京，捎之兄翰一通，画院情况已有所晓悉，人事关系错综复杂，兄既已执院事，一切都需看得更淡更透。只要自己秉公办事与世无争，问心无愧是最重要的。根据体制改革之趋势，今后各地各类画院究能维持多久，尚属未卜。故吾兄处理各种人事也就不必太认真。应借取画院一席静地，做做学问，写写东西，说到底，只有学术才真有价值。某人情况，文君亦有详述。私欲太盛，若不自折，则日后定有所报。八月份兰州艺术节，若一切安排未变，则愚争取来一趟，我想借机请建国同游，所以希望兰州市能早早将邀请函发来，尤其是老蒋那里更应早发才好。

今匆匆草此，即颂

全家康吉！

乃正顿首

六月十六日

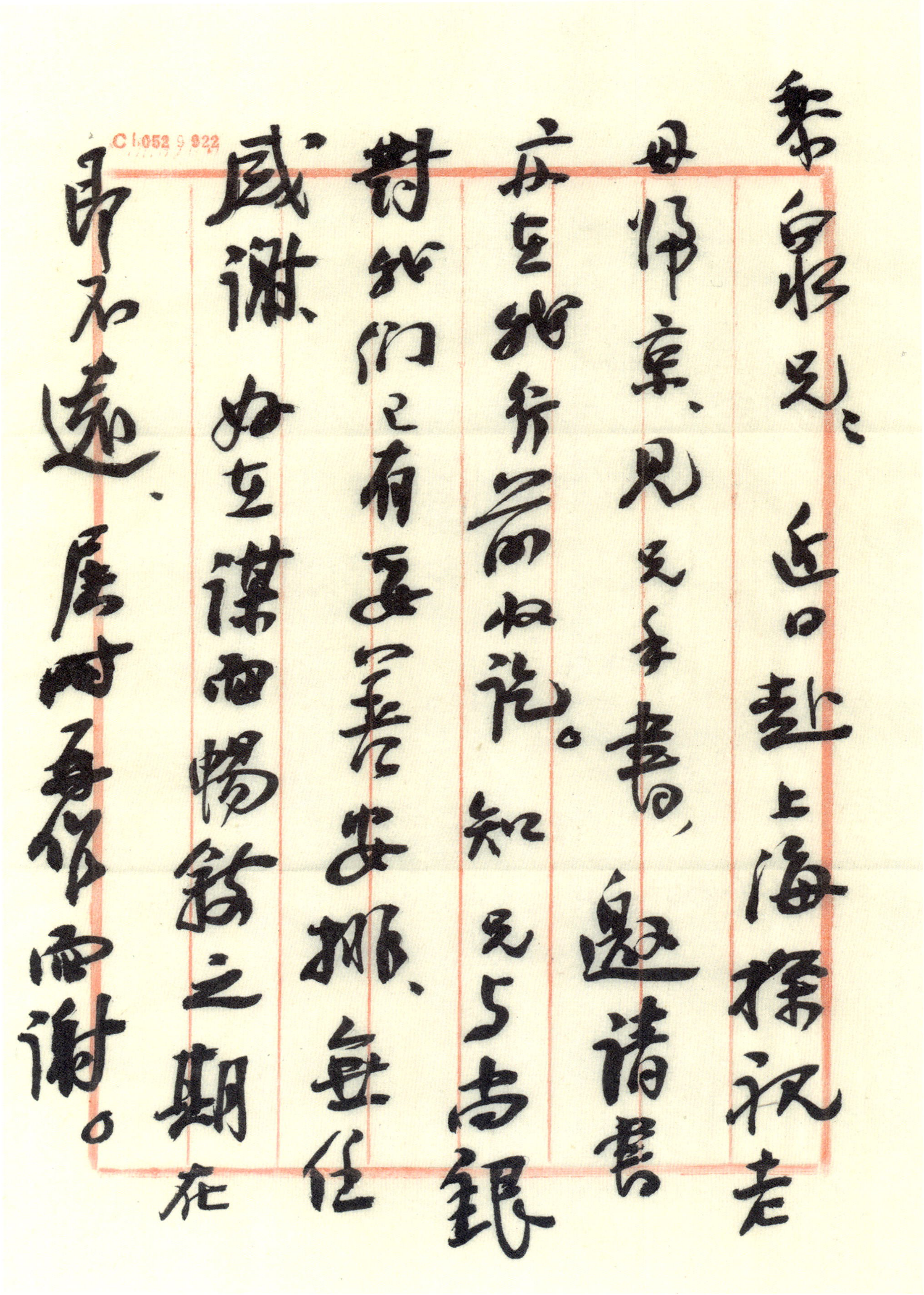
黎泉兄：近日赴上海探视老母归京，见兄手书，邀请书亦在我行前收讫。知兄与尚银对我们已有妥善安排，无任感谢，好在谋面畅叙之期在即不远，届时再作面谢。

黎泉兄：

近日赴上海探视老母归京，见兄手书，邀请书亦在我行前收讫。知兄与尚银对我们已有妥善安排，无任感谢，好在谋面畅叙之期在即不远，届时再作面谢。

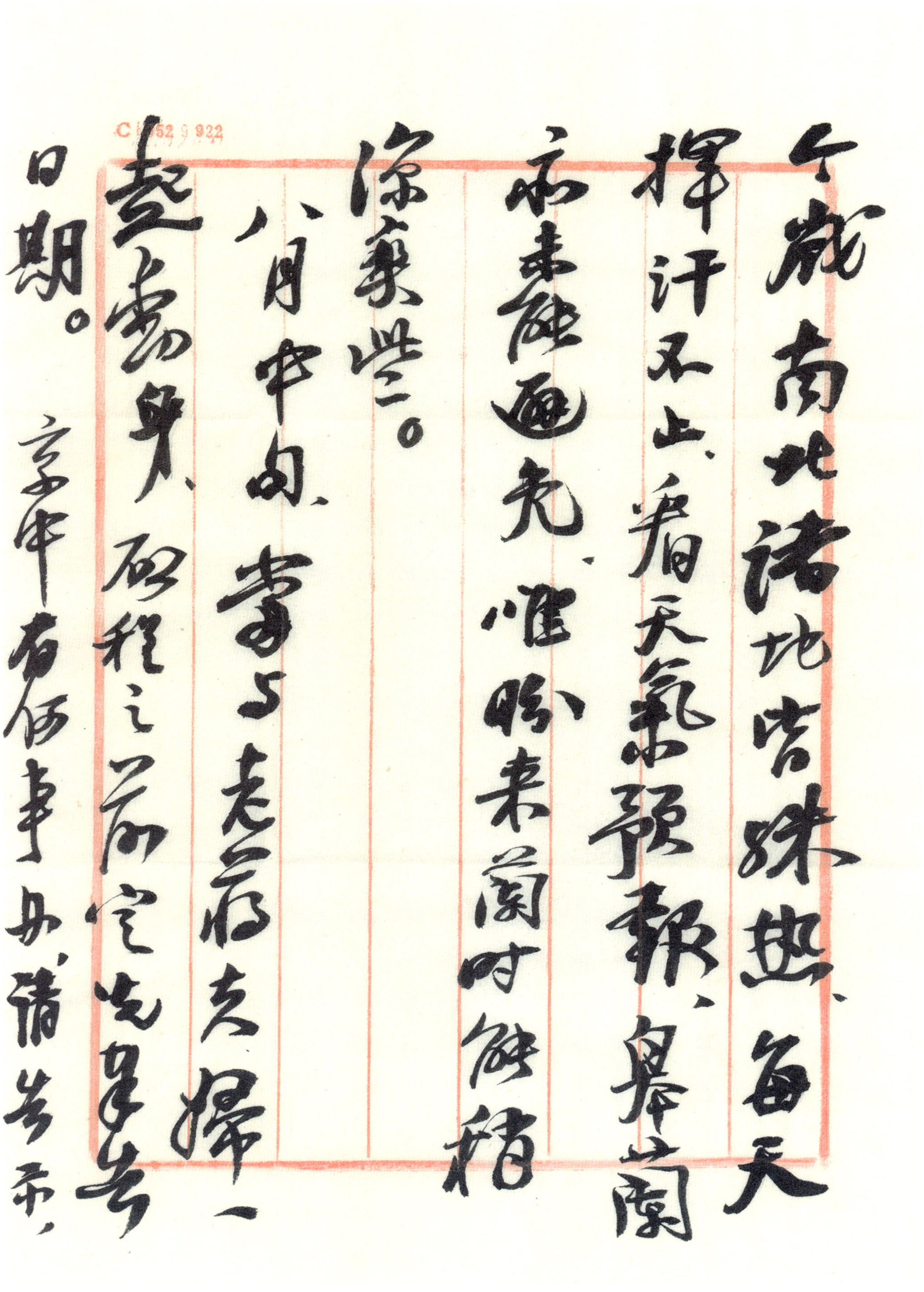
CH52 9 922
今歲南北諸地皆殊熱，每天揮汗不止，看天氣預報，皋蘭亦未能避免，唯盼來蘭時能稍涼爽些。
八月中旬，當與老蔣夫婦一起動身，啟程之前定先奉告日期。
京中有何事办，請告示，

今岁南北诸地皆殊热，每天挥汗不止，看天气预报，皋兰亦未能避免，唯盼来兰时能稍凉爽些。

八月中旬，当与老蒋夫妇一起动身，启程之前定先奉告日期。京中有何事办，请告示，

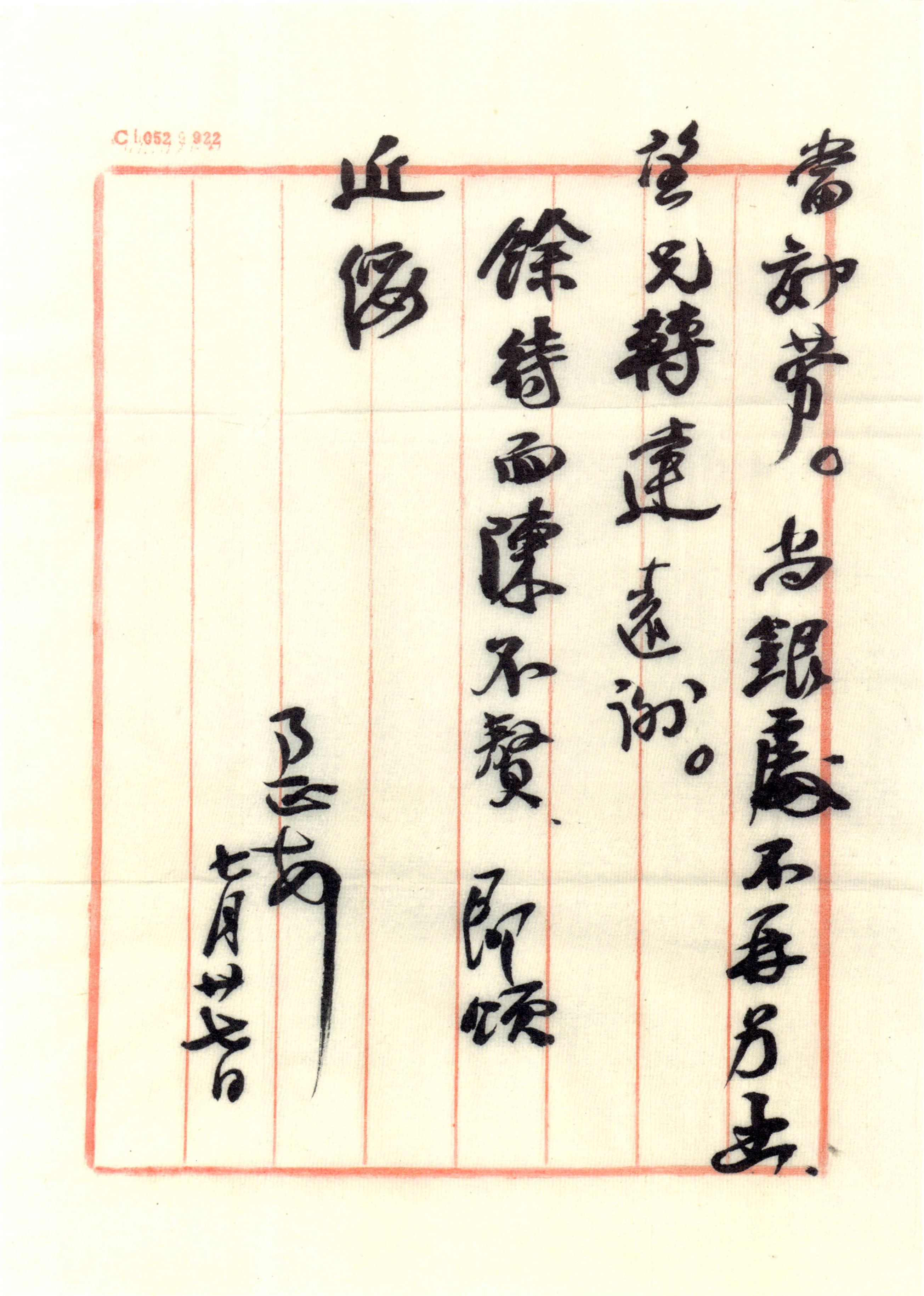

当效劳。尚银处不再另函，望兄转达远谢。
余待面陈不赘，即颂
近绥

乃正顿首
七月廿七日

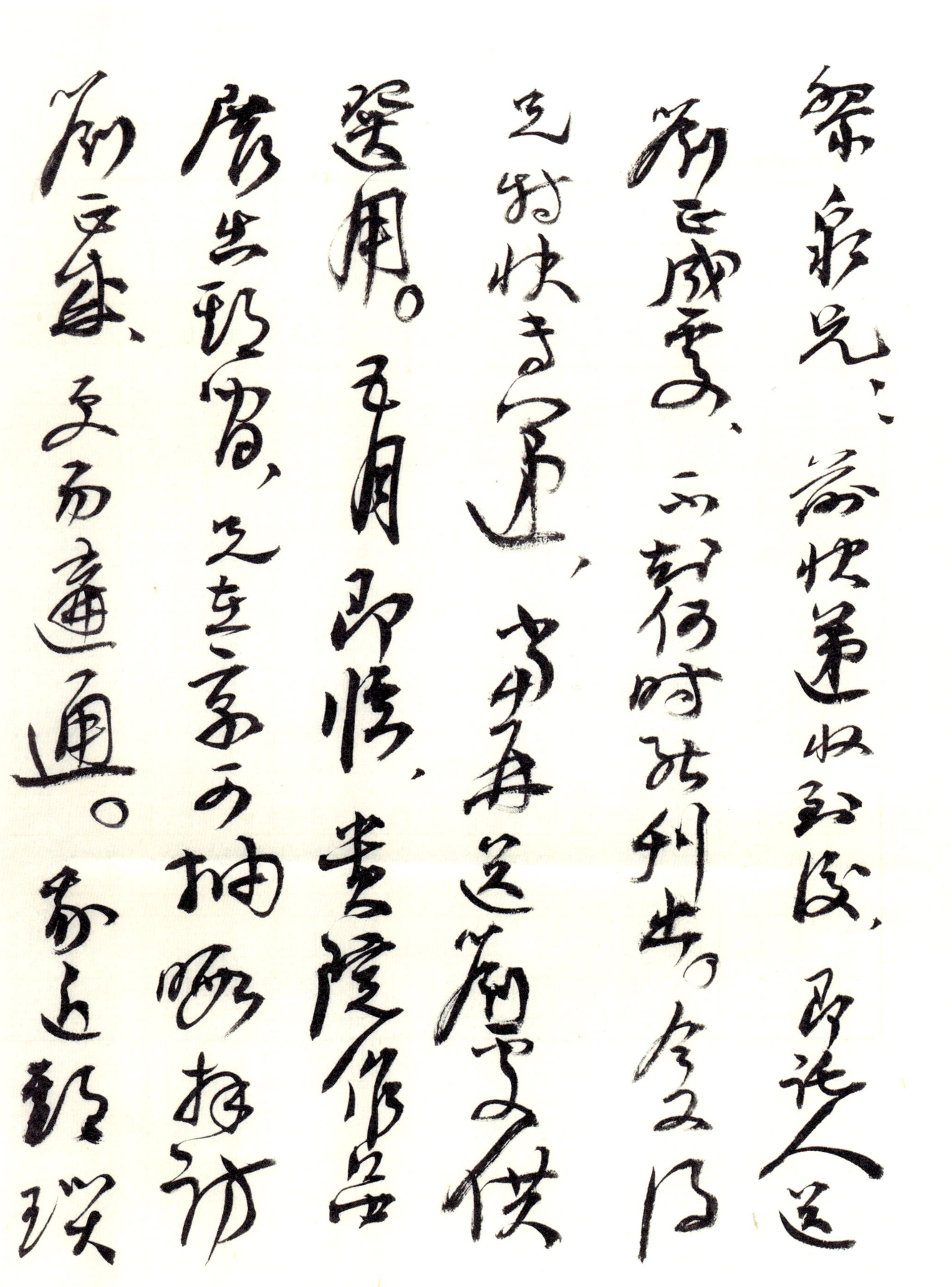

黎泉兄：

前快递收到后，即托人送刘正成处，不知何时能刊出。今又得兄特快专递，当再送刘处供选用。五月即临，贵院作品展出期间，兄在京可抽暇拜访刘正成，更易遘（沟）通。我近期琐

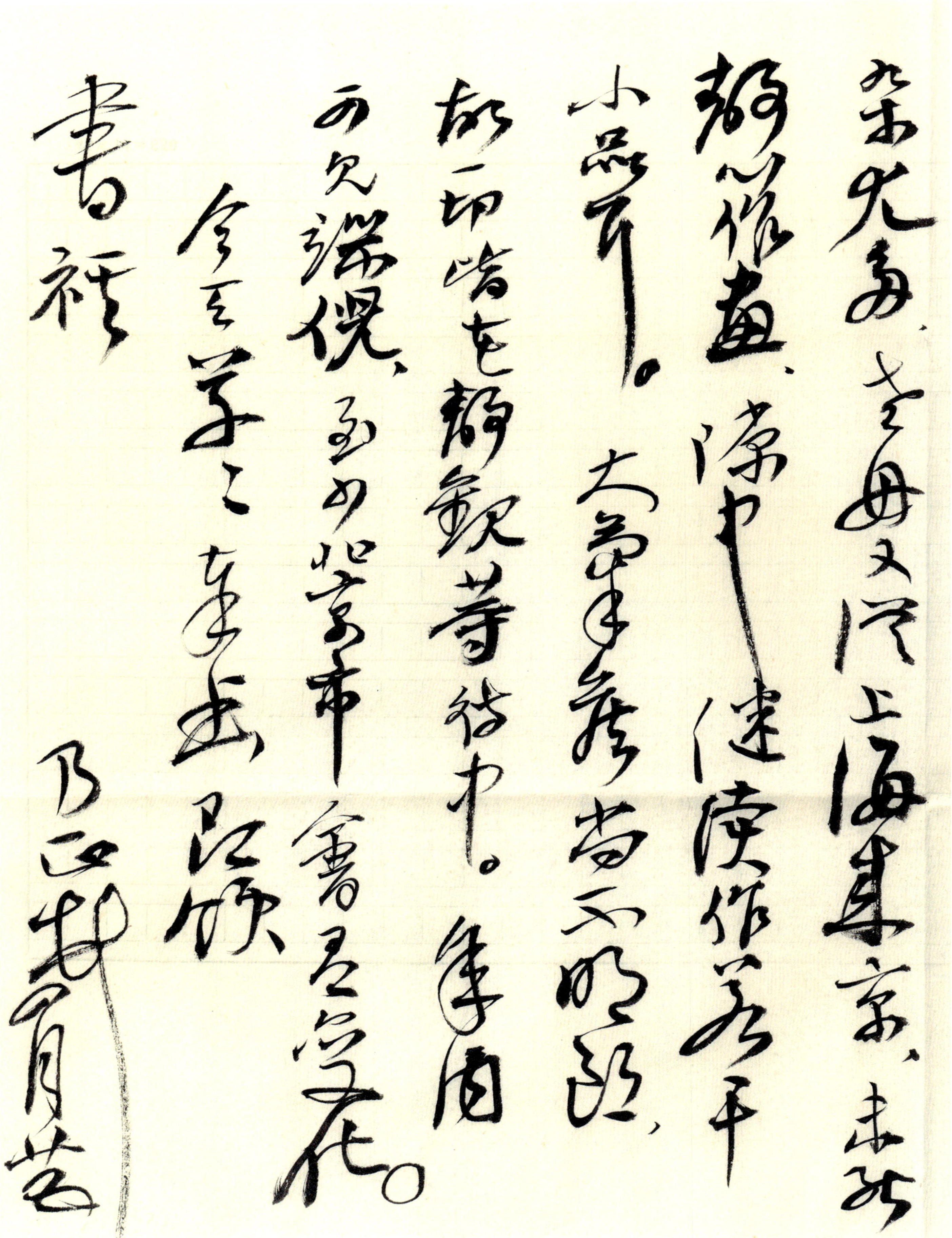

杂尤多，老母又从上海来京，未能静心作画，隙中继续作若干小品耳。大气候尚不明朗，故一切皆在静观等待中。年内可见端倪，至少北京市会有变化。

今天草草奉书，即颂

书祺

乃正顿首

四月廿五

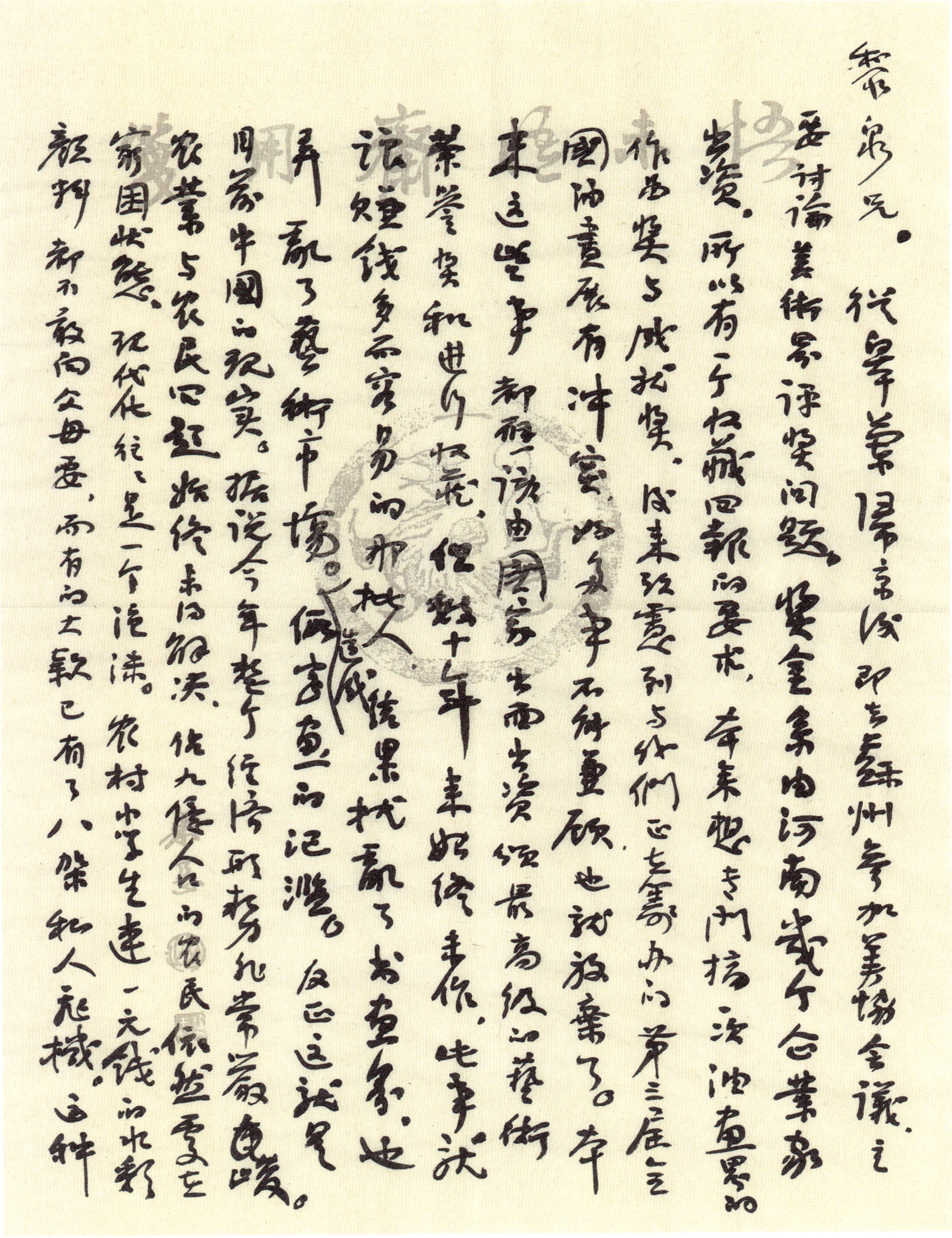

黎泉兄：

从皋兰归京后即去苏州参加美协会议，主要讨论美术界评奖问题。奖金系由河南几个企业家出资。所以有一个收藏回报的要求，本来想专门搞一次油画界的作品奖与成就奖，后来考虑到与我们正在筹办的第三届全国油画展有冲突好多事不能兼顾，也就放弃了。本来这些事都应该由国家出面出资颁最高级的艺术荣誉奖和进行收藏，但数十年来始终未作，此事就让赚钱多而容易的那批人，结果扰乱了书画界，也弄乱了艺术市场。造成假字画的泛滥。反正这就是目前中国的现实。据说今年整个经济形势非常严峻。农业与农民问题始终未得解决，估九亿人口的农民依然处在穷困状态，现代化往往是一个泡沫。农村小学生连一元钱的水彩颜料都不敢向父母要，而有的大款已有了八架私人飞机。这种

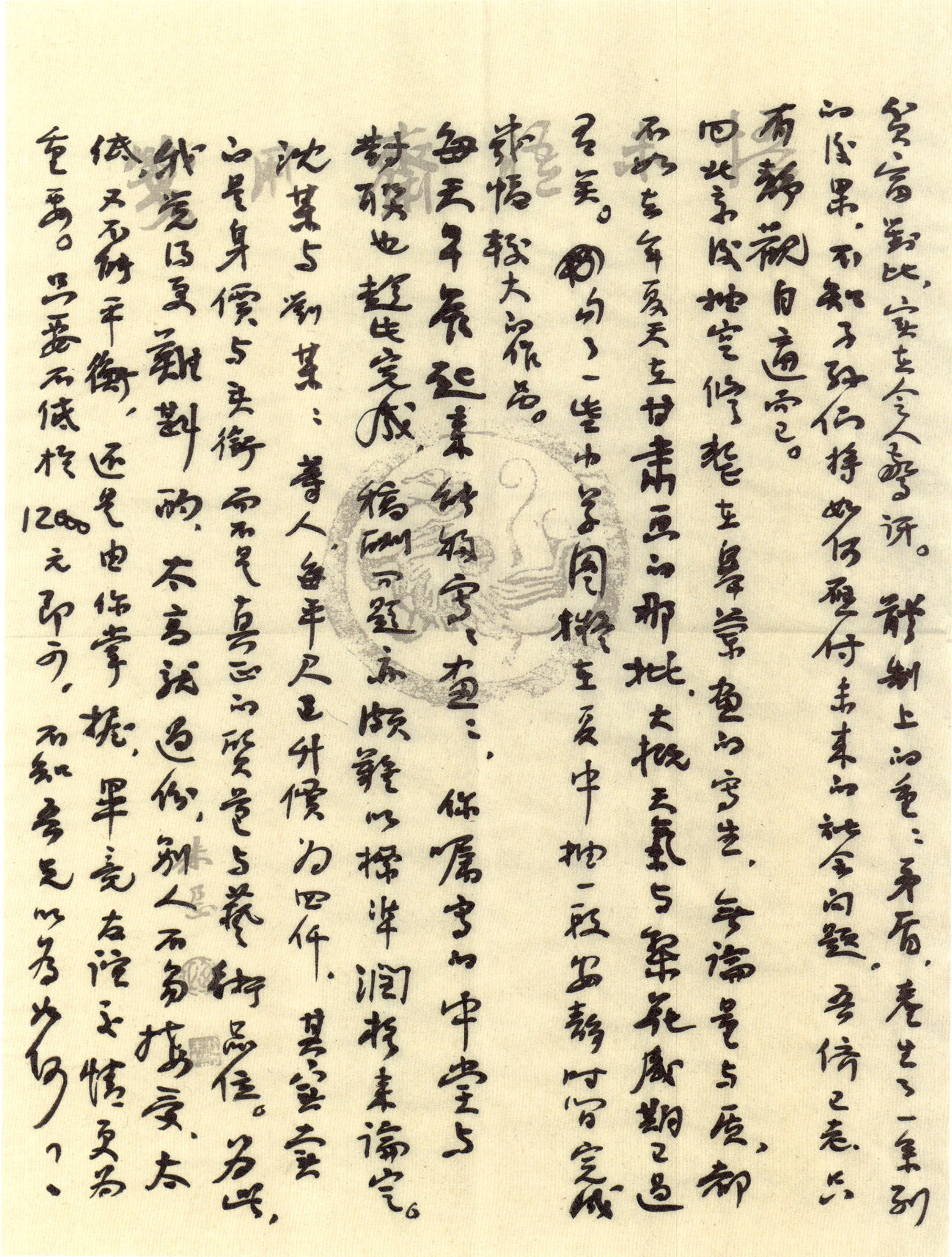

贫富对比，实在令人惊讶。体制上的重重矛盾，产生了一系列的后果。不知子孙们将如何应付未来的社会问题，吾侪已老，只有静观自适而已。

回北京后抽空修整在皋兰画的写生，无论量与质，都不如去年夏天在甘肃画的那批，大概天气与梨花盛期已过有关。勾了一些小草图拟在夏中抽一段安静时间完成几幅较大的作品。

每天早晨起来能够写写画画，你嘱写的中堂与对联也趁此完成，稿酬问题亦颇难以标准润格来论定。沈某与刘某某等人，每平尺已升价为四仟，其实卖的是身价与头衔而不是真正的质量与艺术品位。为此，我觉得更难斟酌，太高就过份，别人不易接受，太低，又不能平衡，还是由你掌握，毕竟友谊交情更为重要。只要不低于12000元即可，不知吾兄以为如何？

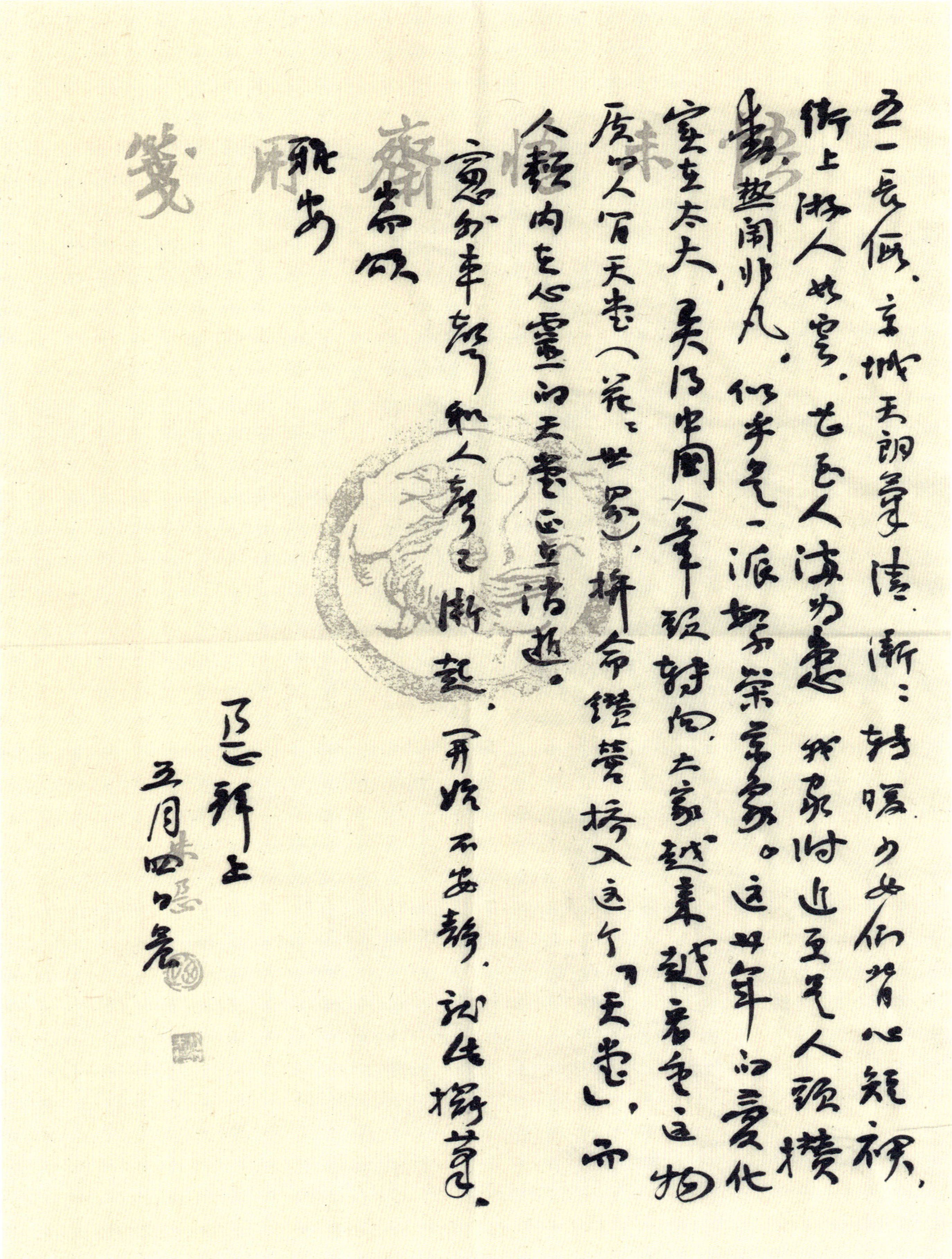

五一长假，京城天朗气清，渐渐转暖，少女们背心短裙，街上游人如云，甚至人满为患。我家附近更是人头攒动，热闹非凡。似乎是一派繁荣景象。这廿年的变化实在太大，弄得中国人晕头转向，大家越来越看重这物质的人间天堂（花花世界），拼命钻营挤入这个『天堂』，而人类内在心灵的天堂正在消逝。

窗外车声和人声已渐起，开始不安静，就此搁笔。

崇颂

雅安

乃正拜上

五月四日晨

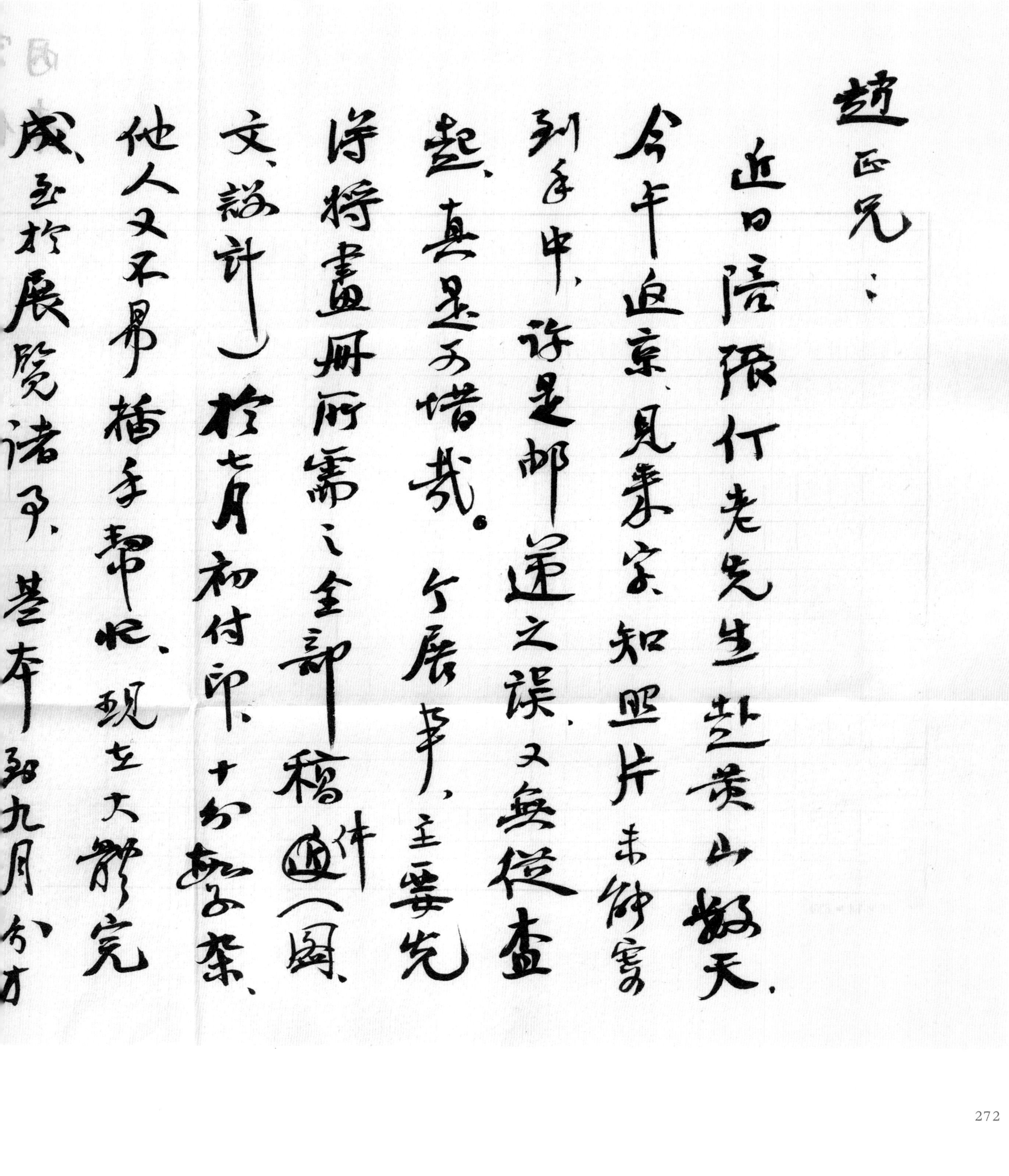

趙正兄：

近日陪張仃老先生赴黄山數天，今午返京，見來函知照片未能寄到手中，許是郵遞之誤，又無從查起，真是可惜哉。今展事，主要先得將畫冊所需之全部稿件（圖、文、設計）於七月初付印，十分趕緊、他人又不易插手幫忙，現在大體完成，至於展覽諸事，基本即九月分才

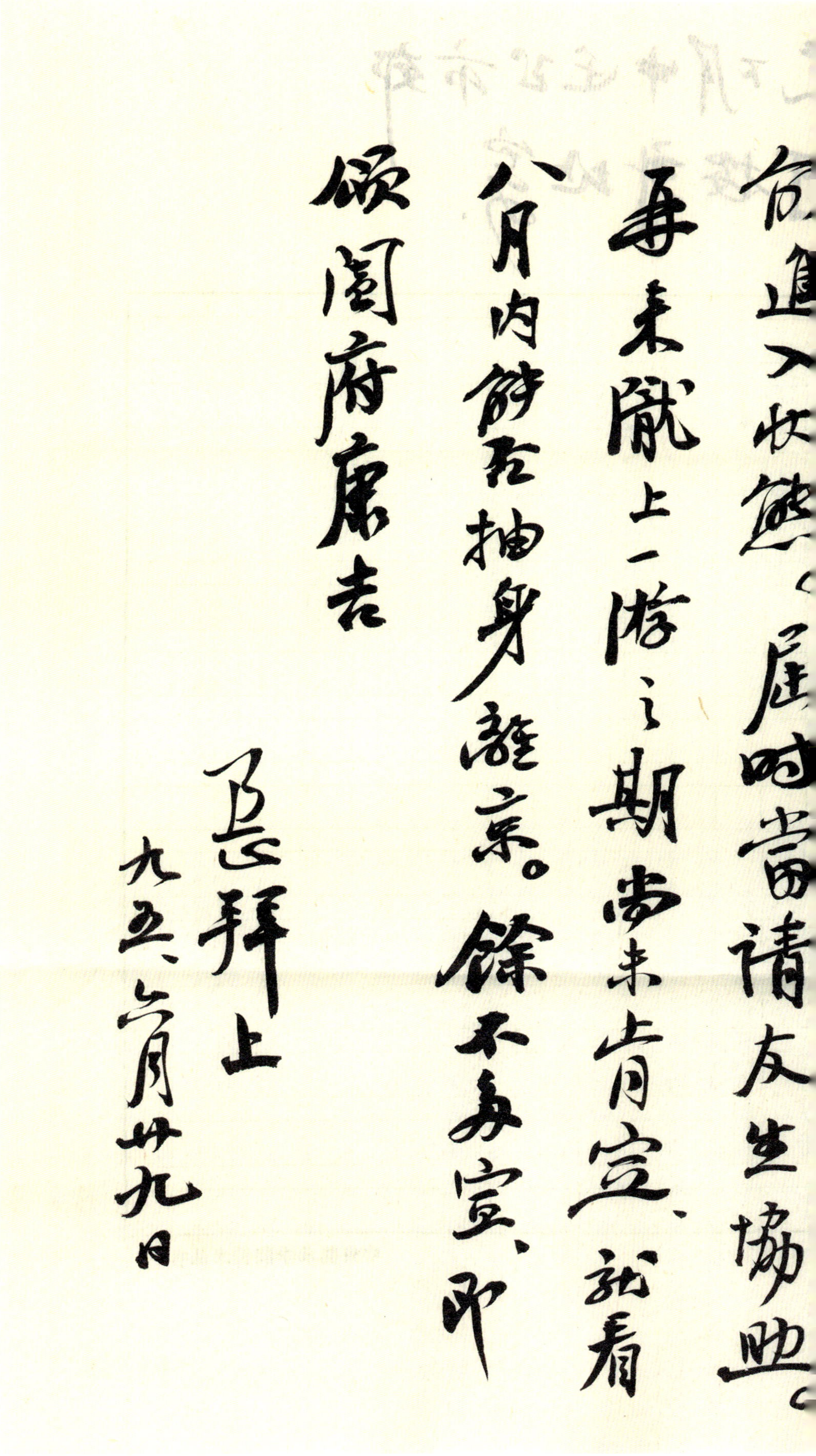
方能進入狀態。屆時當請友生協助。
再來隴上一游之期尚未肯定，就看
八月內能否抽身離京。餘不多宣，即
頌闔府康吉
乃正拜上
九五、六月廿九日

赵正兄：

近日陪张仃老先生赴黄山数天，今午返京，见来字，知照片未能寄到手中，许是邮递之误，又无从查起，真是可惜哉。个展事，主要先得将画册所需之全部稿件（图文、设计）于七月初付印，十分繁杂，他人又不易插手帮忙，现在大体完成，至于展览诸事，基本到九月份方能进入状态。届时当请友生协助。再来陇上一游之期尚未肯定，就看八月内能否抽身离京。余不多宣，即颂阖府康吉

乃正拜上

九五年六月廿九日

黎泉兄：

昨獲手澤，復在電話中作短敘，遙知竟於車禍中腿部骨傷，殊為意外。大人之傷筋動骨一百天，望兄安心養傷，早日康復。

愚弟蘭一年，勞兄煩神。現大體定於八月十日後啟程，具體日期一俟確定當通過李、王二位轉告，屆時愚當來晉院探望。劉部長那里已有安排。[illegible]

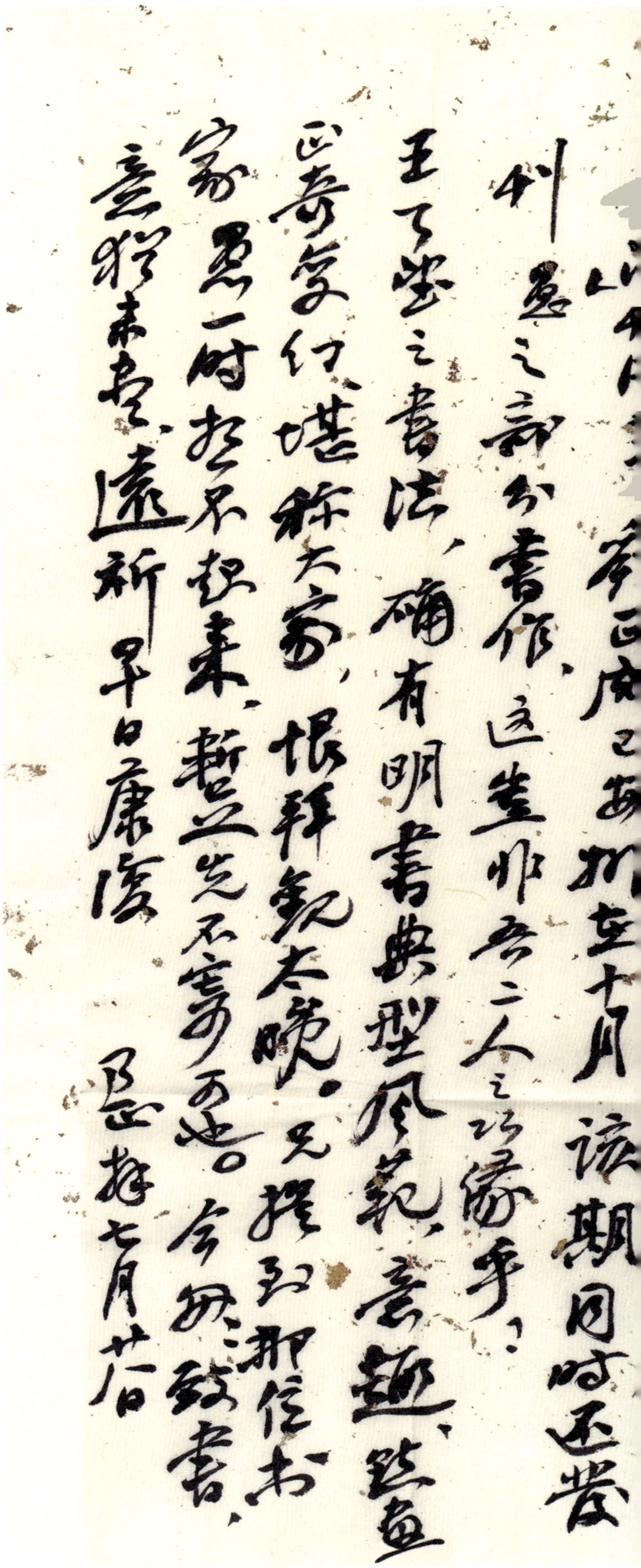

黎泉兄：

昨获手泽，复在电话中作短叙，悉君意外车祸中腿部骨伤，殊为悬念，古人言，伤筋动骨一百天望兄安心养伤，早日康复。

愚来甘兰一事，劳兄烦神，现大体定于八月十日后启程，具体日期一俟确定，当通过李、王二位转告，届时愚当来医院探拜。刘部长那里已有联系。临行前也会先通报，勿念。兄大作于《书法》刊用事，刘正成已安排在十月，该期同时还发刊愚之部分书作，这岂非吾二人之巧缘乎？

王了望之书法，确有明书典型风范，意趣，点画正奇变幻，堪称大家，恨拜观太晚。兄提到那位书家愚一时想不起来，暂先不寄可也。今匆匆致书，意犹未尽，远祈早日康复

乃正拜

七月廿八日

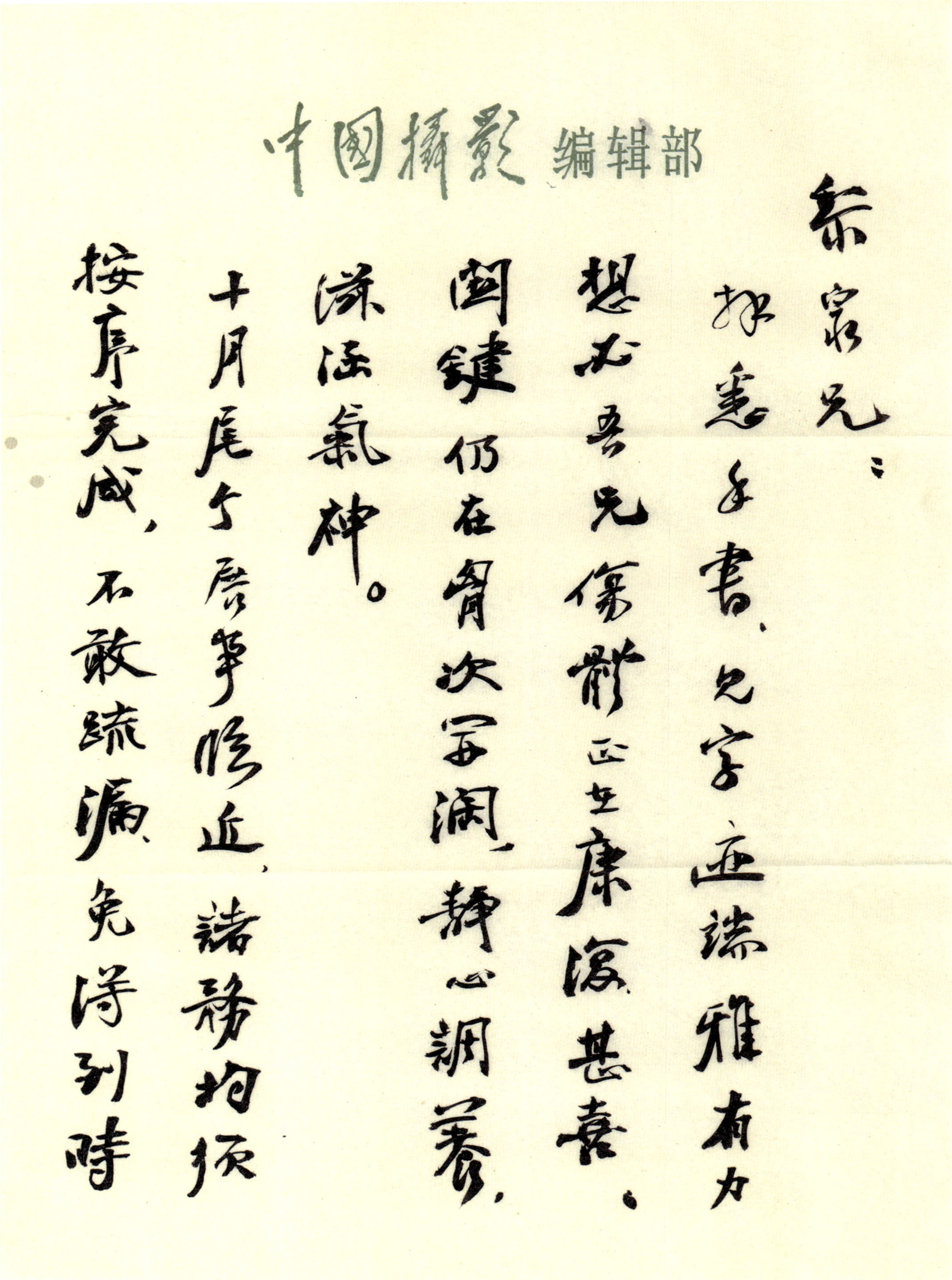
中国摄影编辑部

黎泉兄：

拜悉手书，兄字迹端雅有力想必吾兄伤体正在康复，甚喜。关键仍在胸次开阔，静心调养，滋涵气神。

十月尾个展事临近，诸务均须按序完成，不敢疏漏，免得到时

黎泉兄：

　拜悉手书，兄字迹端雅有力想必吾兄伤体正在康复，甚喜。关键仍在胸次开阔，静心调养，滋涵气神。

　十月尾个展事临近，诸务均须按序完成，不敢疏漏，免得到时

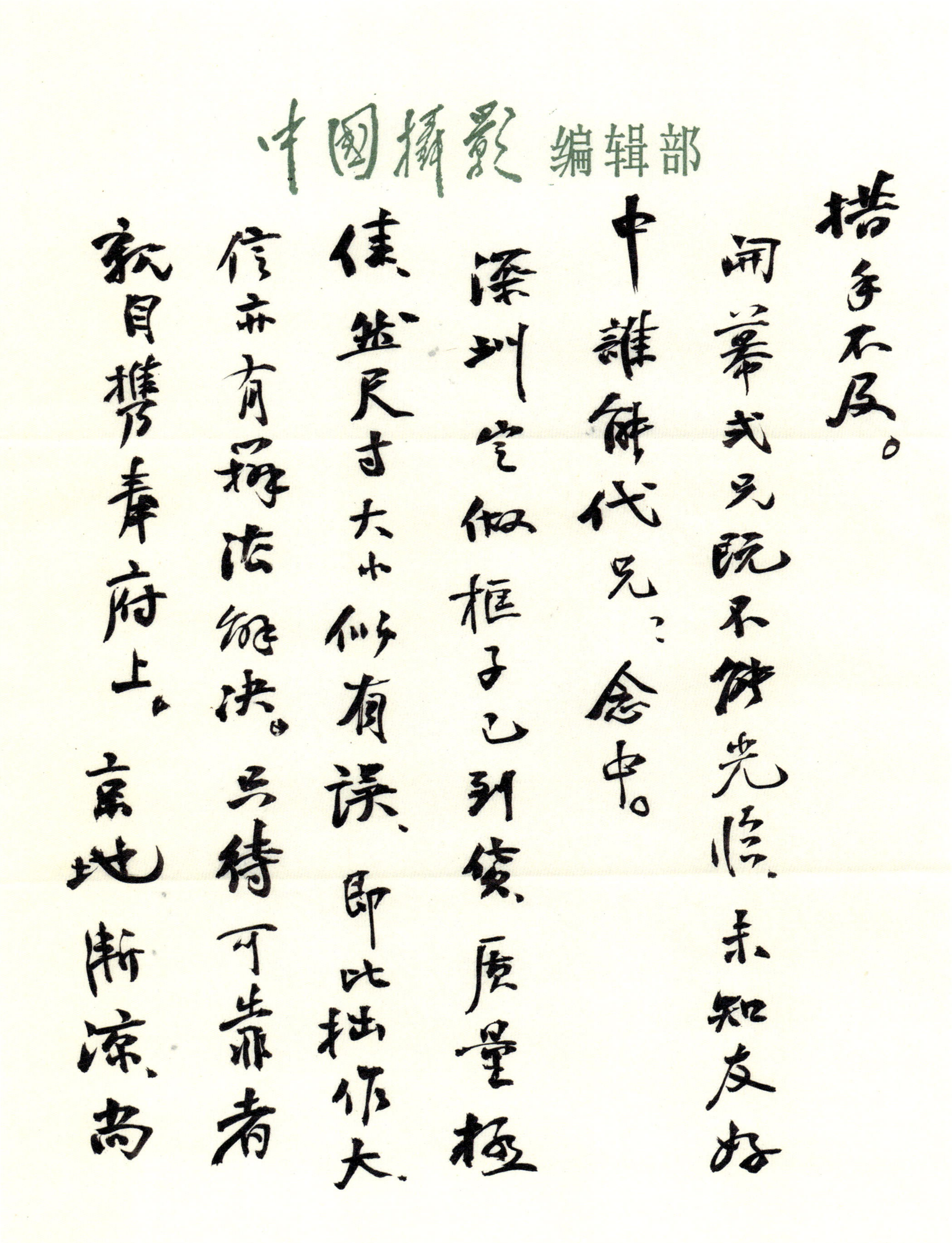

中国摄影 编辑部

措手不及。
开幕式兄既不能光临，未知友好中谁能代兄？念中。
深圳定做框子已到货，质量极佳，然尺寸大小似有误，即比拙作大，信亦有办法解决。只待可靠者亲自携奉府上。京地渐凉，尚

措手不及。

开幕式兄既不能光临，未知友好中谁能代兄？念中。

深圳定做框子已到货，质量极佳，然尺寸大小似有误，即比拙作大，信亦有办法解决。只待可靠者亲自携奉府上。京地渐凉，尚

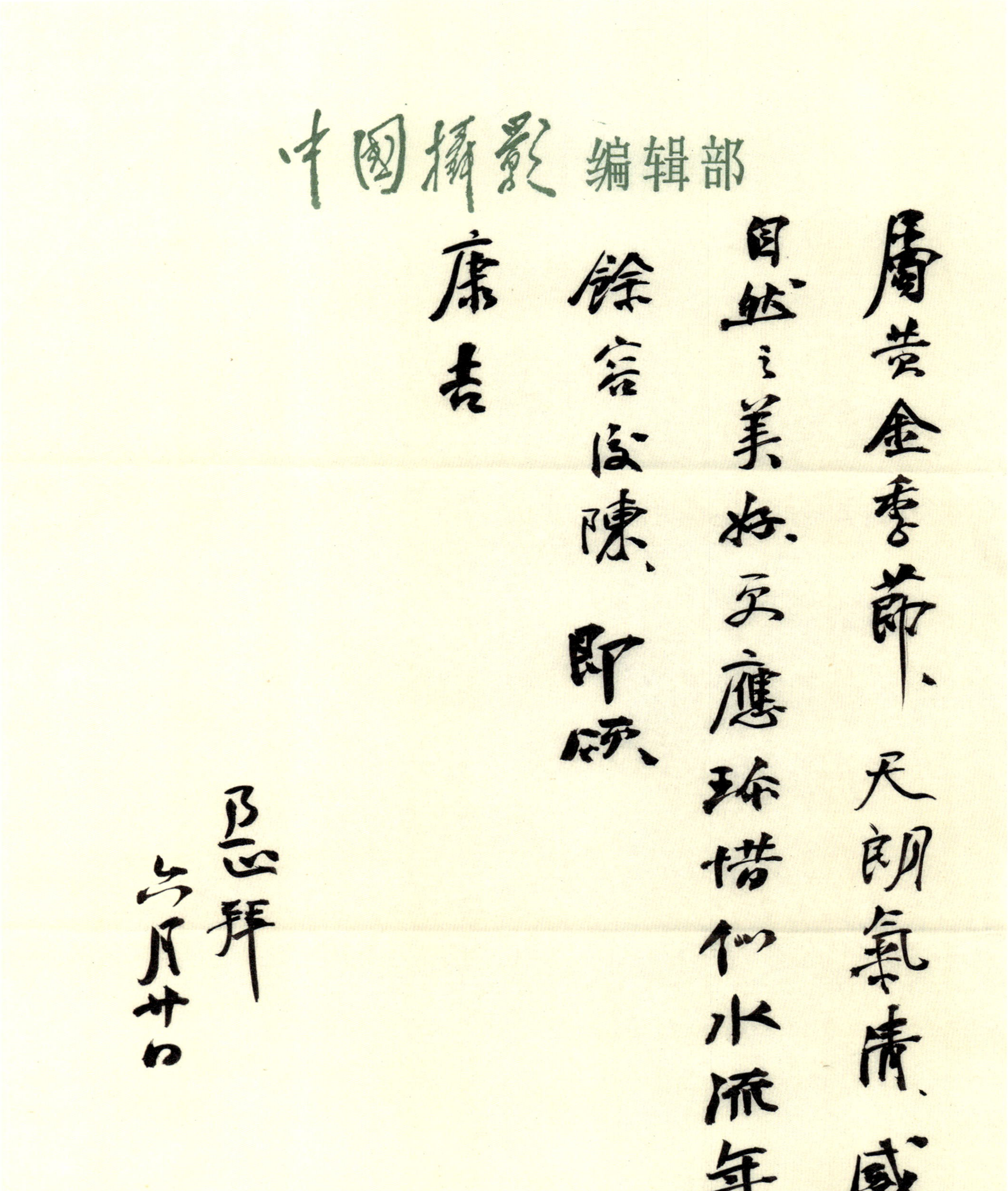

属黄金季节，天朗气清，感自然之美好，更应珍惜似水流年。
余容后陈，即颂
康吉

乃正拜
九月廿六日

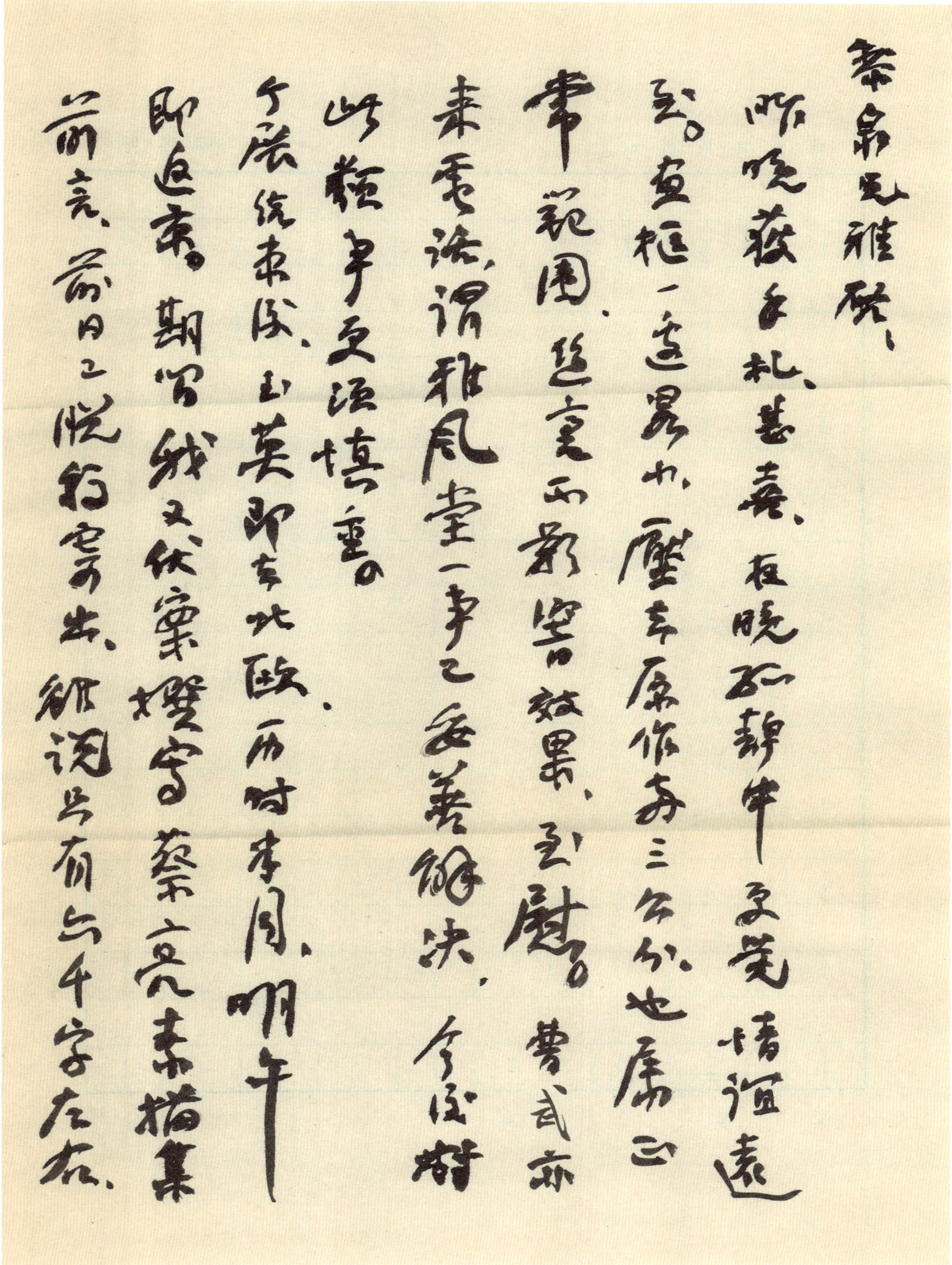

黎泉兄雅启：

昨晚获手札，甚喜，夜晚孤静中更觉情谊远至。画框一边略小，压去原作两三公分，也属正常范围，丝毫不影响效果，至慰。曹武亦来电话，谓雅风堂一事已妥善解决，今后对此类事更须慎重。

个展结束后，玉英即去北欧，历时半月，明午即返京。期间我又伏案撰写蔡亮素描集前言，前日已脱稿寄出，虽说只有六千字左右，

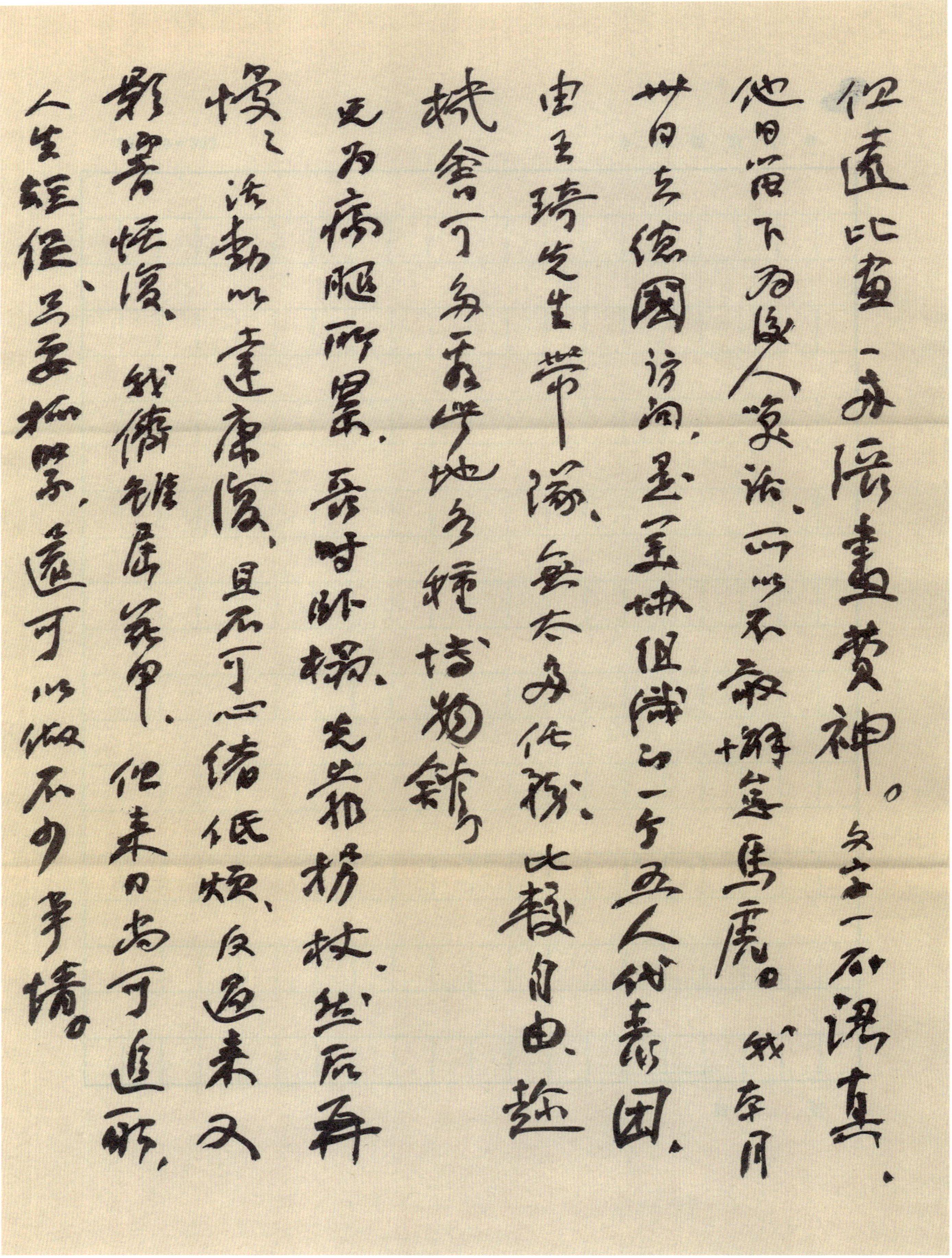

但远比画一两张画费神。文字一不认真，他日留下为后人笑话，所以不敢懈怠马虎。我本月三十日去德国访问，是美协组织的一个五人代表团，由王琦先生带队，无太多任务，比较自由，趁机会可多看此地各种博物馆。

兄为病腿所累，长时卧榻，先靠拐杖，然后再慢慢活动以达康复，且不可心绪低烦，反过来又影响恢复。我侪虽届花甲，但来日尚可追取，人生短促，只要抓紧，还可以做不少事情。

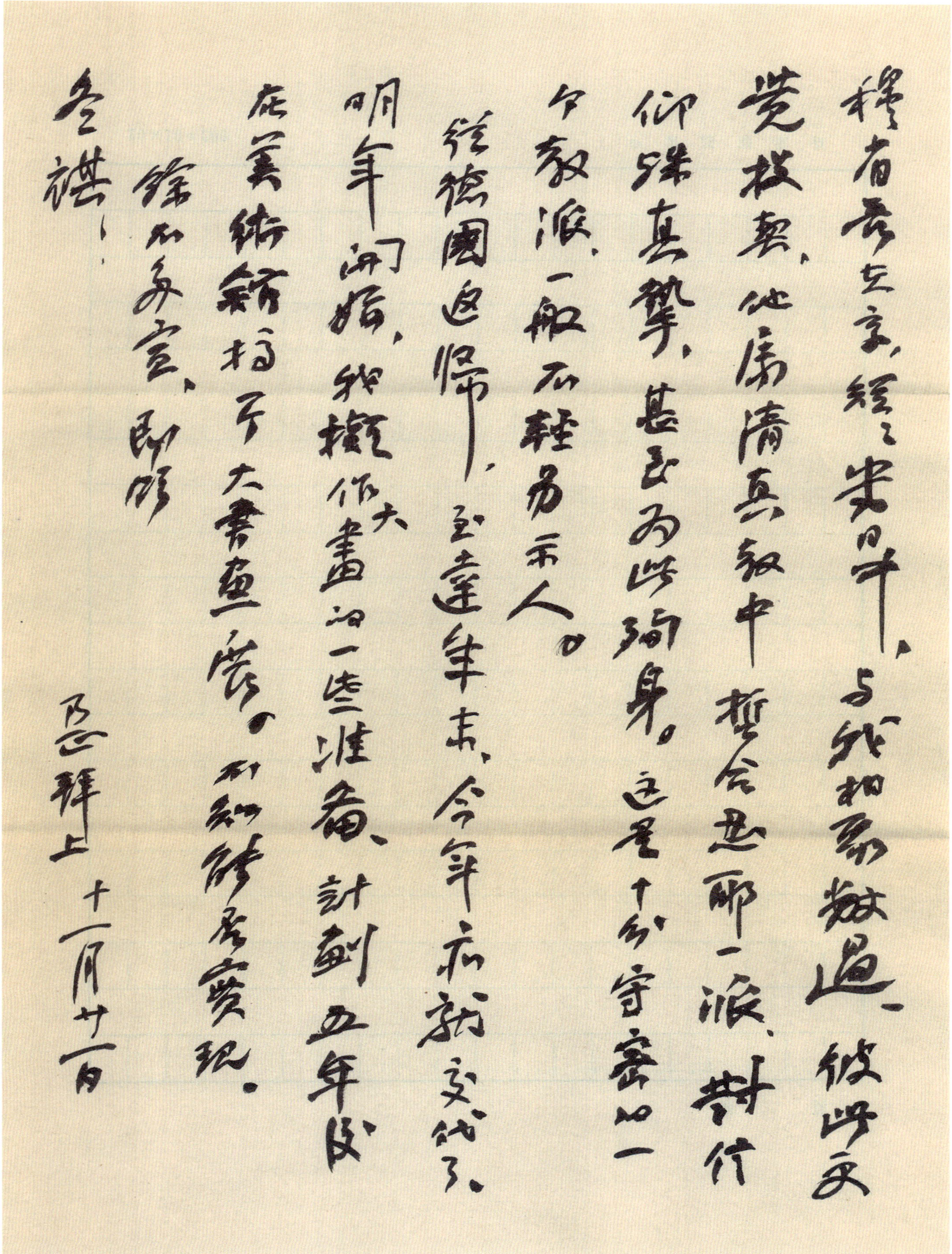

穆省长在京，短短几日中，与我相聚数过，彼此更觉投契，他属清真教中哲合忍耶一派，对信仰殊真挚，甚至为此殉身。这是十分守密的一个教派，一般不轻易示人。

从德国返归，至达年末，今年亦就交代了，明年开始，我拟作大画的一些准备，计划五年后在美术馆搞一个大书画展。不知能否实现。

余不多宣，即颂

冬祺！

乃正拜上

十一月廿一日

黎泉兄如晤：

轉眼又入夏，回首去歲闔家赴蘭探望兄於榻前，卷傷经年，不知兄刻下恢復得如何？能否隨意行動？或試作書於案頭？至為懸念。昨日收到甘肃書畫報一份，雖未見兄附言，也無主編一字，但見陵兄之评文，覺得兄溢美過甚，愧汗浹背。然兄之短文頗富風采，是一篇極為認真推敲之作，深感兄之情誼也。

弟青兄[illegible]

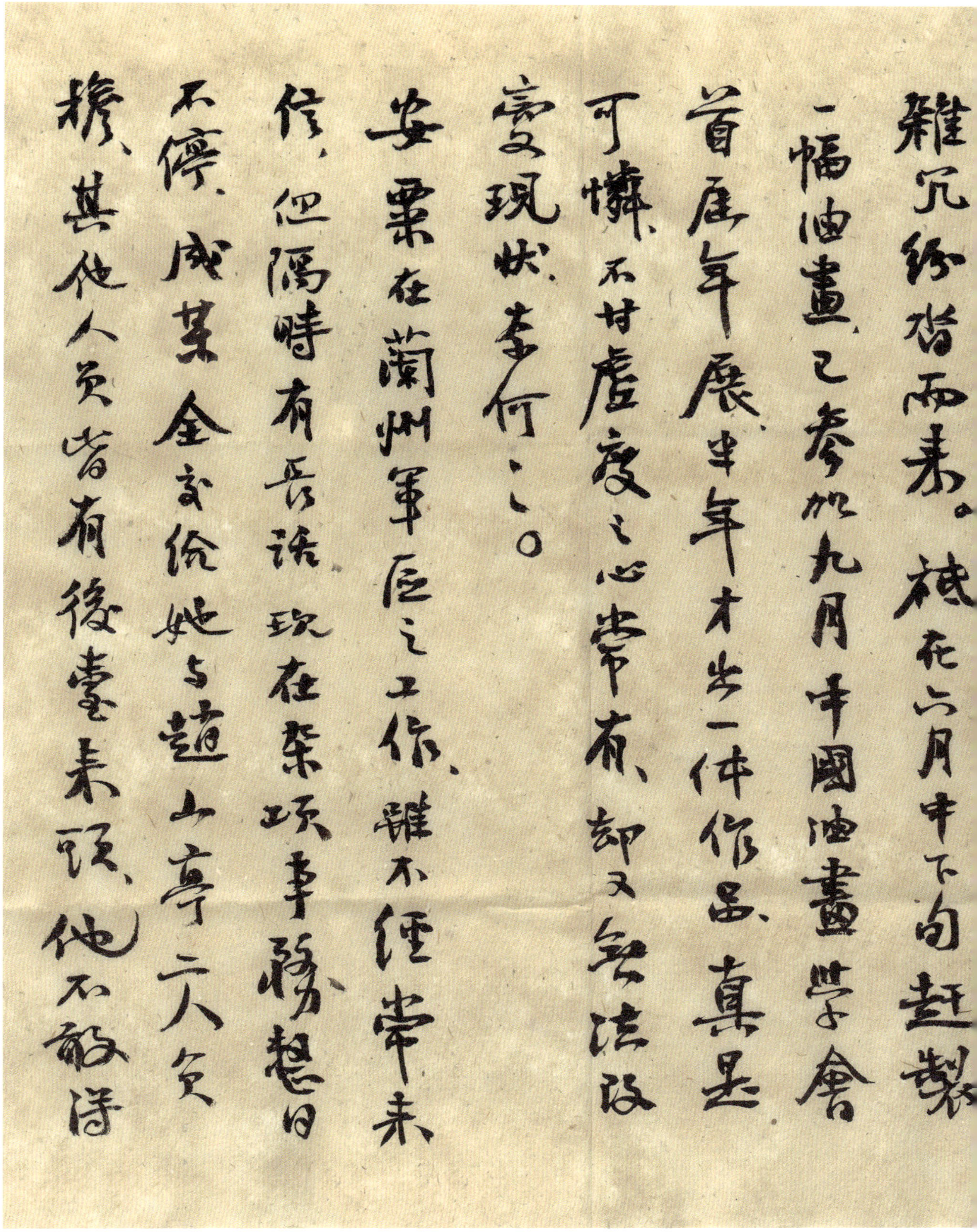

雜冗紛沓而來。祇在六月中下旬赶製
一幅油畫，已參加九月中國油畫學會
首屆年展，半年才出一件作品，真是
可憐，不甘虛度之心常有，却又無法改
變現狀，奈何奈何。
安粟在蘭州軍區之工作，雖不經常來
信，但隔時有長話，現在雜項事務整日
不停，成某全交給她與趙山亭二人負
擔，其他人員皆有後臺來頭，他不敢得

黎泉兄如晤：

转眼又入夏，回首去岁阖家赴兰探望兄于榻前，养伤经年，不知兄刻下恢复得如何？能否随意行动？或站式作书于案头？至为悬念。昨日收到甘肃书画报一份，虽未见兄附言，也无主编一字，但见读兄之评文，觉得兄溢美过甚，愧汗浃背。然兄之短文颇富风采，是一篇极为认真推敲之作，深感兄之情谊也。

弟情况大体如常，正事无暇顾及，而杂冗纷沓而来。只在六月中下旬赶制一幅油画，已参加九月中国油画学会首届年展，半年才出一件作品，真是可怜，不甘虚度之心常有，却又无法改变现状！奈何奈何。

安粟在兰州军区之工作，虽不经常来信，但隔时有长话，现在杂项事务整日不停，成某全交给她与赵山亭二人负担，其他人员皆有后台来头，他不敢得

罪、所以重活只有壓在區區与小趙头上、
所以振本無餘暇畫自己創作、这是不
说、成某每每還找碴批评、即出大力而
不落好。据说衆人對成某人意见很大。
又聽说祖副主任已调離蘭州軍區、于
解到武警部隊。不知兄是否知曉
这些情况的、如若區區休息日到府上
拜望、兄亦可詢問了解一下。話再说回来、
一个人想要改變境遇或有成就、非依靠
自己努力不可。
郭文濤也是个有心人、他请魏義给我
写了一篇文章、發在「金成」刊物上、還有

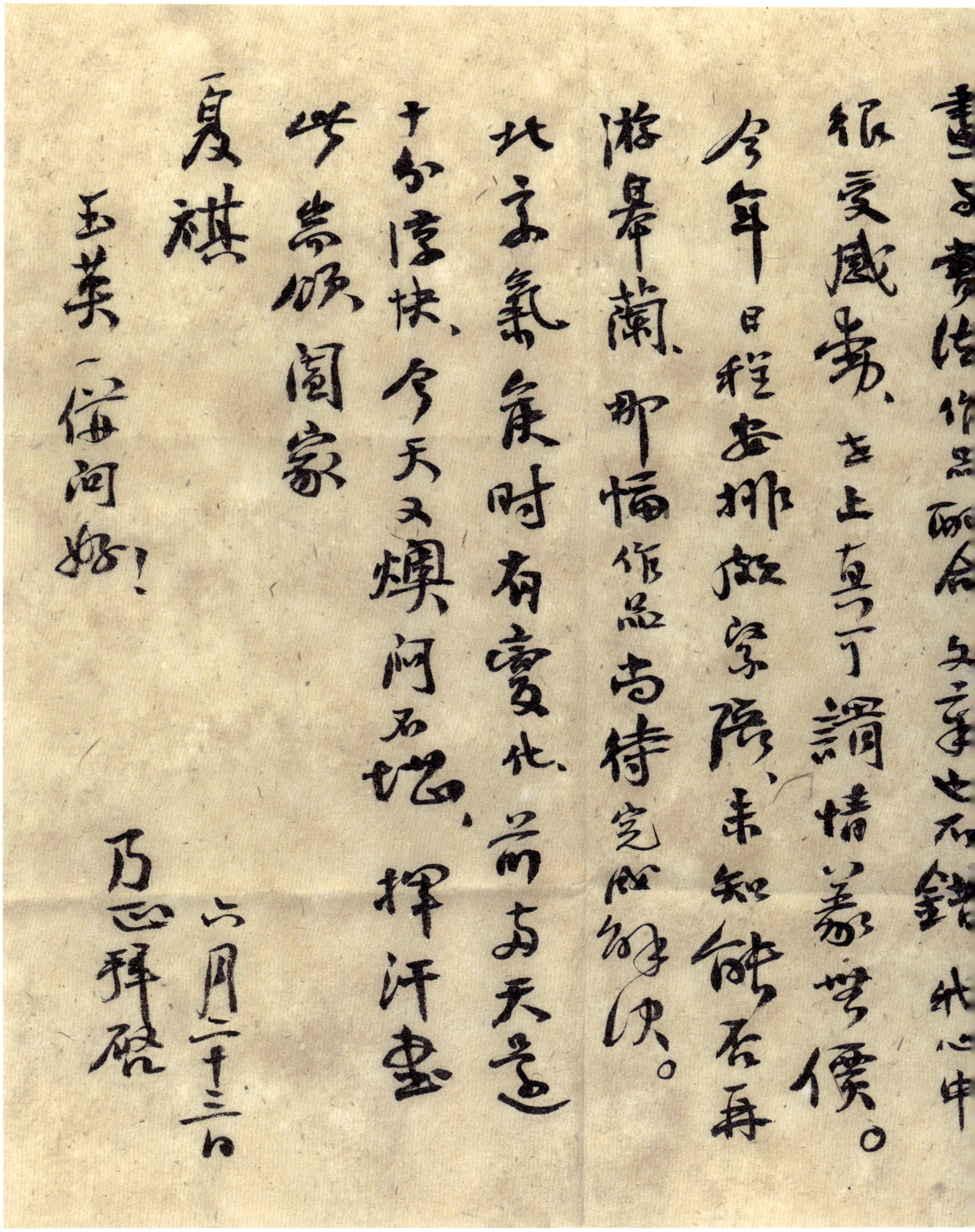

罪，所以重活只有压在豆豆与小赵头上，所以根本无余暇画自己创作，这且不说，成某每每还找碴批评，即出大力而不落好！据说众人对成某人意见很大。又听说祖副主任已调离兰州军区，可能到武警部队。不知兄是否知晓这些情况？如若豆豆休息日到府上拜望，兄亦可询问了解一下。话再说回来，一个人想要改变境遇或有成就，非依靠自己努力不可。

郭文涛也是个有心人，他请魏义给我写了一篇文章，发在《金城》刊物上，还有不少画与书法作品配合，文章也不错，我心中很受感动，世上真可谓情义无价。今年日程安排颇紧张，未知能否再游皋兰，那幅作品尚待完成解决。北京气候时有变化，前两天还十分凉快，今天又燠闷不堪，挥汗书此尚颂阖家

夏祺

乃正拜启

六月二十三日

玉英一并问好！

智宏兄：

郵遞甘菓一斤，昨又飛返京城。新華社當晚來訪友朋，直至午夜方散，未敢驚動兄之安夢。次晨六時許又飛了，赴滇洽談，更不及致電相擾。是返是趕歸來，從筆墨相報為歉。此番為小女事重返桑梓一聚，亦乃鍾天意也。經諸友悉心關照與大力扶助，諸事方順利解決。尤其軍人證與級別，都已不成問題。想已許是無以代價換來此行之佳果，不勝歡欣。

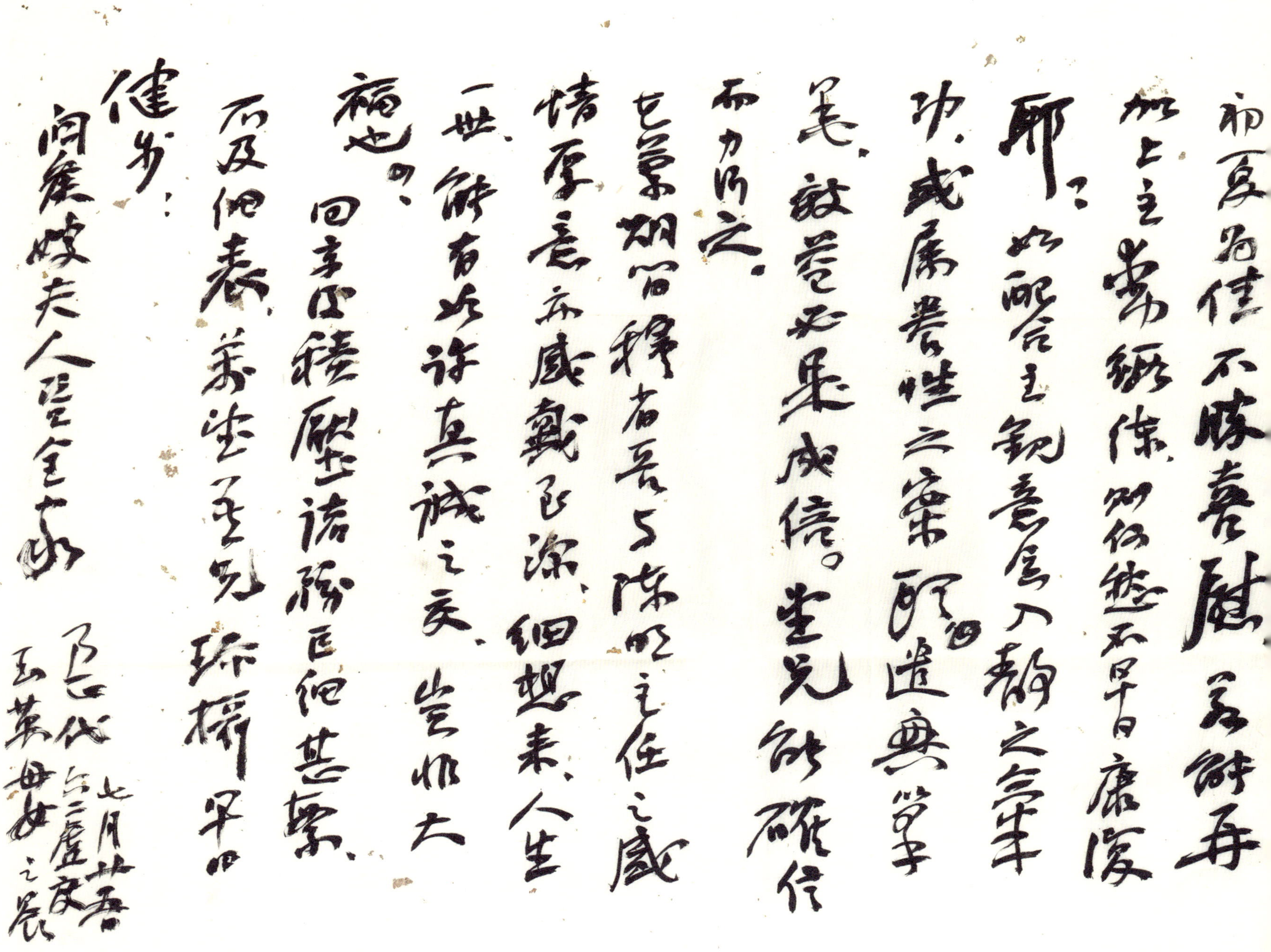

黎泉兄：

匆遽廿兰一行，昨又飞返京城。离兰前当晚，来访友朋直至午夜方散，未敢惊动兄之安梦。次晨六时许又匆匆赴机场，更不忍致电相扰，还是趁归来后笔墨相报为畅，此番为小女事重返皋兰一聚，亦可称天意也。经诸友悉心关照鼎力相助，诸事方顺利解决，尤其军人证与级别，都已不成问题，想想许是血的代价换来此行之结果，可叹可叹。

两次于府上见吾兄精神远较初夏为佳，不胜喜慰。若能再加上主动锻练，则何愁不早日康复耶？如配合主观意念入静之气功，或属养性之案头。遣兴笔墨，效益必是成倍。望兄能确信而力行之。

在兰期间穆省长与陈明主任之盛情厚意亦感戴至深，细想来，人生一世，能有如许真诚之交，岂非大福也？

回京后积压诸务巨细甚繁，不及细表，万望吾兄珍摄，早日健步！

问候嫂夫人暨全家

乃正代玉英母女

七月廿五日六二虚度之晨

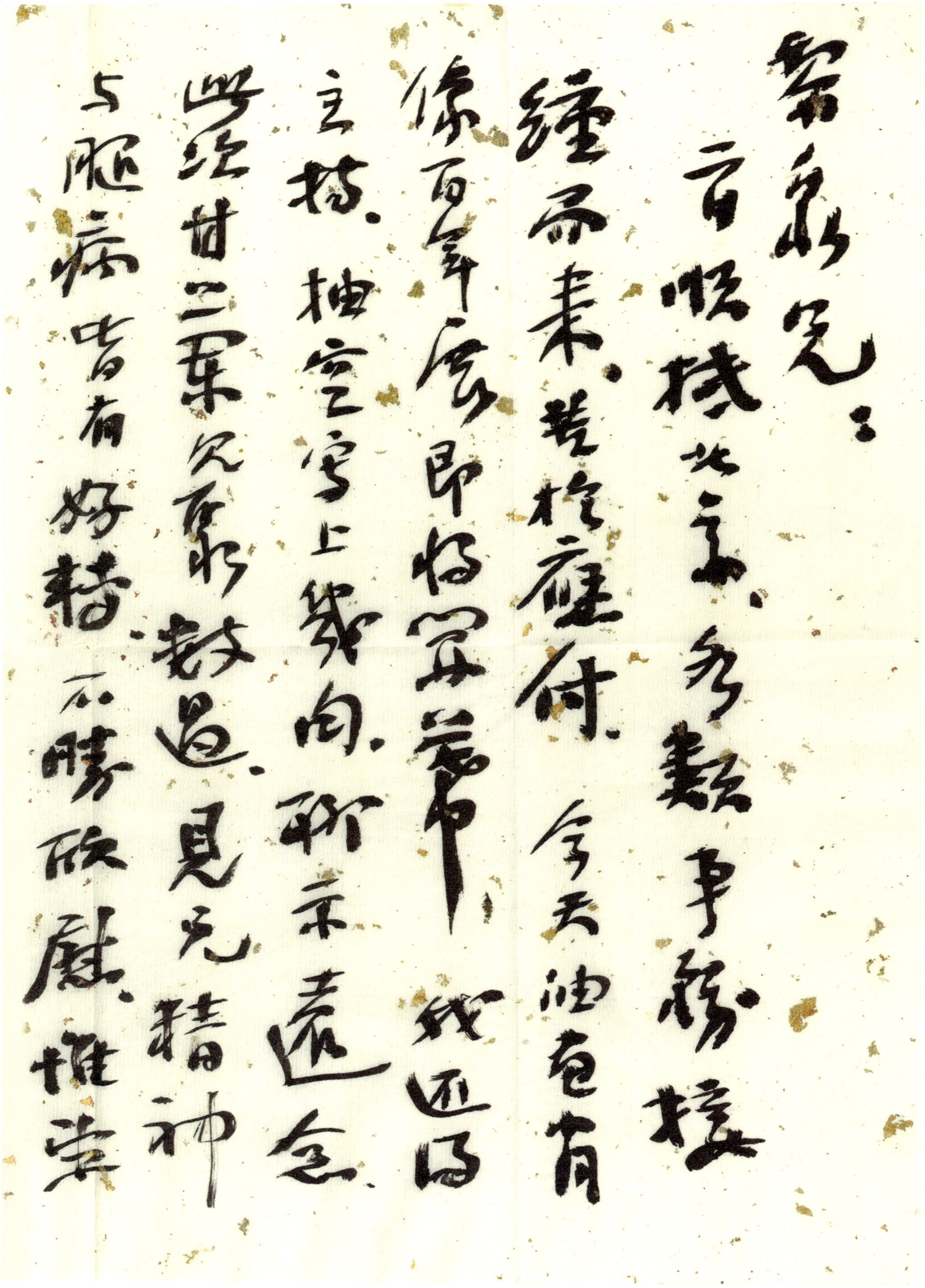

黎泉兄：

二日顺抵北京，各类事务接踵而来，苦于应付，今天油画肖像百年展即将开幕，我还得主持，抽空写上几句，聊示远念，此次甘兰见聚数过，见兄精神与腿病皆有好转，不胜欣慰，惟望

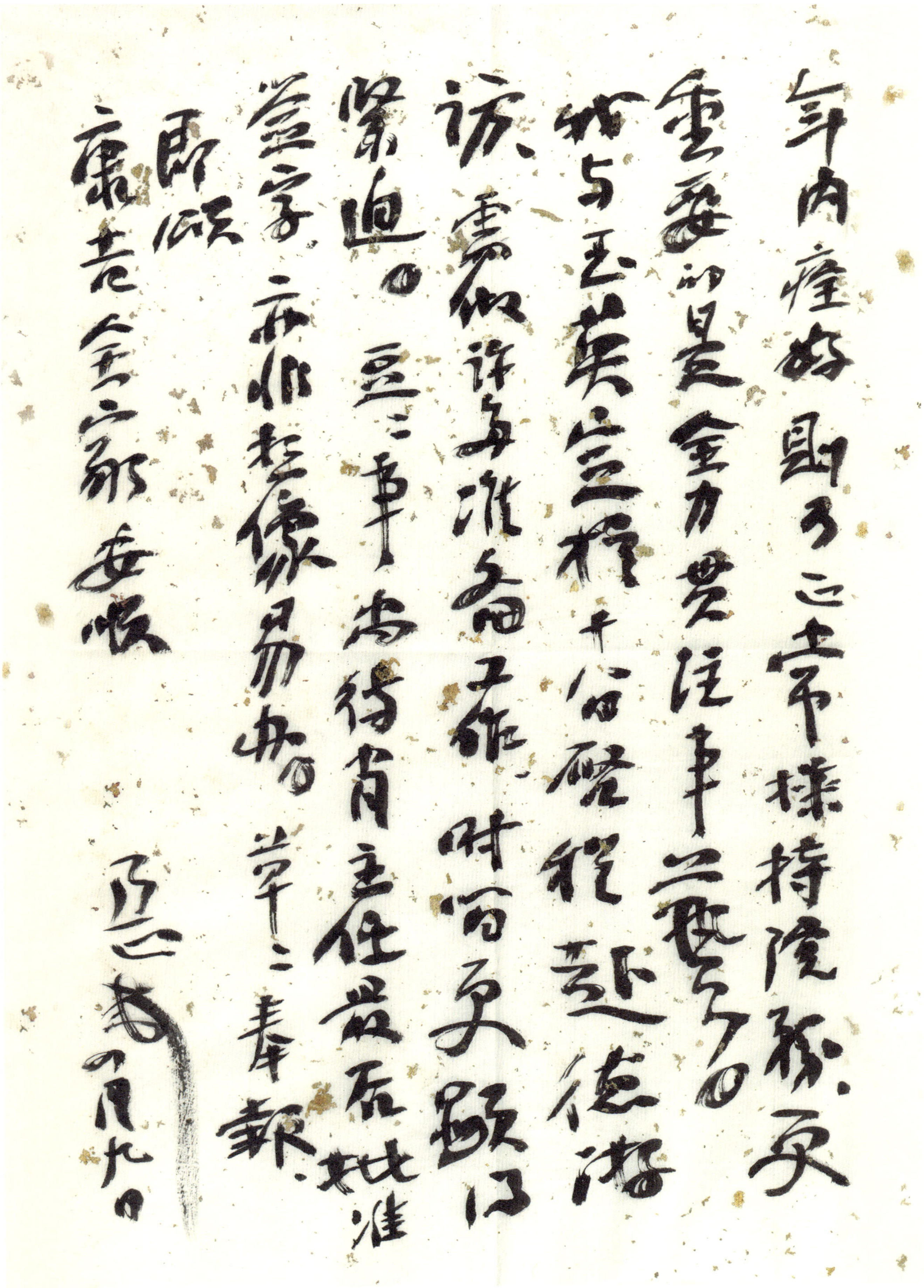

年内痊好，则可正常操持院务，更重要的是全力贯注事艺。

我与玉英定于十八日启程赴德游访，需做许多准备工作，时间更显得紧迫。豆豆事尚待肖主任最后批准签字，亦非想像易办，草草奉报。

即颂

康吉全家安顺

乃正顿首

四月九日

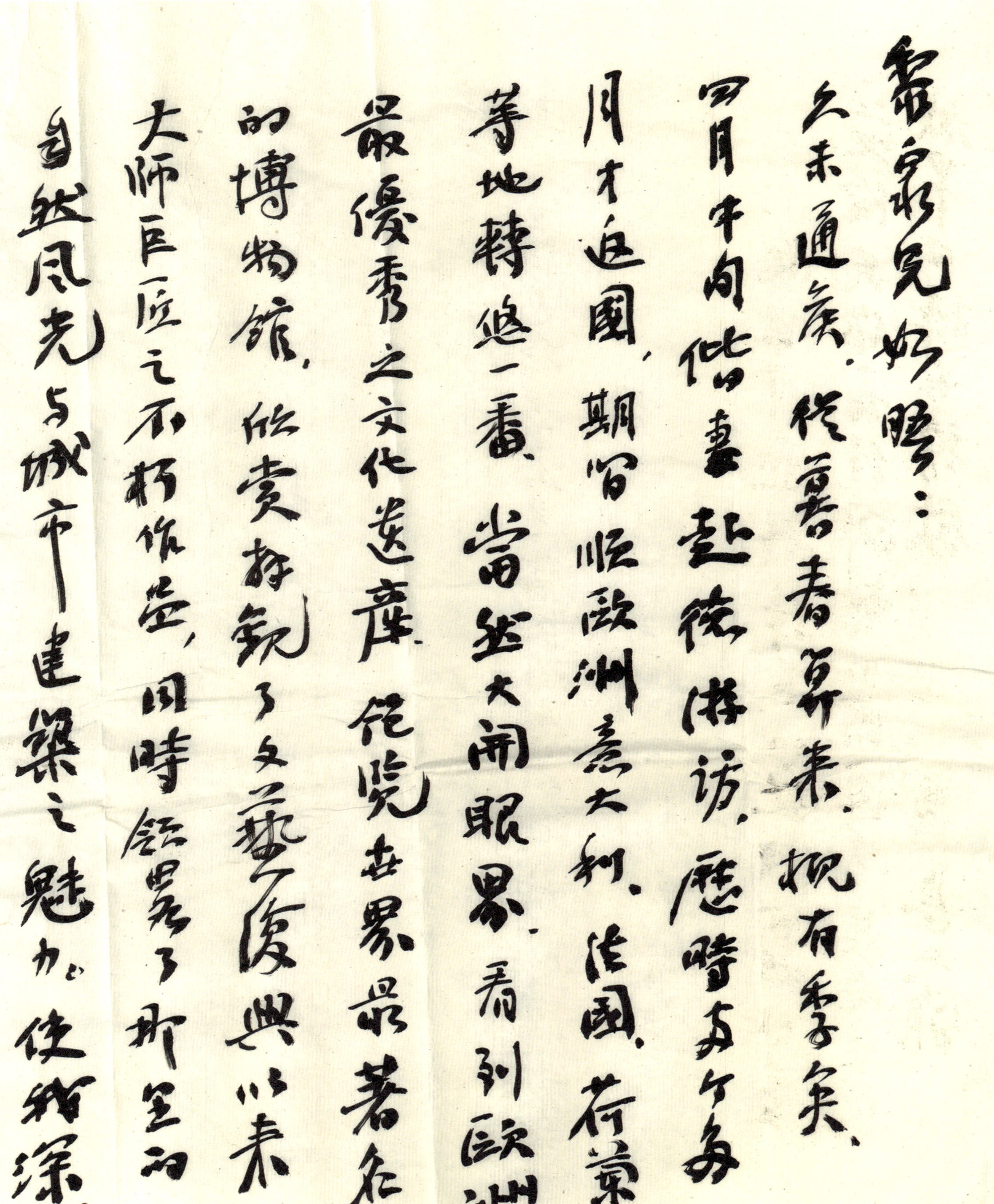
黎泉兄如晤：久未通候，從暮春算來，概有季矣。四月中旬偕妻赴德游訪，歷時兩個多月才返國，期間順歐洲意大利、法國、荷蘭等地轉悠一番，當然大開眼界，看到歐洲最優秀之文化遺產，飽覽世界最著名的博物館，欣賞拜觀了文藝復興以來大師巨匠之不朽作品，同時領略了那里的自然風光與城市建築之魅力，使我深深

黎泉兄如晤：

久未通候，从暮春算来，概有季矣，四月中旬偕妻赴德游访，历时两个多月才返国，期间顺欧洲意大利、法国、荷兰等地转悠一番，当然大开眼界，看到欧洲最优秀之文化遗产，饱览世界最著名的博物馆，欣赏拜观了文艺复兴以来大师巨匠之不朽作品，同时领略了那里的自然风光与城市建筑之魅力。使我深深

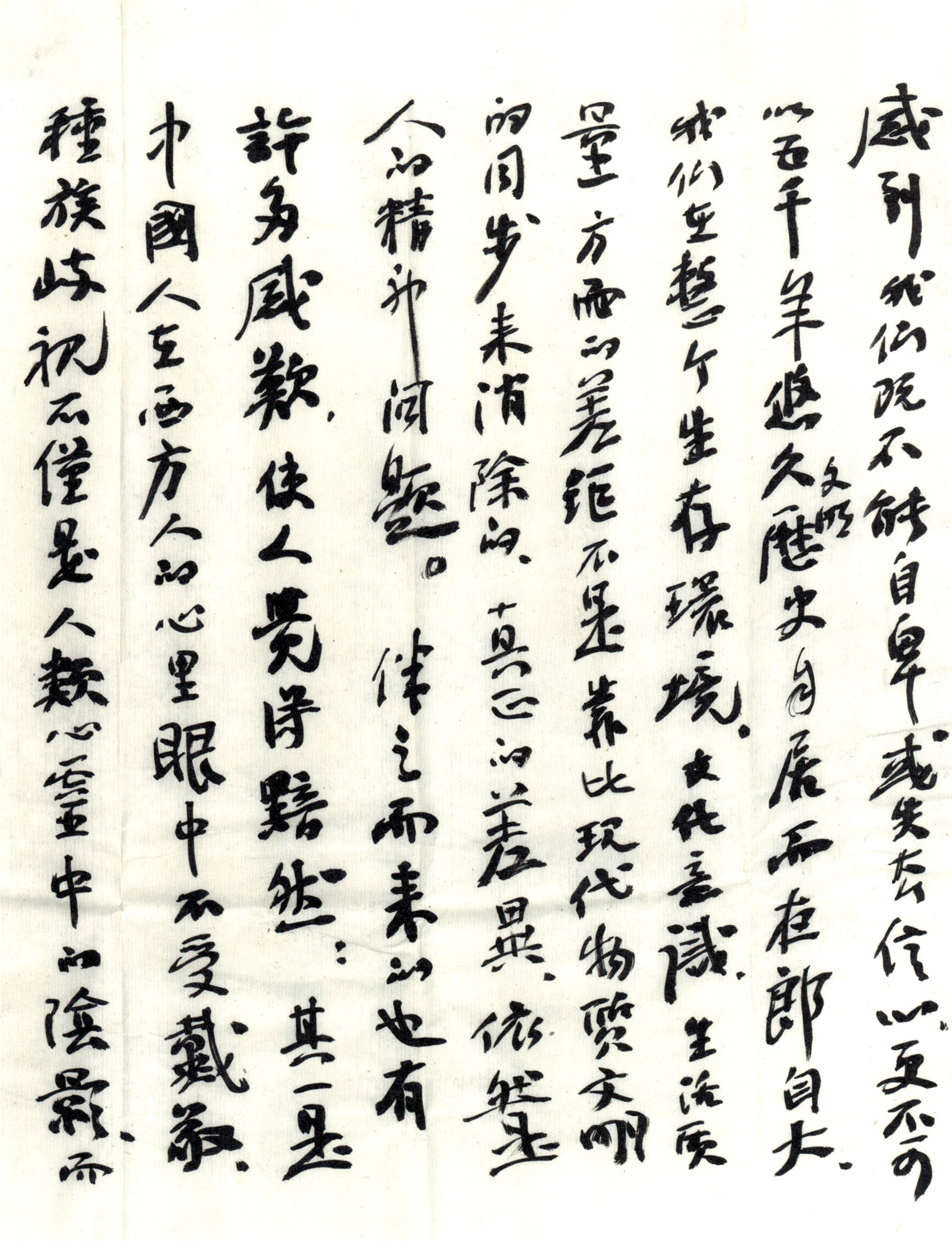

感到我们既不能自卑，或失去信心，更不可以五千年悠久文明历史自居而夜郎自大，我们在整个生存环境、文化意识、生活质量方面的差距不是靠比现代物质文明的同步来消除的，真正的差异，依然是人的精神问题。伴之而来的也有许多感叹，使人觉得黯然：其一是中国人在西方人的心里眼中不受戴敬，种族歧视不仅是人类心灵中的阴影，而

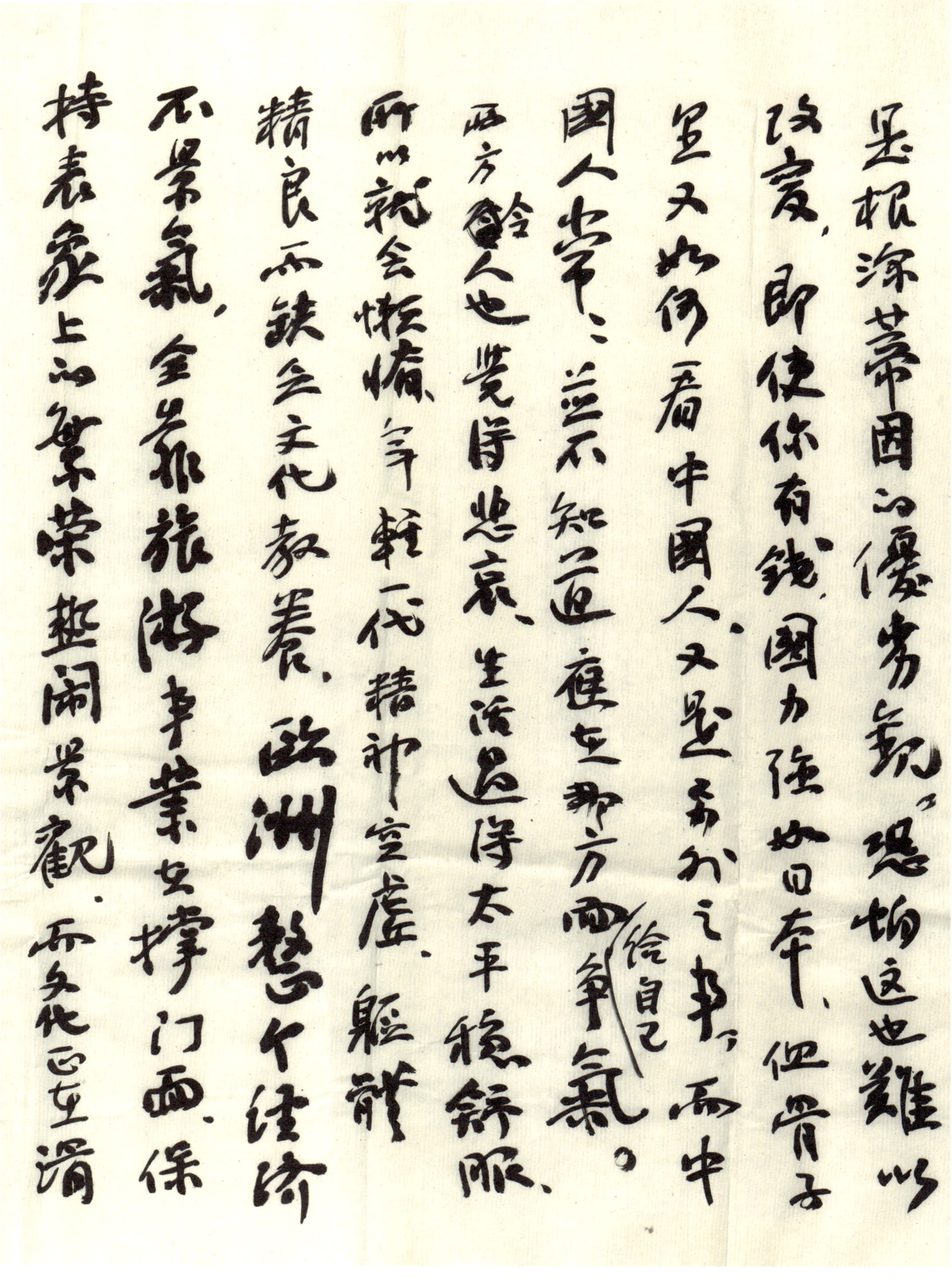
是根深蒂固的優劣觀。恐怕這也難以改變，即使你有錢，國力強如日本，但骨子里又如何看中國人，又是另外之事；而中國人常常並不知道應在那方面給自己爭氣。西方令人也覺得悲哀，生活過得太平穩舒服，所以就會懶惰，年輕一代精神空虛，軀體精良而缺乏文化教養，歐洲整個經濟不景氣，全靠旅遊事業在撐門面，保持表象上的繁榮熱鬧景觀，而文化正在滑

是根深蒂固的优劣观。恐怕这也难以改变，即使你有钱，国力强如日本，但骨子里又如何看中国人，又是另外之事；而中国人常常并不知道应在那方面给自己争气。西方令人也觉得悲哀，生活过得太平稳舒服，所以就会懒惰，年轻一代精神空虚，躯体精良而缺乏文化教养，欧洲整个经济不景气，全靠旅游事业在撑门面，保持表象上的繁荣热闹景观，而文化正在滑

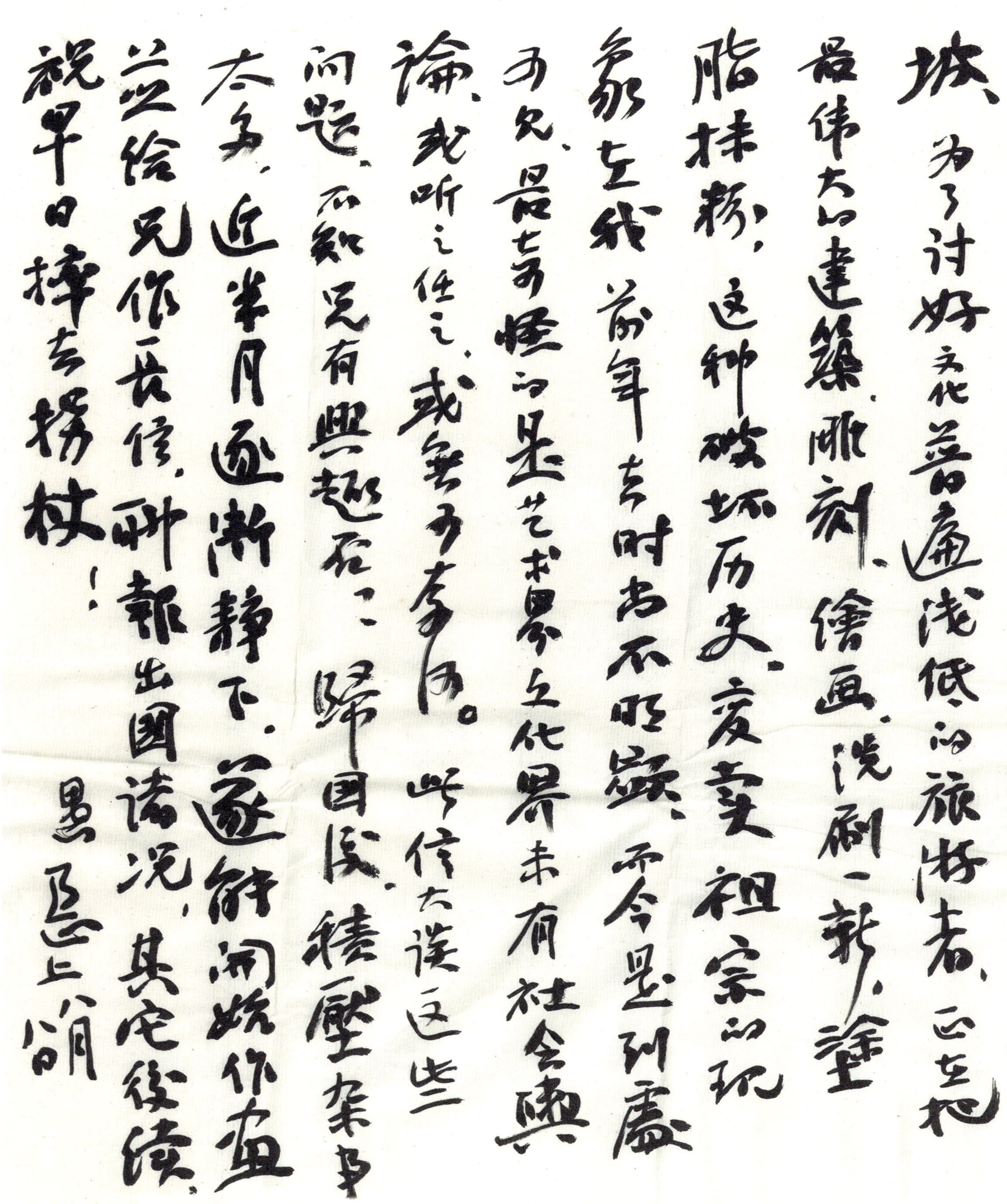

坝，为了讨好文化普遍浅低的旅游者，正在把最伟大的建筑、雕刻、绘画、洗刷一新、涂脂抹粉，这和破坏历史、变卖祖宗的现象在我前年去时尚不明显，而今是到处可见，最奇怪的是艺术界文化界未有社会舆论，或听之任之，或无可奈何。此信大谈这些问题，不知兄有兴趣否？归国后，积压杂事太多，近半月逐渐静下，遂能开始作画并给兄作长信，聊报出国诸况，其它后续，祝早日摔去拐杖！

愚乃正上
八月八日

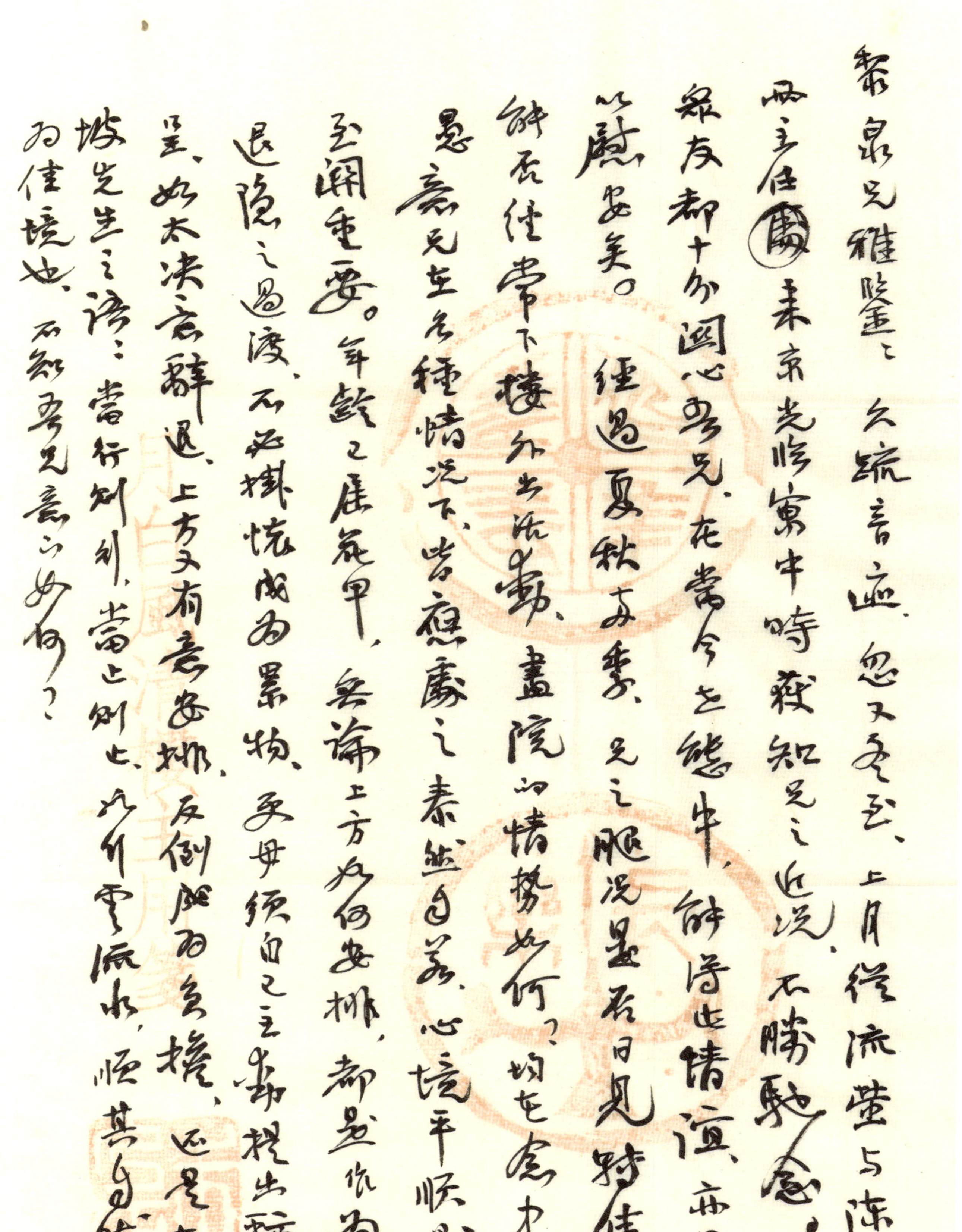

黎泉兄雅鉴：

久疏音迹，忽又冬至，上月从流萤与陈明两主任来京光临寓中时获知兄之近况，不胜驰念。众友都十分关心吾兄，在当今事态中，能得此情谊，亦足以慰安矣。经过夏秋两季，兄之腿况是否日见转佳，能否经常下楼外出活动，画院的情势如何？均在念中。

愚意兄在各种情况下，皆应处之泰然自若，心境平顺是至关重要。年龄已届花甲，无论上方如何安排，都是作为退隐之过渡，不必挂怀成为累物，更毋须自己主动提出辞呈，如太决意辞退，上方又有意安排，反倒成为负担，还是东坡先生之语：当行则行，当止则止，如行云流水，顺其自然为佳境也，不知吾兄意下如何？

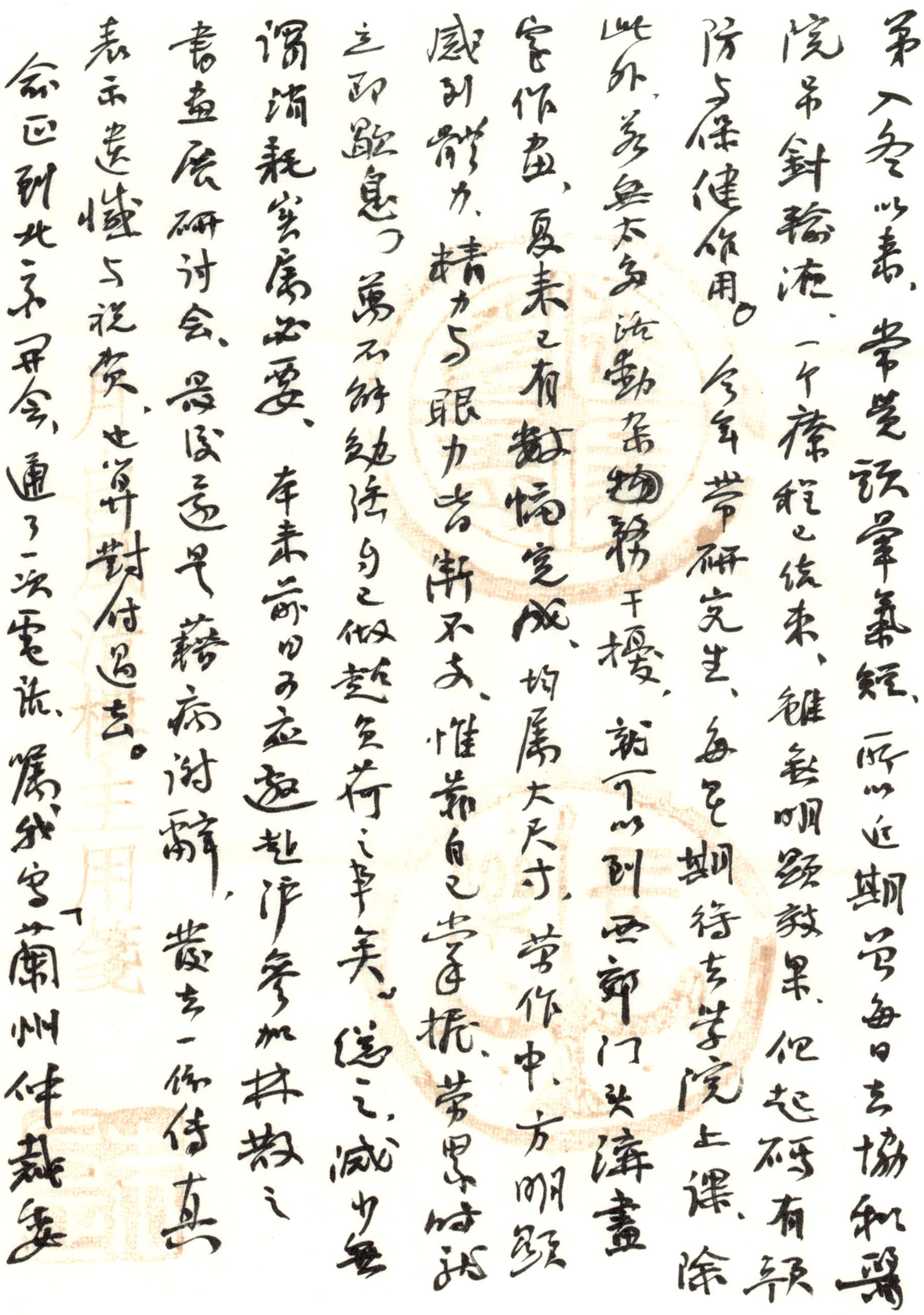

第入冬以来，常觉头晕气短，所以近期曾每日去协和医院吊针输液，一个疗程已结束，虽无明显效果，但起码有预防与保健作用。今年带研究生，每星期得去学院上课，除此外，若无太多活动杂务干扰，就可以到西郊门头沟画室作画，夏来已有数幅完成，均属大尺寸，劳作中，方明显感到体力、精力与眼力皆渐不支，惟靠自己掌握，劳累时就立即歇息。万不能勉强自己做超负荷之事矣。总之减少无谓消耗实属必要。本来前日可应邀赴沪参加林散之书画展研讨会，最后还是藉病谢辞，发去一份传真表示遗憾与祝贺，也算对付过去。俞正到北京开会，通了一次电话，嘱我写「兰州仲裁委

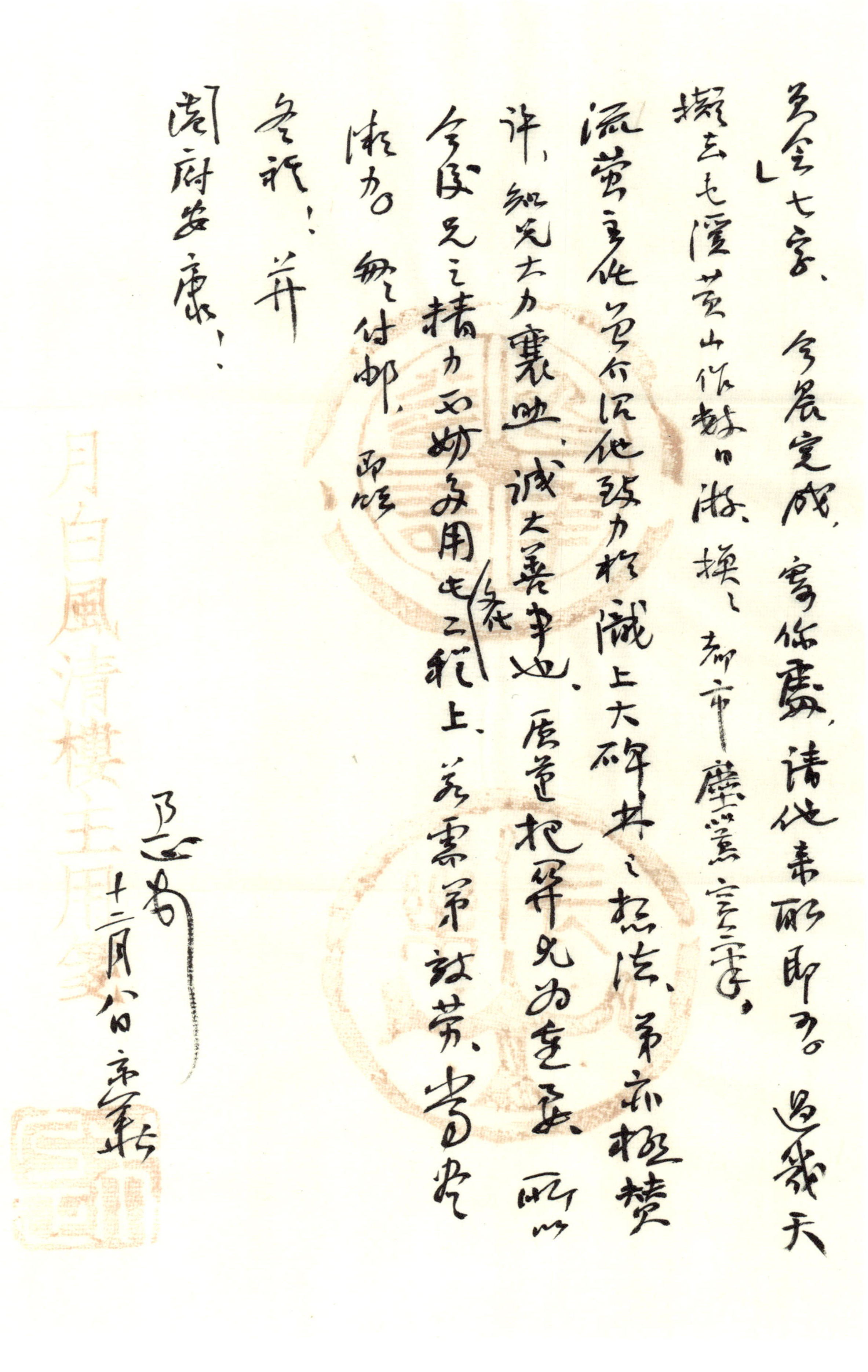

员会」七字，今晨完成，寄你处，请他来取即可。过几天拟去屯溪黄山作数日游，换换都市尘嚣空气。

流萤主任曾介绍他致力于陇上大碑林之想法，弟亦极赞许，知兄大力襄助，诚大善事也，质量把关尤为重要，所以今后兄之精力不妨多用此文化工程上，若需弟效劳，当尽微力。匆匆付邮，即颂

冬祺！并

阖府安康！

乃正顿首

十二月八日京华

朱乃正常用印

一愰花甲

甘肃 兰州 七里河
甘肃省博物馆
编辑部
地安门沙井胡同15号
中国油画学会
地址：北京市东城区校尉胡同5号 电话：(010)6527.9732 传真：(010)6527.5525
邮政编码：100730

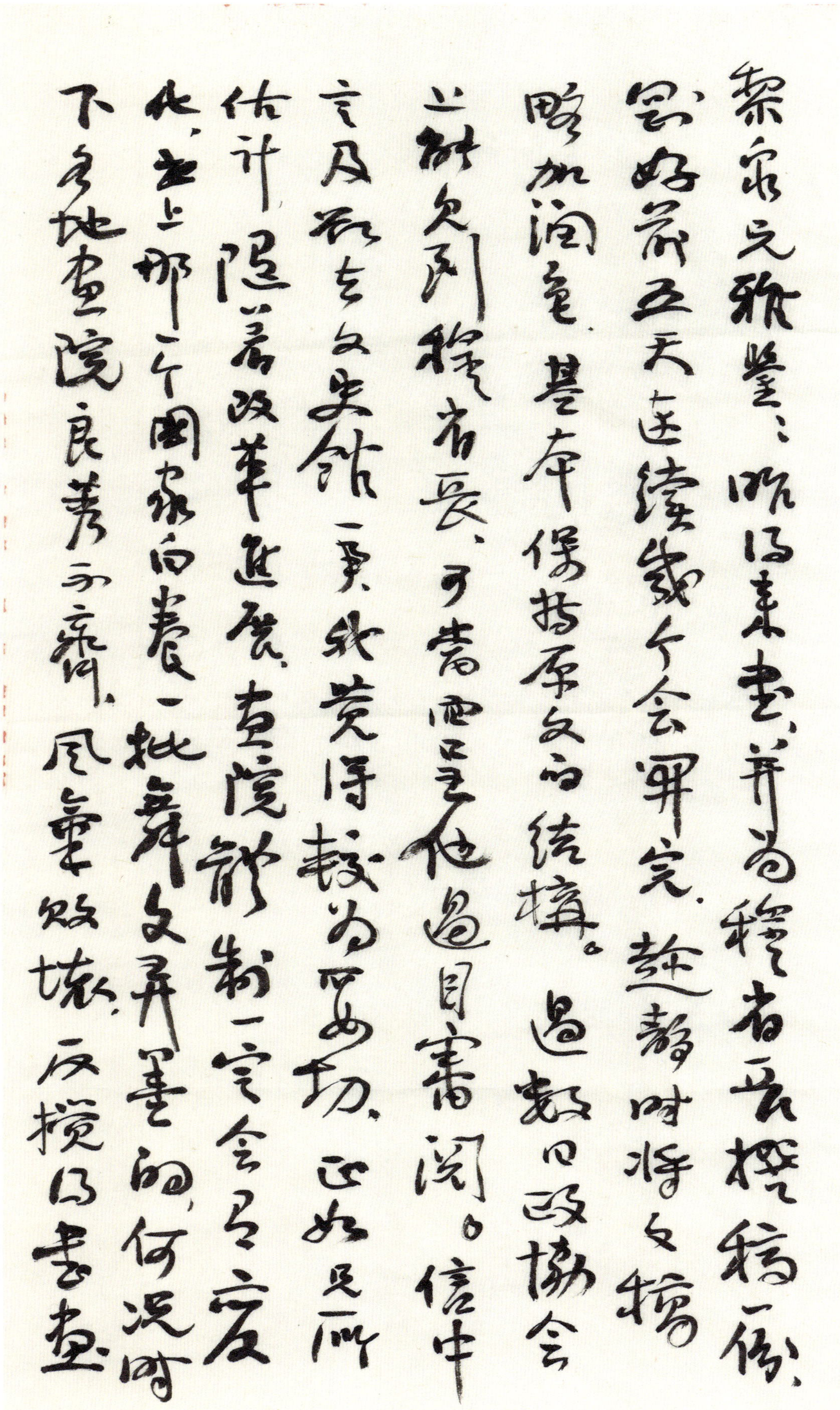

黎泉兄雅鉴：昨得来书，并为穆省长撰稿一份，刚好前五天连续几个会开完，趁静时将文稿略加润色，基本保持原文的结构。过数日政协会上能见到穆省长，可当面呈他过目审阅。信中言及欲去文史馆一事，我觉得较为妥切，正如兄所估计随着改革进展，画院体制一定会有变化，世上那一个国家白养一批舞文弄墨的，何况时下各地画院良莠不齐，风气败坏，反搅得书画

黎泉兄雅鉴：

昨得来书，并为穆省长撰稿一份，刚好前五天连续几个会开完，趁静时将文稿略加润色，基本保持原文的结构。过数日政协会上能见到穆省长，可当面呈他过目审阅。信中言及欲去文史馆一事，我觉得较为妥切，正如兄所估计随着改革进展，画院体制一定会有变化，世上那一个国家白养一批舞文弄墨的，何况时下各地画院良莠不齐，风气败坏，反搅得书画

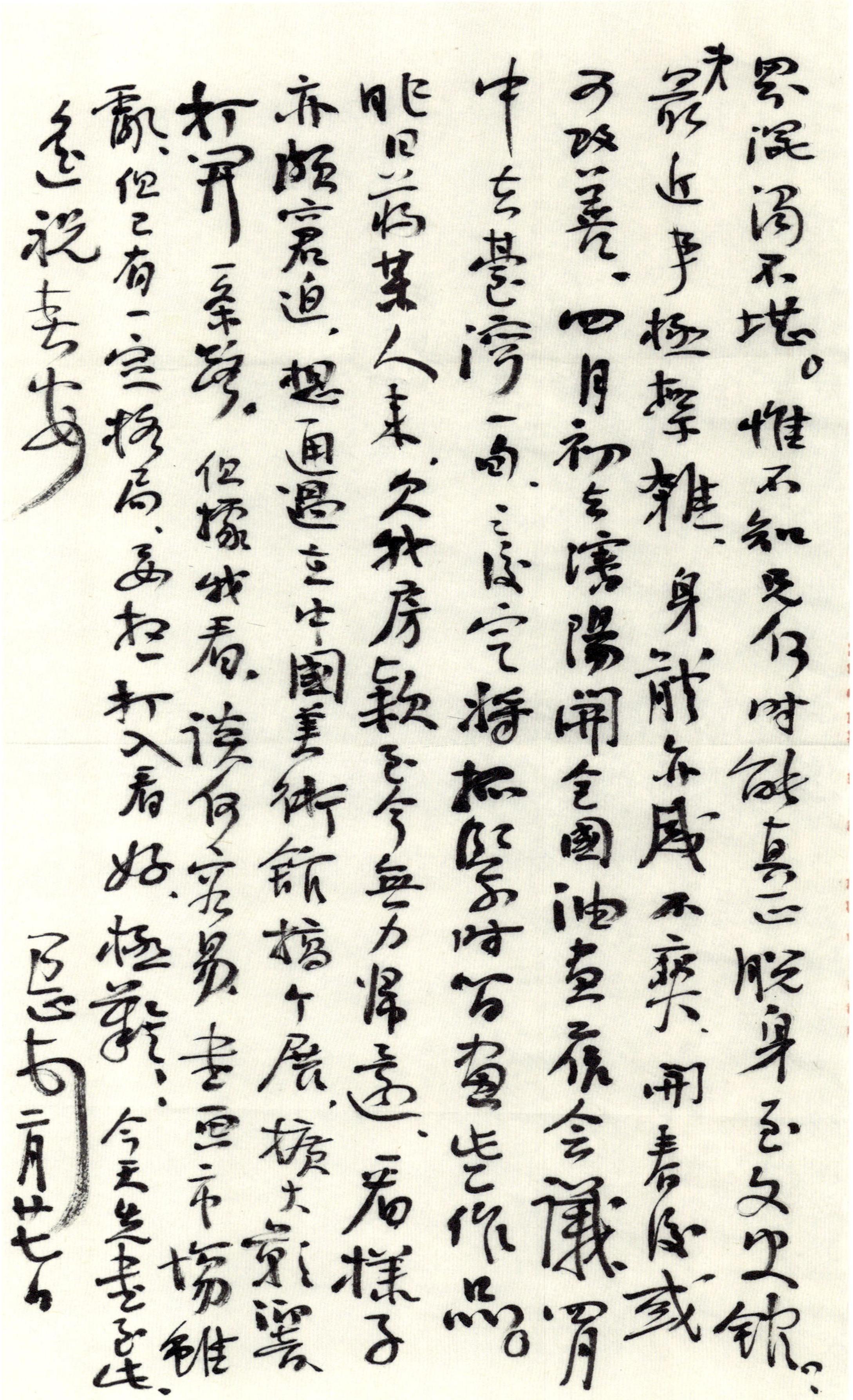

界混浊不堪。惟不知兄何时能真正脱身至文史馆？弟最近事极繁杂，身体亦感不爽，开春后或可改善，四月初去沈阳开全国油画工作会议，四月中在台湾一旬，之后定将抓紧时间画些作品。昨日蒋某人来，欠我房款至今无力归还，看样子亦颇窘迫，想通过在中国美术馆搞个展，扩大影响，打开一条路，但据我看，谈何容易，书画市场虽乱，但已有一定格局，要想打入看好，极难！今天先书至此，

遥祝春安

乃正 顿首

二月廿七日

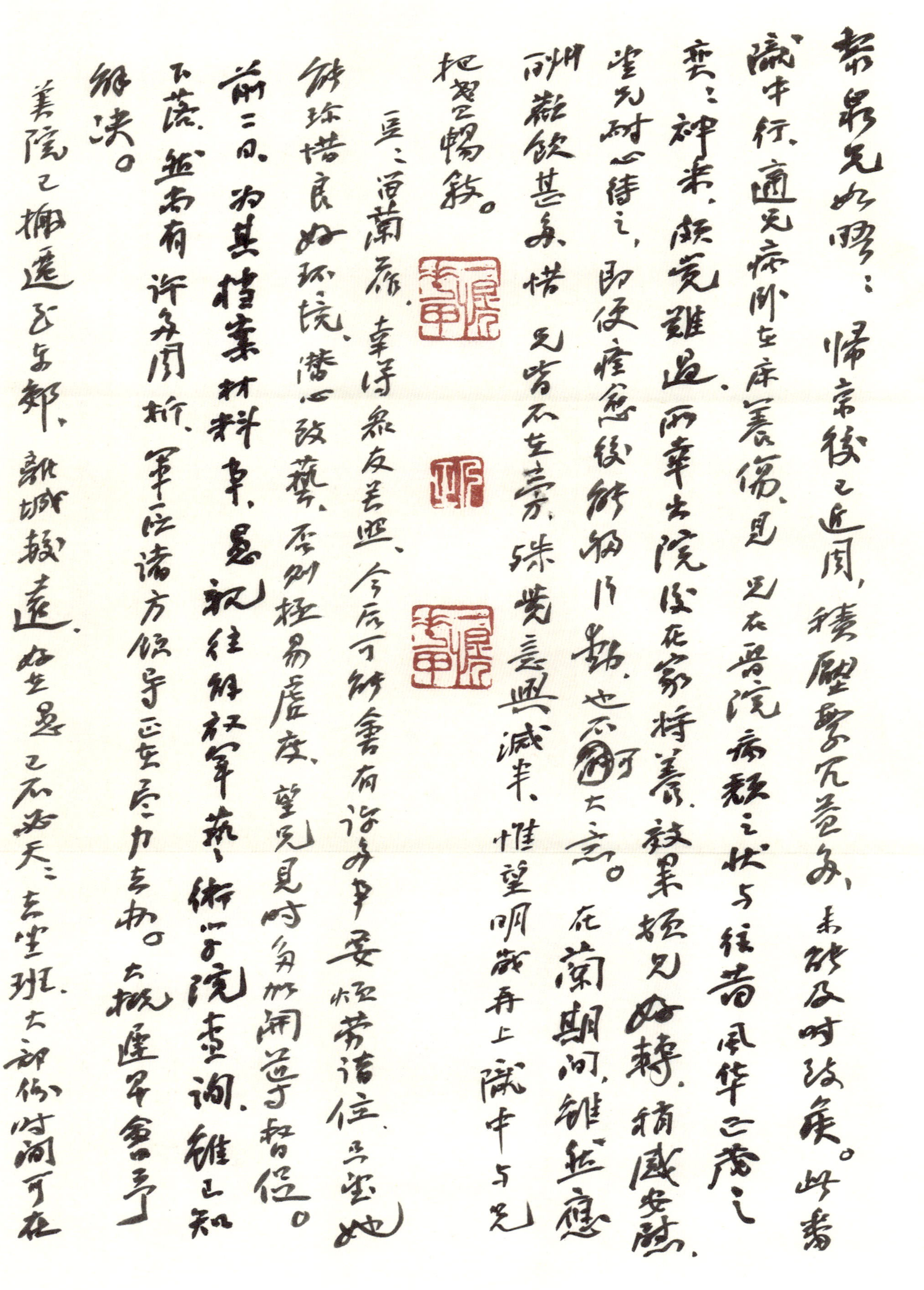

黎泉兄如晤：

归京后已近周，积压繁冗益多，未能及时致候。此番陇中行，适兄病卧在床养伤，见兄在医院病颓之状与往昔风华正茂之奕奕神采，颇觉难过，所幸出院后在家将养，效果顿见好转，稍感安慰，望兄耐心待之，即便痊愈后能够行动，也不可大意。在兰期间，虽然应酬欢饮甚多，惜兄皆不在旁，殊觉意兴减半，惟望明岁再上陇中与兄把盏畅叙。

豆豆留兰工作，幸得众友关照，今后可能会有许多事要烦劳诸位，只望她能珍惜良好环境，潜心致艺，否则极易虚度，望兄见时多加开导督促。前二日，为其档案材料事，愚亲往解放军艺术学院查询，虽已知下落，然尚有许多周折，军区诸方领导正在尽力去办。大概迟早会予解决。

美院已搬迁至东郊，离城较远，好在愚已不必天天去坐班，大部份时间可在

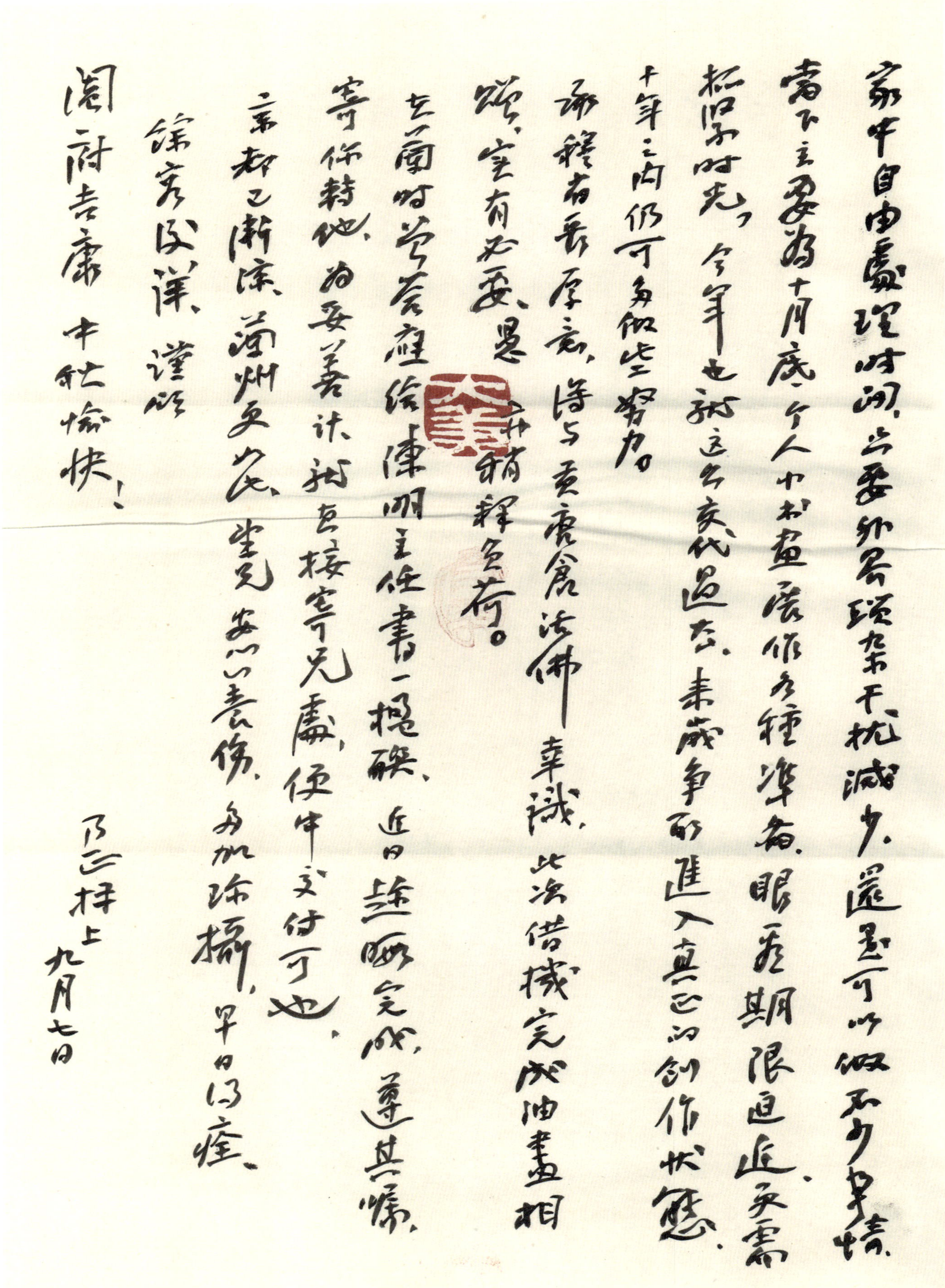
家中自由处理时间，只要外界琐杂干扰减少，还是可以做不少事情，当下主要为十月底个人小书画展作各种准备，眼看期限迫近，更需抓紧时光，今年也就这么交代过去，来岁争取进入真正的创作状态，十年之内仍可多做些努力。
承穆省长厚意，得与贡唐仓活佛幸识，此次借机完成油画相赠，实有必要，愚亦稍释负荷。
在兰时曾答应给陈明主任书一楹联，近日趁暇完成，遵其嘱，寄你转他，为妥善计，就直接寄兄处，便中交付可也。
京都已渐凉，兰州更如此，望兄安心养伤，多加珍摄，早日得痊，余容后详，谨颂
阖府吉康 中秋愉快！
乃正拜上
九月七日

家中自由处理时间，只要外界琐杂干扰减少，还是可以做不少事情，当下主要为十月底个人小书画展作各种准备，眼看期限迫近，更需抓紧时光，今年也就这么交代过去，来岁争取进入真正的创作状态，十年之内仍可多做些努力。

承穆省长厚意，得与贡唐仓活佛幸识，此次借机完成油画相赠，实有必要，愚亦稍释负荷。

在兰时曾答应给陈明主任书一楹联，近日趁暇完成，遵其嘱，寄你转他，为妥善计，就直接寄兄处，便中交付可也。

京都已渐凉，兰州更如此，望兄安心养伤，多加珍摄，早日得痊，余容后详，谨颂

阖府吉康 中秋愉快！

乃正拜上

九月七日

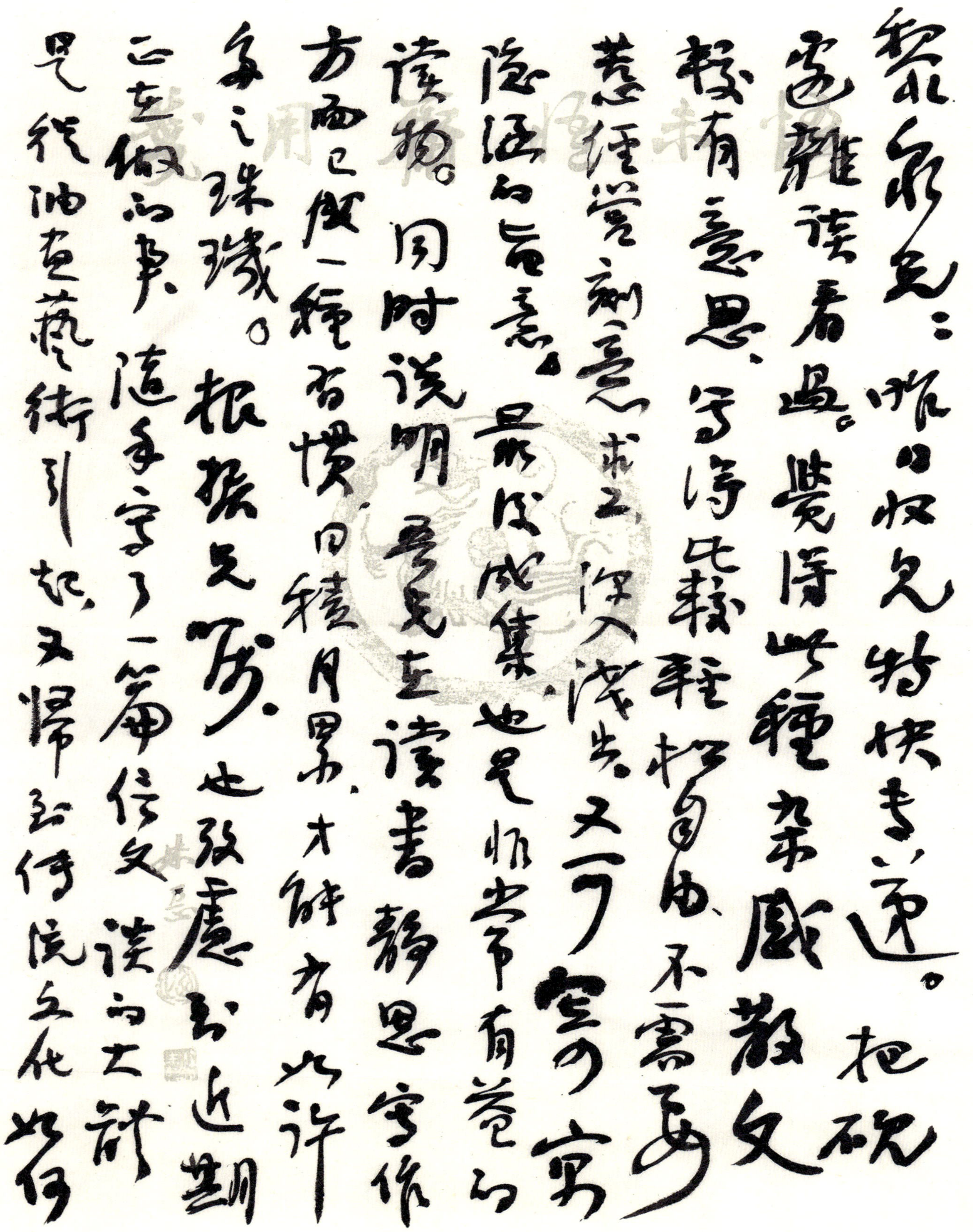

黎泉兄：

昨日收兄特快专递。把砚边杂谈看过。觉得此种杂感散文较有意思，写得比较轻松自由，不需要苦心经营刻意求工，深入浅出。又可寄寓隐涵的旨意。最后成集，也是非常有益的读物。同时说明吾兄在读书静思写作方面已成一种习惯，日积月累，才能有如许多之珠玑。根据兄嘱，也考虑到近期正在做的事，随手写了一篇信文，谈的大体是从油画艺术引起，又归到传统文化如何

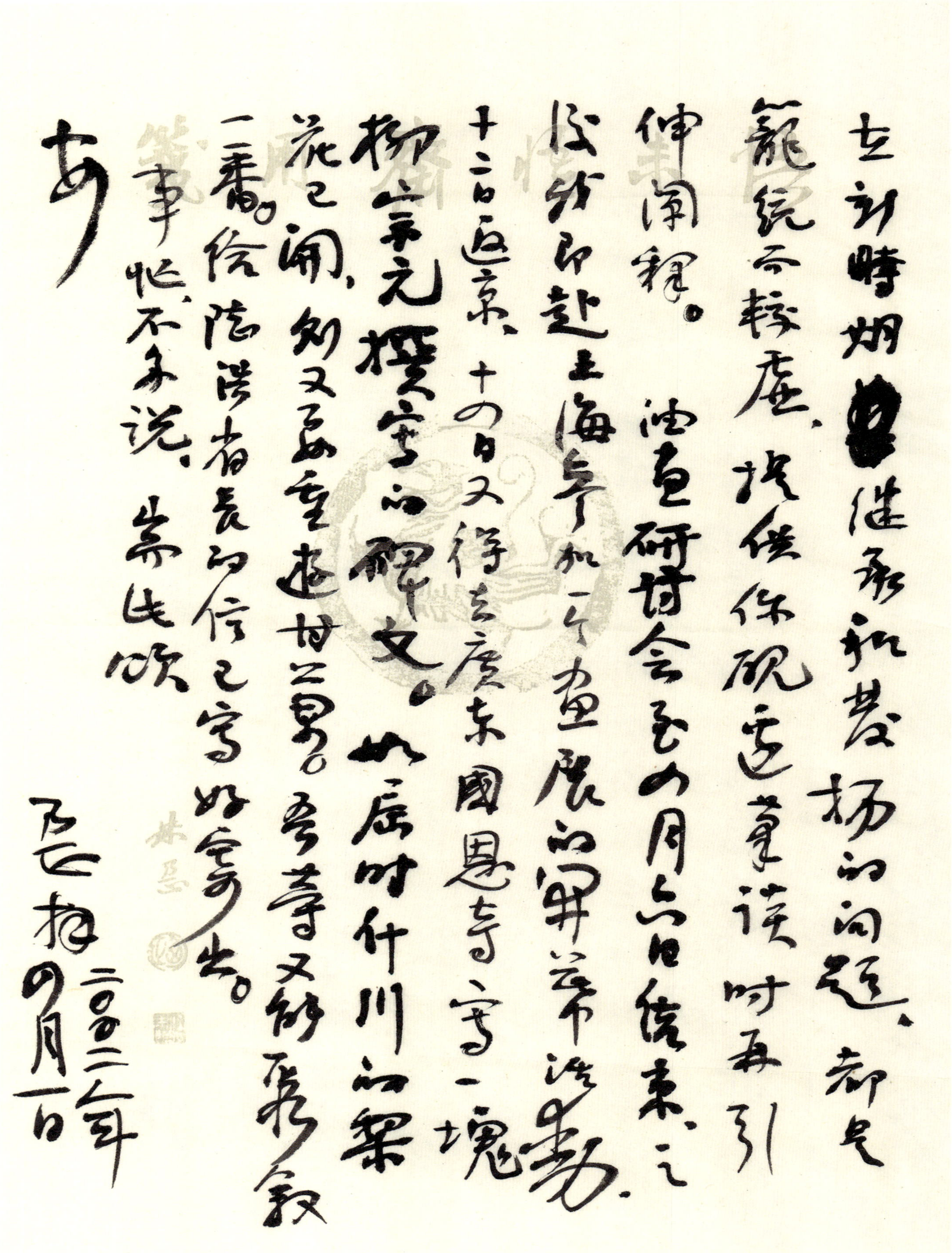

在新时期继承和发扬的问题，都是笼统而较虚，提供你砚边笔谈时再引伸阐释。油画研讨会至四月六日结束，之后我即赴上海参加一个画展的开幕活动。十二日返京，十四日又得去广东国恩寺写一块柳宗元撰写的碑文。如届时什川的梨花已开，则又要重游甘兰。吾等又能聚叙一番。给陆浩省长的信已写好寄出。

事忙，不多说，耑此颂

安

乃正拜

二〇〇二年四月一日

黎泉先生：久未筆談，常在念中。我這里多款款舉事在此不細表。有一件可相告。下月將在京召開全國油畫創作研討會，會上將請我任藝術評論家和著名學者作學術報告，然後再展開互相交流和討論。主題是有關中國油畫在新世紀如何發展。百年來，中國油畫總的情況是從學習借鑒西方傳統繪畫之優長開始起步，經過幾代人的努力，在不同歷史階段和社會條件下，在其得失和矛盾中，逐漸形成自己的一條發展之路。但當前正面臨全球經濟一體化，信息化科技高速發展，在世界文化大格局中，我們如何對應？向何處進取？這確實是一個重大命題，尤其在西方強勢文化大量涌入的態勢下，任何一位有強烈民族自尊的藝術家，絕不願意看到中國油畫成為西方藝術的个補充和回音，更不希望淪為西方藝術的翻版和余泉兄雅鉴：

八月初旬蘭府上一敍，雖若匆匆一晤，然頗慰情，本應從青海再返蘭州暢敍，實因學院急召返京開會，竟未能遂此願，憾甚憾甚。兄在家養傷經年，期間痛苦更不可想而知，况復又曾橫生波折枝節，又加延長傷期，恢復較緩慢，弟視此情况，不勝憂急，奈何胡越

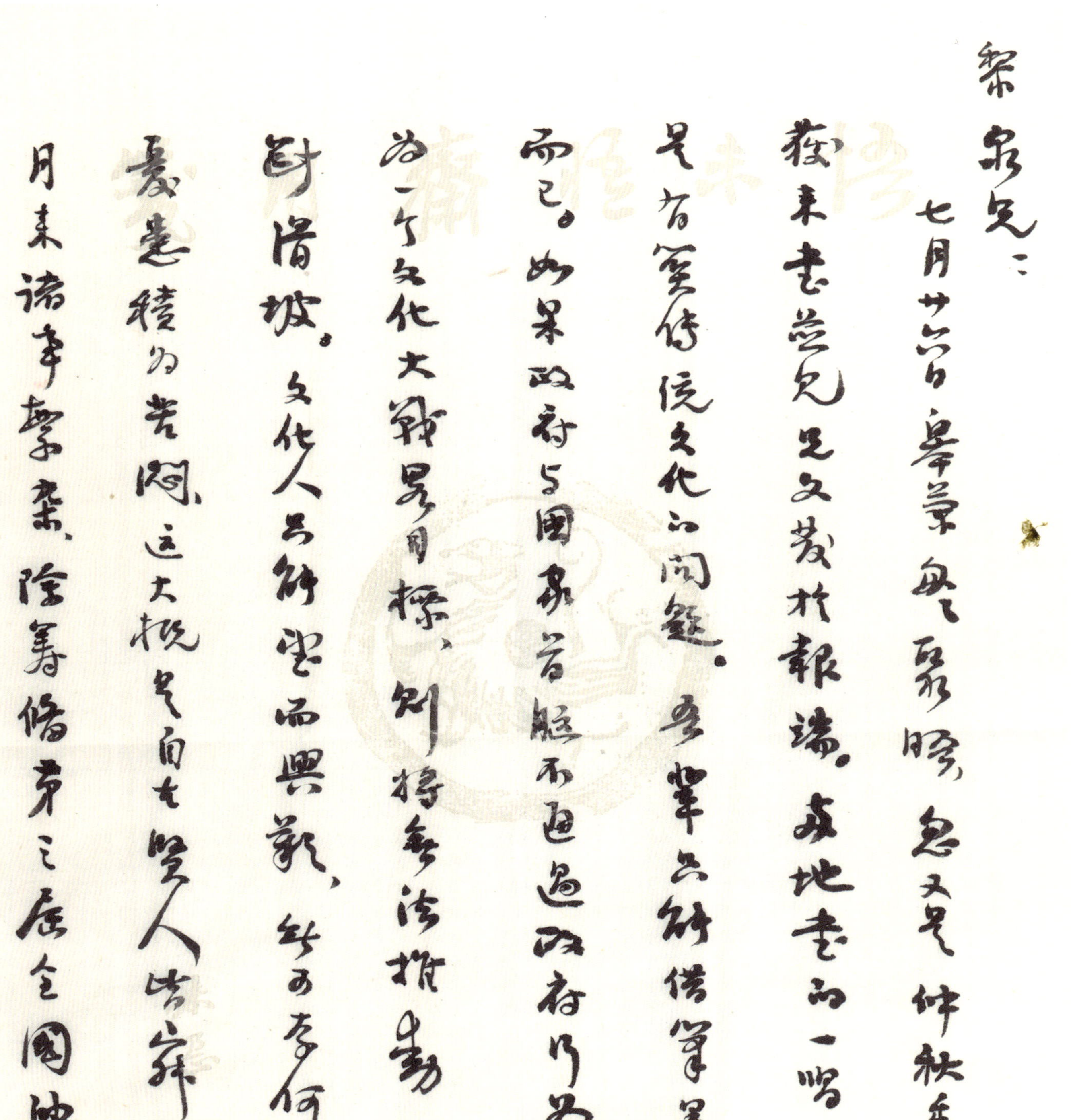
黎泉兄：
七月廿六日皋兰匆匆聚晤，忽又是仲秋季节。昨日获来书并见兄文发于报端。两地书的一唱一和，谈的都是有关传统文化的问题。吾辈只能借笔墨感慨一番而已。如果政府与国家首脑不通过政府行为去关注，成为一个文化大战略目标，则将无法推动一步，只有不断滑坡。文化人只能望而兴叹，无可奈何。精神上的忧患积为苦闷，这大概是自古贤人皆寂寞之故也。月来诸事繁杂，除筹备第三届全国油画展外，

黎泉兄：

七月廿六日皋兰匆匆聚晤，忽又是仲秋季节。昨日获来书并见兄文发于报端。两地书的一唱一和，谈的都是有关传统文化的问题。吾辈只能借笔墨感慨一番而已。如果政府与国家首脑不通过政府行为去关注，成为一个文化大战略目标，则将无法推动一步，只有不断滑坡。文化人只能望而兴叹，无可奈何。精神上的忧患积为苦闷，这大概是自古贤人皆寂寞之故也。月来诸事繁杂，除筹备第三届全国油画展外，

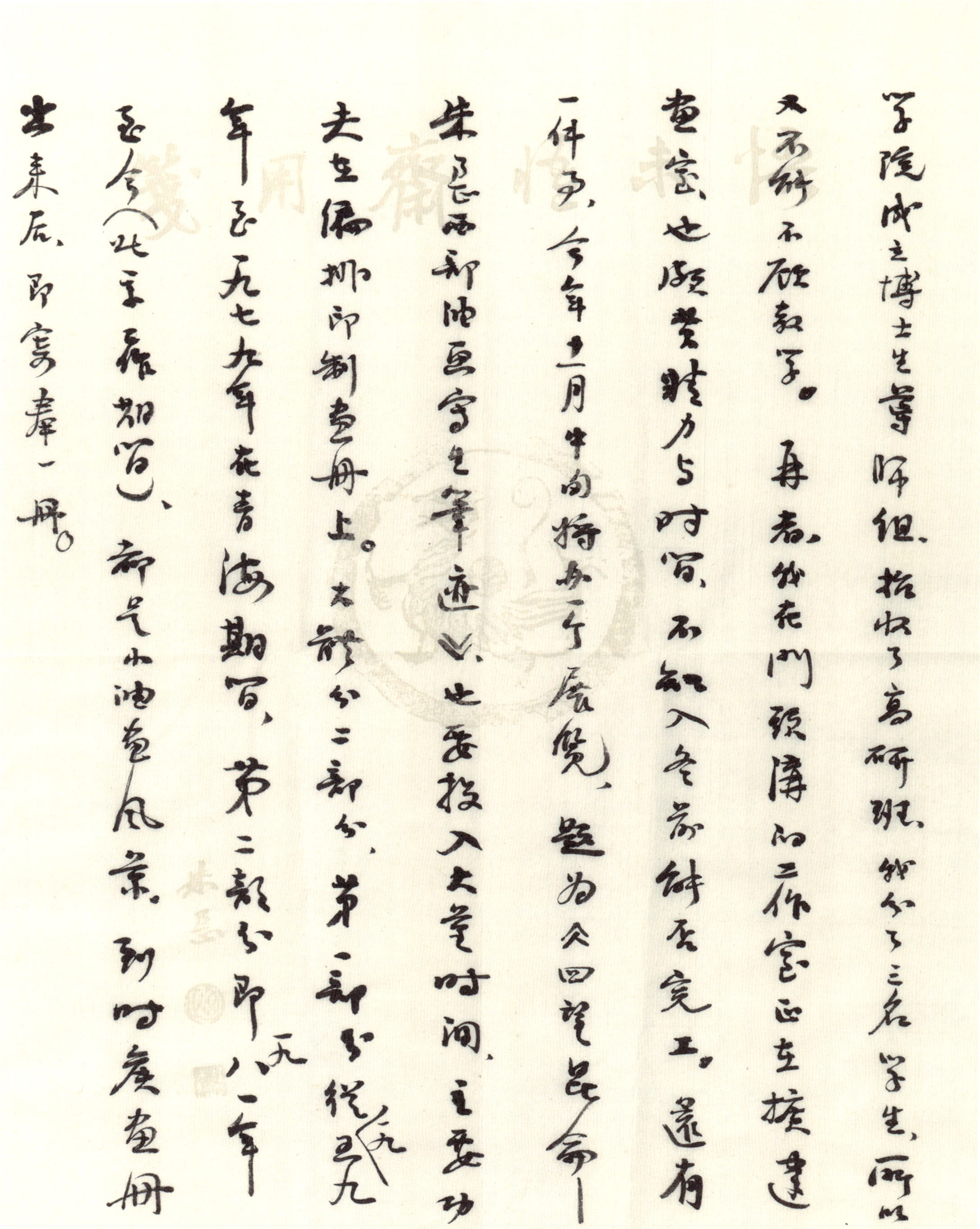
学院成立博士生导师组，招收了高研班，我分了三名学生，所以又不能不顾教学。再者，我在门头沟的工作室正在扩建画室，也颇费精力与时间，不知入冬前能否完工。还有一件事，今年十一月中旬将办一个展览，题为《回望昆仑——朱乃正西部油画写生笔迹》，也要投入大量时间，主要功夫在编排印制画册上。大体分二部分，第一部分从一九五九年至一九七九年在青海期间，第二部分即一九八一年至今（北京工作期间），都是小油画风景。到时候画册出来后，即寄奉一册。

学院成立博士生导师组，招收了高研班，我分了三名学生，所以又不能不顾教学。再者，我在门头沟的工作室正在扩建画室，也颇费精力与时间，不知入冬前能否完工。还有一件事，今年十一月中旬将办一个展览，题为《回望昆仑——朱乃正西部油画写生笔迹》也要投入大量时间，主要功夫在编排印制画册上。大体分二部分，第一部分从一九五九年至一九七九年在青海期间，第二部分即一九八一年至今（北京工作期间），都是小油画风景。到时候画册出来后，即寄奉一册。

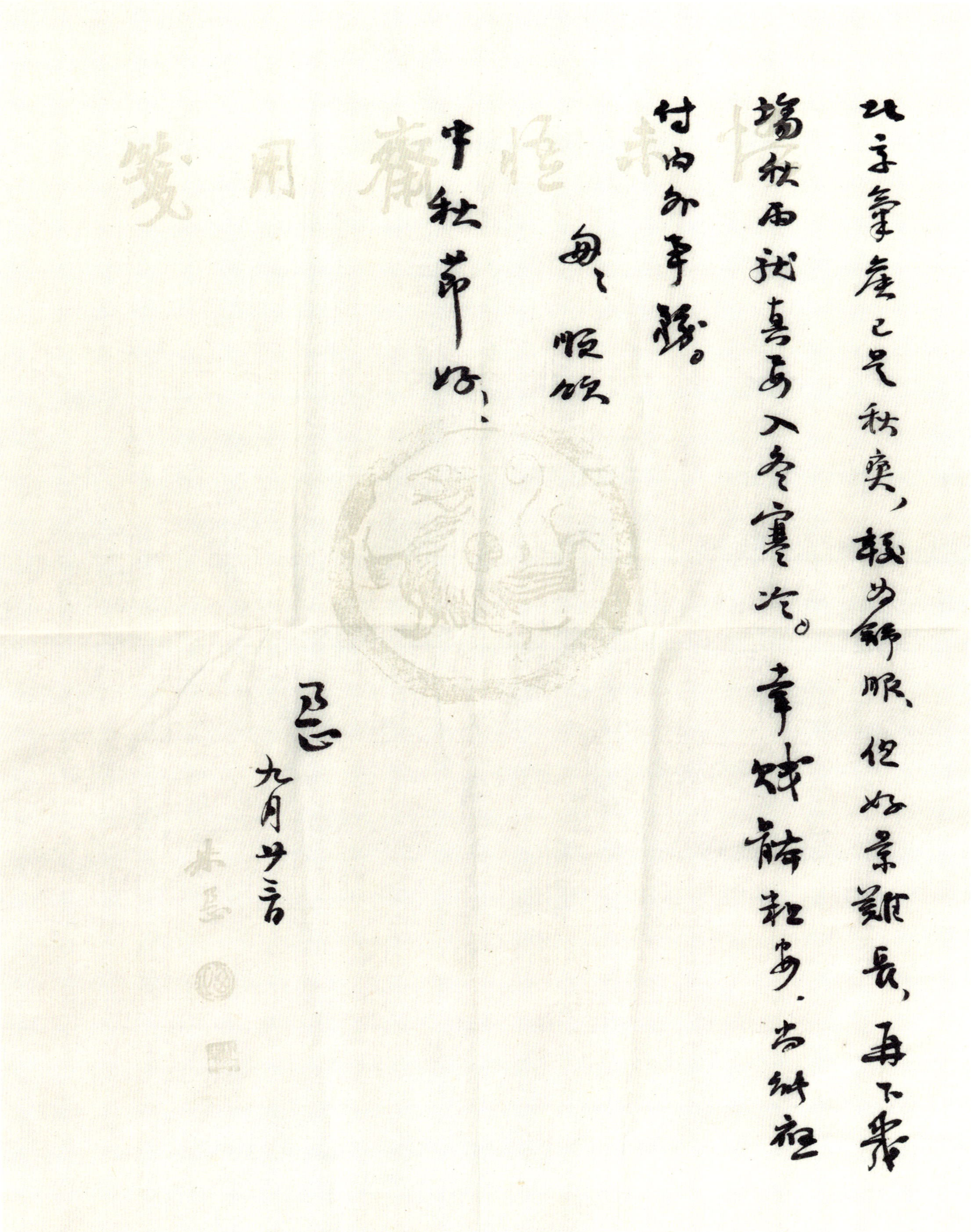

北京气候已是秋爽，较为舒服，但好景难长，再下几场秋雨就真要入冬寒冷。幸贱体粗安，尚能应付内外事务。

匆匆，顺颂

中秋节好！

乃正

九月廿三日

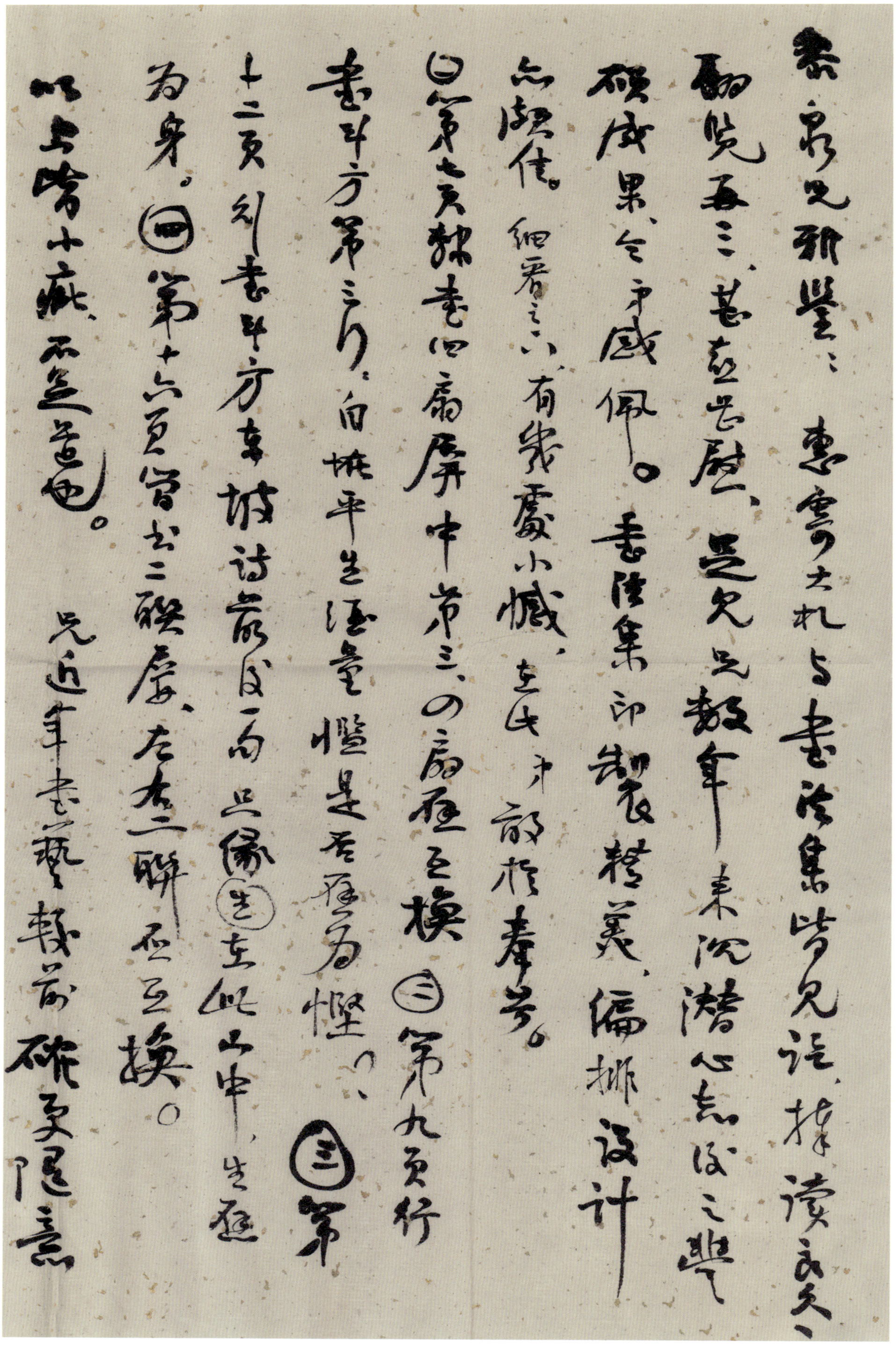

黎泉兄雅鉴：

惠寄大札与书法集皆见讫，捧读良久，翻览再三，甚喜甚慰，足见兄数年来沉潜心志后之丰硕成果，令弟感佩。书法集印制精美，编排设计亦颇佳。细看之下，有几处小憾，在此弟敢于奉告。

一、第七页隶书四扇屏中第三、四扇应互换；二、第九页行书斗方第三行：自怪平生酒量『慍』是否应为『悭』？三、第十二页行书斗方东坡诗前后一句只缘生在此山中，『生』应为『身』。四、第十六页简书二联屏，左右二联应互换。

以上皆小疵，不足道也。兄近年书艺较前确更随意

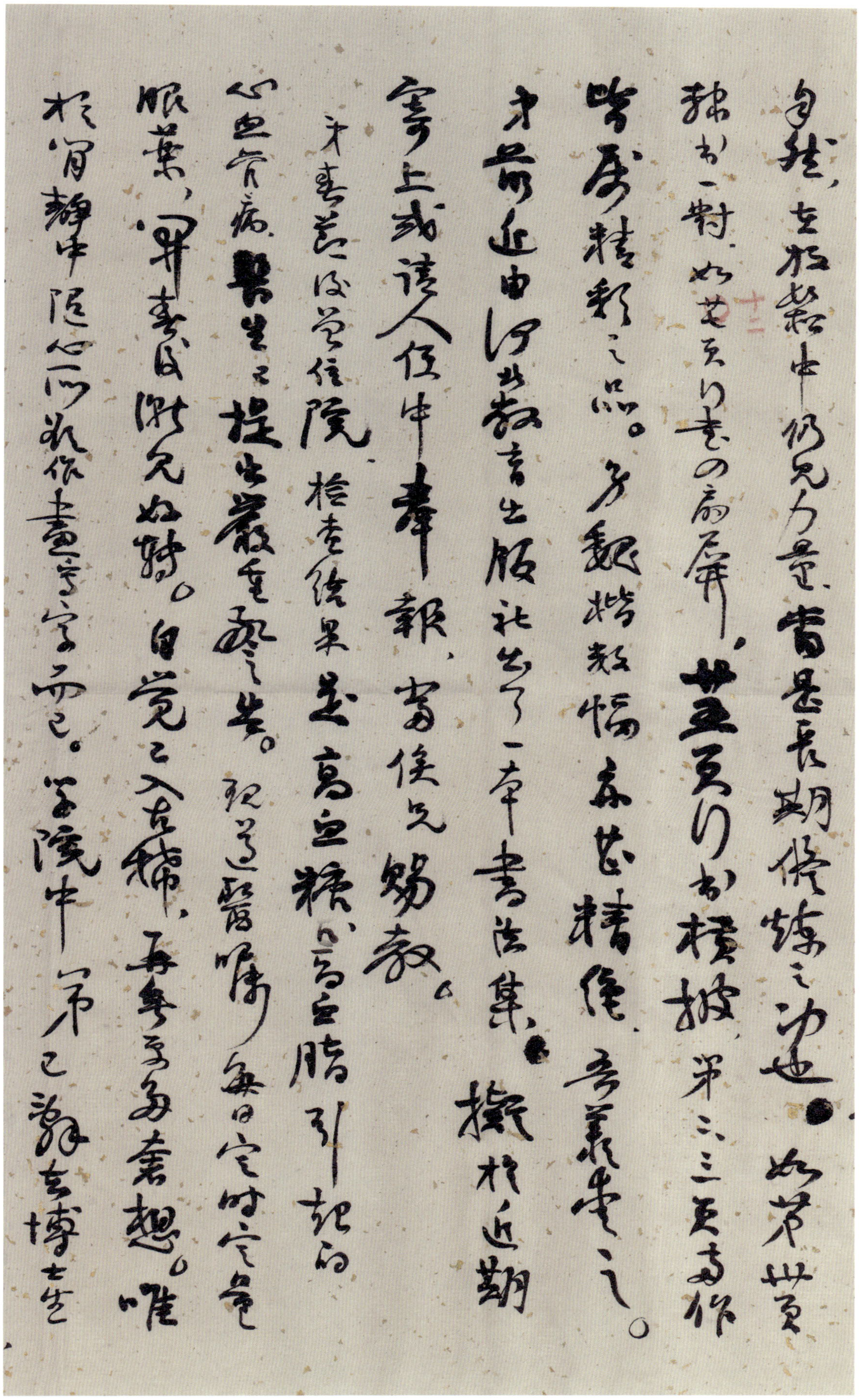

自然，在放松中仍见力量，当是长期修炼之功也。如第卅页隶书一对、如廿七页行书四扇屏、廿五页行书横披，第二、三页两作皆属精彩之品。另魏楷数幅亦甚精绝，吾羡爱之。弟前近由河北教育出版社出了一本书法集，拟于近期寄上或请人便中奉报，当俟兄赐教。弟春节后曾住院，检查结果是高血糖、高血脂引起的心血管病，医生又提出严重警告。现遵医嘱每日定时定量服药，开春后渐见好转。自觉已入古稀，再无更多奢想。唯于闲静中随心所欲作画写字而已。学院中弟已辞去博士生

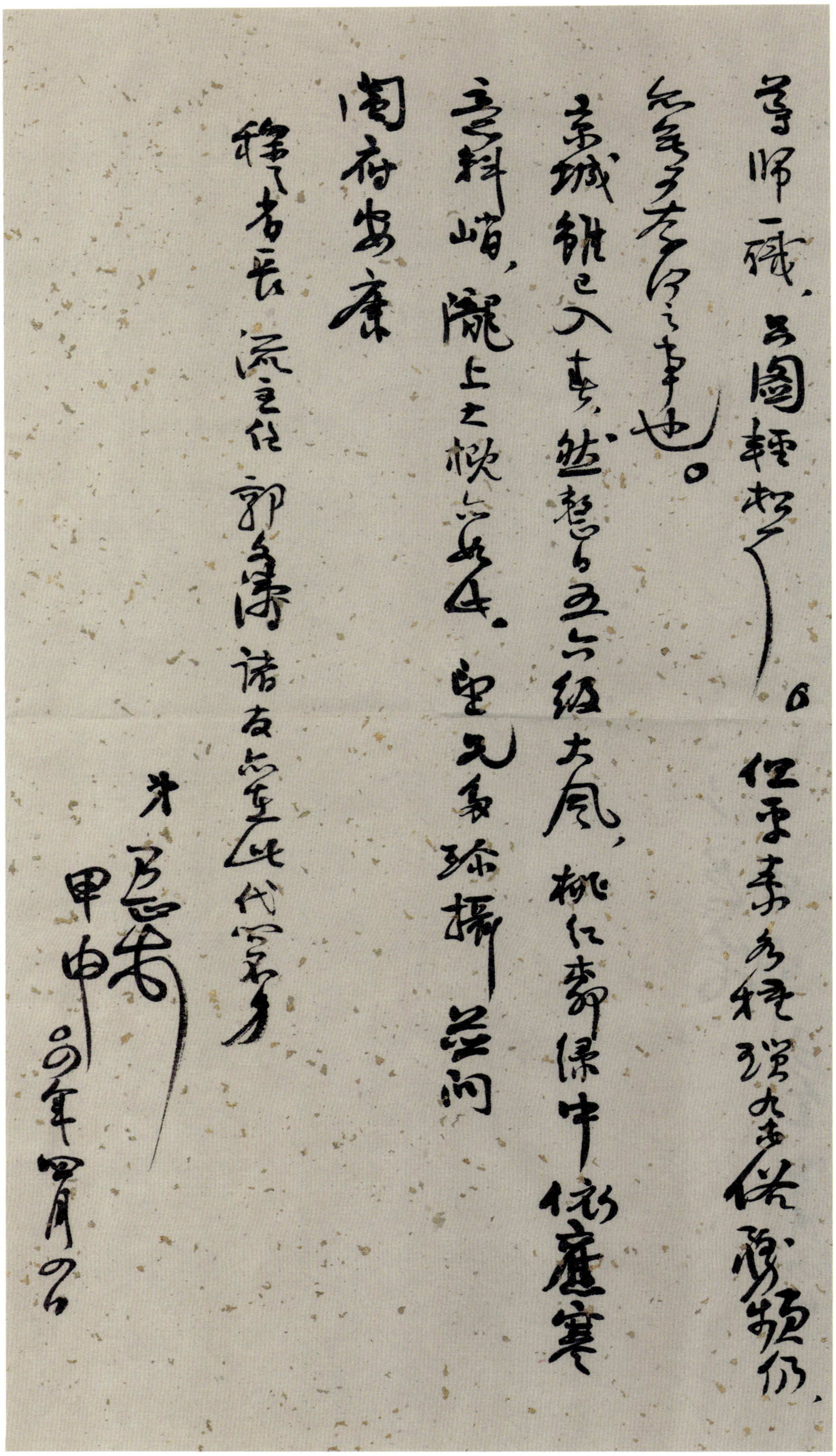

导师一职，只图轻松耳。但平素各种琐杂俗务频仍，亦无可奈何之事也。

京城虽已入春，然整日五六级大风，桃红柳绿中依应寒意料峭，陇上大概亦如此，望兄多珍摄并问

阖府安康

穆省长　流主任　郭文涛诸友亦在此代问不另

弟乃正顿首

甲申〇四年四月四日

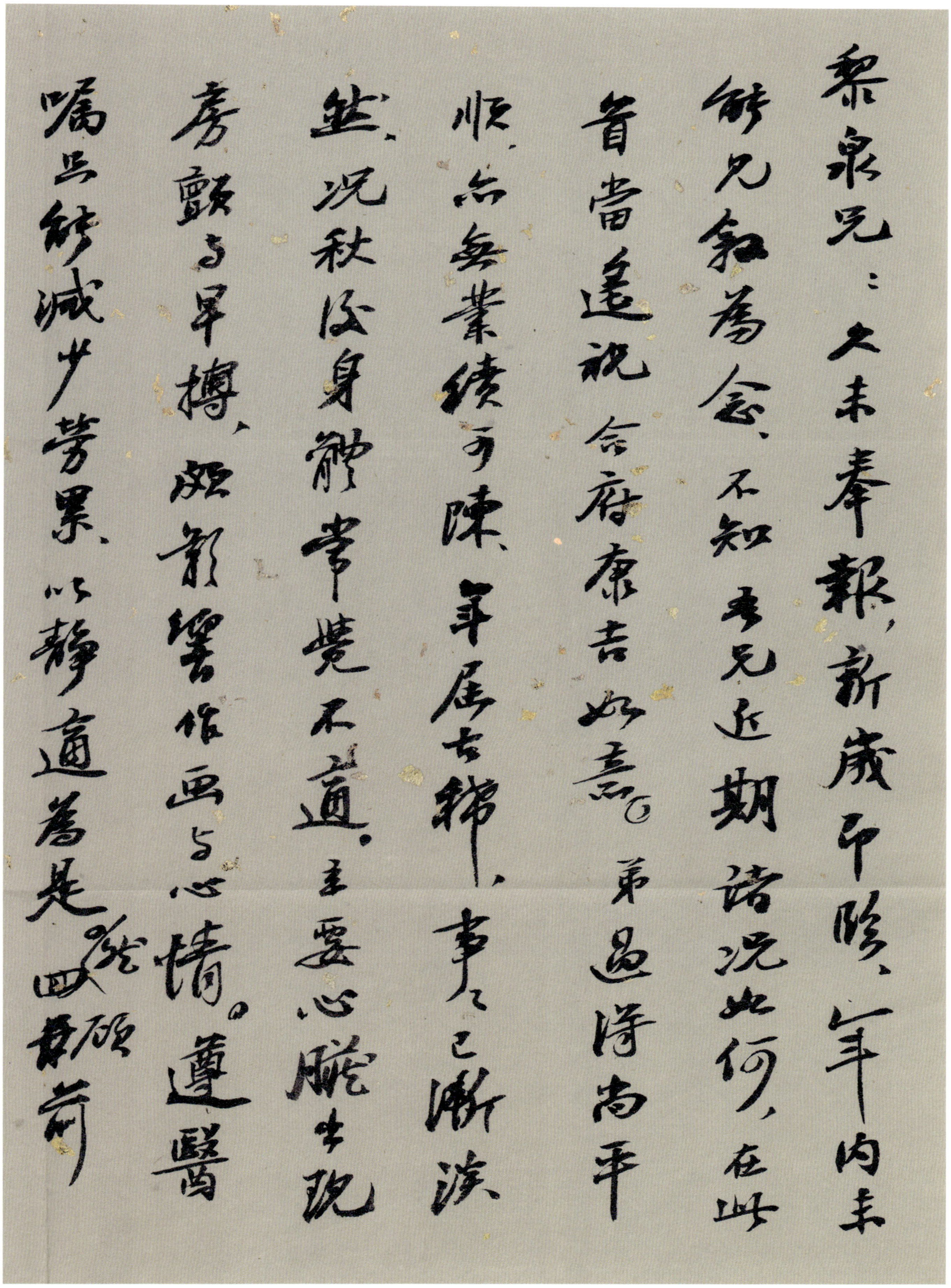

黎泉兄：

久未奉报，新岁即临，年内未能见叙为念，不知吾兄近期诸况如何，在此首当遥祝合府康吉如意。弟过得尚平顺，亦无业绩可陈，年届古稀，事事已渐淡然，况秋后身体常觉不适，主要心脏出现房颤与早搏，颇影响作画与心情。遵医嘱只能减少劳累，以静适为是。然回顾前

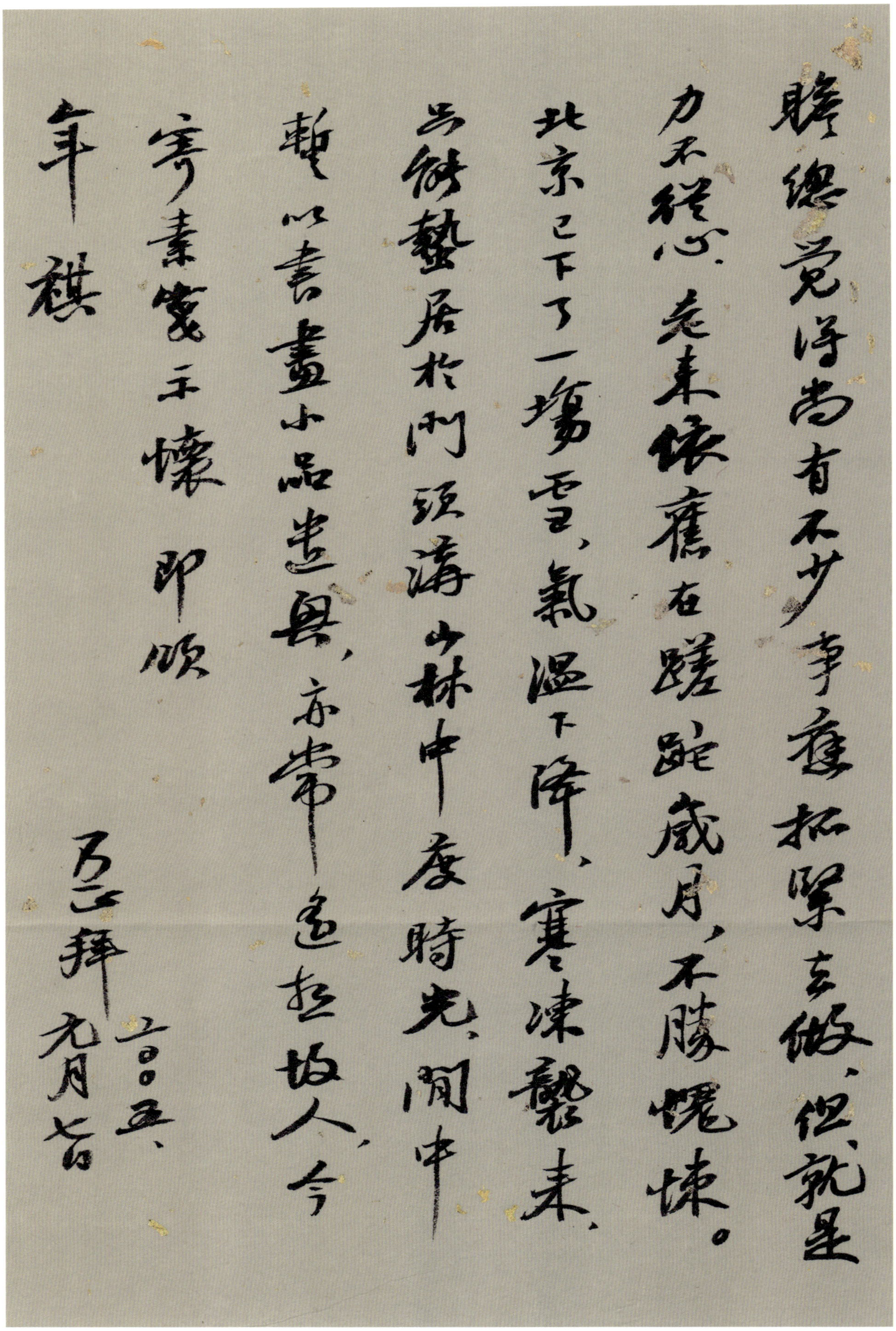

瞻总觉得尚有不少事应抓紧去做，但就是力不从心，老来依旧在蹉跎岁月，不胜愧悚。北京已下了一场雪，气温下降，寒冻袭来，只能蛰居于门头沟山林中度时光，闲中暂以书画小品遣兴，亦常遥想故人，今寄素笺示怀。即颂

年祺

乃正拜

二〇〇五、元月七日

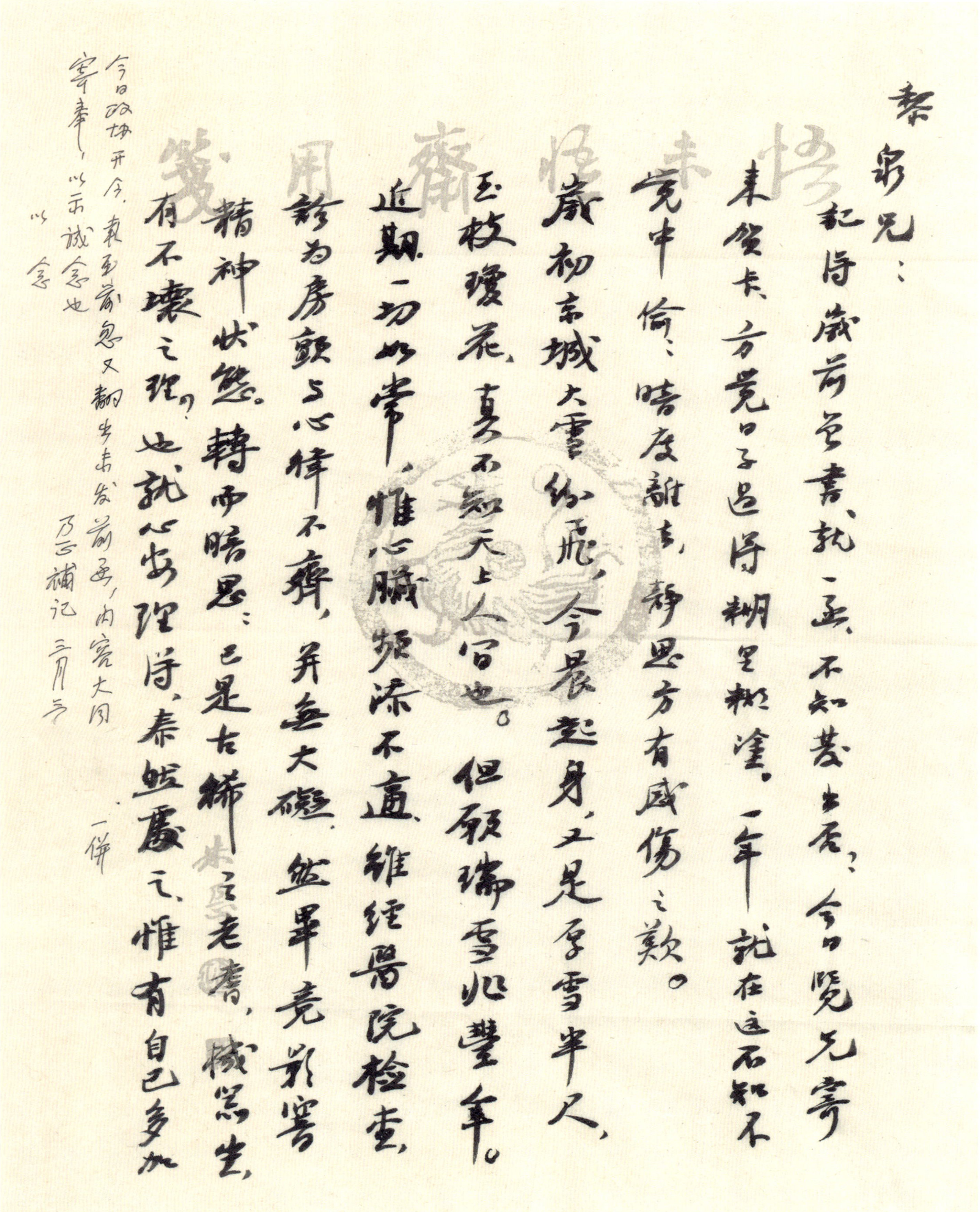

黎泉兄：

记得岁前曾书就一函，不知发出否？今日览兄寄来贺卡，方觉日子过得糊里糊涂。一年就在这不知不觉中偷偷暗度离去，静思方有感伤之叹。

岁初京城大雪纷飞，今晨起身，又是厚雪半尺，玉枝琼花，真不知天上人间也。但愿瑞雪兆丰年。近期一切如常，为心脏频添不适，虽经医院检查，诊为房颤与心律不齐，并无大碍，然毕竟影响精神状态。转而暗思：已是古稀之老耆，机器岂有不坏之理？也就心安理得，泰然处之，惟有自己多加

今日政协开今（会），报道前忽又翻出未发前函，内容大同，一并寄奉，以示诚念也。

以念

乃正补记

三月三

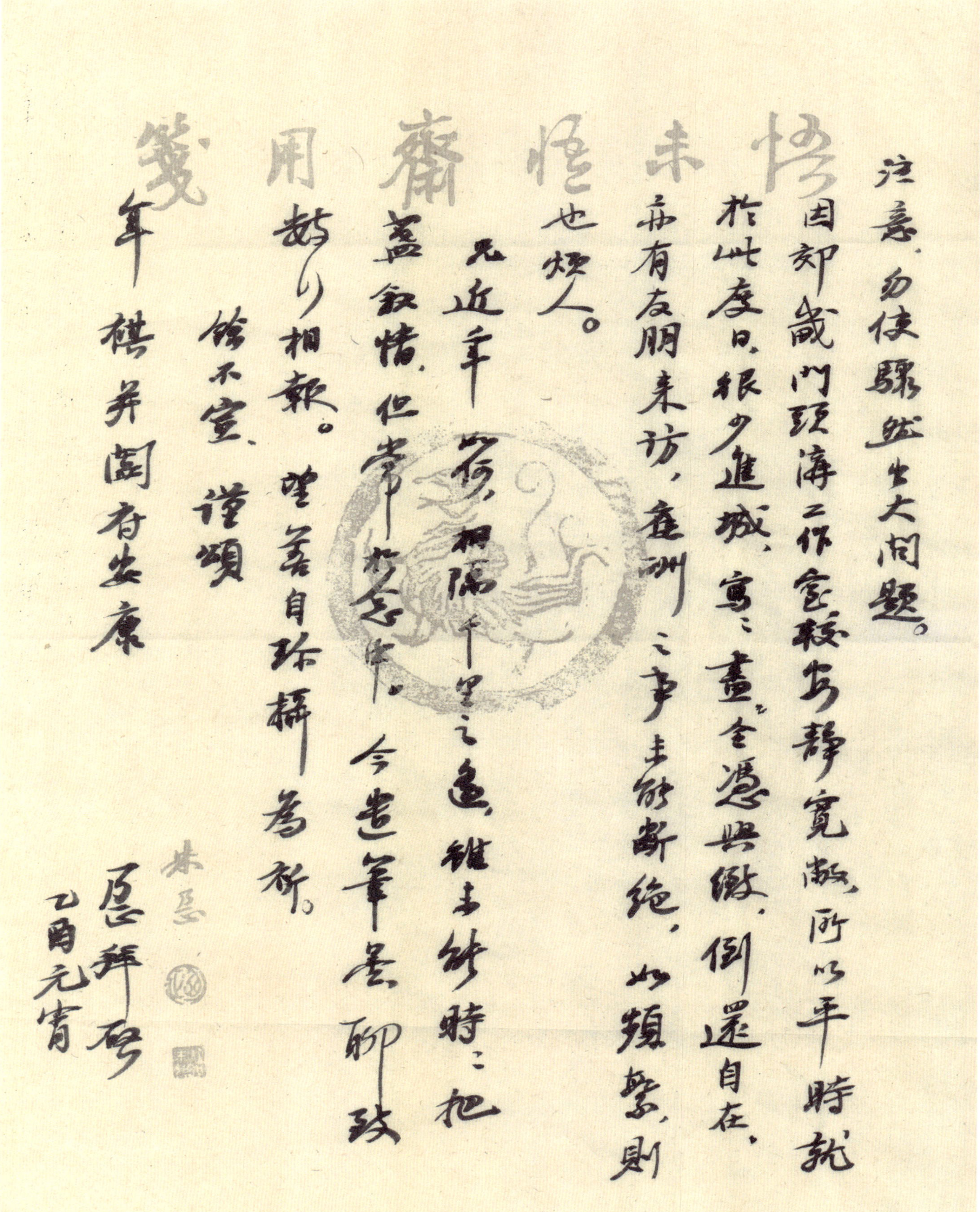

注意，勿使骤然出大问题。

因郊畿门头沟工作室较安静宽敞，所以平时就于此度日，很少进城，写写画画。全凭兴致，倒还自在，亦有友朋来访，应酬之事未能断绝，如频繁，则也烦人。

兄近年如何，相隔千里之遥，虽未能时时把盏叙情，但常于念中。今遣笔墨聊致数行相报。望善自珍摄为祈。

余不宣，谨颂

年祺并阖府安康

乃正拜启

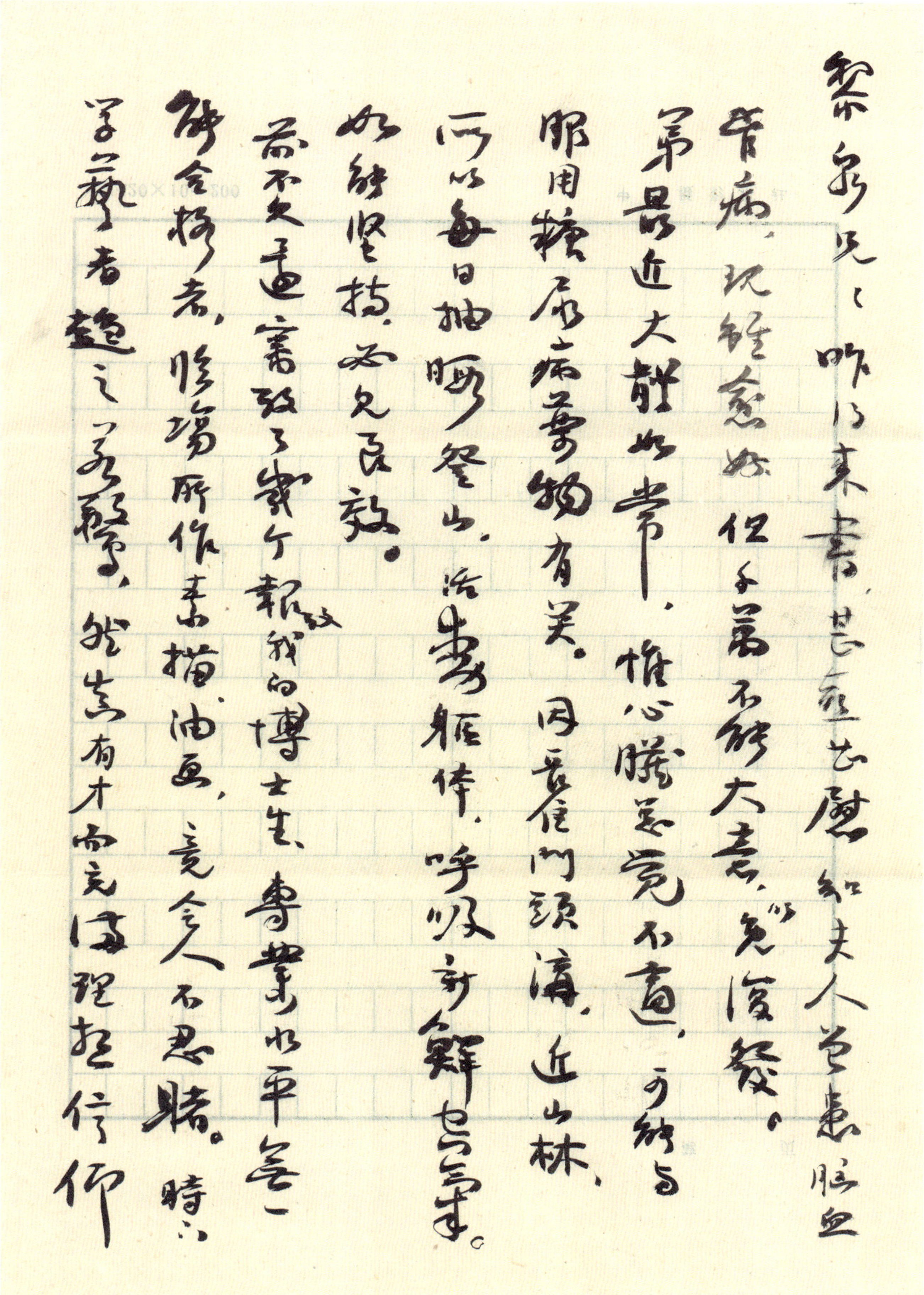

黎泉兄：

昨得来书，甚喜甚慰知夫人曾患脑血管病，现虽愈好，但千万不能大意，以免复发。弟最近大体如常，惟心脏总觉不适，可能与服用糖尿病药物有关。因长住门头沟，近山林，所以每日抽暇登山，活动躯体，呼吸新鲜空气，如能坚持，必见良效。

前不久还审考了几个报考我的博士生，专业水平无一能合格者，临场所作素描、油画，竟令人不忍睹。时下学艺术者趋之若鹜，然真有才而充满理想信仰

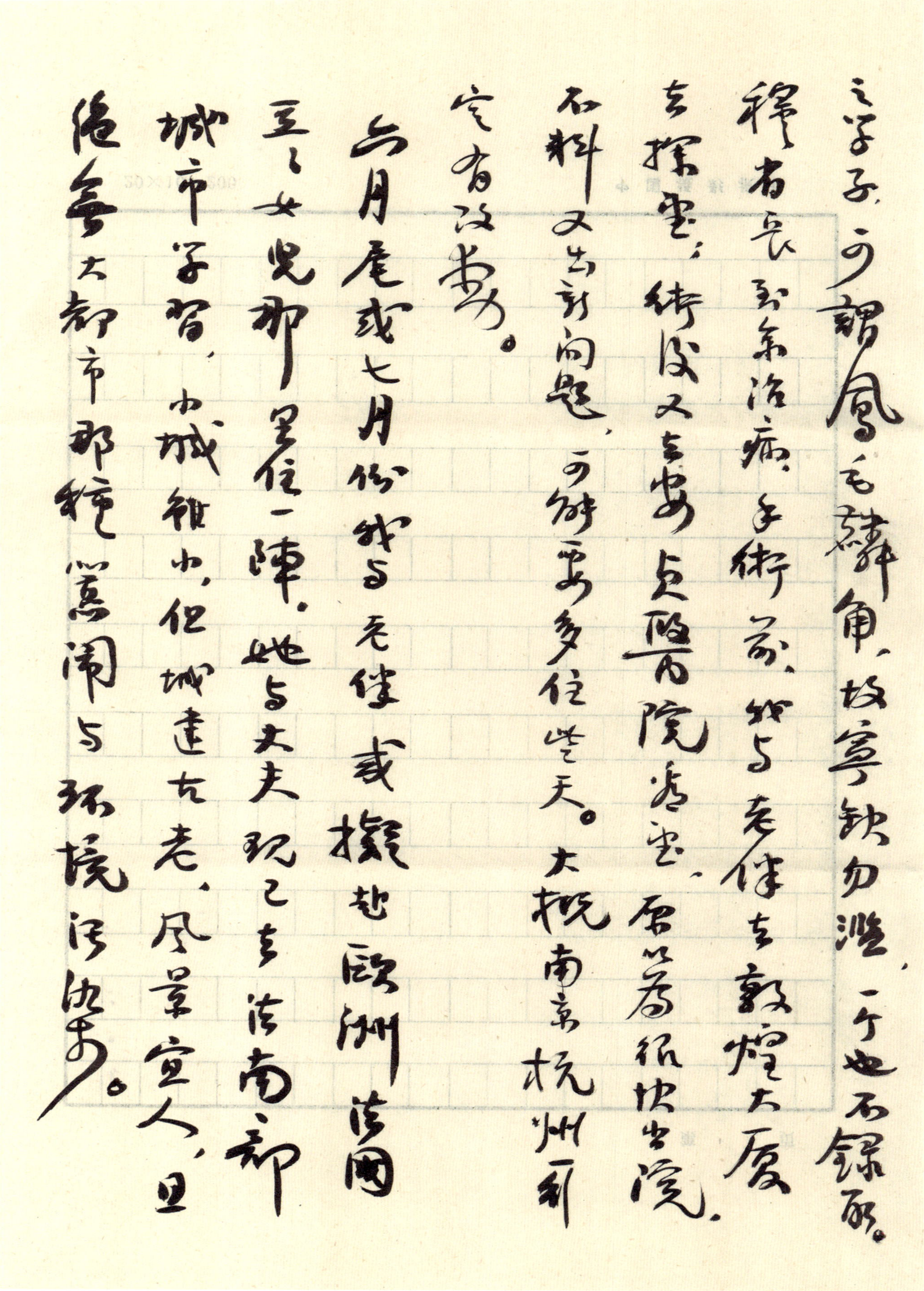

之学子，可谓凤毛麟角，故宁缺勿滥，一个也不录取。穆省长到京治病，手术前，我与老伴去敦煌大厦去探望，术后又去安贞医院看望，原以为很快出院，不料又出新问题，可能要多住些天，大概南京杭州一行定有改动。

六月尾或七月份我与老伴或拟赴欧洲法国豆豆女儿那里住一阵。她与丈夫现已在法南部城市学习，小城虽小，但城建古老，风景宜人，且绝无大都市那种嚣闹与环境污染。

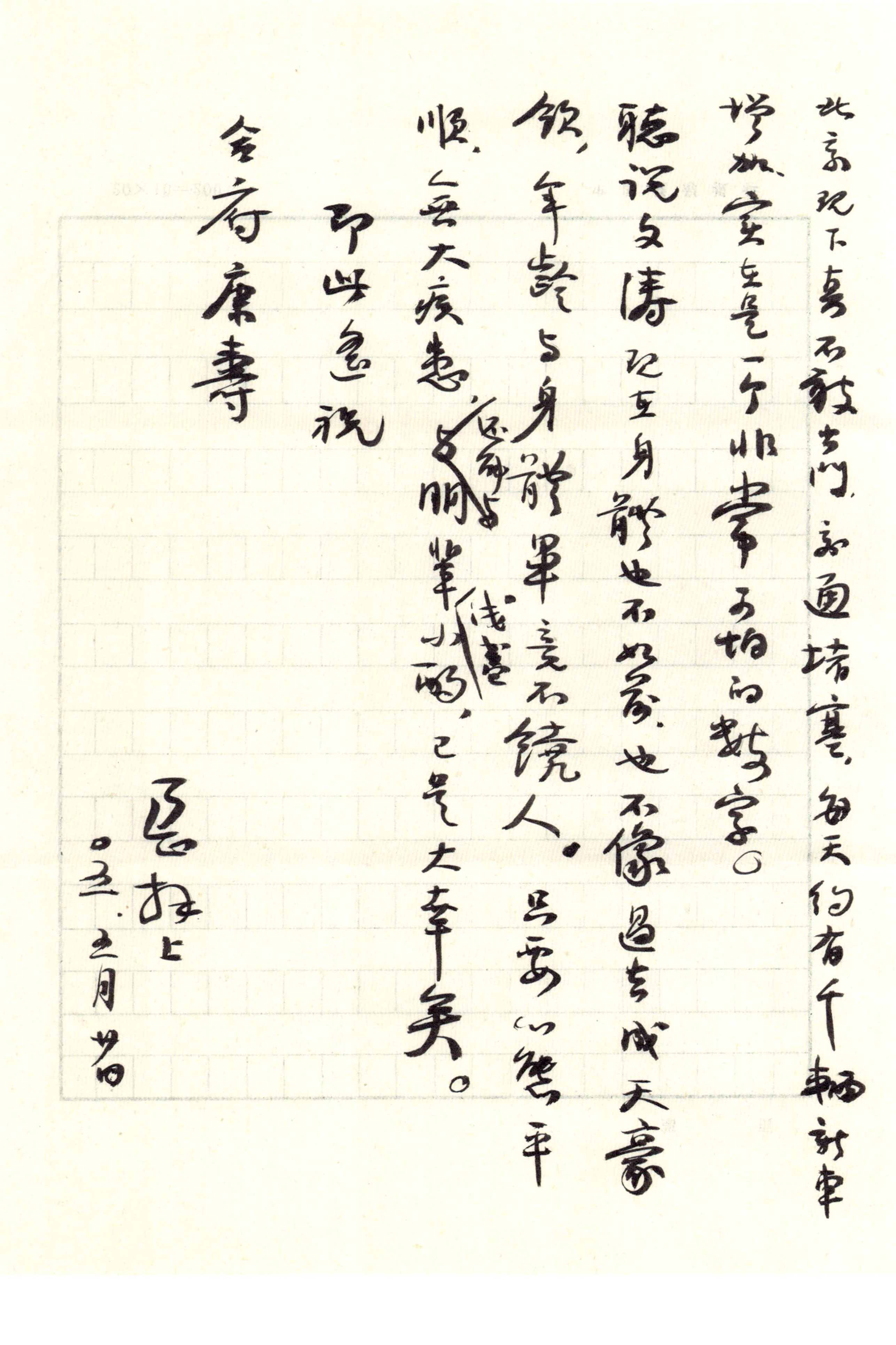

北京现下真不敢出门，交通堵塞，每天约有千辆新车增加，实在是一个非常可怕的数字。听说文涛现在身体也不如前，也不像过去成天豪饮，年龄与身体毕竟不饶人。只要心态平顺，无大疾患，还能与朋辈浅盏小酌，已是大幸矣。

即此遥祝

合府康寿

乃正拜上

〇五年五月廿日

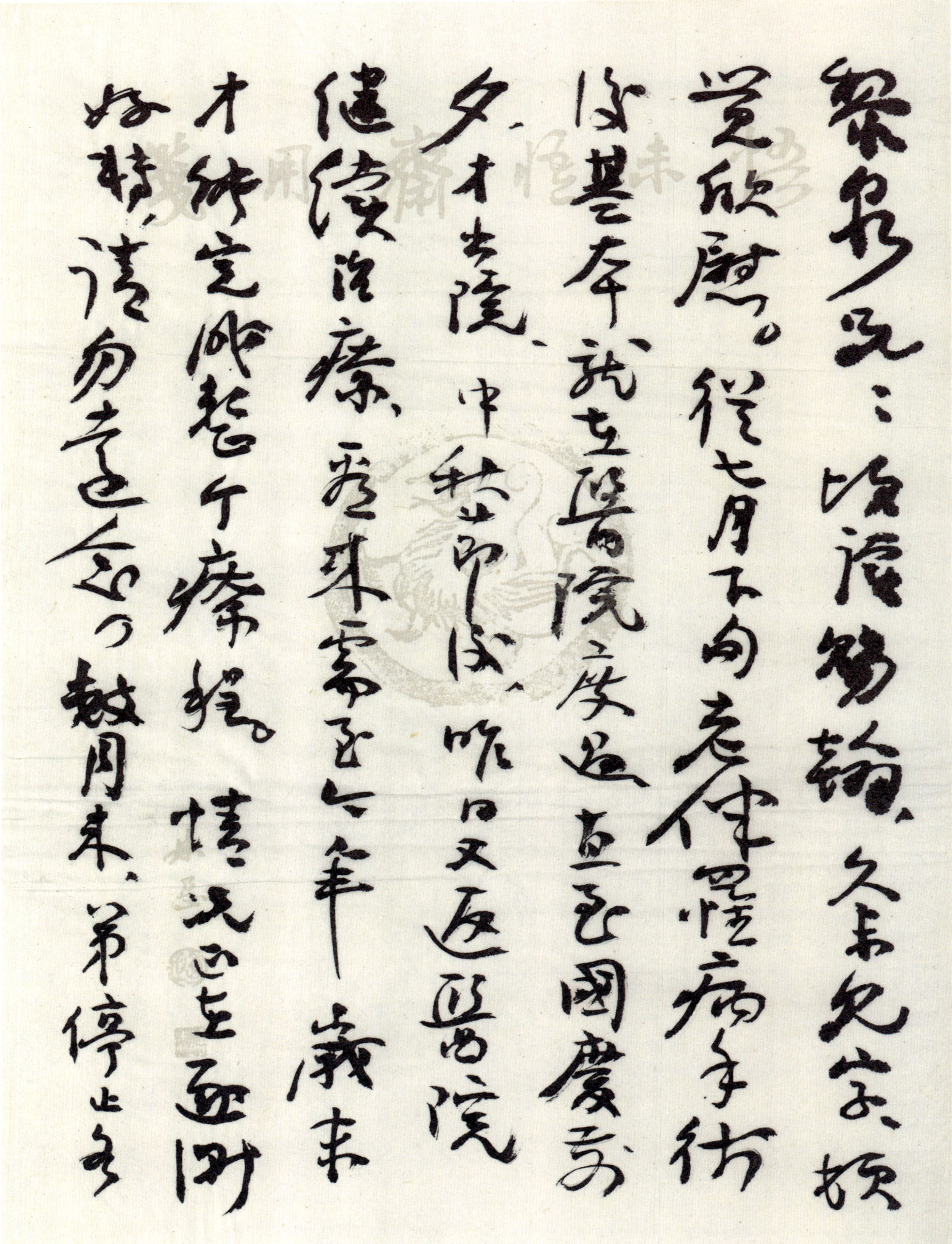

黎泉兄：

顷读赐翰，久未见字，顿觉欣慰。从七月下旬老伴罹病手术后基本就在医院度过直至国庆前夕，才出院，中秋节后，昨日又返医院继续治疗，看来需至今年岁末才能完成整个疗程。情况正在逐渐好转，请勿远念。数月来，弟停止各

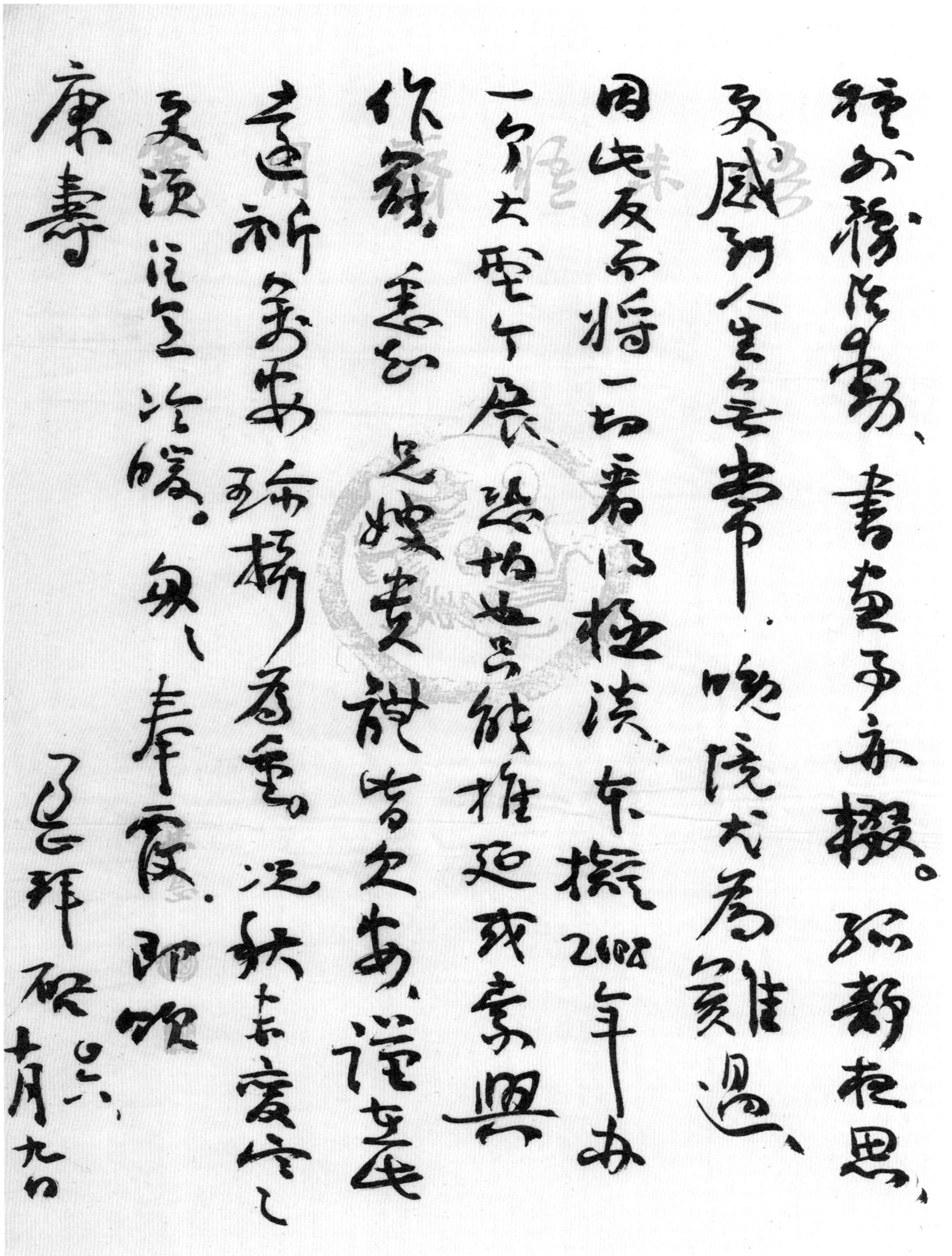

种外务活动，书画事亦辍。孤静夜思，更感到人生无常，晚境尤为难过，因此反而将一切看得极淡，本拟2008年办一个大型个展，恐怕也只能推延或索兴作罢。悉知，兄嫂贵体皆欠安，谨在此远祈万安珍摄为重。况秋末变寒更须注意冷暖。匆匆奉覆。即颂
康寿

乃正拜启
〇六年十月九日

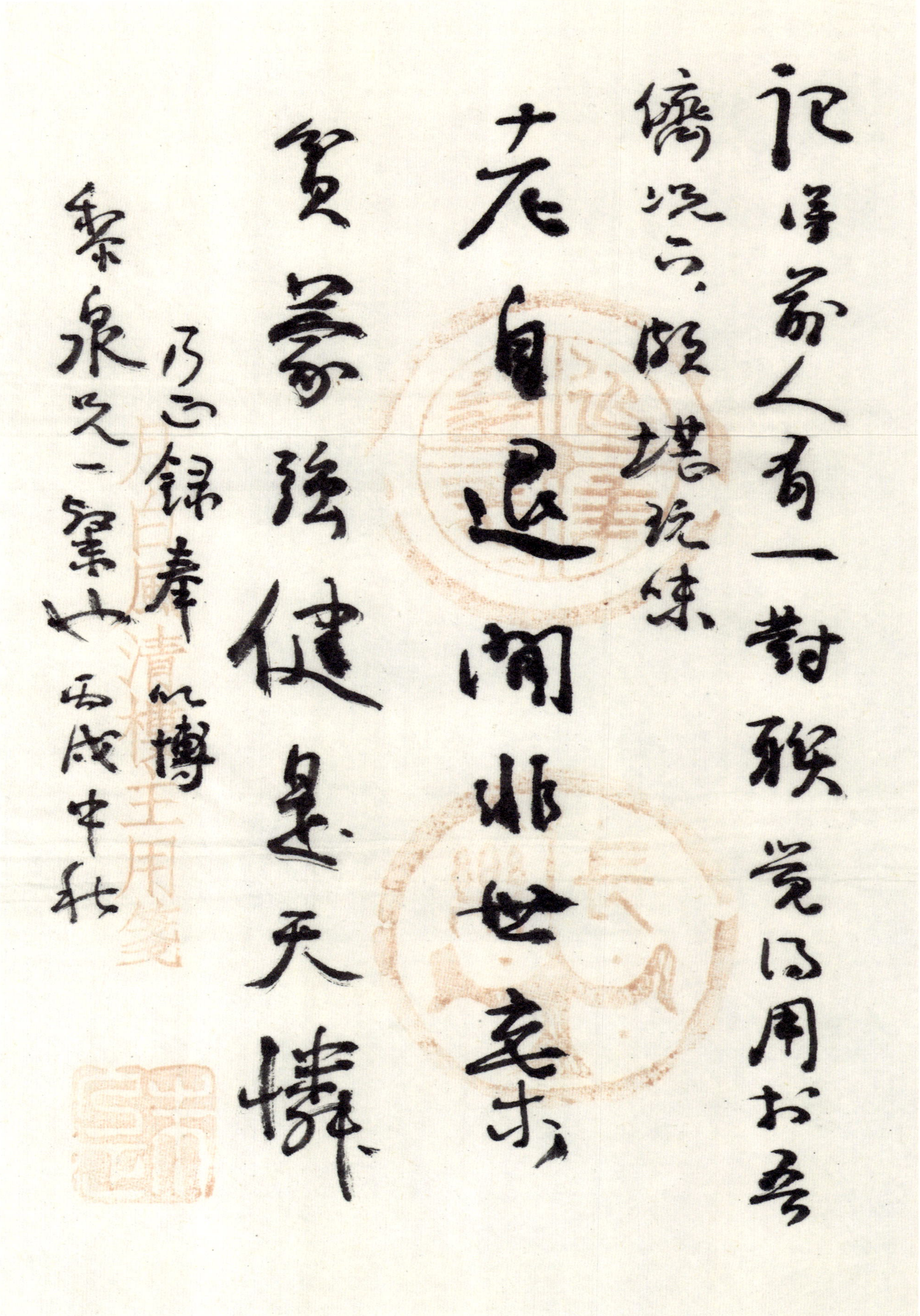

记得前人有一对联觉得用于吾侪况下，颇堪玩味
老自退闲非自弃
贫蒙强健是天怜
乃正录奉 以博 黎泉兄一粲也 丙戌中秋

朱乃正

（一九三五—二〇一三）

曾任青海省美术家协会副主席，中央美术学院副院长，中央美术学院学术委员会主任，中国美术家协会理事，中国油画学会副主席，中央文史研究馆馆员。作品《春华秋实》一九七九年获第五届全国美术展览三等奖，《国魂·屈原颂》一九八四年获第六届全国美术展览铜奖。他的许多油画作品，都在不同时期产生过较大影响，观众瞩目，艺坛悦服。他是中国油画界领军人物之一。此外，他兼擅书法与水墨画，自幼勤习书法，楷、草、篆、隶诸体皆善，尤精行草。笔艺潇洒酣畅，苍润有致，韵随情出，有书家功力学者修养；他的水墨画融入西画色光空间和现代抽象构成理念，是放逸主观情感神游遐思于深邃静穆之境，积大道于心源随意触发之『造境』艺术；他为同道艺术家所撰序跋、诗文、楹联与尺牍信札，文辞典雅，情恳意挚，对艺术的真知灼见常闪烁其中。

朱乃正学兼中西，国学书、画、诗、文四全，油画精湛而闳深。

赵正（一九三七—二〇〇六）

笔名黎泉，为中国书法家协会一至四届理事，中国书法家协会学术委员，历任甘肃省博物馆副馆长，甘肃画院院长，甘肃省书法家协会主席，获国务院社会科学突出贡献者奖励，享受政府特殊津贴。赵正是当代著名书法家，简牍书法研究先行者，著有《汉简书法艺术》《简牍书法》《汉简书法论集》《王了望书法研究》《砚耕集》等。他的书法艺术研究的立场贯穿着他对汉简研究的始终。在汉简书法创作中，他不单纯作为笔墨和形式的表现，而是将动人的笔墨和形式中贮存着书法史的许多信息，形成了赵正极具个性特征的『汉简体』书风。赵正的书法艺术实践是对汉简书法的继承，又是对简牍书法的发展和个性化的阐述。

人正心正 行正艺正

赵正是余挚友。也许我俩之名皆有个『正』字，所以，二十余载前就得缘相识于甘兰。且一见欢洽相倾，交谊愈深。岁月不断流逝，而友情长在。我本系短小江南人，命途却发之于北土，在青海高原一蹲便是二十个春秋。八十年代伊始，命运之风又将余吹送京都，举目依旧他乡月。而赵正是陇中人，一直守驻皋兰山下。他高大敦实，既有西北汉子的坦荡疏旷，又富诗人气息，敏感多情。其性平和沉静，待人诚笃，不喜张扬，即使在众人纵情畅饮场合，也从未失态，更不会狂言妄论，总是处之泰然，得体地聆听他人之见。若话题投契，则随心发出会意的朗朗笑声。或情之所至，平实自然地道出几句简朴的真知灼言。尤能透察其品行气质者，仅示二例即可：有一岁寒时节，适逢生活困难，他与家人一道上街购物，路旁见一赤脚颤抖的乞儿，他顿生恻隐，慨然解囊，亲自陪此不幸少年买了新鞋，直待穿上后才依依离去。更有甚者，为了资助贫困地区的教育事业，他将自己的书法作品择优献出，举办义展，所得万元，悉数捐赠中小学幼儿教师基金会。他并非富者，由此足见其赤诚之古道热肠也。

数十年间，赵正始终未离西北高原之根土，借助博物馆与画院的工作环境，潜心致志于古文字之研习，并埋头遣兴于书法艺术之实践，尤偏嗜简书，通过深入系统的研究探索，逐渐加强了对上古书道的认识与理解，在长期勤思笔耕之过程中，生发了独有价值的汉简书法艺术理论，并首开古简与现代书艺结合相融之先河。近年，赵正书艺精进，更臻成熟，著说亦丰，成绩特显，蜚声内外，皆是苦辛耕作之硕果。迩来又拟出版书法选，命余作序，抚思今昔，感慨良多。盖年已趋花甲，方得付梓成集，虽云迟迟而犹不失补牢之幸。谨缀上述小志。至于书道，乃作者心之迹也，亦当如其人，本集洋洋作品悉可鉴之。仁者见仁，智者见智，其人其艺，或可从中得以释然。

摘自《朱乃正品艺录》（人民美术出版社，一九九八年版）

其迹今存
追想容辉

赵正先生很早就被誉为中国西部书风的领袖人物，此誉不过。然先生一生正行，更令我钦佩。而且，正中有藏奇之妙。此识不经山水，不过江湖，不到晚岁，不得领悟。面对社会，我的觉悟一直偏低——总以为『正』必义愤填膺，平和中庸便是不讲原则。实则不偏不倚谓之『正』。正，中也，大道是也。所以《大学》有言『欲正其心者，必先诚其意 意诚而后心正』。赵正如此，名副其实。

赵正先生一生，始终能持中正平和之心与同辈交，谦谦恭敬之度与长者会，正心诚意与晚学往。这很难，成年累月如此，更难。尤当对长者久怀殷殷之真情；对同辈总持求学切磋之挚诚，对晚学则更多是关照提携之护爱。因此，在是非丛生之书法界享有清名，在名利缠身之领导岗位清正有为。因而也与乃正先生交情甚笃。此谓『正』者之『奇』，正奇相生，与专意巧为玲珑者不可同日而语。

如果说赵正先生是正中藏奇，乃正先生则是奇中寓正。朱先生有过人之才华，却在青春岁月自京华贬放青海，然『失之东隅，收之桑榆』。或套俗语就是：金子到哪都闪光。朱师江南之聪敏获西北青藏高原之蒙养，得昆仑浩然之奇志，储青海长云之慷慨。外呈朱玉锦绣之才，内存温润正直之心。所谓『乃正』。于是，两正一见如故，互相珍惜，成为莫逆。结翰墨之缘，写两地之书，传艺事风流。甚合古人之言：『善邻得朋，知我益友。暗遗名利，卧度卯酉。遂志愿兮苟若斯，生可凭兮死不朽』。

我与两位先生往来并不多，然情感有加。与赵先生识交在我年少懵懂、初步社会之时；与朱先生往来，则是京华孜孜求学之际。后在朱先生晚年更获信任，时有学术之事委托，故多知遇之恩之感。但实与两位先生，往来多平淡，结交无利害。也没有与二师从学之经历，惟敬其品格，慕其才学，敬尊为师。所幸得二师回馈之信任，故心存亲切，思之温馨。二师虽已归道山，然情缘愈深入吾心而不灭。

闻朱师与赵师互通信札出版，又得赵正先生长女之嘱，故奉小文流露心迹：一谢盛意，二表念师之想。当也担心其言多余。可是，因赵正先生写给乃正先生的书信因特别原因所限，不能同时结集出版。所以，略表赵正先生之书法学问，则成必需。不然，有关赵正先生之人之书则有完全空缺之憾。

我初见赵师之书是一九七二年前后，字在魏隶之间，六尺横幅，十分夺目。字悬挂在甘肃美协主席、版画家晓岗家中。此后不久，我与赵老师结识并得其厚爱。当时，赵老师一直主持甘肃书法界的各种展览，我的书法作品也就不断参展。因为有这样的一种助长，对我鼓励之大自不待言。后来高考恢复，我求学在京，再后来南下广东，先忙于设计教学，继又用心于美术馆工作，久不问中国书法界之事，当与赵老师渐行渐远，但对赵老师的书法并不生疏。因为书法对我是日课，自幼使然。

对赵师的书法，我认为实在要认真研究。这并不是因为赵师书法的别具一格，而是其间蕴有坚定的甘肃文化的特征和立场，又牢牢驻足于汉简书法，真的是『文化自信』。而且，在他的书法背后，有金城魏振皆、刘尔炘、朱克敏等一批独具个人风貌的甘肃书家。可惜甘肃因为经济落后，远离中国文化中心，使这些从清末至近现代的书法大家不仅不能彰显，甚至被完全忽略。如甘肃近世书家张邦彦，为甘肃省博物馆临摹汉简，曾得陈梦家先生的指点，其书在行楷之间蕴含简书之意趣，别具一格，然知者寥寥。更有魏振皆先生曾于一九一八年东渡日本游学，返回故乡兰州后致力教育，其所书魏隶相间，用笔极为秀润，结体十分新颖，雅致而从容，自成一家之格，也名不见经传。但赵师对其早有深识，更多心得并视为楷模。再早的还有朱克敏，隶书有工整壮阔之精美，不输伊秉绶。其人品学识，尤得林则徐赏佩。可是，名不出陇右。所以，赵师之书就是在这样一种丰富多彩的优越环境中涵养造就，形成了以简书为风貌，以魏碑为骨力，简碑交融，别具一格的书法创造。其手卷《千字文》可谓代表作品，许多国中名手大家观后，无不跋语称道。可惜赵正先生不幸早逝，其书法也离中国书坛渐远。

赵正师的简意碑风之书成型很早，面貌也十分突出，因此被誉为甘肃和西部书风的领袖人物也非虚言。先生致力提取简书之风姿，强魏碑之笔力。但这是两种相反的价值取向：简书之姿在于笔头之功，因字体甚小而轻盈飞动；魏碑之体，刻之于石，写则要求万毫齐力。欲借简书之姿意，而发魏碑之气力，很矛盾。稍不留意，简书之轻盈就变成迟滞；而碑体尚厚重，若借简书笔意则有轻率之嫌。如此矛盾对立而求统一，这可是大难题，有左手掰右手之难为。但先生居然写成一体，非简非碑，非隶非楷，着实不易。

但这不是对赵师书法的简单之歌颂或优劣之评价，因为这样并非恰当，甚至是一种恶习——既是对自己的不负责，也是对作者的不尊重。所谓艺术，妙在不立文字。如借助文字再做表达，一定是『为赋新词强说愁』。假如还想说明书法则愈加困难。所以，那种用现代汉语洋洋洒洒的评论『书法』是大有问题的。那么我也不能唐兀的、一厢情愿的对赵师的书法作出解释或评介。我只想表明一个主要的意思：赵师之书选择了一条荆棘之路，甚至有可能走不出来，可是他却义无反顾。同时，他又完全可以在已有的书法名份上坐享其成——因为坐享的条件十分完备而现成，但他居然被创造的热情所鼓舞。所以水天中曾为赵师撰文，标题就是『继承、拓展与创新』。这听上去当是一个司空见惯的流行语。但实际上，继承与拓展已经是带着镣铐跳舞，如果还要创新那就更难！赵师却难而进。历史的经验告诉我们，拓展和创新九死一生。齐白石曾经遭到什么谩骂？黄宾虹曾经遭受什么样的白眼？那么，当先生的书法始终表现出积极的探索，不故步自封又知难而进，我们就能知道他的诚恳，我们也能明白他的困难，我们也就能理解赵师创造出鲜明的、富有个性的书写面貌殊为可贵，我们也就体悟到赵师仰峰诚攀的坚韧不拔之志。

因此，我以为研究赵师的书法，也就研究了近世以来甘肃书法的渊源和价值取向。而这个价值取向，与甘肃的文化特征紧紧的联系在一起，可视为甘肃的文化建设，于中国书坛亦具贡献的意义。因此，甘肃省简牍博物馆编辑出版朱乃正致赵正信札百通之书，有助于对赵正师及其甘肃汉简的研究。

『其人已往，其迹今存，追想容辉，涕泪呜咽』。谨借古人之言追想乃正先生，怀念赵正先生。

广州美术学院书法研究所　所长、教授

二〇二〇年秋日于广州退齋

后记

在我家里，挂着朱乃正先生为我画的一幅油画肖像，每当我看到这幅画，就会想起先生儒雅的风度和音容笑貌，也会想起朱先生与家父的诸多过往。一切历历如昨。

四十年前，朱先生常由青海来兰州，住在省博物馆对面的『友谊饭店』。距我家仅几步之遥，每次来兰州，先生总会与家父见面，也有了时间在我家为我画像。记得作画时，朱先生一边抽烟，一边轻松挥笔，一边与我谈笑，不到两个小时就画完了。从此，这幅画一直挂在家里。如今，画在，人去，画成了我的凝视与怀想。

转眼，朱先生离世已经八年了。我整理朱先生写给家父的信札也经数年，现已完成。当我看到窗外的枯枝又泛出了新绿，就觉得那是朱先生和家父投来的殷殷目光……人究竟应该活多久？我时常会想。如今，朱先生走了，家父则早在二〇〇六年先他而去。那时，朱先生为家父挥笔挽言：『人正心正，行正艺正』。五年后（二〇一一年），我为家父筹办纪念展，又专赴北京，敬请朱先生为《赵正书法作品集》撰写序言。先生又题写了『幽怀潜志』作为书名。同时还题写了『赵正纪念馆』和『赵正艺术馆』。

而今，朱先生与家父都已长眠于大地，相聚于天堂。天命不可逆，人生有涯，愿无尽。朱先生与家父是翰墨之交，他们彼此欣赏又情深意笃，他们相识于上世纪七十年代。那时交通不便，物质匮乏，唯以笔墨丹青作为人生的精神追求，也因此使他们成为志趣相投的朋友。或许真就因为他们名字中都有一个『正』字，故也成了他们立义行事的标准——即不盲目阿谀或贬损他人，也不骄横自大标榜自己。他们只是在艺术之道上切磋探讨，在人生之路上彼此关心，互相砥砺而前行。这是我对朱先生与家父交往的真切感受。

他们相交三十年，墨翰情长，如相聚一堂，则把酒论艺，畅所欲言；如相隔千里，则信札不断，笔墨融情。朱先生言长，则艺理哲深；朱先生词简，则入木三分。飞扬的文采是博大的胸怀。朱先生无论是身处广袤雄浑的高原青海，还是高居中国美术教育的京门学府，都与家父过从甚密，自始至终。他们的往来信函墨迹，就是他们友谊和人生风范的见证，也是留给艺林翰苑的一段佳话。

家父离开了我们早了一点，这种不幸使我们较早地感到了某种孤独。后来，朱先生也走了，我们不免更感孤独。但是，当我在整理信件的每一次阅读中，却感觉他们就在面前，他们都没有走，我仍在旁听他们的对话，还在添茶倒水……纸保存着温暖，墨散发着醇香，不幸何在？孤独何有？

我是有幸的。

在上世纪九十年代前后，朱先生会时常到甘肃和青海，或考察，或画画，或带央美学生西行写生。西部千山是磨练先生的精神高地，青藏高原也是先生的精神家园。所以凡先生西行，必小住兰州，与家父品茗畅饮。当初我目睹和经历的那些点点滴滴的陈年旧事，如今都成了我今天生活中不可或缺的美好。

所以，我有不幸之幸——在朱先生和家父的身边我见识过他们对艺术的热爱与高见，感受过他们对善良真诚的坚守，理解他们对人格尊严的定义，知道同情怜悯是为人之怀，仁厚之举……

今天，我幸运依然——在甘肃简牍博物馆的大力支持下，朱先生写给家父的百通信札也精选成集，既可供同好鉴赏，也助我心愿完成。在此谨对甘肃简牍博物馆深表谢意！父亲的入室弟子汪志刚对信札做了细致的释校，同时还得到王见、王兵、李文君等诸多友朋在各方面的鼎力相助，借此也一并感谢！

最后祝二老在天堂墨缘永续！

甘肃省博物馆　研究馆员

二〇二一年二月

人物简介

第一通

许　莉　蒋建国夫人。

建　国　蒋建国，毕业于中央美院版画系，曾任北京市政协常委，副秘书长（父亲蒋光鼐，抗日名将，十九军淞沪抗战总指挥。曾任第一、二、三届全国人大代表，第一届全国政协常委）。

常书鸿　曾任敦煌研究院名誉院长，甘肃省文联主席，第三届、第五届全国人大代表，第六届全国政协委员，甘肃画院第一任名誉院长。

萧　华　肖华，中国人民解放军开国上将。曾任兰州军区政治委员、第六届政协全国副主席、《长征组歌》创作者。

高友林　中国美术学院油画系教授。

第五通

蒙子军　曾任兰州军区美术创作室主任，中国书法家协会理事，中国美术家协会会员。

第七通

曾道宗　曾任青海美术家协会常务副主席，中国美术家协会第四届理事。

高　峡　首任西安碑林博物馆馆长、研究员。

第八通

江　丰　曾任中国美术家协会主席、中央美术学院院长。

第九通

启　功　中国当代著名书法家、教育家。曾任中国书法家协会主席。

费新我　著名书法家。首任中国书法家协会理事，江苏省书法家协会副主席。

王胜利　首任兰州军区政治部干事、美术创作员，西安美术学院副院长。

佘国刚　兰州画院专职画家，一级美术师。

第十一通

老　尹　尹建鼎，曾任中国书法家协会名誉理事、甘肃省书法家协会名誉主席、兰州市书法家协会第一届主席。

伯　希　陈伯希，曾任中国书法家协会第二、三届理事、甘肃省文联副主席、甘肃省美术家协会主席。

小　董　董玉祥，甘肃省考古研究所研究员。

曹　武　曹无，原甘肃画院画家。

第十三通

詹建俊　曾任中国美术家协会副主席，中央美术学院教授。

第十五通

陈叔亮　首届中国书法家协会副主席，中国美术家协会一、二、三、四届理事。曾任中央工艺美术学院院长。

第十六通

朱　丹　曾任中国书法家协会副主席。

王复祥　曾任北京市文联副主席、北京市美术家协会副主席、中国美术家协会理事。

崔振国　曾任北京市美术家协会副秘书长、青海省美术家协会副主席。

傅家宝　曾任北京市美术家协会副主席、中国美术家协会理事。

王　建　王见，曾任广州美术学院美术馆馆长、广州美术学院教授。

第十七通

沈　鹏　著名书法家。曾任中国书法家协会主席。

第十八通

梁雄德　甘肃省博物馆研究馆员，清华大学吴冠中艺术研究中心研究员。

第十九通

段文杰　曾任敦煌研究院院长，第六、七届全国政协委员，甘肃省美术家协会副主席。

第二十通

王　镛　中央美术学院教授、中国书法家协会篆刻艺术委员会副主任、文化部优秀专家。

第二十二通

马竞先　笔名雪祁，曾任西北师范学院副院长，著名书法家。

第二十三通

娄傅义　曾任西北民族学院艺术系主任、教授、油画家。

第二十五通

刘建才　兰州军区美术创作员、版画家，二级美术师。

第二十五通

张保罗　张大千第三个儿子。

赵立忠　中国国家画院研究员。

小　莉　赵莉，甘肃省博物馆研究馆员，赵正长女。

小　静　赵津，兰州市八十八中学美术教师。赵正次女。

第二十七通

范曾 中国当代著名画家。北京大学中国画法研究院院长。

卢沉 中国著名国画家。中央美术学院教授。

周思聪 北京画院著名女画家。曾任中国美术学协会副主席。

于衍堂 国画家，前西北师范学院美术系教授，山东艺术学院名誉院长。其父国画大师于希宁。

杨鹏 毕业于中央美术学院中国画系，一级美术师。

第二十八通

陈文骥 中央美术学院壁画系教授。

第二十九通

学仲 王学仲，曾任中书法家协会副主席、天津书法家协会主席、天津大学教授。

第三十二通

王漱石 著名书画家，艺术大师齐白石弟子。

第四十六通

长沼 长沼雅彦，日本秋田大学教授。

第五十六通

可染 李可染，曾任中国美术家协会主席、中国画研究院院长。

第五十七通

佟韦 曾任第一届中国书法家代表大会秘书长、先后任中国书法家协会副主席。

李文君 甘肃画院研究馆员、研究部主任、画家。

第六十六通

曾来德 中国书法家协会理事，中国国画院副院长，国家一级美术师。

董吉泉 曾任甘肃省美术家协会常务理事，兰州市美术家协会副主席，兰州画院院长。

第七十通

毛院长 毛敌非，曾任甘肃省人民政第一副秘书长、首任甘肃画院院长。

宝峰 李宝峰，曾任甘肃省美术家协会副主席、甘肃画院副院长。

天羚 张天羚，甘肃简牍博物馆职工。（赵正外长孙）

第七十三通

尚银 李尚银，曾任兰州友谊饭店董事长。

第七十九通

郭文涛　曾任甘肃省美术家协会副主席、甘肃省文联副主席、兰州市文联主席。
流　萤　曾任甘肃省第七届人大常委会副主任，甘肃省委组织部部长。

第八十一通

刘正成　曾任《中国书法全集》主编、《中国书法》杂志社社长。

张　仃　艺术家，教育家，中华人民共和国国徽设计者。曾任中央工艺美术学院院长。

第八十四通

玉　英　安玉英，朱乃正先生夫人。

王　琦　曾任中国版画家协会主席、著名版画家、艺术理论家。

第八十四通

穆省长　穆永吉，曾任甘肃省副省长、全国政协委员。

第八十五通

安　粟　朱乃正先生继女。
赵山亭　中国书法家协会会员，二级美术师，兰州军区政治部文艺创作室专业创作员。
豆　豆　（安粟）朱乃正先生养女。
魏　义　《甘肃日报》编辑，文艺部主任。

第八十六通

陈　明　曾任甘肃省政府办公厅主任。

第八十九通

俞　正　曾任甘肃省政协副主席。

第九十一通

贡唐仓　贡唐仓·丹贝旺旭，中国佛教协会副会长，全国政协常委。
陆　浩　曾任甘肃省委书记，第十一届全国人大外事委员会副主任委员，第十二届全国人大环境与资源保护委员会主任委员。

第九十四通

王　兵　曾任甘肃画院二级美术师，中央美术学院建筑学院教授。
吴长江　中国美术学院版画系教授，曾任中国美术家协会副主席。

图书在版编目（CIP）数据

砚边笔谈 ： 朱乃正致赵正百通手札 / 甘肃简牍博物馆编 ； 朱建军， 赵莉主编. -- 北京 ： 文物出版社， 2022.3
ISBN 978-7-5010-7379-5

Ⅰ. ①砚… Ⅱ. ①甘… ②朱… ③赵… Ⅲ. ①书信集—中国—当代 Ⅳ. ① I267.5

中国版本图书馆 CIP 数据核字（2022）第 009689 号

砚边笔谈

朱乃正致赵正百通手札

编　　者：甘肃简牍博物馆
主　　编：朱建军　赵　莉
副 主 编：杨　眉　汪志刚　杨耀北
编　　辑：王　见　李文君　王　兵
装帧设计：张　林　孔祥梓　陈　文　徐晓玲
文字校对：汪志刚　张　林
出版统筹：甘肃三境文化传媒有限责任公司

责任编辑：许海意
责任印制：陈　杰

出版发行：文物出版社有限公司
地址：北京市东直门内北小街 2 号楼
邮编：100007
网址：http://wwww.enwu.com
经销：新华书店
印刷：北京雅昌艺术印刷有限公司
开本：787 毫米 *1092 毫米　1/8
印张：43.5
版次：2022 年 3 月第 1 版
印次：2022 年 3 月第 1 次印刷
ISBN：978-7-5010-7379-5
定价：1080.00 元